GAROTO DEVORA UNIVERSO

GAROTO DEVORA UNIVERSO

TRENT DALTON

Tradução
REGIANE WINARSKI

Harper Collins
Rio de Janeiro, 2019

Diretora editorial: *Raquel Cozer*

Gerente editorial: *Alice Mello*

Editor: *Ulisses Teixeira*

Copidesque: *Adriana Fidalgo*

Revisão: *Thadeu Santos e Anna Beatriz Seilhe*

Capa: *Darren Holt, HarperCollins Design Studio*

Adaptação de capa: *Osmane Garcia Filho*

Imagens de capa: *Splendid fairy-wren by Auscape/UIG / Getty Images; outras imagens por shutterstock.com*

Diagramação: *Abreu's System*

CIP-Brasil. Catalogação na Publicação
Sindicato Nacional dos Editores de Livros, RJ

D158g

Dalton, Trent
Garoto devora universo / Trent Dalton; tradução Regiane Winarski. – 1. ed. – Rio de Janeiro: Harper Collins, 2019.
416 p. ; 23 cm.

Tradução de: Boy swallows universe
ISBN 978-85-9508-457-5

1. Romance australiano. I. Winarski, Regiane. II. Título.

19-55259 CDD: 828.99343
CDU: 82-31(94)

Vanessa Mafra Xavier Salgado – Bibliotecária – CRB-7/6644

Rua da Quitanda, 86, sala 218 — Centro
Rio de Janeiro, RJ — CEP 20091-005
Tel.: (21) 3175-1030
www.harpercollins.com.br

Para minha mãe e meu pai.
Para Joel, Ben e Jesse.

Garoto escreve palavras

Seu fim é um passarinho azul morto.

— Viu aquilo, Slim?

— O quê?

— Nada.

Seu fim é um passarinho azul morto. Sem dúvida nenhuma. Seu fim. Sem dúvida nenhuma. É um passarinho azul. Morto.

★

A rachadura no para-brisa do Slim parece um homem de pauzinho, alto e sem braços, se curvando à realeza. A rachadura no para-brisa do Slim se parece com o Slim. Os limpadores de para-brisa formam um arco-íris de poeira no lado do passageiro, onde eu estou. Slim conta que um bom jeito de me lembrar dos pequenos detalhes da minha vida é associando momentos e visões a coisas em mim ou na minha vida consciente que vejo e cheiro e toco com frequência. Coisas do corpo, do quarto, da cozinha. Assim, tenho dois lembretes de qualquer detalhe pelo preço de um.

Foi assim que o Slim levou a melhor sobre Black Peter. Foi assim que o Slim sobreviveu ao poço. Tudo tinha dois significados, um pra *cá*, sendo cá o lugar onde ele estava na ocasião, a cela D9, divisão 2, prisão Boggo Road, e outro pra *lá*, aquele universo sem limites em expansão na sua cabeça e no seu coração. Não havia nada no *cá* além de quatro paredes verdes de concreto e escuridão e mais escuridão, e seu corpo solitário e imóvel.

Uma cama de ferro e um estrado de arame soldados a uma parede. Uma escova de dentes e um par de chinelos da prisão. Mas uma caneca de leite velho, enfiada pela portinhola por um guarda calado, o levava pra *lá*, pra Ferny Grove nos anos 1930, pros jovens e magros trabalhadores da fazenda tirando leite das vacas nos arredores de Brisbane. Uma cicatriz no antebraço se tornava um portal para um passeio de bicicleta na infância. Uma mancha de sol no ombro era um buraco de minhoca pras praias da Sunshine Coast. Um toque e ele ia embora. Um prisioneiro fugitivo na D9. Livre pela imaginação, mas nunca fugindo, exatamente a situação contrária antes de jogarem ele no poço, livre de verdade, mas sempre fugindo.

Ele passava o polegar pelos picos e vales dos nós da mão, e isso o levava pra *lá*, pras colinas perto da cidade de Gold Coast, até a cachoeira Springbrook, e o aço frio da cama da cela D9 se tornava uma pedra de calcário gasta pela água, e o piso gelado de concreto do poço embaixo dos seus pés descalços virava água quente de verão onde ele molhava os dedos, e ele tocava os lábios rachados e se lembrava de quando uma coisa tão macia e perfeita quanto os lábios da Irene encontravam os dele, como ela fazia todos os seus pecados e todas as suas dores desaparecerem com um beijo molhado, limpando-o como a cachoeira Springbrook o limpava, com toda aquela água caindo na cabeça.

Estou um pouco mais do que um pouco preocupado de que as fantasias do Slim na prisão estejam se tornando minhas. Irene descansando naquela rocha úmida, coberta de musgo esmeralda, nua e loura, rindo como Marilyn Monroe, a cabeça para trás, relaxada e poderosa, senhora do universo de qualquer homem, guardiã dos sonhos, uma visão de lá para guardar cá, pra fazer a lâmina pronta pra uso de um canivete improvisado esperar mais um dia.

"Eu tinha uma mente adulta", Slim sempre diz. Foi assim que ele levou a melhor sobre Black Peter, a solitária no subsolo da Boggo Road. Jogaram ele naquela caixa medieval por catorze dias durante uma onda de calor no verão de Queensland. Deram a ele meio pão para ser comido em duas semanas. E quatro, talvez cinco copos d'água.

Slim diz que metade dos seus colegas na Boggo Road teria morrido depois de uma semana na Black Peter porque metade de qualquer população de prisão, e de qualquer grande cidade do mundo, na verdade, é cheia de homens adultos com mentes infantis. Mas uma mente adulta pode levar um homem adulto para onde ele quiser ir.

Black Peter tinha um colchão áspero de fibra de coco, do tamanho de um capacho ou do comprimento das tíbias compridas do Slim. Todos os dias, Slim diz, ele se deitava de lado no colchão de fibra de coco e puxava as tíbias compridas para junto do peito e fechava os olhos e abria a porta do quarto da Irene e entrava embaixo do lençol branco da Irene e fazia conchinha delicadamente com Irene e passava o braço direito pela barriga nua de porcelana da Irene e lá ficou por catorze dias. "Me encolhi que nem um urso e hibernei", ele diz. "Ficou tão aconchegante lá no inferno que nem tive vontade de sair."

Slim diz que tenho uma mente adulta em um corpo de criança. Só tenho doze anos, mas o Slim acha que aguento as histórias pesadas. Slim acha que eu devia ouvir todas as histórias de prisão de estupro masculino e de homens que quebraram o próprio pescoço com lençóis amarrados ou que engoliram pedaços afiados de metal para rasgar as suas entranhas e garantir umas férias de uma semana no ensolarado hospital Royal Brisbane. Às vezes, acho que ele vai longe demais nos detalhes, sangue pingando de bundas estupradas e coisas do tipo. "Luz e sombra, garoto", Slim diz. "Não dá pra fugir da luz e não dá pra fugir da sombra." Preciso ouvir as histórias sobre doenças e morte lá de dentro para entender o impacto dessas lembranças da Irene. Slim diz que eu aguento as histórias pesadas porque a idade do meu corpo não significa nada em comparação à idade da minha alma — que ele foi limitando aos poucos entre algo na casa dos setenta e a esclerose. Uns meses antes, sentado naquele carro, Slim disse que teria compartilhado uma cela de prisão comigo sem problema porque eu escuto e me lembro do que escutei. Uma lágrima solitária escorreu pelo meu rosto quando ele fez essa grande homenagem de colega de quarto a mim.

— Lágrimas não pegam muito bem lá dentro — disse ele.

Eu não sabia se ele queria dizer dentro de uma cela de prisão ou dentro do corpo de alguém. Chorei em parte por orgulho, em parte por vergonha, porque não sou digno, isso se digno for uma palavra pra um cara com quem se divide uma cela.

— Desculpa — falei, por causa da lágrima. Ele deu de ombros.

— Tem mais no lugar de onde essa veio — disse ele.

Seu fim é um passarinho azul morto. *Seu fim é um passarinho azul morto.*

⋆

Vou me lembrar do arco-íris de poeira no para-brisa do Slim atravessando a lua leitosa surgindo por trás da unha do meu polegar esquerdo, e sempre que olhar para aquela lua leitosa, vou me lembrar do dia em que Arthur "Slim" Halliday, o maior fugitivo de prisão do mundo, o maravilhoso e elusivo "Houdini da Boggo Road", me ensinou — a mim, Eli Bell, o garoto com alma velha e mente adulta, melhor candidato a companheiro de cela de prisão, o garoto com lágrimas do lado de fora — a dirigir o Toyota LandCruiser azul-escuro enferrujado.

Trinta e dois anos atrás, em fevereiro de 1953, depois de um julgamento que durou seis dias no Tribunal Superior de Brisbane, um homem chamado juiz Edwin James Droughton Stanley sentenciou o Slim à prisão perpétua por ter espancado brutalmente um taxista chamado Athol McCowan até a morte usando uma pistola Colt .45. Os jornais sempre chamaram o Slim de "Assassino do Táxi".

Eu só o chamo de babá.

— Embreagem — diz ele.

A coxa esquerda do Slim se contrai quando a velha perna queimada de sol, com setecentas e cinquenta rugas porque ele pode ter setecentos e cinquenta anos, pisa na embreagem. A velha mão esquerda queimada de sol do Slim muda a marcha. Um cigarro enrolado à mão, queimando em amarelo, cinza e depois preto, se prende de forma precária ao cuspe no canto do lábio inferior.

— Ponto morto.

Vejo meu irmão, August, pela rachadura no para-brisa. Ele está sentado na cerca de tijolos, escrevendo a história da sua vida em letra cursiva com o indicador direito, formando as palavras no ar.

Garoto escreve no ar.

Garoto escreve no ar do mesmo jeito que o meu velho vizinho Gene Crimmins diz que Mozart tocava piano, como se cada palavra tivesse que vir embrulhada e enviada de um lugar além da sua própria mente ativa. Não em papel e bloco pautado ou máquina de escrever, mas no ar, a coisa invisível, o grande ato de fé que você talvez nem se lembrasse que existe não fosse o vento soprando na sua cara. Notas, reflexões, trechos de diário, tudo escrito no ar, com o indicador direito esticado açoitando e cortando, criando letras e frases para o nada, como se ele tivesse que tirar tudo da cabeça, mas precisasse que a história também sumisse no espaço, enfiando para sempre o dedo no eterno pote de tinta invisível. Palavras não pegam muito bem lá dentro. É sempre melhor para fora do que para dentro.

Ele segura a princesa Leia na mão esquerda. Garoto nunca solta ela. Seis semanas antes, Slim nos levou para ver todos os três filmes de *Star Wars* no drive-in Yatala. Absorvemos aquela galáxia muito, muito distante no banco de trás do LandCruiser, as cabeças apoiadas em protetores infláveis de garrafas de vinho que por sua vez estavam em cima de uma armadilha de caranguejo que cheirava a tainha morta que o Slim deixava na parte de trás, perto de uma caixa de equipamento de pesca e um velho lampião de querosene. Havia tantas estrelas naquela noite no céu do sudeste de Queensland que, quando a Millennium Falcon voou para a lateral da tela, achei por um momento que acabaria voando pelas nossas próprias estrelas, que pegaria o expresso da velocidade da luz até Sydney.

— Tá ouvindo? — resmunga Slim.

— Sim.

Não. Nunca escuto como deveria. Sempre estou pensando demais no August. Na mãe. No Lyle. Nos óculos de Buddy Holly do Slim. Nas rugas profundas na testa do Slim. No jeito como ele anda engraçado desde que deu um tiro na própria perna em 1952. No fato de ele ter uma pinta da sorte que nem eu. No fato de ele ter acreditado em mim quando contei que a minha pinta da sorte tinha poder, que era importante para mim, que, quando estou nervoso ou com medo ou perdido, meu primeiro instinto é olhar para a pinta marrom-escura no meio do meu indicador direito. Aí, me sinto melhor. Pode parecer bobeira, Slim, falei. Pode parecer loucura, Slim, falei. Mas ele me mostrou a pinta da sorte dele, quase uma verruga, no meio do ossinho proeminente do pulso direito. Ele disse que achava que pudesse ser cancerígena, mas era a pinta da sorte dele e ele não conseguia tirá-la. Na D9, ele disse, a pinta se tornou sagrada porque o lembrava de uma pinta que a Irene tinha no alto da parte interna da coxa esquerda, não muito longe do local mais sagrado, e ele me garantiu que um dia eu também conheceria esse lugar raro no alto da parte interna da coxa de uma mulher e também saberia como Marco Polo se sentiu quando tocou seda pela primeira vez.

Gostei dessa história, então contei ao Slim que ver a pinta no meu indicador direito pela primeira vez por volta dos quatro anos, sentado de camiseta amarela com mangas marrons em um sofá comprido de vinil castanho, é o mais longe que a minha memória consegue chegar. Tem uma televisão ligada nessa lembrança. Eu olho para o indicador e vejo a pinta e levanto o rosto e viro a cabeça para a direita e vejo um rosto que acho que é do Lyle, mas que pode ser do meu pai, apesar de eu não me lembrar do rosto do meu pai.

Assim, a pinta sempre é consciência. Meu big bang pessoal. O sofá. A camiseta amarela e marrom. E eu chego. Estou aqui. Falei para o Slim que achava que o resto era questionável, que os quatro anos antes daquele momento podiam muito bem nunca ter acontecido. Slim sorriu quando falei isso. Ele disse que a pinta no meu indicador direito é o meu lar.

★

Ignição.

— Puta que pariu, Sócrates, o que foi que eu acabei de dizer? — grita Slim.

— Pra tomar cuidado quando baixar o pé?

— Você estava olhando bem pra mim. Parecia que estava ouvindo, mas não. Seus olhos iam de lá pra cá no meu rosto, olhando aqui e ali, mas não ouviu uma palavra.

A culpa é do August. Garoto não fala. É tagarela que nem um dedal, falador que nem um violoncelo. Sabe falar, mas não quer. Nem uma palavra, pelo que me lembro. Nem comigo, nem com a mãe, nem com o Lyle, nem mesmo com o Slim. Ele se comunica direitinho, transmite grandes conversas com um toque delicado no braço, uma gargalhada, um movimento de cabeça. Consegue dizer como está se sentindo pela maneira que abre um pote de geleia. Diz o quanto está feliz pelo jeito que passa manteiga no pão, o quanto está triste pela forma como amarra os cadarços.

Tem dias que me sento na frente dele na sala e jogamos *Super Breakout* no Atari, e nós nos divertimos tanto que olho para ele no exato momento em que posso jurar que ele vai dizer alguma coisa.

— Fala — digo eu. — Sei que você quer falar. Vai, fala.

Ele sorri, inclina a cabeça para a esquerda e levanta a sobrancelha esquerda, e a mão direita faz um movimento de arco, como se ele estivesse esfregando um globo de neve invisível, e é assim que ele me pede desculpas. *Um dia, Eli, você vai saber por que não falo. Mas hoje não é esse dia, Eli. Agora é sua vez, porra.*

A mãe diz que o August parou de falar mais ou menos na mesma época que ela fugiu do pai. O August tinha seis anos. Ela diz que o universo roubou as palavras do garoto dela quando ela não estava olhando, quando estava envolvida demais em coisas que vai me contar quando eu for mais velho, coisas sobre como o universo roubou o garoto dela e substituiu ele por um enigmático alienígena que só tira dez na escola com quem tenho que dividir o beliche há oito anos.

De vez em quando, uma criança infeliz da turma do August debocha dele e da sua recusa de falar. A reação é sempre a mesma: ele vai até o valentão boca suja daquele mês, perigosamente alheio à tendência secreta de fúria psicopata do August, e, abençoado pela incapacidade estabelecida de explicar suas ações, simplesmente ataca o queixo, o nariz e as costelas do moleque com uma das três combinações de dezesseis socos que o namorado da minha mãe, o Lyle, nos ensinou incansavelmente em intermináveis fins de semana de inverno com um velho saco de areia de couro marrom que temos no barracão do quintal. Lyle não acredita em muita coisa, mas acredita no poder de um nariz quebrado pra mudar as circunstâncias.

Os professores costumam ficar do lado do August porque ele é um aluno que só tira dez, tão dedicado quanto possível. Quando os psicólogos infantis aparecem na nossa porta, minha mãe arruma outro testemunho elogioso de algum professor sobre o motivo do August ser um aluno dos sonhos para qualquer turma e por que o sistema de educação de Queensland se beneficiaria de ter mais uma criança como ele, completamente muda.

Minha mãe diz que, quando tinha cinco ou seis anos, o August passava horas olhando para superfícies reflexivas. Enquanto eu batia caminhões de brinquedo e brincava de blocos de montar no piso da cozinha e a mãe fazia bolo de cenoura, ele estava olhando um espelho redondo de maquiagem dela. Ficava horas sentado na frente de poças, encarando o próprio reflexo, não que nem o Narciso, mas de um jeito que a mãe achava que era explorador, como se ele estivesse procurando alguma coisa. Eu passava pela porta do nosso quarto e o via fazendo caretas no espelho que tínhamos acima de uma cômoda velha de madeira prensada. "Já encontrou?", perguntei uma vez quando tinha nove anos. Ele afastou o rosto do espelho com uma expressão vazia e um tremor no canto esquerdo do lábio superior que disseram para mim que havia um mundo além das paredes creme do nosso quarto para o qual eu não estava pronto e onde nem era necessário. Mas continuei fazendo a pergunta sempre que o via se olhando. "Já encontrou?"

Ele sempre olhava a lua, acompanhava o caminho dela por cima da casa pela janela do quarto. Conhecia os ângulos do luar. Às vezes, no meio da madrugada, saía pela nossa janela, desenrolava a mangueira e a arrastava de pijama até a vala da frente, onde ficava sentado durante horas, enchendo a rua de água em silêncio. Quando conseguia acertar os ângulos, uma poça gigante se enchia com o reflexo prateado da lua. "A poça da lua", declarei, grandioso, em uma noite fria. E August abriu um sorriso enorme, passou o braço direito pelos meus ombros e assentiu, como Mozart poderia ter assentido no final da ópera favorita de Gene Crimmins, *Don Giovanni*. Ele se ajoelhou e, com o indicador direito, escreveu três palavras em cursiva perfeita na poça da lua.

Garoto devora universo, ele escreveu.

Foi o August que me ensinou os detalhes, como ler um rosto, como extrair o máximo de informação possível da linguagem não verbal, como minar a expressão e a conversa e a história dos elementos de todas as coisas sem discurso que estão bem diante dos seus olhos, as coisas que falam com você sem falar com você. Foi o August que me ensinou que eu não precisava sempre ouvir. Talvez bastasse olhar.

★

O LandCruiser dá uma tosse metálica de volta à vida, e eu quico no banco de vinil. Dois chicletes Juicy Fruit que estão comigo há sete horas escorregam do bolso do meu short e entram em uma cavidade na espuma que o vira-lata branco e velho e leal e morto do Slim, Pat, mordia regularmente durante as muitas viagens que os dois faziam de Brisbane até a cidade de Jimna, a norte de Kilcoy, nos anos pós-prisão do Slim.

O nome inteiro de Pat era Patch, mas isso acabou se tornando longo demais para o Slim. Ele e o cachorro garimpavam por ouro regularmente num riacho secreto de uma floresta em Jimna. Até hoje Slim acredita que o riacho contém depósitos de ouro suficientes para deixar o rei Salomão impressionado. Ele ainda vai até lá com a velha bateia, no primeiro domingo de cada mês. Mas a busca não é a mesma coisa sem Pat, ele diz. Era o Pat quem sabia procurar pelo ouro. O cachorro tinha faro para isso. Slim acha que o Pat cobiçava de verdade aquele ouro, o primeiro cão do mundo a sofrer de febre do ouro.

— Doença do brilho — diz ele. — Mandou o Pat pro beleléu.

Slim muda a marcha.

— *Lembra de pisar na embreagem*. Primeira. Solta a embreagem.

Um leve aperto no acelerador.

— E com firmeza no pedal.

O enorme LandCruiser se desloca três metros no acostamento de grama, e o Slim freia, o carro paralelo ao August, que ainda escreve no ar com o indicador direito. Slim e eu viramos a cabeça rápido para a esquerda para ver a explosão de criatividade aparente do August. Quando termina de escrever uma frase, ele cutuca o ar como se estivesse fazendo um ponto. Ele usa a sua camisa verde favorita, com as palavras *Você ainda não viu nada* escritas com letras de arco-íris. Cabelo castanho caído na testa, quase um corte Beatles. Usa um velho short do Lyle, azul e amarelo e com o escudo do Parramatta Eels, apesar de, aos treze anos, cinco dos quais deve ter passado assistindo a jogos do Parramatta Eels no sofá com o Lyle e comigo, ele não ter demonstrado o menor interesse em rúgbi. Nosso querido garoto misterioso. Nosso Mozart. August é um ano mais velho do que eu, mas o August é um ano mais velho do que todo mundo. O August é um ano mais velho do que o universo.

Quando termina de escrever cinco frases completas, ele lambe a ponta do dedo, como se estivesse molhando uma pena na tinta, e se conecta de novo à fonte mística que empurra a caneta invisível que escreve o texto invisível. Slim apoia os braços no volante, dá uma tragada longa no cigarro e não tira os olhos do August.

— O que ele tá escrevendo agora? — pergunta Slim.

August está alheio aos nossos olhares, seus olhos só seguem as letras no seu céu azul pessoal. Talvez para ele aquilo seja uma infinita resma de papel com pauta na qual escreve na sua cabeça, ou talvez ele veja linhas pretas no céu. É escrita especular pra mim. Sou capaz de ler se estiver de frente para ele no ângulo certo, se conseguir ver as letras com clareza suficiente para virá-las na cabeça, para girá-las no espelho da minha mente.

— É a mesma frase de novo e de novo desta vez.

— E qual é?

O sol por cima do ombro do August. Um deus branco e quente. A mão na minha testa. Sem dúvida nenhuma.

— Seu fim é um passarinho azul morto.

August para. Olha pra mim. Ele se parece comigo, mas uma versão melhor, mais forte, mais bonito, com tudo lisinho no rosto, liso como os rostos que ele vê quando olha a poça da lua.

Eu repito.

— Seu fim é um passarinho azul morto.

August abre um sorrisinho, balança a cabeça, me encara como se o maluco fosse eu. Como se quem estivesse imaginando coisas fosse eu. *Você está sempre imaginando coisas, Eli.*

— É, eu vi. Estou de olho em você faz cinco minutos.

Ele abre um sorriso enorme e limpa com pressa as palavras do céu com a mão aberta. Slim também abre um sorriso grande e balança a cabeça.

— Aquele garoto tem as respostas — diz Slim.

— De quê? — falo.

— Das perguntas — responde ele.

Ele engata a ré no LandCruiser, volta três metros, freia.

— Sua vez.

Slim tosse e cospe tabaco marrom, que voa da janela para a rua frita de sol e cheia de buracos, cercada por catorze casas feias e baratas, a nossa e a de todo mundo em tons de creme, turquesa e azul-céu. A rua Sandakan, em Darra, meu pequeno subúrbio de refugiados poloneses e vietnamitas, e de refugiados dos Dias Ruins do Passado como a minha mãe e o August e eu, exilados aqui há oito anos, escondidos do resto do mundo, sobreviventes ilhados do grande navio que transportava a merda da classe baixa australiana, separados dos Estados Unidos e da Europa e da Jane Seymour por oceanos e pela bela Grande Barreira de Coral e mais sete mil quilômetros de litoral de Queensland e depois um viaduto que leva os carros até a cidade de Brisbane, e separados ainda mais um pouco pela Companhia de Cimento e Calcário de Queensland, que espalha pó de cimento por Darra nos dias de vento e cobre as paredes azul-céu de placas de gesso da nossa casa com uma poeira que o August e eu temos que limpar antes que a chuva caia e a poeira grude no cimento, deixando veios duros e cinzentos de infelicidade na frente da casa e na janela grande pela qual o Lyle joga as guimbas de cigarros e eu jogo os miolos de maçã, sempre imitando o Lyle porque, e talvez eu seja novo demais para entender direito, o Lyle sempre faz coisas que valem a pena imitar.

Darra é um sonho, uma merda, uma lata de lixo virada, um espelho quebrado, um paraíso, uma tigela de sopa de macarrão vietnamita cheia de camarões, domos de plástico de carne de caranguejo, orelhas de porco e dedos de porco e barriga de porco. Darra é uma garota que desceu pelo ralo, um garoto com catarro que escorre do nariz tão verde que brilha na noite de Páscoa, uma adolescente deitada no trilho do trem esperando o expresso que vai até a Central e mais além, um sul-africano fumando erva sudanesa, um filipino injetando droga afegã que tem uma garota do Camboja tomando leite da região de Darling Downs, de Queensland, como vizinha. Darra é meu suspiro silencioso, minhas reflexões sobre a guerra, meu desejo pré-adolescente idiota, meu lar.

— Quando você acha que eles vão voltar? — eu pergunto.

— Daqui a pouco.

— O que eles foram ver?

Slim usa uma camisa de algodão barata da cor do bronze enfiada em um short azul-marinho. Ele sempre usa esse short, e diz que tem três iguais, mas sempre vejo o mesmo buraco no canto inferior direito do bolso de trás. Os chinelos azuis de borracha têm a forma dos pés velhos e calejados, sujos de terra e fedendo a suor, mas o esquerdo escorrega agora, preso na embreagem, quando ele sai desajeitado do carro. Houdini está ficando velho. Houdini preso na câmara de água do subúrbio ocidental de Brisbane. Nem Houdini pode escapar agora. Slim não pode fugir da MTV. Slim não pode fugir do Michael Jackson. Slim não pode escapar dos anos 1980.

— *Laços de ternura* — diz ele, abrindo a porta do passageiro.

Amo o Slim de verdade porque ele ama o August de verdade, e também me ama. Slim era durão e frio na juventude, mas amoleceu com a idade. Slim sempre cuida do August e de mim, e quer saber como estamos e como vamos crescer. Eu o amo tanto por tentar nos convencer que, quando a mãe e o Lyle ficam tanto tempo fora, que nem agora, eles estão no cinema, e não vendendo heroína comprada dos donos dos restaurantes vietnamitas.

— Foi o Lyle que escolheu?

Eu desconfio que a mãe e o Lyle são traficantes desde que encontrei um tijolo de quinhentos gramas de heroína do Triângulo Dourado guardado no saco do cortador de grama dentro do barracão do quintal cinco dias antes. Eu tenho certeza de que a mãe e o Lyle são traficantes quando o Slim me fala que eles foram no cinema pra ver *Laços de ternura*.

Slim me olha com cara feia.

— Vamos nessa, espertinho — resmunga ele com o canto da boca.

Pisar na embreagem. Primeira. Pé firme no pedal. O carro dá um pulo pra frente, e estamos em movimento.

— Acelera um pouco — diz Slim.

Meu pé descalço desce, a perna toda esticada, e atravessamos o gramado até a roseira da sra. Dudzinski na calçada ao lado.

— Vai pra rua — instrui Slim, rindo.

Viro o volante para a direita, passo pela vala e vou para o asfalto da rua Sandakan.

— Embreagem, segunda — diz Slim.

Mais rápido agora. Passamos pela casa do Freddy Pollard, passamos pela irmã do Freddy Pollard, Evie, empurrando uma Barbie sem cabeça pela rua em um carrinho de bebê de brinquedo.

— Tenho que parar? — pergunto.

Slim olha o retrovisor, vira a cabeça pro espelho do lado do passageiro.

— Não, que se foda. Vamos dar uma volta no quarteirão.

Engato a terceira, e agora estamos a quarenta quilômetros por hora. E estamos livres. É uma fuga. Eu e o Houdini. Pé na estrada. Dois grandes escapistas em fuga.

— Estou *dirigiiiiindo*! — grito.

Slim ri, e o peito velho dele chia.

Viro à esquerda na rua Swanavelder, passo pelo centro de imigrantes poloneses da Segunda Guerra Mundial, onde a mãe e o pai do Lyle ficaram nos seus primeiros dias na Austrália. Entro à esquerda na rua Butcher, onde os Freeman têm uma coleção de pássaros exóticos: um pavão barulhento, um ganso-bravo, um pato-selvagem. Voe em liberdade, pássaro. Dirija. Dirija. À esquerda na Hardy, de volta à Sandakan.

— Devagar — diz Slim.

Piso no freio e solto o pé da embreagem, e o carro para, mais uma vez em paralelo ao August, que ainda está escrevendo palavras no ar, perdido naquela tarefa.

— Você viu, Gus? — berro. — Me viu dirigindo, Gus?

Ele não afasta os olhos das palavras. Garoto nem nos viu indo embora.

— O que ele tá escrevendo? — pergunta Slim.

As mesmas duas palavras sem parar. A lua crescente de um "C" maiúsculo. Um "a" pequeno e gordinho. Um "i" pequeno e magrelo, um movimento descendente no ar com uma cereja em cima. August está sentado no mesmo lugar da cerca onde costuma ficar, junto de um tijolo que falta, a uma distância de dois tijolos da caixa de correspondência vermelha de ferro.

August é o tijolo que falta. A poça da lua é o meu irmão. August é a poça da lua.

— Duas palavras — eu respondo. — Um nome que começa com "C".

Vou associar o nome dela com o dia em que aprendi a dirigir e para sempre com o tijolo que falta e a poça da lua e o Toyota LandCruiser do Slim e a rachadura no para-brisa do Slim e a minha pinta da sorte, e tudo no meu irmão, August, vai me lembrar dela.

— Que nome? — pergunta Slim.

— Caitlyn.

Caitlyn. Sem dúvida nenhuma. Caitlyn. Aquele indicador direito e uma folha de papel azul-céu infinita com aquele nome escrito.

— Você conhece alguma Caitlyn? — pergunta Slim.

— Não.

— Qual é a segunda palavra?

Sigo o dedo de August, que rodopia pelo céu.

— É "Spies" — eu digo.

— Caitlyn Spies — diz Slim. — Caitlyn Spies. — Ele traga o cigarro, contemplativo. — Que porra quer dizer isso?

Caitlyn Spies. Sem dúvida nenhuma.

Seu fim é um passarinho azul morto. Garoto devora universo. Caitlyn Spies.

Sem dúvida nenhuma.

Essas são as respostas.

As respostas pras perguntas.

Garoto faz arco-íris

Esse quarto de amor verdadeiro. Esse quarto de sangue. Paredes azul-céu de placas de gesso. Manchas de tinta diferentes, onde o Lyle tapou buracos. Uma cama queen arrumada, o lençol bem esticado, um cobertor cinza fino e velho que combinaria com um daqueles campos de concentração do qual a mãe e o pai do Lyle fugiram. Todo mundo está fugindo de alguma coisa, principalmente ideias.

Um retrato emoldurado de Jesus acima da cama. O filho e a coroa de espinhos, razoavelmente calmo com todo o sangue escorrendo pela testa (esse cara fica tão calmo sob pressão), mas a expressão franzida de sempre, porque o August e eu não deveríamos estar aqui. Esse imóvel quarto azul, o lugar mais silencioso da terra. Esse quarto de verdadeiro companheirismo.

Slim diz que o erro de todos os antigos escritores ingleses e de todos os filmes de matinê é sugerir que o amor verdadeiro aparece fácil, que espera nas estrelas e nos planetas e que orbita em torno do sol. Que espera pelo destino. Amor verdadeiro adormecido, que existe para todo mundo, só esperando para ser encontrado, que explode quando o fio da existência colide com a sorte e o olhar de dois amantes se encontra. Bum. Pelo que vi, o amor verdadeiro é difícil. O romance real é acompanhado por um pouco de morte. Tem tremores de meia-noite e manchas de merda no lençol. O amor verdadeiro morre se tiver que esperar pelo destino. O amor verdadeiro pede aos amantes para deixarem de lado o que deveria ser e trabalharem com o que é.

August vai na frente. Garoto quer me mostrar uma coisa.

— Ele vai matar a gente se encontrar a gente aqui.

O quarto da Lena é proibido. O quarto da Lena é sagrado. Só o Lyle entra no quarto da Lena. August dá de ombros. Está com uma lanterna na mão direita e passa pela cama da Lena.

— Essa cama me deixa triste.

August assente, concordando. *Me deixa mais triste ainda, Eli. Tudo me deixa mais triste. Minhas emoções são mais profundas do que as suas, Eli, não esqueça.*

A cama é mais funda de um lado, com o peso dos oito anos em que Lena Orlik dormiu sozinha ali, sem o peso do marido, Aureli Orlik, para equilibrar. O homem morreu de câncer de próstata naquela cama em 1968. Aureli morreu em silêncio. Tão silencioso quanto o quarto.

— Você acha que a Lena está nos olhando agora?

August sorri e dá de ombros. Lena acreditava em Deus, mas não no amor, ou pelo menos não do tipo escrito nas estrelas. Lena não acreditava no destino porque, se o seu amor por Aureli era coisa do destino, então o nascimento e toda a idade adulta profana e mentalmente desajustada de Adolf Hitler também era coisa do destino, porque aquele monstro, "aquele *potwor* imundo", era o único motivo para eles terem se encontrado em 1945 em um campo para refugiados internos controlado por americanos na Alemanha, onde eles passaram quatro anos, tempo suficiente para o Aureli juntar a prata com que fez a aliança de casamento da Lena. Lyle nasceu no campo em 1949, passou a primeira noite da vida dormindo em uma bacia grande de lavar roupa, enrolado em um cobertor cinza que nem o que estava na cama. Os Estados Unidos não quiseram o Lyle, e a Grã-Bretanha não quis o Lyle, mas a Austrália quis, e o Lyle nunca se esqueceu disso, e é por isso que, durante uma juventude meio rebelde, ele nunca queimou nem vandalizou nada que tivesse a indicação *Made in Australia*.

Em 1951, os Orliks chegaram no Campo para Refugiados e Dependentes de Wacol East, a sessenta segundos de bicicleta da nossa casa. Por quatro anos, eles moraram com duas mil pessoas, que dividiam casas de madeira com um total de trezentos e quarenta quartos, com banheiros e chuveiros comunitários. Aureli conseguiu um trabalho pregando dormentes na nova linha férrea entre Darra e os subúrbios vizinhos de Oxley e Corinda. Lena pegou um emprego numa fábrica de madeira em Yeerongpilly, no sudoeste, cortando folhas de compensado junto a homens com o dobro do tamanho dela e metade da sua coragem.

Aureli construiu aquele quarto sozinho, construiu a casa toda nos fins de semana com os amigos poloneses da linha férrea. Não tinham eletricidade nos dois primeiros anos. Lena e Aureli aprenderam inglês sozinhos à luz de um lampião de querosene. A casa cresceu, cômodo a cômodo, um pouco de cada vez, até que o aroma da sopa polonesa de cogumelos selvagens da Lena, do *pierogi* de batata e queijo, do *golabki* de repolho e do *baranina* de cordeiro assado ocupou três quartos, uma cozinha, uma sala, uma sala menor, uma lavanderia do lado da cozinha, um banheiro e um vaso sanitário com descarga embaixo de um quadro da branca e com três naves Igreja do Santo Salvador de Varsóvia.

August para e se vira para o armário embutido do quarto. Lyle construiu o armário usando toda a habilidade com madeira que aprendeu vendo o pai e os amigos poloneses montarem aquela casa.

— O que é, Gus?

August move a cabeça para a direita. *Você devia abrir a porta do armário.*

Aureli Orlik teve uma vida tranquila e estava determinado a morrer de forma tranquila, com dignidade, não com o som de monitores cardíacos e uma equipe médica correndo de lá pra cá. Ele não queria fazer cena. Todas as vezes que a Lena voltava para aquele leito da morte com uma comadre vazia ou uma toalha para limpar o vômito do marido do peito, o Aureli pedia desculpas pelo trabalho. Sua última palavra para a Lena foi "Desculpe", e ele não ficou vivo por tempo suficiente para explicar pelo que estava se desculpando, e a Lena só podia ter certeza de que ele não estava falando do amor dos dois, pois sabia que havia dificuldade naquele amor verdadeiro, e resistência e recompensas e fracassos e renovação e, enfim, a morte, mas não arrependimento.

Eu abro o armário. Uma tábua de passar roupa velha de pé. Um saco de roupas velhas da Lena no chão. Uma fileira de vestidos da Lena pendurados, todos de cores parecidas: verde-musgo, marrom, preto, azul.

Lena morreu fazendo barulho, uma cacofonia violenta de aço estourando e uma nota aguda cantada pelo Frankie Valli, voltando da Festa das Flores de Toowoomba pela rodovia Warrego no crepúsculo, a oitenta minutos de Brisbane, o Ford Cortina dando de cara com a grelha frontal de um caminhão que transportava abacaxis. Lyle estava no sul, em um centro de reabilitação de drogas com a antiga namorada, Astrid, na segunda das três tentativas de se livrar do vício de heroína de uma década. Ele estava fissurado durante toda a reunião subsequente com os policiais rodoviários de Gatton, que cuidaram do acidente. "Ela não deve ter sofrido", disse um guarda idoso, o que o Lyle interpretou como um jeito gentil de dizer "O caminhão era grande pra caralho". O guarda entregou a ele os únicos pertences da Lena que conseguiram tirar dos destroços: a bolsa, um terço, uma almofada redonda na qual ela se sentava para enxergar melhor por cima do volante e, milagrosamente, uma fita cassete ejetada do aparelho de som modesto do carro, *Lookin' Back* de Frankie Vallie and The Four Seasons.

— Cacete — disse o Lyle, com a fita na mão e balançando a cabeça.

— O quê? — perguntou o guarda.

— Nada — respondeu o Lyle, percebendo que uma explicação adiaria a dose que dominava a sua cabeça naquela hora, a necessidade física de drogas e do lindo sonho criado por elas, o que ouvi a mãe chamar de "siesta" uma vez, criando um equilíbrio emocional que acabaria uma semana depois, incutindo nele a ideia de que não havia mais ninguém na face da terra que o amava. Naquela noite, em um sofá-cama em Darra, no porão do seu melhor amigo de infância, Tadeusz "Teddy" Kallas, ele injetou no braço esquerdo pensando no quanto a mãe era romântica, no quanto amava o marido e em como as notas agudas cantadas pelo Frankie Valli faziam todos os humanos do planeta sorrirem, menos sua mãe. Frankie Valli fazia a Lena Orlik chorar. No barato da heroína, o Lyle colocou a fita cassete do The Four Seasons no toca-fitas do porão do Teddy. Apertou o play porque queria ouvir a música que estava tocando quando ela bateu no caminhão cheio de abacaxis. Era "Big Girls Don't Cry", e naquele momento o Lyle lembrou, tão certo quanto a primeira nota aguda cantada pelo Frankie Valli, que acidentes não aconteciam com a Lena Orlik.

O amor verdadeiro é duro.

★

— O que é, Gus?

Ele coloca o indicador nos lábios. Puxa a bolsa com roupas da Lena em silêncio, afasta os vestidos dela pela haste do armário. Empurra a parede de trás do armário, e uma folha de compensado pintada de branco, de um metro quadrado, clica em um mecanismo de compressão atrás da parede e cai nas mãos do August.

— O que você tá fazendo, Gus?

Ele empurra o compensado para trás dos vestidos pendurados da Lena. Um espaço escuro se abre atrás do armário, um vão, um espaço de distância desconhecida por trás da parede. Os olhos do August estão arregalados, eufóricos com a esperança e a possibilidade do vão.

— O que é?

*

Nós conhecemos o Lyle pela Astrid, e minha mãe conheceu a Astrid no Abrigo para Mulheres das Irmãs da Misericórdia em Nundah, no lado norte de Brisbane. A gente estava molhando pão em ensopado de carne, a mãe, o August e eu, na sala de jantar do abrigo. A mãe diz que a Astrid estava na ponta da mesma mesa. Eu tinha cinco anos. August tinha seis e ficava apontando para um cristal roxo tatuado embaixo do olho esquerdo da Astrid, de uma forma que parecia que ela estava chorando cristais. Astrid era marroquina e linda e sempre jovem e tão enfeitada e mística que passei a pensar nela e na barriga cor de café exposta dela como uma personagem *de As mil e uma noites*, uma protetora de lâmpadas mágicas e adagas e tapetes voadores e significados secretos. À mesa de jantar do abrigo, a Astrid se virou e encarou o August, e ele a encarou de volta, sorrindo por tanto tempo que inspirou a Astrid a falar com a minha mãe.

— Você deve se sentir especial — disse ela.

— Por quê? — perguntou a minha mãe.

— O Espírito escolheu você pra cuidar dele — disse ela, indicando o August.

Depois, a gente descobriria que o Espírito era um termo abrangente para o criador de todas as coisas vivas que visitava a Astrid de três formas diferentes: uma deusa mística de vestes brancas, Sharna; um faraó egípcio chamado Om Rá; e Errol, uma criatura boca-suja que não parava de peidar, representação de todos os males do universo e que falava que nem um anão irlandês bêbado. Para nossa sorte, o Espírito gostava do August e logo fez uma comunicação milagrosa com a Astrid, dizendo que o caminho dela para a luz incluía dar um jeito para que a gente ficasse por três meses no jardim de inverno da casa da avó dela, Zohra, em Manly, o subúrbio oriental de Brisbane. Eu só tinha cinco anos e já achava aquilo tudo uma bobagem, mas Manly é um lugar em que um garoto consegue correr descalço pela areia molhada da baía Moreton na maré baixa por tanto tempo que pode se convencer de estar correndo até Atlântida, onde poderia viver para sempre ou até o cheiro de bacalhau e batata frita o chamar de volta pra casa, então fiz como o August e calei a boca.

Lyle foi à casa da Zohra pra ver Astrid. Em pouco tempo, voltou à casa da Zohra para jogar Palavras Cruzadas com a minha mãe. Lyle não tem estudo, mas tem a inteligência das ruas, e lê livros sem parar, então conhece um monte de palavras, que nem a minha mãe. Lyle diz que se apaixonou pela minha mãe quando ela escreveu a palavra "quixotesco" e fez o triplo de pontos.

O amor da minha mãe foi duro. Houve dor envolvida, houve sangue e gritos e socos em paredes de placas de gesso, porque a pior coisa que o Lyle fez foi levar minha mãe a usar drogas. Acho que a melhor coisa que o Lyle fez foi tirá-la das drogas, mas ele sabe que eu sei que a segunda coisa não compensa a primeira. Ele a tirou das drogas naquele quarto. Naquele quarto de amor verdadeiro. Naquele quarto de sangue.

★

August acende a lanterna e a aponta para o vão preto atrás da parede do guarda-roupa. A luz branca e fria ilumina uma salinha mais ou menos do tamanho do nosso banheiro. A luz da lanterna exibe três paredes de tijolos marrons, uma abertura grande o bastante para um homem adulto ficar de pé, que nem uma espécie de abrigo nuclear, mas sem comida e vazio. O piso é feito da terra na qual o aposento foi cavado. A lanterna do August ilumina o espaço vazio até encontrar o único objeto lá dentro. É um banco de madeira com assento circular acolchoado. E, em cima do banco, um telefone de teclas. O telefone é vermelho.

★

O pior tipo de drogado é aquele que acha que não é o pior tipo de drogado. A mãe e o Lyle ficaram bem mal por uma época, há uns quatro anos. Não no jeito que se pareciam, só no jeito que se comportavam. Não é bem que eles tenham esquecido meu aniversário de oito anos, só dormiram o dia inteiro, esse tipo de coisa. Com seringas espalhadas como armadilhas e tudo. Você entrava no quarto deles para acordá-los e dizer que era Páscoa, pulava na cama como um coelhinho feliz e acabava com uma agulha enfiada no joelho.

August fez panquecas no meu oitavo aniversário, serviu com xarope de bordo e uma vela de aniversário que, na verdade, era uma vela grossa e branca e comum. Quando terminamos as panquecas, o August fez um gesto que dizia que, como era o meu aniversário, eu podia fazer o que quisesse. Perguntei se podíamos queimar várias coisas com a minha vela, começando pelo pão verde mofado que estava na geladeira havia quarenta e três dias, de acordo com as nossas contas.

August era tudo naquela época. Mãe, pai, tio, avó, padre, pastor, cozinheiro. Ele fazia o café da manhã, passava os uniformes da escola, penteava meu cabelo, me ajudava com o dever. Começou ao arrumar as coisas do Lyle e da mãe quando eles estavam dormindo: escondia os sacos e as colheres de drogas, descartava as seringas com responsabilidade, sempre comigo atrás dizendo: "Que se foda tudo isso, vamos jogar bola."

Só que o August cuidava da mãe como se ela fosse um cervo selvagem perdido que estivesse aprendendo a andar, porque ele parecia saber um segredo sobre tudo aquilo, que era só uma fase, uma parte da história da mãe que simplesmente tínhamos que esperar para passar. Acho que o August acreditava que ela precisava daquela fase, que merecia o descanso drogado, o sono longo, o tempo fora do próprio cérebro, a pausa de ter que pensar no passado — uma sequência de fotos de trinta anos de violência e abandono e lares para garotas rebeldes com maus pais em Sydney. August penteava o cabelo dela quando ela dormia, puxava o cobertor sobre o peito dela, secava a baba da sua boca com lenços de papel. August era seu guardião e me cobria de porrada e empurrões se eu demonstrasse crítica e nojo. Porque eu não sabia. Porque ninguém conhecia a mãe, só o August.

Aqueles foram os anos Debbie Harry em "Heart of Glass" da mãe. Dizem que a droga deixa a pessoa horrível, que a heroína faz o cabelo cair, deixa feridas no rosto e nos pulsos por causa dos dedos e das unhas nervosos que ficam se enchendo de sangue e pele arrancada. Dizem que a heroína suga o cálcio dos dentes e dos ossos, deixa a pessoa fraca que nem um cadáver apodrecido. E eu tinha visto tudo aquilo. Mas também achei que a heroína fez a mãe ficar linda. Ela estava magra e pálida e loura, não tão loura quanto a Debbie Harry, mas tão linda quanto ela. Eu achava que a heroína fez a mãe parecer um anjo. Ela ficava com um olhar vidrado na cara, presente, mas não exatamente, como a Harry no clipe de "Heart of Glass", como uma coisa saída dos sonhos, se movendo no espaço entre o sono e o despertar, entre a vida e a morte, mas cintilando mesmo assim, como se tivesse uma bola de espelhos girando para sempre nas pupilas dos olhos cor de safira. E me lembro de pensar que era assim que um anjo ficaria se fosse parar no subúrbio de Darra, sudeste de Queensland, tão longe do céu. Um anjo nessa situação ficaria atordoado daquele jeito, distante, batendo as asas enquanto observava a louça se acumulando na pia, os carros passando pela casa através da abertura da cortina.

Tem uma aranha tecedeira-de-seda-dourada fazendo uma teia do lado de fora da janela do meu quarto que é tão intrincada e perfeita quanto um floco de neve ampliado mil vezes. A aranha fica no meio dessa teia como se estivesse pulando de paraquedas de lado, suspensa na missão que quer terminar mesmo sem ter um motivo, soprada, mas não maltratada, pelo vento e pela chuva e pelas tempestades de verão vespertinas, tão fortes que derrubam postes de luz. A mãe era a aranha tecedeira-de-seda-dourada naqueles anos. E era a teia, e a borboleta também, a borboleta tigre azul com asas de safira sendo comida viva pela aranha.

⋆

— A gente tem que sair daqui, Gus.

August me entrega a lanterna. Ele se vira e se ajoelha, enfia as pernas no espaço do armário, para dentro do vão. Cai no aposento, e os pés encontram apoio. Ele se vira para mim e, na ponta dos pés para ficar mais alto, indica a porta de correr do armário. Eu fecho, e ficamos na escuridão total, só com a luz da lanterna. August faz sinal para eu entrar no vão e estica a mão para pegar a lanterna. Eu balanço a cabeça.

— Tá doido?

Ele faz sinal de novo para eu entrar.

— Você é um babaca.

Ele sorri. August sabe que sou igual a ele. August sabe que, se alguém me falasse que tinha um tigre faminto solto atrás de uma porta, eu abriria só para ter certeza de que a pessoa não estava mentindo. Entro na salinha, e meus pés descalços tocam a pedra fria e úmida no chão. Passo a mão pelas paredes, de tijolos ásperos e terra.

— Que lugar é esse?

August está parado, encarando o telefone vermelho.

— O que você tá olhando?

Ele continua observando o telefone, empolgado e distante.

— Gus, Gus…

Ele levanta o indicador esquerdo. *Espera um segundo.*

E o telefone toca. É um toque rápido, que preenche a salinha. Trim, trim. Trim, trim.

August se vira para mim, os olhos arregalados, azuis e elétricos.

— Não atende, Gus.

Ele deixa tocar mais três vezes e estica a mão para o fone.

— Gus, não atende essa porra!

Ele atende. Coloca o telefone no ouvido. Já está sorrindo, parecendo achar graça de alguém do outro lado da linha.

— Dá pra ouvir alguma coisa?

August sorri.

— O que é? Deixa eu ouvir.

Tento pegar o telefone, mas o August empurra o meu braço, a orelha esquerda espremendo o fone contra o ombro esquerdo. Ele está rindo agora.

— Tem alguém falando com você?

Ele assente.

— Você precisa desligar, Gus.

Ele se vira de costas para mim e escuta com atenção, o fio vermelho em espiral do telefone passando por cima do ombro. Ele fica de costas para mim por um minuto inteiro, depois se vira com uma expressão vaga no rosto. Aponta para mim. *Querem falar com você, Eli.*

— Não.

Ele assente e me passa o fone.

— Não quero falar mais — eu digo, empurrando o telefone.

August rosna, as sobrancelhas erguidas. *Não seja um criançāo, Eli.* Ele joga o telefone para mim, e eu pego por instinto. Respiro fundo.

— Alô?

Uma voz de um homem.

— Alô.

Uma voz de homem de verdade, grave, profunda. Um homem de uns cinquenta anos, talvez até sessenta.

— Quem é? — pergunto.

— Quem você acha que é? — responde o homem.

— Não sei.

— Claro que sabe.

— Não, não sei mesmo.

— Sabe, sim. Sempre soube.

August sorri, assentindo. Acho que sei quem é.

— É o Tytus Broz?

— Não, não sou o Tytus Broz.

— É amigo do Lyle?

— Sou.

— Você é o homem que deu ao Lyle a heroína do Triângulo Dourado que encontrei no cortador de grama?

— Como é que você sabe que a heroína era do Triângulo Dourado?

— Meu amigo Slim lê o *The Courier-Mail* todos os dias. Quando termina, ele dá o jornal pra mim. A seção de crimes sempre publica artigos sobre como a heroína está se espalhando por Brisbane vinda de Darra. Dizem que vem da principal área produtora de opioides do sudeste da Ásia, que engloba Birmânia, Laos e Tailândia. O Triângulo Dourado.

— Você sabe das coisas, moleque. Lê muito?

— Eu leio de tudo. Slim diz que ler é a maior fuga que existe, e ele já fez umas fugas bem boas.

— Slim é um cara sabido.

— Você conhece ele?

— Todo mundo conhece o Houdini da Boggo Road.

— Ele é o meu melhor amigo.

— Seu melhor amigo é um assassino condenado?

— Lyle diz que o Slim não matou o taxista.

— Ah, é?

— É. Ele diz que o Slim foi incriminado. Que botaram a culpa nele porque ele já tinha história. Eles fazem isso, sabe. A polícia.

— O próprio Slim disse que não foi ele?

— Na verdade, não, mas o Lyle diz que não tem como ele ter feito aquilo.

— E você acredita nele?

— O Lyle não mente.

— Todo mundo mente, garoto.

— Não o Lyle. Ele é fisicamente incapaz. Foi o que ele falou pra minha mãe, pelo menos.

— Você não acreditou nisso, né?

— Ele chamou de condição médica e tudo. "Transtorno de Apego Reativo Desinibido." Significa que ele não consegue mascarar a verdade. Não consegue mentir.

— Acho que isso não quer dizer que ele não consegue mentir. Acho que quer dizer que ele não consegue ser discreto.

— Dá no mesmo.

— É, talvez.

— Estou cansado dos adultos sendo discretos. Ninguém conta a história toda.

— Eli?

— Como sabe o meu nome? Quem é você?

— Eli?

— O quê?

— Tem certeza de que quer a história toda?

Ouvimos o som da porta do armário abrindo. August inspira fundo, e sinto o Lyle olhando pelo poço do armário bem antes de escutar ele berrando:

— Que porra os dois estão fazendo aí embaixo?

August cai no chão, e, no escuro, só consigo ver os brilhos da lanterna fazendo formatos frenéticos de raios nas paredes dessa salinha subterrânea úmida de terra enquanto as mãos procuram desesperadamente por alguma coisa até encontrar.

— Não faz isso, caralho — grita o Lyle entre dentes.

Mas o August faz. Ele encontra um alçapão de metal marrom na parte de baixo da parede direita, do tamanho da base de papelão de uma caixa grande de bananas. Um trinco de bronze mantém o alçapão preso a uma tira de madeira no chão. August solta o trinco, abre a porta e, deitando rápido de bruços, usa os cotovelos para rastejar por um túnel para fora da salinha.

Eu me viro para o Lyle, perplexo.

— Que lugar é esse?

Mas não espero por uma resposta. Largo o telefone.

— Eli! — grita Lyle.

Eu me deito de bruços e sigo o August pelo túnel. Tem terra na minha barriga. Terra úmida e paredes de terra batida contra os meus ombros, e escuridão, tirando a lanterna trêmula balançando com luz branca na mão do August. Tenho um colega de escola, o Duc Quang, que visitou os avós no Vietnã, e, quando estava lá, foi ver uma rede de túneis construída pelos vietcongues. Ele me disse que foi horrível rastejar pelos túneis, a claustrofobia sufocante, a terra que cai na sua cara e entra nos seus olhos. Isso aqui é a mesma coisa, porra, uma maluquice do exército do norte do Vietnã. Duc Quang disse que teve que parar na metade de um túnel, morto de medo, e que dois turistas que estavam atrás arrastaram ele para fora do túnel de costas. Eu não posso voltar. Lyle está naquela salinha e, mais importante, a palma da mão aberta do Lyle está naquela salinha, e com certeza ele está se preparando com uma série de flexões de dedo e de músculos, pronto para arrancar o couro da minha pobre bunda branca. O medo fez o Duc congelar nos túneis, mas o medo do Lyle me faz continuar, como um vietcongue especialista em explosivos experiente, seis, sete, oito metros na escuridão. O túnel faz uma curvinha para a esquerda. Nove metros, dez metros, onze metros. Está quente aqui dentro, o esforço e o suor e a terra se misturam e se transformam em lama na minha testa. O ar é quente.

— Porra, August. Não dá para respirar aqui dentro.

E o August para. A lanterna aponta para outro alçapão de metal. Ele abre, e um fedor horrível de enxofre toma conta do túnel e me dá vontade de vomitar.

— Que cheiro é esse? É merda? Acho que é merda, August.

August se esgueira pela abertura no túnel, e vou logo atrás, respirando fundo quando saio em outro espaço quadrado, menor do que o anterior, mas grande o suficiente para nós dois ficarmos de pé. O lugar está escuro. O chão é de terra de novo, mas tem alguma coisa cobrindo a terra e amortecendo o chão embaixo dos meus pés. Serragem. O cheiro está mais forte agora.

— Com certeza é merda, August. Onde a gente tá?

August olha para cima, e meu olhar segue o dele até um círculo perfeito de luz, do tamanho de um prato, bem em cima da gente. De repente, o círculo é preenchido com o rosto do Lyle olhando para nós. Cabelo ruivo, sardas. Lyle é o Ginger Meggs adulto, sempre de chinelo e uma regata azul, como se fosse tosquiar cinquenta ovelhas num galpão com paredes de metal durante o verão, os braços finos e musculosos cobertos de tatuagens baratas e mal desenhadas: uma águia com um bebê nas garras no ombro direito; um mago velho com um cajado no ombro esquerdo, que parece o meu professor do quinto ano, o sr. Humphreys; um Elvis Presley pré--Havaí balançando os joelhos no antebraço esquerdo. A mãe tem um livro de fotos dos Beatles, e sempre achei o Lyle um pouco parecido com o John Lennon nos anos dos olhos arregalados de "Please Please Me". Vou me lembrar do Lyle em "Twist and Shout". Lyle é "Love Me Do". Lyle é "Do You Want to Know a Secret?".

— Vocês dois estão numa merda muito grande — diz o Lyle pelo buraco acima.

— Por quê? — eu digo, desafiando, minha confusão virando raiva.

— Não, quero dizer literalmente: vocês dois estão na merda agora — fala ele. — Os dois foram engatinhando até o depósito da casinha.

Cacete. A casinha. O banheiro externo de latão abandonado e enferrujado no final do quintal da Lena, cheio de teias de aranhas de costas vermelhas e cobras pseudonajas tão famintas que mordem a sua bunda até quando você está sonhando. Perspectiva é uma coisa engraçada. O mundo parece diferente quando se olha para ele sete palmos abaixo da terra. A vida vista do fundo de um buraco de merda. O único caminho é pra cima pro August e Eli Bell.

Lyle tira a grossa folha de madeira furada que ocupa o chão da casinha e funciona como assento de privada que já acomodou as bundas gordas da Lena e do Aureli e de todos os colegas de trabalho do Aureli que ajudaram a construir a casa da qual saímos engatinhando milagrosamente por um buraco que dava em um túnel subterrâneo secreto.

O Lyle estica o braço direito pelo vão, a mão aberta para segurar.

— Vem — diz ele.

Eu me afasto da mão.

— Não, você vai meter a porrada na gente — eu digo.

— Bom, eu não posso mentir — diz ele.

— Que se foda.

— Não fala palavrão, caralho — diz Lyle.

— Eu não vou a lugar nenhum enquanto você não der umas respostas pra gente — eu grito.

— Não me provoca, Eli.

— Você e a mãe estão usando drogas de novo.

Peguei ele. Ele baixa a cabeça e balança. Está mais calmo agora, misericordioso e arrependido.

— Não estamos usando drogas, cara — diz ele. — Eu prometi a vocês dois. E não quebro as minhas promessas.

— Quem era o cara no telefone vermelho? — berro.

— Que cara? — pergunta Lyle. — De que merda você tá falando, Eli?

— O telefone tocou e o August atendeu.

— Eli...

— O cara — eu digo. — De voz grave. Ele é o seu traficante, não é? O homem que te deu o saco de heroína que encontrei no cortador de grama.

— Eli...

— Ele é o gênio malvado, o mestre titereiro por trás de tudo, o chefão que parece maneiro e gentil e chato como um bibliotecário, mas, na verdade, é um megalomaníaco assassino.

— Eli, caralho! — grita ele.

Eu paro. Lyle balança a cabeça. Respira fundo.

— Aquele telefone não recebe chamadas — diz ele. — Sua imaginação está levando a melhor sobre você de novo, Eli.

Eu me viro para o August. Eu me viro de novo para o Lyle.

— Ele tocou, Lyle. O August atendeu. Tinha um homem na linha. Ele sabia o meu nome. Conhecia todo mundo. O Slim. Achei por um minuto que fosse você, mas...

— Tá bom, Eli — berra o Lyle. — De quem foi a ideia de entrar no quarto da Lena?

August aponta para o próprio peito com o polegar. Lyle assente.

— Tudo bem, o negócio é o seguinte — diz ele. — Subam agora e aceitem o que está por vir, e, depois que todo mundo estiver mais calmo, vou contar umas coisas que estão acontecendo.

— Vai se foder — eu digo. — Quero as respostas agora.

Lyle recoloca o assento de madeira da privada no lugar.

— Me avisa quando se lembrar como ter modos de novo, Eli — diz ele.

Lyle vai embora.

★

Quatro anos atrás, achei que ele estava indo embora pra sempre. Ele parou na porta da frente com uma bolsa no ombro direito. Eu segurei a mão esquerda dele e me apoiei nela com todo o meu peso, e ele me arrastou porta afora.

— Não! — eu disse. — Não, Lyle.

Lágrimas nos meus olhos e lágrimas no meu nariz e na minha boca.

— Eu tenho que melhorar, cara — disse ele. — O August vai cuidar da sua mãe por mim. E você tem que cuidar do August.

— Não! — eu gritei, e ele virou a cabeça, e eu achei que tinha conseguido convencer ele, porque ele nunca chora e estava com os olhos molhados. — Não.

Mas ele gritou comigo.

— Me solta, Eli.

E me empurrou pela porta, e eu caí no chão de linóleo da varanda da frente, o atrito arrancando a pele dos meus cotovelos.

— Eu te amo — disse ele. — Vou voltar.

— É mentira — gritei.

— Eu não posso mentir, Eli.

Ele saiu pela porta da frente e seguiu o caminho até o portão, passou pela caixa de correio de ferro e pelo muro marrom com o tijolo faltando. Eu o segui até o portão e gritei tão alto que a minha garganta doeu.

— Seu mentiroso! — eu gritei. — Mentiroso! Mentiroso! Mentiroso! — Mas ele nem se virou. Só seguiu andando.

Só que ele voltou. Seis meses depois. Foi em janeiro, fazia calor e eu estava no pátio da frente, sem camisa e bronzeado, o polegar na ponta da mangueira, virando o spray para o sol para fazer os meus próprios arco-íris, e o vi passar pela parede de água. Ele abriu o portão e o fechou, e larguei a mangueira e corri pra ele. Ele usava uma calça azul-marinho e uma camisa de brim azul-marinho coberta de graxa. Estava em forma e forte, e, quando se ajoelhou para ficar da minha altura, achei que ele tinha se ajoelhado como o rei Arthur, e eu nunca tinha amado tanto um homem na minha curta vida. Assim, os arcos-íris são o Lyle e a graxa é o Lyle e o rei Arthur é o Lyle. Eu corri com tanta força para cima dele que ele quase caiu para trás com o impacto, porque o atingi como Ray Price, um atacante duro como aço do triunfante Parramatta Eels. Ele riu e, quando meus dedos agarraram os seus ombros pra puxá-lo pra perto, encostou a cabeça no meu cabelo e beijou minha cabeça, e não sei por que falei o que falei, mas falei mesmo assim.

— Pai — falei.

Ele abriu um sorrisinho e se empertigou com as duas mãos nos meus ombros e olhou nos meus olhos.

— Você já tem um pai, cara — disse ele. — Mas também tem a mim.

Cinco dias depois, minha mãe estava trancada no quarto da Lena, socando as paredes finas com os punhos. O Lyle pregou tábuas de madeira nas duas janelas do quarto. Tinha tirado a cama velha da Lena e a foto de Jesus da parede e os vasos antigos e os porta-retratos com parentes distantes e amigos do Darra Lawn Bowls Club. O quarto ficou vazio, exceto por um colchão fino sem lençol, sem cobertor e sem travesseiro. Por sete dias, o Lyle deixou minha mãe trancada naquele quarto azul-céu. O Lyle, o August e eu ficávamos do lado de fora da porta trancada, ouvindo os gritos dela, uivos longos e aleatórios de *banshee*, como se atrás da porta trancada tivesse um Grande Inquisidor supervisionando algum tipo maligno de tortura que envolvesse roldanas e os membros esticados da minha mãe. Mas eu sabia que não tinha mais ninguém lá dentro com ela. Ela uivava no almoço, uivava à meia-noite. Gene Crimmins, nosso vizinho do lado direito, um carteiro aposentado e agradável com mil histórias de cartas mal endereçadas e causos ocorridos nas calçadas dos subúrbio, apareceu para ver como estavam as coisas.

— Ela está quase lá, cara — o Lyle dizia, e só isso. E o Gene só assentiu, como se soubesse exatamente sobre o que o Lyle estava falando. Como se ele soubesse ser discreto.

No quinto dia, minha mãe me escolheu porque sabia que eu era o mais fraco.

— Eli! — gritou ela pela porta. — Ele tá tentando me matar. Você tem que chamar a polícia. Liga pra polícia, Eli. Ele quer me matar.

Corri até o telefone e disquei três zeros no grande disco até o August botar delicadamente o dedo no aparelho para interromper a ligação. Ele balançou a cabeça. *Não, Eli.*

Eu chorei, e o August passou o braço pelo meu pescoço, e andamos de volta pelo corredor e ficamos olhando para a porta. Eu chorei mais um pouco. Depois, fui até a salinha e abri a porta de correr de baixo da estante de compensado que guardava os discos de vinil da mãe. *Between the Buttons* dos Rolling Stones. Aquele que ela ouvia tanto, que tem na capa todos eles usando casacos pesados, com o Keith Richards borrado como se estivesse entrando em um portal do tempo pro futuro.

— Ei, Eli, coloca "Ruby Tuesday" — a mãe sempre dizia.

— Qual é essa?

— Lado A, terceira linha grossa a partir da borda — a mãe sempre dizia.

Desliguei a vitrola e levei até o corredor. Liguei perto da porta da Lena. Coloquei a agulha na terceira linha grossa a partir da borda.

Aquela música sobre uma garota que nunca dizia de onde era.

A música ecoou pela casa, e o choro da mãe ecoou pela porta. A música terminou.

— Toca de novo, Eli — disse a mãe.

⋆

No sétimo dia, ao pôr do sol, o Lyle destrancou a porta. Depois de dois ou três minutos, a porta do quarto da Lena se abriu. Minha mãe estava magra e abatida, e andou devagar, como se os ossos estivessem amarrados com barbante. Ela tentou dizer uma coisa, mas os lábios e a boca estavam tão secos e o corpo tão esgotado que ela não conseguiu colocar as palavras pra fora.

— Ab... — disse ela.

Ela lambeu os lábios e tentou de novo.

— Ab... — disse ela.

Ela fechou os olhos como se fosse desmaiar. O August e eu ficamos olhando e esperamos algum sinal de que ela estava de volta, um sinal de que tinha despertado do grande sono, e acho que esse sinal foi a forma como ela caiu nos braços do Lyle e desabou no chão, agarrada ao homem que talvez tivesse salvado a sua vida e acenando para os garotos que acreditaram que ele era capaz de fazer isso. Nós nos reunimos em volta dela, e ela parecia um pássaro caído.

E, na caverna dos nossos corpos, ela sussurrou três palavras.

— Abraço em grupo. — Nós a abraçamos com tanta força que poderíamos ter nos transformado em pedra se tivéssemos ficado daquele jeito por tempo suficiente. Virado diamante.

Então, ela cambaleou, agarrada ao Lyle, até o quarto deles. O Lyle fechou a porta depois que eles entraram. Silêncio. Na mesma hora, August e eu entramos no quarto da Lena, como se estivéssemos pisando leve em um campo minado numa daquelas florestas do norte do Vietnã onde os avós do Duc Quang moravam.

Havia pratos de papel e restos de comida espalhados no chão, junto a chumaços de cabelo. Tinha uma comadre num canto. As paredes azul-céu do quarto estavam cobertas de buracos do tamanho dos punhos da mãe, e, saindo desses buracos, havia filetes de sangue que pareciam bandeiras vermelhas em retalhos sopradas pelo vento de um campo de batalha. Uma mancha comprida e marrom de merda seca parecia uma estrada de terra que levava para o nada em duas paredes. E, qualquer que fosse a batalha que minha mãe travou naquele pequeno quarto, nós sabíamos que ela tinha vencido.

O nome da minha mãe é Frances Bell.

★

August e eu ficamos em silêncio no buraco. Um minuto inteiro passa. August me dá um empurrão de frustração.

— Desculpa — eu digo.

Mais dois minutos se passam em silêncio.

— Obrigado por dizer que a ideia foi sua.

August dá de ombros. Mais dois minutos se passam, e o cheiro e o calor daquele buraco agarram o meu pescoço e o meu nariz e a minha inteligência.

Nós olhamos para o círculo de luz, pelo buraco de bunda da casinha de madeira do quintal da Lena e do Aureli Orlik.

— Você acha que ele vai voltar?

Garoto segue passos

Acordo. Escuro. Luar pela janela do quarto no rosto do August. Ele está sentado ao lado da minha cama de baixo do beliche, secando suor da minha testa.

— Acordei você de novo? — eu pergunto.

Ele abre um sorrisinho e assente. *Acordou, mas tudo bem.*

— O mesmo sonho de novo.

August assente. *Achei que era.*

— O carro mágico.

O sonho do carro mágico em que o August e eu estamos sentados no banco de trás de vinil marrom de um carro Holden Kingswood da mesma cor das paredes azul-céu do quarto da Lena. A gente está brincando de esmagar um ao outro quando o carro faz uma curva, colados e rindo tanto que quase fazemos xixi nas calças, enquanto o homem que dirige vira para a esquerda e para a direita em curvas fechadas. Abro a janela do meu lado, e um vento forte como um furacão me joga pelo banco e prendo o August contra a porta dele. Enfrento com toda a minha força o vento que entra pela janela e boto a cabeça pra fora, e descubro que estamos no céu e que o motorista do veículo misterioso está passando no meio das nuvens. Fecho a janela, e tudo fica cinza do lado de fora. Tudo.

— É só uma nuvem de chuva — diz o August. Porque, no sonho, ele fala.

De repente, fica cinza e verde do lado de fora. Tudo fica cinza e verde lá fora, e molhado. Um cardume de bremas passa nadando pela minha janela, e o carro atravessa uma floresta de algas. Não estamos dirigindo por uma nuvem de chuva. Estamos no fundo do mar. O motorista se vira, e o motorista é o meu pai.

— Fechem os olhos — diz ele.

O nome do meu pai é Robert Bell.

★

— Tô morrendo de fome.

August assente. O Lyle não nos dá uma surra por termos encontrado a salinha secreta. Eu bem queria que tivesse dado. O silêncio é pior. A expressão de decepção. Eu preferia levar umas palmadas a essa sensação de que estou ficando mais velho, de que estou velho demais para palmadas e velho demais para entrar em salas secretas que não eram para eu descobrir, velho demais para reclamar de ter encontrado sacos de heroína em cortadores de grama. Lyle nos tirou da casinha de tarde, em silêncio. Ele não precisou nos dizer para onde ir. Fomos para o nosso quarto por bom senso. A fúria emanava do Lyle como um perfume fedorento. Nosso quarto era o lugar mais seguro de se estar, o nosso santuário esprimido, decorado por um único pôster promocional desbotado do McDonald's que exibia fotos dos times de 1982-83 da competição de críquete de um dia da Benson & Hedges World Series Cup entre a Austrália, a Inglaterra e a Nova Zelândia, com um tributo especial de pau e bolas que August acrescentou à testa do David Gower na fileira da frente dos Poms. Não jantamos. Não ouvimos uma única palavra, só fomos dormir.

— Que se foda, eu vou comer uma coisa — eu digo umas duas horas depois.

Sigo nas pontas dos pés pelo corredor escuro até a cozinha. Abro a geladeira e um feixe de luz ocupa a cozinha. Tem um pacote velho de frios embrulhados em plástico, um pote de margarina ETA 5 Star. Fecho a porta da geladeira e viro à esquerda, na direção da despensa, e dou de cara com o August, já colocando quatro fatias de pão em uma tábua de corte na bancada. Sanduíches de frios com molho de tomate. August leva o dele para a janela da frente da sala para poder olhar pra lua. Ele chega à janela e na mesma hora dá um pulo de pânico para se esconder.

— Que foi? — eu pergunto.

Ele balança a mão direita para baixo. Eu me abaixo e me junto a ele embaixo da janela. Ele assente para cima e levanta as sobrancelhas. *Dá uma olhada. Devagar.* Levanto a cabeça até a base da janela e espio a rua. Já passa da meia-noite, e o Lyle está na calçada, encostado na cerca ao lado da caixa de correio, fumando um Winfield Red.

— O que ele tá fazendo?

August dá de ombros e espia comigo, intrigado. Lyle usa o seu casaco grosso de caça, a gola de pele erguida, protegendo o pescoço do frio da madrugada. Sopra fumaça de cigarro, que flutua no escuro como um fantasma cinza.

Nós dois nos abaixamos de novo e mordemos os nossos sanduíches. August deixa pingar molho de tomate no tapete embaixo da janela.

— Molho, Gus — eu digo.

Não temos mais permissão pra comer em cima desse tapete agora que o Lyle e a mãe estão limpos e orgulhosos da casa. O August limpa as gotas de molho do tapete com o polegar e o indicador e lambe o molho recuperado dos dedos. Ele cospe na mancha vermelha no tapete e a esfrega, mas não o suficiente para que a mãe não repare.

Um estalo alto ecoa pelo nosso subúrbio.

Na mesma hora, August e eu damos um pulo e espiamos pela janela. No céu da noite, a um quarteirão de distância, fogos de artifício roxos sobem na escuridão acima das casas, sobem e piscam com a velocidade máxima antes de chegar ao ápice e explodirem em dez fios menores de fogos que se espalham em uma rápida e luminosa fonte roxa no céu.

O Lyle vê os fogos se apagarem, dá uma tragada longa no Winfield e o joga no chão, então pisa com a bota direita na guimba. Enfia as mãos nos bolsos do casaco e começa a andar pela rua na direção dos fogos.

— Vem, vamos atrás dele — eu sussurro.

Enfio o resto do sanduíche de frios e molho de tomate na boca, e deve parecer que estou mastigando duas bolas de gude grandes. August fica embaixo da janela comendo o sanduíche dele.

— Vem, Gus, vamos lá — eu sussurro.

Ele continua lá parado, refletindo como sempre, avaliando as alternativas como sempre, pesando as opções como sempre.

Ele balança a cabeça.

— Vem, você não quer saber pra onde ele vai?

August abre um sorrisinho. O indicador direito que ele tinha acabado de usar para limpar o molho de tomate corta o ar e rabisca as linhas invisíveis de três palavras.

Eu já sei.

★

Eu sigo pessoas há anos. Os principais elementos de uma perseguição de sucesso são distância e fé. Distância suficiente da pessoa para passar despercebido. Fé suficiente para convencer a si mesmo de que não está seguindo a pessoa, apesar de estar. Fé significa invisibilidade. Só mais um estranho invisível em um mundo de estranhos invisíveis.

Está frio. Dou uns bons cinquenta metros de vantagem ao Lyle. Acabo de passar pela caixa de correio quando percebo que estou descalço e usando o meu pijama de inverno, aquele com um buraco grande na banda direita da bunda. O Lyle segue em frente, as mãos nos bolsos do casaco, vagando pela escuridão, afastado dos postes que marcam a entrada do parque da rua Ducie, em frente à nossa casa. O Lyle vira uma sombra, atravessa o campo de críquete, sobe em uma colina que leva a um parquinho de crianças e à churrasqueira em que fizemos salsichas no aniversário de treze anos do August em março. Estou seguindo em silêncio pela grama da área oval como um fantasma, andando no ar, quieto como um ninja, rápido como um ninja. Barulho. Um galho fino e seco se quebra embaixo do meu pé direito descalço. Lyle para embaixo de um poste de luz do outro lado do parque. Ele se vira e olha para a escuridão do parque que me envolve. Ele olha direto para mim, mas não consegue me ver, porque mantive a distância e tenho fé. Eu acredito que estou invisível. E o Lyle também. Ele se vira e continua andando, a cabeça baixa, pela rua Stratheden. Eu espero ele virar para a direita na rua Harrington e saio correndo da escuridão do parque para as luzes dos postes da Stratheden. Uma frondosa mangueira na esquina da Stratheden com a Harrington oferece a proteção visual de que preciso para ver o Lyle virar à esquerda na rua Arcadia e entrar na garagem da casa do Darren Dang.

★

Darren Dang está no mesmo ano que eu na escola. Somos só dezoito alunos no sexto ano na escola estadual de Darra, e todos concordamos que o belo vietnamita-australiano Darren Dang é de longe o que tem maior probabilidade de ficar famoso, provavelmente por botar fogo na escola. No mês anterior, enquanto estávamos trabalhando em projetos sobre a Primeira Frota, fazendo navios britânicos com palitos de picolé, o Darren passou pela minha carteira.

— Oi, Tink — sussurrou ele.

Eli Bell. Tinkerbell. Tink.

— Ei, Tink. Lata das garrafas. Almoço.

Traduzindo: "É melhor você ir até a grande lixeira amarela de metal para reciclagem de garrafas atrás do barracão de ferramentas do sr. McKinnon, o zelador, na hora do almoço se estiver minimamente interessado em dar continuidade aos seus modestos estudos no sistema estadual de ensino de Queensland com ambas as orelhas." Esperei trinta minutos perto da lixeira e comecei a pensar, com falsa esperança, que o Darren Dang talvez não aparecesse no nosso *impromptu rendezvous* quando ele surgiu atrás de mim e segurou o meu pescoço com o indicador e o polegar.

— Se você viu ninjas, está vendo fantasmas — sussurrou ele.

Essa é uma fala do filme *Octagon, escola de assassinos.* Dois meses antes, durante uma aula de educação física, contei para o Darren Dang que eu, como ele, achava que o filme do Chuck Norris sobre o campo de treinamento secreto para ninjas terroristas era o melhor filme do mundo. Eu menti. *Tron* é o melhor filme do mundo.

— Rá! — disse Eric Voight, o braço forte gordo e imbecil de Darren, que vem de uma família de mecânicos gordos e imbecis donos da oficina Darra Transmissão Automotiva e Películas para Janelas, em frente à fábrica de tijolos de Darra. "A fadinha Tinkerbell cagado nas calcinhas de fadinha."

— Cagou — eu disse. — A fadinha Tinkerbell *cagou* nas calcinhas, Eric.

Darren se virou para a lata de garrafas e enfiou as mãos em uma coleção de garrafas vazias de bebida do sr. McKinnon.

— O quanto esse pinguço bebe? — ele disse, pegando uma garrafa de Black Douglas e tomando a meia tampinha de bebida que estava esquecida no fundo. Fez o mesmo com uma garrafa pequena de Jack Daniels e com uma garrafa de bourbon Jim Bean. — Não quer? — perguntou ele, me oferecendo o resto de um vinho verde de gengibre Stone.

— Não — eu disse. — Por que você queria me ver?

Darren sorriu e tirou uma bolsa grande de lona do ombro direito.

Enfiou a mão dentro da bolsa.

— Fecha os olhos — disse Darren.

Esse tipo de pedido vindo do Darren Dang sempre acaba em lágrimas ou sangue. Mas, que nem a escola, uma vez que você começa com o Darren Dang, não tem mais jeito de evitar o Darren Dang.

— Por quê? — eu perguntei.

Eric me deu um empurrão no peito.

— Fecha logo os olhos, Bell End.

Fechei os olhos e instintivamente coloquei as mãos sobre o saco.

— Abra os olhos — disse o Darren. Eu abri os olhos e vi bem de perto uma ratazana marrom enorme, os dois dentes da frente se batendo com nervosismo, como uma britadeira.

— Puta que pariu, Darren! — eu berrei.

Darren e Eric caíram na gargalhada.

— Achei no depósito — disse ele.

A mãe do Darren Dang, Bich "Sai Daqui" Dang, e o padrasto dele, Quan Nguyen, são donos do mercado Frescor da Nova Saigon no final da rua Darra Station, um grande mercado de legumes, frutas, temperos, carnes e peixes frescos e inteiros importados do Vietnã. O depósito nos fundos do mercado, ao lado do frigorífico, é, para a alegria do Darren, lar da mais antiga e bem-alimentada dinastia de ratazanas gordas de Queensland.

— Segura aqui um instante — o Darren disse, colocando a ratazana nas minhas mãos.

A ratazana tremeu nas palmas das minhas mãos, congelada de tanto medo.

— O nome dele é Jabba — o Darren disse, enfiando a mão na bolsa. — Segura o rabo dele.

Segurei sem muito entusiasmo o rabo do bicho com o indicador e o polegar.

Darren tirou um facão da bolsa.

— Que porra é essa?

— O facão do meu avô.

O facão era maior do que o braço direito do Darren. Tinha cabo de madeira e uma lâmina larga e comprida, enferrujada nas partes achatadas, mas lubrificada e prateada no fio.

— Não, você tem que segurar bem o rabo, ou ele vai escapar — o Darren disse. — Fecha bem a mão em volta do rabo.

— Você tem que pegar ele como se tivesse pegando no próprio pau, Bell End, ou ele vai sair correndo — o Eric disse.

Eu fechei bem a mão no rabo.

Darren tirou um pano vermelho que parecia um lenço grande da bolsa.

— Tá bom, agora coloca ele em cima da fosse séptica, mas não solta — disse ele.

— Não é melhor o Eric segurar? — eu perguntei.

— Quem vai segurar é você — o Darren disse, com algo descompensado, algo imprevisível, no olhar.

Tinha um tanque séptico subterrâneo em concreto e com uma tampa pesada de metal vermelho do lado das lixeiras. Coloquei o Jabba com delicadeza em cima do tanque, minha mão direita segurando o rabo.

— Não se mexa, Tink — disse Darren.

Darren dobrou o grande lenço vermelho como uma venda e cobriu os próprios olhos e se apoiou nos joelhos, como um samurai prestes a enfiar a lâmina no próprio coração.

— Ah, puta merda, Darren, fala sério! — eu exclamei.

— Não se mexa, Tink — o Eric avisou, parado ao meu lado.

— Não fica com medo, não, já fiz isso duas vezes — o Darren disse.

Jabba, aquela pobre ratazana burra, estava dura de medo e tão mansa quanto eu. Virou-se para mim com os dentes batendo, confusa e apavorada.

Darren segurou o cabo do facão com as duas mãos e a ergueu lenta e metodicamente acima da cabeça, a lâmina de corte do instrumento nada sutil cintilando por um momento no sol que iluminava aquele palco infernal.

— Espera, Darren, você vai cortar a minha mão fora — eu balbuciei.

— Vai nada — o Eric disse. — Ele tem sangue de ninja. Consegue ver a sua mão melhor na mente do que com os olhos.

Eric colocou a mão com firmeza no meu ombro para me segurar.

— Só fica parado, porra — disse ele.

Darren inspirou fundo. Expirou. Dei uma última olhada no Jabba, o corpo encolhido de medo, imóvel, como se achasse que, se ficasse parado, a gente pudesse até esquecer que ele estava ali.

O facão do Darren desceu em um movimento rápido e violento, e a lâmina lubrificada e reluzente afundou na tampa do tanque produzindo uma breve fagulha amarela, a um centímetro da minha mão fechada.

Triunfante, Darren tirou a venda para ver os restos ensanguentados de Jabba, o Rato. Mas não havia nada para ver. Jabba tinha sumido.

— Que porra, Tink? — o Darren gritou, o sotaque vietnamita mais evidente na raiva.

— Ele deixou o rato fugir! — gritou Eric. — Ele deixou o rato fugir!

Eric botou as mãos no meu pescoço e o fedor horrível do sovaco dele parecia um pântano velho. Vi o Jabba correndo para a liberdade por uma abertura embaixo da cerca de arame da escola, até um arbusto denso que ficava do lado do barracão de ferramentas do sr. McKinnon.

— Você me desonra, Tink — o Darren sussurrou.

Eric jogou o seu peso nas minhas costas, me fazendo deitar no tanque séptico.

— Sangue por sangue — o Eric falou.

— Você conhece o código do guerreiro, Eli Bell — o Darren disse em tom formal.

— Não, não conheço código nenhum, Darren — eu respondi. — Além disso, acho que aquele código antigo era mais um guia geral.

— Sangue por sangue, Eli Bell — o Darren insistiu. — Quando o rio da coragem seca, o sangue corre no lugar dele. — Ele assentiu pro Eric. — Dedo.

Eric esticou o meu braço direito em cima do tanque.

— Cacete, Darren — eu berrei. — Pensa bem nisso. Você vai ser expulso.

Eric puxou o meu indicador direito da mão fechada.

— Darren, pensa no que você tá fazendo! — eu supliquei. — Vão te colocar no centro de detenção juvenil!

— Eu aceitei o meu caminho há muito tempo, Eli Bell. E você?

Darren colocou a venda nos olhos de novo e ergueu o facão com as duas mãos bem acima da cabeça. Eric girou o meu pulso até quase quebrar ele e empurrou pra baixo com força, forçando o meu dedo esticado e exposto em cima da tampa do tanque. Eu gritei de agonia com a pressão. Meu dedo era o rato. Meu dedo era o rato querendo desaparecer. Meu indicador direito, o que tinha a minha pinta da sorte no meio. A minha pinta da sorte. O meu dedo da sorte. Olhei pra pinta da sorte e rezei e rezei por boa sorte. E foi exatamente nessa hora que o sr. McKinnon, o zelador irlandês de setenta e poucos que bebia e amava uísque escocês, apareceu, vindo de trás do barracão de ferramentas, e olhou, perplexo, para a cena do garoto vietnamita de venda vermelha prestes a cortar em sacrifício o indicador do garoto com a pinta da sorte, esticado em cima do tanque séptico.

— Mas que merda tá acontecendo aqui? — o sr. McKinnon berrou.

— Corre! — o Eric gritou.

Darren saiu correndo mesmo, com os poderes de reação furtivos dos seus amados ninjas. Eric demorou mais pra levantar a pesada barriga do meu ombro esquerdo, mas conseguiu escapar do braço esquerdo grosso do sr. McKinnon, que acabou segurando o bolso de trás do meu short marrom de algodão da escola, me fazendo parecer o Coiote correndo no ar enquanto tentava fazer uma fuga inútil.

— Onde pensa que vai? — perguntou o sr. McKinnon, o bafo fedendo a Black Douglas.

⋆

Encolhido agora, me esgueirando até a cerca da família Dang, feita de tábuas altas de madeira com pontas afiadas. Lyle está seguindo pela comprida entrada da garagem do Darren Dang. A casa do Darren Dang é uma das maiores de Darra. Três mil tijolos amarelos comprados direto da fábrica pela metade do preço, no formato de uma casa de três andares, com pretensão de mansão italiana, mas com realidade de subúrbio barato de mau gosto. O gramado da frente é do tamanho de metade de um campo de futebol, com umas cinquenta palmeiras altas. Passo rápido pela entrada de concreto e vou pra direita, pro meio das palmeiras, pra ficar escondido. Mais perto da casa tem uma cama elástica cercada de castelos de princesas, que pertencem às três irmãs mais novas de Darren, Kylie Dang, Karen Dang e Sandy Dang. Corro até a cama elástica e me escondo atrás do castelo maior, um reino de contos de fadas feito de plástico rosa, com ponte levadiça marrom que é um escorrega e muros de castelo altos o bastante para me esconder enquanto vejo o Lyle se sentar com a mãe e o padrasto de Darren, Bich e Quan, em um sofá grande, atrás de portas de correr da sala de estar.

Bich "Sai Daqui" Dang ganhou esse apelido por atos de selvageria inenarráveis. Assim como o mercado Nova Saigon, ela é dona de um grande restaurante vietnamita e do salão de cabeleireiros ao lado, onde eu corto o meu cabelo, em frente à estação de trem de Darra. Quan Nguyen é mais um servo leal e humilde do que marido. Bich é famosa na cidade tanto pelo patrocínio altruísta dos eventos comunitários de Darra, como bailes, exposições da sociedade histórica e bazares para arrecadar dinheiro, quanto pela vez que esfaqueou Cheryl Vardy, uma garota da escola estadual de Darra do quarto ano, no olho esquerdo com uma régua de metal por ela ter sacaneado a Karen Dang por comer arroz cozido todo dia no almoço da escola. Cheryl Vardy precisou de uma cirurgia depois disso. Ela quase ficou cega, e eu nunca entendi por que a Bich Dang não foi presa. Foi quando percebi que Darra tinha regras e leis e códigos próprios, e que talvez tivesse sido a própria Bich "Sai Daqui" Dang quem tivesse abnegadamente inventado eles. Ninguém sabe o que aconteceu com o primeiro marido dela, o pai de Darren, Lu Dang. Ele desapareceu há seis anos. Todo mundo diz que a Bich o envenenou, que botou arsênico nos rolinhos de camarão e porco, mas eu não ficaria surpreso se ela tivesse enfiado uma régua de metal no coração dele.

Bich está usando um roupão lilás, o rosto de cinquenta e poucos anos maquiado mesmo àquela hora. Todas as mães vietnamitas em Darra têm o mesmo visual: cabelão preto preso num coque tão cheio de produtos que reflete a luz, base em pó branca nas bochechas e cílios pretos compridos que deixam elas com cara de quem levou um susto para sempre.

Bich está com as mãos juntas, os cotovelos apoiados nos joelhos, dando instruções, e aponta os indicadores de vez em quando, da mesma forma que o Jack Gibson, o grande treinador do Parramatta Eels, fazia para dar instruções da linha lateral pros seus representantes de confiança no campo, o Ray Price e o Peter Sterling. Bich assente pra alguma coisa que o Lyle está dizendo e aponta pro marido, Quan. Ela o manda pra um lugar, e ele assente com obediência, se afasta e volta com um isopor retangular grande, do mesmo tipo que os Dangs usam pra guardar os peixes frescos no mercado Nova Saigon. Quan coloca a caixa aos pés de Lyle.

De repente, uma lâmina afiada e fria de metal encosta no meu pescoço.

— Trim, trim, Eli Bell.

A gargalhada do Darren Dang ecoa pelas palmeiras.

— Caramba, Tink — o Darren diz —, se está tentando ficar invisível, acho que é melhor trocar esse pijama velho. Dá pra ver essa bunda branca australiana da minha caixa de correio.

— Bom conselho, Darren.

A lâmina é comprida e fina e aperta bem a lateral do meu pescoço.

— Isso é uma espada samurai? — eu pergunto.

— Porra, claro — o Darren diz com orgulho. — Comprei na casa de penhores. Fiquei afiando durante umas seis horas hoje. Acho que consigo cortar a sua cabeça num golpe só. Quer ver?

— Como eu poderia ver se ficasse sem cabeça?

— O cérebro continua funcionando mesmo depois que a cabeça é cortada. Ia ser maneiro. Seus olhos espiando do chão, eu acenando pra você e segurando o seu corpo decapitado. Porra. Que jeito engraçado de morrer!

— É, vou perder a cabeça de tanto rir.

Darren gargalha.

— Essa foi boa, Tink — o Darren diz.

Só que de repente ele fica sério e pressiona a lâmina com mais força no meu pescoço.

— Por que está espionando o seu pai?

— Ele não é meu pai.

— Quem é, então?

— É namorado da minha mãe.

— Ele é bom?

— Bom no quê?

A lâmina não está apertando o meu pescoço com tanta força agora.

— Bom pra sua mãe.

— Ah, ele é muito bom.

Darren relaxa a espada, vai até a cama elástica, senta na beira e fica com as pernas penduradas por cima das molas de aço. Ele está todo de preto, o suéter e a calça tão pretos quanto o cabelo em corte de cuia.

— Quer um cigarro?

— Claro.

Ele mexe a espada e a enfia no chão para abrir espaço para mim na beira da cama elástica. Tira dois cigarros de um maço branco sem marca, acende os dois e passa um para mim. Dou uma tragada hesitante, que me queima por dentro e me faz tossir. Darren ri.

— Fumo do Vietnã do Norte, Tink — o Darren diz, sorrindo. — O coice é igual de uma mula. Mas a onda é boa.

Faço que sim com vigor, minha cabeça girando depois da segunda tragada.

Olhamos pelas portas de correr da sala para o Lyle e a Bich e o Quan, que estão conversando com a caixa de isopor no meio.

— Eles não vão ver a gente? — eu pergunto.

— Nem — o Darren diz. — Eles não reparam em nada quando estão fazendo negócios. São uns amadores de merda. Vai ser a sina deles.

— O que eles estão fazendo?

— Você não sabe?

Eu faço que não. O Darren sorri.

— Para com isso, Tink. Você deve saber. Você é australiano, mas não é tão burro.

Eu abro um sorriso.

— O isopor tá cheio de heroína — eu digo.

Darren sopra a fumaça de cigarro na noite.

— E… — o Darren diz.

— E os fogos roxos são um sistema de alerta secreto. É como a sua mãe avisa os clientes dela que os pedidos tão prontos.

Darren sorri.

— Pedido saindo! — o Darren diz.

— Fogos de cores diferentes pra traficantes diferentes.

— Muito bom, cabeça chata — o Darren diz. — Seu bom homem ali veio buscar pro chefe.

— Tytus Broz — eu respondo. Tytus Broz. O Mestre dos Membros.

Darren traga o cigarro, concordando.

— Quando você descobriu isso tudo?

— Agora mesmo.

Darren sorri.

— Como está se sentindo?

Eu não falo nada. Darren ri. Ele sai da cama elástica e pega a espada samurai.

— Tá com vontade de furar alguma coisa?

Penso sobre essa curiosa oportunidade por um momento.

— Sim, Darren. Tô.

*

O carro está estacionado a dois quarteirões da casa do Darren, na rua Winslow, em frente a uma construção baixa e quadrada que nem uma caixa e com as luzes apagadas. É um Holden Gemini verde-escuro cor de jujuba.

Darren tira uma máscara preta do bolso de trás e enfia na cabeça.

Do bolso da frente, tira uma meia-calça.

— Aqui, coloca — o Darren diz, indo meio abaixado na direção do carro.

— Onde você arranjou isso?

— No cesto de roupa suja da minha mãe.

— Eu passo, valeu.

— Não se preocupe, vai caber direitinho. Ela tem coxas grossas pra uma mulher vietnamita.

— Esse carro é do padre Monroe — eu digo.

Darren assente e pula no capô sem fazer barulho. O peso dele amassa o metal enferrujado do carro velho.

— Que porra você está fazendo? — eu pergunto.

— Shhhh! — o Darren sussurra, um braço no limpador de para-brisa do padre Monroe para firmar o peso enquanto ele sobe e fica de pé no meio do teto.

— Para com isso, não vai ferrar com o carro do padre Monroe.

Padre Monroe. O sério e velho padre Monroe, o padre aposentado de fala mansa, que veio de Glasgow, passando por Darwin e Townsville e Emerald, no planalto central de Queensland. Alvo de piadas, guardião de pecados e de copos de papel congelado de refresco de laranja e de limão, que ele guarda no freezer do porão e dá pras crianças da região que vivem eternamente com sede, que nem o August e eu.

— O que ele fez pra você?

— Nada — o Darren diz. — Ele não fez nada pra mim. Foi pro Froggy Mills que ele fez.

— Ele é um cara legal. Vamos embora daqui.

— Cara legal? — repete Darren. — Não é o que o Froggy diz. O Froggy diz que o padre Monroe paga dez pratas pra ele todos os domingos depois da missa pra mostrar o pau enquanto ele bate punheta.

— É mentira.

— O Froggy não mente. Ele é religioso. O padre Monroe disse pra ele que é pecado mentir, mas claro que não é pecado mostrar a piroca pra um homem de setenta e cinco anos.

— Você não vai conseguir enfiar a espada pelo metal.

Darren bate com o sapato no teto do carro.

— É fino. Já tá meio enferrujado. A lâmina foi afiada por seis horas seguidas. É o melhor aço japonês da...

— Casa dos penhores da rua Mill.

Pelos buracos na máscara, o Darren fecha os olhos. Levanta a espada com os dois punhos segurando o cabo, se concentrando em alguma coisa interior, como um velho guerreiro prestes a matar ritualmente o melhor amigo ou o veículo de passeio favorito do suburbano australiano típico.

— Merda — eu digo, e coloco freneticamente a meia suja da Bich Dang na cabeça.

— Acorda, é hora de morrer — o Darren diz.

Ele enfia a espada e perfura o Gemini fazendo um gemido de metal no metal. O primeiro terço da lâmina perfura o teto do carro que nem Excalibur na pedra.

O queixo do Darren cai.

— Porra, entrou. — Ele abre um sorriso enorme. — Tá vendo só, Tink?

Uma luz se acende na casa do padre Monroe.

— Anda, vem — eu falo.

Darren puxa o cabo da espada, mas a lâmina alojada não se mexe. Ele puxa com força três vezes com as mãos.

— Não quer sair. — Ele puxa a parte de cima da lâmina na direção do próprio corpo e depois empurra para a frente, mas a parte de baixo não se mexe.

Uma janela se abre na sala do padre Monroe.

— Ei, ei, o que você está fazendo? — berra o padre Monroe por uma janela entreaberta.

— Porra, vamos logo — eu falo.

O padre Monroe abre a porta da frente e atravessa o caminho até o portão.

— Sai do meu carro! — grita ele.

— Caralho! — o Darren diz e pula da traseira do carro.

O padre Monroe chega ao carro e vê a espada samurai balançando, a lâmina mística inexplicavelmente enfiada no teto.

Darren se vira de uma distância segura e balança com alegria o pau vietnamita que tirou de dentro da calça.

— Só dez pratas por essa piroca, padre! — grita ele.

*

Ar parado da noite e dois garotos fumando junto à sarjeta. Estrelas no céu. Um sapo-boi esmagado por um pneu no asfalto a um metro do meu pé direito. A língua rosa explodiu da boca, e parece que o sapo foi esmagado enquanto tava comendo um pirulito de framboesa.

— Que merda, né? — o Darren diz.

— O quê?

— Crescer achando que você estava com a galera do bem quando o tempo todo você estava com a galera do mal.

— Eu não estou com a galera do mal.

Darren dá de ombros.

— Vamos ver — diz ele. — Eu lembro quando descobri no que a minha mãe tava metida. A polícia arrombou a nossa porta quando a gente morava em Inala. Virou a casa de cabeça pra baixo. Eu tinha sete anos e me caguei todo. De verdade.

Os guardas tiraram toda a roupa da Bich Dang e empurraram ela na parede de placa de gesso e quebraram objetos da casa com prazer. Darren estava vendo *A família Do-ré-mi* em uma televisão National grande que os policiais viraram pra procurar drogas.

— Foi uma loucura, coisa quebrada pra todo lado, minha mãe gritando com eles, chutando, arranhando. Arrastaram a minha mãe pela porta da frente e me deixaram sozinho no chão da sala, chorando que nem uma menina, um cocô enorme na minha cueca. Fiquei tão atordoado que só consegui encarar a mãe Do-ré-mi falando com os filhos de cabeça pra baixo na televisão.

Eu balanço a cabeça.

— Que merda.

— É assim mesmo. — O Darren dá de ombros. — Uns dois anos depois, minha mãe falou a verdade pra mim. A gente era importante. Eu me senti que nem você tá se sentindo agora.

Ele diz que esse sentimento ruim dentro de mim é descobrir que estou com os caras maus, mas que eu não sou o pior dos caras maus.

— Os piores só trabalham pra você — diz ele.

Assassinos de aluguel, sem humor e malucos, ele diz. Ex-militares, ex-prisioneiros, ex-humanos. Homens solteiros de trinta e quarenta anos.

Uns filhos da mãe misteriosos, mais estranhos do que o tipo de gente que espreme abacates com os dedos nos hortifrútis. Do tipo que espreme o pescoço de um homem até virar pasta. Todos os vilões que trabalham entre as rachaduras da cidade tranquila. Ladrões e golpistas e homens que estupram e matam crianças. Assassinos, de certa forma, mas não do tipo que amamos no *Octagon, escola de assassinos.* Esses homens usam chinelos e shorts. Esfaqueiam pessoas não com espadas samurai, mas com as mesmas facas que usam para cortar a carne de domingo quando as suas mães viúvas chegam pra fazer uma visita. Psicopatas de subúrbio. Mentores do Darren.

— Eles não trabalham pra mim — eu digo.

— Bom, trabalham pro seu pai — o Darren diz.

— Ele não é meu pai.

— Ah, é, esqueci, foi mal. Onde está o seu pai de verdade?

— Bracken Ridge.

— Ele é bom?

Todo mundo quer medir os homens adultos da minha vida pela bondade. Eu meço eles pelos detalhes. Pelas lembranças. Pelas vezes em que disseram o meu nome.

— Não cheguei a descobrir — eu digo. — Qual é a dessa sua obsessão com os homens serem bons?

— É que nunca conheci um bom, só isso — o Darren diz. — Homens adultos, Tink. As criaturas mais fodidas do planeta. Nunca confie neles.

— Onde está o seu pai de verdade? — eu pergunto.

Darren se levanta do meio-fio e cospe um jato de saliva entre dentes.

— Exatamente onde deveria estar — o Darren diz.

★

Voltamos pro jardim do Darren e retomamos os nossos lugares na cama elástica. Lyle e Bich ainda estão mergulhados numa conversa que parece não ter fim.

— Não se preocupa, cara — diz Darren. — Você ganhou na loteria. Caiu de cabeça em uma indústria em franco desenvolvimento. O mercado pra aquela merda que tem dentro do isopor nunca morre.

O Darren diz que a mãe dele contou um segredo pra ele sobre os australianos. Ela disse que esse segredo o deixaria rico. Ela disse que o maior segredo sobre a Austrália é a infelicidade inerente da nação. Bich Dang ri dos comerciais da TV, aqueles em que o Paul Hogan bota mais camarão na churrasqueira. Ela disse que os visitantes estrangeiros deviam ser informados sobre o que acontece cinco horas depois daquele churrasco australiano de camarões, quando a cerveja e o rum se misturam com as dores de cabeça do sol forte e a violência noturna de sábado se espalha por todo o país por trás das portas fechadas. Ela disse que a verdade é que as infâncias australianas são tão idílicas e alegres, tão cheias de visitas à praia e jogos de críquete no quintal, que a idade adulta australiana não consegue alcançar as expectativas da infância. A vida perfeita na tenra idade nessa gigante ilha paradisíaca nos condena à melancolia porque nós sabemos, nos ossos duros e honestos por baixo da nossa duvidosa pele bronzeada, que nunca mais seremos tão felizes quanto já fomos. Ela disse que vivemos no melhor país da terra, mas somos todos infelizes no fundo, e que as drogas curam a infelicidade, e que a indústria das drogas nunca vai morrer porque a infelicidade australiana nunca vai morrer.

— Em dez, vinte anos eu vou ser dono de três quartos de Darra, talvez metade de Inala e de um bom pedaço de Richlands — o Darren diz.

— Como?

— Expansão, Tink — o Darren diz, olhos arregalados. — Eu tenho planos. Esta área não vai ser a privada da cidade pra sempre. Um dia, cara, todas essas casas vão valer alguma coisa, e eu vou comprar todas quando não estiverem valendo nada. A heroína é assim também. Hora e lugar, Tink. Aquela heroína ali não vale merda nenhuma no Vietnã. Mas é só colocar em um barco e levar até Cape York que vira ouro. É que nem mágica. Se você enterrar e deixar lá por dez anos, vira diamante. Hora e lugar.

— Por que você não fala nada na aula?

— Não tem nada que eu seja apaixonado na aula.

— Traficar drogas é sua paixão?

— Traficar? Porra nenhuma. Tem risco demais, variáveis demais. Nós somos apenas importadores, só isso. Não vendemos. Só fazemos os arranjos. Deixamos que vocês, australianos, façam o trabalho sujo de levar pras ruas.

— Então o Lyle tá fazendo o seu trabalho sujo?

— Não — o Darren responde. — Ele tá fazendo o trabalho sujo do Tytus Broz.

Tytus Broz. O Mestre dos Membros.

— Ei, todo mundo tem que trabalhar, Tink.

Darren passa o braço pelo meu ombro.

— Escuta, eu nunca agradeci por você não ter me dedurado sobre o Jabba — diz ele. E ri. — Você não me dedurou sobre o dedo.

O zelador da escola, o sr. McKinnon, me arrastou pela gola da camisa até a sala do diretor. O sr. McKinnon era cego demais ou estava bêbado demais para identificar os dois garotos que pretendiam cortar o meu indicador fora com um facão.

O McKinnon só conseguia dizer que "um deles era *vietnamita*". E a mesma coisa podia ser dita sobre metade da escola. Não foi por lealdade que não citei nenhum nome, foi por autopreservação, e uma semana de castigo fazendo contas básicas em um bloco foi um preço baixo a pagar.

— Um cara como você poderia ser útil — o Darren diz. — Preciso de homens de confiança. O que acha? Quer me ajudar a construir o meu império?

Olho por um momento pro Lyle, ainda discutindo negócios com a determinada Bich Dang e o seu humilde marido.

— Obrigado pela chance, Darren, mas, sabe, eu nunca considerei a construção de um império da heroína como parte do meu plano de vida.

— É mesmo? — Ele joga a guimba do cigarro no castelo de fadas da irmã. — Um homem com um plano. E qual é o grande plano de vida do Tinkerbell?

Eu dou de ombros.

— Para com isso, Eli. Um caranguejo de manguezal australiano esperto que nem você não pode me contar como vai sair desse monte de merda?

Eu olho para o céu noturno. Ali está o Cruzeiro do Sul. A caçarola, o grupo de estrelas brancas que cintila no formato da panela em que o Lyle cozinha os seus ovos todas as manhãs de sábado.

— Eu vou ser jornalista — eu falo.

— Rá! — berra Darren. — Jornalista?

— É — eu digo. — Vou trabalhar na seção de crimes do *The Courier-Mail*. Vou ter uma casa em Gap e vou passar a vida escrevendo artigos sobre crimes pro jornal.

— Rá! Um dos caras maus que quer ganhar a vida escrevendo sobre os caras maus — diz Darren. — E por que caralho você quer morar em Gap?

Nós tínhamos comprado o nosso Atari pelo *Trading Post*. O Lyle nos levou até uma família em Gap, um subúrbio arborizado oito quilômetros a oeste do bairro empresarial de Brisbane, que tinha acabado de comprar um Commodore 64 e não precisava mais do Atari. Eles nos venderam por 36 dólares australianos. Eu nunca tinha visto tantas árvores altas em um bairro. Eram eucaliptos altos que davam sombra às crianças que jogavam handebol nos *culs-de-sac*. Eu adoro *culs-de-sac*. Darra não tem muitos.

— Os *culs-de-sac* — eu digo.

— Que porra é um *cul-de-sac*? — pergunta Darren.

— É isso aqui. Uma rua sem saída. É ótima pra jogar handebol e críquete. Não passa carro.

— É, eu adoro uma rua por onde não passa ninguém — diz ele. E balança a cabeça. — Cara, se você quiser uma casa em Gap, isso só vai rolar depois de vinte ou trinta anos nessa coisa de jornalismo. Você vai ter que arranjar um diploma, depois implorar por um emprego a um babaca que vai mandar em você por trinta anos, e vai ter que economizar centavos, e, quando terminar de economizar, não vai ter mais nenhuma casa pra comprar em Gap!

Darren aponta para a sala.

— Tá vendo aquele isopor do lado dos pés do seu bom homem ali? — o Darren pergunta.

— Sim.

— Tem uma casa inteira em Gap dentro dela — diz ele. — Nós, os caras maus, Tink, não precisamos esperar pra comprar uma casa em Gap. No meu jogo, a gente compra uma amanhã se quiser.

Ele sorri.

— É maneiro? — eu pergunto.

— O quê?

— O seu jogo.

— Claro que é — o Darren diz. — Você conhece muita gente interessante. Tem ótimas oportunidades de aumentar o conhecimento sobre o negócio. E quando a polícia está rondando é que você se sente vivo de verdade. Você consegue importar uma quantidade imensa bem debaixo do nariz deles e faz as vendas e recebe os lucros e se vira pra sua família e pros seus amigos e diz: "Caramba, olha o que acontece quando você age em equipe até o fim."

Ele respira fundo.

— É inspirador — ele diz. — Me faz acreditar que, em um lugar como a Austrália, tudo é possível mesmo.

A gente fica em silêncio. Ele mexe no isqueiro e desce da cama elástica. Vai até a escada de entrada da casa.

— Vem, vamos entrar.

Estou intrigado, sem saber o que dizer.

— O que você tá esperando? — o Darren pergunta. — Minha mãe quer te conhecer.

— Por que a sua mãe quer me conhecer?

— Ela quer conhecer o garoto que não dedurou sobre o dedo.

— Eu não posso ir lá.

— Por que não?

— É quase uma da manhã e o Lyle vai me meter a porrada.

— Ele não vai te meter a porrada se a gente não quiser.

— Como é que você sabe?

— Porque ele sabe quem a gente é.

— E quem vocês são?

— Os caras maus.

★

Nós entramos pela porta de vidro de correr da varanda. O Darren anda com confiança até a sala e ignora o Lyle, sentado na poltrona à esquerda. A mãe dele está sentada no sofá comprido de couro marrom com os cotovelos apoiados nos joelhos, o marido encostado ao lado dela.

— Ei, mãe, achei esse cara espionando vocês no jardim — o Darren diz.

Eu entro na sala com o pijama com um buraco na bunda.

— Foi ele que não me dedurou naquela história do Jabba — o Darren diz.

Lyle se vira para a direita e me vê. O rosto se enche de raiva.

— Eli, mas que merda você tá fazendo aqui? — o Lyle pergunta, a voz baixa e intensa.

— O Darren me convidou — eu digo.

— É uma da madrugada. Vai pra casa. Agora.

Eu me viro na mesma hora e saio pela porta da sala.

Bich Dang solta uma risada suave do sofá.

— Vai mesmo desistir tão fácil, garoto? — pergunta ela.

Eu paro. Me viro. Bich Dang sorri, a base branca de porcelana rachando nas rugas da boca larga.

— Apresente o seu caso, garoto — diz ela. — Fale pra gente por que você está na rua a essa hora de pijama e mostrando essa bundinha branca.

Eu olho para o Lyle. Ele olha para a Bich, e sigo o olhar dele.

Ela tira um cigarro branco comprido de menta de uma cigarreira prateada, o acende, se encosta no sofá enquanto dá a primeira tragada e sopra a fumaça, os olhos cintilando como se estivesse olhando pra um bebê recém-nascido.

— E então? — ela insiste.

— Eu vi os fogos roxos — eu digo.

Bich assente, compreendendo. Cacete, eu nunca tinha percebido como ela é bonita. Ela deve ter cinquenta e tantos anos, até sessenta, mas é tão exótica e tão inabalavelmente excitante que parece ter a presença de uma serpente. Talvez consiga ser atraente nessa idade porque troca de pele, sai do próprio corpo quando encontra um novo no qual enfiar vida. Ela fica me olhando com aquele sorriso até eu ter que afastar o olhar, baixar a cabeça e mexer no cordão da calça frouxa do meu pijama.

— E...? — diz ela.

— Eu... hummm... segui o Lyle até aqui porque...

Minha garganta se fecha. O Lyle afunda os dedos nos braços da poltrona.

— Por causa de todas as perguntas.

Bich se inclina mais pra frente no sofá. Observa o meu rosto.

— Chegue mais perto — diz ela.

Dou dois passos na direção dela.

— Mais perto — diz ela. — Venha até aqui.

Eu chego mais perto, e ela coloca o cigarro no canto de um cinzeiro de vidro e pega a minha mão e me puxa pra tão perto que os joelhos dela tocam nos meus. Ela tem um cheiro de tabaco e perfume cítrico. As mãos são pálidas e macias, e as unhas são compridas e vermelhas que nem um caminhão dos bombeiros. Ela observa o meu rosto por vinte segundos e sorri.

— Ah, ocupado e jovem Eli Bell, tantos pensamentos, tantas perguntas — diz ela. — Bom, vá em frente, pergunte, garoto.

A Bich se vira para o Lyle com o rosto sério.

— E, Lyle, espero que responda com sinceridade — diz ela.

Ela firma as mãos na minha coxa e me vira na direção do Lyle.

— Vá em frente, Eli — diz ela.

O Lyle suspira e balança a cabeça. Eu mantenho a cabeça baixa.

— Bich, isso é...

— Coragem, garoto — diz Bich, interrompendo o Lyle. — É melhor usar essa língua antes que o Quan aqui a corte fora e coloque na sopa de macarrão.

Quan abre um sorriso e ergue as sobrancelhas ante a perspectiva.

— Bich, acho que isso não é necessário — o Lyle diz.

— Deixe o garoto decidir — diz ela, apreciando o momento.

Eu tenho uma pergunta. Eu sempre tenho uma pergunta. Eu sempre tenho várias perguntas.

Levanto a cabeça e encaro o Lyle.

— Por que você tá traficando drogas? — eu pergunto.

O Lyle balança a cabeça e afasta o olhar e não diz nada.

Bich parece o diretor da minha escola agora.

— Lyle, o garoto merece uma resposta, não acha?

Ele respira fundo e se vira para mim.

— Estou fazendo isso pelo Tytus — diz ele.

Tytus Broz. O Mestre dos Membros. Lyle faz tudo pelo Tytus Broz.

Bich balança a cabeça.

— A verdade, Lyle.

Ele pensa por um longo momento, enfia as unhas ainda mais fundo nos braços da poltrona. Ele levanta e pega o isopor no tapete da sala.

— Tytus vai entrar em contato sobre o próximo pedido — diz ele. — Vamos nessa, Eli.

Ele sai pelas portas de correr. E eu o sigo porque havia cuidado na voz dele, havia amor, e eu seguiria esse sentimento para qualquer lugar.

— Espere! — grita Bich Dang.

O Lyle para, e eu também.

— Volte aqui, garoto — diz ela.

Eu olho para o Lyle. Ele assente. Eu vou com cautela até a Bich. Ela me encara.

— Por que você não dedurou o meu filho? — ela pergunta.

O Darren está sentado em uma bancada da cozinha que vai até a sala, comendo uma barrinha de granola enquanto observa em silêncio a conversa que se desenrola na sua frente.

— Porque ele é meu amigo — eu respondo.

O Darren parece chocado com a admissão. Ele sorri.

Bich observa os meus olhos. Assente.

— Quem ensinou você a ser tão leal aos amigos? — pergunta Bich.

Na mesma hora, aponto para o Lyle com o polegar.

— Ele.

Bich sorri. Ela ainda está me encarando quando diz:

— Lyle, se me permite a ousadia...

— Sim — o Lyle diz.

— Traga o jovem Eli aqui de novo, está ouvindo, e talvez possamos conversar sobre algumas oportunidades que surgiram recentemente. Vamos ver se não podemos considerar fazer negócios entre nós.

O Lyle não fala nada.

— Vamos, Eli — diz ele.

Nós saímos pela porta, mas Bich Dang ainda tem outra pergunta.

— Ainda quer a sua resposta, Eli? — ela pergunta.

Eu paro e me viro.

— Quero.

Ela se encosta no sofá e dá uma tragada no cigarro branco comprido.

Ela assente e sai tanta fumaça da sua boca que uma nuvem cinza esconde o seu olhar. A nuvem e a serpente e o dragão e os caras maus.

— É tudo por vocês.

Garoto recebe carta

Caro Eli,

Cumprimentos da B16. Agradeço como sempre pela correspondência. A sua carta foi a melhor coisa em um mês que fico feliz de que tenha chegado ao fim. Nos últimos tempos, isso aqui tá pior do que a Irlanda do Norte. Alguns caras fizeram greve de fome e estão protestando por causa da superlotação nas celas e pelas poucas atividades nos dias de recreação. Ontem, enfiaram a cabeça do Billy Pedon na privada do Pátio 4 por ter discutido com o Guigsy, que estava reclamando do frio. Agora, colocaram um aro em volta de todas as privadas pra que uma cabeça humana não caiba ali dentro. Acho que isso é o que se chama de progresso, né? No domingo, teve uma briga enorme no refeitório. O velho Harry Smallcombe enfiou um garfo na bochecha esquerda do Jason Hardy porque o Hardy pegou o último pedaço de pudim. O negócio virou um inferno e, como resultado, os guardas tiraram a televisão do Pátio 1. Não vamos mais poder ver Days of Our Lives. *Podem tirar a liberdade de um prisioneiro da Boggo, podem tirar os nossos direitos, podem tirar a nossa humanidade, podem tirar até a nossa vontade de viver, mas, pelo amor de Deus, não tirem a nossa novela! Como você pode imaginar, o pessoal ficou maluco por causa disso e começou a jogar cocô por toda a prisão, como se fossem macacos. Enfim, os rapazes estão doidos pra ouvir qualquer novidade que vocês aí de fora possam ter sobre a novela, e qualquer coisa seria ótima. No último capítulo que a gente viu, a Liz parecia que ia ser presa por ter atirado na Marie, aquela vaca burra, apesar de ter sido um acidente. Ela ainda não tinha encontrado o lenço de seda com o "C", que acho que vai ser a ruína dela. Minha privada entupiu na terça porque o Dennis teve caganeira por causa da lentilha que a gente comeu no almoço. Ele usou todo o papel higiênico que tinha e precisou recorrer às páginas de um exemplar velho de* A escolha de Sofia *que tinha aqui. Claro que as folhas de papel entupiram a privada, e a Divisão Um inteira sentiu o cheiro horrível das tripas do Dennis. Eu falei sobre o Tripé na última carta? Fritz encontrou um gato andando pelos cantos do pátio um tempo atrás. Fritz tem se comportado bem nos últimos tempos, e os guardas deixaram ele cuidar do bicho durante a hora do sol diária. Nós todos começamos a guardar um pouco de comida do almoço pra dar pro gato, e agora ele vai de cela em cela quando quer, durante a hora do sol. Mas um dos guardas fechou sem querer a porta de uma cela em cima do gato e o coitado teve que ser levado pro veterinário, que deu ao gatinho do Fritz um ultimato perturbador: uma cirurgia cara pra amputar a perna ou uma bala no meio dos olhos (não foi bem isso que o cirurgião falou, mas você entendeu). O boato sobre o gato aleijado se espalhou, e passamos o chapéu e doamos os salários do mês pra cirurgia do maldito gato do Fritz. Ele foi operado e voltou pra nós com três pernas. Tivemos uma longa discussão sobre qual ia ser o nome do gato que todos nós ajudamos a salvar, e todos nós decidimos pelo nome Tripé. Esse gato ficou mais famoso do que os Beatles aqui dentro. Estou feliz de saber que você e o August estão indo tão bem na escola. Não deem mole nos estudos. Vocês não vão querer vir parar num buraco como este porque não vão querer ficar dopados de hidrato de cloral e ser currados pelo Garanhão Negro pela cerca da lavanderia, porque é isso que acontece com os meninos que dão mole nos estudos. Já falei pro Slim me contar como estão os boletins de vocês, não importa se estejam bons ou ruins. Pra responder à sua pergunta, acho que a melhor forma de saber se um cara quer meter uma faca em você é pela velocidade dos passos dele. Um homem que tem a morte na cabeça começa a mostrar ela pelos olhos, tem uma intenção neles. Se ele estiver carregando uma faca, vai ver ele se aproximar da vítima devagar, espiando como um falcão, de longe, depois, quando chega mais perto, ele acelera o passo. Anda, anda, anda. Você vai querer se aproximar da vítima por trás e enfiar a faca o mais perto que puder dos rins. A pessoa vai cair que nem um saco de batata. A chave é enfiar a faca com força suficiente pra ponta atravessar, mas com suavidade pra evitar uma acusação de assassinato. É um equilíbrio e tanto.*

Fala pro Slim que o jardim dele nunca esteve tão bonito. As azaleias estão tão rosadas e fofas que parece que estamos plantando algodão doce pro Royal Show.

Obrigado pela foto da srta. Haverty. Ela é ainda mais bonita do que você descreveu. Não tem nada mais sexy do que uma professora jovem de óculos. Você está certo sobre o rosto dela, que é como o nascer do sol. Acho que você não vai dizer pra ela se souber o que é bom pra você, mas os garotos da ala D mandam lembranças. Bom, tenho que ir, amigão. É hora do rango, e é melhor eu pegar a minha cota de bolonhesa antes que acabe. Sonha alto, garoto, mas sempre pega leve.

Alex.

P.S. Já ligou pro teu pai? Não sou a melhor pessoa pra julgar relacionamentos entre pai e filho, mas acho que, se você anda pensando tanto assim nele, tem uma boa chance de ele estar pensando em você também.

★

Sábado de manhã, hora de escrever cartas com o Slim. A mãe e o Lyle foram no cinema de novo, já que são tão fãs de filmes agora. Eles foram ver *007 contra Octopussy*. August e eu pedimos para ir com eles. Eles disseram não de novo. Engraçado isso. Que amadores do caralho.

— Sobre o que é *007 contra Octopussy*? — o Slim pergunta, a mão direita elaborando a carta com uma caligrafia incrivelmente bonita.

Faço uma pausa na minha carta pra responder.

— O James Bond luta contra um monstro marinho de oito vaginas.

Estamos à mesa da cozinha com óculos e fatias de laranja. Slim ouve as corridas de cavalo de Eagle Farm por um rádio que está perto da pia. August enfiou uma casca de laranja sobre os dentes, que nem o protetor de dentes do Ray Price. Está quente e abafado lá fora porque é verão e estamos em Queensland. Slim está sem camisa, e vejo as costelas de prisioneiro de guerra dele, como se ele estivesse morrendo aos poucos na minha frente pela dieta de cigarros e sofrimento.

— Você tem comido, Slim?

— Não começa — ele diz, um cigarro enrolado no canto da boca.

— Tá parecendo um fantasma.

— Um fantasminha camarada? — ele pergunta.

— Bom, um não inimigo.

— Bom, você também não parece nenhuma estátua de bronze, seu magricelo. Como está a carta?

— Quase pronta.

★

Slim passou trinta e seis anos em Boggo Road. Não pôde escrever ou receber correspondências por boa parte do tempo em que ficou na D9. Ele sabe o que uma carta bem escrita significa pra um homem lá dentro. Significa conexões. Significa humanidade. Significa despertar. Ele escreve cartas pros detentos de Boggo Road há anos, usando nomes falsos nos envelopes, porque os guardas nunca deixariam passar uma carta do Arthur "Slim" Halliday, um homem que sabe como fugir da fortaleza de muros de tijolos vermelhos melhor do que ninguém.

O Slim conheceu o Lyle em 1976, quando os dois trabalhavam em uma oficina mecânica em Brisbane. O Slim tinha sessenta e seis anos. Tinha cumprido vinte e seis da sentença de prisão perpétua e estava em regime semiaberto, trabalhando num ambiente supervisionado durante o dia e voltando pra Boggo Road à noite. O Slim e o Lyle trabalhavam bem juntos, tinham facilidade com mecânica de motores da mesma forma que tiveram facilidade pra destruir as juventudes deles. Em algumas tardes de sexta, o Lyle colocava longas cartas na mochila do Slim, para que ele as visse no fim de semana e eles pudessem continuar conversando através dos garranchos do Lyle. Uma vez, o Slim me disse que morreria pelo Lyle.

— Mas aí o Lyle me pediu uma coisa mais perturbadora do que morrer.

— O que foi, Slim? — eu perguntei.

— Ele me pediu pra ser babá de vocês.

Dois anos antes, eu encontrei o Slim escrevendo cartas à mesa da cozinha.

— Cartas pra presidiários que não recebem cartas da família nem dos amigos — explicou ele.

— Por que a família e os amigos não escrevem pra eles? — eu perguntei.

— A maioria não tem nenhuma das duas coisas.

— Posso escrever uma? — eu perguntei.

— Claro — ele respondeu. — Por que você não escreve pro Alex?

Peguei uma caneta e uma folha de papel e me sentei ao lado do Slim à mesa.

— Eu escrevo sobre o quê?

— Escreve sobre quem você é e o que você fez hoje.

Caro Alex,

O meu nome é Eli Bell. Tenho dez anos e estou no quarto ano da escola estadual de Darra. Tenho um irmão mais velho chamado August. Ele não fala. Não porque não consegue, mas porque não quer. O meu jogo favorito de Atari é Missile Command *e o meu time da liga de rúgbi é o Parramatta Eels. Hoje, o August e eu fomos passear em Inala. Encontramos um parque que tem um túnel de esgoto grande o suficiente pra gente entrar engatinhando. Mas tivemos que sair quando uns garotos aborígenes disseram que o túnel era deles e que era pra gente sair se não quiséssemos levar porrada. O maior dos garotos aborígenes tinha uma cicatriz grande no braço direito. Foi nele que o August bateu antes de eles fugirem.*

No caminho de casa, vimos uma libélula sendo comida viva por formigas. Eu disse pro August que a gente devia livrar a libélula daquele sofrimento. O August queria deixar. Mas pisei na libélula e esmaguei ela. Só que, quando pisei, eu também matei treze formigas. Você acha que eu devia ter deixado a libélula em paz?

Seu amigo,

Eli

P.S. Que pena que ninguém escreve pra você. Vou continuar escrevendo se você quiser.

Duas semanas depois, fiquei feliz por ter recebido uma carta de seis páginas do Alex, três das quais eram dedicadas a lembranças de momentos na infância dele em que ele foi intimidado por garotos em túneis de esgoto e da violência que se seguiu. Depois da passagem em que o Alex detalhou a anatomia do nariz humano e como ele é fraco em comparação a uma testa levando uma cabeçada rápida, perguntei ao Slim de quem exatamente eu tinha ficado amigo por correspondência.

— Alexander Bermudez — ele disse.

Condenado a nove anos na prisão de Boggo Road depois que a polícia de Queensland encontrou sessenta e quatro metralhadoras soviéticas AK-74 no barracão do quintal da casa dele em Eight Mile Plains, que ele estava prestes a distribuir a membros da gangue de motoqueiros fora-da-lei Rebels, da qual já tinha sido sargento de armas para a região de Queensland.

★

— Não se esqueça de ser específico — o Slim sempre dizia. — Detalhes. Coloque todos os detalhes. Os garotos apreciam todos os detalhes das merdas diárias que não podem fazer mais. Se você tem uma professora que acha linda, conta como é o cabelo dela, como são as pernas, o que ela come de almoço. Se ela for professora de geometria, conta como ela desenha bem um triângulo no quadro. Se você foi ao mercado comprar um saco de doce ontem, você foi de bicicleta, a pé, viu um arco-íris no caminho?

Comprou chocolate, jujuba ou caramelo? Se comeu uma carne boa na semana passada, foi bife com ervilha ou curry ou carne com cogumelos? Está entendendo? Detalhes.

O Slim continua escrevendo no papel. Ele traga o cigarro, e as bochechas afundam, e consigo ver a forma do crânio dele, e a parte de trás e as laterais curtas com o achatado em cima que faz ele parecer o monstro de Frankenstein. Está vivo. Mas por quanto tempo?

— Slim.

— O que foi, Eli?

— Posso te fazer uma pergunta?

O Slim para de escrever. O August também. Os dois me encaram.

— Você matou aquele taxista?

Slim abre um sorrisinho. O lábio treme, e ele ajusta os óculos pretos grossos. Eu conheço ele há tempo suficiente para saber que ele ficou magoado.

— Desculpa — eu digo, baixando a cabeça e colocando a ponta da caneta no papel. — Tem um artigo no jornal de hoje.

— Que artigo? — berra Slim. — Não vi nada sobre mim no *The Courier* hoje.

— Não, não foi no *The Courier-Mail.* Foi no jornal local, o *South-West Star.* Saiu um daqueles artigos da série "Memórias de Queensland". Um texto enorme. Sobre o Houdini da Boggo Road. Falaram sobre as suas fugas. Falaram sobre o assassinato em Southport. Diziam que você talvez pudesse ser inocente. Que talvez tivesse sido preso por vinte e quatro anos por um crime que não...

— Faz muito tempo — o Slim diz, me interrompendo.

— Mas você não quer que as pessoas saibam a verdade?

O Slim traga o cigarro.

— Posso te fazer uma pergunta, garoto?

— Pode.

— Você acha que eu matei o cara?

Eu não sei. O que eu sei é que nada matou o Slim. O que eu sei é que ele nunca desistiu. A escuridão não matou ele. A polícia não matou ele. Os carcereiros não mataram ele. As grades. O poço. Black Peter não matou ele. Acho que sempre achei que, se ele fosse assassino, a consciência mataria ele durante os dias escuros no poço. Mas a consciência não matou ele.

A perda, a vida que poderia ter sido, nada disso matou ele. Quase metade da vida dele passada lá dentro e o Slim ainda consegue sorrir quando eu pergunto se ele é assassino. O Houdini ficou trancado em uma caixa por trinta e seis anos e saiu vivo. Uma magia longa. O tipo de truque que o coelho demora trinta e seis anos pra tirar a cabeça pra fora da cartola. Uma magia longa, chamada vida humana.

— Eu acho que você é um bom homem — eu digo. — Não acho que seja capaz de matar alguém.

Slim tira o cigarro da boca. Se inclina por cima da mesa. A voz soa baixa e sinistra.

— Nunca subestime do que um homem é capaz — ele diz.

Ele se encosta na cadeira.

— Agora, me mostra o tal artigo.

MEMÓRIAS DE QUEENSLAND: NENHUMA CHANCE É PEQUENA DEMAIS PARA O HOUDINI DA BOGGO ROAD

Ele era visto como o prisioneiro mais perigoso da Comunidade Britânica de Nações, o mestre escapista conhecido como "Houdini da Boggo Road", mas o maior truque de Arthur "Slim" Halliday seria sair da prisão como um homem livre.

Acolhido pelo orfanato de uma igreja depois que perdeu os pais aos doze anos, Slim Halliday começou a vida de crimes quando foi preso por quatro dias por subir em trens clandestinamente a caminho do emprego de tosquiador em Queensland, que poderia tê-lo mantido na linha. Halliday já era um experiente golpista e invasor de casas aos trinta anos, em 28 de janeiro de 1940, quando fez a primeira fuga da famosa Divisão Número 2 da prisão Boggo Road.

AS ESCOLHAS DE SLIM

Houdini Halliday executou a sua primeira fuga mágica ao escalar uma parte do muro da prisão que ficou conhecida como "Salto de Halliday", um ponto cego para os guardas de vigília nas torres ao redor. Apesar da crítica do público em relação à segurança da prisão depois da fuga de um homem, aquela parte do muro da prisão permanece igual.

Por isso, o público de Brisbane não se surpreendeu quando foi revelado que, em uma fuga subsequente, no dia 11 de dezembro de 1946,

Halliday subira no muro do canto das oficinas da prisão, a apenas quinze metros de onde fica o "Salto de Halliday". Depois da cerca, ele tirou os trajes de presidiário e revelou as roupas civis contrabandeadas que vestia por baixo. Ele pegou um táxi para os subúrbios do norte de Brisbane e deu uma gorjeta ao motorista.

Após uma ampla e frenética caçada da polícia, Halliday foi capturado quatro dias depois. Quando perguntaram por que ele tentou uma segunda fuga ousada, ele respondeu: "A liberdade de um homem é tudo para ele. Não se pode culpar um homem por tentar."

CICLO DE UM CONDENADO

Libertado em 1949, Halliday se mudou para Sydney, onde trabalhou para o Exército da Salvação antes de abrir um negócio de conserto de telhados usando o conhecimento de folhas de metal adquirido na Boggo Road. Ele mudou o nome para Arthur Dale e voltou para Brisbane em 1950, onde se apaixonou pela filha de um funcionário de uma lanchonete de Woolloongabba. Halliday se casou com Irene Kathleen Close no dia 2 de janeiro de 1951, e o casal se mudou para um apartamento em Redcliffe, na costa norte de Brisbane, em 1952, meses antes de Halliday voltar às manchetes nacionais, quando foi condenado e sentenciado à prisão perpétua pelo assassinato do taxista Athol McCowan, de vinte e três anos, em Southport Esplanade.

O investigador principal do caso, o inspetor-detetive da polícia de Queensland Frank Bischof, alegou que Halliday fugiu do local do assassinato de McCowan e correu para Sydney, onde foi capturado pela polícia depois de dar um tiro na própria perna quando a sua arma de calibre .45 disparou durante uma violenta briga com um corajoso vendedor da Guildford que ele tentava assaltar.

Em um tribunal lotado, Bischof testemunhou que Halliday confessou o assassinato de McCowan quando estava se recuperando do ferimento da bala em um leito do Parramatta Hospital. Bischof alegou que a confissão de Halliday detalhava como ele entrou no táxi de McCowan em Southport, na fatídica noite de 22 de maio de 1952, e depois assaltou o jovem taxista em um local escondido do Currumbin Lookout, mais para o sul. Bischof alegou que, como McCowan resistiu, Halliday bateu no taxista até a morte com a arma de calibre .45. O inspetor-chefe acrescentou que

Halliday recitou um verso durante a confissão: "Os passarinhos comem e têm liberdade. Não trabalham, por que nós temos a necessidade?"

Enquanto isso, Slim Halliday sempre sustentou que Bischof o incriminou pelo assassinato de McCowan; a confissão detalhada, dos nomes precisos de locais até a poesia, foram, de acordo com Halliday, imaginação do inspetor.

O jornal *The Courier-Mail* publicou, no dia 10 de dezembro de 1952, que o sr. Halliday provocou uma agitação na corte quando Bischof disse que Halliday tinha proclamado: "Eu matei ele."

"Halliday ficou de pé", declarou o artigo. "E, inclinado por cima da bancada, gritou: 'É mentira.'"

Halliday sustentou que, na noite do assassinato de McCowan, estava em Glen Innes, nas Mesetas do Norte da Nova Gales do Sul, a aproximadamente quatrocentos quilômetros de distância.

Posteriormente, Frank Bischof se tornou comissário de polícia de Queensland de 1958 a 1969, e pediu exoneração em meio a diversas alegações de corrupção. Faleceu em 1979. Antes de ser sentenciado à prisão perpétua, Halliday declarou do banco dos réus: "Eu repito, não sou culpado por esse crime."

Do lado de fora do tribunal, a esposa de Halliday, Irene Close, prometeu ficar ao lado do marido.

DIAS SOMBRIOS EM BLACK PETER

Em dezembro de 1953, depois de outra tentativa de fuga fracassada, Halliday foi jogado na famosa Black Peter da Boggo Road, uma cela solitária subterrânea, relíquia do passado bárbaro e sangrento de colônia penal de Brisbane. Halliday sobreviveu a catorze dias no calor sufocante de dezembro, despertando um debate público ferrenho sobre os métodos modernos de reabilitação de prisioneiros.

"Então Halliday foi colocado na solitária", escreveu L.V. Atkinson, de Gaythorne, para o *The Courier-Mail* no dia 11 de dezembro de 1953. "O infeliz enjaulado, por buscar instintivamente a liberdade, recebe a pena mais terrível do nosso sistema medieval de prisões? O princípio da punição legal moderna não pode permitir o uso de tortura humana."

Contudo, Halliday saiu de Black Peter como uma lenda urbana. As crianças nos pátios de escola dos anos 1950 não sussurravam histórias sobre Ned Kelly ou Al Capone enquanto comiam biscoitos no recreio, eles contavam histórias do "Houdini de Boggo Road".

"O conhecimento dele de prédios, telhados e ferramentas, combinado com a malícia e a ousadia, o tornam o prisioneiro mais vigiado da prisão", escreveu o *Sunday Mail*. "Os detetives que o conheceram ao longo dos anos de invasão residencial dizem que ele sobe paredes como uma mosca. É provável que Halliday nunca pare de tentar novas fugas. Os policiais que o conhecem dizem que ele terá que ser vigiado durante todos os minutos da prisão perpétua, o que significa que, se Halliday viver até a velhice, ao menos mais quarenta anos de existência enlouquecedora por trás dos muros de tijolos vermelhos da Boggo Road."

Durante os onze anos seguintes da pena, Halliday foi despido e revistado três vezes por dia. As únicas peças de roupa permitidas na cela eram o uniforme e os chinelos. Dois policiais o escoltavam para todos os lados. Suas horas de estudo foram canceladas. Trancas adicionais foram colocadas na cela dele, a D9, e trancas adicionais foram colocadas na ala D. O pátio número 5 da Boggo Road foi transformado em pátio de segurança máxima, onde Halliday podia permanecer durante o dia, com a parte aberta protegida por uma cerca de arame. Apenas nos fins de semana era permitida a entrada de um único prisioneiro para jogar uma partida de xadrez com ele. Ele não podia se comunicar com outros presidiários por medo de passar adiante as suas infinitas estratégias de fuga.

No dia 8 de setembro de 1968, o jornal *Truth*, de Brisbane, comentou o aniversário de sessenta anos de Halliday com um artigo e a seguinte manchete: "ASSASSINO DEBILITADO NÃO FALA COM NINGUÉM".

"O brilho desapareceu dos olhos do assassino de Queensland, Arthur Ernest Halliday, famoso por suas fugas 'impossíveis'", dizia o artigo. "Depois de anos sob a guarda constante de dois carcereiros e as precauções de segurança mais elaboradas já tomadas com qualquer prisioneiro no estado, Slim Halliday, de sessenta anos, se tornou um vegetal ambulante atrás dos muros sombrios da Boggo Road."

Halliday, porém, "tem um espírito indomável", declarou o superintendente da prisão para a imprensa na época, "que a punição rigorosa não conseguiu controlar, e ele nunca reclamou do tratamento, por mais severo e desagradável que possa ter sido".

Com o passar da longa pena, a obsessão por fuga de Halliday também foi sumindo. Com sessenta e tantos anos, ele estava velho demais para escalar os muros de tijolos vermelhos da Boggo Road. Depois de anos de bom comportamento, ele ganhou a função de bibliotecário da prisão, o que o permitiu compartilhar o seu amor pela literatura e poesia com detentos cada vez mais interessados. Eles se reuniam regularmente no pátio para ouvir "Houdini" Halliday recitar os poemas do amado filósofo e poeta persa Omar Caiam, cujo trabalho ele descobriu na biblioteca da prisão nos anos 1940.

Seu poema favorito era *Rubaiyat*, que ele recitava por cima do tabuleiro de xadrez e das peças meticulosas que fez de metal moldado por máquinas na oficina da prisão.

É tudo um tabuleiro de xadrez, branco e escuridão
O Destino manipula o Homem como um peão;
O movimento é incerto, morte e junção,
Para aos poucos irem voltando à solidão.

REPÓRTER TIRA A SORTE GRANDE

No final, o maior truque de "Houdini" Halliday foi sobreviver à prisão Boggo Road. Sua maior fuga foi sair andando pelo portão do presídio após cumprir vinte e quatro anos pelo assassinato de Athol McCowan, com sorrisos de parabéns de detentos e funcionários da prisão.

Em abril de 1981, o repórter do *Telegraph* de Brisbane, Peter Hansen, encontrou o recluso Slim Halliday garimpando ouro em um riacho perto de Kilcoy, onde ele tinha pago cinco dólares australianos ao departamento florestal para viver como um eremita, garimpando, dentro da lei, em um terreno da floresta.

"Eu nunca confessei", disse ele sobre a controversa condenação. "Bischof simplesmente inventou o que relatou no tribunal. Ele era um homem implacável, sabe. Foi o meu caso que o fez se tornar comissário.

"Eu saí de Brisbane dois dias antes do assassinato... Fui condenado porque o meu nome era Arthur Halliday."

Halliday diz que não teria medo de voltar para a Boggo Road como um homem idoso. "Sou praticamente o dono de lá", disse ele. "No final, estavam me usando como consultor de segurança."

Dois anos depois, Arthur "Slim" Halliday parece ter sumido da face da Terra. Foi visto pela última vez morando na caçamba de sua picape em Redcliffe, no norte de Brisbane. No entanto, a lenda de Slim Halliday vive atrás dos muros de tijolos vermelhos da prisão Boggo Road, onde a cela de Houdini, de número nove na ala D, permanece vazia. Os oficiais da prisão dizem que é apenas por uma questão de logística. Porém, os detentos estão convencidos de que ainda está por vir um prisioneiro digno de ser colocado ali.

— Slim?

— Fala, garoto.

— Diz aí que a Irene falou que ficaria do lado do marido, né?

— É.

— Ela não ficou, né?

— Ficou, sim, garoto.

Slim devolve o artigo pra mim, os braços compridos e bronzeados se esticando por cima da mesa da cozinha.

— Você nem sempre precisa estar ao lado da pessoa para estar ao lado da pessoa — diz ele. — Como está a sua carta?

— Quase pronta.

Caro Alex,

Você acha que o Bob Hawke está fazendo um bom trabalho como primeiro-ministro? O Slim diz que ele tem a quantidade certa de malandragem e de coragem pra ser um bom líder da Austrália. O Slim diz que ele lembra o Roughie Regini, o velho alemão judeu que cuidava das apostas com o Slim na divisão número dois em meados dos anos 1960. Roughie Regini praticava a diplomacia e a extorsão ao mesmo tempo. Aceitava apostas de qualquer coisa: corridas de cavalo, jogos de futebol, partidas de boxe, lutas no pátio, jogos de xadrez. Uma vez, recolheu apostas do que os rapazes iam comer no almoço de Páscoa de 1965. O Slim diz que foi o Roughie Regini que desenvolveu o sistema de entregas por baratas. Vocês ainda usam o sistema de entregas por baratas? Os vencedores quase sempre eram pagos em tabaco White Ox, mas os prisioneiros começaram a criar caso porque demorava pra receber os prêmios no horário noturno em que tudo era trancado, a hora que eles mais gostavam de fumar um cigarro. Para se destacar de outros agenciadores de apostas em potencial, o Roughie Regini desenvolveu o sistema de entregas por baratas. Ele tinha uma coleção de baratas gordas e bem-alimentadas em uma lata de abacaxi em conserva embaixo da cama. Eram fortes à beça, aquelas baratas. Usando fios de algodão do cobertor e do lençol, o Roughie aprendeu a amarrar até três cigarros enrolados com tabaco White Ox nas costas de uma barata e a soltá-la por baixo da porta da cela, para que ela fosse até o apostador que tinha ganhado. Mas como ele poderia saber com certeza que a barata iria pra onde ele queria que fosse? Uma barata tem seis pernas, três de cada lado. Então, o Roughie começou a fazer experimentos nas suas pequenas mensageiras. Ele logo percebeu que as baratas iam em certas direções dependendo da perna que tivesse sido arrancada. Se arrancarmos uma perna da frente, ela se move na direção nordeste ou noroeste. Se tirarmos a esquerda do meio, a barata vai pra esquerda tão intensamente que começa a girar num círculo anti-horário. Se tirarmos a perna direita do meio, ela gira em sentido horário. Se colocarmos uma barata junto à parede, ela segue em linha reta alegremente. Se o Roughie precisava enviar uma encomenda pro Ben Banaghan, sete celas depois da dele à esquerda, ele tirava a perna esquerda do meio da barata e a mandava em uma grande aventura, o cigarro de cima rabiscado com o nome da cela de destino, "Banaghan". A corajosa barata passava por baixo de todas as celas na jornada, e os presidiários, agindo por honra, colocariam ela de volta no caminho junto à parede. Fico pensando em como as mãos deles deviam ser delicadas. Todos assassinos, ladrões e golpistas. Acho que eles tinham tempo pra serem delicados. Todo o tempo do mundo.

Nos últimos tempos, ando pensando, Alex, que todos os problemas do mundo, todos os crimes cometidos, podem ser atribuídos ao pai da pessoa. Roubo, estupro, terrorismo, Caim matando Abel, Jack, o Estripador: tudo é culpa dos pais. As mães também, talvez, acho, mas não existe mãe de merda no mundo que não tenha sido antes filha de um pai de merda. Não precisa me contar se não quiser, mas eu queria saber sobre o seu pai, Alex. Ele era bom? Era decente? Era presente? Obrigado pela sua opinião sobre ligar pro meu pai. Você tem razão. Acho que todas as histórias têm dois lados.

Perguntei pra minha mãe o que anda acontecendo em Days of Our Lives. *Ela disse pra contar que a Marie estava dando sinais de melhora no hospital. Liz foi ao CTI para confessar tudo, mas, quando a Marie acordou, ela falou que estava escuro demais pra identificar o agressor, então a Liz ficou de bico calado e pareceu aprender a viver com a culpa. A primeira palavra que a Marie falou quando acordou foi "Neil", mas, apesar de o Neil ser o seu verdadeiro amor, ela disse que nunca poderia ser a esposa dele e deu consentimento pra ele ficar com a Liz e o filho deles.*

Nos falamos em breve!

Eli

P.S. Incluí uma cópia do poema do Omar Caiam, Rubaiyat. *O Slim disse que ajudou ele a sobreviver na prisão. É sobre os altos e baixos da vida. O baixo é curto e tem que acabar. O alto vem com pão, vinho e livros.*

— Slim.

— Fala, garoto.

— Arthur Dale. O nome novo que você passou a usar.

— É.

— Dale.

— É.

— Era o nome daquele guarda, Dale.

— É — o Slim diz. — Eu precisava do nome de um cavalheiro, e o guarda Dale era o mais perto que conheci de um cavalheiro.

O guarda Dale era da primeira época do Slim pela Boggo Road, no começo dos anos 1940.

— Sabe, garoto, existe todo tipo de gente ruim lá dentro — ele diz. — Caras que começam bons e ficam maus; caras que parecem maus, mas que não são maus de verdade; e caras que são maus até o osso porque nasceram assim. Isso descreve boa parte dos guardas da Boggo. Eles pegavam o emprego lá dentro porque eram atraídos pelos seus semelhantes, todos aqueles estupradores e assassinos e psicopatas que fingiam ajudar a reabilitar, quando, na verdade, dentro da cabeça pervertida de cada um deles, eles só alimentavam os bichos cruéis que dormiam nas celas.

— Mas não o guarda Dale.

— Não. Não o guarda Dale.

Depois da primeira tentativa de fuga, os guardas da Boggo Road foram cruéis com o Slim. Eles tiravam toda a roupa dele e o revistavam muitas vezes por dia. Durante essas revistas, era comum que os guardas batessem na lateral da cabeça do Slim para mandar que ele virasse, que chutassem a bunda dele quando queriam que ele se inclinasse pra frente, que dessem uma cotovelada no nariz dele quando queriam que ele desse um passo pra trás. Um dia, o Slim reagiu, explodiu de raiva na cela e começou a jogar cocô da privada dele nos guardas. Eles retribuíram com a mangueira de pressão. Um guarda veio com dois baldes de água fervendo da cozinha.

Outro começou a enfiar um ferro vermelho de tão quente pelas grades da cela na direção dele.

— Os guardas estavam me tratando como se eu fosse um galo que eles estivessem preparando pra uma rinha — diz Slim. — Eu tinha uma faca de prisão debaixo do travesseiro e peguei ela e furei a mão de um dos babacas. Fiquei mostrando a faca pra eles, cuspindo e espumando, como se eu fosse um cachorro doido. Depois, foi um verdadeiro inferno, mas, no meio de toda essa loucura, tinha esse cara, o guarda Dale, que me defendeu. Ele começou a gritar com os filhos da puta, mandando eles me deixarem em paz, dizendo que eu já tinha sofrido o bastante. E me lembro de ter olhado pra ele como se tudo estivesse em câmera lenta, e pensei que o verdadeiro caráter de alguém surge no inferno, que a verdadeira bondade só pode aparecer em um submundo onde o contrário é a norma, quando o mal está vivo e a bondade é uma indulgência, entende o que eu digo?

O Slim sorri e olha para o August. O August assente para o Slim, um daqueles movimentos sábios de cabeça do August, como se ele tivesse cumprido pena ao lado do Slim, o vizinho da cela D10.

— Sabe — o Slim diz —, você mergulha fundo assim no inferno e uma piscadela do diabo começa a parecer uma punheta batida pela Doris Day.

O August assente de novo.

— Vai à merda, Gus, você nem sabe quem é a Doris Day — eu digo.

O August dá de ombros.

— Não importa — o Slim diz. — A questão é que eu estava sonhando no meio do caos, olhando pro guarda Dale, vendo ele tentar fazer os caras pararem. O gesto me emocionou tanto que acho que fiquei com lágrimas nos olhos. Mas depois fiquei mesmo com lágrimas nos olhos, porque uma segunda leva de guardas apareceu com máscaras e jogando gás lacrimogênio na minha cela. Eles me meteram a porrada e me arrastaram pra Black Peter na hora. Minha roupa ainda estava molhada. No meio do inverno. Sem cobertor. Sem esteira. Todo mundo fala sobre os catorze dias na Black Peter no meio da onda de calor. Mas eu prefiro passar catorze dias na onda de calor em vez de uma única noite na Black Peter molhado que nem um peixe no meio do inverno. Passei a noite toda tremendo, só pensando numa coisa...

— Que todo mundo tem bondade dentro de si? — eu pergunto.

— Não, garoto, todo mundo não, só o guarda Dale — o Slim diz. — Mas isso me fez pensar que, se o guarda Dale ainda tinha bondade trabalhando no meio daqueles filhos da puta por tanto tempo, eu talvez ainda tivesse bondade quando saísse da Black Peter ou da prisão de vez.

— Um nome novo, um homem novo — eu digo.

— De modo geral, pareceu uma boa ideia — o Slim diz.

Pego o *South-West Star.* Uma das fotos do artigo "Memórias de Queensland" mostra o Slim em 1952, sentado na salinha dos fundos do tribunal de Southport. Ele fuma um cigarro e usa um terno creme por cima de uma camisa branca com gola grossa. Parece alguém que devia estar em Havana, não na cela onde viveria nos vinte e quatro anos seguintes.

— Como você conseguiu? — eu pergunto.

— Consegui o quê?

— Como sobreviveu por tanto tempo sem...

— Engolir uma bola de elástico cheia de giletes?

— Bom, eu ia dizer "desistir", mas... é, é isso aí.

— Esse artigo está meio que certo sobre essa bosta de mágica do Houdini — ele diz. — O que fiz naquele lugar foi meio que mágico.

— Como assim?

— Quero dizer que, com o tempo, eu conseguia fazer coisas lá dentro — o Slim diz. — Fiquei tão íntimo do tempo que conseguia manipular ele, acelerar ele, fazer ele ir mais devagar. Tinha dias que só me dava vontade de acelerar, então eu precisava enganar o cérebro. Me ocupar tanto que conseguia me convencer de que não havia horas suficientes no dia pra fazer tudo que eu queria fazer. Quando digo "fazer", não estou falando de aprender a tocar violino ou tirar um diploma em economia. Estou falando de objetivos realistas para passar metade do dia numa cela de prisão. Estou falando de pegar tantas bolinhas pretas de merda de barata em doze horas que dá pra escrever o seu nome no chão. Em alguns dias, roer as unhas até o sabugo virava uma atividade de lazer tão aguardada quanto um show do Elvis. Tanta coisa pra fazer, tão pouco tempo. Arrumar a cama, ler o capítulo 30 do *Moby Dick*, pensar na Irene, assobiar "You Are My Sunshine" do começo ao fim, enrolar um cigarro, fumar, jogar xadrez sozinho, jogar xadrez sozinho de novo porque você ficou puto de ter perdido o primeiro jogo, ir pescar na ilha Bribie em pensamento, ir pescar no quebra-mar de Redcliffe em pensamento, tirar as escamas dos peixes, tirar as entranhas dos peixes, cozinhar o peixe gordo em cima de carvão quente na praia Suttons e ver o pôr do sol. Você corre tanto contra a porcaria do relógio que fica surpreso quando o dia acaba e está tão cansado das tarefas de jogos mentais que boceja quando bota a cabeça no travesseiro às sete da noite e diz pra si mesmo que você é louco de ter ficado acordado até tão tarde e de ter feito tanta coisa sem parar um minuto pra descansar. Mas, nas horas boas, nas horas de sol no pátio, dava pra deixar tudo mais lento, dava pra segurar o tempo como se fosse um cavalo treinado, e dava pra transformar uma hora no jardim em metade de um dia, porque você estava passando o tempo em cinco dimensões, e as dimensões eram os cheiros que estava sentindo e os gostos que estava sentindo e as coisas que estava tocando e as coisas que estava ouvindo e as coisas que estava vendo, as coisas dentro de coisas, pequenos universos no cabo de uma flor, camadas sobre camadas, porque a sua visão ficava tão apurada pela inatividade de tanto olhar pra parede de concreto que todas as vezes que você entrava num pátio era como a Dorothy andando em tecnicolor.

— Você aprendeu a ver todos os detalhes — eu concluo.

Slim assente. Ele olha pra gente.

— Nunca esqueçam, os dois, vocês são livres — diz ele. — Essas são as suas horas de sol, e vocês podem fazer com que durem pra sempre se tomarem o cuidado de ver todos os detalhes.

Faço que sim com lealdade.

— Acabe com o seu tempo, né, Slim? — eu digo.

Ele assente com orgulho.

— Antes que ele acabe com você — ele diz.

Essa é a pérola de sabedoria das ruas favorita do Slim.

Acabe com o seu tempo antes que ele acabe com você.

★

Lembro quando ouvi ele dizer aquilo pela primeira vez. Estávamos na sala de máquinas da torre do relógio da prefeitura de Brisbane, no velho e glorioso prédio marrom de arenito no coração da cidade, na praça King George. Slim nos levou de trem de Darra. Disse que tinha um elevador velho dentro da torre do relógio que levava as pessoas até o topo, e eu não acreditei nele. Ele conhecia o velho ascensorista, Clancy Mallett, da época em que trabalhou no campo, e o Clancy disse que nos deixaria subir no elevador sem pagar nada, mas, quando chegamos na prefeitura, o elevador estava sendo consertado, e o Slim teve que passar um papo no velho amigo com uma dica para a corrida de cachorros número cinco na Eagle Farm para convencê-lo a nos levar por uma escadaria secreta que só os funcionários da prefeitura conheciam. A escadaria escura que subia pela torre do relógio não tinha fim, e o Slim e o velho ascensorista Clancy chiaram o caminho todo, mas eu e o August rimos o tempo todo. E a gente estava sem ar quando o Clancy abriu uma portinha que levava pra uma sala de máquinas cheia de roldanas e engrenagens de aço girando, o coração do relógio da cidade, que moviam as quatro faces do relógio na torre. Norte, sul, leste e oeste, cada uma com ponteiros pretos de aço enormes marcando os minutos e as horas de cada dia de Brisbane. Slim ficou olhando hipnotizado para os ponteiros por dez minutos seguidos e nos contou que o tempo é o mais antigo inimigo. Ele disse que o tempo estava matando a gente aos poucos.

— O tempo vai acabar com vocês — disse ele. — Então, acabem com o seu tempo antes que ele acabe com vocês.

Clancy, o ascensorista, nos guiou por outra escada secreta saindo da sala de máquinas que levava pra uma plataforma de observação de onde o Slim disse que as crianças de Brisbane jogavam moedas setenta e cinco metros abaixo, no telhado da prefeitura, enquanto faziam um pedido.

— Eu queria ter mais tempo — eu desejei quando joguei uma moeda de dois centavos por cima da amurada.

A hora soou.

— Cubram os ouvidos. — Clancy sorriu e voltou o olhar para um sino azul gigante acima da gente, que eu não tinha visto. E o sino tocou alto onze vezes e quase estourou os meus tímpanos, e eu troquei o meu desejo por um em que o tempo teria que parar naquele instante para que o desejo se tornasse realidade.

★

— Está vendo todos os detalhes, Eli? — o Slim pergunta do outro lado da mesa.

— Hã? — eu respondo, voltando pro presente.

— Está vendo todos os detalhes?

— Estou — eu respondo, intrigado pela expressão avaliadora nos olhos do Slim.

— Consegue perceber todas as coisas periféricas, garoto?

— Claro. Sempre, Slim. Os detalhes.

— Mas deixou passar a coisa mais interessante sobre esse artigo que você tem aí.

— Hã?

Eu olho pro artigo, passando os olhos pelas palavras de novo.

— A assinatura — diz ele. — No canto inferior direito.

A assinatura. A assinatura. No canto inferior direito. Os olhos descem, descem, descem pelas palavras e fotos de tinta. Lá está. Lá está a assinatura.

— Caralho, Gus!

Vou associar esse nome com o dia em que aprendi a manipular o tempo.

O nome é Caitlyn Spies.

Slim e eu olhamos intensamente pro August. Ele não diz nada.

Garoto mata touro

Aqui está a minha mãe, aparecendo por uma porta de quarto entreaberta. Ela está com o vestido vermelho de sair na frente do espelho, pendurado na parte de dentro da porta do armário, colocando um colar prateado no pescoço. Como um homem em sã consciência poderia não ficar feliz na presença dela, não ficar satisfeito, não ficar agradecido pelo que tem?

Por que o meu pai faria essa merda? Ela é tão maravilhosa, a minha mãe, que isso me deixa puto. Que se fodam todos os babacas que ficaram a trinta centímetros dela sem pedir permissão a Zeus antes.

Entro no quarto e me sento na cama, perto dela no espelho.

— Mãe.

— Oi, filho?

— Por que você fugiu do pai?

— Eli, não quero falar sobre isso agora.

— Ele fez coisas ruins com você, né?

— Eli, essa conversa...

— Nós vamos ter quando eu for mais velho — eu digo. A mesma fala de sempre.

Ela abre um sorrisinho pro espelho do armário. Um pouco pedido de desculpas, um pouco emoção por eu me importar.

— O seu pai não estava bem — ela diz.

— O meu pai é um bom homem?

A minha mãe pensa. A minha mãe assente.

— O meu pai é mais parecido comigo ou com o Gus?

A minha mãe pensa. A minha mãe não diz nada.

— O Gus te dá medo?

— Não.

— Às vezes, eu me cago de medo dele.

— Olha a língua.

Olha a língua? *Olha a língua?* Esse negócio me emputece, quando a verdade da operação clandestina de heroína se encontra com a miragem de valores familiares estilo Von Trapp que construímos para nós mesmos.

— Desculpa — eu digo.

— O que te dá medo? — pergunta a minha mãe.

— Não sei. As coisas que ele diz, as coisas que escreve no ar com a varinha mágica do dedo. Às vezes, não faz sentido e, às vezes, só faz sentido dois anos ou um mês depois, quando é impossível que ele soubesse que faria sentido.

— Tipo o quê?

— Caitlyn Spies.

— Caitlyn Spies? Quem é Caitlyn Spies?

— Essa é a questão. A gente não tem a menor ideia, mas um século atrás o Slim e eu estávamos no LandCruiser vendo o August escrever as mensagens dele no ar, e o pegamos escrevendo esse nome de novo e de novo. Caitlyn Spies. Caitlyn Spies. Caitlyn Spies. Aí, na semana passada, a gente leu uma reportagem enorme no *South-West Star*, um artigo da série "Memórias de Queensland", todo sobre o Slim, aquela história do Houdini da Boggo Road, um artigo bem interessante, e aí a gente viu o nome da mulher que escreveu o artigo espremido no canto inferior direito do papel.

— Caitlyn Spies — diz a minha mãe.

— Como você sabia?

— A história estava indo nesse caminho.

Ela vai até a caixa de joias em cima da cômoda branca.

— Claro que ele deve estar lendo os artigos dela no jornal local. Deve ter gostado de como o nome soou na cabeça dele. Ele faz isso, se agarra a um nome ou a uma palavra e fica repetindo em pensamento. Não é porque ele não fala as palavras que ele não gosta delas.

Ela pega dois brincos de pedra verde e se inclina para mim, falando baixo e com cuidado.

— Aquele garoto ama você mais do que qualquer outra coisa no universo — ela diz. — Quando você nasceu...

— É, eu sei, eu sei.

— ... ele cuidou tanto de você, ficou vigiando o seu berço como se toda vida humana dependesse disso. Eu não conseguia tirar ele de perto de você. Ele é o melhor amigo que você vai ter.

Ela se vira para o espelho.

— Como estou?

— Linda, mãe.

Guardiã dos relâmpagos. Deusa do fogo e da guerra e da sabedoria e dos cigarros Winfield Reds.

— Carneiro vestido de cordeiro — diz ela.

— O que isso significa?

— Que sou um carneiro velho vestido de cordeiro jovem.

— Não fala assim — eu peço, frustrado.

Ela vê o meu humor pelo espelho.

—Ah, tô só brincando — diz ela, colocando os brincos.

Odeio quando ela se põe para baixo, porque, na minha opinião, a autoestima é a maior causa de tudo, desde morarmos naquela rua até a minha roupa naquela noite, uma camisa polo amarela e uma calça preta, tudo comprado no brechó St. Vincent da Paul Society, em Oxley, o bairro vizinho.

— Você é boa demais pra esse lugar — eu digo.

— Do que você tá falando?

— Você é boa demais pra essa casa. É divertida demais pra essa cidade. É boa demais pro Lyle. O que estamos fazendo aqui nessa joça? A gente nem devia estar aqui, porra.

— Tudo bem, valeu pela dica, amigão. Agora, será que dá pra ir terminar de se arrumar?

— Todos aqueles babacas ficam com o cordeiro porque ela sempre achou que fosse carneiro.

— Já chega, Eli.

— Você sabe que devia ter sido advogada. Devia ter sido médica. Não uma porra de uma traficante.

A mão dela acerta o meu ombro antes mesmo do corpo ter se virado todo.

— Sai do meu quarto! — berra ela.

Mais um tapa no meu ombro com a mão direita e mais um com a mão esquerda no ombro esquerdo.

— Sai do meu quarto, Eli! — grita ela. Os dentes estão tão trincados que vejo as dobras no lábio superior, e ela está respirando com força, profundamente.

— Quem a gente tá tentando enganar? — eu grito. — Eu tenho que tomar cuidado com o jeito que eu falo? Eu tenho que tomar cuidado com o jeito que eu falo? A gente é traficante de drogas, cacete. Traficantes de drogas falam palavrão pra caralho. Estou de saco cheio de toda essa coisa de imagem que você e o Lyle vivem pregando. Faça o seu dever, Eli. Coma a merda do brócolis, Eli. Arrume a cozinha, Eli. Estude muito, Eli. Como se a gente fosse a porra da família Sol-Lá-Si-Dó, e não um bando imundo de viciados em heroína. Ah, dá um tempo, porra...

De repente, eu saio voando. Duas mãos seguram as minhas axilas por trás e saio voando, sou tirado da cama da mãe e do Lyle, e caio pra frente, os ombros primeiro, a cabeça depois, na porta do quarto. Quico nela e dou de cara no piso de madeira polida. O Lyle aparece do meu lado e me dá um chute tão forte na bunda com os seus sapatos de sair Dunlop Volley, um nível acima dos chinelos, que deslizo de barriga por dois metros no piso do corredor até os pés descalços do August, que lança um olhar curioso de *Isso de novo? Já?* pro Lyle.

— Vai se foder, seu cuzão drogado! — eu grito, com raiva e tonto, tentando me levantar.

Ele chuta a minha bunda de novo, e dessa vez mergulho no piso da sala.

A mãe está gritando atrás dele.

— Para, Lyle, já chega!

O Lyle está com a raiva vermelha que tive a infelicidade de encontrar três vezes antes. Uma quando fugi de casa e passei a noite num ônibus vazio em um ferro-velho em Redlands. Outra quando enfiei três sapos-boi no freezer para que tivessem uma morte humana, e os bichos durões e feios sobreviveram ao caixão gelado até a hora do rum com Coca de Lyle depois do trabalho, e ele abriu o freezer e encontrou dois sapos piscando em cima da bandeja de gelo. E a terceira foi quando me juntei a um colega da escola, o Jock Whitney, numa expedição pelo bairro de porta em porta para arrecadar dinheiro para o Exército da Salvação, só que, na verdade, a gente estava juntando dinheiro para comprar a fita de Atari de *ET — O Extraterrestre*. Ainda me sinto mal por causa disso. O jogo era uma merda.

O August, o querido August de coração puro, para na frente do Lyle quando ele se aproxima para o terceiro chute na bunda. Ele balança a cabeça e segura os ombros do Lyle.

— Está tudo bem, cara — o Lyle diz. — Estava mesmo na hora do Eli e eu termos uma conversinha.

O Lyle passa pelo August e me puxa pela gola da camisa polo de brechó, depois me empurra pela porta. Ele me arrasta pela escada de entrada e pelo portão, ainda segurando a gola, os grandes punhos de lutador de rua empurrando a minha nunca.

— Não para de andar, espertinho — diz ele. — Não para.

Ele me leva até o outro lado da rua, pra debaixo do poste que brilha mais do que a lua em cima da gente, até o parque em frente à nossa casa. Só consigo sentir o cheiro da loção pós-barba Old Spice do Lyle. Só consigo ouvir os nossos passos e o som das cigarras esfregando as pernas, como se estivessem animadas pela tensão no ar, esfregando as pernas como o Lyle esfrega as mãos antes de uma final dos Eels.

— Que porra deu em você, Eli? — ele pergunta, me forçando a atravessar o gramado oval de críquete, de forma que os meus sapatos ficam chutando a terra preta embaixo da grama mal aparada, que sobe pelas pernas da minha calça. Ele me leva até o centro do campo de críquete e me solta. Anda de um lado pro outro, ajeita a fivela do cinto, inspira, expira. Está usando a calça creme e a camisa azul de botão com um barco a vela alto e branco.

Não chora, Eli. Não chora. Não chora. Cacete. Como você é frouxo, Eli.

— Por que você tá chorando? — o Lyle pergunta.

— Não sei, eu não queria *mesmo*. O meu cérebro não me escuta.

Choro mais um pouco quando percebo isso. O Lyle me dá um minuto. Eu seco os olhos.

— Você tá bem? — o Lyle pergunta.

— Minha bunda tá ardendo um pouco.

— Desculpa.

Eu dou de ombros.

— Eu mereci — eu admito.

O Lyle espera mais um pouco.

— Você já parou pra pensar por que chora com tanta facilidade, Eli?

— Porque eu sou frouxo.

— Você não é frouxo. Nunca tenha vergonha de chorar. Você chora porque se importa. Nunca tenha vergonha de se importar. Tem gente demais no mundo com medo de chorar porque tem medo de se importar.

Ele se vira e olha pras estrelas. Senta-se no meio do campo pra ter um ângulo melhor, olha pra cima e observa o universo, todo aquele cristal espacial espalhado.

— Você tá certo sobre a sua mãe — diz ele. — Ela é boa demais pra mim. Sempre foi. No que me diz respeito, ela é boa demais pra todo mundo. Ela é boa demais praquela casa. Ela é boa demais pra essa cidade. Ela é boa demais pra mim.

Ele aponta pras estrelas.

— O lugar dela é lá em cima, com Órion.

Posiciono a bunda dolorida ao lado dele.

— Você quer se livrar desse lugar? — ele pergunta.

Eu faço que sim e olho pra Órion, o amontoado de luz perfeita.

— Eu também, cara — ele diz. — Por que você acha que estou fazendo trabalho extra pro Tytus?

— É um jeito legal de dizer. Trabalho extra. Será que o Pablo Escobar também chama assim?

O Lyle baixa a cabeça.

— Eu sei que é um jeito horrível de ganhar grana, cara.

Ficamos sentados em silêncio por um instante. O Lyle se vira para mim.

— Quero fazer um acordo.

— Sei...

— Me dá seis meses.

— Seis meses?

— Pra onde você quer ir? Sydney, Melbourne, Londres, Nova York, Paris?

— Eu quero morar em Gap.

— Em Gap? Por que caralho você quer morar em Gap?

— Tem uns *culs-de-sac* ótimos lá.

O Lyle ri.

— *Culs-de-sac* — diz ele, balançando a cabeça. Mas aí ele se vira para mim, sério. — Vai melhorar, cara. Vai ficar tão bom que você vai esquecer que foi ruim.

Eu olho pras estrelas. Órion mira no alvo e puxa uma flecha e a solta, direto pelo olho esquerdo de Touro, e o touro furioso é silenciado.

— Combinado — eu digo. — Com uma condição.

— Que condição? — pergunta Lyle.

— Que você me deixe trabalhar pra você.

*

Dá pra ir andando da nossa casa até o restaurante vietnamita da Bich Dang. O lugar se chama Mama Pham's, em homenagem à corpulenta gênia culinária Mama Pham, que ensinou a Bich a cozinhar em Saigon nos anos 1950. O letreiro na frente do Mama Pham's é um néon verde-limão com um fundo vermelho, mas o "P" tá queimado, e há três anos o restaurante parece um local especializado em pratos de carne de porco e bacon, já que se chama "Mama ham's". O Lyle está segurando um pacote de seis latas de cerveja XXXX Bitter na mão esquerda e abre a porta de vidro do Mama Pham's pra minha mãe, que passa por ele com o vestido vermelho e os saltos pretos tirados de baixo da cama. O August passa em seguida, o cabelo penteado para trás de qualquer maneira e a camiseta rosa da Catchit enfiada pra dentro de uma calça cinza-prateada brilhante, comprada no brechó Darra Station Road, sete ou oito lojas depois da casa de apostas perto do Mama Pham's.

O lado de dentro do Mama Pham's é grande que nem uma sala de cinema. Tem mais de vinte mesas redondas com lugar pra oito, dez, às vezes doze pessoas e umas bandejas giratórias no meio. Lindas mães vietnamitas com rostos maquiados e cabelos duros e pais vietnamitas quase sempre em silêncio, relaxados e rindo com gosto, tomando cerveja e vinho e chá. Tem umas bestas marinhas enormes deitadas de lado no centro de cada mesa, laqueadas e fritas e cozidas e picadas e salgadas e apimentadas, e leviatãs inteiros das profundezas do rio Mekong e além, talvez até de Neptune; lábios grandes e gordos e bigodes de tentáculos gosmentos em tons de verde e verde-musgo e verde-azulado e verde-acinzentado e marrom, preto e vermelho. Bich Dang é dona de hectares de terra atrás de Darra, atrás do centro de imigrantes poloneses, com terra que parece bolo de chocolate, onde os fazendeiros velhos e enrugados e sábios dela plantam coentro vietnamita, folha shiso, hortelã-pimenta, manjericão, capim-limão e o bálsamo vietnamita que os presentes passam uns pros outros como se estivessem participando de uma brincadeira. Um globo espelhado enorme gira em cima da gente e uma cantora de salão vietnamita brilha no palco, com maquiagem roxa e purpurina nas bochechas e um vestido turquesa de lantejoulas que brilham como as escamas de uma sereia devem brilhar quando ela fica presa nos bancos de areia do Mekong. Ela canta "Calling Occupants of Interplanetary Craft", do The Carpenters, e oscila junto com a trilha de fundo chiada, meio esquisita, como se tivesse acabado de chegar a Darra no tipo de nave que ela tá falando no microfone. Tem ouropel vermelho forrando as paredes, acima de aquários com bagres e bacalhaus e pargos com bolas na cabeça e cara de que alguém bateu na cabeça deles com um taco de críquete. Tem mais dois aquários dedicados aos lagostins e caranguejos, que sempre parecem conformados com o fato de que vão ser o prato da noite. Eles ficam embaixo das pedras e dos enfeites baratos de castelo, tão despreocupados que só falta uma gaita e um pedaço de capim na boca deles. Estão tão alheios à própria importância, tão ignorantes do fato de que são o motivo pras pessoas virem até da Sunshine Coast para provar a carne assada deles com sal e pimenta e molho.

Uma escadaria à direita do restaurante leva a uma varanda no andar de cima, com outras dez mesas redondas, onde a Bich "Sai Daqui" Dang coloca os convidados VIP, e hoje só tem um VIP, e o nome dele tá escrito na faixa de aniversário pendurada na grade da varanda: *Feliz aniversário de oitenta anos, Tytus Broz.*

— Lyle Orlik, filho de Aureli! — o Tytus Broz diz, os braços erguidos no ar em boas-vindas, debruçado sobre a grade. — Parece que a Bich fez serviço completo pra comemorar a minha oitava década neste planeta maravilhoso!

O Tytus me faz pensar em ossos. Ele usa um terno branco-osso por cima de uma camisa branco-osso e uma gravata branco-osso. Os sapatos são de couro marrom engraxado, e o cabelo é tão branco-osso quanto o terno. O corpo é todo ossos, alto e magro, e ele sorri como um esqueleto sorriria se pulasse do gancho no laboratório de biologia e começasse a dançar que nem o Michael Jackson no clipe de "Billie Jean" que o August e eu amamos como limonada. As maçãs do rosto do Tytus são redondas que nem as bolas nas cabeças dos peixes da Bich Dang no aquário, mas as bochechas foram sendo sugadas devagar ao longo de oitenta anos na terra, e, quando os lábios dele tremem, e eles tremem o tempo todo, parece que o Tytus está chupando um pistache sem parar ou que é um morcego-vampiro sugando um fígado humano.

O Tytus Broz me faz pensar em ossos porque ele ganhou uma fortuna com eles. O Tytus Broz é o chefe do Lyle na Human Touch, o centro de vendas e fábrica de próteses e órteses de Queensland que ele dirige no subúrbio de Moorooka, um trajeto de dez minutos de carro da nossa casa. O Lyle é mecânico lá, faz a manutenção nas máquinas que constroem os braços e as pernas artificiais pras pessoas que sofreram amputação em todo o estado. O Tytus Broz é o Mestre dos Membros, cujo alcance amplo do braço natural chegou à minha vida e à do August nos últimos seis anos, desde que o Lyle conseguiu o emprego de manutenção na Human Touch através do melhor amigo dele, o Tadeusz "Teddy" Kallas, o homem com o bigode preto grosso sentado quatro cadeiras brancas de plástico à direita do Tytus, na mesa de jantar VIP. Teddy também é mecânico de manutenção na Human Touch. Desconfio há um bom tempo que o Teddy também seja um sujeito com ocupação paralela lucrativa no "trabalho extra" do Tytus Broz que o Lyle mencionou antes. O homem sentado ao lado do Teddy de terno cinza e gravata marrom, com o cabelo preto que nem o de um apresentador de jornal, se parece muito com o vereador da nossa região, o Stephen Bourke, o homem que todo ano manda pra gente calendários magnéticos que seguram a lista de compras da mãe na geladeira. Ele está bebendo uma taça de vinho branco. É, com certeza é o vereador. "Stephen Bourke — o líder da sua região", o calendário diz. Stephen Bourke, bem ali à mesa com o Tytus Broz, "o traficante da sua região".

A coisa no Tytus Broz que mais me faz pensar em ossos é que, a cada vez que eu vejo ele, e essa é só a segunda vez, sinto um arrepio na espinha. Ele sorri pra mim agora e sorri pra minha mãe e sorri pro August, mas não caio na lábia daquele sorriso de sugador de pistache nem por um segundo. Não sei por quê. É uma coisa que sinto nos meus ossos.

★

A primeira vez que encontrei o Tytus Broz foi há dois anos, quando eu tinha dez. O Lyle estava me levando junto com o August pro rinque de patinação em Stafford, no lado norte de Brisbane, mas ele teve que dar uma passada no trabalho, em Moorooka, pra consertar uma alavanca na máquina que dava forma aos braços e às pernas artificiais que pagavam pelos ternos branco-osso do Tytus Broz. Na época, era um armazém velho, antes de o negócio ser transferido para a fábrica moderna que a Human Touch usa hoje em dia. O armazém era um barracão de alumínio do tamanho de uma quadra de tênis, com ventiladores de teto gigantes pra combater o calor sufocante de todo aquele metal quente no sol, que abrigava mil membros falsos espalhados em ganchos e prateleiras, e que reunia gesseiros esculpindo fôrmas de corpo e mecânicos girando parafusos em joelhos falsos dobrados e cotovelos falsos dobrados.

— Não toquem em nada — o Lyle ordenou quando nos levou por infinitas pernas enfileiradas que nem uma trupe de cancã do Moulin Rouge, dançando sem os troncos. A gente caminhou por fileiras de braços pendurados em ganchos no teto, e esses braços tinham mãos de plástico que tocavam o meu rosto quando passávamos, e imaginei aqueles braços ligados a corpos de cavaleiros do rei Arthur mortos e empalados, pendurados em longas lanças no chão, as mãos pedindo a ajuda que o August e eu não podíamos dar, porque o Lyle tinha falado pra gente não tocar em nada, nem mesmo pegar a mão do grande Sir Lancelot du Lac. Vi braços e pernas ganharem vida, se movendo na minha direção, tentando me agarrar, me chutar. Aquele armazém era o fim de cem filmes de terror ruins, o começo de cem pesadelos que eu ainda teria.

— São os meninos da Frances, o August e o Eli — o Lyle disse, levando nós dois pra dentro do escritório do Tytus Broz, nos fundos do armazém. O August era o mais alto e o mais velho, e entrou no escritório primeiro, e foi o August que cativou o coração do Tytus desde o primeiro momento.

— Chega mais perto, meu jovem — o Tytus disse.

O August olhou pro Lyle em busca de confirmação e de uma saída pra aquele momento, mas o Lyle não deu nada, só assentiu pro August, como se ele devesse fazer o que era educado e chegar mais perto do homem que estava botando a carne e três verduras e legumes na nossa mesa toda noite.

— Me dá a sua mão — o Tytus disse de uma cadeira giratória atrás de uma antiga escrivaninha marrom-avermelhada.

Havia um quadro emoldurado de uma baleia branca enorme acima da escrivaninha. Era Moby Dick, e o Lyle me contou depois que era o livro favorito do Tytus Broz, sobre a baleia caçada por um homem amputado obsessivo-compulsivo que se beneficiaria bastante de uma loja e um depósito de próteses e órteses da Human Touch no centro de Nantucket. Logo depois daquilo, perguntei pro Slim se ele já tinha lido *Moby Dick*, e ele disse que leu duas vezes, porque vale uma segunda leitura, apesar de ter dito que, na segunda vez, ele pulou o pedaço em que o escritor fica falando de todas as espécies de baleia encontradas no mundo. Pedi pro Slim me contar a história do começo ao fim, e por duas horas, enquanto a gente lavava o LandCruiser, ele me contou aquela emocionante aventura com muito entusiasmo. Eu queria ensopado de peixe de Nantucket no almoço e filé de baleia branca no jantar. Quando ele descreveu o capitão Ahab, com o rosto de olhos enlouquecidos e a idade e a magreza e a palidez, eu imaginei o Tytus Broz no baleeiro, gritando com os olheiros no alto, no vento forte, exigindo ver a sua presa, a baleia branca tão branca quanto o próprio Tytus Broz. O Slim transformou o LandCruiser em Moby Dick, e a mangueira foi o arpão que ele enfiou na lateral da baleia, e a gente agarrou a mangueira de borracha para salvar a nossa vida quando a baleia nos arrastou pro abismo e a água da mangueira se tornou o mar que nos levaria pra baixo, pra baixo, pra baixo, pra Poseidon, deus do mar e das mangueiras de jardim.

O August ofereceu a mão direita, e o Tytus a aninhou delicadamente nas duas mãos.

— Hummmm — ele disse. Com o indicador e o polegar, ele apertou cada dedo da mão direita do August, indo do polegar ao mindinho. — Ah, tem uma força em você, hein?

O August não falou nada.

— Eu disse: “Tem uma força em você, hein?”

O August não falou nada.

— Bom... pode responder, meu jovem? — o Tytus comentou, intrigado.

— Ele não fala — o Lyle explicou.

— Como assim?

— Ele não fala nada desde que tinha seis anos.

— O moleque é retardado? — o Tytus perguntou.

— Não, ele não é retardado — o Lyle respondeu. — É inteligente pra caramba, na verdade.

— É um daqueles autistas? Não consegue funcionar em sociedade, mas consegue dizer quantos grãos de areia tem na minha ampulheta?

— Não tem nada de errado com ele — eu disse, frustrado.

O Tytus virou a cadeira de rodinhas pra mim.

— Entendi — disse ele, observando o meu rosto. — Então você é o tagarela da família?

— Eu falo quando tem alguma coisa que vale a pena ser dita — eu respondi.

— Palavras sábias — o Tytus elogiou.

Ele esticou a mão.

— Me dá o seu braço — disse ele.

Estiquei o braço direito, e ele segurou com as mãos macias e velhas, as palmas tão suaves que pareciam cobertas pelo plástico-filme que a minha mãe guardava na terceira gaveta embaixo da pia da cozinha.

Ele apertou o meu braço com força. Olhei para o Lyle e ele assentiu pra me acalmar.

— Você tá com medo — o Tytus Broz disse.

— Não estou com medo — eu disse.

— Tá, sim. Sinto no seu tutano — ele disse.

— Você não quer dizer nos meus ossos?

— Não, no seu tutano, garoto. Você tem ossos fracos. Os seus ossos são duros, mas não são cheios.

Ele indicou o August com a cabeça.

— Os ossos do Marcel Marceau aqui são duros e cheios. O seu irmão tem uma força que você nunca vai ter.

O August abriu um sorriso arrogante e superior pra cima de mim.

— Mas eu tenho mais força no osso do dedo — eu falei, mostrando o dedo médio pro August.

Foi nessa hora que vi a mão humana apoiada em uma base de metal na mesa do Tytus.

— É de verdade? — eu perguntei.

A mão parecia verdadeira e falsa ao mesmo tempo. Cortada e com uma proteção no pulso, os cinco dedos pareciam feitos de cera ou que estavam embrulhados em plástico-filme, como os dedos do Tytus.

— É — o Tytus disse. — É a mão de um motorista de ônibus de sessenta e cinco anos chamado Ernie Hogg, que fez a gentileza de doar o seu corpo pros alunos de anatomia da Universidade de Queensland, cuja investigação recente sobre plastinação foi patrocinada com entusiasmo por este que voz fala.

— O que é plastinação? — eu perguntei.

— É quando trocamos a água e as gorduras de dentro do membro por certos polímeros curados, ou seja, plástico, pra criar um membro real que pode ser tocado e estudado de perto e reproduzido, mas sem ter que feder e apodrecer.

— Que nojento — eu digo.

O Tytus riu.

— Não — ele disse com uma surpresa estranha e perturbadora nos olhos. — É o futuro.

Tinha uma imagem de argila de um homem idoso acorrentado em cima da mesa. O homem usava um traje da Grécia Antiga e tinha marcas de sangue de tinta a óleo nas costas. Ele estava dando um passo, usando uma perna que não tinha um pé e exibia um curativo malfeito.

— O que é isso? — eu perguntei.

O Tytus se virou para a imagem.

— É o Hegesistratus — ele disse. — Um dos maiores amputados da história. Era um adivinho da Grécia Antiga, capaz de coisas profundas e perigosas.

— O que é um adivinho? — eu perguntei.

— Um adivinho é um monte de coisas — disse ele. — Na Grécia Antiga, os adivinhos eram como videntes. Eles conseguiam ver coisas que os outros não conseguiam ao interpretar os sinais dos deuses. Eles viam as coisas que estavam chegando, uma habilidade valiosa na guerra.

Eu me virei pro Lyle.

— Que nem o Gus — eu disse.

O Lyle balançou a cabeça.

— Tá bom, agora já chega, cara.

— Como assim, garoto? — o Tytus perguntou.

— O Gus também vê coisas — eu disse. — Como esse tal de Hegesistaramus aqui.

Tytus olhou de uma forma nova pro August, que abriu um sorrisinho, balançou a cabeça e voltou pra perto do Lyle.

— Que coisas exatamente?

— Só umas coisas malucas que às vezes acabam sendo verdade — eu respondi. — Ele escreve no ar. Que nem quando escreveu *Park Terrace* no ar e eu me perguntei do que diabos ele estava falando, aí a mãe chegou em casa e nos contou que estava parada esperando o sinal fechar quando tinha saído pra fazer compras em Corinda e viu uma velhinha entrar no meio do trânsito. Bem no meio de tudo, cagando...

— Olha a língua, Eli — o Lyle disse, irritado comigo.

— Desculpa. A mãe largou todas as sacolas e deu dois passos pra frente e esticou a mão pra velhinha e puxou ela pra trás com força bem na hora que um ônibus enorme ia atropelar ela. Ela salvou a vida da mulher. E adivinha em que rua isso aconteceu?

— Na Park Terrace? — o Tytus disse, os olhos arregalados.

— Não — eu disse. — Foi na avenida Oxley, mas, quando a minha mãe levou a mulher pra casa uns quarteirões depois, a mulher não falou nada, só ficou com a expressão vidrada. Elas chegaram na casa dela e a porta da frente estava aberta, e uma das janelas antigas estava batendo no vento, e a mulher disse que não conseguia subir pela escada da frente, e a minha mãe tentou ajudar ela a subir, só que aí ela surtou. "Não, não, não não!", ela gritou. E indicou com a cabeça pra minha mãe como se ela devesse subir a escada, e como a minha mãe também é corajosa e tem os ossos cheios, ela subiu a escada e entrou na casa, e todas as janelas dos quatro lados da casa antiga de Corinda estavam batendo no vento, e a minha mãe andou pela casa e entrou na cozinha, onde tinha um sanduíche de presunto e tomate sendo comido por moscas, e a casa toda fedia a desinfetante e a alguma coisa mais sombria, alguma coisa mais terrível, e a minha mãe seguiu andando pela sala, desceu um corredor, foi até o quarto principal, e a porta estava fechada, e ela abriu e quase foi derrubada pelo fedor do velho morto, sentado em uma poltrona do lado de uma cama king size, a cabeça enrolada em um saco plástico e um tanque de gás do lado. Adivinha em que rua ficava essa casa?

— Na Park Terrace — o Tytus disse.

— Não — eu disse. — A polícia foi até a casa e reconstruiu a história e contou pra minha mãe que a mulher idosa tinha encontrado o marido daquela maneira no quarto um mês antes, e ficou com muita raiva dele, porque ele disse que ia fazer aquilo, mas ela mandou ele não fazer e ele desafiou ela, e ela ficou com tanta raiva e chocada pela situação que fingiu que o homem não estava lá. Ela fechou a porta do quarto e deixou assim por um mês, e foi espalhando Dettol pela casa pra disfarçar o cheiro enquanto fazia as coisas de todo dia, como preparar sanduíche de presunto e tomate pro almoço. Então, quando o cheiro ficou insuportável, a realidade caiu que nem um balde de água fria na cabeça dela, e ela abriu todas as janelas e foi direto pra avenida Oxley pra se jogar na frente de um ônibus.

— E onde a Park Terrace entra nisso tudo? — perguntou Tytus.

— Ah, isso não teve nada a ver com a minha mãe. Foi o Lyle que ganhou uma multa na Park Terrace quando estava indo pro trabalho no mesmo dia.

— Fascinante — o Tytus disse.

Ele olhou pro August e se inclinou pra frente na cadeira de rodinhas. Naquele momento, havia algo sinistro nos olhos dele. Ele era velho, mas dava medo. Eram as bochechas afundadas, o cabelo branco, aquela coisa que senti nos meus ossos fracos. Era Ahab.

— Bom, jovem August, seu adivinho em flor, por favor, me conta — disse ele —, o que vê quando olha para mim?

O August balançou a cabeça e ignorou a história toda.

O Tytus sorriu.

— Acho que vou ficar de olho em você, August — ele disse, se encostando na cadeira.

Eu me virei pra imagem.

— E como ele perdeu o pé? — eu perguntei.

— Ele foi capturado por espartanos sedentos de sangue e colocado em correntes — disse ele. — Mas conseguiu fugir cortando o próprio pé fora.

— Com certeza ninguém imaginava que ele ia fazer isso — eu disse.

— Não, jovem Eli, eles não imaginavam — ele disse, e riu. — E o que Hegesistratus nos ensina?

— Para sempre levar uma serra contigo quando for pra Grécia — eu disse.

Tytus sorriu e se virou pro Lyle.

— Sacrifício — respondeu ele. — Nunca se apegue a nada de que não possa se separar na hora.

*

No salão de jantar do andar de cima do Mama Pham's, o Tytus coloca as mãos nos ombros da minha mãe e beija a bochecha direita dela.

— Bem-vinda — ele diz. — Obrigado por ter vindo.

O Tytus apresenta a minha mãe e o Lyle à mulher sentada à direita dele.

— Esta é a minha filha, Hanna — ele diz.

A Hanna se levanta. Ela está vestida de branco, que nem o pai, o cabelo é louro-branco, uma espécie de não cor, como se toda vida tivesse sido sugada dos fios. Ela é magra que nem o pai.

O cabelo é liso e longo e cai nos ombros de uma blusa branca de botão com mangas que vão até o pulso. Ela deixa as mãos embaixo da mesa quando se levanta. Ela deve ter uns quarenta anos. Pode ter cinquenta, mas aí ela fala, e talvez tenha trinta e seja tímida.

O Lyle nos falou sobre a Hanna. Foi por causa dela que ele conseguiu o emprego. Se a Hanna Broz não tivesse nascido com braços que terminavam nos cotovelos, o Tytus Broz não teria tido a motivação pra transformar a pequena oficina de eletromecânica de Darra na sede da semente de fábrica de órteses, que, por sua vez, virou a Human Touch, uma bênção para os amputados da região, como a Hanna, e fonte de vários prêmios comunitários dados ao Tytus em nome da percepção para com os deficientes.

— Oi — a Hanna diz suavemente, abrindo um sorriso que iluminaria uma cidade pequena se tivesse mais tempo de uso. A minha mãe estica a mão para ser apertada, e a Hanna levanta a dela de debaixo da mesa, e essa mão não é mão, é um membro artificial por baixo da manga branca, e minha mãe nem hesita e aperta a mão de plástico cor de pele. Hanna sorri mais um pouco.

O Tytus Broz me lembra ossos porque eu sou só ossos, e o outro homem que acabou de chamar a minha atenção é pedra. Ele é todo pedra. Um homem de pedra me olhando. Ele usa uma camisa de botão preta de mangas curtas. É velho, mas não tão velho quanto o Tytus. Talvez uns cinquenta anos. Talvez sessenta. É um daqueles caras durões que o Lyle conhece, musculoso e sombrio; daria para cortar ele ao meio e medir a idade pelos anéis nas tripas. Ele só fica me encarando agora, esse cara. Tanta atividade em volta da mesa redonda e lá está o homem de pedra, me olhando com o nariz grande e os olhos finos e o cabelo grisalho que é comprido e está preso num rabo de cavalo, mas o cabelo só começa na metade do crânio, então parece que o cabelo grisalho está sendo sugado do crânio com um aspirador de pó. O Slim sempre fala sobre isso, sobre os pequenos filmes dentro do filme da sua vida. A vida vivida em várias dimensões. A vida vivida sob vários pontos de vista. Um momento no tempo, várias pessoas se reunindo em volta de uma mesa redonda antes de se sentarem, mas um momento com vários pontos de vista. Nesses momentos, o tempo não só se desloca pra frente, também pode se mover pros lados, se expandindo pra acomodar infinitos pontos de vista, e, se você somar todos esses momentos, pode conseguir algo próximo à eternidade, passando pro lado, dentro de um único momento. Ou algo assim.

Ninguém vê esse momento como eu vejo, definido como será pelo resto da minha vida pelo homem sinistro de cabelo grisalho e rabo de cavalo.

— Iwan — o Tytus Broz chama, a mão esquerda no ombro do Lyle, apontando pro August, que está do meu lado. — Foi desse garoto que eu falei. Ele não fala, que nem você. — O homem que o Tytus chama de Iwan muda o olhar de mim pro August.

— Eu falo — diz o homem que o Tytus chama de Iwan.

O homem que o Tytus chama de Iwan desvia os olhos pra um copo de cerveja à frente, que depois segura com força com a mão direita e leva devagar pros lábios. Ele bebe metade do copo em um único gole. Talvez o homem que o Tytus chama de Iwan tenha na verdade uns duzentos anos. Ninguém nunca conseguiu cortar ele no meio pra ter certeza.

A Bich Dang se aproxima da mesa, chamando de longe. Ela está usando um vestido esmeralda brilhoso, grudado no tronco e nas pernas até os pés escondidos, e, quando anda pelo salão do andar de cima do Mama Pham's, parece que está flutuando até a nossa mesa. O Darren Dang vem atrás, claramente incomodado pelo terno preto que ele não está bem usando, só suportando.

— Bem-vindos, pessoal, bem-vindos, sentem-se, sentem-se — ela diz. Ela passa o braço em volta do Tytus Broz. — Espero que estejam com apetite. Preparei mais pratos quentes pra hoje do que este homem já comeu na vida.

*

Pontos de vista. Ângulos de vantagem. A minha mãe de vestido vermelho, rindo com o Lyle enquanto coloca pedaços de tilápia crocante no prato. A tilápia foi mergulhada num molho de alho e pimenta e coentro, tantos ossos brancos expostos na coluna dorsal queimada e espinhenta que parecem as teclas de marfim no órgão torto que o diabo toca no inferno.

O Tytus Broz está com um braço nos ombros da filha, Hanna, enquanto fala com o vereador, o Stephen Bourke, que se esforça com os palitinhos para pegar pedaços de salada vietnamita de macarrão com carne e capim-limão.

O melhor amigo do Lyle, Teddy, está olhando pra minha mãe do outro lado da mesa.

A Bich Dang traz outro prato para a mesa.

— Cabeça de cobra no vapor! — ela diz, sorrindo.

O Darren Dang está sentado à minha esquerda, e o August, à direita. Nós três estamos comendo rolinho primavera. O homem que o Tytus chama de Iwan está do outro lado da mesa, sugando a carne de uma pata de caranguejo laranja.

— Iwan Krol — o Darren diz, mantendo a cabeça baixa enquanto mastiga o rolinho primavera.

— Hã? — eu digo.

— Para de ficar encarando ele — o Darren avisa, a cabeça se virando para todos os lados, menos na direção do homem que o Tytus chama de Iwan.

— Ele me dá nos nervos — eu digo.

A mesa está barulhenta. O barulho do restaurante, somando à cantora no salão embaixo da gente e à conversa alimentada pelas bebidas dos convidados da nossa mesa e à gargalhada estridente da Bich Dang, provocou uma espécie de cabine de som invisível em volta do Darren e de mim, nos permitindo falar qualquer coisa sobre as pessoas à nossa volta.

— É pra isso que ele é pago — o Darren diz.

— Pra quê?

— Pra dar nos nervos das pessoas.

— Como assim? O que ele faz?

— Durante o dia, ele cuida de uma fazenda de lhamas em Dayboro.

— Fazenda de lhamas?

— É, eu já fui lá. Tem um monte de lhamas em uma fazenda. São uns bichos loucos, parece que um burro trepou com uma peruca. Elas têm uns dentes grandes e amarelos, tipo os dentes que mais precisam de aparelho que você já viu. Os dentes são tão feios que, se a gente der metade de uma maçã, elas nem conseguem morder, ficam rolando na língua como se fosse um quebra-queixo ou algo assim.

— E à noite...?

— À noite ele dá nos nervos das pessoas.

O Darren roda o centro giratório da mesa e pega uma tigela de caranguejo assado com sal e pimenta. Ele pega uma garra e três pernas, e coloca na tigelinha de arroz.

— Esse é o trabalho dele? — eu pergunto.

— É sim, porra. Ele tem um dos trabalhos mais importantes de toda operação. — O Darren balança a cabeça — Caramba, Tink, pra um filho de traficante, você é verde pra caralho.

— Já falei que o Lyle não é meu pai.

— Ah, é, desculpa, esqueci que ele é pai temporário.

Pego uma garra de caranguejo com sal e pimenta, e mordo com os dentes grandes de trás, e a casca assada do caranguejo se parte como a casca de um ovo sob pressão. Se Darra tivesse uma bandeira que nós, os residentes, pudéssemos balançar com orgulho, o brasão dela seria um caranguejo com sal e pimenta.

— Como ele dá nos nervos das pessoas? — eu pergunto.

— Reputação e boatos, é o que a minha mãe diz — o Darren explica. — Qualquer um pode conseguir uma reputação, claro. É só sair e enfiar uma faca no pescoço do primeiro pobre coitado que encontrar.

O Darren mexe de novo no centro giratório e para e pega uma tigela de bolinhos de peixe.

Não consigo parar de olhar pro Iwan Krol, tirando pedaços de casca de caranguejo dos dentes grandes com manchas de tabaco.

— É verdade que o Iwan Krol fez a sua cota de maldade que todo mundo acaba conhecendo — o Darren diz. — Uma bala na nuca de um aqui, um banho de ácido clorídrico ali, mas é a merda que a gente não fica sabendo que assusta as pessoas. Os boatos que cercam um cara que nem o Iwan Krol fazem metade do trabalho por ele. São os boatos que dão nos nervos das pessoas.

— Que boatos?

— Você nunca ouviu?

— Que boatos, Darren?

Ele olha pro Iwan Krol. Chega mais perto de mim.

— Os ossos — o Darren sussurra. — Os ossos, os ossos.

— De que porra você tá falando?

Ele pega duas pernas de caranguejo e as faz dançar na mesa como pernas humanas.

— O osso do dedão do pé é ligado ao osso do pé — ele cantarola. — O osso do pé é ligado ao osso do tornozelo, e o osso do tornozelo é ligado ao osso da perna, agora sacode os ossos do esqueleto.

O Darren morre de rir. Ele estica a mão e aperta o meu pescoço com força.

— O osso do pescoço é ligado ao osso da cabeça — ele continua cantarolando. Ele coloca o punho na minha testa. — O osso da cabeça é ligado ao osso do pau.

Ele uiva de tanto rir, e o Iwan Krol levanta o olhar e passa os olhos castanhos mortos pela cena. O Darren se empertiga e se recompõe na mesma hora. Iwan baixa a cabeça para o prato de caranguejo massacrado.

— Babaca — eu sussurro. Chego mais perto dele desta vez. — Do que você tá falando, que ossos?

— Esquece — ele diz, enfiando os palitinhos no arroz.

Eu dou um tapa no ombro dele com as costas da mão.

— Não seja escroto — eu digo.

— Pra que você quer tanto saber? Vai escrever sobre isso no *The Courier-Mail* um dia? — ele pergunta.

— Eu preciso saber sobre essas merdas — eu digo. — Vou trabalhar um tempo pro Lyle.

Os olhos de Darren se iluminam.

— Fazendo o quê?

— Vou cuidar das coisas — eu respondo com orgulho.

— O quê? — O Darren dá uma gargalhada. Ele se encosta na cadeira e ri com gosto. — Rá! O Tinkerbell vai cuidar das coisas. Bom, que Deus seja louvado e beije as minhas bolas! O Tinkerbell está cuidando das coisas! E exatamente do que você vai cuidar?

— Dos detalhes — eu digo.

— Dos detalhes? — ele berra, batendo nos joelhos. — Que tipo de detalhes? Tipo, hoje vou usar cueca verde com meia branca?

— É — eu digo. — Tudo. De todos os detalhes pequenos. Detalhes são conhecimento, o Slim diz. E conhecimento é poder.

— Esse trabalho que o Lyle vai te dar vai ser de tempo integral? — o Darren pergunta.

— Cuidar das coisas não acaba nunca — eu digo. — É uma preocupação de vinte e quatro horas por dia.

— E do que você tá cuidando hoje?

— Me conta sobre os ossos que eu te conto do que estou cuidando.

— Me conta do que você tá cuidando que eu te conto sobre os ossos, Tink.

Eu respiro fundo. Olho pro outro lado da mesa. O melhor amigo do Lyle, Teddy, ainda está olhando pra minha mãe. Já vi homens olharem pra minha mãe daquele jeito. Teddy tem cabelo preto encaracolado e volumoso e pele morena, um bigodinho reto e grosso, do tipo que o Slim sempre diz que é o favorito de homens com egos grandes e paus pequenos. O Slim diz que não gostaria de dividir uma cela com o Teddy. Ele nunca explicou por quê. O Teddy tem algo de italiano, de grego, talvez, pelo lado da mãe. Ele me vê olhando pra ele olhando pra ela. Ele sorri. Já vi aquele sorriso antes.

— Como vocês estão, garotos? — o Teddy pergunta, gritando em meio ao barulho da mesa de jantar.

— Bem, obrigado, Teddy — eu respondo.

— Como você está, Gussy? — o Teddy pergunta, erguendo um copo de cerveja pro August. O August levanta um copo de limonada em um brinde ao Teddy e ergue um pouco a sobrancelha esquerda.

— É isso aí, garotos. — O Teddy sorri e dá uma piscadela.

Eu me viro pro Darren.

— Pequenos detalhes — eu digo. — Um milhão e um detalhes num único ambiente. O jeito como você segura os palitinhos dobrando o indicador direito. O cheiro das suas axilas e a mancha de água de bong na parte de baixo da sua camisa. A mulher sentada ali, que tem uma marca de nascença no ombro que parece a África. O fato de que a filha do Tytus, Hanna, não comeu nada além de umas garfadas de arroz. O Tytus não tira a mão da coxa esquerda dela há uns trinta minutos. A sua mãe entregou um envelope pro nosso simpático vereador e o nosso simpático vereador foi ao banheiro e, quando voltou, se sentou na cadeira e ergueu a taça de vinho pra sua mãe, que estava parada perto da geladeira. Ela sorriu e assentiu e desceu pra falar com o homem vietnamita velho e grande sentado perto do palco, vendo aquela cantora horrível acabar com "New York Mining Disaster 1941" dos Bee Gees. Tem um garoto junto ao aquário cutucando os peixes com um palito de estrelinha. E a irmã mais velha do garoto é a Thuy Chan, e ela está no sétimo ano da Jindalee High e está linda pra caralho hoje com aquele vestido amarelo e ela olhou pra você umas quatro vezes já, mas você é tão babaca e está tão chapado que nem percebeu.

O Darren olha pro salão de jantar de baixo, e a Thuy Chan olha pra ele e sorri, tirando uma mecha do cabelo preto liso do rosto. Ele se vira na mesma hora.

— Porra, Bell. Você tem razão. — Ele balança a cabeça. — Achei que isso aqui era só um bando de babacas jantando.

— Me conta sobre os ossos — eu digo.

O Darren bebe limonada, ajeita o paletó e a calça. Ele se inclina pra perto de mim de novo, e olhamos pro tema da nossa discussão: Iwan Krol.

— Trinta anos atrás, o irmão dele sumiu — o Darren diz. — O irmão mais velho dele era um cara chamado Magnar, e, sabe, até o nome dele queria dizer "fodão" em polonês ou qualquer merda dessas. Era o sujeito mais durão de Darra. Um cara sádico de verdade. Ele sempre implicava com o Iwan. Queimou ele e fez outras coisas, amarrou ele em trilhos de trem e bateu nele com cabos de fazer chupeta em carros. Só que, pelo que dizem, um dia o Magnar estava tomando uísque escocês, cinquenta por cento combustível de foguete, e desmaia no barracão da família, onde os dois irmãos estavam consertando peças de carros. O Iwan pega o irmão pelos braços e o arrasta pros fundos do terreno da família, a uns cem metros, e o deixa lá. Depois, com toda a calma do mundo, leva duas baterias até os fundos do terreno e pega uma serra elétrica e liga ela e corta a cabeça do irmão com a mesma calma de quem corta o teto de um carro Ford Falcon.

Nós olhamos pro Iwan Krol. Ele olha pra gente como se sentisse que estamos olhando para ele. Limpa a boca com o guardanapo que está no colo.

— Isso é verdade? — eu sussurro.

— A minha mãe diz que os boatos sobre o Iwan Krol nem sempre são precisos — diz Darren.

— Foi o que pensei — eu digo.

— Que nada, cara — o Darren diz. — Você não tá entendendo. Ela quer dizer que os boatos sobre o Iwan Krol nunca revelam toda a verdade porque a verdade é uma merda que a maioria das pessoas em sã consciência nem conseguiria entender.

— Então o que ele fez com o Magnar ou com o que sobrou do Magnar?

— Ninguém sabe — o Darren responde. — O Magnar desapareceu. Sumiu. Nunca mais foi visto. Todo o resto é boato. E essa é a genialidade da coisa. É por isso que ele é tão bom no que faz. Um dia o alvo está andando num lugar qualquer. No dia seguinte, o alvo não está andando em lugar nenhum.

Fico olhando pro Iwan Krol.

— A sua mãe sabe? — eu pergunto.

— O quê?

— O que o Iwan fez com o corpo do irmão.

— Não, a minha mãe não sabe de porra nenhuma — ele diz. — Mas eu sei.

— O que ele fez?

— A mesma coisa que faz com todos os alvos.

— Que é?

O Darren mexe no centro giratório e para num prato cheio de caranguejo apimentado. Pega um caranguejo-do-pacífico inteiro e coloca no prato.

— Olha só — ele diz.

O Darren segura a garra direita do caranguejo, arranca com violência e suga a carne de dentro. Pega a garra esquerda do caranguejo e arranca ela com a mesma facilidade de um galho que estava enfiado em um boneco de neve.

— Os braços — ele diz. — Depois as pernas.

Ele arranca três pernas à direita do corpo e três pernas à esquerda.

— Todos os alvos desaparecem, Tink. Dedos-duros, gente que fala demais, inimigos, concorrentes, clientes que não pagam as dívidas.

O Darren tira as patas de trás, as que o caranguejo usa para nadar, quatro segmentos que parecem pranchas pequenas. Ele suga a carne das pernas e coloca as cascas intactas ao lado da carapaça, no lugar onde estariam normalmente, mas sem tocar no corpo. Coloca as garras do caranguejo no lugar, assim como fez com as pernas, a um milímetro do corpo apimentado.

— Desmembramento, Eli — o Darren sussurra.

O Darren olha pra mim e vê a expressão idiota na minha cara idiota. Junta todas as pernas e garras de caranguejo e coloca na casca virada do caranguejo.

— É bem mais fácil carregar um corpo em seis pedaços — ele diz, colocando a carapaça empilhada numa tigela cheia de cascas de caranguejo sugadas e descartadas.

— Carregar pra onde?

O Darren sorri. Ele indica o Tytus Broz com a cabeça.

— Pra uma casa com alguém em necessidade — diz ele.

O Mestre dos Membros.

Naquele momento, o Tytus se levanta e bate com o garfo na taça de vinho.

— Me perdoem, senhoras e senhores, mas acho que está na hora de fazer um breve agradecimento por esta noite extraordinária.

★

No caminho de casa, uma nuvem pesada cobriu Órion. O August e a minha mãe andam na minha frente e na do Lyle. Nós os vemos se equilibrando nas cercas verdes de troncos que contornam o parque da rua Ducie. Essas cercas, cada parte feita de um tronco comprido de pinheiro tratado e verde-claro apoiado em dois tocos, já servem como trave de ginástica artística pra gente há uns seis anos.

A minha mãe se equilibra com muita graça e cai apoiada nos dois pés numa das traves.

Ela faz perfeitamente um ousado chute de tesoura no ar. O August aplaude entusiasmado.

— Agora a grande Comaneci se prepara pro final — ela diz, se aproximando com cuidado da beirada da trave.

Ela faz um balanço de mão floreado com os braços esticados pra causar impacto e agradece à plateia imaginária de juízes de Montreal e fãs da Olimpíada de 1976. O August estica o braço pra frente, se prepara com os joelhos dobrados. E a mãe pula nos braços dele.

— Um dez perfeito! — ela diz. O August a gira em comemoração. Eles seguem andando, e o August pula numa trave.

O Lyle assiste de longe, sorrindo.

— E então, pensou? — eu pergunto.

— No quê? — o Lyle diz.

— No meu plano — eu digo.

— Me fala mais sobre essa força-tarefa.

— Força-tarefa Jano — eu digo. — Você tem que começar a ler o jornal. A polícia tá em guerra contra as drogas importadas do Triângulo Dourado.

— Porra nenhuma — o Lyle diz.

— É sério. Está em todos os jornais. Pode perguntar pro Slim.

— Bom, a força-tarefa pode ser de verdade, mas as intenções não são. É cortina de fumaça. Metade dos velhos policiais daqui pagam pelas suas festas de Natal com o dinheiro do Tytus. Nenhum bostinha desse lugar vai querer impedir as drogas de chegarem aqui, porque nenhum bostinha desse lugar quer dificultar a grana do Tytus.

— A força-tarefa Jano não é de policiais daqui — eu digo. — É da polícia federal australiana. Eles estão focando nas fronteiras. Estão pegando gente no mar, antes mesmo de chegarem na praia.

— E daí?

— E daí que, daqui a pouco, o fornecimento não vai cobrir a demanda — eu digo. — Vai ter um milhão de drogados correndo por Darra e Ipswich procurando por droga, mas o único estoque vai ser o da polícia federal australiana, e eles não vão querer vender.

— E daí? — o Lyle pergunta.

— E daí que a gente compra agora. Compra muito de uma vez. Enterra a droga por um ou dois anos e deixa a polícia federal transformar esse suprimento em ouro.

O Lyle se vira pra mim e me olha de cima pra baixo.

— Acho melhor você parar de andar com o Darren Dang — ele diz.

— Essa é uma péssima ideia — eu digo. — O Darren é o nosso contato com a Bich. Você continua me levando pra casa do Darren e continua conversando com a Bich como o guardião responsável e amoroso que é, e ela vai acabar confiando em você o bastante pra te vender dez quilos de heroína.

— Você tá maluco, garoto — o Lyle diz.

— Andei perguntando pro Darren sobre os preços do mercado. Ele diz que dez quilos de heroína vendidos no preço atual de quinze dólares por grama nos renderiam cento e cinquenta mil dólares australianos. Se a gente deixar essa quantidade escondida por um ou dois anos, garanto que você conseguiria o preço de venda de dezoito, dezenove ou vinte dólares australianos por grama. Dá pra comprar uma casa decente em Gap por setenta e um mil. A gente teria o suficiente pra duas casas e ainda sobraria pra botar uma piscina em cada uma.

— E o que acontece quando o Tytus descobrir que estou chefiando uma pequena operação paralela e mandar o Iwan Krol pra arrancar umas respostas?

Pra isso, eu não tenho resposta. Só continuo andando. Tem uma lata vazia de refrigerante Solo caída na sarjeta, que eu chuto com o sapato direito. A lata quica pro meio da rua de asfalto.

— Dá pra ir pegar? — o Lyle diz.

— O quê?

— A lata, a porra da lata, Eli! — o Lyle diz, frustrado. — Olha pra esse lugar. Tem porra de carrinhos de bebê largados no parque, sacos de batata e merdas de fraldas usadas no chão pra todo lado. Quando eu era criança, essas ruas eram limpas pra cacete. As pessoas se importavam com elas. Aqui era tão bonito quanto o seu maravilhoso Gap. Vou te dizer que é assim que começa, as mães e os pais de Darra começam a largar fraldas sujas na rua e, daqui a pouco, tão queimando pneu na frente da Sydney Opera House. É assim que a Austrália vira merda, com você chutando aquela lata pro meio da rua.

— Eu acho que o uso de heroína nos subúrbios seja um caminho mais rápido pra isso — eu sugiro.

— Só pega a lata, seu espertinho.

Eu pego a lata.

— A gota no lago — eu digo.

— O quê? — o Lyle pergunta.

— O efeito das ondulações — eu digo, mostrando a lata. — O que eu faço com ela?

— Coloca naquela lata de lixo ali — o Lyle responde.

Coloco a lata na lixeira preta no meio-fio, cheia de caixas de pizza do Silvio's e de garrafas vazias de cerveja. Nós continuamos andando.

— O que é a gota no lago? — o Lyle pergunta.

É só uma teoria sobre a minha vida. A gente vê a mãe e o August fazendo zigue-zague pelos trechos segmentados de cerca que contornam o parque.

— A gota no lago foi o pai da mãe que abandonou ela quando ela era criança — eu explico. — Foi isso que começou todas as ondulações da vida dela. O pai vai embora, deixa a minha vó cuidando dos seis filhos num casebre no subúrbio oeste de Sydney. Minha mãe é a mais velha, então ela larga a escola aos catorze anos pra trabalhar e ajudar a vó a pagar as contas e botar comida na mesa. Depois de dois ou três anos, ela fica puta com a vó porque tinha sonhos. Ela queria ser advogada ou alguma outra porra do tipo e ajudar aquelas crianças pobres e abandonadas do oeste de Sydney a ficarem fora de Silverwater. Pega carona pela Austrália, atravessa Nullarbor e vai até a Austrália ocidental, onde trabalha como garçonete no Rose and Crown Hotel e uma noite um filho da puta coloca uma faca no pescoço dela quando ela está indo pra casa, empurra ela pro carro dele e leva ela pra uma estrada escura, e quem sabe o que ele vai fazer com ela, mas aí ele dirige mais devagar numa obra que está sendo feita na estrada, onde uma equipe de operários está aumentando a estrada à noite, e a minha mãe, a mulher mais corajosa do mundo, pula pra fora do carro que está indo a cinquenta quilômetros por hora e quebra o braço direito no asfalto e arranha a perna toda, mas é inteligente o bastante pra se levantar e correr como corria quando era a garotinha que ganhava todas as corridas da escola, e ela corre pras luzes da equipe de trabalho enquanto o filho da puta do carro começa a dar ré, mas a minha mãe chega ao trailer em que três caras estão fumando, e a minha mãe grita histérica sobre o que aconteceu, e um cara sai correndo e encontra o carro do filho da puta freando na estrada, e esse cara volta pro trailer e diz: "Você está bem agora, tá tudo bem." Esse cara é o Robert Bell, meu pai.

O Lyle para na mesma hora.

— Porra — ele diz.

— Ela nunca contou pra você sobre a gota no lago?

— Não, Eli, ela nunca me contou.

A gente continua andando.

— Você acha mesmo que o Tytus mandaria o Iwan Krol atrás da gente? — eu pergunto.

— Negócios são negócios, garoto — diz Lyle.

— É verdade todas aquelas coisas sobre ele? — eu pergunto.

— Que coisas?

— O Darren me falou sobre o que ele faz com os corpos. É verdade?

— Nunca quis descobrir, Eli, e, se você for esperto, vai parar de fazer perguntas sobre o que o Iwan Krol gosta de fazer com os corpos de criminosos mortos.

A gente continua andando.

— E onde a gente vai amanhã? — eu pergunto.

O Lyle respira fundo e suspira.

— Você vai pra escola — ele diz.

— E o que a gente vai fazer no sábado? — eu pergunto, inabalável, inatingível.

— O Teddy e eu temos umas coisas pra fazer em Logan City.

— A gente pode ir?

— Não — o Lyle diz.

— A gente fica no carro.

— Por que você quer fazer isso?

— Já falei, eu posso ficar de olho nas coisas.

— E no que você quer ficar de olho, Eli?

— Nas mesmas coisas que fiquei de olho hoje. Nas coisas que você não consegue ver.

— Que coisas?

— Coisas como o Teddy se apaixonando pela mãe.

Garoto perde sorte

Uma gota no lago. A minha mãe é convidada pra participar do comitê organizador da festa da escola, que tem que se reunir todos os sábados por um mês. Ela quer participar porque nunca faz esse tipo de coisa. Ela odeia aquela gente da Associação de Pais, mas isso não significa que não quer se sentir que nem eles de vez em quando. Aí o peito do Slim começa a aprontar e o mijo dele fica com cor de ferrugem e o médico diz que ele está com pneumonia. Ele está entocado, descansando num apartamentinho alugado em Redcliffe, do outro lado de Brisbane. A minha mãe e o Lyle não têm babá para cuidar de mim e do August aos sábados.

Primavera de 1986. Mudei de escola e estou no sétimo ano. Em vez de ficar olhando pelas janelas da escola estadual de Darra, todo dia pego o ônibus com o August pra olhar pelas janelas da escola estadual Richlands, em Inala. Tenho treze anos e, como qualquer adolescente de Queensland com algum respeito próprio, voz mais grave e bolas maiores, quero vivenciar coisas novas, tipo passar os próximos sábados do mês com o Lyle nas suas entregas de heroína. Relembro sutilmente à minha mãe a fascinação ardente que eu e o August temos por coisas pegando fogo sempre que não tem um adulto por perto. Outro dia mesmo, eu digo, vi o August botar fogo num globo terrestre coberto de gasolina que encontramos abandonado do lado de um cesto de coleta de donativos da Lifeline em Oxley. "Vou botar fogo no mundo!", eu gritei enquanto o August segurava a lupa em cima da Austrália e um apocalíptico ponto preto surgia sobre Brisbane.

— Vou levar eles pra piscina em Jindalee — o Lyle diz. — Eles podem nadar um pouco, o Teddy e eu fazemos as entregas e pegamos os dois quando estivermos voltando pra casa.

A minha mãe olha pro August e pra mim.

— Vocês ainda têm dever de casa?

— Só o de matemática — eu digo.

O August assente. *A mesma coisa que o Eli.*

— Vocês já deviam ter feito o de matemática, é melhor fazer o mais difícil primeiro — a minha mãe diz.

— Às vezes, a vida não funciona desse jeito, mãe — eu argumento. — Às vezes, não dá pra resolver as coisas difíceis primeiro.

— Nem me fala — ela diz. — Tudo bem, podem ir pra piscina, mas é bom que o dever dos dois esteja feito quando eu chegar em casa.

Tranquilo. Só que quando chegamos à piscina de Jindalee, vemos que ela tá fechada porque o dono tá mudando o revestimento da piscina de cinquenta metros.

— Porra — o Lyle reclama.

O Teddy está no banco do motorista porque ele é o dono do sedã Mazda verde-oliva 1976, um forno móvel mesmo na primavera, com bancos de vinil marrom quentes que grudam nas minhas coxas e nas do August, porque ele está usando o mesmo short cinza do Kmart que eu.

O Teddy olha pro relógio.

— A gente tem que estar em Jamboree Heights em sete minutos — ele diz.

— Porra — o Lyle reclama, balançando a cabeça. — Vamos nessa.

Paramos em frente a uma casa de dois andares em Jamboree Heights. A casa é de tijolos amarelos, com um portão de alumínio na garagem e uma escada na frente, que leva até uma varanda onde um garoto maori pequeno e sem camisa, de uns cinco anos, está pulando furiosamente no mesmo lugar com uma corda rosa de plástico. Está tão quente na rua que o asfalto que vejo pela janela do carro cintila com miragens espelhadas nos bolsões de ar quente.

O Lyle e o Teddy fazem uma pausa pra observar o local, olhando pelos retrovisores do carro. O Teddy abre o porta-malas. Eles saem do Mazda ao mesmo tempo e vão pra parte de trás do carro. Eles fecham o porta-malas.

O Lyle volta até a porta do passageiro da frente, carregando uma caixa térmica de plástico azul, e se inclina pra dentro.

— Vocês dois fiquem aqui e se comportem, tá bem? — diz ele. E fecha a porta.

— Você só pode estar de sacanagem, Lyle — eu digo.

— O quê?

— Deve estar uns cinquenta graus aqui dentro — eu respondo. — A gente vai fritar em dez minutos.

O Lyle suspira e respira fundo. Olha ao redor, vê uma árvore pequena por perto.

— Tá bom, esperem debaixo daquela árvore.

— E o que a gente diz quando o vizinho aparecer e perguntar por que a gente está sentado embaixo da árvore dele? — eu pergunto. — "É só uma entrega rápida de drogas, senhor. Já estamos indo."

— Você tá começando a me deixar puto, Eli — ele diz, e bate a porta com força.

Em seguida, abre a porta do lado do August.

— Venham — ele diz. — Mas não abram a boca.

A gente passa pelo garoto pulando corda, e ele olha pra gente, com catarro amarelo escorrendo pelo nariz.

— Oi — eu cumprimento quando a gente passa.

O garoto não diz nada. O Lyle bate na porta de tela.

— É você, Lyle? — alguém na sala diz. — Pode entrar, mano.

A gente entra na casa. Primeiro o Lyle, depois o Teddy, depois o August e depois eu.

Dois homens maori estão sentados em poltronas marrons ao lado de um sofá de três lugares vazio. A sala está cheia de fumaça. Tem cinzeiros lotados nos braços das poltronas. Um homem é magro e tem tatuagens maori na bochecha esquerda; o outro é o sujeito mais gordo que já vi na vida, e é ele que fala.

— Lyle, Ted — ele diz como cumprimento.

— Ezra — o Lyle diz.

O Ezra usa um short preto e uma camisa preta larga, e as pernas dele são tão grossas que a gordura das coxas cai sobre os joelhos, fazendo a metade de baixo das pernas parecer o rosto de uma morsa sem os bigodes. Mas não é o tamanho do homem que me chama atenção, é o tamanho da camiseta preta, grande o suficiente para cobrir o Mazda do Teddy parado no sol.

O homem magrelo está inclinado pra frente na poltrona, descascando batatas em uma tigela em cima de uma mesa de plástico.

— Porra, Lyle — o Ezra diz, sorrindo ao olhar pro August e pra mim. — Você vai ganhar o prêmio de pai do ano por trazer os seus filhos pra uma venda de drogas.

O Ezra bate na perna e olha pro amigo magro de rosto tatuado, que não diz nada.

— *Papara* do ano, né, primo?

— Eles não são meus filhos — o Lyle esclarece.

Uma mulher entra na sala.

— Bom, eu fico com eles se eles não são seus, Lyle — ela diz, sorrindo pro August e pra mim enquanto se senta no sofá. Ela tá descalça e usa um vestido preto. É uma mulher maori com uma tatuagem tribal no braço direito. Tem uma linha de pontos tatuados na parte direita do rosto. Carrega uma bandeja cheia de cenouras e batatas-doces e um pedaço de abóbora.

— Desculpa, Elsie — o Lyle diz. — São os filhos da Frankie.

— Bem que eu achei que eram bonitos demais pra serem seus *tamariki tane* — ela diz.

Ela pisca pro August. Ele sorri de volta.

— Há quanto tempo você cuida desses garotos, Lyle? — a Elsie pergunta.

— A gente se conhece há uns oito, nove anos — o Lyle responde.

Elsie olha pro August e pra mim.

— Oito, nove anos? — ela repete. — O que acham, meninos? Acham que é tempo suficiente pra dizer que vocês são filhos dele?

O August faz que sim. Elsie se vira para mim esperando pela minha resposta.

— Acho que sim — eu digo.

O Ezra e o homem magrelo estão vendo um filme na televisão, com um guerreiro bronzeado enorme na cabeceira de um banquete antigo.

— Qual é a melhor coisa da vida? — um homem na tela vestido que nem o Genghis Khan diz.

O guerreiro bronzeado está com as pernas cruzadas, os músculos parecem de ferro, e tem um adereço de cabeça que lembra uma coroa.

— Destruir seus inimigos — o guerreiro diz. — Ver quando são trazidos até você e ouvir o lamento das mulheres deles.

O August e eu ficamos temporariamente hipnotizados por aquele homem.

— Quem é ele? — eu pergunto.

— É o Arnold Schwarzenegger, mano — o Ezra diz. — *Conan, o bárbaro.*

O Arnold Schwarzenegger é fascinante.

— Esse filho da puta ainda vai ser famoso — o Ezra diz.

— Sobre o que é? — eu pergunto.

— É sobre guerreiros, mano, e feiticeiros e espadas e bruxaria — o Ezra responde. — Só que, mais do que tudo, é sobre vingança. O Conan tá viajando pelo mundo procurando o filho da puta que deu o pai dele pros cachorros comerem e cortou fora a cabeça da mãe dele.

Vejo o aparelho embaixo da televisão.

— Você tem um Sony Betamax? — eu pergunto, surpreso.

— Claro, amigo — o Ezra diz. — Tem resolução melhor, som de alta fidelidade, sem chiado, contraste aperfeiçoado e ruído na luminância aprimorado.

O August e eu mergulhamos na mesma hora no tapete pra olhar pro aparelho.

— O que é ruído na luminância? — eu pergunto.

— Não faço a menor ideia — o Ezra diz. — Era isso que estava escrito na caixa.

Do lado da televisão tem uma estante cheia de fitas Betamax com etiquetas exibindo os títulos dos filmes. São centenas. Alguns foram riscados com caneta esferográfica azul e outros foram escritos do lado. *Os caçadores da arca perdida. E.T. — O extraterrestre. Rocky III. Os bandidos do tempo. Fúria de titãs.* O August aponta pra uma fita em particular.

— Você tem *Excalibur*! — eu grito.

— Tenho, mano! — O Ezra abre um sorriso. — A Helen Mirren, cara. Aquela bruxa louca é gostosa pra cacete.

Eu faço que sim, empolgado.

— O Merlin — eu digo.

— É um cara irado — o Ezra concorda com alegria.

Eu olho pras fitas de vídeo.

— Você tem todos os *Star Wars*!

— Qual é o melhor *Star Wars*? — o Ezra pergunta, com um tom que sugere que já sabe a resposta.

— *Império* — eu digo.

— Correto — ele diz. — Melhor parte?

— A caverna do Yoda em Dagobah — eu respondo sem nem precisar parar pra pensar.

— Caralho, Lyle, você tem um dos bons aqui — o Ezra diz.

O Lyle dá de ombros e enrola um cigarro de um pacote de tabaco White Ox que tinha no bolso.

— Nem sei de que porra vocês tão falando — ele diz.

— O Luke encontra o Vader na caverna e mata ele, e depois a máscara se abre e o Luke tá olhando pra si mesmo — o Ezra diz misticamente. — Uma porra estranha, mano. Qual é o nome desse aqui?

O Lyle aponta para mim.

— Esse é o Eli. — Ele aponta pro August. — E esse é o August.

— Ei, Eli, qual é a daquela parte da caverna? — ele pergunta. — O que aquela merda quer dizer, maninho?

Fico olhando pros títulos dos filmes enquanto falo.

— A caverna é o mundo, e é como o Yoda fala, a única coisa na caverna é o que você leva lá pra dentro com você. E acho que o Luke já tem ideia de quem o pai dele é. Lá no fundo, ele sabe. E está se cagando de medo de conhecer o pai porque está se cagando de medo das coisas que já existem dentro dele, do lado sombrio que tem no sangue dele.

A sala fica em silêncio por um segundo. O August me olha por um tempo. Assente com sabedoria, as sobrancelhas erguidas.

— Legal — o Ezra diz.

O Lyle coloca o isopor no chão ao lado da poltrona do Ezra.

— Trouxe umas cervejas pra vocês, rapazes — o Lyle diz.

O Ezra assente pro homem magrelo, comunicação suficiente para fazê--lo dar um pulo da poltrona e abrir o isopor. Ele enfia a mão no fundo do isopor, cheio de cervejas e gelo. Tira um bloco retangular enrolado num saco plástico preto e grosso. Na mesma hora, passa ele pra Elsie. Ela retorce o rosto.

— Você mesmo pode verificar, Rua, puta que pariu — ela diz.

O homem magro olha pro Ezra em busca de orientação. O Ezra está prestando atenção no filme, mas deu um tempo e desviou o olhar pra Elsie, fazendo um movimento de cabeça na direção da cozinha. A Elsie sai do sofá numa série de movimentos rápidos e pega o tijolo preto da mão de Rua.

— Seus babacas imbecis — ela diz.

Ela abre um sorriso pro August e pra mim.

— Querem vir aqui tomar um refrigerante, meninos? — ela pergunta.

Nós olhamos pro Lyle. Ele faz que sim. Nós a seguimos até a cozinha.

O Rua passa cervejas pro Ezra, pro Lyle e pro Teddy.

— Quando é que vocês de Queensland vão comprar outra cerveja que não seja a porra da XXXX Bitter? — o Ezra pergunta.

— A gente até tem outra cerveja — o Teddy responde, se sentando no sofá de três lugares para ver *Conan, o bárbaro.* — A XXXX Draught.

★

É quase uma da tarde quando estamos comendo batata empanada numa lanchonete na Moorooka Magic Mile, o trecho de estrada em Moorooka a quinze minutos de carro de Jamboree Heights, onde pessoas de toda Brisbane vão comprar carro numa rua com lojas de qualidade e prestígios variados, desde "Todos os nossos carros vêm com airbags!" a "Todos os nossos carros vêm com para-brisas!".

Estamos sentados em volta de uma mesa redonda de plástico branco, com uma caixa de papel pardo rasgada, cheia de batata empanada, croquetes de carne, palitinhos de peixe, *dim sims* amarelos bem grandes e batata frita em óleo tão velho que elas parecem e têm gosto de guimbas de cigarro.

— Alguém quer o último croquete? — o Teddy pergunta.

O Teddy foi o único que comeu os croquetes. Teddy é sempre o único que come os croquetes.

— É todo seu, Teddy — eu digo.

O August e eu bebemos Kirks Pasito em latas roxas, o nosso segundo refrigerante favorito. Foi o Slim que fez a gente gostar do Pasito. Ele só bebe refrigerantes da marca Kirks porque é de Queensland, e ele diz que conheceu um cara que trabalhava na empresa Kirks original, que era a Helidon Spa Water Company, que ficou famosa nos anos 1880 engarrafando as águas minerais energéticas de Helidon, perto de Toowoomba, que os aborígenes da região diziam que lhes davam a força necessária para expulsar qualquer alma gananciosa que pudesse querer explorar os benefícios do seu importante suprimento de água. Nunca experimentei a água mineral natural de Helidon, mas duvido que ela tenha os poderes doces e energéticos de uma tubaína gelada.

— A Elsie tinha Big Sars — eu digo, mordendo com cuidado a minha batata empanada numa tentativa de criar o formato da Austrália. O August também está mordendo a dele para parecer uma estrela ninja. — Tinha uma prateleira inteira de lata de refrigerante. Tinha todos os Kirks. Lemon Squash. Creaming Soda. Old Stoney Ginger Beer. O que você conseguir imaginar.

O Lyle está enrolando outro White Ox.

— E você viu mais alguma coisa, Capitão Detalhes, quando foi com a Elsie até a cozinha? — ele pergunta.

— Vi um monte de coisas — eu digo. — Tinha um pacote inteiro fechado de biscoito Iced VoVo na geladeira, na prateleira em cima dos legumes e das verduras. Acho que eles comeram comida do Ribbetts ontem à noite, porque tinha uma quentinha prateada na prateleira acima dos Iced VoVos, e, apesar de estar com a tampa e eu não conseguir ver dentro, eu sabia que era do Ribbetts porque vi o molho barbecue do Ribbetts escorrendo pela beirada da caixa, e não existe molho barbecue igual ao molho barbecue do Ribbetts.

O Lyle acende o cigarro enrolado.

— Algum detalhe que não tem a ver com o que tinha dentro da geladeira da Elsie? — ele pergunta, virando a cabeça pra direita pra não soprar fumaça em cima das batatas.

— Um monte — eu respondo, enfiando três batatas fritas na boca, frias e não mais crocantes. — Tinha uma arma maori pendurada na parede acima do banco da cozinha, e eu perguntei pra Elsie o que era aquilo, e ela falou que se chamava *mere*. Era um porrete grande, tipo uma clava, com formato de folha e feito de uma coisa chamada jade nefrita, que foi passado de geração em geração na família dela. E ela parou em frente à pia e cortou com cuidado a embalagem do tijolo de heroína na bancada e preparou uma balança de cozinha e, enquanto fazia isso, ela me contou sobre as coisas horríveis que o tataravô dela, o Hamiora, fez com a clava. Tipo, tinha um chefe chamado Marama, de outra tribo, que sempre fazia bullying e intimidava a tribo do Hamiora, e, quando ele visitou o QG do chefe rival...

— Não sei se os antigos chefes maoris tinham um QG — o Teddy disse.

— A cabana dele, a grande cabana do chefe rival — eu digo. — Quando o Hamiora visitou a cabana do Marama, o chefe rival começou a rir do tamanho e do formato do *mere* do Hamiora porque não parecia ameaçador e sim um rolo de massa ou uma coisa que ele usaria pra esticar massa de biscoito, e o Hamiora estava no meio de todos esses guerreiros rivais enquanto o Marama fazia piadas sobre ele e encorajava o povo a rir e fazer piada da arma da família do Hamiora, e o Hamiora começou a rir junto e então, mais rápido do que dá pra dizer "biscoito com gota de geleia", ele bateu na cabeça do Marama com a arma antiga da família, a coisa de que todo mundo estava rindo.

Eu pego um *dim sim.*

— O velho Hamiora segurava o seu porrete de jade nefrita que nem o Viv Richards segura um taco de críquete, e a especialidade dele era um movimento de antebraço que ele usava pra acertar a cara da pessoa, mas, na hora do impacto, ele dava uma virada na clava.

Arranco a parte de cima do *dim sim* com um movimento.

— Ele arrancou o topo do crânio do Marama com um golpe só, e o resto da tribo ficou tão chocada com aquilo que nem teve tempo de puxar as armas quando o resto dos homens do Hamiora, todos parentes distantes da Elsie, saíram de uns arbustos e atacaram os homens da tribo rival.

Largo o topo do crânio do *dim sim* na boca.

— Enquanto a Elsie está contando a história, ela vai desembrulhando a droga com cuidado, sem nem olhar pra onde os meus olhos estão, e eu fico dizendo coisas como "É mesmo?" e "Não acredito!", como se estivesse prestando atenção na história, mas, ao mesmo tempo, os meus olhos estão percorrendo toda a cozinha, procurando pelos detalhes. O olho direito fica onde deve estar, mas tenho esse olho esquerdo frouxo, que olha pra todos os lados e vê as coisas.

O Lyle e o Teddy trocam um olhar rápido. O Lyle balança a cabeça.

— Quando o August e eu nos abaixamos pra olhar pra dentro da geladeira, pra coleção de refrigerantes Kirks da Elsie, ela não percebe que estou ocupado olhando pra ela com a droga na bancada, vendo ela pegar uma faca afiada e cortar as beiradas do tijolo de heroína, como se estivesse fatiando um bloco de queijo cheddar. E ela reúne esses pedacinhos numa bola de um grama e enfia num potinho preto de plástico de filme fotográfico com tampa cinza. Ela coloca o potinho no bolso da calça jeans, embrulha a droga e leva pra vocês na sala e vocês estão com a cara grudada em *Conan, o bárbaro* e ela diz "Tudo certo" e ninguém diz nada pra ela.

"Aí ela volta pra cozinha e termina de me contar aquela coisa toda sobre o tataravô Hamiora e o burro, burro, burro, burro do chefe Marama, e estou vendo todos os detalhes, tipo uma pilha de cartas do lado do telefone, cartas do governo e contas da Telecom, e tem um pedaço de papel cheio de nomes e telefones, e o seu nome e o seu telefone estão lá, Lyle, e o nome do Tytus estava lá, e tinha Kylie e Mal e um número de telefone ao lado de alguém chamado Snapper, e outro número ao lado de um Dustin Vang..."

— Dustin Vang? — o Teddy pergunta, virando-se pro Lyle, que assente e levanta as sobrancelhas.

— Faz sentido — o Lyle diz.

— Quem é Dustin Vang? — eu pergunto.

— Se a Bich Dang fosse o Hamiora, o Dustin Vang seria o Marama dela — o Lyle diz.

— Isso é bom — o Teddy diz.

— Por quê? — eu pergunto.

— Competição saudável — o Teddy responde. — Se a Bich não for a única importadora da região, isso é bom pro Tytus, porque ela vai ter que começar a oferecer preços melhores e talvez assim ela não goste mais tanto de comer o cu da gente.

— Mas não é bom pro Tytus se o Ezra estiver pensando em procurar um fornecedor diferente todo dia — o Lyle diz. — Vou ter que falar com ele.

O Teddy ri.

— Nada mau, Capitão Detalhes.

★

Nada une uma cidade como a heroína do sudeste da Ásia. Esse glorioso mês de sábados com a piscina de Jindalee fechada pra reforma fez o Lyle, o

Teddy, o August e eu atravessarmos Brisbane entre todas as minorias culturais, todas as gangues, todas as subculturas que a minha cidade espalhada e quente abriga no seu seio suado.

Os italianos no sul. Os torcedores de rúgbi convencidos de Ballymore. Os bateristas e os guitarristas e os artistas de rua e as bandas falidas de Fortitude Valley.

— Não fala nada disso pra sua mãe, tá ouvindo? — o Lyle diz para mim quando paramos em Highgate Hill, do lado de fora do quartel-general de um grupo neonazista, o White Hammer, liderado por um homem magro e de fala mansa de vinte e cinco anos chamado Timothy, que é sincero o suficiente pra dizer pro Lyle que ele não raspa a cabeça, que é um careca natural, o que me faz pensar em silêncio o que fez ele seguir aquela jornada filosófica: a noção de supremacia branca ou o padrão de um homem branco sem cabelo.

Não sei o que eu esperava da venda de drogas. Acho que um pouco mais de romance. Um sentimento de perigo e suspense. Agora percebo que o traficante médio de subúrbio não é muito diferente do entregador de pizza comum. Metade das vendas que o Lyle e o Teddy fazem eu poderia fazer em menos tempo, percorrendo os subúrbios do sudoeste de Brisbane na minha Mongoose BMX com a minha mochila. O August provavelmente conseguiria fazer mais rápido ainda, porque ele pedala mais rápido do que eu e tem uma bicicleta de corrida Malvern Star de dez marchas.

⋆

O August e eu fazemos o dever de matemática no banco de trás do Mazda do Teddy enquanto atravessamos a ponte Story de norte a sul e de sul a norte, a ponte das histórias, histórias que nem a dos garotos que venceram o fogo, histórias que nem a do garoto mudo e do seu irmãozinho, que nunca pediram nada além das respostas às perguntas.

O August segura uma calculadorazinha científica de dez dígitos que ele ganhou de aniversário, digitando números e virando a calculadora de cabeça pra baixo pra formar palavras. 50410 = OLHOS. 50135 = SEIOS. Ele digita mais uns números. Com orgulho, me mostra a tela da calculadora. ELIBELL.

— Ei, Teddy — eu digo. — Na festa da escola, vinte dos oitenta ingressos foram vendidos antecipadamente. Qual é a porcentagem das vendas antecipadas?

O Teddy olha pro retrovisor.

— Para com isso, cara, puta que pariu, quantos vintes tem dentro de oitenta?

— Quatro.

— Então...

— Então vinte é um quarto dos ingressos?

— Isso.

— Um quarto de cem é... vinte e cinco por cento?

— Isso aí, cara — o Teddy diz, balançando a cabeça. — Porra, Lyle, não deixa o seu imposto de renda na mão desses dois, hein?

— Imposto de renda? — o Lyle diz, fingindo não entender. — Isso é um problema de álgebra?

As entregas de drogas têm que ser feitas aos sábados porque a maioria dos traficantes de terceiro escalão pra quem o Lyle vende tem empregos durante a semana. O Tytus Broz é do primeiro escalão. O Lyle é do segundo. O Lyle vende pros traficantes do terceiro escalão, que então vendem pro homem ou pra mulher na rua ou, no caso do Kev Hunt, pro homem ou pra mulher no mar. O Kev é pescador e tem um segundo emprego como traficante de terceiro escalão que fornece pra muitos dos usuários na cena de pesca na baía Moreton. Ele passa a maior parte da semana no mar. Assim, vamos de carro até a casa dele em Bald Hills num sábado. É um bom negócio. O Lyle se adapta às necessidades dos clientes. O Shane Bridgman, por exemplo, é advogado na cidade, com segunda jornada como traficante de terceiro escalão, vendendo pra galera da advocacia da rua George. Ele sempre tá no trabalho e nunca em casa durante a semana, mas também não quer nenhuma venda de drogas no escritório, a três prédios do tribunal superior de Queensland. Então, a gente vai até a casa dele em Wilston, no subúrbio norte. Ele faz o negócio na varanda enquanto a esposa faz bolinhos de mirtilo na cozinha e o filho joga críquete com uma cesta de lixo preta no quintal.

O Lyle é brilhante nessas vendas de sábado. Ele é um diplomata, um embaixador cultural, um representante do chefe, Tytus Broz, um canal entre o rei e o povo.

O Lyle diz que encara a venda de drogas da mesma maneira que encara a minha mãe quando ela tá de mau humor. Tem que ficar de orelha em pé. Alerta. Não pode deixar que eles fiquem perto demais das facas na cozinha. Tem que ser flexível, paciente, adaptável. O comprador ou a minha mãe com raiva tem sempre razão. O Lyle adapta as emoções aos sentimentos do comprador ou da minha mãe a qualquer momento. Quando um incorporador imobiliário chinês reclama da burocracia da câmara, ele assente. Quando o chefe da gangue de motoqueiros Bandidos reclama da má qualidade do acelerador da Harley-Davidson, o Lyle assente com o que parece pra mim uma preocupação verdadeira, e é o mesmo olhar que ele fez pra minha mãe na outra noite, quando ela estava reclamando do fato de que a minha mãe e o Lyle nunca tentam fazer amizade com os outros pais da nossa escola. É só fazer a venda, beijar a mulher que você ama, pegar a grana e sair vivo.

*

No nosso último sábado de venda de drogas, o Lyle conta pro August e pra mim sobre a salinha subterrânea com o telefone vermelho. O Lyle construiu aquela sala sozinho, cavou de baixo para cima, fez um buraco fundo no chão, no espaço apertado embaixo da casa pelo qual o August e eu nunca podemos entrar, e subiu até a casa. Um espaço secreto construído de mil e trezentos tijolos comprados na fábrica de Darra. A sala secreta onde a minha mãe e o Lyle podiam guardar caixas grandes de erva nos seus primeiros dias como traficantes.

— Pra que você usa aquele lugar agora se não tá vendendo maconha? — eu pergunto.

— É pra se eu precisar fugir e me esconder um dia — ele responde.

— De quem?

— De qualquer um — ele diz.

— Pra que o telefone? — eu pergunto.

O Teddy olha pro Lyle.

— É ligado a uma linha direta pra outro telefone vermelho igual na casa do Tytus, em Bellbowrie — o Lyle explica.

O Lyle olha pro banco de trás para avaliar as nossas reações.

— Então foi com o Tytus que a gente falou no outro dia?

— Não — ele diz. — Não, Eli. — A gente se encara por um tempão no retrovisor. — Você não falou com ninguém.

Ele pisa no acelerador e dispara até o nosso último trabalho.

★

— Hoje eu senti uma coisa que nunca tinha sentido — a minha mãe diz enquanto serve espaguete à mesa de jantar, a mesma mesa de fórmica verde com pernas de metal em que o Lyle comia *babka* de cereja quando era criança.

Hoje foi a festa da escola. Durante oito horas embaixo do sol quente da tarde, minha mãe ficou encarregada de três barracas no campo da escola estadual Richlands. Ela cuidou da pescaria, um jogo em que, por cinquenta centavos, as crianças pescam peixes de isopor com uma haste de cortina de banheiro como vara e um fio e embaixo dos peixes tem um adesivo colorido que diz o que elas ganharam. Os prêmios valem mais ou menos a mesma coisa que a merda de pônei na qual eu pisei hoje perto da exposição "Fazendinha do tio Bob". Por algum motivo, a brincadeira mais popular da parte da brincadeiras foi um jogo que a minha mãe inventou sozinha, pegando carona na atração irresistível de *Star Wars* para arrecadar mais fundos que o necessário para a Associação de Pais e Amigos da Escola Estadual Richlands. O "Desafio Master Blaster do Han Solo" pedia a potenciais salvadores da galáxia para derrubar três stormtroopers que eram meus e do August, que ficavam equilibrados em bases posicionadas a distâncias cada vez mais ambiciosas, usando uma pistola de água grande, que ela pintou de preto para ficar parecida com o blaster do Han. Ela posicionou os stormtroopers muito bem, os dois primeiros em distâncias mais alcançáveis, enchendo assim os clientes de cinco a doze anos com a euforia viciante do sucesso inicial, mas colocando o terceiro e último stormtrooper a uma distância que uma criança ia precisar usar a Força para acertar um disparo vencedor da pistola d'água. Mas a minha mãe também estava encarregada da atração menos popular da festa, cem palitos de picolé, dez deles marcados com estrelas que davam prêmios, em um carrinho de mão cheio de areia. Ela poderia ter prometido até o sentido da vida no final de cada um daqueles palitos e, mesmo assim, só ia conseguir ganhar 6,50 dólares australianos depois de oito horas.

— Eu me senti parte da comunidade — a minha mãe diz. — Senti que pertencia ao grupo, sabe.

Vejo o Lyle sorrir pra ela. Ele tá com o queixo apoiado no punho direito. Ela só tá colocando colheradas de molho bolonhesa com bacon e alecrim nos nossos pratos, mas o Lyle olha pra ela com os olhos arregalados e impressionados, como se ela estivesse tocando "Paint It Black" com uma harpa dourada com cordas feitas de fogo.

— Que legal, querida — o Lyle diz.

O Teddy grita da cozinha.

— Quer uma cerveja, Lyle?

— Quero, cara — o Lyle diz. — Na porta da geladeira.

O Teddy vai ficar pro jantar. O Teddy sempre fica pro jantar.

— Isso é muito legal, Frankie — o Teddy diz quando entra na sala, vindo da cozinha. Ele passa o braço pelos ombros da minha mãe sem necessidade. Ele a abraça sem necessidade. — Estamos orgulhosos de você, cara — ele diz.

Todo amigão.

Porra, não fode, Ted. Bem aqui na mesa da Lena e do Aureli?

— Eu posso tá enganado, mas tem um brilho novo nesses olhos azuis? — ele diz. Ele passa o polegar direito pela bochecha da minha mãe.

O Lyle e eu nos encaramos. O August vira o olhar para mim. *Olha só essa merda. Bem aqui, na frente do melhor amigo dele. Eu nunca confiei nesse filho da puta. Vem todo bonzinho, mas é com os filhos da puta bonzinhos que a gente tem que tomar cuidado, Eli. Não sei por quem ele é mais apaixonado: pela mãe, pelo Lyle ou por si mesmo.*

Eu faço que sim. *Tô ligado, mano.*

— Não sei. — A minha mãe dá de ombros, um pouco constrangida pelo bom humor. — Só parece bom ser parte de uma coisa tão...

— Chata? — eu interrompo. — Suburbana?

A mãe sorri enquanto segura uma colherada de molho bolonhesa no ar e pensa.

— Normal — responde ela.

Ela coloca o molho em cima do meu macarrão e abre um daqueles sorrisinhos rápidos e lindos que ela consegue mandar por um corredor único de devoção direto pra pessoa em quem ela mirou, um túnel de amor vitalício invisível pra todo mundo, mas eu sei que o August e o Lyle têm um túnel igual.

— Que legal, mãe — eu digo. E nunca falei tão sério na vida. — Acho que normal cai bem em você.

Pego o queijo parmesão Kraft, que cheira igualzinho ao vômito do August. Coloco queijo em pó em cima do espaguete e enfio o garfo na massa da mãe e giro duas vezes.

Então, o Tytus Broz entra na nossa sala.

A parte de cima da minha espinha conhece ele bem. A parte de cima da minha espinha reconhece todos aqueles cabelos brancos e aquele terno branco e os dentes brancos trincados num sorriso forçado. O resto de mim fica paralisado e confuso, mas a minha espinha sabe que o Tytus Broz está entrando na nossa sala e treme de cima a baixo, e eu tremo sem querer, como faço às vezes quando estou mijando no mictório do pub favorito do Lyle, o Regatta Hotel em Toowong.

A boca do Lyle está cheia de macarrão quando ele vê o Tytus, ele encara o homem com perplexidade entrando na nossa casa, de alguma maneira encontrando o caminho pela porta dos fundos, depois da cozinha e do banheiro.

O Lyle diz o nome dele como se estivesse fazendo uma pergunta:

— Tytus?

O August e a minha mãe estão virados pro Lyle e pra mim do outro lado da mesa e se viram para ver o Tytus chegar, seguido de outro homem maior, maior do que o Tytus, com os olhos mais escuros e o humor mais sombrio. Ah, porra. Porra, porra, porra, caralho. O que ele tá fazendo aqui?

Iwan Krol. E mais dois dos capangas fortões do Tytus logo atrás do Iwan. Eles estão usando chinelos de dedo, que nem o Iwan Krol, shorts Stubbies apertados e camisas de algodão enfiadas para dentro dos shorts; um deles é alto e careca, e o outro é pesadão e tem um sorriso torto e três queixos.

— Tytus! — a minha mãe diz, entrando no modo anfitriã na mesma hora. Ela pula da cadeira.

— Não precisa se levantar, Frances — o Tytus diz.

O Iwan Krol coloca a mão no ombro da minha mãe delicadamente, e alguma coisa no gesto diz pra ela se sentar. Só agora eu vejo que ele tá carregando uma bolsa verde-musgo, que larga no piso da sala ao lado da mesa.

O Teddy segura um garfo com a mão direita. Tem dois pedaços de papel-toalha presos na gola da camisa azul-marinho Bonds dele, e os lábios estão tão vermelhos de molho bolonhesa que ele parece um palhaço que manchou o batom.

— Tytus, tá tudo bem? — o Teddy pergunta. — Quer se juntar a nós no...

O Tytus nem olha pro Teddy quando coloca o indicador na frente da boca e faz:

— Shhhhh.

Ele tá olhando pro Lyle. Talvez um minuto de silêncio se passe, talvez trinta segundos, mas parece mais trinta dias de uma troca de olhares silenciosa e barulhenta pra caralho entre o Tytus e o Lyle. Pontos de vista e detalhes, um único instante prolongado pela eternidade.

Uma tatuagem no braço esquerdo do capanga altão. O Pernalonga usando um uniforme nazista. O August segurando a colher, nervoso, mexendo sem parar o polegar no cabo. Esse momento do ponto de vista da minha mãe, sentada e confusa com um vestido solto da cor do pêssego, a cabeça virando de um rosto pro outro, procurando respostas e não encontrando nenhuma além da resposta no rosto do único homem que ela amou de verdade. Medo.

Mas então o Lyle rompe o silêncio.

— August — diz ele.

August? August? O que o August tem a ver com isso?

O August se vira e olha pro Lyle.

E o Lyle começa a escrever alguma coisa no ar. O indicador direito percorre o ar que nem uma pena, e os olhos do August acompanham o fluxo de palavras que não consigo entender porque não estou de frente pra ele e não posso virá-las do jeito certo no espelho da mente.

— O que ele tá fazendo? — o Tytus grita.

O Lyle continua escrevendo palavras no ar, com rapidez e segurança, e o August lê elas e assente em compreensão a cada uma.

— Para com isso! — o Tytus berra. — Para com esta merda! — ele grita. Ele se vira pro capanga fortão e, entre os dentes, grita, puto: — Manda ele parar de fazer esta merda.

Só que o Lyle, como se em transe, continua escrevendo palavras que o August registra. Palavra após palavra, até o antebraço direito do cara fortão pesado de três queixos acertar o nariz do Lyle e ele ser derrubado da cadeira no chão da sala, o nariz explodindo com sangue que escorre pelo queixo dele.

— Lyle! — eu grito e corro até ele e abraço o peito dele. — Deixa ele em paz.

O Lyle se engasga com sangue na boca.

— Meu Deus do céu, Tytus, o quê... — o Teddy balbucia, mas é obrigado a parar na mesma hora pela ponta de uma faca prateada Bowie que o Iwan Krol encosta no queixo dele. Essa lâmina é um monstro com dentes, de aparência alienígena e brilhante, que sibila de um lado afiado e berra do lado serrilhado oposto, dentes de metal malvados prontos pra cortar coisas que não consigo imaginar... pescoços, talvez.

— Cala a porra da boca, Teddy, e pode ser que você sobreviva a essa noite — o Iwan diz.

O Teddy se encolhe na cadeira. O Tytus olha pro Lyle no chão.

— Tirem ele daqui — o Tytus diz.

O fortão alto se junta ao grandão perto do Lyle, e eles arrastam o Lyle dois metros pelo piso da sala comigo pendurado no peito dele.

— Deixa ele em paz! — eu grito chorando. — Deixa ele em paz!

Eles botam o Lyle de pé e eu caio no chão.

— Desculpa, Frankie — o Lyle lamenta. — Eu te amo muito, Frankie. Desculpa, Frankie.

O fortão alto enfia um soco na boca do Lyle, e a minha mãe dá a volta na mesa da sala com um prato de espaguete à bolonhesa, que usa para acertar a cabeça do homem que deu o soco.

— Solta ele! — ela grita. O animal enjaulado que passou a vida inteira dentro dela, que só viu a luz do dia três ou quatro vezes na vida, passa os braços em volta do pescoço do cara fortão maior. O monstro da minha mãe está enfiando as unhas de lobisomem nas bochechas e na cara do homem, tão fundo que a pele dele se solta em marcas de fúria e sangue. Ela está uivando agora que nem quando ficou trancada todos aqueles dias no quarto da Lena. Gritos de *banshee*, apavorantes e primitivos. Nunca senti tanto medo na vida, da minha mãe, do Tytus Broz, do sangue do Lyle nas minhas mãos e no meu rosto quando ele é arrastado pelo corredor.

— Faz essa puta parar — o Tytus diz com calma.

O Iwan Krol contorna a mesa, a faca na mão, e o August dá a volta pelo outro lado pra se encontrar com o Iwan Krol no começo do corredor. O August levanta os punhos que nem um boxeador dos anos 1920. O Iwan Krol passa a lâmina na cara do August, mas o August desvia do ataque, mas aquilo foi só uma distração pro chute veloz do Iwan Krol, que derruba o August no chão e faz ele cair de costas.

— Vocês dois fiquem quietos! — o Iwan Krol grita pra gente, e corre atrás da mãe.

— Mãe, atrás de você! — eu grito. Mas ela está com muita raiva pra me entender, se agarrando desesperada aos braços do Lyle, tentando puxar ele de volta pelo corredor. O Iwan Krol muda a faca pra mão esquerda e, com dois golpes que parecem de mentira de tão rápidos e fortes, bate com o cabo da faca no lado esquerdo do rosto da minha mãe. Ela cai no chão, a cabeça pendendo frouxa sobre o ombro esquerdo, a perna direita dobrada atrás da coxa direita, como se ela fosse um desses bonecos de teste de acidentes de carro que bateu em paredes demais.

— Frankie! — o Lyle grita enquanto é arrastado pela porta. — Frankiiiieeeee!

O August e eu corremos até a mãe, mas o Iwan Krol nos espera no meio do corredor e nos leva de volta pra mesa, as nossas pernas finas de treze e catorze anos fracas demais para se firmarem no chão e resistir à força do assassino puto. Ele me puxa com tanta força que a minha camisa quase sai pela cabeça, e eu só consigo ver a cobertura de algodão laranja da frente da camisa e escuridão.

Ele nos joga nas nossas cadeiras. Ficamos de costas pra mãe, que está caída inconsciente no corredor ou até coisa pior, não sei.

— Fiquem sentados aí, porra — o Iwan Krol ordena.

Eu me esforço pra respirar com todo aquele medo, violência e confusão. O Iwan Krol pega uma corda na bolsa verde-musgo. Com movimentos rápidos, ele enrola a corda no August três vezes e o amarra com força na cadeira.

— O que você tá fazendo? — eu digo.

Tem lágrimas e catarro escorrendo pelo meu nariz, e eu mal consigo ficar sentado na cadeira, mas o August continua sentado em silêncio, rosnando de boca fechada pro Tytus Broz, que olha pro August.

Eu fico ofegando em meio ao choro e parece que não consigo levar ar suficiente pros pulmões. O Tytus fica incomodado com isso.

— Respira, caralho, respira — ele diz.

O August estica o pé direito e encosta no meu pé esquerdo.

O toque dele me acalma, não sei por quê. Eu respiro.

— Pronto — o Tytus diz. Ele olha com irritação pro Teddy, sentado e atordoado na cabeceira da mesa. — Se manda.

— Eles não sabem de porra nenhuma, esses meninos, Tytus — o Teddy diz com urgência na voz.

O Tytus já tá olhando de novo pro August quando responde as palavras do Teddy.

— Não vou mandar de novo.

O Teddy fica de pé, sai correndo pela sala e pelo corredor, passa por cima do corpo inconsciente da mãe. Mesmo com todo o meu medo e toda a minha preocupação pela mãe e pelo Lyle, que foi arrastado sabe-se lá pra onde, ainda tem espaço nos meus pensamentos para pensar que o Teddy é um puta de um babaca covarde.

Com o August amarrado na cadeira, sem poder mover os braços, o Iwan Krol para bem atrás de mim, a faca na mão direita ao lado da cintura. Consigo senti-lo atrás de mim, sentir o cheiro dele atrás de mim.

O Tytus respira fundo. Ele balança a cabeça, frustrado.

— Agora, garotos, me permitam explicar a infeliz situação na qual os dois se encontram — ele diz. — Se, ao longo desta discussão, parecer que estou indo rápido demais pra vocês, é só porquê, em uns quinze minutos, assim que eu sair desta casa infeliz, dois detetives vão entrar aqui pela porta da frente pra prender a sua mãe, supondo, é claro, que ela fique no mundo dos vivos, pelo papel significativo de entregadora de um esquema de tráfico de heroína em desenvolvimento no extremo oeste de Brisbane, liderado por Lyle Orlik, que, há dois minutos, desapareceu da face da terra.

— Pra onde você tá levando ele? — eu grito. — Vou contar tudo pra polícia. É você! — Eu fico de pé e nem percebo. Estou cuspindo. Estou apontando. — É você! Você tá por trás de tudo. Você é mau!

Um tapa forte do Iwan Krol na minha bochecha me faz voltar pra cadeira.

O Tytus se vira e anda pela sala. Ele vai até um armário e pega um bonequinho velho da Lena, um minerador de sal polonês feito de sal de uma caverna de sal que os ancestrais da Lena ajudaram a construir no sul da Polônia.

— Você está certo e está errado, meu jovem — o Tytus diz. — Não, você não vai contar tudo pra polícia, porque eles não vão nem falar com você. Mas, sim, eu sou o que você diz. Já aceitei esse fato há muito tempo.

Mas não sou tão mau a ponto de arrastar duas crianças pro meio do trabalho de homens maus. Deixo isso pra sujeitos como o Lyle.

Ele coloca o bonequinho de sal de volta no armário.

— Vocês sabem o que é lealdade? — o Tytus pergunta.

A gente não responde. Ele sorri.

— Isso por si só já é um tipo de lealdade, vocês ficarem calados — ele diz. — Continuam leais a um homem que não conhecem, um homem cuja lealdade a mim colocou os dois na posição em que estão agora.

Ele se vira, limpa a garganta e pensa mais um pouco.

— Agora tenho uma pergunta a fazer pra vocês, garotos, e, antes de responderem ou de decidirem não responder, só peço que considerem por um tempinho não botarem a lealdade que têm pelo Lyle antes da lealdade que têm por si mesmos, porque, como o destino cruel determinou de maneira tão trágica, vocês são as únicas coisas que os dois parecem ter agora.

Eu olho pro August. Ele não olha para mim.

O Tytus assente pro Iwan Krol, e, em um segundo, o Iwan Krol tá apertando a minha mão direita com força. Os braços colocam a palma da minha mão no tampo verde da mesa da Lena, ao lado do prato de espaguete que eu estava comendo antes do mundo desmoronar, antes das montanhas desabarem no mar, antes das estrelas caírem do céu e formarem essa noite apavorante.

— Que merda você tá fazendo?

Sinto o cheiro do sovaco dele. Sinto o cheiro do desodorante Old Spice, e as roupas estão com cheiro de cigarro. Ele está inclinado sobre mim com o peso todo no meu antebraço direito, e as mãos grandes têm ossos de ferro e estão tentando esticar o meu indicador direito, o meu indicador da sorte com a minha pinta da sorte na minha dobra do meio da sorte. A minha mão se fecha por instinto, mas ele é tão forte e tá tão louco por dentro que consigo sentir isso pelas mãos dele, a eletricidade sombria, a falta de razão, nenhuma emoção além da raiva. Ele aperta a minha mão fechada com força e o meu indicador pula, apoiado na mesa.

Sinto que vou vomitar.

O August olha pro meu dedo esticado na mesa.

— O que ele falou, August? — o Tytus pergunta.

O August olha pro Tytus.

— O que ele escreveu, August? — o Tytus pergunta.

O August finge uma expressão intrigada, confusa.

O Tytus faz sinal pro Iwan Krol atrás de mim, e a lâmina da faca toca o meu indicador, acima da primeira dobra.

Vômito. No meu estômago. Na minha garganta. O tempo passa mais devagar.

— Ele escreveu uma mensagem no ar — o Tytus diz. — O que ele disse, August?

A lâmina desce no meu dedo, tira sangue, e eu inspiro.

— Ele não fala, Tytus! — eu grito. — Ele não fala. Ele não poderia contar nem se quisesse!

O August fica olhando pro Tytus e o Tytus fica olhando pro August.

— O que ele disse, August? — o Tytus pergunta.

O August olha pro meu dedo. O Iwan Krol aperta a lâmina com mais força, tanta força agora que está cortando a minha pele e a minha carne e encostando no osso.

— A gente não sabe, Tytus, por favor! — eu grito. — A gente não sabe.

Tonto agora. Desesperado. Suando frio. O Tytus olha no fundo dos olhos do August. Assente de novo pro Iwan Krol, que empurra a faca com mais força. Old Spice e o bafo dele e aquela faca, aquela faca infinita afundando no meu tutano. No meu tutano. No meu tutano fraco. Nos meus dedos fracos.

Eu uivo de dor, um berro tão descontrolado e rouco que termina com um grito agudo, de dor e choque e descrença.

— Por favor, não faz isso — eu berro em meio às lágrimas. — Por favor, não faz isso!

A lâmina afunda ainda mais, e eu berro.

De repente, uma voz se junta ao som da sala de um lugar que não consigo entender.

Uma voz à minha esquerda que não consegui ouvir direito por causa dos meus gritos, mas a voz faz o Iwan Krol diminuir a pressão. Uma voz que eu nunca tinha ouvido na minha vida consciente. O Tytus se inclina pra mais perto da mesa, mais perto do August.

— Como é? — o Tytus diz.

Silêncio. O August lambe os lábios e limpa a garganta.

— Eu tenho uma coisa a dizer — o August diz.

E a única coisa que me convence de que não estou sonhando é o sangue que escorre do meu dedo da sorte.

O Tytus se anima. Balança a cabeça.

O August olha pra mim. Eu conheço aquele olhar. Aquele sorrisinho meio virado para cima, o jeito como o olho esquerdo se aperta. É como ele pede desculpas sem pedir desculpas. É como ele pede desculpas por uma coisa ruim que vai acontecer e sobre a qual ele não tem mais controle.

Ele se vira pro Tytus Broz.

— Seu fim é um passarinho azul morto — o August diz.

O Tytus sorri. Ele olha pro Iwan Krol, intrigado. Dá uma risadinha. Uma risadinha para manter a dignidade e disfarçar uma coisa que eu nunca esperei ver no rosto dele. Tem medo no rosto dele.

— Desculpa, August, mas você pode repetir, por favor? — o Tytus pede.

O August fala, e a voz dele parece com a minha. Eu nunca imaginei que a voz dele fosse parecida com a minha.

— Seu fim é um passarinho azul morto — ele diz.

O Tytus coça o queixo, respira fundo, os olhos apertados observando o August. Ele assente pro Iwan Krol, e a lâmina da faca bate na mesa da Lena, e o meu dedo da sorte não está mais preso à minha mão.

Os meus olhos se fecham e se abrem. Vida e escuridão. Casa e escuridão. Meu dedo da sorte com a minha pinta da sorte na mesa, numa poça de sangue. Os olhos se fecham. A escuridão. E eles abrem. O Tytus pega o meu dedo com um lenço branco de seda e o embrulha com cuidado. Os olhos se fecham. A escuridão. E se abrem.

O meu irmão, August. Os olhos se fecham. E se abrem. O meu irmão, August. Os olhos se fecham.

Escuridão.

Garoto se manda

O carro mágico. O Holden Kingswood voador. O céu mágico, azul-claro e rosa, do lado de fora da janela. Uma nuvem tão fofa e grande e deformada que na mesma hora vira a candidata perfeita pro jogo do August "O que essa nuvem parece pra você?".

— É um elefante — eu digo. — Tem as orelhas grandes, esquerda e direita, e a tromba no meio.

— Não — ele diz, porque, no sonho do carro mágico, ele fala. — É um machado. Ali estão as lâminas, do lado esquerdo e do lado direito, e o cabo que desce no meio.

O carro vira no céu, e escorregamos no banco de trás de vinil marrom.

— Por que a gente tá voando? — eu pergunto.

— A gente sempre voa — o August responde. — Mas não se preocupa não, não vai durar muito tempo.

O carro mergulha no ar e faz um arco pra esquerda em meio às nuvens.

Olho pro retrovisor. Vejo os olhos azuis profundos de Robert Bell. Os olhos azuis profundos do meu pai.

— Não quero mais ficar aqui, Gus — eu digo, a força do carro despencando nos empurra para trás.

— Eu sei — ele diz. — Mas a gente sempre acaba aqui. Não interessa o que a gente faça. Não interessa.

Tem água de baixo da gente. Mas não é como nenhuma água que eu já tenha visto. Essa água é prateada e brilha, lateja com luz prateada.

— O que é isso? — eu pergunto.

— É a lua — o August diz.

O carro se choca na superfície prateada brilhante, e a superfície se transforma em líquido enquanto o carro mergulha no verde sufocante de um mundo embaixo d'água. O Holden Kingswood mágico se enche de água, e bolhas saem da nossa boca enquanto olhamos um pro outro. August não fica incomodado de estar submerso assim, nem um pouco. Ele levanta a mão direita e estica o indicador direito e escreve três palavras na água bem devagar.

Garoto devora universo.

E eu levanto a minha mão direita, porque quero escrever uma coisa pra ele, então vou esticar o meu indicador direito, mas ele não está mais lá, só tem um buraco derramando sangue vermelho no mar. Eu grito. Em seguida, a vermelhidão. Em seguida, a escuridão.

★

Eu acordo. A visão borrada ganha foco num quarto branco de hospital. A dor latejante na minha mão direita deixa tudo mais aguçado. Tudo dentro de mim, todas as minhas células e todas as minhas moléculas de sangue, tá correndo e, então, se choca na muralha do cotoco de indicador coberto de curativo que já uniu o meu dedo da sorte com a minha pinta da sorte. Mas a dor até que não está tão ruim. Tem uma sensação quente na minha barriga. Uma sensação de que estou flutuando, uma sensação difusa e confusa e aconchegante.

Tem uma agulha no meio das costas da minha mão esquerda. Tanta sede. Tanto enjoo. Tão surreal aqui. Uma cama dura de hospital e um cobertor em cima de mim e o cheiro de remédio antisséptico. Uma cortina que parece com os velhos lençóis verde-oliva da Lena está presa a uma vara em forma de U em volta da cama do hospital. O teto é feito de placas quadradas com centenas de buraquinhos. Tem um homem sentado na minha direita, numa cadeira. Um homem alto. Um homem magro. Um homem muito magro.

— Slim.

— Como é que você tá, garoto?

— Água — eu peço.

— Aqui, amigão — ele diz.

Ele pega um copo branco de plástico num carrinho do lado da minha cama e leva aos meus lábios.

Eu bebo o copo inteiro. Ele serve outro, que bebo inteiro também, e me encosto, fraco e exausto só de fazer aquele pequeno esforço. Olho de novo pro meu dedo ausente. Um polegar perfeito, um cotoco com curativo e três outros dedos se projetando da minha mão, parecendo um cacto irregular.

— Sinto muito, garoto — o Slim diz. — Já era.

— Não — eu digo. — O Tytus Broz...

Um movimento faz a minha mão latejar de dor. O Slim assente.

— Eu sei, Eli — ele diz. — Mas fica deitado.

— Que lugar é essse?

— O Royal Brisbane.

— Cadê a minha mãe? — eu pergunto.

— Com a polícia — o Slim diz. Ele baixa a cabeça. — Você não vai poder ver ela por um tempo, Eli.

— Por quê? — eu pergunto. E as lágrimas dentro de mim sobem até os olhos da mesma forma que o sangue dentro de mim corre pro cotoco de dedo, mas não tem jeito de impedir as lágrimas, e elas jorram. — O que foi que aconteceu?

O Slim puxa a cadeira pra mais perto da cama. E olha pra mim em silêncio.

— Você sabe o que foi que aconteceu — ele diz. — E, a qualquer minuto, uma mulher chamada dra. Brennan vai vir aqui e vai querer saber o que aconteceu. E você precisa decidir o que quer contar pra ela, porque ela vai acreditar em você. Ela não acredita no que os enfermeiros da ambulância contaram pra ela, que foi o que a sua mãe contou pra eles um pouco antes da polícia chegar.

— O que ela falou?

— Ela falou que você e o August estavam brincando com um machado. Ela falou que você segurava um dos seus bonecos de *Star Wars* sobre um tronco e pediu pro August cortar o boneco no meio, e ele cortou o Darth Vader no meio junto com o seu dedo.

— Machado? — eu digo. — Eu sonhei com um machado. Com uma nuvem que parecia um machado. Foi tão claro que poderia ser uma lembrança.

— Esses são os únicos sonhos que vale a pena ter, os que a gente lembra — o Slim diz.

— O que o August falou pra polícia?

— A mesma coisa que ele fala sobre tudo — o Slim diz. — Foda-se todo mundo.

— Por que levaram o Lyle, Slim? — eu pergunto.

O Slim suspira.

— Esquece isso.

— Por quê, Slim?

O Slim respira fundo.

— Ele andava fazendo uns negócios paralelos com a Bich Dang — ele diz.

— Negócios paralelos?

— Ele estava operando pelas costas do chefe, garoto — o Slim diz. — Estava trabalhando com um objetivo. Ele tinha um plano.

— Que plano?

— Ele ia fugir. Estava chamando de "pé-de-meia". Estava juntando aos poucos uma reserva, que ia deixar quieta por um ou dois anos. Pra deixar o tempo e o mercado fazerem o valor dobrar. O Tytus ficou sabendo e reagiu como o esperado. Agora ele cortou os laços com a Bich Dang. Vai usar o Dustin Vang como fornecedor. E quando a Bich Dang descobrir sobre o Lyle, vai ser a Terceira Guerra Mundial nas ruas de Darra.

Pé-de-meia. Terceira Guerra Mundial. Descobrir sobre o Lyle. Caralho.

— Caralho — eu digo.

— Não fala palavrão, caralho.

Eu choro e passo a manga direita da camisola de hospital nos olhos.

— O que foi, Eli?

— É tudo culpa minha.

— O quê?

— A ideia foi minha, Slim. Eu que falei sobre o mercado! Eu que falei sobre oferta e procura, sobre aquilo que a gente conversou, sabe, a força-tarefa Jano, essas coisas.

O Slim tira o tabaco White Ox do bolso da camisa, enrola um cigarro que vai guardar no maço e acender assim que sair do hospital. É assim que eu sei que o Slim tá nervoso, quando ele enrola um cigarro que não pode acender.

— Quando você contou isso pra ele? — o Slim pergunta.

— Uns meses atrás — eu digo.

— Bom, ele tá fazendo isso há seis meses, garoto, então com toda certeza não é culpa sua.

— Mas... é impossível... Ele mentiu pra mim.

O Lyle mentiu. O homem que disse que não conseguia mentir. Ele mentiu pra mim.

— Tem uma diferença enorme entre mentir pra uma criança e omitir uma coisa pro próprio bem dela — o Slim argumenta.

— O que fizeram com ele, Slim?

Ele balança a cabeça.

— Não sei, amigão — ele responde com carinho. — E nem quero saber, e talvez você não devesse querer saber também.

— Não tem diferença entre mentir e omitir, Slim — eu digo. — As duas coisas são uma merda.

— Cuidado — o Slim avisa.

Talvez seja a dor no cotoco onde o meu dedo estava que coloca essa raiva em mim, ou talvez a lembrança da minha mãe apagada no chão do corredor da Lena e do Aureli Orlik.

— Eles são uns monstros, Slim. São uns psicopatas filhos da puta mandando no subúrbio. Vou contar tudo. Vou contar cada detalhe. O Iwan Krol e todos os corpos que ele fez em pedaços. Como os santos do Tytus Broz e da Bich "Sai Daqui" Dang e a porra do Dustin Vang fornecem metade da heroína de todo o oeste de Brisbane. Eles entraram na nossa casa quando a gente estava comendo espaguete e levaram o Lyle. Tiraram ele da gente, Slim.

Eu me apoio no cotovelo direito para chegar mais perto dele, e uma dor intensa se concentra em torno dos meus dedos.

— Você tem que me contar, Slim — eu digo. — Pra onde levaram ele?

O Slim balança a cabeça.

— Não sei, garoto, mas você não pode ficar pensando nisso agora. Você precisa pensar com muito cuidado sobre os motivos que a sua mãe teve pra inventar toda aquela história. Ela tá protegendo vocês, cara. Ela vai engolir essa merda por vocês dois, e vocês dois vão ter que engolir por ela.

A minha mão esquerda na testa. Eu esfrego os olhos, limpo as lágrimas. Estou tonto. Confuso. Quero sair. Quero jogar *Missile Command* no Atari. Quero olhar por dez minutos pra Jane Seymour na *Women's Weekly* da mãe. Quero tirar meleca da porra do nariz com a porra do meu indicador da sorte.

— Cadê o August? — eu pergunto.

— A polícia levou ele pra casa do teu pai.

— Quê?

— Ele é o seu guardião agora, cara — o Slim diz. — Vai cuidar de vocês agora.

— Eu não vou pra casa dele.

— É o único lugar pra onde você pode ir, garoto.

— Eu posso ficar com você.

— Você não pode ficar comigo, garoto.

— Por quê?

Agora o Slim tá perdendo a paciência. Ele não fala alto, mas é incisivo.

— Porque você não é meu filho, porra.

Não planejado. Não desejado. Não querido. Não testado. Não desenvolvido. Não alimentado. Não feito. Não estimado. Não amado. Não vivo. Não devia não podia não queria estar aqui se aquele filho da puta não tivesse arrastado a mãe pro carro dele naquela época bem naquela época. Se ela não tivesse fugido de casa. Se o pai dela não tivesse fugido dela.

Vejo o pai da minha mãe na minha cabeça, e ele parece o Tytus Broz. Vejo o filho da puta que tentou enfiar a mãe no carro, e ele parece o Tytus Broz com trinta anos a menos naquela cara de zumbi, uma faca no lugar da língua. Vejo o meu pai e não me lembro de como ele é, então ele também parece o Tytus Broz.

O Slim baixa a cabeça. Respira. Eu encosto a cabeça cheia de lágrimas no travesseiro e olho pro teto de placas quadradas. Estou contando os buracos nas placas do teto, começando pela esquerda. Um, dois, três, quatro, cinco, seis, sete...

— Olha, Eli, você está na merda agora — ele diz. — Você sabe o que eu quero dizer. Esse é um momento ruim. Mas agora você só pode ir pra cima, cara. Essa é sua Black Peter. Só melhora, cara.

Continuo olhando pro teto. Tenho uma pergunta.

— Você é um homem bom, Slim?

O Slim fica intrigado.

— Por que tá me perguntando isso?

As lágrimas jorram dos meus olhos e escorrem pelas bochechas.

— Você é um homem bom?

— Sou — o Slim diz.

Eu viro a cabeça pra ele. Ele tá olhando pela janela do meu quarto. Céu azul e nuvens.

— Eu sou um homem bom — o Slim diz. — Mas também sou mau. E todo mundo é assim, garoto. Todos nós temos um pouco de bom e um pouco de mau na gente. O difícil é aprender a ser bom o tempo todo e nunca mau. Algumas pessoas conseguem. A maioria, não.

— O Lyle é um homem bom?

— É, Eli — ele diz. — Ele é um homem bom. Em boa parte do tempo.

— Slim…

— O quê, garoto?

— Você acha que eu sou bom?

O Slim assente.

— Acho, garoto, você é legal.

— Mas eu sou bom? — eu pergunto. — Você acha que vou ser um homem bom quando crescer?

O Slim dá de ombros.

— Você é um menino bom — ele diz. — Mas acho que ser um menino bom não garante que você vai ser um homem bom.

— Acho que eu preciso ser testado — eu digo.

— Como assim?

— Preciso ser testado. Um teste de caráter. Não sei o que tem dentro de mim, Slim.

O Slim se levanta e olha o que tem escrito na bolsa do soro.

— Acho que colocaram um remédio bem forte aqui, amigão — o Slim diz, se sentando de novo.

— Tô me sentindo bem — eu digo. — Como se ainda estivesse num sonho.

— São os analgésicos, carinha — o Slim diz. — Por que você precisa ser testado? Por que não sabe que é um menino bom e pronto? Você tem o coração bom.

— Não sei, não — eu digo. — Não tenho certeza. Já pensei numas coisas horríveis. Tive pensamentos bem ruins que não podiam ser de uma pessoa boa.

— Ter pensamentos ruins e fazer coisas ruins são duas coisas diferentes — o Slim argumenta.

— Às vezes eu imagino dois alienígenas vindo pra Terra e eles têm cara de piranha e me arrastam pra espaçonave e saímos voando pelo espaço e a Terra aparece no retrovisor da espaçonave e um dos alienígenas vira pra mim do banco do motorista e comenta "Tá na hora, Eli" e eu dou uma última olhada na Terra e digo "Manda ver" e o outro alienígena aperta um botão vermelho e no retrovisor a Terra não explode que nem a Estrela da Morte, só some em silêncio do espaço... tá lá e depois não tá, como se tivesse sido apagada do universo e não destruída.

O Slim assente.

— Às vezes, Slim, eu fico pensando se você não é um ator e a mãe também e o Lyle e o Gus, ah, cara, o Gus é o melhor ator que já existiu, e vocês estão todos atuando em volta de mim, e eu tô sendo observado por aqueles alienígenas numa grande produção sobre a minha vida.

— Isso não é ruim — o Slim diz. — Só é uma maluquice do cacete, além de ser meio egocêntrico.

— Eu preciso de um teste — eu insisto. — De um momento em que a minha verdadeira personalidade possa se revelar de uma maneira natural. Eu poderia fazer uma coisa nobre sem pensar duas vezes, só fazer porque fazer coisas boas é um negócio normal pra mim, e assim vou ter certeza de que sou bom de verdade.

— Nós todos passamos por esse teste em algum momento, garoto — o Slim diz, olhando pela janela. — Você pode fazer uma coisa boa todo dia, garoto. E sabe qual vai ser a coisa boa de hoje?

— Qual?

— Confirmar a versão dos acontecimentos da sua mãe — o Slim diz.

— Qual era mesmo?

— O August cortou o seu dedo com um machado — ele diz.

— O Gus é bom — eu digo. — Não me lembro de nenhuma vez em que ele fez uma coisa ruim contra alguém que não merecia.

— As regras do que é bom e ruim não se aplicam àquele garoto — ele diz. — Ele tá num caminho diferente, na minha opinião.

— Pra onde?

— Sei lá — o Slim diz. — Pra um lugar onde só o Gus sabe chegar.

— Ele falou — eu digo.

— Quem?

— O Gus — eu digo. — Antes de eu apagar. Ele falou.

— O que foi que ele disse?

— Ele disse...

Uma mulher abre a cortina verde-oliva pela barra em forma de U. Ela usa um suéter azul de lã com a imagem de um pássaro kookaburra pousado num galho ao lado de uma folha de eucalipto. Ela usa uma calça verde-escura da cor da folha de eucalipto no suéter. O cabelo é ruivo, e ela parece pálida, uns cinquenta e tantos anos, mais ou menos. Ela olha pra mim assim que puxa a cortina. Segura uma prancheta. Ela fecha a cortina para termos privacidade.

— Como está o nosso jovem e corajoso soldado? — ela pergunta.

Ela tem sotaque irlandês. Nunca ouvi uma mulher falar com sotaque irlandês na vida real.

— Ele tá indo bem — o Slim responde.

— Bom, vamos dar uma olhada nesse curativo — ela diz.

Adoro o sotaque dela. Quero ir pra Irlanda agora mesmo com essa mulher e me deitar na grama verde perto da beirada de um precipício, comer batata cozida com sal e manteiga e pimenta e falar com sotaque irlandês sobre como qualquer coisa é possível para garotos de treze anos com sotaque irlandês.

— Meu nome é Caroline Brennan — ela diz. — E você deve ser o corajoso Eli, o jovem que perdeu o seu dedo especial.

— Como você sabia que ele era especial?

— Bom, todo indicador direito é — ela diz. — É o dedo que se usa pra apontar pras estrelas. É o que se usa pra apontar pra garota da foto da turma que você gosta. É o que se usa pra ler uma palavra bem comprida do seu livro favorito. É o que se usa pra tirar meleca e coçar a bunda, né?

A dra. Brennan diz que os cirurgiões não puderam fazer nada em relação ao meu dedo. Diz que as cirurgias de reimplante em adolescentes costumam ter de setenta a oitenta por cento de sucesso, mas reimplantes complexos têm com um elemento-chave: a existência da porra do dedo pra colocar de volta no lugar. Depois de umas doze horas sem o reimplante do dedo amputado, a taxa de sucesso de setenta a oitenta por cento vira um "Sinto muito, seu filho de uma traficante". Às vezes, ela diz, a cirurgia acaba causando mais problema do que coisa boa, principalmente quando o dedo cortado é o indicador ou o mindinho, mas isso pra mim é que nem falar prum homem passando fome flutuando numa tábua de madeira no meio do mar: "Olha só, que bom que você não tem um pedaço de presunto aí, porque acabaria tendo uma bela de uma caganeira."

Amputações que nem a minha, ela diz, na base do dedo, são ainda mais difíceis, e, mesmo se o meu desaparecido dedo adolescente surgisse de repente num balde de gelo, é improvável que as terminações nervosas se recuperassem o suficiente pra tornar o dedo mais útil do que uma coisa que eu pudesse enfiar no meio de carvão quente pra impressionar todo mundo.

— Agora levanta o pai de todos — ela diz, balançando o dedo do meio.

Eu levanto o pai de todos.

— Agora enfia no nariz — ela diz.

Ela enfia o dedo do meio dela no nariz e levanta as sobrancelhas.

O Slim abre um sorriso. Eu faço a mesma coisa, enfio o pai de todos no nariz.

— Tá vendo? — a dra. Brennan diz. — Não tem nada que o pai de todos não possa fazer que o indicador não fazia, tá ouvindo, jovem Eli? O pai de todos consegue ir até mais fundo.

Eu faço que sim e sorrio.

Ela solta com cuidado a atadura em volta do nó do dedo que não tá mais lá, e o ar na carne exposta me leva a fazer uma careta. Dou uma olhada, mas viro a cara na mesma hora com a imagem de um osso careca e branco no meio da carne, como se um dos meus dentes de trás tivesse ficado alojado numa salsicha.

— Está cicatrizando bem — ela diz.

— Quanto tempo ele vai ficar aqui, doutora? — o Slim pergunta.

— Eu queria que ele ficasse pelo menos mais dois ou três dias — ela diz. — Só pra ficar de olho se aparecer uma infecção.

Ela faz um novo curativo no ferimento. E se vira pro Slim.

— Posso falar com o Eli sozinha, por favor? — ela pede.

O Slim faz que sim. Ele se levanta e os ossos velhos dele estalam quando ele fica de pé. Ele tosse duas vezes, uma tosse chiada e feia, como se tivesse um besouro-rinoceronte entalado na laringe.

— Alguém já deu uma olhada nessa tosse? — a dra. Brennan pergunta.

— Não — o Slim diz.

— Por quê? — ela pergunta.

— Porque uma médica brilhante como você pode fazer uma besteira, tipo me deixar viver — ele diz. Ele dá uma piscadela para mim quando passa pela dra. Brennan.

— Eli tem pra onde ir? — a dra. Brennan pergunta.

— Ele vai pra casa do pai — o Slim diz.

A dra. Brennan olha para mim.

— Tudo bem por você? — ela pergunta.

O Slim fica vendo o que eu vou responder.

Eu faço que sim. E ele também.

Ele me dá uma nota de vinte dólares australianos.

— Quando acabar aqui, pega um táxi pra casa do seu coroa, tá? — ele diz. Aponta prum armário embaixo da cama de hospital. — Eu trouxe os seus sapatos e uma muda de roupa limpa.

O Slim me dá um pedaço de papel e vai na direção da porta. Tem um endereço e um número de telefone no papel.

— O endereço do seu pai — ele diz. — Não moro longe de vocês, só um pouquinho depois da ponte Hornibrook. Liga pra esse número aí se precisar de mim. É o número de uma casa de penhores embaixo do meu apartamento. Pede pra falar com o Gill.

— E o que eu digo? — eu pergunto.

— Diz pra ele que você é o melhor amigo do Slim Halliday.

E ele vai embora.

★

Sentada na lateral da cama, a dra. Brennan lê um prontuário numa prancheta.

— Me dá o seu braço — ela diz. Ela enrola uma faixa de veludo presa a uma bomba preta com formato de granada em volta do meu bíceps esquerdo.

— O que é isso?

— É pra medir a sua pressão — ela diz. — Relaxa.

Ela aperta a granada muitas vezes.

— E aí, você gosta de *Star Wars*?

Eu faço que sim.

— Eu também — ela diz. — Qual é o seu personagem favorito?

— O Han. Ou o Bobba Fett, sei lá. — Uma pausa longa. — Não, é o Han.

A dra. Brennan me encara.

— Tem certeza?

Outra pausa.

— É o Luke — eu digo. — Sempre foi. E o seu?

— Ah, o Darth Vader sem pensar duas vezes — ela diz.

Estou vendo onde ela quer chegar com aquilo. A dra. Brennan devia ser da polícia. Vou cair na dela.

— Você gosta do Vader?

— Ah, sim. Sempre gosto dos maus — ela diz. — Não tem muita história pra contar quando não existe um cara mau, né? Não dá pra ter um herói que preste sem um vilão, né?

Eu abro um sorriso.

— Quem não ia querer ser o Darth Vader? — ela diz, rindo. — Alguém fura a fila pra comprar cachorro-quente e você faz a pessoa engasgar usando a Força. — Ela faz um movimento de pinça com o polegar e o indicador.

Dou uma risada e faço o mesmo gesto no ar.

— Eu acho a sua falta de mostarda perturbadora — eu digo, e a gente gargalha junto.

Pelo rabo do olho, vejo um garoto parado na porta do quarto. Ele usa uma camisola azul-clara que nem eu. Está com a cabeça raspada com só uma mecha de cabelo que parece um rabo de rato comprido preso à parte de trás da cabeça, caída sobre o ombro. A mão esquerda segura um suporte intravenoso móvel que leva o soro, preso na mão dele.

— O que foi, Christopher? — a dra. Brennan pergunta.

Ele deve ter uns onze anos. Tem uma cicatriz em cima do lábio que faz ele parecer o último garoto de onze anos com soro intravenoso que eu ia querer encontrar num beco escuro. Ele coça a bunda.

— O Tang tá fraco de novo — ele diz.

A dra. Brennan suspira.

— Christopher, tem o dobro de pó da última vez — ela diz.

Ele balança a cabeça e sai andando.

— Eu tô morrendo e tudo que eu ganho é um Tang fraco? — ele diz, indo pro corredor.

A dra. Brennan levanta as sobrancelhas.

— Desculpa — ela diz.

— Ele tá morrendo de quê? — eu pergunto.

— O pobre coitado tem um tumor do tamanho da Ayers Rock no cérebro — ela diz.

— Dá pra fazer alguma coisa?

— Talvez — ela diz enquanto anota a minha pressão numa folha da prancheta. — Talvez não. Às vezes, não tem nada a ver com medicina.

— Você tá falando de quê?... Deus?

— Ah, não, Deus não. Estou falando de Deug.

— Quem é Deug?

— É o irmão mais novo e mal-humorado de Deus — ela diz. — Enquanto Deus está fazendo os Himalaias, o infeliz do Deug tá colocando tumores na cabeça de rapazes de Brisbane.

— Então, o Deug tem que responder por muita coisa — eu digo.

— O Deug está entre nós — ela diz. — Onde a gente estava mesmo?

— No Vader.

— Ah, é, então você não gosta do Vader, né? — ela diz. — Você e o seu irmão queriam cortar ele no meio com um machado, pelo que eu fiquei sabendo.

— A gente tava com raiva porque ele matou o Obi-Wan.

Ela me encara e apoia a prancheta na cama.

— Eli, você já ouviu o ditado que diz "Não vem com malandragem pra cima do malandro"?

— O Slim adora esse — eu digo.

— Ah, com certeza. Sabe, eu vejo muita merda por aqui — ela diz, o sotaque irlandês fazendo a frase parecer que ela tá falando de um lindo amanhecer. — Já vi merda verde e merda amarela e merda preta e merda roxa com bolinhas e merda tão grossa que dá pra jogar em cima da cabeça da sua sogra e fazer ela desmaiar. Já vi merdas saírem de buracos que você nem imagina que existam. Já vi merda arrebentar cus de mulheres e de homens, mas nunca vi uma merda tão perigosa quanto a que tá saindo da sua boca agora.

Ela fala com tanto amor e compaixão sobre aquela merda toda que eu acabo rindo.

— Desculpa — eu digo.

— Tem coisas que você pode fazer — ela diz. — Tem lugares pra onde pode ir pra ficar protegido, pessoas em quem pode confiar. Ainda tem gente nessa cidade que é mais poderosa que a polícia. Ainda tem alguns Luke Skywalkers em Brisbane, Eli.

— Heróis? — eu pergunto.

— Não dá pra ter tantos vilões andando por aí sem ter uns heróis também — ela diz.

★

Caro Alex,

Cumprimentos da ala infantil do Royal Brisbane Hospital. Primeiro de tudo, desculpe a minha letra horrível. Há uns dias, perdi o indicador direito (é uma história muito longa), mas consigo segurar uma esferográfica Bic direitinho entre o pai de todos, o polegar e o anelar direito. A minha médica, a dra. Brennan, quer que eu comece a usar as mãos, e ela disse que escrever uma carta era uma coisa boa pra fazer o sangue circular pelos dedos. Como você está, e os rapazes e o gato Tripé? Desculpa por não poder contar nada de novo sobre Days of Our Lives, *só tem uma televisão na ala infantil e ela tá sempre ligada no* Play School. *Você já ficou no hospital? Não é ruim. A dra. Brennan é bem legal e ela fala com um sotaque irlandês que acho que os rapazes da Divisão 2 iam gostar muito. O jantar é um pouco pesado (cordeiro assado), mas o café da manhã (Corn Flakes) e o almoço (sanduíche de frango) são ótimos. Eu até ficaria mais tempo aqui, mas não posso porque tenho um trabalho a fazer. Andei pensando em heróis, Alex. Você já teve um herói? Alguém que te salvou? Alguém que te deixou em segurança?. O que torna uma pessoa um herói? O Luke Skywalker não decidiu ser herói. Ele só queria encontrar o Obi-Wan. Mas aí decidiu sair da zona de conforto. Decidiu seguir o seu coração. Talvez isso seja o necessário pra alguém se tornar um herói, Alex. Seguir o seu coração. Ir mais longe. Pode ser que você não consiga escrever pra mim por um tempo porque vou passar um tempo longe. Tenho uma missão, vou partir numa aventura. Estabeleci a minha meta e tenho a força de vontade pra alcançar ela. Lembra o que o Slim sempre diz sobre as quatro coisas: momento, planejamento, sorte e crença. Acho que é como a vida. Acho que é como viver. Vou escrever quando puder, mas, se não tiver notícias minhas por um tempo, quero agradecer por todas as cartas e por você ser meu amigo. Tenho muito mais a dizer, mas vou ter que deixar pra outro dia, porque o meu momento está quase chegando e o meu tempo está passando. Como areia numa ampulheta. Rá!*

Seu amigo pra sempre,

Eli

★

O Slim sempre teve autoconfiança pra escapar da prisão. Seguia mais ou menos este pensamento: "Se você acredita de verdade que os guardas conseguem te ver, então os guardas conseguem te ver. Mas, se você acredita de verdade que é invisível, então os guardas vão acreditar que você é invisível." Acho que era mais ou menos isso que ele dizia. Alguma coisa sobre confiança. O Houdini da Boggo Road não era tão mágico, era sorrateiro e confiante, e um movimento sorrateiro e confiante tem uma magia própria. A primeira fuga de sucesso dele da Boggo Road foi em plena luz do dia. Foi numa tarde de sol de domingo, dia 28 de janeiro de 1940. O Slim e os colegas prisioneiros da ala D estavam contornando o círculo central na direção do pátio número 4. O Slim ficou para trás no meio do grupo e acreditou que estava invisível, e ficou assim.

Há quatro fatores numa fuga de sucesso: momento, planejamento, sorte e crença. O momento foi o certo, entre as três e quatro horas da tarde de um domingo em que a maioria dos guardas da prisão cuidava da maioria dos prisioneiros da prisão num culto no pátio número 4, do lado oposto da ala D do Slim. Um plano simples. Um plano eficiente. Um plano confiante. A caminho do pátio número 4, o Slim apenas ficou invisível, saiu como um fantasma da fila de prisioneiros e entrou no pátio número 1, adjacente à ala D, o pátio mais próximo do seu destino final: as oficinas da prisão.

Então ele acreditou que ia conseguir escalar uma cerca de madeira de três metros, e conseguiu. Ele subiu na cerca em volta do pátio de exercícios número 1 e pulou numa pista abaixo, uma zona estéril que contornava os muros internos da prisão, formando um quadrado. Ele atravessou a pista até a área onde ficavam as oficinas, que costumava ser patrulhada por guardas, mas não durante o culto de domingo. Suando, morrendo de calor, silencioso e furtivo, o Slim correu até os fundos das oficinas e, invisível pros guardas, subiu numa casinha que lhe permitiu subir ainda mais no telhado das oficinas.

Lá, num lugar em que era bem visível pros guardas nas torres da prisão, ele pegou uma pinça contrabandeada e cortou a rede que cobria as janelas de ventilação da oficina. Momento, planejamento, sorte e crença. E um corpo magro. O Houdini da Boggo Road espremeu o corpo magricela pelas janelas de ventilação e caiu na parte das oficinas onde as botas eram feitas.

Cada parte das oficinas era separada por uma cerca de arame. O Slim cortou e foi passando pela cerca da oficina das botas pra dos colchões, da oficina dos colchões pra da carpintaria, da carpintaria pros teares e dos teares pro paraíso: a oficina de pincéis onde ele tinha trabalhado e escondido o seu kit de fuga.

Esse é o momento certo pra minha fuga. São três da tarde na área de brincadeiras da ala infantil, um espaço enorme de piso polido no formato de meio octógono. A área é contornada por janelas brancas, que nem as janelas da minha escola. É a mesma hora da tarde em que o Slim fez a fuga dele. O horário na ala quando a maior parte das crianças, umas dezoito de quatro a catorze anos, lutando contra coisas que iam desde apendicite e braços quebrados a concussões e ferimentos a faca e dedos cortados por fabricantes de membros artificiais, tá numa euforia de Tang e refresco verde no chá da tarde, a língua ainda vibrando com o elixir doce do creme de um biscoito Monte Carlo.

As crianças empurram caminhões e pintam borboletas com o dedo e puxam a cueca pra fora e brincam com o pinto. As crianças mais velhas leem livros, e cinco crianças veem *Romper Room* e torcem para que a gentil srta. Helena dentro da televisão as veja pelo espelho mágico dela. Um garoto ruivo gira um pião no formato de uma abelha amarela e preta. Uma garota mais ou menos da minha idade me dá um sorrisinho da mesma forma que operários de fábrica devem sorrir uns pros outros por cima de esteiras que transportam piões no formato de abelhas. Tem imagens de animais exóticos nas paredes. E o Christopher com o soro. O garoto com a Ayers Rock dentro da cabeça.

— Você tá vendo isso? — eu pergunto pra ele.

Ele tá sentado numa poltrona na frente da televisão enorme, lambendo o creme de um biscoito recheado sabor laranja.

— Não — ele responde, indignado. — Eu não vejo *Romper Room*. Pedi pra botar no *Diff'rent Strokes*, mas eles acham que tem mais crianças pequenas do que grandes aqui, então a gente tem que ver esta merda. Uma mentira escrota, se quer saber a minha opinião. Esses babaquinhas podem passar o resto da vida vendo *Romper Room*. Eu, em três meses, vou estar mortinho da silva e só queria ver um pouco de *Diff'rent Strokes*. Mas todo mundo tá cagando pra isso.

A língua dele lambe um pedaço de creme de laranja. A camisola azul-clara de hospital está amassada que nem a minha.

— Meu nome é Eli — eu digo.

— Christopher — ele diz.

— Uma pena esse negócio do seu cérebro — eu digo.

— Eu não acho — ele diz. — Não tenho mais que ir pra escola. E a minha mãe compra sorvete Golden Gaytime pra mim sempre que eu peço. É só eu falar que ela para o carro, entra correndo numa loja e compra.

Ele vê a minha mão direita com as bandagens.

— O que aconteceu com o seu dedo?

Eu chego mais perto.

— O capanga de um traficante cortou ele fora com uma faca Bowie — eu digo.

— Puta merda — o Christopher diz. — Por que ele faria isso?

— Porque o meu irmão não quis contar pro traficante uma coisa que ele queria saber.

— O que ele queria saber?

— Sei lá.

— Por que o seu irmão não contou?

— Porque ele não fala.

— Por que foram perguntar pra ele se ele não fala?

— Porque ele acabou falando.

— E o que ele disse?

— Seu fim é um passarinho azul morto.

— Quê? — o Christopher pergunta.

— Esquece — eu digo, me inclinando pra perto da cadeira dele e sussurrando: — Escuta, tá vendo aquele cara ali?

O Christopher acompanha o meu olhar até o outro lado da sala, onde um operário está colocando armários ao lado da mesa da administração. O Christopher assente.

— Ele tem uma caixa de ferramentas perto dos pés, e dentro da caixa de ferramentas tem uma caixa de cigarros Benson & Hedges Extra Mild e um isqueiro roxo — eu digo.

— E daí? — o Christopher diz.

— E daí que eu preciso que você vá até lá e faça uma pergunta quando ele estiver de costas pra caixa de ferramentas — eu digo. — Você cria uma alheação enquanto eu chego por trás e roubo o isqueiro dele.

O Christopher parece intrigado.

— O que é uma alheação?

É o que o Slim criou em dezembro de 1953, depois de receber a sentença de prisão perpétua. Na oficina de colchões na divisão número 2, ele construiu uma montanha de colchões de fibra e algodão e botou fogo nela. A montanha de colchões em chamas foi uma alheação pros guardas, que não sabiam se deviam apagar o fogo ou ir atrás do prisioneiro mais notório da Boggo Road, que já estava subindo por uma escada improvisada na direção da claraboia da oficina. Só que a alheação do Slim foi o que atrapalhou ele, porque as chamas chegaram no telhado onde ele estava, destruindo a cobertura de arame da claraboia, e respirar muita fumaça fez ele cair cinco metros. Mas a lição persiste: o fogo deixa as pessoas malucas.

— É uma coisa que tira a atenção — eu digo. — Olha a minha mão.

Eu balanço a mão direita fechada bem alto e em círculos, e os olhos verdes do Christopher acompanham o movimento com tanta atenção que ele não vê a minha outra mão se aproximar e puxar a orelha dele.

— Te peguei — eu digo.

Ele sorri e faz que sim.

— E pra que você precisa do isqueiro? — o Christopher pergunta.

— Pra botar fogo naquele *Anne de Green Gables* ali, perto da estante de livros.

— Alheação?

— Você aprende rápido — eu digo. — O seu cérebro ainda tá funcionando direitinho. Uma alheação grande o suficiente pra fazer aquelas enfermeiras da administração virem correndo pra cá enquanto faço a minha fuga triunfante pela porta que elas sempre tão vigiando.

— Pra onde você vai?

— Vou por aí, Christopher — eu respondo, assentindo. — Eu vou por aí.

O Christopher faz que sim.

— Quer vir comigo? — eu pergunto.

O Christopher pensa um pouco na proposta.

— Não — ele diz. — Esses retardados ainda acham que podem me salvar, então é melhor eu ficar aqui mais um pouco.

Ele se levanta e tira a agulha enfiada na mão que o liga ao saco de soro.

— O que você tá fazendo? — eu pergunto.

Ele já está indo na direção da TV quando vira a cabeça de leve.

— Uma alheação — ele diz.

A televisão é do tamanho normal e, se fosse virada de lado, chegaria à cintura do Christopher. Ele se inclina por cima dela e segura a parte de trás com a mão esquerda e coloca a mão direita na base. Com um movimento forte e direto, os braços finos jogam a televisão por cima do ombro. As crianças deitadas de bruços no tapete arco-íris vendo *Romper Room* olham confusas e sem acreditar quando a srta. Helena dentro da TV é inclinada na diagonal enquanto o Christopher levanta a televisão em uma fúria de dentes trincados.

— Eu disse que queria ver *Diff'rent Strokes*! — ele grita.

Vou indo devagar para trás, na direção da administração, quando quatro enfermeiras vêm correndo de lá e cercam o Christopher num semicírculo histérico. Uma enfermeira mais nova leva as crianças menores para longe do Christopher, enquanto a mais velha se aproxima dele que nem um negociador da polícia se aproximaria de um homem com um colete de dinamite.

— Christopher... coloca... essa... televisão... no chão... agora.

Já tô na porta quando o Christopher cambaleia pra trás com a televisão acima da cabeça, o fio esticado e prestes a ser arrancado da tomada. Ele tá cantando uma coisa.

— Christopher! — a enfermeira grita.

Ele tá cantando a música-tema de *Diff'rent Strokes*. É uma música sobre compreensão e inclusão e diferença; sobre alguns que nascem com menos do que outros e mais do que outros ao mesmo tempo. Uma música sobre conexão.

Ele dá três, quatro, cinco passos pra trás, que nem o monstro de Frankenstein, vira o quadril pra pegar impulso e joga a televisão e a gentil srta. Helena sorrindo ali dentro direto pelo vidro da janelinha branca mais próxima, prum destino desconhecido. As enfermeiras ofegam, e o

Christopher se vira com os braços erguidos, um "V" de vitória. Ele grita de triunfo, e, quando todas as enfermeiras agarram ele ao mesmo tempo, o seu olhar acaba se encontrando com o meu na porta de entrada com toda a sua loucura de alheação. Ele dá uma piscadela forte com o olho esquerdo, e o melhor que posso fazer pra agradecer é socar o ar antes de sair pela porta pra liberdade.

⋆

Momento, planejamento, sorte, crença. Planejamento. Depois que o Slim cortou a cerca da oficina de botas e da oficina de colchões e da oficina de carpintaria e da oficina de teares naquela ousada fuga de 28 de janeiro de 1940, ele saiu pela cerca de arame da oficina de pincéis e encontrou o seu kit de fuga.

O Slim foi paciente até nos primeiros dias, antes dos períodos mais longos na Black Peter. Ele levou o tempo necessário pra montar o kit de fuga entre as patrulhas dos guardas das oficinas, porque o que ele mais tinha era tempo. Ele curtiu o planejamento, encontrou consolo na criatividade sorrateira e cheia de adrenalina da busca pela liberdade. A preparação e o armazenamento em segredo de ferramentas de fuga lhe deram alegria e foco num mundo infeliz. Em meio aos olhares atentos dos guardas, o Slim passou meses elaborando uma corda de fuga de nove metros, feita de fibra de coco trançada, o mesmo material que eles usavam pra fazer as esteiras na oficina de tapetes da prisão, o mesmo material com que fizeram a esteira onde o Slim se deitou na Black Peter fria, úmida e escura. A cada meio metro da corda, ele dava nós duplos para formar apoios. Dentro do kit de fuga havia uma segunda corda de três metros e duas varetas de rede presas, formando uma cruz que ele prendeu à corda.

Com o kit de fuga, ele subiu até o teto da oficina de pincéis, abrindo caminho pela cerca de arame de uma janela e se viu de novo no telhado da oficina, agora numa posição invisível pros guardas das torres, o calcanhar de aquiles da prisão, um ponto cego perfeito que o Slim descobriu depois de horas e horas e horas andando pelo pátio da prisão com a cabeça virada pro alto e fazendo desenhos geométricos rudimentares entre as variáveis das torres, do telhado da oficina e da liberdade.

Ele usou a corda mais curta para descer do telhado da oficina e queimou as mãos enquanto fazia isso. Agora de volta à pista interna que envolve a prisão, ele olhou pra altura desafiadora do muro de tijolos de oito metros da penitenciária Boggo Road. Puxou a cruz de varas de rede do kit de fuga. O que tinha na mão era um gancho preso a uma corda de nove metros com apoio pros pés. E se preparou para arremessar.

Momento, planejamento, sorte, crença. Durante semanas na solitária, o Slim estudou a ciência e a técnica pra prender um gancho num muro alto. No alto do muro da Boggo Road havia cantos em que partes menores se juntavam a partes mais altas. O Slim passou semanas jogando dois palitos de fósforos amarrados em cruz e presos a um barbante por cima de um modelo em escala rudimentar do muro da prisão. Ele jogou o gancho por cima do muro e mexeu na corda pesada por toda a parte alta do muro até se prender na junção irregular em que uma seção menor do muro se juntava a uma maior. E me contou como foi a sensação de puxar a corda até ela ficar rígida naquele canto e ver o gancho se prender. O Slim disse que pareceu uma das manhãs de Natal que ele passou no velho orfanato Church of England, em Carlingford, quando o supervisor dizia a todos os órfãos magricelas que eles comeriam pudim quente de ameixa com creme de sobremesa no almoço de Natal. É esse o gosto da liberdade, disse o Slim: pudim de ameixa quente com creme. Ele subiu por aquela corda, as mãos e os pés lutando pela sobrevivência nos apoios de nós duplos, até estar sentado no alto do muro, sem ser visto no seu lindo ponto cego. Um lado da vista de lá de cima eram os jardins em flor atrás do muro do pátio número 1, o outro, a prisão espalhada de tijolos que foi o seu único lar permanente, o único endereço fixo que ele teve na vida. O Slim inspirou fundo lá em cima e virou o gancho, de forma a ficar preso agora do lado do muro voltado pra prisão que ficaria conhecido como "Salto de Halliday" e desceu pra liberdade.

★

Quatro andares entre a liberdade e eu. Aperto o botão do térreo no elevador do hospital. A primeira coisa que o Slim fez como fugitivo, depois de atravessar os jardins até a estrada Annerley, foi tirar o uniforme da prisão. Por volta das 4h10 da tarde, quando os diretores da Boggo Road chamavam o nome dele em meio aos prisioneiros, o Slim pulava cercas pelo subúrbio de Brisbane e roubava roupas novas de vários varais.

Agora eu sou o Houdini, e este é o meu truque: tirar a camisola de hospital e revelar a roupa de civil — e não de fugitivo — que estou usando por baixo, uma velha camisa polo azul-escura e uma calça jeans preta junto com os meus tênis de corrida cinza Dunlop KT-26. Enrolo a camisola numa bola de tecido azul, que seguro na mão esquerda quando o elevador para no segundo andar.

Dois médicos com pranchetas na mão entram, concentrados na conversa deles.

— Eu falei pro pai do garoto que se ele está sofrendo tantas concussões no campo que ele devia considerar um esporte de baixo impacto, tipo tênis ou golfe — um médico fala enquanto vou chegando pro canto esquerdo de trás do elevador, a camisola enrolada escondida atrás do corpo.

— O que ele respondeu? — o outro médico pergunta.

— Disse que não podia tirar o filho do time porque a final está chegando — o primeiro médico diz. — Eu respondi: "Bom, sr. Newcombe, acho que a questão aqui é o que é mais importante pra você, um troféu de campeonato sub-15 ou o seu filho ainda ter função cerebral suficiente pra dizer a palavra 'campeonato'."

Os médicos balançam a cabeça. O primeiro se vira para mim. Eu abro um sorriso.

— Está perdido, amigo? — ele pergunta.

Já tinha me planejado pra isso. Ensaiei várias respostas no jantar de cordeiro assado que não comi na noite anterior.

— Não, só vim visitar o meu irmão na ala infantil — eu digo.

O elevador para no térreo.

— O seu pai e a sua mãe estão com você? — o médico pergunta.

— Estão, mas foram fumar lá fora — eu digo.

As portas do elevador se abrem, e os médicos saem pra direita, e eu saio na direção do saguão, o piso de concreto polido cheio de visitantes e enfermeiros de ambulância mexendo em macas. O primeiro médico vê o curativo na minha mão direita e me para na mesma hora.

— Ei, espera aí, garoto…

Continua andando. Continua andando. Confiança. Você tá invisível. Você acredita que tá invisível e fica invisível. Continua andando. Passa pelo bebedouro. Passa por uma família em volta de uma garota com óculos de fundo de garrafa numa cadeira de rodas. Passa por um pôster de

Norm, o pai barrigudo das propagandas de televisão que dizem "Vida. Esteja nela" que fazem o August rir.

Eu olho pra trás e vejo o primeiro médico ir até a recepção e começar a falar com uma mulher e apontar pra mim. Ando mais rápido agora. Mais rápido. Mais rápido. Você não tá invisível, idiota. Você não é mágico. Você é um garoto de treze anos prestes a ser capturado por aquele guarda grande de uma ilha do Pacífico com quem o médico tá falando, e você tá prestes a ser enviado pra morar com um pai que não conhece.

Corre.

★

O Royal Brisbane Hospital fica na rua Bowen Bridge. Eu conheço a área porque a Brisbane Exhibition, a Ekka, sempre acontece em agosto naquela rua, no terreno antigo onde a mãe e o Lyle deixaram o August e eu comermos todo o nosso saquinho de Milky Way numa tarde enquanto víamos cinco homens da Tasmânia cortar troncos entre os pés com machadadas fortes e depois serem recebidos com aplausos. A gente pegou o trem de volta pra Darra na estação Bowen Hills, em algum lugar aqui perto, e no trem eu vomitei todo o meu saquinho de Milky Way numa sacolinha temática do exército, que tinha uma metralhadora de plástico, uma granada de plástico, uma tira de munição e uma faixa de cabeça camuflada, que eu queria usar em várias missões de resgate secretas pelas ruas de Darra antes de ela ficar afogada no vômito composto de duas partes de pasta de chocolate e uma de cachorro-quente.

A lua aparece mesmo sendo de tarde do lado de fora do hospital. Carros passam pela rua Bowen Bridge. Tem uma caixa elétrica grande do lado do hospital. Vou pra trás dela e vejo o segurança de uma ilha do Pacífico sair correndo pela porta. Ele olha pra esquerda, pra direita, pra esquerda de novo. Procurando pistas e não encontrando nada. Ele se aproxima de uma mulher de cardigã verde e chinelos de pano que está fumando na cadeira do ponto de ônibus, onde tem uma lixeira com cinzeiro.

O negócio é correr agora. Me misturar à multidão de pessoas atravessando a rua movimentada no sinal. Entrar no meio da multidão. Garoto em fuga. Garoto engana a equipe do hospital. Garoto engana mundo. Garoto engana universo.

Eu conheço essa rua. Foi aqui que entramos na Brisbane Exhibition. O Lyle e a mãe compraram os ingressos com um cara num buraco de concreto numa parede. A gente passou pelos estábulos de cavalos e merda de vaca e cem bodes e um celeiro cheio de galinhas e merda de galinha. Depois, a gente desceu por uma colina e chegou ao centro do evento, e o August e eu imploramos pro Lyle nos levar no trem fantasma e depois no labirinto de espelhos, onde eu entrei e entrei por portas, mas só via a mim mesmo. Tenho que continuar andando. Encontrar alguém, qualquer um. Que nem esse cara.

— Com licença — eu digo.

Ele usa um casacão verde-musgo e um gorro, e está com uma garrafa grande de Coca entre as pernas cruzadas, encostado no muro de concreto em volta do terreno da feira. A garrafa de Coca é do tipo que o August e eu recolhemos e de vez em quando devolvemos na loja da esquina em Oxley, e a senhora que cuida da loja nos dá vinte centavos pelo nosso esforço, e a gente gasta esses vinte centavos em vinte caramelos de um centavo. Tem um líquido transparente na garrafa do homem, e sinto pelo cheiro que é álcool que serve como solvente. Ele olha pra mim, os lábios tremendo, os olhos se ajustando ao sol acima dos meus ombros.

— Você pode me dizer o caminho pra estação de trem? — eu pergunto.

— Batman — ele diz, a cabeça balançando.

— Hã?

— Batman! — ele berra.

— Batman?

Ele canta a música-tema da série de televisão.

— *Nananananananana... Batman!* — ele grita.

Ele está bronzeado do sol e suando dentro do casacão verde.

— É, Batman — eu concordo.

Ele aponta pro pescoço. A lateral do pescoço dele tá cheia de sangue.

— A porra do um morcego me mordeu — ele diz.

A cabeça balança de um lado pro outro, como no balanço do navio pirata que a gente andou no outono, na Brisbane Exhibition. Estou vendo agora que o olho esquerdo dele está roxo e cheio de sangue seco.

— Você tá bem? — eu pergunto. — Precisa de ajuda?

— Eu não preciso de ajuda — ele balbucia. — Eu sou o Batman.

Homens adultos. Que merda são os homens adultos. Todos uns malucos. Não dá para confiar neles. Doentes. Bizarros. Assassinos. Qual foi o caminho desse cara até se tornar o Batman numa ruazinha do centro de Brisbane? O quanto ele era bom? O quanto era mau? Quem era o pai dele? O que o pai dele fazia? E o que não fazia? De que formas outros homens adultos foderam com a vida dele?

— Onde fica a estação de trem? — eu pergunto.

— Cumé? — ele diz.

— A *estação de trem* — eu digo, mais alto.

Ele mostra o caminho, um braço direito tremendo e um dedo frouxo apontando prum cruzamento à esquerda.

— É só ir andando, Robin — ele diz.

É só ir andando.

— Valeu, Batman — eu agradeço.

Ele estica a mão.

— Aperta a minha mão — ele pede.

Estico a mão direita pra apertar a dele, mas me lembro do curativo no dedo cortado e então, nervoso, mudo pra mão esquerda.

— Bom, bom — ele diz, apertando a minha mão com firmeza.

— Valeu mesmo — eu digo.

Ele puxa a minha mão e me morde que nem um cachorro com raiva.

— Nnnngrrrrr — ele cospe, a boca tremendo na minha mão. Ele tá mordendo a minha mão, mas só tem pele na boca do homem, umas gengivas parecendo gelatinas. Eu puxo a mão de volta, e ele cai na gargalhada, a boca escancarada e alucinada. Não tem um único dente naquele sorriso.

Preciso correr.

Disparado agora. Correndo como se eu fosse Eric Grothe, o poderoso atacante do Parramatta Eels, e tem uma lateral ao meu lado e uma linha de jogadores oitenta metros na minha frente. Eu corro como se a minha vida dependesse disso. Corro como se estivesse com botas a jato nos pés e um fogo no coração que não apaga nunca. Do outro lado do cruzamento. Meus Dunlop KT-26 vão me guiar. É só confiar no design acolchoado e moderno do KT-26, os tênis mais baratos e eficientes de todo o mercado. Correr como se eu fosse o último garoto de sangue quente na terra e o mundo estivesse dominado por vampiros. Morcegos vampiros.

Correr. Passando por uma loja de carros à direita e uma cerca viva à esquerda. Correr. Passando por um prédio de tijolos de cor laranja à esquerda que ocupa todo um quarteirão. Tem um letreiro com letras elegantes no prédio. *The Courier-Mail.*

Eu paro.

É aqui que fazem. É aqui que constroem o jornal. O Slim me contou sobre esse lugar. Todos os escritores vão lá e batem os seus artigos à máquina, e o tipógrafo arruma os artigos no metal das prensas nos fundos do prédio. O Slim disse que falou com um jornalista uma vez, que contou que conseguia sentir o cheiro das histórias sendo impressas à noite. Não havia cheiro melhor, o jornalista disse pro Slim, do que a primeira página do dia seguinte sendo impressa. Eu inspiro fundo e sinto o cheiro e juro que consigo sentir o cheiro da tinta, porque talvez o prazo deles tenha chegado ao final e as rotativas já estejam trabalhando, e eu vou fazer parte daquele lugar um dia. Eu simplesmente sei; por que outro motivo o Batman banguela me mandou pra cá, pra essa rua onde os repórteres de crimes do *The Courier-Mail* arquivam os artigos e mudam o estado e mudam o mundo? O papel do Batman era pequeno, talvez, mas ele agiu bem na grande produção da *Extraordinária e inesperada mas totalmente esperada vida de Eli Bell.* É claro que ele me mandou pra cá. É claro.

Um carro de polícia passa pelo cruzamento, seguindo pela rua onde estou. São dois policiais. O do banco do passageiro olha na minha direção. Não reage. Não reage. Mas são dois policiais numa viatura, e não consigo deixar de reagir. O policial está me encarando agora. O carro vai mais devagar e continua pelo cruzamento. Hora de correr.

★

O Slim estava em fuga havia quase duas semanas quando foi denunciado por um civil no dia 9 de fevereiro de 1940. Uma caçada de amplitude estadual aconteceu por toda a New South Wales, e os carros de polícia ocupavam as estradas indo pro sul, pra onde a maioria das pessoas achava que o Slim fosse. Mas o Slim estava indo pro norte quando parou num posto de gasolina em Nundah, no subúrbio norte de Brisbane, às três da madrugada, para encher o tanque de um carro que ele tinha roubado em Clayfield. O dono do posto, um homem chamado Walter Wildman, foi acordado pelo som de gasolina sendo bombeada. Na mesma hora, foi para cima do Slim com uma espingarda de cano duplo.

— Parado! — o Wildman gritou.

— Você não atiraria num homem, não é? — o Slim argumentou.

— Claro que sim — o Wildman respondeu. — Eu explodiria a sua cabeça.

Essa admissão fez o Slim correr pro banco do motorista do carro roubado, que, por sua vez, fez o Walter Wildman disparar duas vezes no Slim, tentando explodir a cabeça dele, mas só conseguindo quebrar o para-brisa traseiro do carro. O Slim disparou pra rodovia Bruce, indo pro norte, enquanto o Walter Wildman ligava pra polícia e informava a placa do carro. Ele tinha chegado a Caboolture, uns trinta minutos de distância de Brisbane, quando um carro da polícia começou a persegui-lo, gerando uma emocionante caçada por estradas de terra e cantos cegos e valas, que acabou com o Slim batendo o carro numa cerca de arame. Depois de sair correndo pelo mato, o Slim foi cercado por uns trinta detetives da polícia de Queensland, que acabaram encontrando ele escondido atrás de um cotoco largo de árvore. A polícia levou o Slim de volta pra Boggo Road e jogou ele de novo na cela na divisão número 2 e bateu a porta da cela, e o Slim se sentou na cama dura da prisão. E abriu um sorriso.

— Por que você tava sorrindo? — eu perguntei uma vez.

— Eu estabeleci um objetivo e consegui alcançar — ele respondeu. — Finalmente, jovem Eli, esse merda de órfão que não vale porra nenhuma tinha encontrado uma coisa em que era bom. Entendi por que o cara lá de cima me fez tão alto e magro. Eu era bom pra pular muros de prisão.

★

Trilhos. Trem. Estação de Bowen Hills. Linha Ipswich, plataforma 3. Um trem parando e uma escadaria de concreto que eu desço correndo. Uns cinquenta degraus que desço de dois em dois, um olho na escada, um olho na porta aberta do trem. Um passo mal calculado e o meu tornozelo direito com o meu Dunlop KT-26 direito rolam por cima da beirada do último degrau, e caio de cara no chão áspero da plataforma 3. O meu ombro direito leva a maior parte do impacto, mas a minha bochecha e a minha orelha raspam no chão que nem o pneu da minha BMX quando eu freio e faço um cavalo de pau. Só que a porta do trem ainda tá aberta, então me levanto do chão e cambaleio, sem fôlego e grogue, na direção dela quando começa a fechar, e dou um pulo desesperado e caio lá dentro, onde três mulheres velhas que compartilham um espaço de quatro lugares se viram para mim, sem ar.

— Você tá bem? — uma das mulheres velhas pergunta segurando a bolsa no colo com as duas mãos.

Eu faço que sim, inspiro fundo e me viro para andar no corredor do trem. Tem pedrinhas grudadas na minha cara. O ar faz o ferimento aberto na minha bochecha arder. O cotoco que controlava o meu dedo cortado grita pedindo atenção. Eu me sento e respiro e rezo praquele trem parar em Darra.

★

Um subúrbio deserto no crepúsculo. Talvez o mundo tenha acabado. Talvez seja só eu, e os vampiros estejam dormindo porque ainda tá de dia. Talvez eu esteja ficando maluco e não devesse perambular assim no sol, com o efeito dos analgésicos passando, mas esse sonho fica cada vez mais real porque sinto o cheiro do meu sovaco e sinto o gosto de suor no meu lábio. Passo pelas lojas da rua da estação de Darra. Passo pelo restaurante Mama Pham's. Passo por um pacote vazio de Burger Rings voando pelo vento. Passo pelo hortifrúti. Passo pelos cabeleireiros e pelo brechó e pelo TAB. Atravesso o parque da rua Ducie, com as sementes de grama alta prendendo na barra da minha calça e nos cadarços brancos dos meus tênis. Quase lá. Quase em casa.

Cuidado agora. A rua Sandakan. Vejo a rua de longe, escondido atrás de um galho balançando no vento fraco da tarde. Não tem nenhum carro na frente da nossa casa. Não tem ninguém na rua. Sigo com cuidado e rapidez entre as árvores, fazendo zigue-zague pelo parque na direção da nossa casa. O céu tá laranja e rosa em cima da nossa casa e a noite vai caindo devagar. Voltando pra cena do crime. Eu me sinto cansado e nervoso também. Não sei bem se essa missão foi uma boa ideia. Mas tenho que ir pra um lugar. O único de sair do buraco é subindo. Ou indo mais pra baixo, eu acho. Direto pro inferno.

Atravesso a rua correndo e passo pelo portão, como se ali fosse o meu lugar, porque é a minha casa, afinal, ou é a casa do Lyle, sei lá. A casa do Lyle. O Lyle.

Não posso entrar pela frente. Tenho que entrar por trás. Se a porta dos fundos estiver trancada, tenho que tentar a janela da Lena. Se a janela da Lena estiver trancada, tenho que tentar a janela da cozinha do lado do velho vizinho Gene Crimmins, e talvez a mãe ou quem sabe eu mesmo tenha se esquecido de botar aquele pedaço de haste de cortina no trilho da janela para impedir a entrada de alguém. Alguém como eu. Alguém como eu, com grandes planos.

Alguém como eu, que vai se dar bem.

A porta dos fundos tá trancada. A janela da Lena nem se mexe. Empurro o latão de lixo preto com rodinhas até a janela da cozinha, subo nele e empurro a janela. Desliza uns cinco centímetros no trilho, e fico cheio de esperança, mas então a haste de cortina impede o movimento e perco toda a esperança. Porra. Que desespero. Vou quebrar a janela.

Saio de cima do latão. Tá escurecendo, mas ainda consigo ver embaixo da casa, o piso de terra cheio de pedras, mas nenhuma grande o bastante para o que eu quero fazer. Mas isso vai servir. Um tijolo. Deve ser um daqueles gloriosos tijolos da fábrica da estrada. Um tijolo de casa. Um tijolo de Darra. Saio de debaixo da casa e coloco o tijolo em cima do latão de rodinhas e estou subindo no latão de novo quando uma voz ecoa por cima do meu ombro.

— Tudo bem, Eli? — o Gene Crimmins pergunta, se inclinando pra fora da sala por uma janela. O espaço entre a casa do Gene e a nossa é de uns três metros, e ele consegue falar baixo. Ele é de falar baixo mesmo, o que eu sempre achei bom. Eu gosto do Gene. Ele sabe ser discreto.

— Boa tarde, Gene — eu digo, me virando pra ele e soltando o latão.

O Gene usa uma regata branca e uma calça de pijama de algodão azul. Ele repara no meu rosto.

— Caramba, cara, o que aconteceu?

— Eu tropecei quando descia a escada da estação de trem.

O Gene assente.

— Está trancado do lado de fora?

Eu faço que sim.

— A sua mãe tá em casa? — ele pergunta.

Eu faço que não.

— E o Lyle?

Eu faço que não.

Ele assente.

— Vi uns caras arrastando ele até um carro na outra noite — o Gene conta. — Pensei mesmo que não estavam levando ele pra tomar um sorvete.

Eu faço que não.

— Ele tá bem?

— Eu não sei — eu digo. — Mas quero descobrir. Só preciso entrar.

— O tijolo é pra isso?

Eu faço que sim.

— Eu nunca te vi, tá? — ele diz.

— Obrigado por ser discreto, Gene — eu agradeço.

— Você ainda é bom de agarrar como era quando brincava no quintal? — o Gene pergunta.

— Acho que sim.

— Segura aí, então — ele ordena.

Ele joga uma chave, que pego com as duas mãos. A chave tá presa a um chaveiro de canguru que também é um abridor de garrafa.

— É a chave extra que o Lyle pediu pra eu guardar no caso de um imprevisto — o Gene explica.

Eu agradeço.

— O dia tá mesmo cheio de imprevistos, Gene — eu digo.

— Pra caralho — o Gene concorda.

★

A casa tá escura e silenciosa. Deixo as luzes apagadas. Os nossos pratos da noite do espaguete tão no escorredor ao lado da pia. Alguém lavou a louça. Deve ter sido o Slim. Coloco a mão embaixo da água da torneira e tomo um golão d'água. Abro a geladeira e acho um pedaço de salsichão e um pedaço de queijo Coon. Fico pensando como é que o Slim comia enquanto fugia. Talvez ele bebesse água dos rios e roubasse ovos de galinheiros ou roubasse pães quando os padeiros não estavam olhando ou arrancasse laranjas de árvores. Ficar alimentado e hidratado é uma atividade pública, e muitas vezes a gente tem que se arriscar para fazer isso. Tem um pedaço de pão Tip-Top na bancada da cozinha, dá pra sentir o cheiro no escuro, e na mesma hora eu sei que o pão tá mofado. Dou mordidas no salsichão e no queijo, e misturo os dois na boca. Não é a mesma coisa sem pão, mas dá pra encher a barriga. Pego a lanterna vermelha na terceira gaveta embaixo da pia. Vou direto pro quarto da Lena.

O quarto do amor verdadeiro. O quarto de sangue. Jesus na parede. A luz da lanterna ilumina o rosto triste, e ele parece tão distante no escuro.

A minha mão direita tá latejando. O cotoco do meu indicador tá quente e cheio de sangue que não vai pra lugar nenhum. Preciso parar um pouco. Preciso parar de me mexer. Preciso me deitar. Deslizo a porta do armário, empurro os vestidos velhos da Lena. Empurro com a mão esquerda a parede dos fundos do armário, que recebe a pressão e abre. A porta secreta do Lyle.

Tem que estar aqui. Por que estaria em outro lugar?

A luz da lanterna cria uma lua do tamanho de uma bola de tênis que quica pelo piso de terra do quarto secreto do Lyle. Eu desço, e os meus Dunlops batem na terra. A lanterna encontra os quatro cantos do quarto de tijolos. Anda pelo meio do aposento, pelas paredes, pelo telefone vermelho. Tem que estar aqui. Tem que estar. Por que ele esconderia em outro lugar e não naquele quarto secreto que foi criado pra esconder coisas?

Só que o quarto tá vazio.

Eu me abaixo e procuro a porta secreta embutida na parede do quarto. Consigo segurar a aba e enfio a lanterna no túnel que o Lyle cavou até a casinha lá fora. Não tem cobra e aranha no túnel, só terra e ar denso.

Porra. Coração disparado. Preciso mijar. Não quero fazer isso. Tenho que fazer.

Eu me deito de bruços e entro engatinhando no buraco. Tomo cuidado com a minha mão direita machucada e sigo com os cotovelos arrastando no chão. A terra entra nos meus olhos quando a minha cabeça bate no teto do túnel. Respira. Fica calmo. Tá quase lá. A lanterna ilumina o túnel e consigo ver uma coisa, uma coisa no chão da cavidade da casinha. Uma caixa.

A visão faz eu me arrastar um pouco mais rápido. Sou um caranguejo. Um caranguejo-soldado. Um roxo, com o corpo que nem mármore. O August e eu deixávamos que eles subissem na gente aos montes nas praias de Bribie Island, o destino favorito do Lyle pra viagens de um dia, uma hora ao norte de Brisbane. O Lyle pegava dois ou três caranguejos com a mão, e eles apertavam os dedos dele com as garras, e ele colocava os bichos nas nossas cabeças como quem não quer nada. Chegava o pôr do sol e não havia ninguém na praia além da gente, garotos, pescando, e umas gaivota de olho nas nossas sardinhas.

A minha cabeça sai do túnel na casinha, e a lanterna ilumina uma caixa. Uma caixa branca. Uma das caixas de isopor da Bich Dang. Claro que ele colocou ela aqui. Claro que colocou na casinha.

Puxo as pernas e me encolho com a lanterna em cima da caixa e abro a tampa com a mão esquerda. E não tem nada dentro. A lanterna procura, mas, mesmo depois de mexer a luz de um lado pro outro várias vezes, continua sem ter nada lá dentro. Vazia. O Tytus Broz chegou aqui primeiro. O Tytus Broz sabe de tudo. O Tytus Broz é um dia mais velho do que o universo.

Chuta o isopor. Chuta essa porra de isopor. Chuta essa porra de vida e chuta a porra do Lyle e a porra do Tytus Broz e o psicopata do Iwan Krol e a mãe e o August e o escroto do Teddy e a porra do Slim, que nunca deve ter ligado muito pra mim se não quis me levar pra casa com ele no momento que eu mais precisei. O Slim, entre todo mundo, que eu achava que sabia o que era ser sacaneado pela vida e não ser querido e nem desejado.

O Dunlop direito tá todo fodido agora. Pedaços de isopor se espalham no chão da casinha e caem no piso de serragem, em formatos estranhos, que nem países desconectados num mapa-múndi. E o que é essa porra nos meus olhos, esse líquido escroto que aparece toda vez? Enche os meus olhos e a minha cara, e eu respiro com dificuldade de tanto que aquilo tem saindo de mim. Acabou. É assim que eu morro. De tanto chorar. Vou chorar até morrer desidratado bem aqui nesse buraco de merda. Um fim de merda pra uma existência de merda. A Caitlyn Spies pode escrever a minha história no *South-West Star.*

O corpo de Eli Bell, de treze anos, que estava desaparecido havia oito semanas após fugir de um hospital, foi encontrado ontem no fundo de uma fossa de merda. Aparentemente, ele tinha destruído a caixa que esperava que fosse salvar a vida do único homem que já amou. Seu único parente disponível, o irmão mais velho August Bell, não quis tecer comentários.

A Caitlyn Spies. Caio no chão, exausto. Apoio a minha bunda magra na serragem e expiro enquanto encosto as costas na parede de madeira áspera do buraco da casinha. Fecha os olhos. Respira. E dorme. Dorme. Apaga a lanterna e coloca ela no colo. Tá quente no buraco. Aconchegante. Dorme agora. Dorme.

Vejo a Caitlyn Spies. Vejo ela agora. Ela tá andando no pôr do sol da praia de Bribie Island. Tem milhares de caranguejos-soldados na frente dela, mas eles abrem caminho para ela, formam um caminho de areia perfeita de Queensland, e ela anda devagar, agradecendo aos caranguejos-soldados esforçados com as palmas das mãos abertas. Ela tem cabelo castanho, que voa na brisa do mar, e vejo o rosto dela apesar de nunca ter visto o rosto dela. Os olhos são profundos e verdes e inteligentes, e ela sorri porque me conhece do mesmo jeito que sabe tudo sobre tudo. Os caranguejos-soldados aos pés dela e o sol descendo no céu e o lábio superior que se curva um pouco quando ela sorri. A Caitlyn Spies. A garota mais bonita que eu nunca vi. Ela quer me contar uma coisa. "Chega mais perto. Chega mais perto", ela diz, "pra eu poder sussurrar." Ela move os lábios e as palavras dela são familiares. "Garoto devora universo", ela diz.

E ela vira a cabeça e olha pro que já foi o oceano Pacífico, mas que agora é uma galáxia enorme de estrelas e planetas e supernovas e mil eventos astronômicos acontecendo ao mesmo tempo. Explosões em rosa e roxo. Momentos de combustão em laranja e verde e amarelo e todas aquelas estrelas cintilantes na eterna tela preta do espaço. Estamos na beira do universo, e o universo acaba e começa aqui. E Saturno está ao alcance das nossas mãos. E os anéis começam a vibrar. *Zum. Zum.* E os anéis vibram que nem um telefone. *Trim. Trim.*

— Não vai atender? — a Caitlyn Spies pergunta.

Um telefone. Eu abro os olhos. É o som de um telefone. *Trim, trim.* Voltar pelo túnel secreto, voltar pro quarto secreto. O telefone vermelho secreto do Lyle está tocando.

Engatinho de volta. Tem terra úmida embaixo dos meus joelhos machucados e dos meus cotovelos ralados. Essa ligação é importante demais. Essa ligação acontece no momento perfeito. Quais são as chances? Eu estar aqui embaixo e o telefone tocar logo agora? Chego do outro lado do túnel e me levanto dentro do quarto secreto, e o telefone ainda tá tocando. Não dá para acreditar. O velho Eli Bell, o sortudo no lugar certo de novo, bem no quarto secreto, bem no horário que ele nem sabia qual era. Estico a mão pra pegar o telefone vermelho secreto da base vermelha secreta de teclas. Espera. Pensa nessa coincidência incrível. Eu aqui embaixo bem na hora que o telefone toca. É uma coisa extraordinária para quem não sabe que eu tô aqui embaixo. Mas não é tão extraordinária assim se eu fui visto tentando entrar pela janela da cozinha. Não é tão extraordinária assim se o Gene Crimmins caiu no papo do Tytus Broz e estava me enganando com toda aquela gentileza pela janela. Não é tão extraordinária assim se o Iwan Krol tá esperando lá fora num carro, ouvindo The Carpenters baixinho enquanto afia a Bowie.

Trim, trim. Ah, foda-se. Às vezes, quando Saturno liga, você tem que atender.

— Alô — eu digo.

— Oi, Eli — a voz do outro lado da linha diz.

É a mesma voz da outra vez. A voz de um homem. Um tipo real de homem. Grave e rouca, até um pouco cansada talvez.

— É você, não é? — eu pergunto. — É o cara com quem eu falei quando o Lyle disse que eu não estava falando com ninguém, mas eu estava.

— Acho que sou eu sim — o homem diz.

— Como você sabia que eu tava aqui?

— Eu não sabia.

— Então foi um puta golpe de sorte você ter me encontrado, porque eu só tava de passagem.

— Não foi tanta sorte assim — ele diz. — Devo ligar pra esse número umas quarenta vezes por dia.

— Pra que número você liga?

— Eu ligo pro número do Eli Bell — ele responde.

— E que número é esse?

— 773-8173.

— Isso é maluquice — eu digo. — Esse telefone não recebe chamadas.

— Quem falou isso?

— O Lyle.

— Mas isso não é uma chamada, é?

— É.

— Então acho que o telefone deve receber chamadas. Agora me fala, onde você tá?

— Como assim?

— Em que estágio da vida você tá?

— Bom, eu tenho treze anos e...

— Tá, tá — ele interrompe com urgência na voz. — Seja mais específico. O Natal tá perto?

— Hã?

— Deixa pra lá — ele diz. — O que você tá fazendo agora e por quê? E não minta, eu vou saber se estiver mentindo.

— Por que eu deveria contar alguma coisa pra você?

— Porque eu preciso contar uma coisa importante sobre a sua mãe, Eli — ele responde, frustrado. — Mas antes preciso que me fale o que acabou de acontecer com você e com a sua família.

— O Lyle foi levado por uns caras que trabalham pro Tytus Broz — eu digo. — Depois o Iwan Krol cortou o meu dedo da sorte fora e eu desmaiei e acordei num hospital e o Slim me contou que a minha mãe foi levada pra prisão feminina da Boggo Road e o Gus foi enviado pra casa do meu pai em Bracken Ridge e eu fugi do hospital e estou fugindo que nem o Slim em 1940 e vim pra cá procurar... procurar...

— Pelas drogas — o homem diz. — Você queria encontrar a heroína escondida do Lyle porque achou que podia levar ela pro Tytus Broz e ele talvez topasse trocar as drogas pelo Lyle, mas...

— Sumiu — eu digo. — O Tytus pegou as drogas antes de mim. Pegou as drogas e o Lyle. Pegou tudo.

Eu bocejo. Estou cansado.

— Estou cansado — eu digo ao telefone. — Estou cansado pra cacete. Acho que estou sonhando. Isso é um sonho.

Meus olhos já estão fechando de exaustão.

— Não é sonho, Eli — o homem diz.

— Isso é maluquice — eu digo, tonto, confuso. Sinto um arrepio de febre. — Como foi que você me encontrou?

— Foi você que atendeu o telefone, Eli.

— Não tô entendendo. Cansado demais.

— Você precisa me escutar, Eli.

— Tá bom, tô escutando — eu digo.

— Está mesmo? — o homem pergunta.

— Tô sim.

Uma longa pausa.

— A sua mãe não vai sobreviver ao Natal — o homem diz.

— Como assim?

— Ela está em obs — ele diz.

— Que isso?

— Em observação, Eli — ele responde. — Em vigília de suicídio.

— Quem é você?

Me sinto enjoado. Preciso dormir. Tô com febre.

— O Natal tá perto, Eli — o homem diz.

— Você só tá me assustando e eu preciso dormir — eu digo.

— O Natal tá perto, Eli — ele diz. — Ouça os sinos do trenó.

— Preciso deitar um pouco.

— Os sinos do trenó, Eli — o homem diz. — Os sinos do trenó!

— Tenho que fechar os olhos.

— Os sinos do trenó — o homem repete.

Como era mesmo aquela música que ela cantava sobre os sinos do trenó? "Os sinos do trenó estão tocando, está escutando? Na rua, a neve está cintilando. O passarinho azul foi embora. O passarinho novo que vai ficar agora."

— É, os sinos do trenó — eu digo pro homem. — Seu fim é um passarinho azul morto.

E desligo o telefone e me encolho no piso de terra do quarto secreto do Lyle e finjo que a garota do Slim, a Irene, tá dormindo aqui comigo no buraco. Eu me deito na cama com ela e me aconchego na pele de porcelana e passo um braço reconfortante pelo seio quente, e ela se vira para me dar um beijo de boa-noite com o rosto da Caitlyn Spies. O rosto mais bonito que eu nunca vi.

Garoto conhece garota

A sede do jornal comunitário *South-West Star* fica na rua Spine, no Sumner Park, um subúrbio operário perto de Darra, em frente à estrada Centenary, que leva os motoristas pro centro de Brisbane, no norte, ou na direção de Darling Downs, no oeste. O escritório do jornal fica duas portas depois da borracharia do Gilbert, onde o Lyle compra pneus reciclados. Fica entre uma loja que faz instalação de películas em janelas e de uma loja de artigos pra animais de estimação chamada Pawsitively Pets. O August e eu íamos de bicicleta até a rua Spine para ir na loja de artigos do exército duas portas depois, onde tinham baionetas militares velhas e cantis da guerra do Vietnã, e a gente tentava convencer o dono, o "Bomber" Lerner (um patriota australiano bastante empolgado com o olho esquerdo esquisito que ama o país e o seu exército tanto quanto ama o Kenny Rogers) a nos mostrar a granada com o pino que a gente sabia que ele guardava num cofre embaixo da registradora.

O escritório do *South-West Star* ocupa uma parte do andar, com janelas espelhadas na frente e uma faixa vermelha estreita escrito *South-West Star* decorada com quatro estrelas cadentes vermelhas que formam o Cruzeiro do Sul. Vejo o meu reflexo no vidro espelhado. Estou mais forte do que ontem. Mais coerente. Mais confiante na mente, no corpo e no espírito. Comi uma tigela de cereal Weet-Bix com água quente da torneira da cozinha de café da manhã. Tomei banho. Botei uma camiseta marrom e uma calça jeans e os tênis Dunlop. Troquei o curativo do dedo e do resto da mão. Encontrei uma atadura nova no kit de primeiros socorros da minha mãe e prendi a gaze que a dra. Brennan já tinha usado na ferida. A minha mochila ainda estava do lado da minha cama. Era uma mochila azul de brim coberta com nomes de bandas: INXS, Cold Chisel, Led Zeppelin. Eu nunca escutei nenhuma música do Sex Pistols, mas isso não me impediu de desenhar o nome da banda na mochila dois anos atrás. No bolso da frente tem um desenho de um monstro alienígena de três braços enorme que eu criei, chamado Thurston Carbunkle, que suga crianças inteiras pelo nariz e gosta dos filmes do Alfred Hitchcock, e é por isso que está sempre usando uma camisa sem manga do *Psicose*. No meio dos rabiscos, tem várias mensagens difíceis de ler em caneta permanente que, que nem o meu cotoco latejante do dedo cortado, não envelheceu bem. "Senta aqui e gira" diz uma mensagem em cima do desenho de uma mão com o dedo do meio em pé. Tem outras mensagens que eu deveria ter tirado em nome do bom gosto, tipo: "O Kenneth Chugg ama a Amy Preston, amor verdadeiro pra sempre." A Amy Preston morreu de leucemia no último inverno. Fiquei olhando pra mochila um minuto inteiro, pensando numa época mais simples. Pré-isso. Pré-aquilo. Pré-corte da porra do dedo. Pré-aquele escroto do Tytus Broz. Enchi a mochila de roupas e comida, como algumas latas de feijão, uma barrinha de cereal e um exemplar de *Papillon — O homem que fugiu do inferno* que o Slim me emprestou, e saí pela porta dos fundos daquele buraco de Darra, sem querer voltar nunca mais. Mas tive que voltar trinta segundos depois quando percebi que tinha esquecido de mijar antes da minha longa caminhada até o Sumner Park.

Eu chego perto da vitrine para ver se consigo enxergar lá dentro, mas não vejo nada além de mim mesmo. Eu mexo na maçaneta da porta de vidro espelhado, que não se mexe. Tem um interfone oval branco do lado da porta, e aperto o botão verde que tem embaixo.

— Pois não? — uma voz pergunta pelo alto-falante.

Eu me inclino pra frente.

— Humm, eu vim...

— Aperte o botão quando falar, por favor — a voz diz.

Eu aperto o botão.

— Desculpa — eu digo.

— Como eu posso te ajudar? — a voz pergunta. É uma mulher. Uma mulher durona que tem voz de quem quebra casca de macadâmia com os olhos.

— Eu vim ver a Caitlyn Spies.

— Aperta o botão quando falar.

Eu aperto o botão.

— Desculpa de novo — eu digo, segurando o botão. — Eu vim ver a Caitlyn Spies.

— Ela tá esperando por você?

Bom, é isso. Já era. Caí no primeiro obstáculo. Ela tá me esperando? Não, ué. Uma rosa espera ser banhada pelo sol? Uma árvore espera ser atingida por um relâmpago? O mar espera que a maré suba e desça?

— Humm, sim... não — eu respondo. — Não, ela não tá me esperando.

— O que você quer falar com ela? — a mulher pergunta pelo alto-falante.

— Tenho uma história pra ela.

— Sobre o quê?

— Prefiro não dizer.

— Aperta o botão quando falar.

— Desculpa, eu prefiro não dizer.

— Bom — a mulher diz, inspirando fundo —, então talvez você possa me contar que tipo de história é pra eu poder contar pra Caitlyn que tipo de história é, já que você tá todo cheio de frescura.

— Que tipo de história é? Como assim?

— Uma notícia? Uma reportagem? Alguma coisa sobre a comunidade? Uma notícia esportiva? Uma história política? Uma história de utilidade pública? Que tipo de história é?

Penso por um momento. É uma história de crime. Uma história de pessoas desaparecidas. Uma história familiar. Uma história de irmãos. Uma história trágica. Eu aperto o botão verde.

— É uma história de amor — eu digo. E tusso. — É uma história de amor.

— Aaaaaahhhhhh — a mulher no alto-falante diz. — Eu adoro uma boa história de amor.

Ela solta uma gargalhada.

— Qual é o seu nome, Romeu? — ela pergunta.

— Eli Bell.

— Espera um segundo, Eli.

Olho pro meu reflexo no vidro da porta. O meu cabelo tá todo desgrenhado e sujo. Eu devia ter usado o pente do Lyle e um pouco do gel de cabelo do Lyle. Eu me viro e olho pra rua. Ainda em fuga. Ainda um procurado indesejado. Indesejado por todo mundo, menos pela polícia. Uma betoneira enorme passa pela rua Spine, seguido de uma van de entregas, um Nissan vermelho com tração nas quatro rodas, um Ford Falcon amarelo quadradão, o motorista jogando uma guimba de cigarro pela janela.

Um estalo soa no alto-falante.

— Ei, Romeu...

— Oi?

— Olha, ela tá um pouco ocupada agora — ela diz. — Quer deixar um telefone e contar um pouco sobre por que tá aqui, pra ela poder entrar em contato com você? Esses jornalistas tão sempre cheios de coisa pra fazer.

A maré não sobe. A maré não desce.

Eu aperto o botão verde.

— Diz pra ela que eu sei onde o Slim Halliday tá.

— Como é?

— Diz que eu sou o melhor amigo do Slim Halliday. Diz que tenho uma história pra ela.

Uma pausa longa.

— Espera um segundo.

★

Fico parado por uns três minutos, olhando pra uma fila de formigas que carrega uma trilha de migalhas até um salgado de salsicha meio comido, largado no chão do estacionamento da Pawsitively Pets. Vou associar filas de formigas com a Caitlyn Spies e vou associar salgados de salsicha meio comidos com o dia em que tentei ver a Caitlyn Spies pela primeira vez. As formigas batem as cabeças de vez em quando e param um pouco e eu me pergunto se elas tão questionando, tramando, dando ordens ou só pedindo desculpas nesses breves encontros. Uma vez, o Slim e eu ficamos olhando uma fileira de formigas marchando de um lado pro outro da escadinha da entrada da casa. Ele tava fumando nos degraus e eu perguntei o que ele achava que as formigas falavam quando se cruzavam, por que diabos elas sempre ficavam encostando uma na outra. Ele disse que as formigas tinham antenas e conversavam por elas sem falar de verdade. As formigas eram que nem o August: elas encontraram uma maneira própria de se comunicar. Falavam por sensações. Tinham pelinhos nas pontas das antenas, o Slim disse, e os pelinhos passavam cheiros, e os cheiros diziam pras outras formigas onde as coisas estavam, onde elas precisavam ir pra pegar as coisas, onde estavam indo, de onde estavam vindo.

— Feromônios de trilha de comida — o Slim disse.

— O que é um feromônio? — eu perguntei pro Slim.

— É tipo um cheiro com significado — o Slim disse. — Uma reação química que dispara uma reação social entre as formigas e aí todas elas entendem esse significado compartilhado.

— Os cheiros não podem ter significado — eu argumentei.

— Claro que podem — o Slim disse. Ele esticou o braço na frente dos degraus da casa e arrancou umas flores roxas de um arbusto de alfazema que a minha mãe tinha plantado no jardim. Esfregou as flores na mão fechada e levou as flores meio esmagadas até o meu nariz, e eu inspirei.
— Que cheiro tem? — o Slim perguntou.

— Tem o cheiro das barraquinhas do Dia das Mães na escola — eu digo.

— Então, talvez signifique a sua mãe — ele disse. — Ou talvez agora signifique essas formigas descendo os degraus do lado da alfazema da sua mãe. Bolo de frutas significa Natal. Torta de carne significa o Redcliffe Dolphins contra o Wynnun-Manly e futebol da tarde de domingo. Castanhas salgadas significam que o seu tio tá enchendo a cara. Sabonete Sunlight significa um inverno em Carlingford e o supervisor do orfanato me jogando na água gelada pra tirar a sujeira dos meus joelhos, mas a sujeira não sai porque ele me deixou ajoelhado na lama por muito tempo pra limpar os degraus de entrada do orfanato. Degraus que nem estes aqui.

Eu fiz que sim.

— Trilhas, garoto — o Slim disse. — Pra onde estamos indo. De onde viemos. É só outro jeito do mundo responder a você.

★

O alto-falante estala na porta de entrada do *South-West Star*.

— Pode entrar e contar a sua história, Romeu.

A porta é destrancada, e eu abro ela antes que feche de novo. Entro no saguão do *South-West Star.* Tem ar-condicionado aqui. Um carpete azul-acinzentado. Um garrafão d'água com copos de plástico. Uma recepção branca, uma mulher baixa e gorda atrás da recepção, com uma camisa branca e engomada e dragonas azul-marinho nos ombros. Ela sorri.

— Pode sentar, ela vem daqui a pouco — a mulher diz, indicando um sofá de dois lugares e uma poltrona do lado do garrafão. O rosto dela tá preocupado. — Você tá bem?

Eu faço que sim.

— Você não parece bem. O seu rosto tá todo vermelho e suado.

Ela olha pra minha mão.

— Quem fez esse curativo?

Eu olho pro curativo. Parte da atadura tá soltando, um pouco embolada em alguns pedaços e apertada em outros, como se eu tivesse sido atendido por um médico bêbado cego.

— Foi a minha mãe — eu respondo.

A mulher na recepção assente, duvidando.

— Pode pegar um copo d'água, se quiser — ela diz.

Encho um copo de plástico e bebo de uma vez, o copo esmagado pela minha mão esquerda. Encho outro e bebo com a mesma velocidade.

— Quantos anos você tem? — a mulher pergunta.

— Faço catorze daqui a cinco meses — eu respondo.

Estou mudando, moça da recepção, por dentro e por fora. As minhas pernas tão ficando mais compridas, que nem o meu passado. Tenho mais de vinte pelos crescendo no sovaco direito.

— Então, treze — ela diz.

Eu faço que sim.

— Os seus pais sabem que você tá aqui?

Eu faço que sim.

— Já tá caminhando há um tempo, né?

Eu faço que sim.

Ela olha pra minha mochila, perto dos meus pés.

— Vai a algum lugar? — ela pergunta.

Eu faço que sim.

— Pra onde?

— Bom, eu estava vindo pra cá. Aí, cheguei. E depois daqui, acho que vou pra outro lugar. Mas aí depende.

— Do quê? — a mulher na recepção pergunta.

— Da Caitlyn Spies.

A mulher sorri e vira a cabeça, e o que ela tá olhando me faz ficar de pé.

— Bom, essa não morre mais.

Eu me levanto do mesmo jeito que um garoto asteca de treze anos se levantaria ao ver a armada espanhola surgindo no horizonte.

Ela caminha na minha direção. Não na direção da mulher. Não na direção do garrafão. Não na direção da porta. Na minha direção. Na direção do Eli Bell. O rosto mais bonito que eu nunca vi. Eu vi aquele rosto na beira do universo. Aquele rosto falou comigo. Aquele rosto sempre falou comigo. O cabelo castanho-escuro preso e os óculos de armação grossa e preta e a blusa de manga comprida solta e branca por cima de uma calça jeans clara que cai por cima de botas de couro marrom. A mão direita segura uma caneta e um bloco amarelo pequeno, do tamanho da palma da mão.

Ela para na minha frente.

— Você conhece o Slim Halliday? — ela pergunta.

Eu fico paralisado por dois segundos e o meu cérebro manda a minha boca se abrir e o meu cérebro manda as minhas cordas vocais responderem, mas não sai nada. Tento de novo, mas não sai nada. Eli Bell. Mudo, sem nada pra dizer, parado na beira do universo. A minha voz sumiu temporariamente, me abandonou junto com a minha confiança e a minha tranquilidade. Eu me viro pro garrafão e me sirvo de outro copo. Enquanto bebo, sem que eu perceba, a minha mão com curativo começa a rabiscar o ar. *Ele é o meu melhor amigo*, eu escrevo no ar com a mão embrulhada de atadura. *Ele é o meu melhor amigo.*

— O que você tá fazendo? — a Caitlyn Spies pergunta. — O que é isso?

— Desculpa — eu digo, aliviado de ouvir alguma coisa sair da minha boca. — O meu irmão, o Gus, ele fala assim.

— Assim como? — a Caitlyn Spies pergunta. — Parecia que você queria pintar uma casa, mas não tinha pincel.

O que eu fiz parecia mesmo isso, né? Ela é tão engraçada. Tão perceptiva.

— O meu irmão, o Gus, ele não fala. Ele escreve palavras no ar.

— Ah, que fofinho — ela diz rispidamente. — Mas eu não tenho tempo pra isso, então seria bom começar a me contar como conhece o Slim Halliday.

— Ele é o meu melhor amigo — eu digo.

Ela ri.

— Você é o melhor amigo do Slim Halliday? O Slim Halliday que não é visto há três anos? A maioria das pessoas acha que ele já morreu. E você vem aqui pra me dizer que ele tá vivo e bem e é o seu melhor amigo... Quantos anos você tem, doze?

— Treze — eu digo. — Antes, o Slim era amigo do... bom... o Slim era a minha babá.

Ela balançou a cabeça.

— Os seus pais escolheram um assassino condenado como babá? — ela pergunta. — O Houdini da Boggo Road? O maior fugitivo de uma prisão australiana? Um cara que venderia os rins de um garoto de treze anos sem problema nenhum se isso fosse necessário pra uma fuga? Olha, os seus pais são bem responsáveis, hein?

Tem uma calidez no jeito dela falar. Humor e rispidez, sim, mas tem mais calidez. Talvez eu esteja sendo parcial, porque ela se parece muito com a garota dos meus sonhos, usando óculos de armação grossa estilo Clark Kent como disfarce, mas há uma calidez em tudo que ela diz. A calidez é transmitida pelo jeito como o lábio superior se curva um pouquinho no canto da boca, e tem calidez na pele das bochechas e na cor do lábio inferior vermelho e nas poças profundas dos olhos verdes que parecem as águas cheias de vitórias-régias da reserva Enoggera, onde o Lyle levou eu e o August pra nadar no dia em que compramos o Atari daquela família em Gap, no oeste arborizado de Brisbane. Eu quero mergulhar naqueles olhos verdes e gritar "Gerônimo!" e me afundar no mundo da Caitlyn Spies e nunca mais voltar pra respirar.

— Ei — ela diz, balançando a mão na minha cara. — Ei, garoto, tá aí?

— Tô aqui, sim — eu digo.

— Tá, eu sei que sim, mas você deu uma bela de uma viajada agora — ela diz. — Você começou a me olhar e foi prum outro lugar com uma expressão de bobo na cara, que nem uma girafa tentando peidar sem fazer barulho.

Essa é a minha cara mesmo, né? Ela é tão engraçada!

Eu me viro pro sofá de dois lugares e sussurro:

— A gente pode sentar um pouquinho?

Ela olha pro relógio.

— Eu tenho uma história pra você — eu insisto. — Mas preciso tomar cuidado com a forma que vou contar.

Ela respira fundo e suspira em vez de expirar. Faz que sim e senta no sofá.

Eu me sento do lado dela. Ela abre o bloco de papel e tira a tampa da caneta.

— Você vai anotar? — eu pergunto.

— Não vamos botar o carro na frente dos bois ainda — ela diz. — Como se escreve o seu nome?

— Por que você precisa saber disso?

— Porque quero tricotar um casaco com o seu nome.

Eu fico confuso.

— Pra eu poder escrever o seu nome na história direito.

— Você vai escrever uma história sobre mim?

— Se a história que você me contar valer a pena, sim — ela diz.

— Posso dar um nome falso?

— Pode — ela diz. — Me dá um nome falso.

— Theodore… Zuckerman.

— Que nome falso de merda — ela diz. — Quantos australianos você conhece que se chamam Zuckerman? Vamos escolher… ah, sei lá… Eli Bell.

— Como você sabe o meu nome?

Ela indica a mulher na recepção.

— Você falou pra Lorraine.

A Lorraine, atrás da recepção, abre um sorriso.

Eu respiro fundo.

— Nada de nomes — eu digo.

— Tudo bem, nada de nomes — ela diz. — Você deve ter uma história e tanto, Garganta Profunda.

Ela cruza as pernas e se vira para mim e me encara.

— E aí? — ela diz.

— E aí o quê? — eu pergunto.

— Me fala alguma coisa!

— Eu gostei muito do artigo "Memórias de Queensland" que você escreveu sobre o Slim.

— Obrigada.

— Gostei muito do final, quando você disse que o jeito que ele fugiu da Boggo Road pra sempre foi andando pela porta de entrada como um homem livre — eu explico.

Ela assente.

— Isso é verdade — eu digo. — No final, o maior truque dele foi sobreviver. Essa é a grande verdade. As pessoas sempre ficam falando em como ele foi engenhoso lá dentro, mas nunca falam sobre a paciência, sobre a força de vontade e sobre a determinação nem sobre quantas vezes ele pensou em engolir uma bola de elástico cheia de giletes.

— Que bela retórica — a Caitlyn diz.

— Mas você deixou de fora a parte mais comovente da história do Slim.

— Que é?

— O fato de que ele queria ser bom, mas o lado mau sempre atrapalhava os seus planos — eu digo. — Ele era como qualquer outra pessoa, tinha um lado bom e um lado mau, mas o Slim nunca teve a oportunidade de levar o lado bom nem pra dar uma volta na rua. Ele passou a maior parte da vida lá dentro, e, quando se tá lá dentro, ser bom leva a ser morto praticamente na hora.

— Você não é meio novo pra ficar pensando nas histórias de presidiários de Queensland? — a Caitlyn pergunta. — Não devia estar brincando com bonequinhos do He-Man?

— Ah, eu e o meu irmão, o Gus, a gente colocou fogo em todos os bonequinhos do He-Man usando uma lupa.

— Quantos anos o seu irmão tem? — ela pergunta.

— Catorze. Quantos anos você tem?

— Vinte e um — ela responde.

Isso me deixa triste. Não faz sentido. Por algum motivo, não parece certo.

— Você é oito anos mais velha do que eu. Quando eu tiver dezoito, você vai ter... vinte e seis?

Ela ergue uma sobrancelha.

— Quando eu tiver vinte, você vai ter...

Ela me interrompe.

— Que importância a minha idade tem pra quando você tiver vinte anos?

Eu olho de novo aqueles olhos verdes.

— Porque acho que estamos destinados a...

Ao quê, Eli? Estamos destinados ao quê? Do que você tá falando?

Das respostas pras perguntas. Seu fim é um passarinho azul morto. Caitlyn Spies.

Garoto. Devora. Universo.

Tenho certeza de que o August sabe que a gente tá destinados a ficar junto.

— Deixa pra lá. — Eu esfrego os olhos.

— Você tá bem? — a Caitlyn pergunta. — Quer que eu ligue pros seus pais?

— Não, tudo bem — eu digo. — Só tô cansado.

— O que aconteceu com a sua mão? — ela pergunta.

Olho pro curativo. O Tytus Broz. Foi pra isso que você veio aqui. Pelo Tytus Broz. Não pela Caitlyn Spies.

— Olha, vou te contar a história, mas você tem que ser bem cuidadosa com o que vai fazer com ela — eu digo. — Os homens sobre quem vou falar são muito perigosos. Esses caras fazem coisas horríveis com as pessoas.

Ela fica séria.

— Me fala o que aconteceu com a sua mão, Eli Bell.

— Você conhece um homem chamado Tytus Broz? — eu sussurro.

— Tytus Broz? — Ela reflete.

Ela começa a escrever o nome no bloco.

— Não escreve — eu digo. — Só se lembra do nome se puder. Tytus Broz.

— Tytus Broz — ela repete. — Quem é Tytus Broz?

— Foi o homem que tirou o meu...

Mas eu não termino a frase porque um punho bate na janela de vidro do escritório, acima de onde a gente tá sentado. Na mesma hora eu me abaixo e a Caitlyn Spies também. *Bang. Bang.* Duas batidas agora.

— Ah, merda — a Lorraine na recepção diz. — É o Raymond Leary.

— Chama a polícia, Lorraine — a Caitlyn diz.

★

O Raymond Leary usa um terno cor de camelo e uma gravata com uma camisa branca. Tem cinquenta e poucos anos. O rosto é redondo e o cabelo é cor de palha e espetado que nem o de um espantalho. A barriga é grande e os punhos são enormes e batem no vidro com tanta força que a vidraça sacode e o garrafão d'água sacode um pouco também. A Lorraine aperta um botão na recepção e fala no interfone.

— Sr. Leary, por favor, se afaste do vidro — ela diz.

O Raymond Leary grita.

— Me deixa entrar! — Ele encosta o rosto no vidro. — Me deixa entrar!

A Caitlyn vai até a recepção e eu vou atrás. O Raymond Leary bate no vidro de novo.

— Fica longe do vidro — a Caitlyn avisa, falando comigo.

— Quem é esse cara? — eu pergunto, indo pra perto da Caitlyn.

— O governo estadual derrubou a casa dele pra construir um acesso na rodovia Ipswich — ela responde. — O Raymond se ferrou nessa história, a esposa dele teve depressão e se jogou na frente de uma betoneira um pouco antes da nova saída ser construída em cima da casa.

— Então por que ele tá batendo aqui? — eu pergunto.

— Porque a gente não quer publicar a história dele — a Caitlyn diz.

As mãos fechadas do Raymond batem na janela.

— Liga pra polícia, Lorraine — a Caitlyn diz.

A Lorraine faz que sim. Pega o telefone.

— Por que vocês não querem contar a história dele? — eu pergunto.

— Porque o nosso jornal fez campanha pro governo construir aquela saída na estrada — ela diz. — Oitenta e nove por cento dos leitores queriam melhorias naquela parte da rodovia.

O Raymond Leary dá cinco passos metódicos pra longe do vidro.

— Porra — a Caitlyn Spies diz.

O Raymond Leary corre pra cima do vidro da janela. Eu levo um tempo pra entender que ele tá fazendo aquilo, que aquele momento é real, porque é tão errado, tão anormal, que parece impossível. Só que tá acontecendo. Ele tá mesmo correndo de cabeça na direção do vidro, e a testa larga e carnuda bate no vidro com todo o peso de, sei lá, uns cento e cinquenta quilos, e o impacto é tão dramático e forte que a Caitlyn Spies e a Lorraine atrás da recepção e eu, o Eli Bell, o aventureiro solitário, fugitivo de hospital, garoto em fuga, inspiro e me preparo pro estilhaçar inevitável de todo aquele vidro perigoso, mas ele não cede, só balança, e a cabeça do Raymond Leary vai pra trás como se ele tivesse quebrado o pescoço, e vejo os olhos dele registrarem o que ele fez e os olhos dizem que ele tá com raiva, os olhos dizem que ele agora é um animal e os olhos dizem que ele é Taurus, o Touro.

— Isso, o escritório do *South-West Star*, na rua Spine, 64, Sumner Park. Venham rápido, por favor! — a Lorraine diz ao telefone.

Ele cambaleia e consegue se equilibrar de novo, então recua, sete passos dessa vez, respira fundo e volta a sair correndo na direção do vidro. *Smack.* A cabeça dele é jogada mais para trás ainda, e as pernas cedem. Para, Raymond Leary, para. Um caroço aparece no meio da testa dele. Fica da cor e do tamanho das bolas de tênis velhas e pretas que o August e eu temos, que foram desgastadas em muitos jogos no meio da rua Sandakan. Ele recua pela terceira vez, a raiva crescendo e explodindo e crescendo de novo dentro dele a cada passo, os ombros girando, os punhos se fechando. Taurus, o Touro quer morrer hoje.

A Lorraine fala com urgência no interfone.

— Esse vidro é reforçado, sr. Leary. Não dá pra quebrar.

Ele aceita o desafio. Raymond Leary, com um surrado terno cor de camelo e um triste ataque a uma parede de vidro reforçado. Ele ataca de novo. *Whack.* E o impacto derruba ele. Ele cai em cima do ombro esquerdo. Com baba escorrendo da boca. Grogue e bêbado pela própria loucura. Ele se levanta, um rasgo no ombro esquerdo do paletó. Está tonto e confuso. Indo de um lado pro outro. Por um momento, ele vira de costas pro vidro, e é aí que eu escolho correr pra porta de entrada.

— Eli, o que você tá fazendo? — a Caitlyn Spies grita.

Eu abro a porta.

— Eli, para, não vai lá pra fora! — a Caitlyn Spies avisa. — Eli!

Eu vou lá pra fora. Saio pela porta e fecho ela rápido.

O Raymond Leary se balança que nem um bêbado. Dá três passos pro lado e para e se vira e olha pra mim. Tem um corte na testa dele, que também tá preta e inchada, e o corte sangra e o sangue vermelho desce pelo rosto, pela montanha de um nariz quebrado, pelos cumes da boca tremendo, pela planície do queixo largo com covinha até a camisa branca e a gravata.

— Para — eu digo.

Ele me encara e tenta entender, e eu acho que entende, porque ele respira, e é isso que os humanos fazem. A gente respira. E pensa. Mas também fica com raiva. Fica com muita tristeza e muita raiva.

— Por favor, para, Raymond — eu digo.

Ele respira de novo e dá um passo pra trás. Confuso com aquele momento. Confuso pelo garoto na frente dele. Do outro lado da rua, numa lanchonete que não passa de um buraco na parede que vende torta de carne e batata com molho, vários homens de macacão observam a cena.

A rua tá tranquila. Nenhum carro passa. Um momento congelado no tempo. O touro e o garoto.

Eu escuto ele respirando. Ele tá exausto. Esgotado. Alguma coisa no olhar dele aparece. Uma coisa humana.

— Eles não querem ouvir a minha história — ele diz.

Ele vira pro vidro e se vê no reflexo.

— Eu quero ouvir a sua história — eu digo.

Ele passa a mão direita na testa. Os dedos ficam cobertos de sangue e acompanham o sangue escorrendo pelo rosto. A palma da mão direita encontra o sangue agora e espalha o sangue em círculos pela testa. Ele esfrega o sangue pelo rosto todo. A cor vermelha. Ele se vira pra mim, como se tivesse acabado de acordar de um sonho. *Como eu vim parar aqui? Quem é você?* Balança a cabeça sem acreditar. E baixa a cabeça, e os operários que estavam na lanchonete atravessam a rua agora, e o Raymond Leary parece ter parado.

— Você tá bem, garoto? — um dos homens pergunta.

E, com isso, o Raymond Leary levanta a cabeça e se vê de novo no vidro e corre na própria direção no vidro e rosto ensanguentado encontra rosto ensanguentado e as duas versões do Raymond Leary caem inconscientes no chão.

Três homens atravessam correndo a rua e formam um semicírculo em volta dele.

— Qual é o problema desse cara, porra? — um dos homens pergunta.

Eu não falo nada. Só olho pro Raymond Leary. Ele tá deitado de costas, com os braços e as pernas esticados, como se tivesse sido desenhado por Da Vinci pra um estudo científico.

A Caitlyn Spies sai com cuidado pela porta e olha pro Raymond Leary derrubado no chão.

A franja da Caitlyn tá caída na testa e um vento leve sopra o cabelo e é como se uma marionete de vestido estivesse dançando na testa dela, e o sol deixa a Caitlyn Spies bonita, porque ilumina o rosto dela e a faz se mover pra fora do tempo, pra fora da vida, como se ela estivesse andando em câmera lenta na beira do universo.

Ela vai até mim. Até mim, Eli Bell. Garoto em fuga. Garoto encrencado.

Ela apoia a mão no meu ombro esquerdo. A mão dela em mim. Garoto em fuga. Garoto apaixonado.

— Você tá bem? — ela pergunta.

— Sim — eu respondo. — Ele tá...?

— Não sei — ela diz. Então olha com mais atenção pro Raymond Leary e recua, balançando a cabeça. — Você é corajoso, Eli Bell. É burro, mas é um burro corajoso.

O sol tá dentro de mim agora. O sol é o meu coração, e o mundo inteiro, os pescadores da China e os fazendeiros de milho do México e as pulgas dos cachorros de Katmandu, dependem das batidas do meu coração transbordando.

Um carro da polícia para na rua, a roda da frente batendo no meio-fio de concreto. Dois policiais saem do veículo e correm até o Raymond Leary no chão.

— Pra trás, por favor — um dos policiais diz enquanto coloca um par de luvas e se ajoelha ao lado do Raymond Leary. Tem uma poça de sangue crescendo no concreto ao lado da orelha esquerda do Raymond.

Polícia.

— Tchau, Caitlyn Spies — eu digo.

Dou um passo pra longe do pequeno grupo em volta do Raymond.

— Hã? — ela diz. — Pra onde você tá indo?

— Vou ver a minha mãe — eu digo.

— Mas e a sua história? Você não me contou a sua história.

— Não é o momento certo.

— O momento certo?

— Não é a *hora* certa — eu digo, andando pra trás.

— Você é um garoto estranho, Eli Bell — ela diz.

— Você vai esperar? — eu pergunto.

— Esperar pelo quê? — ela pergunta.

A Lorraine da recepção chama a Caitlyn do meio do grupo ao redor do Raymond Leary.

— Caitlyn — diz ela —, os policiais têm umas perguntas pra fazer.

A Caitlyn vira a cabeça pra Lorraine e para a polícia e para a cena na frente do vidro. E eu saio correndo. Corro pela rua Spine, e as minhas pernas ossudas são rápidas, mas talvez não tão rápidas quanto o Natal.

Esperar pelo universo, Caitlyn Spies. Esperar por mim.

Garoto desperta monstro

A poça da lua. Bem aqui, no limite norte da cidade. A lua cheia da meia-noite brilha pro August Bell em qualquer lugar, então por que não ia brilhar para ele em Bracken Ridge, lar do rei Arthur e dos cavaleiros da Távola Redonda?

Rua Lancelot, número 5. A casinha de tijolos cor de laranja do Robert Bell fica no Conjunto Habitacional Queensland, um amontoado de casinhas de tijolos cor de laranja na descida da colina da rua Arthur e da via Gawain e da rua Percivale e da rua Geraint. Lá está o sir August, o Mudo, sentado no meio-fio do lado de uma caixa de correio preta presa num pedaço de madeira maltratada pelo tempo. Tem uma mangueira apoiada na coxa direita dele que vai enchendo uma área plana do asfalto da rua Lancelot em ângulos precisos para refletir uma lua cheia tão vívida que o homem da lua pode ser visto com os lábios úmidos assobiando "And the Band Played Waltzing Matilda".

Eu vejo ele por trás de uma van Nissan azul estacionada cinco casas depois. Ele olha pra lua e fecha o buraco da mangueira com o dedo e a água para de correr e a poça da lua também para e reflete uma lua prateada perfeita. Ele estica a mão pra pegar um taco de golfe velho e enferrujado do lado dele, levanta, se inclina por cima da poça e olha pro próprio reflexo. Vira o taco de cabeça para baixo e, com o cabo, bate no centro da poça. E vê coisas que só ele consegue ver.

Ele levanta o rosto e me vê.

— Então quer dizer que você consegue falar quando quer? — eu comento.

Ele dá de ombros e rabisca no ar. *Desculpa, Eli.*

— Fala.

Ele baixa a cabeça. Pensa por um momento. Olha pra mim.

— Desculpa — ele diz.

Garoto tá trêmulo e frágil e nervoso e inseguro. Garoto parece eu.

— Por quê, Gus?

— Por que o quê?

— Por que você não falava nada?

Ele respira.

— É melhor assim — ele responde. — Não dá pra magoar ninguém.

— Como assim, Gus?

O August olha pra poça da lua. Ele sorri.

— Não dá pra fazer mal a você. Não dá pra fazer mal à gente. Tem coisas que eu quero falar, mas que se eu falasse, Eli, as pessoas iam ficar assustadas.

— Que coisas?

— Coisas importantes. O tipo de coisa que as pessoas não iam entender, coisas que fariam as pessoas me entender errado se eu falasse. E aí, iam entender a gente errado, Eli. E aí iam me levar, e aí quem ia cuidar de você?

— Eu posso me virar sozinho.

O August sorri. E assente.

Um poste brilha em cima da gente. Todas as luzes de todas as casas da rua tão apagadas, exceto a da sala da nossa casa.

Ele faz sinal pra eu me aproximar. Eu paro do lado dele, e olhamos pra poça da lua. *Olha isso*, ele não fala. Ele bate na poça com o taco, e as ondulações circulares se espalham pela poça do ponto central do impacto, e o nosso reflexo, a gente, irmãos, somos partidos treze ou catorze vezes.

O August rabisca no ar. *Você e eu e você e eu e você e eu e você e eu e...*

— Eu não entendo — eu digo.

Ele bate na poça de novo e aponta pras ondulações.

— Acho que tô ficando maluco, Gus — eu confesso. — Acho que tô ficando maluco. Preciso dormir. Sinto como se estivesse num sonho e essa é a parte que parece bem real, no fim, um pouquinho antes de eu acordar.

Ele faz que sim.

— Eu tô ficando maluco, Gus?

— Você não é maluco, Eli — o August diz. — Mas é especial. Nunca teve a sensação de que é especial?

— Eu não sou especial — eu digo. — Acho que só tô cansado.

Nós dois olhamos pra poça da lua.

— Você vai falar com as pessoas agora?

O August dá de ombros.

— Ainda tô pensando nisso — responde ele. — Será que posso falar só com você?

— Bem, você tem que começar de algum lugar.

— Sabe o que eu percebi em todo o tempo que fiquei de boca fechada?

— O quê?

— A maioria das coisas ditas não precisam ser ditas.

Ele bate na poça da lua.

— Eu ando pensando em todas as coisas que o Lyle disse pra mim — o August diz. — Ele disse tanta coisa e acho que todas elas somadas não diriam o tanto que ele me disse quando passou o braço pelos meus ombros.

— O que o Lyle disse pra você na mesa?

— Ele me disse onde as drogas estão.

— Onde? — eu pergunto.

— Não vou dizer.

— Por quê?

— Porque ele também me mandou te proteger.

— Por quê?

— O Lyle também sabia que você era especial, Eli.

Eu conto a minha aventura pra ele. Conto sobre a minha missão. Conto que conheci a Caitlyn Spies. Conto como ela é linda. Conto que tudo nela parecia certo.

— Eu tenho a sensação de que conheço ela — eu digo. — Mas é impossível, né?

O August faz que sim.

— Como você sabia o nome dela naquele dia? — eu pergunto. — Naquele dia em que você tava sentado no muro de casa e ficou escrevendo o nome dela sem parar? Essa é uma das coisas importantes? Uma das coisas que você sabe, mas que não pode dizer porque é melhor não falar nada?

O August dá de ombros.

— Eu só tinha visto o nome dela no jornal — ele responde.

Eu conto tudo sobre o rosto dela. Sobre o jeito como ela anda. Sobre o jeito como ela fala.

Eu conto tudo. Sobre a minha fuga do hospital, o meu encontro com o Batman, a volta pra Darra, a volta pro quarto secreto e a mensagem do homem no telefone sobre a mãe.

A minha história é interrompida por um uivo que vem da sala da casa número 5 da rua Lancelot.

— Que porra é essa?

— É o pai — o August diz.

— Ele tá morrendo lá dentro?

— Tá cantando — o August responde.

— Parece que tá conversando com uma baleia.

— Ele tá cantando pra mãe — o August explica.

— Pra mãe?

— Ele faz isso noite sim, noite não — o August declara. — Passa os quatro primeiros copos de vinho xingando, chamando ela de tudo que é nome. Depois, passa outros quatro copos cantando pra ela.

Aquele uivo estranho treme e oscila pela janela grande de correr que fica na parede de tijolos cor de laranja. Não tem palavras no uivo, só um tremor vocal perturbado, úmido e oscilante e gutural igual a um cantor de ópera chegando num crescendo com a boca cheia de bolinhas de gude.

A luz azul e cinza da televisão bate nas paredes da sala visíveis pela janela.

Eu observo a casa um pouco.

Todas as casas da rua são do conjunto habitacional e todas as casas do conjunto habitacional são iguais: caixas de três quartos com uma escadinha de dois degraus pruma varanda do lado esquerdo e uma rampa de concreto pra porta dos fundos. O meu pai não cortou a grama na frente da casa número 5 da rua Lancelot. O meu pai também não cortou a grama nos fundos da casa. Mas ele deve cortar a grama da frente mais do que a dos fundos, porque a da frente chega até os meus joelhos e a do quintal deve chegar até o meu nariz.

— Esse lugar é uma pocilga — eu digo.

O August faz que sim.

— A gente tem que ir ver ela, Gus — eu digo. — A gente tem que ir ver a mãe. Ela só precisa ver a gente, e aí vai ficar tudo bem.

Eu indico a janela da sala.

— Ele vai nos levar pra ver ela — eu digo.

O August inclina a cabeça pro lado com uma expressão de dúvida. Ele não diz nada.

*

A cantoria uivada fica mais forte quando a gente pisa na varanda. *OOOOooowwwwwwwwwwooooooooooo.* A dor na voz. O melodrama.

É um ruído forte e incoerente junto a uma canção sobre a noite e o destino e a morte.

O August me leva por uma porta grossa de madeira pintada de um tom marrom-escuro.

O piso da sala é de madeira marrom-escura, sem brilho. Junto à entrada tem um armário creme dos anos 1960 praticamente vazio, tirando seis ou sete canecas velhas, uma tigela marrom com uma banana, uma maçã e uma laranja de madeira e um adesivo de para-lama que imita metal escrito *DISLÉXICOS BAMTÉM SÃO GETNE.* As paredes de placa de gesso da sala estão pintadas de pêssego, e tem buracos e amassados pequenos e grandes em todas elas, e esses buracos e amassados estão entremeados com manchas de tinta branca onde outros buracos foram tapados. Há uma imagem emoldurada na parede, com uma mulher linda de vestido branco sentada num lago com os braços esticados e uma cara desesperada.

O meu pai não vê a gente entrar em casa. Ele tá perdido na neblina de fumaça de tabaco e um rock meio indígena dos anos 1960. Ele tá ajoelhado no chão a meio metro de uma televisão com volume baixo e estática branca ocupando a tela. O meu pai apoia o cotovelo numa mesa de centro quadrada e branca, raspada em algumas partes e revelando camadas históricas de demãos de tinta que nem o interior de um pirulito colorido. Do lado do pé direito descalço dele tem um copo amarelo de plástico, como os que eu usava para tomar refresco no primário. Do lado do copo tem um saco prateado de vinho barato, todo espremido, parecendo um pedaço de pano.

A cantoria uivada do Robert Bell é uma tentativa de cantar uma música do The Doors, que toca num aparelho de som a todo volume do lado da televisão.

O meu pai uiva de novo, a voz falhando nas notas agudas e se afogando em baba e bebida nas graves. E o meu pai não consegue acompanhar as palavras do Jim Morrison, então ele vira a cabeça para trás e uiva, e a matilha de lobos da meia-noite dele deve chegar daqui a pouco. Ele é magro e ossudo, com barriga de cerveja e cabelo raspado e grisalho. Se o Lyle é o John Lennon, aquele homem é o George Harrison, magrelo e sombrio e assustador. Ele usa regata branca e short Stubbies azul. Acho que deve ter uns quarenta anos. Parece ter cinquenta. E as tatuagens parecem ter sessenta, trabalhos caseiros velhos, como as do Lyle. Tem um píton enrolado num crucifixo no antebraço direito. Uma imagem de um navio gigantesco, talvez o *Titanic*, navegando pela panturrilha direita embaixo das letras *S.O.S.*

Um monstro cantando no canto da sala tomado por uma fumaça fantasma, encolhido e ajoelhado, uivando. O monstro parece do tipo que deveria estar trancado num porão com o Igor e os seus amigos, a Mulher Barbada e o Homem Elefante. E o globo ocular direito injetado de sangue do meu pai se move na órbita, por baixo da testa esticada bronzeada no rosto velho e abatido, e me vê.

— Oi, pai — eu digo.

O rosto dele treme quando ele olha pra mim, e a mão direita procura alguma coisa embaixo da mesa de centro. Ele encontra o cabo de um machado, um porrete marrom de madeira sem a lâmina. O meu pai pega a arma e fica de pé, cambaleando pra lá e pra cá.

— Queeeeeeem… — ele rosna. — O quêêêêê…

O short tá mijado. Ele trinca os dentes e só sai cuspe da boca. Tá tentando dizer uma coisa. Tentando formar uma palavra. Ele quase cai enquanto olha pra mim e recupera o equilíbrio.

— Fuuuuuuuuu. — Ele cospe. Ele molha os lábios e tenta de novo. — Fuuuuuuu. — E tenta mais uma vez. — Puuuuuuuta — ele diz, cuspindo, sem ar, lutando pra encontrar as palavras. E, mais rápido do que consigo entender, ele vem na minha direção, levantando bem alto o cabo do machado, pronto para dar um golpe. — Filho da puuuuuuuuta! — grita ele.

Fico parado no lugar, o cérebro sem apresentar uma defesa melhor do que colocar os meus antebraços pra cobrir a minha cabeça.

Só que o sir August, o Mudo, sir August, o Corajoso, para na minha frente. Com um movimento perfeito, o punho fechado do August acerta o lado esquerdo do rosto do meu pai, o que faz o homem com o cabo de machado na mão se abaixar o suficiente pro August segurar as costas da camisa sem manga com as duas mãos e aproveitar o impulso pra dar um empurrão que acerta a cabeça bêbada dele na parede cor de pêssego atrás da gente. A cabeça do meu pai faz um buraco na parede antes de cair, já inconsciente, com o resto do corpo no piso de madeira. Ficamos parados do lado. Ele tá com os lábios encostados no chão, as pálpebras fechadas. Ainda com o cabo de machado na mão.

O August respira.

— Não se preocupe — ele diz. — Ele fica bem legal quando tá sóbrio.

⋆

O August abre a velha geladeira Kelvinator na cozinha. Está tão coberta de ferrugem que deixa um pó cor de bronze nas minhas mãos quando toco nela.

— Desculpa, não tem muita coisa pra comer — o August diz.

Tem uma garrafa d'água na geladeira e um pote de margarina Meadow Lea e um vidro de cebolas em conserva, assim como uma coisa mofada e preta na gaveta de baixo, que pode ser um pedaço velho de bife ou um ser humano bem pequeno.

— O que você tem comido? — eu pergunto.

O August abre a porta da despensa e aponta pra seis pacotes de miojo sabor galinha da marca Home Brand.

— Comprei uns dias atrás. Comprei também um saco de legumes congelados pra misturar. Quer que eu prepare um?

— Não, valeu. Só quero dormir um pouco.

Eu sigo o August e passamos pelo pai, ainda caído inconsciente na sala, depois entramos num corredor e vamos pro primeiro quarto à esquerda.

— Eu durmo aqui — ele diz. O quarto tem um tapete azul e uma cama de solteiro encostada na parede esquerda, além de um armário velho com tinta creme descascando em frente à cama. — Acho que você pode dormir no tapete do meu lado.

O August aponta prum quarto no final do corredor.

— O quarto do pai — ele diz.

Aponto pro quarto do lado do quarto do August. A porta tá fechada.

— E esse?

— É a biblioteca.

— Biblioteca?

O August abre a porta do quarto e acende a luz. Não tem cama nem armário e nem quadros nas paredes desse quarto. Só tem livros. Só que os livros não tão enfileirados nas estantes, porque não tem estante. Só tem uma montanha de livros, a maioria de bolso, subindo nos quatro cantos do quarto e formando um pico no centro que chega até a altura dos meus olhos. Não tem nada no quarto além de uma pilha de milhares de livros formando um vulcão. Tem suspenses e faroestes e romances e clássicos e aventuras e livros grossos de matemática e biologia e estudos do movimento humano e poesia e história australiana e guerra e esportes e religião.

— Todos são dele? — eu pergunto.

O August faz que sim.

— Onde ele conseguiu isso tudo?

— Ele compra em sebo — o August diz. — Acho que já leu todos.

— Impossível — eu declaro.

— Sei não — responde ele. — Ele só lê e bebe.

O August indica o quarto no final do corredor.

— Ele acorda cedo, por volta das cinco da manhã, enrola todos os cigarros que vai fumar no dia, uns trinta ou quarenta cigarros, e só lê livros e fuma os cigarros que enrolou lá dentro.

— Ele não sai do quarto?

— Sai sim, quando quer beber — o August responde. — E quando quer ver *Sale of the Century* na TV.

— Que merda — eu digo.

O August faz que sim.

— É, mas ele arrasa no *Sale of the Century*.

— Preciso mijar — eu aviso.

O August faz que sim e vai até o banheiro, que fica do lado do quarto do pai. Ele abre a porta do banheiro, e a gente dá uns passos pra trás por causa do cheiro de urina velha e cerveja.

Na bancada de plástico do banheiro tem vários quadradinhos cortados do jornal *The Courier-Mail*, que o August usa para limpar a bunda.

O banheiro é longo com espaço suficiente para caber apenas uma privada de porcelana e uma porta, e o chão tem uma poça de mijo do meu pai. Um tapete peludo amarelo que nem um pintinho tá encharcado de mijo no canto ao lado de uma escova de vaso encostada na parede.

— A mira dele fica uma bosta depois do quinto copo — o August explica, parando na beirada da poça de urina do pai. — Você pode mijar daqui de fora se quiser. Se estiver de bexiga cheia, acho que dá.

Paro na beirada da poça de mijo e abro o zíper.

★

O August pega um lençol e uma toalha no armário do corredor. No quarto, enrola a toalha pra fazer um travesseiro pra mim. Eu me deito no tapete azul e me cubro com o lençol. O August para ao lado da porta do quarto. Levanta a mão direita até o interruptor.

— Tudo bem? — ele pergunta.

— Tudo — eu respondo, esticando as pernas em busca de uma posição melhor. — É bom te ver, Gus.

— É bom te ver, Eli — ele declara.

— É bom falar com você.

Ele sorri.

— É bom falar com você também — ele diz. — Dorme um pouco. Vai ficar tudo bem.

— Você acha?

Ele faz que sim.

— Não se preocupa, Eli. Ela vai ficar boa.

— O que você acha que vai ficar boa?

— A nossa vida.

— Como você sabe disso?

— O cara do telefone me falou.

Eu faço que sim. A gente não é maluco. Só tá cansado. Só precisa dormir um pouco.

— Boa noite, Gus.

— Boa noite, Eli.

Ele apaga a luz e o quarto fica escuro. O August passa por cima de mim para ir pra cama. Ouço as molas do colchão gemerem quando ele deita. Silêncio. O Eli e o August Bell juntos de novo em outro quarto preto. Às vezes, o Slim diz que abria os olhos na escuridão, a escuridão na escuridão subterrânea de Black Peter, e fingia que a escuridão não era a escuridão. Era só espaço, ele dizia. Espaço profundo. Universo profundo.

— Gus.

— Quê?

— Você acha que o Lyle ainda tá vivo?

Silêncio. Um grande silêncio.

— Gus.

— Quê?

— Ah, só tava vendo se você não tinha parado de falar de novo.

Silêncio.

— Por favor, não para de falar comigo, Gus. Eu gosto de falar com você.

— Eu não vou parar de falar com você, Eli.

Silêncio. O silêncio de um universo profundo.

— Você acha que o Lyle ainda tá vivo? — eu pergunto.

— O que você acha, Eli?

Eu penso sobre aquilo. Penso bastante.

— Lembra que o Lyle dizia que o Parramatta Eels sabia quando o time ia perder, mas não queria admitir?

— Lembro — o August responde.

Silêncio.

— Você lembra o que ele dizia?

— Lembro, desculpa. É que respondi escrevendo no ar.

— Que bom. Eu não quero dizer.

Deixo no ar. Talvez é onde o Lyle Orlick pode ficar. No ar. Na minha cabeça. No meu coração. Na minha raiva. Na minha vingança. No meu ódio. Na minha hora, que vai chegar. No meu universo.

— Lembra aquele dia em que a gente comeu todas as amoras? — o August pergunta.

Eu lembro. A amoreira ficava nos fundos da casa de Darra, plantada na casa de Dot Watson, atrás da nossa, mas com um galho se espreguiçando por cima da cerca. O Slim tava cuidando da gente naquele dia, mas ele não sabia que a gente tinha comido tantas amoras e só descobriu quando eu vomitei um rio roxo depois do almoço. Saí correndo pela porta dos fundos pela lavanderia, mas não deu tempo de chegar na grama. Vomitei o rio roxo por todo o caminho que levava até o varal. Ficou uma mancha roxa no concreto, como se alguém tivesse derramado uma garrafa de vinho tinto inteira no chão. O Slim não teve simpatia pela minha barriga dolorida e me fez limpar tudo com desinfetante e água quente. Depois que limpei tudo, o Slim falou que ia fazer uma torta de amora que nem a que ele comia no orfanato no sul.

— Lembra a história que ele contou pra gente sobre o garoto que tinha o universo na boca? — o August pergunta.

A gente tava tirando amoras do pé quando o Slim começou a nos contar uma história que tinha lido na Boggo Road, uma história de um deus ou um cara especial assim de uma outra religião que não era a religião da cruz de madeira que a gente conhecia, não uma em que Jesus era herói, mas uma que era contatada nos tipos de lugar que o Slim e o Indiana Jones gostavam de visitar. Ele disse que tinha um garoto especial que era, na verdade, um homem especial, e esse garoto especial corria com um grupo de garotos, garotos mais velhos, brincando perto de um pé de fruta. E os garotos mais velhos não deixaram o garoto especial subir no pé de fruta com eles porque ele era pequeno demais, mas deixaram que ele pegasse as frutas que caíssem da árvore enquanto eles subiam. Os garotos mais velhos avisaram ao garoto para não comer as frutas porque não estavam limpas. "Só pegue elas", disse um dos garotos mais velhos. Só que o garoto começou a encher a boca com as frutas roxas gordas e suculentas que caíam no chão. Ele comeu as frutas como se estivesse possuído, com tanta fome que começou a pegar elas com terra e enfiar tudo na boca, fruta e terra junto, e enfiou com tanta força que rios de fruta roxa começaram a escorrer das laterais da boca do garoto. "O que você tá fazendo?", perguntou o garoto mais velho. "O que você tá fazendo?", perguntaram os garotos mais velhos. "O que você tá fazendo? Explica. Dê umas respostas pra gente. Dê todas as respostas pra gente." Só que o garoto não disse nada. Ele não falou. Não conseguia falar porque a boca tava cheia de frutas. Os garotos mais velhos exigiram que ele parasse, mas o garoto continuava comendo, então eles foram correndo buscar a mãe dele. "O seu filho tá comendo lama!", gritaram os garotos mais velhos. A mãe do garoto, furiosa, exigiu que o filho abrisse a boca e mostrasse provas do seu descuido, da sua gula, da sua insanidade. "Abre a boca!", ela ordenou. E o garoto abriu a boca, e a mãe olhou lá dentro e viu árvores e montanhas com picos nevados e céu azul e todas as estrelas e todas as luas e todos os planetas e todos os sóis do universo. E a mãe abraçou forte o filho. "Quem é você?", ela sussurrou. "Quem é você? Quem é você?"

— Quem era ele? — eu perguntei pro Slim.

— Era o garoto com todas as respostas — o Slim disse.

★

Eu falo na escuridão do quarto.

— O garoto tinha um mundo inteiro dentro dele.

— O garoto que devorou o universo — o August diz.

Silêncio na escuridão.

— Gus.

— Quê?

— Quem é o homem no telefone vermelho?

— Quer mesmo saber?

— Quero.

— Acho que você não tá pronto pra saber — ele declara.

— Eu tô pronto pra saber.

Uma longa pausa no universo.

— Você acabou de escrever no ar, não foi?

— Foi — ele admite.

— Por favor, me conta, Gus. Quem é o homem no telefone vermelho?

Uma longa pausa no universo.

— Sou eu, Eli.

Garoto perde equilíbrio

Vou me lembrar da sra. Birkbeck pelo Papai Noel de plástico dançando numa mola do lado do telefone da escrivaninha dela. Segunda semana de dezembro. Última semana de aula. O Natal tá perto. Ouça os sinos do trenó. Tá ouvindo?

A Poppy Birkbeck é a orientadora da Nashville State High School que tem o sorriso ensolarado e o otimismo inabalável que se recusa a diminuir mesmo num mundo diário de adolescentes grávidas prontas pra abortar, e garotos de dezesseis anos viciados, e molestadores de crianças da suburbana Bracken Ridge, que tocam em moleques com distúrbios comportamentais graves que vão pra casa, pra pais com ignorância grave que depois saem pra jantar com molestadores de crianças da suburbana Bracken Ridge.

— Pra ser sincera, Eli — a sra. Birkbeck diz —, eu não sei por que a gente não te expulsa da escola.

A Nashville High não tem nada a ver com o estado americano do Tennessee. Nashville era um subúrbio entre Bracken Ridge e Brighton, mais pro norte, perto de Redcliffe, antes de ser tomado e vencido pelo tempo e pelo progresso. A Nashville High fica a trinta minutos a pé da nossa casa, por um túnel que passa por baixo da estrada que leva os moradores da região à Sunshine Coast. Eu frequento a escola há seis semanas. No segundo dia, um garoto do nono ano chamado Bobby Linyette me deu as boas-vindas com uma cusparada inexplicável no ombro esquerdo enquanto eu passava pelo bebedor do prédio de Ciências Sociais. Foi uma cusparada gosmenta e caprichada, cheia de muco amarelado e catarro e tudo que há de errado com Bobby Linyette, que ficou rindo, sentado perto dos armários, em meio a um grupo de hienas bisonhas com as caras cheias de espinhas e cabelos mullets. O Bobby Linyette levantou a mão direita e escondeu o indicador direito enquanto balançava a mão.

— Indicá-dor, indicá-dor — ele cantarolou que nem um professor de jardim de infância no ritmo de "Frère-Jacques".

Olhei pro meu indicador cortado. A pele estava vencendo a guerra contra a ferida aberta e se fechando aos poucos em volta do osso, mas eu ainda precisava usar um curativo por cima, mais chamativo ainda para os leões selvagens do pátio da escola que nem o Bobby Linyette.

O indicador dele apareceu.

— "Aqui estou. Aqui estou." — Ele riu. — Sua aberração.

O Bobby Linyette tem quinze anos, queixo duplo e pelos no peito. Na terceira semana depois que me matriculei, os amigos dele me seguraram enquanto ele derramava todo o conteúdo de uma garrafa de molho de tomate no meu cabelo e nas minhas costas. Não relatei esses atos frustrantes pros professores, porque não queria que uma coisa tão previsível como bullying escolar atrapalhasse os meus planos. O August se ofereceu pra dar uma facada nas costelas do Bobby Linyette com a faca de pesca do pai, mas pedi pra ele não fazer isso, porque eu sabia que, além do fato de que já tinha passado da hora do August parar de travar as minhas batalhas, isso também atrapalharia os meus planos. No começo da sexta semana depois de me matricular, no túnel subterrâneo na volta pra casa na segunda-feira passada, o Bobby Linyette arrancou a minha mochila de lona dos ombros e botou fogo nela. Vi a mochila queimando, e o fogo nos meus olhos me disse, lá no fundo, que o Bobby Linyette tinha atrapalhado os meus planos, principalmente porque os meus planos estavam dentro daquela mochila. Tinha um caderno inteiro de linhas azuis cheio de ideias e estratégias ali. Eu tinha horários anotados e diagramas e rascunhos de ganchos e cordas e medidas de paredes. A obra-prima desse plano estava desenhada a lápis na abertura central de duas páginas, o produto da valiosa sabedoria da prisão passada diretamente pra mim pelo Houdini da Boggo Road. Uma visão panorâmica perfeita, feita com lápis 2B, do terreno e da disposição dos prédios da Prisão Feminina de Boggo Road.

— Como você pôde fazer uma coisa tão... tão... violenta? — a Poppy Birkbeck pergunta do outro lado da mesa.

Ela se veste que nem uma daquelas cantoras da década de 1960 que a mãe adora. Ela se veste que nem a Melanie Safka. Os braços dela tão cruzados atrás da escrivaninha e, dos cotovelos, pendem as mangas cor de fogo de um vestido solto, parte líder de cerimônia do cachimbo dos índios americanos, parte vendedora de esculturas de madeira das árvores da Sunshine Coast.

— Esse não é o tipo de comportamento adequado num pátio de escola.

— Eu sei, sra. Birkbeck — eu digo com sinceridade, botando o plano de volta nos trilhos. — Não é o comportamento de um pátio de escola. É o tipo de coisa que se vê num pátio de prisão.

— Exatamente, Eli — ela concorda.

E era mesmo. Direto do pátio número 1 da Boggo Road pra ser mais exato. Um exemplo simples de crime interno de prisão. Basta uma fronha, uma coisa inquebrável e uma patela quebrável.

Eu tinha roubado a fronha da aula de economia doméstica do sétimo ano às dez da manhã. A gente tava aprendendo a costurar. A maioria dos meninos costurava lenços. Só que as verdadeiras estrelas da aula de economia doméstica, como a Wendy Docker, costuravam fronhas decoradas com bordados de animais australianos. Enchi a fronha de kookaburra da Wendy Docker com duas placas de cinco quilos que roubei da sala de equipamentos esportivos na nossa aula de educação física das onze horas.

Pouco depois do sinal do almoço de 12h15, encontrei o Bobby Linyette parado na fila na quadra de handebol, comendo um salgadinho no meio dos seus amigos hienas.

Eu me aproximei do Bobby do jeito que o meu amigo Alex Bermudez, ex-sargento de armas da gangue de motoqueiros Rebels na região de Queensland, disse que era o jeito de abordar uma vítima distraída num ataque com faca. Eu conhecia o texto das cartas do Alex que nem conhecia a letra da música "Candles in the Rain" da Melanie Safka.

Você vai querer se aproximar da vítima por trás e enfiar a faca o mais perto que puder dos rins. A pessoa vai cair que nem um saco de batata. A chave é enfiar a faca com força suficiente pra ponta atravessar, mas com suavidade pra evitar uma acusação de assassinato. É um equilíbrio e tanto.

Eu me aproximei rápido do Bobby, a fronha retorcida e tão rígida que os pesos de cinco quilos se transformaram numa clava de algodão com o bordado de um kookaburra, e bati com força no rim direito dele, logo acima do short cinza da escola. O salgadinho caiu no chão quando ele se virou todo pra direita, parecendo uma lata de refrigerante amassada, com a dor e o choque do impacto. Ele teve tempo de reparar no meu rosto e tempo de encher o dele de fúria, mas não de prever o meu segundo golpe na patela direita. Com força suficiente para deixar a minha mensagem clara, mas delicado o bastante para evitar uma expulsão. Bobby pulou no pé esquerdo duas vezes, segurando com desespero a patela esmagada, e caiu de costas no asfalto áspero da quadra de handebol. Parei do lado dele com os pesos na fronha erguidos acima da cabeça dele e sabia que a fúria dentro de mim era o único dom que o meu pai tinha me dado em uma década.

— Filho da puuuuuuuta! — eu gritei na cara dele. O cuspe voou da minha boca.

O berro foi tão alto e primitivo e assustador e louco que os amigos do Bobby correram da gente como se estivessem fugindo de uma fogueira com uma lata de gasolina no meio.

— Para — eu disse.

O Bobby tava chorando agora. Tava pálido e vermelho e se esticando pra tão longe dos pesos na fronha que achei que a cabeça dele ia acabar afundando na quadra de handebol.

— Por favor, para — eu disse.

★

A sala da sra. Birkbeck é decorada com estatuetas pintadas de animais. Um sapo verde em cima de um arquivo na parede à minha direita. Uma águia voando na parede atrás dela. Um coala pendurado num eucalipto que ela pintou na parede à minha esquerda. Essas decorações servem só pra complementar a peça mais importante da sala, uma imagem grande e emoldurada de um pinguim correndo por uma grande planície de gelo, acima das palavras *LIMITAÇÕES: Enquanto você não abrir as asas, nunca saberá até onde pode ir.*

Na mesa ao lado do telefone tem um cofre de donativos para a Shelly Huffman.

Tomara que a Poppy Birkbeck tire aquele pôster do pinguim sobre limitações da parede por causa da Shelly.

Tem uma foto da Shelly sorrindo no cofre, usando o uniforme da Nashville, uns dentes faltando num daqueles sorrisos exagerados que as crianças do tipo inteligente que nem a Shelly dão quando um fotógrafo chato pede pra elas se esforçarem um pouco mais pra sorrir. Shelly é da minha turma. Ela mora na esquina da nossa rua, numa casa do conjunto habitacional na rua Tor, uma rua em que eu e o August temos que passar pra chegar na escola. Quatro meses atrás, os pais da Shelly descobriram que a segunda dos seus quatro filhos vai passar o resto da vida convivendo com distrofia muscular. O August e eu gostamos da Shelly, mesmo ela sendo uma CDF sabe-tudo na maior parte do tempo que passamos na casa dela. Ela é a única amiga que a gente fez em Bracken Ridge. Ela fica me pedindo para desafiar ela em quedas de braço na varanda. Ela costuma ganhar, porque os braços dela têm ossos mais fortes e compridos e ela também usa melhor o apoio. "Não começou ainda", ela diz quando me vence. Ela fala que vai saber que a distrofia muscular chegou quando eu ganhar dela na queda de braço. A escola está arrecadando dinheiro pra ajudar a equipar a casa da Shelly com rampas externas e internas pra cadeira de rodas e com corrimões no banheiro, no quarto da Shelly e na cozinha, pra deixar a casa de um jeito que a Shelley chama de "adequado à merda". A escola espera comprar uma van adaptada pra cadeira de rodas pros Huffman, de modo que eles possam levar a Shelly até Manly, no lado leste de Brisbane, onde ela gosta de ver os esquifes e as lanchas e os barquinhos de metal velejarem pelo horizonte da baía Moreton. A escola quer arrecadar setenta mil dólares australianos para deixar a casa adequada. Até agora, arrecadou 6.217 dólares ou o que a Shelly chama de "metade de uma rampa".

A sra. Birkbeck tosse e se inclina por cima da mesa.

— Liguei quatro vezes pro seu pai e ele não atendeu.

— Ele não atende o telefone — eu digo.

— Por quê?

— Porque não gosta de falar com pessoas.

— Você pode pedir pra ele me ligar?

— Ele não vai poder.

— Por quê?

— Porque o nosso telefone só recebe chamadas. A gente só pode ligar pra números gratuitos.

— Você pode pedir pra ele vir aqui? É muito importante.

— Pedir eu posso, mas ele não vai vir.

— Por quê?

— Porque ele não gosta de sair de casa. Ele só sai entre as três e as seis da manhã, quando não tem ninguém na rua. Ou quando está puto e fica sem bebida.

— Olha a língua.

— Desculpa.

A sra. Birkbeck suspira e se encosta na cadeira.

— Ele já levou você e o August pra visitar a sua mãe?

★

Eu dormi até tarde naquela primeira noite na rua Lancelot. Acordei e encontrei a cama do August vazia e o meu pescoço duro de dormir em cima de uma toalha de banho enrolada. Saí do quarto do August, andei pelo corredor e passei pela porta aberta do quarto do meu pai a caminho do banheiro. Ele tava na cama. Lendo. Abri a porta do banheiro e vi que o piso tava impecavelmente limpo e com cheiro de desinfetante. Dei uma boa mijada e entrei na outra parte do banheiro. Tinha quatro paredes brancas, uma banheira amarela, uma cortina cheia de mofo, um espelho, uma pia, um pedaço solitário e muito usado de sabonete amarelo e um pente redondo de plástico verde-limão. Olhei pro meu reflexo no espelho e não soube dizer se eu tava doente de fome ou doente por causa da pergunta que eu ia fazer pro homem lendo no quarto depois da porta do banheiro. Bati na porta, e ele se virou pra mim, e tentei fingir que não estava olhando na escuridão daquele rosto e fiquei agradecido pela fumaça azul-acinzentada transparente que ocupava o quarto e formava um véu entre a gente.

— A gente pode ir ver a mãe? — eu pedi.

— Não — ele respondeu.

E voltou pro livro.

★

A sra. Birkbeck suspira.

— Eu já pedi mais de cem vezes nessas seis semanas, e ele sempre diz a mesma coisa — eu digo.

— Por que você acha que ele não quer levar vocês pra visitar a sua mãe? — a sra. Birkbeck pergunta.

— Porque ele ainda ama ela.

— Isso não seria mais um motivo pra ele também querer ir vê-la?

— Não, porque ele também odeia ela.

— Você já pensou na possibilidade do seu pai estar tentando proteger vocês daquele mundo? Pode ser que ele ache que não devam ver a mãe naquela situação.

Não, eu nunca tinha pensado naquilo.

— Você já falou com a sua mãe?

— Não.

— Ela ligou pra casa do seu pai?

— Não. E tomara que não ligue. Ela não tá bem.

— Como é que você sabe?

— Eu só sei.

A sra. Birkbeck olha pra minha mão direita.

— Me conta mais uma vez como você perdeu o dedo.

— O August cortou com um machado, mas foi sem querer.

— Ele deve ter ficado arrasado quando viu o que tinha feito.

Eu dou de ombros.

— Ele foi bem filosófico — eu argumento. — O August não é do tipo que fica arrasado.

— E como tá o dedo?

— Bom. Cicatrizando.

— Consegue escrever direito?

— Sim. A letra fica meio feia, mas eu dou um jeito.

— Você gosta de escrever, né?

— Gosto.

— Que tipo de coisa você gosta de escrever?

Dou de ombros.

— Eu escrevo histórias reais de crimes, às vezes.

— Sobre o quê?

— Qualquer coisa. Leio os artigos policiais no *The Courier-Mail* e escrevo as minhas versões das histórias.

— Esse é o seu objetivo, né?

— Como assim?

— Escrever sobre crimes.

— Um dia eu vou escrever artigos da página policial do *The Courier--Mail*.

— Você se interessa por crimes?

— Não tanto pelos crimes em si, mas pelas pessoas que cometem eles.

— O que te interessa nessas pessoas?

— Eu fico pensando em como elas chegaram ao ponto de fazer essas coisas. Fico interessado no momento em que elas decidem ser más em vez de boas.

A sra. Birkbeck se encosta na cadeira, me encarando.

— Eli, você sabe o que é trauma? — ela pergunta.

Os lábios dela são grossos, e ela usa um batom vermelho bem forte. Vou me lembrar de trauma pelo colar de contas cor de rubi da Poppy Birkbeck.

— Sei.

Vou me lembrar do plano.

— E sabe que o trauma pode nos afetar de maneiras bem diferentes, usando muitas máscaras? — ela pergunta.

— Sei — eu respondo.

— O trauma pode ser rápido. Pode durar a vida inteira. Não tem hora certa pra ele acabar, sabe?

— Sei.

Eu tenho que seguir o plano.

— Você e o August passaram por muitos traumas, não foi?

Eu dou de ombros e indico o cofre na mesa dela.

— Nada parecido com o da Shelly.

— É, mas esse trauma é diferente — a sra. Birkbeck diz. — Ninguém foi responsável pela miséria dela.

— A Shelly chamou Deus de filho da puta outro dia.

— Olha a língua.

— Desculpa.

A sra. Birkbeck se inclina por cima da mesa, coloca a mão direita por cima da esquerda. Tem algo de religioso no jeito como ela tá sentada.

— O que quero dizer, Eli, é que um trauma e os efeitos dele podem mudar a maneira como as pessoas pensam. Às vezes, podem nos fazer acreditar em coisas que não são verdade. Às vezes, podem alterar o jeito como encaramos o mundo. Às vezes, podem até nos levar a fazer coisas que normalmente não faríamos.

Que astuta, essa sra. Birkbeck. Ela quer arrancar tudo de mim. Veio cheia de dedos só pra falar do meu dedo cortado.

— É, trauma é um negócio estranho, eu acho.

A sra. Birkbeck faz que sim.

— Preciso que você me ajude, Eli. Sabe, eu tenho que explicar ao comitê da escola por que deveríamos te dar outra chance. Eu acho que você e o seu irmão, August, possam ser integrantes valiosos pra comunidade da Nashville High. Acredito que você e o August sejam muito especiais. Mas preciso que me ajude, Eli. Você vai me ajudar?

Eu vou me lembrar do plano.

— Hummm... claro, tudo bem — eu digo.

Ela abre uma gaveta no lado direito da escrivaninha e tira uma folha enrolada de papel, presa por um elástico.

— Isso aqui é uma pintura que o seu irmão fez na aula de artes dois dias atrás.

Ela tira o elástico, que vai estalando no papel enquanto rola. Ela abre o papel e me mostra a imagem.

É uma imagem vívida em azuis e verdes e roxos. O August pintou o Holden Kingswood azul-céu sobre o mar. Algas cor de esmeralda cercam o carro, um cavalo-marinho galopa naquela cena submarina. O August pintou o meu sonho.

— Quem é esse, Eli? — a sra. Birkbeck pergunta, apontando pro homem pintado no banco da frente.

Eu vou me lembrar do plano.

— Acho que é o meu pai.

— E quem é esse? — ela pergunta, apontando pro banco de trás do Kingswood.

Eu vou me lembrar do plano.

— É o August.

— E quem é esse?

Eu vou me lembrar do plano.

— Sou eu.

— Entendi — a sra. Birkbeck diz com delicadeza. — Mas me explica, Eli, por que vocês estão todos dormindo?

Isso pode atrapalhar o plano.

Garoto procura ajuda

Cinco dias pro Natal e não consigo dormir. Não tem cortina nem persiana na única janela do quarto, e a lua azul da madrugada ilumina o braço direito do August, caído pela lateral da cama. Não consigo dormir porque o meu colchonete me dá coceira e tem cheiro de mijo. O meu pai ganhou o colchonete do Col Lloyd, um aborígene que mora cinco casas depois na rua Lancelot com a esposa, Kylie, e os cinco filhos, sendo que o mais velho, Ty, de doze anos, dormia nesse colchonete de espuma laranja antes de mim. O cheiro de mijo me mantém acordado, mas o que me acordou mesmo foi o plano.

— Gus, você ouviu isso?

O Gus não diz nada.

É um gemido.

— Huuuuuuuuuuu.

Acho que é o pai. Ele não tá bebendo hoje porque tá se recuperando de uma bebedeira de três dias. Ele ficou tão bêbado na primeira noite da bebedeira que o August e eu conseguimos rastejar por debaixo do sofá enquanto ele via *Josey Wales, o fora da lei* na TV pra amarrar os cadarços dos tênis Dunlop Volley dele um no outro para que, quando ele se levantasse pra xingar um dos vários homens maus da União que fizeram a besteira de matar a esposa e o filho do Clint Eastwood, ele caísse com força na mesa de centro. Ele fez isso três vezes antes de perceber que os cadarços tavam amarrados, e então prometeu, no meio de uma enxurrada de palavras arrastadas e pelo menos uns vinte e três "filhos da puta", que enterraria a gente vivo no quintal do lado da árvore de macadâmia morta. "Até parece", o August escreveu no ar com o indicador, balançando os ombros quando se levantou pra mudar pro *Creepshow* que tava passando no canal 7. No segundo dia da bebedeira, o pai vestiu a calça jeans e a camisa e, com ar renovado por seis copos de rum com Coca no café da manhã de sábado e um pouco de colônia Brut, pegou o ônibus 522, sem dizer pra onde estava indo. Ele voltou às dez da noite, enquanto o August e eu víamos *Recrutas da pesada* no canal 9. Ele entrou pela porta dos fundos e foi direto pro armário da cozinha, onde fica o telefone que ele nunca atende. Embaixo do telefone fica a gaveta importante. Essa gaveta é onde ele guarda as contas que não pagou, as contas que pagou, as nossas certidões de nascimento e os comprimidos de Serepax. Ele abriu a gaveta importante e pegou uma guia de cachorro, que enrolou no punho direito. Nem olhou pra mim e pro August no sofá enquanto desligava a televisão e apagava todas as luzes da casa. Aí ele foi até a janela da frente, fechou a cortina creme de babados e espiou pela abertura no meio das duas partes.

— O que é? — eu perguntei com um nó no estômago. — Pai, o que é?

Ele sentou no sofá no escuro e apertou a guia no punho. A cabeça balançou por um momento, e ele se concentrou no indicador esquerdo erguido, que levou, bastante concentrado, até a boca.

— Shhhhhhhhhhh — ele disse.

A gente não dormiu naquela noite. O August e eu deixamos a imaginação voar, tentando adivinhar que entidade ou entidades perigosas ele tinha ofendido o bastante pra ter que amarrar uma guia de cachorro na mão: um delinquente no bar, um brutamontes quando ele tava indo pro bar, um assassino quando ele tava voltando do bar, todas as pessoas do bar, ninjas, a Yakuza, o Joe Frazier, a Sonny e o Cher, Deus e o Diabo. O August questionou como seria a aparência do Diabo se ele fosse até a nossa porta. Eu disse que ele usaria chinelos azul-claros e um mullet com rabinho e um boné dos Balmain Tigers para esconder os chifres. O August disse que o Diabo usaria um terno branco com sapatos brancos e teria cabelo branco e dentes brancos e pele branca. O August disse que o Diabo seria parecido com o Tytus Broz, e eu disse que aquele nome agora parecia uma coisa de outro mundo, de outra época e outro lugar que não eram mais os nossos. Agora, a gente era parte da casa número 5 da rua Lancelot.

— Outro Gus e outro Eli — ele disse. — Outro universo.

O pai passou a manhã seguinte sentado no chão da cozinha perto da entrada da lavanderia, rebobinando e tocando, rebobinando e tocando, rebobinando e tocando "Ruby Tuesday" num toca-fitas até a fita cassete emperrar no aparelho e a fita marrom desenrolar na mão dele que nem uma mecha de cabelo castanho embaraçado. O August e eu comíamos cereal Weet-Bix na mesa da cozinha vendo ele tentar consertar a fita, mas só conseguindo soltar a fita mais e mais naquela bagunça caótica e irreparável. Isso obrigou o pai a usar as fitas do Phil Collins, o único momento em todo aquele pesadelo doméstico de três dias de bebedeira em que o August e eu pensamos de verdade em chamar a polícia. A bebedeira intensa e violenta teve o seu maior momento às onze horas daquela manhã, com um vômito espetacular de sangue e bile no piso cor de pêssego de linóleo da cozinha. Ele apagou tão perto do vômito que eu consegui segurar o braço e o indicador direito dele para usar como lápis e escrever uma mensagem que ele veria quando acordasse. Arrastei o indicador dele pelo vômito fedorento para formar uma mensagem em letras de forma vinda diretamente do meu coração: *PROCURA AJUDA PAI.*

★

— Huuuuuuuuuuu. — O som passa por baixo do vão da porta do nosso quarto.

Em seguida, um grito desesperado, frágil e familiar.

— August! — o pai chama do quarto dele.

Eu balanço o braço do August.

— August — eu digo.

Ele nem se mexe.

— August! — o pai grita. Mas o grito é baixo e fraco. É mais um gemido do que um grito.

Vou até o quarto dele no escuro, acendo a luz, e os meus olhos se ajustam ao ambiente claro.

Ele tá segurando o peito com as duas mãos. Hiperventilando. Ele fala entre as respirações curtas e fortes.

— Chama... um... médico — ele diz.

— O que aconteceu, pai? — eu pergunto.

Ele inspira um ar que não encontra. Ofegante. O corpo todo treme.

Ele geme.

— Huuuuuuuuuuuuuu.

Corro pelo corredor e disco três zeros no telefone.

— Polícia ou ambulância? — uma mulher que atende pergunta.

— Ambulância.

A ligação é passada pra outra voz.

— Qual é a emergência?

O meu pai vai morrer e eu nunca vou ter as respostas.

— Acho que o meu pai tá tendo um ataque do coração.

★

A vizinha da esquerda do meu pai, uma motorista de táxi de sessenta e cinco anos chamada Pamela Waters, é atraída pra rua pelas luzes da ambulância, os seios volumosos quase pulando pra fora da camisola marrom. Dois enfermeiros da ambulância tiram uma maca da parte de trás do veículo e deixam ela junto da caixa de correspondência.

— Tudo bem aí, Eli? — a Pamela Waters pergunta, prendendo a faixa de cetim no roupão.

— Não sei — eu respondo.

— De novo — diz ela como se soubesse de alguma coisa.

Que porra isso significa?

Os enfermeiros da ambulância, um deles carregando um tanque de oxigênio e uma máscara, passam correndo pelo August e por mim, parados descalços com as nossas camisas sem manga brancas e shorts de pijama iguais.

— Ele tá no quarto no final do corredor — eu grito.

— A gente sabe, amigão, vai ficar tudo bem — o enfermeiro mais velho diz.

A gente entra e fica na sala, ouvindo os enfermeiros no quarto.

— Vamos lá, Robert, respira! — o mais velho berra. — Vamos lá, cara, você tá bem agora. Não precisa se preocupar.

Sons de sucção. Uma respiração pesada.

Eu me viro pro August.

— Eles já vieram aqui antes?

O August faz que sim.

— Pronto — o mais novo diz. — Assim é melhor, hein?

Eles levam ele pelo corredor, um braço embaixo de cada coxa, do mesmo jeito que os jogadores do Parramatta Eels carregam o técnico nas comemorações das finais.

Eles colocam ele na maca, o rosto do pai dentro da máscara de oxigênio como se fosse uma amante antiga.

— Você tá bem, pai? — eu pergunto.

Eu nem sei por que me importo. Alguma coisa dentro de mim. Alguma coisa que tava dormindo. Alguma coisa que me leva na direção daquele bêbado maluco.

— Tudo bem, amigão — ele assegura.

Eu conheço aquele tom de voz. Eu me lembro daquele carinho. Tô bem, Eli. Tô bem, Eli. Vou me lembrar daquela cena. Ele na maca, assim. Tô bem, Eli. Tô bem. O tom de voz.

— É uma pena que tenham visto isso — ele diz. — Eu sou um merda, eu sei. Sou um merda nessa coisa de ser pai. Mas vou dar um jeito, tá? Vou dar um jeito.

Eu faço que sim. Tenho vontade de chorar. Mas não quero chorar. Não chora.

— Tudo bem, pai — eu digo. — Tudo bem.

Os enfermeiros da ambulância colocam ele na parte de trás do veículo.

O pai inspira mais oxigênio e puxa a máscara pro lado.

— Tem torta de carne moída com batata no freezer. Podem comer ela no jantar de amanhã — ele diz.

Ele inspira de novo na máscara. Os olhos veem a Pamela vendo ele de camisola. Ele inspira fundo pra dizer uma coisa bem alto.

— Tira logo uma porra de foto, Pam, aí vai poder ver pra sempre — ele berra, chiando com o esforço. O pai tá mostrando o dedo do meio pra Pamela Waters quando os enfermeiros fecham as portas de trás da ambulância.

*

Na manhã seguinte, tem um íbis andando no nosso pátio. Ele tá protegendo a perna esquerda que ficou enrolada numa linha de pesca bem onde a garra preta pré-histórica dele começa. O íbis aleijado. O August observa o íbis pela janela da sala. Ele tá segurando a calculadora Casio, digita alguns números e segura a calculadora de cabeça para baixo: "IBISBOBO".

Eu digito 0537, viro de cabeça pra baixo e mostro: "LESO".

— Volto antes do jantar — eu digo. O August faz que sim e fica olhando pro íbis. — Guarda um pedaço de torta pra mim.

Desço a rampa lateral do lado esquerdo, passando pela lixeira preta de rodinhas. A bicicleta enferrujada do pai tá encostada num toco de concreto que sustenta a casa, ao lado do cilindro marrom do sistema de água quente. Atrás da bicicleta fica o depósito com um monte de eletrodomésticos brancos velhos do pai: máquinas de lavar roupa com motores tipo os usados pela QANTAS, geladeiras em pedaços, cheias de aranhas e cobras, e portas e bancos e volantes de carro. Nem dá mais pra cortar a grama do quintal com um cortador, as folhas altas e inclinadas da cor de palha estão tão grossas agora que consigo imaginar o Coronel Hathi e o Mogli abrindo caminho pra ir no Big Rooster na rua Barrett. Só um facão seria capaz de dar um jeito naquilo, ou um incêndio, talvez. Que merda de pocilga. 04517. "LISHO."

★

A bicicleta é uma Malver Star "Sport Star" preta enferrujada modelo 1976, feita no Japão. O assento tá rasgado e fica beliscando a minha bunda. É rápida, mas eu iria mais rápido se o pai não tivesse substituído o guidão original pelo de uma Schwinn feminina de 1968. Os freios não funcionam, então tenho que frear enfiando o tênis entre a roda da frente e o aro toda hora.

Choveu mais cedo, e o céu tá nublado com um arco-íris por cima da rua Lancelot, prometendo a todo mundo aqui um começo e um fim em sete cores perfeitas. Vermelho e amarelo e a Vivian Hipwood na casa número 16 da rua Lancelot, que teve um bebê que morreu de morte súbita e durante sete dias continuou vestindo e dando o peito e sacudindo brinquedos na frente daquela carinha roxa. Rosa e verde e a casa número 17, onde o Albert Lewin, de sessenta e seis anos, tentou se matar asfixiado com gás na garagem toda fechada, mas não conseguiu porque usou um cortador de grama, já que tinha vendido o carro dois meses antes pra pagar as contas do veterinário pela operação do seu boxer, Jaws, que foi sacrificado dois dias antes do Albert entrar com o cortador Victa verde na garagem. Roxo e laranja e preto e azul: todas as mães na rua Lancelot numa manhã de sábado fumando cigarros Winfield Red nas mesas da cozinha, torcendo pros filhos não perceberem os hematomas roxos e laranja e pretos e azuis surgindo embaixo da maquiagem corretiva nas bochechas. O corretivo. Dando corretivos. Nas que precisam ser corrigidas. O Lester Crowe na casa número 32 da rua Lancelot, que perfurou a namorada grávida, a Zoe Penny, treze vezes na barriga com uma seringa cheia de heroína pra matar a filha em gestação. Os irmãos Munk na casa número 53 da rua Lancelot, que amarraram o pai numa poltrona da sala e cortaram metade da orelha dele com uma machadinha. Quando fica quente assim nessa rua infinita e a prefeitura de Brisbane cobriu os buracos com asfalto novo, o piche gruda na borracha dos tênis Dunlop que nem chiclete Hubba Bubba, e todo mundo abre a cortina, apesar dos mosquitos que vêm dos mangues de Brighton e Shorncliffe, e essa rua toda vira um teatro, e todas as salas têm janelas que se tornam televisões exibindo uma novela chamada *Graças a Deus é dia do seguro-desemprego entrar* e uma comédia pastelão chamada *Me passa o sal* e um drama policial chamado *A cor de uma moeda de um centavo.* Os socos voam por essas telas, e as risadas são dadas e as lágrimas são derramadas. Que lixo, porra. Porra, que lixo.

— Oi, Eli.

É a Shelly Huffman da janela do quarto dela, soprando fumaça de cigarro pra fora de casa.

Enfio o tênis na roda da frente, dou meia-volta e guio a Malvern Star bamba do pai até a entrada da casa da Shelly. O carro do pai dela não tá na garagem.

— Oi, Shelly.

Ela traga o cigarro e sopra anéis.

— Quer um trago?

Dou duas tragadas e sopro a fumaça.

— Você tá sozinha? — eu pergunto.

Ela faz que sim.

— Todo mundo foi pra Kings Beach comemorar o aniversário do Bradley — ela diz.

— E você não quis ir?

— Eu quis, Eli Bell, mas é que esse velho saco de ossos — a Shelly diz com o jeito de um velho americano do faroeste —, não anda muito bem na areia.

— E te deixaram sozinha em casa?

— A minha tia tá vindo cuidar de mim. Falei pra mãe que preferia ficar no hotel de cachorros na rua Fletcher.

— Eu soube que servem três refeições por dia lá — eu digo.

Ela ri, apaga o cigarro na parte de baixo do parapeito e joga a guimba na direção da cerca do vizinho.

— Eu soube que o seu pai foi parar no hospital ontem à noite.

Eu faço que sim.

— O que aconteceu?

— Não sei direito. Ele começou a tremer. Não conseguia falar. Não conseguia respirar.

— Ataque de pânico — ela disse.

— O quê?

— Ataque de pânico — ela responde casualmente. — A minha mãe teve uns um tempo atrás. Foi numa época complicada, ela não queria fazer nada nunca, porque começava a ter ataques de pânico se ficasse no meio de muita gente. Ela acordava se sentindo ótima e dizia que ia levar a gente no cinema em Toombul Shoppingtown, aí a gente se arrumava e ela tinha um ataque de pânico assim que entrava no carro.

— Como foi que ela melhorou?

— Eu fui diagnosticada com distrofia muscular — ela responde. — Aí ela teve que melhorar. — A Shelly dá de ombros. — Isso se chama perspectiva, Eli. Uma picada de abelha dói pra cacete até alguém bater na sua cabeça com um taco de críquete. Falando nisso, quer jogar Test Match? Eu deixo você ser as Índias Ocidentais.

— Não, não dá — eu digo. — Tô indo encontrar uma pessoa.

— Isso faz parte do seu grande plano secreto? — Ela abre um sorriso.

— Como você sabe sobre o meu plano?

— O Gus escreveu no ar pra mim.

Aquilo me deixa puto. Eu olho pro céu nublado.

— Não precisa se preocupar, não vou dizer nada — ela avisa. — Mas acho que você é maluco.

Eu dou de ombros.

— Talvez eu seja. A sra. Birkbeck acha que eu sou.

A Shelly revira os olhos.

— A sra. Birkbeck acha que todo mundo é maluco.

Eu abro um sorriso.

— É maluquice, Eli... — Ela olha pra mim com um sorriso bonito, toda sentimental e sincera. — Mas também é fofo.

Por um segundo fico com vontade de abandonar o plano e entrar e me sentar na cama da Shelly pra jogar Test Match, e, se ela marcar um ponto com o rebatedor favorito, o encantador Kepler Wessels, da África do Sul, com a bolinha de críquete atravessando o espaço do "seis" no canto esquerdo do campo verde octogonal de críquete, a gente poderia comemorar com um abraço, e como a família toda dela saiu e como o céu tá nublado, a gente poderia deitar na cama e se beijar e eu poderia abandonar o plano pra sempre, abandonar o Tytus Broz, abandonar o Lyle, abandonar o Slim e o pai e a mãe e o August, e só passar o resto da vida cuidando da Shelly Huffman enquanto ela luta com o Deus escroto e injusto e desequilibrado que deu dois braços fortes pro Iwan Krol matar, mas que deu a Shelly Huffman duas pernas que não conseguem nem andar nas areias douradas de Kings Beach, Caloundra.

— Valeu, Shelly — eu agradeço, empurrando a Malvern Star pra frente da casa.

A Shelly grita da janela quando começo a me afastar:

— Vê se não perde essa fofura, Eli Bell.

★

Uma vez o Lyle me disse que usaram concreto da Companhia de Cimento e Calcário de Queensland, de Darra, pra construir a ponte Hornibrook. Ele disse que era a ponte mais comprida construída sobre água no hemisfério Sul, com mais de dois quilômetros e meio da costa de Brighton até a gloriosa península de Redcliffe, lar dos Bee Gees e do time de rúgbi Redcliffe Dolphins. A ponte tem dois vãos, um no lado de Brighton e um no lado de Redcliffe, pra passagem dos barcos velejando pela baía Bramble.

Sinto o cheiro dos mangues lamacentos em volta da baía Bramble no vento que empurra a bicicleta pela ponte no primeiro vão. O Lyle chamava de ponte do sacode por causa do quanto o carro do pai e da mãe dele sacudia quando ele era garoto e atravessava a superfície de asfalto esburacada que estala embaixo das rodas da minha bicicleta hoje.

A ponte foi fechada pro tráfego em 1979, quando construíram uma ponte mais forte, mais larga e mais feia do lado. Agora, a Hornibrook só é usada por alguns pescadores de brema, de badejo e de peixe de cabeça chata e por três garotos da região que mergulham de costas da plataforma de madeira, pulando na maré agitada verde-amarronzada, que tá tão alta que a água bate nas amuradas de segurança com a tinta amarela descascando.

Sinto chuva na cabeça e sei que devia ter botado uma capa, mas adoro sentir a chuva na cabeça e o cheiro da chuva no asfalto.

Quanto mais eu chego perto do meio da ponte, mais o céu fica escuro. É aqui que a gente sempre se encontra, então é onde eu encontro ele, sentado na beirada de concreto, as pernas compridas penduradas na lateral. Ele tá usando uma capa de chuva grossa verde com um capuz na cabeça. A vara de pescar vermelha de fibra de vidro com um molinete velho de madeira tá entre o cotovelo direito e a cintura, e ele tá com o corpo pra frente, enrolando um cigarro. Com a cabeça embaixo do capuz, ele não consegue me ver parar na chuva, mas sabe que sou eu.

— Por que você não colocou uma capa, caralho? — o Slim pergunta.

— Vi um arco-íris na rua Lancelot e achei que a chuva já tinha acabado.

— A chuva nunca acaba pra gente, garoto.

Encosto a bicicleta na amurada amarela e dou uma olhada num balde branco de plástico do lado do Slim. Tem duas bremas gordas nadando sem ir pra frente nem pra trás dentro do balde. Eu me sento do lado dele, as pernas na lateral da ponte. A água da maré alta sobe e se agita em picos e vales.

— Os peixes mordem a isca na chuva? — eu pergunto.

— Não tá chovendo embaixo da água — ele responde. — Os cabeças chata aparecem assim. É diferente de pescar no rio. Já vi percas douradas no Oeste ficarem doidas na chuva.

— Como você sabe quando um peixe tá ficando doido?

— É quando eles começam a pregar sobre o fim do mundo. — O Slim ri.

A chuva fica mais forte. Ele tira um *Courier-Mail* enrolado da bolsa de pesca e abre, pra eu usar como guarda-chuva.

— Obrigado.

Ficamos olhando pra linha esticada, balançando pelas ondas da baía Bramble.

— Você ainda vai querer ir em frente com isso?

— Eu tenho que ir, Slim. Ela vai ficar bem assim que me ver. Eu sei.

— E se isso não for suficiente, garoto? — ele pergunta. — Dois anos e meio é tempo demais.

— Você mesmo falou que a prisão vai ficando mais fácil cada vez que você acorda.

— Eu não tinha dois filhos do lado de fora. Os dois anos e meio dela vão parecer vinte meus. Aquela prisão masculina tá cheia de sujeitos que se acham maus até o osso porque cumpriram quinze anos. Mas aqueles caras não amam nada e nada ama eles de volta, e isso torna tudo mais fácil. São as mães do outro lado que tem que aguentar de verdade. Elas acordam todo dia sabendo que tem um merdinha que nem você aqui fora esperando pra dar amor pra elas.

Tiro o jornal da cabeça pra chuva bater na minha cara e esconder os meus olhos molhados.

— Mas o homem no telefone, Slim — eu digo. — O pai diz que eu tô louco. O pai diz que eu inventei tudo. Mas eu sei o que eu ouvi, Slim. Sei que ele disse o que disse. E o Natal tá chegando, e a mãe adora o Natal de um jeito que nunca vi alguém adorar o Natal. Você acredita, Slim? Acredita em mim?

Tô chorando muito agora. Tanto quanto a chuva que cai do céu preto.

— Eu acredito, garoto. Mas também acredito que o seu pai tá certo de não te levar lá. Você não precisa ver aquele mundo. E ela não precisa ver você nele. Às vezes, faz doer mais.

— Você falou com o seu amigo? — eu pergunto.

Ele faz que sim e respira fundo.

— O que ele disse?

— Ele vai fazer.

— Vai?

— Vai.

— O que ele quer em troca? Porque eu topo qualquer coisa, Slim. Vou cumprir a minha parte, prometo.

— Calma, Papa-Léguas — ele diz.

Ele dá três voltas no molinete Alvey, delicado e instintivo.

— Mordeu?

— Só encostou.

Ele gira mais uma vez. Silêncio.

— Ele não tá fazendo isso por você — ele diz. — Eu protegi o irmão dele durante uma pena bem longa muito tempo atrás. O nome dele é George, e isso é tudo que você precisa saber. Ele tem um negócio de venda de frutas e faz entregas nas prisões masculina e feminina da Boggo há doze anos. Os guardas conhecem o George e os guardas também sabem as coisas que o George carrega no fundo falso embaixo das caixas de melancia e melão. Mas claro que são bem-pagos pra cacete pra não saberem dessas coisas. Como qualquer negócio aqui fora, a época de Natal é um período de bons ganhos pra qualquer comerciante que queira fazer um troco a mais com as vendas lá dentro. O George costuma levar todo tipo de presente no Natal. Pode levar brinquedos sexuais e bolos e joias e drogas e lingerie e bonecos do Rudolph com luzinhas que ficam vermelhas quando ele treme o nariz. Só que, nos doze anos desse comércio bem-sucedido, ele nunca levou um garoto de treze anos com desejo infantil de aventura e um anseio inabalável de ver a mãe no Natal.

Eu faço que sim.

— É, imagino que não.

— Quando você for pego, Eli, e você vai ser pego, você não conhece o George e não sabe nada sobre o caminhão de frutas dele. Você fica mudo, entendeu? Vai incorporar o seu irmão e ficar de boca calada. Vai ter um total de cinco caminhões fazendo entregas na véspera e na manhã do Natal, todos com a sua carga individual ilegal de bônus. Você pode ter certeza de que os guardas vão tentar botar você pra fora mais rápido e mais silenciosamente do que você vai entrar. Eles são os últimos que querem que o mundo saiba que um garoto de treze anos foi encontrado correndo dentro da prisão feminina da Boggo Road. Se levarem isso mais alto na cadeira alimentar, eles se fodem mais do que você. A imprensa aparece, a equipe de avaliação dos padrões da prisão aparece, o comércio ilegal acaba, e a esposa de um daqueles guardas não ganha a batedeira nova com que tava sonhando, e o guarda não ganha as panquecas no domingo de manhã e nem todas as outras coisas que vem com a batedeira, entende?

— Você tá falando de relações sexuais?

— Sim, Eli, eu tô falando de relações sexuais.

Ele gira o molinete duas vezes e observa a linha como se não acreditasse nela.

— Outra mordida? — eu pergunto.

Ele faz que sim e puxa a linha um pouco mais.

Acende um cigarro com a cabeça encostada no peito, protegendo ele da chuva.

— Onde é que eu me encontro com ele? — eu pergunto. — Como o George vai saber quem eu sou?

O Slim dá um trago na chuva. Enfia a mão esquerda no bolso de cima de uma camisa de flanela embaixo da capa. Pega um pedaço de papel dobrado no meio.

— Ele vai reconhecer você — ele diz.

Ele segura o papel, mas não entrega.

— Naquele dia no hospital, você me perguntou sobre o bem e o mal, Eli. Fiquei pensando nisso. Fiquei pensando muito nisso. Eu devia ter dito que não passa de uma escolha. Não tem passado, não tem mãe e pai e não tem de onde você veio. É só uma escolha. O bem. O mal. Só isso.

— Mas você nem sempre tem escolha — eu argumento. — Quando você era criança. Você não teve escolha. Teve que fazer o que dava pra fazer e depois pegou um caminho que não dava escolha.

— Eu sempre tive escolha. E você tem uma escolha hoje, garoto. Você pode pegar esse pedaço de papel. Ou pode respirar. Pode dar um passo pra trás e respirar, voltar pra casa e dizer pro seu pai que tá feliz de passar o Natal com ele e não vai mais se preocupar porque sabe que não pode cumprir a pena da sua mãe por ela, porque é isso que você tá fazendo, garoto, você tá vivendo dentro daquela prisão por ela e vai ficar lá pelos próximos dois anos e meio se não der um passo pra trás por um segundo e respirar.

— Não dá, Slim.

Ele faz que sim e estica a mão com o pedaço de papel.

— A escolha é sua, Eli.

O pedaço de papel leva umas gotas de chuva. É só um pedaço de papel. Pega o pedaço de papel. Pega.

— Você vai ficar com raiva de mim se eu pegar?

Ele balança a cabeça.

— Não — ele responde.

Eu pego o pedaço de papel. Enfio no bolso do short sem nem ler o que tá escrito lá. Eu olho pro mar. O Slim olha para mim.

— A gente não pode mais se ver, Eli — ele diz.

— Quê?

— Você não pode passar o seu tempo com um bandido velho que nem eu, garoto.

— Você disse que não ia ficar com raiva.

— Não tô com raiva. Se você precisa ver a sua mãe, tudo bem, mas vai ter que deixar essa coisa de bandido pra trás, entendeu? Agora chega.

A minha cabeça fica latejando de confusão. Os meus olhos se enchem de lágrimas. A chuva bate nas minhas bochechas e na minha cabeça e nos meus olhos que choram.

— Mas você é o único amigo de verdade que eu tenho.

— Então você precisa arranjar uns novos.

Eu baixo a cabeça. Levo os punhos pros olhos e aperto, como se estivesse apertando um corte pra fazer um sangramento parar.

— O que vai acontecer comigo, Slim? — eu pergunto.

— Você vai viver a sua vida. Vai fazer coisas com que eu só sonhei. Vai ver o mundo.

Tô gelado por dentro. Tão gelado por dentro.

— Você é frio, Slim — eu digo entre os soluços.

Estou com tanta raiva. Com tanta raiva por dentro.

— Você deve ter matado mesmo aquele taxista — eu digo. — Você é um assassino de sangue-frio. Frio que nem uma cobra. Acho que conseguiu sair da Black Peter porque não tem coração, que nem o resto da gente.

— Acho que você tá certo.

— Você é a porra de um assassino! — eu grito.

Ele fecha os olhos por causa do barulho.

— Calma — ele diz, olhando prum lado e pro outro da ponte e não vendo ninguém por perto. Todo mundo foi embora. Chega uma hora em que todo mundo vai embora. Todo mundo tá fugindo da chuva. Ninguém tá correndo pra ela. Tão frio por dentro.

— Você mereceu tudo que recebeu — eu disparo.

— Já chega, Eli.

— Você é um merda! — eu berro.

O Slim grita, e eu nunca tinha ouvido ele gritar.

— Já chega, porra!

O grito faz ele ofegar e ele tem um acesso de tosse. Ele leva o braço esquerdo até a boca e tosse na dobra do cotovelo, uma tosse junto com ânsia de vômito que sacode o peito, como se não tivesse nada dentro dele além de ossos velhos e a poeira do piso de terra da Black Peter. Ele inspira fundo, chiando e tossindo, gorgoleja e cospe uma bola de catarro que cai dois metros à direita, ao lado de duas latas vazias de sardinha. Ele se acalma.

— Eu já fiz muita coisa — o Slim diz. — E fiz com muita gente. Nunca falei que não mereci a pena que recebi, Eli. Só falei que não matei aquele cara. Mas eu fiz muita coisa, e Deus sabia que eu tinha feito muita coisa e queria que eu pensasse em outras coisas que fiz, e foi o que eu fiz, garoto. Eu pensei bastante naquelas coisas, pensei em todas elas. E não preciso que você pense nelas por mim. Você devia estar pensando em garotas, Eli. Devia estar pensando que vai escalar uma montanha. Em como vai sair daquele buraco imundo em que está morando. Para de contar as histórias dos outros e começa a contar a sua, pra variar.

Ele balança a cabeça. Olha pro mar marrom-esverdeado.

A ponta da vara balança com força. Uma vez. Duas vezes. Três vezes.

O Slim observa a vara de pescar em silêncio. Depois, segura a vara com toda a força, e a vara se curva que nem o arco-íris que eu vi na rua Lancelot.

— Peguei — ele diz.

A chuva cai, e a ação repentina faz o Slim tossir sem controle de novo. Ele me entrega a vara de pescar enquanto cuida do acesso de tosse.

— Cabeça chata — ele diz entre as tosses. — Enorme. Uns cinco quilos. — Mais três tosses. — Puxa, tá bom, garoto?

— O quê? — eu digo. — Eu não posso...

— É só enrolar a linha — ele diz, levantando e colocando as mãos nos joelhos, tossindo uma mistura de caldeirão de bruxa de tabaco e catarro. E sangue. Tem sangue no cuspe dele, que cai no asfalto da ponte e a chuva lava, só que não para de sair da boca dele. Não existe cor mais forte do que o vermelho do sangue do Slim Halliday. Eu enrolo a linha sem parar, virando a cabeça de um lado pro outro entre o mar e o sangue aos pés do Slim. O mar e o sangue. O mar e o sangue.

O cabeça chata puxa a linha, nadando pra sobreviver. Eu enrolo o molinete com mais força, movimentos longos e lentos, como costumava girar a manivela do varal ajustável no quintal da casa de Darra.

— Acho que é um monstro, Slim! — eu grito, e de repente tô tão impressionado quanto eufórico.

— Só fica calmo — ele diz enquanto tosse. — Dá um pouco de linha pra ele quando achar que ele vai conseguir escapar.

Só quando o Slim fica de pé é que reparo como ele tá magro. Ele sempre foi magro. Sempre. O Arthur Halliday precisa de um novo apelido, mas Esquelético Halliday não soa tão bem.

— O que você tá olhando? — o Slim sussurra, inclinado pra frente. — Puxa esse monstro!

Sinto o cabeça chata nadando pra esquerda e pra direita. Em pânico. Perdido. Por um tempo, ele vem comigo, seguindo o puxão do anzol na boca, recebendo alguma mensagem divina de que é pra lá que ele tem que ir, que a sardinha e o anzol e a maré da baía Bramble nesse dia chuvoso eram o objetivo final por trás de toda aquela busca por sobrevivência no leito do oceano. De repente, ele luta. Nada pra longe com força, e o molinete bate forte na minha mão.

— Porra! — eu berro.

— Luta com ele — o Slim sussurra.

Eu puxo a vara e giro o molinete ao mesmo tempo. Movimentos longos e deliberados. Ritmados. Determinados. Incansáveis. O monstro tá cansando, mas eu também. A voz do Slim atrás de mim.

— Continua lutando — ele diz baixinho, tossindo de novo.

Eu giro e giro e giro, e a chuva bate na minha cara, e o mundo parece tão próximo agora, cada pedaço, cada molécula. O vento. O peixe. O mar. E o Slim.

O monstro se acalma. Eu puxo com força e vejo ele se aproximar da superfície, emergindo que nem um submarino russo.

— Slim, lá vem ele! Lá vem ele! — eu uivo, eufórico.

Parece ter uns oitenta centímetros. Está mais para sete quilos do que para cinco. Um peixe alienígena monstruoso, todo músculo e espinha e dissimulação verde-oliva de cabeça chata.

— Olha pra ele, Slim! — eu grito, em êxtase.

Enrolo o molinete tão rápido que o movimento podia acender uma fogueira só pra assar o monstro, enrolar ele em papel-alumínio e assar ele pro Slim e pra mim nas margens lamacentas do mangue no lado da ponte de Redcliffe, seguido de uns marshmallows derretidos mergulhados em chocolate em pó. O cabeça chata sobe no ar, e a vara e a linha são um guindaste erguendo uma carga preciosa pro alto de um arranha-céu, o meu monstro voando pelo céu preto, o morador do leito do mar sentindo chuva nas costas pela primeira vez, vendo o universo acima da linha d'água, vislumbrando o meu rosto ofegante, de olhos arregalados e alegres.

— Slim! Slim! Eu peguei ele, Slim!

Mas não escuto o Slim. O mar e o sangue. O mar e o sangue.

Eu me viro do peixe pro Slim. Ele tá caído de costas, a cabeça pendendo de lado. Ainda tem sangue nos lábios. Os olhos tão fechados.

— Slim!

O cabeça chata balança o corpo longo e forte no ar e arrebenta a linha de pesca.

Vou me lembrar disso pelo choro. Vou me lembrar disso pelo jeito como as minhas bochechas raspam nos pelos do rosto não barbeado. Pelo jeito como me sento de qualquer maneira porque nem penso em sentar, só penso nele. Pelo jeito como não consigo saber se ele tá respirando na chuva. Pelo sangue nos lábios, escorrendo até o queixo. Pelo cheiro de tabaco White Ox. Pelas pedrinhas do cascalho da ponte machucando os meus joelhos.

— Slim. — Eu soluço. — Slim! — eu grito. Pelo jeito como eu balanço numa confusão de dar pena. — Não, Slim. Não, Slim. Não, Slim.

O som dos meus murmúrios lacrimosos e idiotas, sem fôlego.

— Desculpa pelo que eu disse. Desculpa pelo que eu disse. Desculpa pelo que eu disse.

E pelo jeito como o peixe monstro mergulha no mar marrom-esverdeado, bem fundo na maré alta, depois de ter visto o universo aqui de cima.

Ele só queria ver por um segundo. E não gostou do que viu. Não gostou da chuva.

Garoto abre mar

A nossa árvore de Natal é uma planta que fica dentro de casa e que se chama Henry Bath. O Henry Bath é uma figueira. O Henry Bath tem um metro e meio dentro do vaso terracota onde o pai colocou ele. O pai gosta de árvores e gosta do Henry Bath, com as folhas verdes amontoadas no formato de canoa e o tronco cinzento que nem uma cobra parada. Ele gosta de personalizar as plantas porque, se não fizer isso — se não imaginar elas com necessidades e vontades humanas numa pequena e exótica parte de uma mente que estou começando a perceber que opera com a mesma ordem e previsibilidade que as entranhas do nosso pufe de vinil da sala —, fica menos inclinado a molhar elas e a planta tem mais chance de sucumbir ao ataque infinito de guimbas de cigarros caseiros do pai. Ele escolheu o nome Henry por causa do Henry Miller e Bath por causa da banheira onde ele tava deitado lendo *Trópico de Câncer* quando pensou em dar nome pra figueira.

— Por que o Henry parece que tá chorando? — eu pergunto pro pai enquanto empurramos a árvore pro meio da sala, onde a tábua de passar roupa fica montada vinte e quatro horas por dia, o nosso velho ferro de passar roupa enferrujando na base de metal.

— Porque ele nunca vai poder ler um Henry Miller.

A gente coloca o vaso da planta no lugar.

— A gente tem que tomar cuidado com o lugar onde a gente vai colocar ele — o pai diz. — Mudar o Henry prum lugar novo deixa ele meio chocado.

— É sério?

Ele faz que sim.

— A luz que bate nele fica diferente, a temperatura fica diferente, pode ser mais seco, muda a umidade, e ele acha que a estação mudou. Aí começa a soltar folhas.

— Então ele sente?

— Claro que sim — o pai responde. — O Henry Bath é um filho da puta muito sensível. É por isso que ele parece estar chorando o tempo todo. Que nem você.

— Como assim, que nem eu?

— Você gosta de chorar.

— Não gosto, não — eu digo.

Ele dá de ombros.

— Você gostava quando era bebê — ele diz.

Eu tinha me esquecido disso. Tinha esquecido que ele me conhecia antes de eu conhecer ele.

— Fico surpreso de que você consegue lembrar.

— Claro que lembro. Foram os melhores dias da minha vida.

Ele recua e avalia a nova posição do Henry Bath.

— O que acha? — o meu pai pergunta.

Eu faço que sim. O August tá segurando dois filetes de ouropel de Natal nas mãos, um vermelho e um verde, os dois sem uns fios metálicos por causa da idade, que nem o Henry Bath perde as folhas e o meu pai pode estar perdendo a sanidade.

O August coloca o ouropel com cuidado em torno do Henry Bath, e ficamos parados em volta da figueira, maravilhados com a árvore de Natal mais triste da rua Lancelot e talvez até do hemisfério Sul.

O pai se vira pra gente.

— Mais tarde vai chegar uma caixa de Natal do St. Vinnies. Tem umas coisas boas dentro. Uma lata de presunto, suco de abacaxi, balinhas de alcaçuz. Achei que poderíamos aproveitar um pouco amanhã. Trocar uns presentes e tal.

— Você comprou presentes pra gente? — eu pergunto, duvidando.

O August abre um sorriso encorajador. O pai coça o queixo.

— Bom, não — ele diz. — Mas tive uma ideia.

O August faz que sim. *Muito bom, pai*, ele escreve no ar, estimulando que o pai continue.

— Pensei que cada um podia escolher um livro do quarto dos livros e embrulhar e botar embaixo da árvore.

O pai sabe o quanto eu e o August passamos a gostar da montanha de livros que ele tem no quarto.

— Mas não um livro velho qualquer — ele diz. — Talvez alguma coisa que a gente tenha lido ou alguma coisa que seja importante pra gente ou alguma coisa que a gente ache que o outro pode gostar.

O August bate palmas e sorri. Faz sinal de positivo pro pai. Eu reviro os olhos, como se os meus globos oculares estivessem cobertos por dois pirulitos de hortelã de uma caixa de Natal de caridade da igreja St. Vincent de Paul.

— Aí, sabe como é, a gente pode comer umas balas e ler os livros do Natal — o pai diz.

— E como isso vai ser diferente de qualquer outro dia pra você? — eu pergunto.

Ele faz que sim.

— Ah, bom, a gente pode ler todo mundo na sala. A gente pode ler junto.

O August dá um soco no meu ombro. *Para de ser babaca. Ele tá tentando. Deixa ele, Eli.*

Eu faço que sim.

— Parece legal.

O pai vai até a mesa da cozinha e corta um bilhete de aposta de corrida de cavalos em três pedaços, escreve um nome em cada pedaço com o lápis que ele usa pra marcar os cavalos no guia de apostas. Retorce os pedaços de papel e segura eles na mão.

— Você pega primeiro, August — o pai diz.

O August pega um pedaço de bilhete e abre com um brilho de espírito de Natal nos olhos.

Ele me mostra o nome: *Pai.*

— Pronto — o pai diz. — Então o August escolhe um livro pra mim. Eu escolho um livro pro Eli e o Eli escolhe um livro pro August.

O meu pai faz que sim. O August faz que sim. O pai olha para mim.

— Você vai ficar aqui e participar, não vai, Eli? — o meu pai pergunta.

O August me olha. *Você é um babaca. Sério mesmo.*

— Vou ficar, sim — eu respondo.

*

Eu não fico. Às quatro horas da madrugada de Natal, coloco um exemplar de *Papillon* pro August embaixo da árvore de Natal, embrulhado na página de esportes do *The Courier-Mail.* O meu pai embrulhou o livro que vai me dar com os classificados do *The Courier.* O August embrulhou o livro que escolheu pro pai com a primeira página.

Ando até a estação de trem no subúrbio litorâneo próximo de Sandgate, famoso pelo peixe empanado com fritas e pelos asilos de idosos, pegando o atalho que atravessa a rodovia da Sunshine Coast. Isso normalmente é um exercício frenético de maluquice, que exige que os moleques de Bracken Ridge pulem um gradil de aço, desviem do trânsito em alta velocidade por quatro pistas, pulem outro gradil de aço e passem por um buraco do tamanho de um prato numa cerca de arame sem ser visto pela polícia ou, pior, pelos pais preocupados que tão botando pressão na câmara de vereadores pra construir uma passarela em cima da rodovia há anos. Só que, nessa madrugada, a rodovia tá vazia. Passo devagar por cima do gradil, assobiando "God Rest Ye Merry Gentlemen" no caminho.

Depois da rodovia fica a estrada Racecourse, junto ao hipódromo Deagon, onde, nesta madrugada de Natal, à meia-luz de um sol que vai despertando aos poucos, uma jovem amazona percorre a pista com um elegante puro-sangue castanho. Tem um homem idoso de boina vendo, encostado na grade da pista. Ele se parece um pouco com o Slim, mas não pode ser o Slim porque o Slim tá no hospital. O Houdini Halliday tá tentando fugir do destino. O Houdini Halliday tá escondido no mato, abaixado enquanto o esqueleto de capa com a foice afiada procura por ele.

— Feliz Natal — o homem diz.

— Feliz Natal — eu respondo e acelero o passo.

Só tem quatro trens operando hoje, e o das 5h45 da manhã pra Central para na estação Bindha, do lado dos canos de ferro e das esteiras móveis expostas da fedorenta Fábrica de Conservas Golden Circle, não tão fedorenta hoje porque a fábrica tá fechada por causa do feriado. Tinha uma lata de um litro de suco de laranja com manga Golden Circle na nossa caixa beneficente de Natal da St. Vincent de Paul, que foi entregue ontem à tarde por uma mulher com uma expressão calorosa, cabelo castanho e unhas pintadas de vermelho. Também havia uma lata de abacaxi fatiado da Golden Circle, embalado e enviado pela boa gente da Fábrica de Conservas Golden Circle do lado da estação de trem Bindha.

O velho caminhão vermelho tá parado onde o bilhete do Slim disse que ele estaria. Ligado em ponto morto na esquina da rua Chapel com a St. Vincents. A frente do caminhão é cheia de curvas gordas e ferrugem, uma coisa que o Tom Joad teria dirigido na estrada para a Califórnia. A parte de trás é composta de quatro paredes de ferro, formando uma caixa retangular com uma lona azul por cima, do tamanho da cozinha do pai. Seguro as alças da mochila que tô carregando e me aproximo da porta do motorista.

Tem um homem ao volante fumando um cigarro, o cotovelo direito pra fora da janela.

— George? — eu pergunto.

Ele é grego, talvez. Italiano. Sei lá. Da idade do Slim, careca e com braços gordos. Ele abre a porta e sai do caminhão, apaga o cigarro com um tênis gasto que usa com uma meia cinza grossa enrolada no tornozelo. Ele é baixo e corpulento, mas é ágil também. Um homem de ação.

— Obrigado por fazer isso — eu agradeço.

Ele não diz nada. Abre a traseira do caminhão, puxa bem a porta de metal e a prende no lado. Faz sinal pra eu subir. Eu subo, e ele vai atrás de mim.

— Não vou dizer nada, juro — eu asseguro.

O George não diz nada.

O caminhão tá cheio de caixas de frutas e legumes. Uma caixa de abóboras. Uma de melões. Uma de batatas. Tem uma paleteira do lado da parede esquerda. Perto da porta tem uma caixa quadrada grande e vazia numa empilhadeira. O George se inclina sobre a caixa e puxa um fundo falso de madeira a dois terços do alto da caixa. Ele balança a cabeça duas vezes pra direita. Já li movimentos silenciosos de cabeça suficientes do August pra saber que o que ele quer dizer é "Entra na caixa". Coloco a mochila na caixa e passo as pernas pela lateral e me deito.

— Vai dar pra respirar aqui?

Ele aponta pros buracos nas paredes da caixa. É bem apertado, só consigo entrar deitando de lado com as pernas puxadas contra a barriga com força. Apoio a cabeça na mochila.

O George avalia a posição e, satisfeito, levanta a placa de madeira que forma o fundo falso e coloca ela por cima do meu corpo encolhido.

— Espera — eu digo. — Você tem alguma instrução sobre o que eu tenho que fazer quando eu chegar lá?

Ele faz que não.

— Obrigado — eu digo. — Você tá fazendo uma coisa boa. Você tá me ajudando a ajudar a minha mãe.

O George assente.

— Eu não tô falando nada, garoto, porque você não existe, entendeu? — ele declara.

— Entendi — eu respondo.

— Agora fica quieto e espera.

Eu faço que sim três vezes. O fundo falso de madeira desce por cima do meu corpo.

— Feliz Natal — o George diz.

E aí vem a escuridão.

*

O motor sacode e ganha vida, e a minha cabeça bate no piso da caixa. Respira. Devagar, com calma. Não é hora de ter um daqueles ataques de pânico horríveis do pai. Isso é viver. Isso é o que o Slim chama de viver a vida nas trincheiras. Todo mundo afastado da linha de fogo fica se preocupando com o que vai acontecer, mas aqui estou eu, Eli Bell, encarando o fogo da vida, encontrando forças, olhando a luta nos olhos.

Vejo a Irene, na escuridão. Camisola de seda. O músculo exposto da panturrilha, a pele perfeita e com sardas do tornozelo. O caminhão segue pela rua. Sinto o George mudar de marcha, sinto todos os buracos da estrada. Vejo a Caitlyn Spies na praia agora. Ela tá usando a camisola de seda da Irene e tá me chamando. Ela sorri e vira a cabeça para ver o universo sem fim.

O caminhão vai mais devagar, para, e ouço a seta, e o caminhão vira à esquerda, passando por um portão. O caminhão vai em frente e dá ré, e ouço o som do apito da ré. O caminhão para. A porta de trás se abre, e escuto o George puxando uma rampa de ferro dentro do caminhão até o concreto. O som de uma máquina, provavelmente uma empilhadeira, subindo pela rampa. Cheiro de graxa e gasolina. A máquina perto da caixa. A caixa treme e balança quando duas hastes de metal entram embaixo de mim, e, de repente, sou elevado dentro da caixa. Estou me mexendo, a cabeça batendo na caixa conforme a empilhadeira desce a rampa de ferro e segue pesada pelo concreto. As hastes da empilhadeira saem de debaixo da caixa, e a máquina vai pra frente e pra trás, tão perto que sinto o cheiro das rodas de borracha. *Bipe, bipe.* Zip, zip. Esquerda, direita. O som das hastes da empilhadeira levantando outra caixa no ar e uma coisa pesada caindo no fundo falso acima de mim. *Bang, bang, bang, bang. Burrrrrrrdurrrrrr.* O peso da nova caixa curva o fundo falso, e o meu coração dispara. Tem frutas em cima de mim. Sinto o cheiro delas. Melancias. De repente, estou flutuando de novo, elevado pela empilhadeira, recolocado no caminhão. E estou em movimento de novo.

★

Fecho os olhos e procuro a praia, mas só vejo o Slim, e ele tá deitado de lado que nem na ponte, com sangue velho nos lábios. E vejo pegadas na areia e sigo essas pegadas e vejo que as pegadas são de um homem e que esse homem é o Iwan Krol, e ele tá arrastando um homem pela praia e o homem que ele tá arrastando é o Lyle, usando a mesma camisa e o mesmo short que usava na noite que vimos ele pela última vez, a noite em que ele foi arrastado da nossa casa em Darra. Não consigo ver a cabeça do Lyle porque ela tá caída enquanto ele é arrastado, mas eu sei a verdade. Eu já sabia a verdade desde que ele desapareceu. Claro que não dá pra ver a cabeça dele. Claro que não dá pra ver a cabeça dele.

★

O caminhão freia de repente e faz uma curva longa pra direita. Depois, pra esquerda, subindo uma ladeira que parece ter quebra-molas. Depois para.

— Boas festas, Georgie Porgie — um homem fora do caminhão diz.

O George e o homem conversam, mas não consigo ouvir o que eles falam. Eles riem. Eu escuto palavras soltas. Esposa. Filhos. Piscina. Bêbado de cair.

— Pode entrar — o homem diz.

O som de um portão mecânico abrindo. O caminhão se movimenta, sobe uma rampa suave e para de novo. Tem dois homens falando com o George agora.

— Feliz Natal, Georgie — um deles diz.

— Vamos ser rápidos, meu amigo — o outro apressa. — A Tina vai fazer a *cassata* este ano?

O George diz alguma coisa pros homens e eles riem.

A porta se abre na parte de trás do caminhão. Ouço passos de dois homens subindo. Eles tão olhando pra caixa do lado da minha.

— Olha só essa merda — um dos homens diz. — Essas putas comem melhor do que a gente. Cerejas. Uvas. Ameixas. Melões. O quê? Não tem morangos cobertos de chocolate? Não tem maçãs com caramelo?

Eles nem tocam a caixa onde eu tô.

Eles saem do caminhão e fecham a porta.

O som de uma porta de correr subindo.

— Pode entrar, Georgie — um dos homens grita.

O caminhão segue em frente devagar, faz várias curvas pra esquerda e pra direita, e aí para. E mais uma vez a porta de trás é aberta e a rampa de ferro desce até o concreto.

E mais uma vez sou levantado e tô em movimento, nas hastes da paleteira sem motor do George, só umas alavancas enferrujadas de metal balançando. Descemos a rampa até o piso de concreto. O George tira mais seis caixas e coloca ao meu lado. Eu escuto ele colocar a rampa de ferro no caminho. Escuto ele fechar a porta de trás e escuto os tênis dele fazendo barulhos agudos quando ele anda na direção da minha caixa de melancias com o fundo falso de algum livro de espiões do subúrbio de Queensland que ninguém se deu o trabalho de escrever. Ele sussurra no buraco.

— Boa sorte, Eli Bell. — Ele bate duas vezes na caixa e vai embora.

O motor do caminhão ganha vida e ecoa no espaço onde eu estou, e a fumaça do escapamento enche o espaço pequeno e cada vez mais claustrofóbico de espião.

Depois, silêncio.

*

Faço o tempo passar rápido com o meu medo. O meu medo me faz pensar. O meu pensamento me manipula. Onde será que ela tá? Será que tá bem? Será que vai querer me ver? O que eu tô fazendo aqui? O homem no telefone vermelho. O homem no telefone vermelho.

O que foi aquilo que a sra. Birkbeck, a pedagoga dos perdidos e dos inquietos, falou sobre crianças e traumas? O que foi aquilo sobre acreditar em coisas que nunca aconteceram de verdade? Isso tá mesmo acontecendo? Eu tô aqui mesmo, preso no fundo de uma caixa de melancias no Natal? Do sublime ao ridículo e do ridículo ao fundo de uma caixa.

Há quanto tempo eu tô aqui? Uma, duas horas? Com a fome que eu sinto, já deve ser hora do almoço. Devo estar aqui há umas três horas já. Tô morrendo de fome. O August e o pai devem estar comendo aquele presunto enlatado agora mesmo. Lendo os livros de Natal e saboreando fatias de abacaxi enlatado Golden Circle. O August deve estar dizendo pro pai que o resistente e lendário fugitivo da prisão Henri Charrière tinha o apelido de "Papillon" por causa da borboleta tatuada no peito bronzeado e peludo. É isso que eu vou fazer se eu sair daqui. Vou até a casa do Travis Mancini na rua Percivale, em Bracken Ridge, pra pedir pra ele fazer uma daquelas tatuagens caseiras em mim: uma borboleta azul abrindo as asas no centro do meu peito. E quando os outros garotos me virem nadando na piscina de Sandgate, vão me perguntar por que tenho uma borboleta azul tatuada no peito, e posso dizer que é o meu tributo à força de vontade do Papillon, minha homenagem à resiliência do espírito humano. Posso dizer que fiz a tatuagem depois que entrei escondido na parte feminina da Boggo Road pra salvar a vida da minha mãe e que fiz a tatuagem de borboleta porque eu era um casulo naquele dia, eu era uma larva em forma de garoto presa numa pupa de melancias, mas eu sobrevivi, saí das melancias renovado, transformado.

Garoto devora passado. Garoto devora si mesmo. Garoto devora universo.

Uma porta abre e fecha. Passos. Solas de borracha chiando no concreto. Alguém parado do lado da caixa. Mãos nas melancias. As melancias sendo tiradas da caixa. Sinto o peso mudando sobre o fundo falso. Relaxando. A luz chega aos meus olhos quando o fundo falso é removido. As minhas pupilas lutam contra a luz e se concentram no rosto de uma mulher inclinada em cima da caixa, olhando pra mim. Uma mulher aborígene. Grande e imponente, com uns sessenta anos. Com raízes grisalhas no cabelo preto.

— Ah, olha você aí — ela diz de forma calorosa. Ela sorri, e o sorriso é a terra e o sol e uma borboleta azul batendo as asas. — Feliz Natal, Eli.

— Feliz Natal — eu respondo, ainda esmagado que nem uma lata de refrigerante pisada dentro da caixa.

— Quer sair daí? — pergunta ela.

— Quero.

Ela oferece a mão direita e me ajuda a levantar. Tem uma tatuagem de uma serpente arco-íris do Tempo do Sonho se contorcendo pela parte interna do braço. A gente aprendeu sobre a serpente arco-íris no quinto ano na escola: doadora de vida, maravilhosa e majestosa, mas alguém com quem ninguém deve se meter, pelo menos porque ela pode ter gerado a Austrália por regurgitação.

— Meu nome é Bernie — ela diz. — O Slim me falou que você ia dar uma passadinha aqui no Natal.

— Você conhece o Slim?

— Quem não conhece o Houdini da Boggo Road? — A expressão no rosto dela fica séria. — Como ele tá?

— Não sei — eu respondo. — Ele ainda tá no hospital.

Ela faz que sim e me encara de forma calorosa.

— Devo te dizer que você é o assunto mais comentado nesse buraco aqui. — Ela passa a mão suavemente pela minha bochecha esquerda. — Ah, Eli. Todas as mulheres da Boggo Road que já tiveram leite nas tetas vão querer te dar um abraço.

Observo o lugar em que estamos enquanto me alongo e estalo o pescoço dolorido pra que ele volte a uma posição funcional. Estamos numa cozinha, parte espaço prático de cozinhar com bancadas de metal e pias e escorredores, fornos industriais e bocas de fogão. A porta da entrada da cozinha tá fechada e uma porta de metal de enrolar foi fechada por cima de um bufê quente com doze compartimentos. Estamos numa espécie de depósito do lado da cozinha, tem uma porta de enrolar na parede dos fundos por onde eu devo ter entrado.

— Essa cozinha é sua? — eu pergunto.

— Não, isso aqui não é uma cozinha — a Bernie responde, fingindo estar ofendida. — Isso aqui é o meu restaurante, Eli. Eu chamo de "Gaiola". Bom, às vezes, eu chamo de "Bloco Huuum", H-U-U-U-M, e, às vezes, eu chamo de "Grelhas e Grelhados da Bernie", mas quase sempre chamo de "Gaiola". Tem o melhor bife *bourguignon* que você vai encontrar ao sul do rio Brisbane. Pra um restaurante a localização é bem merda, claro, mas as funcionárias são simpáticas e o movimento, de umas cento e quinze clientes fiéis durante o café, o almoço e a janta, é constante.

Dou uma risadinha. Ela gargalha e leva um dedo à boca.

— Shhhh, você tem que ficar quieto que nem um rato, tá ouvindo?

Eu faço que sim.

— Você sabe onde a minha mãe tá?

Ela faz que sim.

— Como ela tá?

A Bernie me encara. Ela tem uma constelação tatuada na têmpora esquerda.

— Ah, meu doce — ela diz, as mãos aninhando o meu queixo. — A sua mãe falou de você pra gente. Ela nos disse como você e o seu irmão são especiais. E a gente soube que você tava tentando vir aqui pra ver a sua mãe, mas o seu pai nem queria saber disso.

Eu balanço a cabeça. Os meus olhos encontram uma caixa de maçãs vermelhas no banco da cozinha.

— Tá com fome? — a Bernie pergunta.

Eu faço que sim.

Ela vai até a caixa de maçãs, limpa uma na calça da prisão do mesmo jeito que Dennis Lillee faz com as bolas de críquete e joga pra mim.

— Quer que eu faça um sanduíche ou alguma coisa assim pra você? — ela pergunta.

Eu faço que não.

— Tem Corn Flakes aqui. Acho que a Tanya Foley do bloco D tem um pouco de Froot Loops escondido. Acho que dá pra conseguir um prato de Froot Loops pra você.

Eu mordo a maçã, suculenta e crocante.

— A maçã tá ótima, obrigado — eu digo. — Posso ir ver ela?

A Bernie suspira, senta na bancada de aço da cozinha e ajeita a blusa do uniforme.

— Não, Eli, você não pode ir ver ela. Não pode ir porque, e não sei se você entendeu bem isso, mas isso aqui é a porra de uma prisão, não um resort de férias onde você pode atravessar o bloco B e pedir pro concierge chamar a sua mãe. Agora entenda o seguinte, você só chegou tão longe porque o Slim implorou pra eu deixar você chegar tão longe, e é melhor começar a me falar por que eu devia deixar você seguir em frente com essa sua aventura maluca.

O som de um coral ecoa fora da cozinha.

— Que isso? — eu pergunto.

É um coral lindo. Vozes de anjos. Uma cantiga de Natal.

— São os Salvos — a Bernie diz. — Eles tão cantando aqui do lado, na sala de recreação.

— Eles vêm todo Natal?

— Se formos meninas boazinhas — ela responde.

A canção fica mais alta, a harmonias de três partes passando pelo vão embaixo da porta pro restaurante "Gaiola" da Bernie.

— Que música é essa?

— Você não tá ouvindo?

A Bernie começa a cantar.

— *Os sinos do trenó estão tocando, está escutando? Na rua, a neve está cintilando. Que bela visão, que noite abençoada. Que bom é caminhar por esta terra nevada.*

A música. A porra da música. A Bernie desce do banco e chega mais perto com uma expressão boba no rosto. Ela vem balançando até mim, sorrindo. Alguma coisa no sorriso dela me incomoda. Tem uma loucura na Bernie. Ela tá me olhando, mas também tá olhando através de mim.

— *O passarinho azul foi embora* — ela canta. — *O passarinho novo que vai ficar agora...*

Alguém bate na porta fechada da cozinha.

— Entra! —Bernie grita.

Uma mulher de uns vinte e poucos anos entra na cozinha. Ela tem tufos louros de cabelo na frente e tufos louros de cabelo atrás, e o resto do cabelo foi raspado bem curto. Os braços e as pernas são puro osso, e o sorriso largo pra mim quando ela entra na cozinha é o maior presente que recebi até agora nesse Natal cada vez mais estranho. Só que o sorriso some quando ela vira pra Bernie.

— Ela não vai sair — a mulher diz. — Ela tá longe, Bern. Tá olhando pra parede como se estivesse morta pro mundo. Ela não tá lá.

A mulher olha pra mim.

— Desculpa.

— Você falou pra ela que ele tá aqui na cozinha? — a Bernie pergunta.

— Não, nem deu — ela diz. — Lorde Brian tá deixando ela ficar de porta fechada. Tá com medo de ela ter outro ataque.

A Bernie baixa a cabeça e pensa. Ela levanta o braço pra mulher, a cabeça ainda baixa.

— Eli, essa é a Debbie.

A Debbie sorri pra mim de novo.

— Feliz Natal, Eli.

— Feliz Natal, Debbie.

A Bernie levanta a cabeça e vira para mim.

— Olha, garoto, você quer que eu seja direta ou quer com calda de chocolate e cereja no topo? — a Bernie pergunta.

— Direta — eu respondo.

Ela suspira.

— Ela não tá bem, Eli. Não tá comendo nada. Não quer sair da cela. Não consigo lembrar qual foi a última vez que ela saiu pra pegar sol às três da tarde. Estava fazendo aula de culinária comigo, mas parou. Ela tá num lugar sombrio, Eli.

— Eu sei. Foi por isso que eu pedi pro Slim me ajudar a entrar aqui.

— Mas ela não quer que você veja ela assim, entendeu?

— Eu sei que ela não quer me ver. Eu sei disso. Mas, Bernie, a questão é que ela quer me ver mesmo sem querer me ver, e eu tenho que ir até lá e dizer que tudo vai ficar bem, porque, quando eu digo que tudo vai ficar bem, isso acontece. As coisas sempre ficam bem quando eu digo pra ela que vão ficar bem.

— Deixa eu ver se eu entendi: você vai lá e diz pra sua mãe que tudo vai ficar bem pra ela neste buraco de merda e — a Bernie estala os dedos — *voilà*, tudo fica bem pra Frankie Bell?

Eu faço que sim.

— Do nada? — ela pergunta.

Eu faço que sim.

— Que nem mágica?

Eu faço que sim.

— Você é mágico, Eli?

Eu faço que não.

— Ah, para com isso, carinha, será que você não é o novo Houdini da Boggo Road? — ela pergunta debochando. — Será que o Slim não mandou o novo Houdini pra tirar a gente daqui com mágica? Você pode fazer isso, Eli? Talvez possa balançar a sua varinha e me transportar pra estação de trem Dutron Park, pra eu poder ir ver um dos meus filhos. Tenho cinco espalhados por aí. Ver um só já ia me deixar feliz. O mais novo, talvez. O Kim. Quantos anos o Kim teria agora, você lembra, Debbie?

A Debbie balança a cabeça.

— Caralho, Bern — ela diz. — O coitado do garoto veio até aqui. Vamos levar ele pra ver a mãe. É Natal, porra.

A Bernie vira para mim.

— Ela só precisa me ver um minuto — eu digo.

— Eu só tô querendo cuidar da sua mãe, garoto. Nenhuma mãe do mundo quer ser vista pelo filho do jeito que ela tá agora. Por que eu deveria deixar você ir lá e fazer ela sofrer mais do que já tá sofrendo, sabe, só pra deixar o seu Natal um pouco melhor?

E eu encaro ela de forma tão profunda e séria que consigo ver a alma de aço dela.

— Porque eu não sei fazer mágica, Bernie. Porque eu não sei de porra nenhuma. Mas sei que o que a minha mãe falou pra você sobre o meu irmão e sobre mim tava certo.

— E o que foi isso? — a Bernie pergunta.

— Que a gente é especial.

★

As prisioneiras do bloco B vão apresentar um musical no Natal num palco improvisado na sala de recreação, e as mulheres dos blocos C, D, E e das celas temporárias no bloco F, pra onde as recém-chegadas vão quando as celas principais tão cheias, todas se reuniram prum concerto alegre depois do almoço. A apresentação do bloco B é uma mistura da história do Natal e do musical *Grease*. A peça apresenta duas presidiárias fazendo o papel de Maria e José como o John Travolta e a Olivia Newton-John. Os três reis magos são integrantes da gangue Pink Ladies. O menino Jesus é uma boneca vestida com jaqueta de couro, e, em vez de passar a noite numa manjedoura, o futuro senhor e salvador descansa no porta-malas de um Greased Lightning de papelão. O musical se chama *Quando uma criança nasce nos tempos da brilhantina*.

O clímax da peça, a Maria cantando "You're the One That I Want For Christmas", bota a casa abaixo, e uma gritaria trovejante ecoa pelo bloco B. Até os guardas, três homens grandões de uniformes verde-amarronzados parados em três vértices de um triângulo em volta da plateia que bate nos joelhos, se veem absortos pelo estilo de cabaré da mulher que faz o papel de Maria com uma legging preta bem justa.

— Tudo bem, vamos nessa — a Bernie sussurra, aproveitando ao máximo a distração da peça magnética e colorida.

Estou dentro de uma lixeira grande e preta de rodinhas, e a Bernie tá me empurrando, a tampa fechada em cima da minha cabeça. Os meus pés esmagam pratos de papel tirados das mesas de jantar do almoço de Natal. Estou com restos de presunto enlatado e ervilhas e milho em conserva até os tornozelos. Ela me tira da área da cozinha da prisão, me leva pelo refeitório, atravessa um espaço grande atrás da sala de recreação, passa pela plateia com a cabeça virada pra Maria. Ela vira a lixeira pra direita com rapidez, e o meu corpo desaba sobre as paredes escorregadias e fedorentas. Ela dá trinta ou quarenta passos e coloca a lixeira em pé, abre a tampa e bota a cabeça pra dentro.

— Qual é o meu nome? — ela pergunta.

— Não sei — eu respondo.

— Como você entrou nesse lugar?

— Eu me segurei embaixo de um dos caminhões de entrega.

— Que caminhão?

— Não sei — eu digo. — O branco.

A Bernie assente.

— Pode sair — ela sussurra.

Eu me levanto e saio da lixeira. Estamos num corredor de celas iluminado apenas pela luz de uma janela fosca que vai do chão ao teto no final da passagem, depois de umas oito celas. No meio de cada porta de cela tem um painel retangular de vidro do tamanho da caixa de correio do pai.

Eu saio da lixeira, a mochila ainda nos ombros. A Bernie indica a cela que fica duas portas depois, no corredor.

— É aquela — ela diz. Ela fecha a tampa da lixeira e vai embora. — Você tá por conta própria agora, Houdini. Feliz Natal.

— Valeu, Bernie — eu sussurro.

Eu me aproximo da cela da mãe. A janela da porta é alta demais pra eu conseguir olhar lá dentro, mesmo se eu ficar na ponta dos pés. Mas tem um vão na porta grossa e dá pra eu enfiar os dedos ali e me levantar, usando os joelhos pra chegar mais alto. A minha mão direita escorrega porque só tem quatro dedos pra eu me segurar, mas tento de novo e seguro com mais força. E eu vejo ela. Ela usa uma camiseta branca por baixo do que parece ser um macacão azul-claro de pintor. O uniforme de prisão faz com que ela pareça jovem, menor e mais frágil do que nunca. Ela parece uma garotinha que deveria estar tirando leite das vacas nos Alpes suíços. Na parede direita da cela tem uma escrivaninha, e no canto direito de trás tem uma privada e uma pia de metal. Tem duas camas presas na parede esquerda da cela, e ela tá sentada na de baixo, as mãos juntas e apertadas entre os joelhos. O cabelo tá desgrenhado, caído na cara e nas orelhas. Ela usa o mesmo chinelo de borracha azul que a Bernie. Os meus braços não aguentam o peso e eu caio. Subo de novo e seguro com mais força no vão. Olho por mais tempo dessa vez. Vejo a verdade. As pernas magras. Os cotovelos parecendo a cabeça de um martelo, braços como os palitos que eu usaria pra acender o fogo que queimaria essa cadeia que é o lar de tantas mães no Natal. As maçãs parecem mais altas no rosto, e a carne da bochecha desapareceu, se transformou numa camada de lama seca de pele fina, e o rosto não parece ter sido desenvolvido pela vida, mas desenhado e sombreado por um ilustrador mal-humorado e macabro, um desenho que poderia ser apagado por uma gota de cuspe e um movimento rápido do dedo. Só que não são as pernas ou os braços ou as bochechas que me incomodam: são os olhos, olhando pra frente, pra parede. Um olhar vazio. Tão perdido naquela parede que parece que o cérebro dela foi tirado da cabeça. Ela parece o Jack Nicholson depois da lobotomia do *Um estranho no ninho*, e o ambiente combina com aquela situação. Não consigo ver o que ela tá olhando naquela parede, só que, de repente, consigo. É pra mim. É pra mim e pro August, de braços dados. É pruma foto grudada na parede. A gente tá sem camisa, brincando no quintal da casa de Darra, e o August tá forçando a barriga pra fora com os dedos da mão direita fazendo gestos alienígenas imitando "ET telefone casa". Eu tô batendo na barriga inflada dele como se fosse um tambor.

Bato com os dedos no painel de vidro. Ela não escuta. Bato com mais força e mais rápido. Ela não escuta. Desço da porta e subo de novo.

— Mããããe — eu sussurro.

Bato de novo, bato duas, três vezes, a última fazendo barulho demais, com força demais. Olho pra direita pelo corredor. Gargalhadas e aplausos ainda ecoam do bloco B, enquanto as estrelas de *Quando uma criança nasce nos tempos da brilhantina* fazem o agradecimento final da peça.

— Mããããããe! — eu digo num sussurro.

Bato mais alto. Depois de duas batidas pesadas, ela vira a cabeça. E me vê olhando desesperado pra ela pela janelinha.

— Mãe — eu sussurro. E sorrio. E ela se ilumina um pouco, um interruptor ligando dentro dela, mas que se apaga rápido. — Feliz Natal, mãe.

Tô chorando agora. Claro que sim. Eu não sabia o quanto precisava chorar, mas descobri naquele momento, pendurado pelos dedos na porta da cela 24 da Boggo Road.

— Feliz Natal, mãe.

Eu abro um sorriso pra ela. Tá vendo, mãe? Tá vendo? Depois de tudo isso, depois de todos aquelas coisas loucas, depois do Lyle, depois do Slim, depois da sua prisão, eu ainda sou o mesmo de sempre. Nada muda, mãe. Nada me muda. Nada te muda. Eu te amo mais, mãe. Você acha que eu te amo menos, mas eu te amo mais por causa de tudo isso. Eu te amo. Tá vendo? Ela tá vendo na minha cara.

— Abre a porta, mãe — eu sussurro. — Abre a porta.

Eu caio e subo de novo, e a unha do dedo do meio da minha mão direita quebra e o sangue escorre.

— Abre a porta, mãe.

Eu não consigo mais segurar e seco os olhos, e as lágrimas deixam os meus dedos escorregadios, mas eu me agarro de novo na porta o bastante pra ver ela olhando com uma expressão vazia pra mim, balançando a cabeça. *Não, Eli.* Eu li aquilo. Li da mesma forma que passei dez anos lendo os gestos do meu irmão. *Não, Eli. Aqui não. Assim não. Não.*

— Abre a porta, mãe — eu peço. — Abre a porta, mãe — eu imploro.

Ela balança a cabeça. Também tá chorando agora. *Não, Eli. Me desculpa, Eli. Não. Não. Não.*

Os meus dedos escorregam, e eu caio no piso de concreto polido do corredor da prisão. Não consigo respirar direito com tantas lágrimas e me encosto na porta. Bato a cabeça duas vezes com força na porta, e ela é mais dura do que a minha cabeça.

E eu respiro. Respiro fundo. E vejo o telefone vermelho no quarto secreto do Lyle. E vejo as paredes azul-céu do quarto da Lena Orlik. E vejo o quadro emoldurado de Jesus, que nasceu hoje. E vejo a minha mãe naquele quarto. E canto.

Porque ela precisa da música. Não tenho uma vitrola pra tocar a música dela, então eu canto. A que ela ouvia tanto. No lado A, a terceira linha grossa a partir da beira. Aquela música sobre a garota que nunca dizia de onde vinha.

E eu me viro e canto pelo vão da porta. Canto na luz de um vão de um centímetro. Eu me deito de bruços e canto no vão embaixo da porta.

Ruby Tuesday e a dor e a saudade e o abandono e a minha voz falhando no Natal. Eu canto. Eu canto. Sem parar. Eu canto.

E paro. E silêncio. Bato com a testa na porta. E não ligo mais. Vou deixar ela pra lá. Vou deixar todo mundo pra lá. O Lyle. O Slim. O August. O pai. E a mãe. E vou procurar a Caitlyn Spies e vou dizer que vou deixar ela pra lá também. E vou ficar mudo. E não vou sonhar. E vou entrar num buraco e ler sobre sonhadores que nem o meu pai faz, e vou ler e ler e beber e beber e fumar e fumar e morrer. Adeus, Ruby Tuesday. Adeus.

Mas a porta da cela abre. Sinto o cheiro da cela na mesma hora, e é um cheiro de suor e de umidade e de cê-cê. Os chinelos de dedo da minha mãe fazem barulho no chão do meu lado. Ela se abaixa, chorando. Coloca a mão no meu ombro, chorando. Cai em cima de mim na porta da cela.

— Abraço em grupo — ela diz.

Eu me sento e passo os braços em volta dela e aperto com tanta força que tenho medo de quebrar um dos ossos frágeis da costela dela. Encosto a cabeça no ombro dela e eu não sabia que sentia tanta falta daquele cheiro, do cheiro do cabelo da minha mãe, da sensação dela.

— Tudo vai ficar bem, mãe — eu digo. — Vai ficar bem.

— Eu sei, amor. Eu sei.

— Tudo vai ficar bem, mãe.

Ela me abraça mais forte.

— Vai melhorar depois disso. O August me contou, mãe. O August me contou. Ele diz que você só precisa aguentar um pouquinho, só mais um pouquinho.

A minha mãe chora no meu ombro.

— Shhhhhhhhhh — ela diz, dando tapinhas nas minhas costas. — Shhhhhhhhhh.

— Você só precisa aguentar mais um pouquinho, e tudo vai melhorar. O August sabe, mãe. Essa é a parte mais difícil, a de agora. Mas não vai piorar a partir daqui.

A minha mãe chora mais.

— Shhhhhhhhh — a minha mãe diz. — Só me abraça, meu amor. Só me abraça.

— Você acredita em mim, mãe? Se acreditar, vai acreditar que tudo vai ficar bem, e, se acreditar, vai ficar bem mesmo.

A minha mãe faz que sim.

— Eu vou fazer tudo melhorar, mãe, eu prometo. Vou arrumar um lugar pra você ir quando sair, vai ser bom e seguro e a gente vai poder ser feliz e você vai ser livre lá, mãe. É só tempo. Você pode fazer o que quiser com o tempo, mãe.

A minha mãe faz que sim.

— Você acredita em mim, mãe?

A minha mãe faz que sim.

— Fala.

— Eu acredito em você, Eli.

A voz de uma mulher ecoa pelo corredor.

— Que poooooorra é essa? — uma ruiva barriguda e de andar caído para trás, usando uniforme de prisão, grita segurando uma tigela de sobremesa cheia de gelatina vermelha, olhando pra minha mãe e pra mim na porta da cela 24. Ela vira a cabeça pra área de recreação e berra: — Isso aqui é uma creche por acaso?

Ela joga a sobremesa no chão de tão puta que tá.

— Por que a merda da princesa Frankie merece uma visita hoje? — ela berra.

A minha mãe me abraça mais forte.

— Tenho que ir, mãe — eu digo, me soltando do abraço. — Tenho que ir.

Ela me abraça forte, e tenho que me soltar dela. Ela deixa a cabeça pender, chorando, quando eu me levanto.

— A gente vai aguentar esse momento. É só tempo. Você é mais forte do que o tempo, mãe. Mais forte.

Eu me viro e saio correndo pelo corredor quando um guarda alto de ombros largos aparece no final do corredor da ala da cela da minha mãe, acompanhando o olhar da mulher ruiva.

— Que por... — ele diz, atordoado de me ver.

Eu seguro as alças da mochila e saio correndo. O guarda tá com a mão no cassetete. Vejo o Brett Kenny na mente, o glorioso jogador do Parramatta Eels. Vejo todas as tardes no quintal que o August e eu passamos treinando as corridas do Kenny, desviando dos adversários, as passadas arrasadoras.

— Pode parar aí mesmo! — o guarda ordena.

Mas eu corro mais rápido, desvio pra esquerda e pra direita no corredor, aproveitando ao máximo o espaço de quatro metros de largura, ziguezagueando que nem o Brett Kenny faria pela linha defensiva do Canterbury Bulldogs. Viro rápido pra direita do corredor, e o guarda lento, com as pernas pesadas e a barriga enorme, acompanha a minha linha de movimento. Estou a dois metros do homem quando ele pula e abre bem os braços pra me pegar, pra me agarrar que nem um cabeça chata escorregadio da baía Bramble, uma enguia escorregadia, e é aí que dou um passo pra trás e viro o pé direito e disparo que nem uma bala pro lado esquerdo do corredor, desviando do braço ambicioso e inútil do guarda. O Brett Kenny encontra um espaço, e o mar de torcedores azuis e amarelos do Eels nas arquibancadas oeste do Sydney Cricket Ground ficam de pé! Viro pra esquerda na área aberta de recreação e refeitório do bloco B, e o espaço tá ocupado por quarenta presidiárias, de pé e sentadas em volta de mesas de jantar e mesas de cartas e mesas de xadrez e mesas de tricô. Outro guarda da prisão, um homem baixo mas musculoso e rápido, me vê do outro lado do corredor e vem atrás. Eu corro pelo refeitório procurando uma saída, e as mulheres gargalham e gritam e batem palmas. Outro guarda se junta à perseguição do lado esquerdo do refeitório.

— Para! — o guarda grita.

Só que eu não paro. Corro pelo espaço central do refeitório enquanto as colegas da minha mãe batem as mãos com prazer nas mesas de jantar, fazendo tigelinhas de pudim, gelatina e creme balançarem. Não encontro nenhuma saída, e os guardas se aproximam de todos os lados, então me viro e corro na diagonal pelas mesas de jantar de aço do salão. O guarda de quem desviei no corredor entra agora no refeitório, empurra com raiva um mar de prisioneiras que vieram correndo das cadeiras em frente ao palco do espetáculo da história do Natal misturada com *Grease* pra ver aquela cena surreal do garoto quicando pelas mesas e cadeiras da Boggo Road que nem um herói de um desenho do Pernalonga. Os guardas pulam irritados e sem jeito nas mesas e correm pra me pegar, berrando ameaças que não consigo ouvir com a barulheira da multidão do estádio. *Kenny! Brett Kenny! Pro espaço. O mestre, Eli Bell, indo pra linha do try. Vai marcar, com certeza! Vai colocar o seu nome como lenda da liga de rúgbi!*

Pulo entre as mesas que nem uma bailarina russa, escapando dos braços agitados dos guardas que nem o Errol Flynn desviava das espadas dos piratas no cinema, e as presidiárias tão num show de rock agora, batendo nas mesas com as mãos fechadas pela ousadia do incrível jogador do Eels com jatos nas solas de borracha dos Dunlops KT-26. Eu pulo de uma mesa pro piso de concreto na entrada do refeitório, onde as mulheres se afastam, um mar de mulheres se abrindo, pra formar uma guarda de honra desorganizada pela qual eu posso passar. E eu não sei como, mas essas mulheres sabem o meu nome.

— Vai, Eli! — elas gritam.

— Corre, Eli! — elas gritam.

Então eu corro e corro até conseguir ver uma porta de saída depois da área comum que junta a cozinha com as celas e o refeitório. É uma porta que leva prum gramado lá fora. Liberdade. *Kenny! Brett Kenny vai pra linha de try!* Disparado, disparado. Os guardas atrás de mim e outro guarda, um quarto guarda, vindo pra cima de mim pela direita pra bloquear o meu acesso à porta. É o zagueiro do Canterbury Bulldogs. O guarda zagueiro. A última linha de defesa de qualquer time, o melhor defensor técnico da equipe, ágil e forte, sempre correndo em arco pra derrubar o adversário no campo pra acabar com os grandes sonhos de deuses que nem o Brett Kenny. A minha mãe corria quando era garota, era ótima nisso. Ganhou corridas em competições. Uma vez ela me contou que o jeito de conseguir um gás final, uma última motivação, era chegar mais perto do chão, se imaginar que nem um arado, como se as pernas estivessem afundando na terra e você estivesse afundando na terra no primeiro trecho de cinquenta ou cem metros e saindo da terra nos últimos cinquenta, inclinando a cabeça pra trás e estufando o peito na linha de chegada. Eu sou o arado quando o quarto guarda contorna o espaço da prisão, mas não sou um arado forte o suficiente, e a trajetória dele vai interceptar a minha antes que eu consiga chegar à porta que leva ao gramado da liberdade. Mas um milagre de Natal acontece, uma aparição sagrada usando o uniforme da prisão. É a Bernie, empurrando devagar a lixeira de rodinhas, distraída, mas nada distraída, atravessando o caminho do quarto guarda desesperado.

— Sai da frente, Bernie! — o guarda grita, fazendo sinal pra ela.

— Hã? — a Bernie diz, se virando e piscando que nem uma estrela de filme mudo, fazendo um movimento desajeitado da lixeira para trás, como se fosse sem querer, bem na linha por onde o guarda ia passar. O guarda tenta pular a lixeira inclinada, mas bate com o pé em cima dela e leva um tombo espetacular, mergulhando de barriga no piso da prisão.

Saio pela porta dos fundos do bloco B e corro prum gramado aparado que desce até uma quadra de tênis cercada. Eu corro e corro. *Brett Kenny, considerado o melhor jogador da partida pela terceira semana seguida, correndo pra depois da linha de fundo, correndo pra entrar na história.* Eli Bell. O elusivo Eli Bell. Pode me chamar de Merlin. O feiticeiro da Boggo Road. O único garoto a escapar do buraco de merda que é o bloco B. O único garoto a escapar da Boggo Road. Sinto o cheiro da grama. Tem trevos brancos e abelhas zumbindo neles. O tipo de abelha que deixa os meus tornozelos inchados quando me picam. Mas supera isso, Eli. Tem coisa pior que abelha no mundo. O gramado vai até a quadra de tênis, e eu olho pra trás enquanto corro. Quatro guardas numa caçada louca, gritando coisas que eu não entendo. Eu tiro o braço de uma alça da mochila enquanto corro. Abro a mochila e enfio um braço dentro e pego uma corda. Tá na hora, Eli. Esse é o momento da verdade.

★

Eu comecei com fósforos que nem o Slim fez na cela dele. Fósforos e um pedaço de barbante. Fósforos presos por um elástico no meio pra formar um gancho em forma de cruz. Momento, planejamento, sorte, crença. Eu acredito. Eu acredito, Slim. Passei horas e horas no quarto, estudando a ciência e as técnicas de prender um gancho num muro alto alaranjado de tijolos. Quando tava pronto, fiz um gancho real preso a uma corda real usando um pedaço de corda grossa de quinze metros, com nós a cada cinquenta centímetros pra dar apoio, e dois pedaços de madeira que cortei do cabo de um ancinho velho que o pai tinha em casa. Levei o gancho pro Centro de Escoteiros de Bracken Ridge nas tardes de sábado, porque tem um muro alto improvisado lá que os grupos de escoteiros têm que escalar como exercício de trabalho em equipe. Uma jogada após a outra, fui apurando a minha técnica de prender o gancho. Um chefe escoteiro metidinho me pegou fazendo esses ensaios curiosos de fuga de prisão numa tarde.

— O que exatamente você pensa que tá fazendo, meu jovem? — o homem perguntou.

— Fugindo — eu respondi.

— Hein? — o homem questionou.

— Tô brincando de Batman.

⋆

Viro à esquerda na quadra de tênis, corro até um caminho curto entre as celas do bloco C à minha esquerda e uma oficina de costura à minha direita. Ficando sem fôlego. Ficando cansado. Tenho que encontrar o muro. Tenho que encontrar o muro. Passo pelas celas temporárias do bloco F. Viro pra trás. Não dá pra ver os guardas. Corro até o muro mais longe da prisão. É um muro velho de tijolos marrons, alto e imponente. Não sei se a minha corda é longa o suficiente pro muro à minha frente, então vou correndo do lado dele, procurando, procurando, procurando por um espaço na fortaleza de tijolos marrons onde um pedaço mais alto de muro encontra outro mais baixo. Bingo. Desenrolo a corda do gancho e deixo um pedaço de dois metros que vai ser a parte do arremesso. Olho pro canto onde o alto se encontra com o baixo e giro a corda duas vezes que nem um caubói segurando um laço, com o peso do cabo de ancinho cortado agindo ao mesmo tempo como guia e projétil, se preparando pro lançamento. Só tenho uma chance. Me ajuda, Slim. Me ajuda, Brett Kenny. Me ajuda, Deus. Me ajuda, Obi-Wan Kenobi, você é a minha única esperança. Me ajuda, mãe. Me ajuda, Lyle. Me ajuda, August.

Um arremesso longo. Um ato de pura fé e ambição e crença. Eu acredito, Slim. Eu acredito. O gancho voa pelo ar e por cima do muro alto. Dou dois passos pra direita, segurando a corda esticada, posicionado de forma que o gancho não possa fazer nada além de prender no canto entre o muro alto e o baixo quando o puxo.

— Ei! — um guarda grita. Eu me viro e vejo ele, a uns cinquenta metros, talvez, correndo do lado do muro, com outro guarda logo atrás. — Para com isso, seu merdinha! — o guarda grita.

Eu seguro um nó da corda e subo com as duas mãos, apoiando os meus Dunlops KT-26 aderentes e confiáveis e abençoados no muro, minhas costas paralelas ao gramado abaixo. Eu sou o Batman. Eu sou o Adam West no seriado antigo do Batman, escalando um prédio de Gotham City. Tá funcionando. Tá funcionando, porra.

Quanto mais leve é uma pessoa, mais fácil fica. O Slim era o Slim quando escalou um muro assim, mas eu sou o garoto, o garoto que subiu no muro, o garoto que enganou os guardas, o garoto que fugiu da Boggo Road. Merlin, o Magnífico. O Feiticeiro da Feminina.

Só vejo o céu desse ângulo. Céu azul e nuvens. E vislumbres do topo do muro. Seis metros agora. Sete metros. Oito, talvez. Nove. Devem ser dez metros até lá, com a minha cabeça nas nuvens.

A corda tá esticada e queima as minhas mãos. O dedo do meio na minha mão direita dói pelo trabalho dobrado que tem que fazer por causa da falta do colega indicador.

Dois guardas param embaixo de mim, me olhando. Eles parecem o Lyle quando o Lyle ficava com raiva de mim.

— Tem merda na cabeça, garoto? — um grita. — Onde você acha que vai?

— Desce daí! — o outro guarda diz.

Mas eu continuo subindo. Escalando e escalando. Que nem um daqueles soldados britânicos do SAS que resgatam reféns das garras de terroristas.

— Você vai acabar morrendo, seu idiota — o segundo guarda diz. — Essa corda não vai te aguentar.

Claro que a corda me aguenta. Eu testei ela dezessete vezes no centro de escoteiros. A corda velha do pai que encontrei na casa, num carrinho de mão enferrujado, coberta de poeira e terra. Eu subo e subo. Ah, o ar aqui de cima. Foi assim pra você, Slim? Essa emoção? Essa vista? A ideia do que te aguardava do outro lado do muro? A história do desconhecido.

— Desce agora e você não vai ter nenhum problema — o primeiro guarda promete. — Desce, cara. Deus Todo-Poderoso, é Natal, porra. A tua mãe não quer que você morra no Natal.

Estou a um metro do alto do muro quando paro pra respirar, uma última inspirada antes de fazer a minha subida triunfante até o alto, antes de alcançar o impossível, antes do Merlin tirar o último coelho atordoado do chapéu. Respiro três vezes, as pernas rígidas no muro. Eu me puxo mais pro alto, tão alto que consigo ver as partes do gancho do ancinho do meu pai presos no muro. Forçados com o peso, mas aguentando. O cume. O ápice solitário do Everest. Eu viro a cabeça e olho pros guardas lá embaixo por um momento.

— Até o outro lado, rapazes — eu digo, acometido de um ímpeto de coragem malandra no ar mais rarefeito do topo do muro. — Podem contar pros riquinhos da rua George que não existe muro alto o bastante na Austrália para prender o Feiticeiro da Boggo Ro...

Uma parte do cabo de ancinho do meu pai quebra, e eu caio para trás no ar. O céu azul e as nuvens brancas se afastam. Os meus braços se debatem e as minhas pernas esperneiam no nada e a minha vida toda passa na frente dos meus olhos. O universo. O peixe nadando nos meus sonhos. Chiclete. Frisbees. Elefantes. A vida e a arte do Joe Cocker. Macarrão. Guerra. Escorregas de piscina. Sanduíches de ovo com curry. Todas as respostas. As respostas pras perguntas. E uma palavra que eu nunca imaginei que ia sair pelos meus lábios apavorados.

— Pai.

Garoto rouba oceano

A placa diz: *Audrey Bogut, 1912-1983, amada esposa de Tom, mãe de Teresa e David. Uma vida como a dela deixou um registro doce para guardar na memória.*

Setenta e um anos pra Audrey Bogut morrer.

A placa do lado dessa diz: *Shona Todd, 1906-1981, amada filha de Martin e Mary Todd, irmã de Bernice e Phillip. A xícara da vida aos lábios ela levou, o gosto era tão bom que o resto ela tomou.*

Setenta e cinco anos pra Shona Todd morrer.

— Vamos, já vai começar — eu falo pro August.

A gente entra numa pequena capela de tijolos no centro do crematório de Albany Creek. É inverno de 1987. Nove meses depois do meu grande experimento de lapso temporal.

O Slim tá certo. Tudo é tempo. Trinta e nove minutos pra ir de carro da nossa casa em Bracken Ridge até o crematório de Albany Creek. Vinte segundos pra amarrar o meu cadarço. Três segundos pro August botar a camisa pra dentro da calça. Quase vinte e um meses até a mãe sair. Estou me tornando um mestre em manipular do tempo. Vou fazer vinte e um meses parecer vinte e uma semanas. O homem dentro do caixão de madeira me ensinou isso.

Setenta e sete anos pro Slim morrer. Ele passou os últimos seis meses entrando e saindo do hospital, o câncer aparecendo em muitos lugares daquele corpo alto e magro. Tentei visitar ele o quanto pude. Nos intervalos da escola. Nos intervalos entre o dever de casa e a televisão da tarde. Entre o meu crescimento e a despedida dele. A última grande fuga dele.

"O FIM DE UMA ERA NO CRIME" era o que dizia a manchete do *The Telegraph* que o meu pai me entregou ontem. "Um capítulo fascinante nos anais do crime de Queensland acabou esta semana com a morte de Arthur Ernest 'Slim' Halliday, aos setenta e sete anos, no hospital Redcliffe."

O tempo para na capela. Nenhum dos poucos presentes em volta do caixão, uns poucos homens de terno, faz barulho. Ninguém aqui conhece ninguém.

Enfio a mão no bolso da calça e encontro as últimas palavras que o Slim escreveu pra mim. Foi um recado que ele escreveu no final das instruções que me deu sobre como encontrar o misterioso George e o caminhão de frutas que faz contrabando.

Acabe com o seu tempo, escreveu ele, *antes que ele acabe com você. Seu amigo pra sempre, Slim.*

Acabe com o seu tempo, Eli Bell, antes que ele acabe com você.

Uma pessoa do crematório diz uma coisa sobre a vida e o tempo, mas eu não presto atenção porque fico pensando na vida e no tempo. E o caixão do Slim é levado.

Acaba rápido. Um tempo rápido. Um tempo bom.

Um homem idoso de terno preto e gravata se aproxima do August e de mim quando a gente tá voltando pra porta da capela. Ele diz que é um velho agenciador de apostas e amigo do Slim. Diz que o Slim trabalhou um pouco pra ele depois da prisão.

— Como vocês conheceram o Slim? — ele pergunta. O seu rosto é simpático, com um sorriso que parece com o do Mickey Rooney.

— Ele era a nossa babá — eu respondo.

O homem faz que sim, intrigado.

— Como você conheceu o Slim? — eu pergunto pro homem de terno preto.

— Ele morou comigo e com a minha família por um tempo — o homem diz.

E naquele momento eu percebo que o Slim viveu outras vidas. Que havia outros pontos de vista. Outros amigos. Outra família.

— É muito gentil da sua parte vir fazer essa homenagem — o homem diz.

— Ele era o meu melhor amigo — eu explico.

O homem ri.

— O meu também.

— É?

— É. Mas não se preocupe — ele sussurra. — Um homem pode ter muitos melhores amigos, e nenhum é mais ou menos do que os outros.

A gente anda pelo gramado do crematório, com fileiras de lápides cinzentas formando caminhos sombrios e uniformes num cemitério que tem atrás da capela.

— Você acha que ele matou aquele taxista? — eu pergunto.

O homem idoso dá de ombros.

— Nunca perguntei — ele comenta.

— Mas você saberia disso, né? Imagino que tenha um palpite. Os seus instintos diriam se tivesse sido ele.

— Como assim "instintos"?

— Eu convivi com um cara um tempo que matou muita gente, e os meus instintos me disseram que ele matou muita gente. Um arrepio desceu pela minha coluna e deixou claro pra mim que ele tinha matado muita gente.

O homem para na mesma hora.

— Eu nunca perguntei por respeito — o homem diz. — Eu respeitava aquele homem. Se ele não cometeu o crime, eu respeito ele ainda mais, e que Deus proteja a sua alma. Nunca tive nenhum arrepio na coluna perto do Slim Halliday. E, se ele cometeu aquele assassinato, então o Slim foi um tributo e tanto à reabilitação.

É um jeito legal de ver as coisas. Valeu, coroa misterioso. Eu faço que sim.

O homem idoso enfia as mãos nos bolsos e sai andando por um caminho no cemitério. Fico observando ele andar no meio das lápides, como se ele tivesse a alma mais livre a morar num corpo que já existiu.

O August tá inclinado, dando uma olhada em outra parede de placas douradas dedicadas aos falecidos.

— Preciso arrumar um emprego — eu digo.

O August me olha intensamente por cima do ombro. *Por quê?*

— A gente tem que arrumar um lugar pra mãe quando ela sair.

O August olha mais intensamente pra placa.

— Vem, Gus — eu digo enquanto saio andando. — A gente não tem tempo a perder.

★

Naquele dia que despenquei do muro da Boggo Road, eu caí bem nos braços dos guardas. Preciso fazer um elogio a eles: os guardas pareceram mais preocupados com a minha saúde mental do que putos com as minhas aventuras.

— Será que ele é retardado? — o guarda mais novo perguntou. Ele tinha barba ruiva e sardas nos antebraços. — O que a gente vai fazer com ele?

— O Muzza que vai decidir isso — o segundo guarda respondeu.

Os dois guardas me levaram, cada um segurando um braço, por todo o gramado até os outros dois guardas, os mais velhos e mais experientes, sem energia suficiente pra correr atrás de um garoto adolescente pelo pátio de uma prisão.

O que aconteceu na salinha do prédio da administração da Boggo Road foi uma reunião estratégica entre os guardas, o que, para mim, foi a mesma coisa que ver quatro neandertais tentando entender as regras do Twister.

— Isso pode acabar dando muita merda pra gente, Muz — o guarda maior disse.

— A gente tem mesmo que chamar o diretor? — o ruivo perguntou.

— A gente não vai chamar o diretor — o homem que eles chamavam de Muzza, Muz e, do jeito que ele menos gostava, Murray, decidiu. — Ele vai acabar sabendo disso de qualquer maneira. Ele perde tanto quanto a gente se isso se espalhar. Não precisa saber disso no dia de folga dele, enquanto come presunto de Natal com a Louise.

O Muzza ponderou as coisas por um momento. E se abaixou até a altura dos meus olhos.

— Você ama muito a sua mãe, não ama, Eli? — ele perguntou.

Eu fiz que sim.

— E é um garoto inteligente, não é, Eli?

— Nem tanto assim, pelo que parece — eu respondi.

O Muz riu.

— Verdade. Mas é inteligente o bastante pra saber o que pode acontecer num lugar desses quando as pessoas dificultam a nossa vida. Você sabe disso, não é?

Eu fiz que sim.

— Tem um monte de coisas que podem acontecer de noite num lugar desses, Eli — ele falou. — Coisas horríveis de verdade. Coisas que você nem ia acreditar.

Eu fiz que sim.

— Me conta, como foi o seu Natal?

— Eu passei o Natal comendo abacaxi em calda da St. Vinnies com o meu irmão e o meu pai.

O Muz fez que sim.

— Que Natal do caralho, Eli Bell.

O guarda ruivo, que se chamava Brandon, me levou pra casa de carro, um Commodore roxo de 1982. Fomos ouvindo uma fita cassete do *1984* do Van Halen pelo caminho todo. Tentei balançar as mãos com a batida de "Panama", mas a minha liberdade de expressão foi um tanto limitada pelo fato de que a minha mão esquerda tava algemada à parte de trás do apoio de braço esquerdo do Brandon.

— Viva o rock, Eli — o Brandon disse, soltando a algema e me deixando sair quando eu pedi pra ele, três casas antes da nossa, na rua Lancelot.

Corri com passos leves até a nossa casa e encontrei o August dormindo no sofá da sala, com o *Papillon* aberto sobre o peito. Vi fumaça de cigarro no final do corredor, no quarto do pai. Embaixo da árvore de Natal mais triste do mundo havia um presente embrulhado em jornal, uma caixa retangular grande, com *Eli* escrito com caneta hidrográfica. Rasguei o papel e encontrei o presente dentro. Não era um livro. Era uma resma de papel, quinhentas folhas brancas A4. Na primeira folha havia uma mensagem curta.

Pra botar fogo nessa casa ou no mundo. Você decide, Eli. Feliz Natal. Papai.

★

Ele me deu outra resma de papel no meu aniversário de catorze anos, com um exemplar de *O som e a fúria*, porque ele reparou que os meus ombros tavam ficando mais largos e disse que qualquer jovem precisa de ombros largos para ler Faulkner.

É em uma dessas folhas A4 que eu escrevo a minha lista de possíveis ocupações a uma distância percorrível de bicicleta que poderia pagar um bom dinheiro pro August e pra mim pra gente guardar e usar pra dar entrada numa casa em Gap, o subúrbio verdejante do oeste de Brisbane, pra onde a minha mãe pode se mudar depois de ser solta.

- Fritador de batatas no restaurante de entregas Big Rooster da Barrett Street.
- Repositor de prateleiras no mercado Foodstore da Barrett Street, com a seção de congelados onde eu e o August ficamos nos dias mais quentes de verão, debatendo qual picolé vale mais, o Hava Heart, o Bubble O'Bill e a obra-prima inquestionável, o Paddle Pop de banana.
- Entregador de jornal dos russos malucos donos da banca de jornal da rua Barrett.
- Assistente de padeiro na padaria do lado da banca de jornal.
- Limpar o pombal do Ol' Bill Ogden na rua Playford (último recurso).

Penso mais um pouco enquanto bato a Kilométrica azul no papel. E rabisco outra ocupação em potencial, avaliando as minhas habilidades limitadas.

- Traficante.

★

Uma batida na porta da frente. Isso nunca acontece. A última vez que alguém bateu na porta da frente foi há três meses, quando um policial jovem foi atrás do meu pai por dirigir bêbado três meses antes, um incidente no qual várias mães da região disseram que ele derrubou uma placa de PARE em frente a uma creche na rua Denham.

— Sr. Bell? — o jovem policial disse.

— Quem? — o meu pai respondeu.

— Estou procurando por Robert Bell — o policial declarou.

— Robert Bell? — o meu pai ponderou. — Nunca ouvi falar.

— Qual é o seu nome, senhor? — o homem perguntou.

— O meu? É Tom.

O policial pegou um bloco.

— Posso perguntar o seu sobrenome, Tom? — o policial indagou.

— Joad — o meu pai respondeu.

— Como se escreve?

— Que nem *toad* — o meu pai disse.

— Então é... J-O-D-E? — o policial questionou.

O meu pai tremeu.

Uma batida na porta da frente sempre significava uma coisa dramática naquela casa.

O August larga o *Papillon*, que ele já leu duas vezes, no sofá da sala e corre pra porta. Vou logo atrás.

É a sra. Birkbeck. A orientadora da escola. De batom vermelho. Um colar de contas vermelhas. Está segurando uma pasta parda cheia de papéis.

— Oi, August — ela diz com carinho. — O seu pai está?

Eu faço que não. Ela veio salvar o mundo. Veio arrumar mais confusão, porque é determinada e egocêntrica demais pra saber que a diferença entre cuidado e descuido é do tamanho de um espinho de cinco centímetros enfiado no cu.

— Ele tá dormindo — eu respondo.

— Você pode acordar ele pra mim, Eli? — ela pede.

Eu balanço a cabeça de novo, me viro de costas pra porta e ando devagar pelo corredor até o quarto do meu pai.

Ele tá lendo um Patrick White de camiseta azul e short, um cigarro caseiro na boca.

— A sra. Birkbeck tá aqui — eu aviso.

— Quem é essa mulher, porra? — ele pergunta com desprezo.

— É a orientadora da escola.

Ele revira os olhos. Pula da cama, apaga o cigarro. Puxa o tabaco da garganta e cospe no cinzeiro do lado da cama.

— Você gosta dela? — ele pergunta.

— Ela tem boa intenção.

Ele segue o corredor até a porta.

— Oi. Robert Bell.

Ele sorri, e tem uma doçura no sorriso dele, uma suavidade que eu nunca tinha visto antes. Ele oferece a mão para ela apertar, e acho que também nunca vi ele fazendo isso, apertar a mão de outra pessoa daquela maneira. Achei que era só comigo e com o August que ele sabia interagir num nível humano, e a gente normalmente só se fala por movimentos de cabeça e grunhidos.

— Poppy Birkbeck, sr. Bell. Sou a orientadora dos garotos na escola.

— Sim, o Eli me contou sobre a maravilhosa orientação que você dá aos meus meninos.

Que filho da puta mentiroso.

A sra. Birkbeck encara ele e parece comovida.

— É mesmo? — ela responde, olhando pra mim, as bochechas ficando vermelhas. — Bom, sr. Bell, eu acredito que os seus filhos são muito especiais. Acredito que eles têm grande potencial e acho que considero meu dever inspirá-los para que transformem esse potencial em realidade.

O pai assente, sorrindo. Realidade. Sabe como é, ataques de ansiedade no meio da noite. Episódios depressivos suicidas. Bebedeiras de três dias. Sobrancelhas abertas com socos. Vômito de bile. Cocô mole. Mijo marrom. Realidade.

— Educar a mente sem educar o coração não é educação alguma — o meu pai observa.

— Exatamente! — a sra. Birkbeck exclama, pega de surpresa.

— Aristóteles — ele diz com franqueza.

— Isso mesmo! Eu vivo a minha vida segundo essa citação.

— Então continue vivendo, Poppy Birkbeck, e continue inspirando esses garotos — o meu pai diz com sinceridade.

Mas que filho da puta escroto.

— Pode deixar. Prometo que vou fazer isso. — Ela recupera o foco. — Bem, Robert... posso te chamar de Robert?

O meu pai faz que sim.

— Hum... os garotos não foram à aula hoje de novo e... hum...

— Ah, eu peço desculpas. Levei os garotos ao funeral de um velho amigo. Foram dias difíceis pra eles.

Ela olha pro August e pra mim.

— Anos difíceis, pelo que fiquei sabendo — ela observa.

Nós todos fazemos que sim, o meu pai, o August e eu, como se fôssemos os astros de um filme horrível que passa na TV à tarde.

— Posso falar com você um minuto, Robert? Só nós dois?

O meu pai respira fundo. Ele faz que sim.

— Sumam os dois daqui, ok? — ele diz.

O August e eu seguimos pela rampa na lateral da casa, passamos pelo sistema de água quente e por dois motores velhos e enferrujados do pai. Depois, a gente entra embaixo da casa, desviando das várias máquinas de lavar roupa e geladeiras quebradas. O espaço embaixo da casa fica mais apertado conforme o chão de terra sobe na direção das áreas da sala e da cozinha. A gente engatinha até o canto superior esquerdo da parte embaixo da casa, a terra marrom e úmida sujando os nossos joelhos, e senta embaixo do piso de madeira da cozinha, onde o pai e a sra. Birkbeck conversam sobre o August e eu, na mesa de oito lados onde o pai costuma apagar à meia-noite nos dias que recebe a pensão de pai solteiro. Ouvimos cada palavra pelas aberturas entre as tábuas de madeira.

— Sendo completamente sincera, o trabalho que o August produz é brilhante — a sra. Birkbeck diz. — O controle e a originalidade artística e a capacidade nata representam um genuíno talento artístico, mas ele... ele...

Ela hesita.

— Pode falar — o meu pai diz.

— Ele me perturba — ela diz. — Os dois garotos me perturbam.

Eu nunca devia ter dito nada. Tava escrito dedo-duro na cara dela.

— Posso te mostrar uma coisa? — a sra. Birkbeck diz.

O August tá deitado de costas na terra. Ele tá ouvindo, mas não liga pro que ouve. Com as mãos embaixo da cabeça desse jeito, ele poderia estar fantasiando sobre o rio Mississippi com um fiapo de grama na boca.

Mas eu ligo pro que ouço.

— Essa é uma pintura que o August fez na aula de arte no ano passado.

Uma pausa longa.

— E isso... — Ouvimos o barulho de papel nas mãos dela. — Isso foi feito no começo desse ano, e isso foi feito semana passada.

Outra pausa longa.

— Como você pode ver, sr. Bell... hum... Robert... o August parece obcecado com essa cena. Agora, uma espécie de problema surgiu entre ele e a professora de arte, a srta. Prodger, porque, embora a srta. Prodger ache que o August é um dos alunos mais incríveis e comprometidos dela, ele simplesmente se recusa a pintar qualquer outra imagem que não seja esta. No mês passado, os alunos tiveram que pintar uma natureza morta, e o August pintou esta cena. No mês anterior, tiveram que pintar uma imagem surrealista, e o August pintou esta cena. Semana passada, ela pediu que o August pintasse uma paisagem australiana, e ele pintou esta mesma cena de novo.

O August olha pro piso de madeira, impassível.

O meu pai fica em silêncio.

— Em geral, eu não trairia a confiança de um aluno — ela diz. — Considero a minha sala um espaço sagrado de compartilhamento e cura e educação. Às vezes, chamo a minha sala de Cofre, e só eu e os meus alunos sabemos a senha do Cofre, e a senha é "respeito".

O August revira os olhos.

— Mas quando sinto que a segurança de alguma pessoa da comunidade da nossa escola pode estar em risco, sei que devo me manifestar.

— Se você acha que o August vai fazer mal a alguém, tá farejando na toca do coelho errado — o meu pai diz. — Aquele garoto não machuca ninguém que não mereça. Não faz nada por impulso. Não executa uma única ação na qual não tenha pensado cem vezes.

— É interessante você dizer isso.

— Como assim?

— Cem vezes — ela diz.

— Bom, ele pensa muito.

Outra pausa longa.

— Não é com os outros alunos que estou preocupada, Robert. Eu realmente acredito que o August e esses pensamentos que ele fica repetindo naquela mente extraordinária dele sejam um risco apenas pra ele mesmo e mais ninguém.

Uma cadeira é empurrada de leve pelo piso de madeira da cozinha.

— Você reconhece a cena? — ela pergunta.

— Sim, eu sei o que ele tá pintando — o meu pai responde.

— O Eli chamou de "poça da lua". Você já ouviu ele chamar assim, de "poça da lua"?

— Não — o meu pai admite.

O August olha pra mim. *O que você contou pra ela, seu dedo-duro do caralho?*

— Eu tinha que falar alguma coisa. Ela ia me expulsar da escola — eu sussurro.

O August olha pra mim. *Você contou pra essa bruxa louca sobre a poça da lua?*

— Quando o diretor Gardner me contou dos traumas recentes na vida deles, achei que era natural os efeitos desses eventos se manifestarem no comportamento deles de alguma forma — a sra. Birkbeck diz acima do piso de madeira. — Acredito que os dois estejam sofrendo de uma espécie de síndrome de estresse pós-traumático.

— Como neurose de guerra? Você acha que eles foram pra guerra, sra. Birkbeck? Acha que aqueles garotos acabaram de voltar de Somme, sra. Birkbeck?

O meu pai tá começando a perder a paciência.

— De certa forma — ela diz. — Não uma guerra de balas e bombas. Mas uma de palavras e lembranças e momentos, tão danosa pro cérebro de um garoto em crescimento, podemos dizer, quanto qualquer coisa no fronte ocidental.

— Você tá dizendo que eles são doidos? — o meu pai pergunta.

— Não, eu não estou dizendo isso.

— Parece que você tá dizendo que eles são doidos.

— O que estou dizendo é que algumas das coisas que eles têm na cabeça são... incomuns.

— Que coisas?

O August olha pra mim. *Por que você acha que eu nunca contei pra ninguém além de você, Eli?*

— Coisas que poderiam ser ruins pros dois garotos — a sra. Birkbeck responde. — Coisas que me sinto obrigada a contar ao Departamento de Segurança Infantil.

— Departamento de Segurança Infantil? — o meu pai repete. As palavras soam ácidas na língua dele.

O August olha pra mim. *Tá vendo a merda que você fez, Eli? Não dava pra ficar de boca calada, não? Não dava pra ser discreto?*

— Tenho a sensação de que os dois garotos estão planejando alguma coisa — a sra. Birkbeck confessa. — Parece que eles estão indo pra um lugar que talvez a gente só vá conhecer quando for tarde demais.

— Lugar? Pra onde eles estão indo, sra. Birkbeck? Londres, Paris, as corridas de Birdsville?

— Não estou falando necessariamente de um lugar físico — diz ela. — Estou falando que eles estão seguindo certos caminhos mentais que não são seguros pra adolescentes.

O meu pai ri.

— Você tira todas essas conclusões das pinturinhas do August? — o meu pai pergunta.

— Os seus filhos já apresentaram tendências suicidas, Robert? — a sra. Birkbeck pergunta.

O August balança a cabeça e revira os olhos. Eu coloco uma pistola imaginária no queixo, rindo, e explodo o meu cérebro imaginário. O August ri e se enforca, com língua pra fora e tudo, numa forca imaginária.

— O Eli disse que o August pintava os sonhos dele — a sra. Birkbeck diz. — A poça da lua era dos sonhos do Eli, ele falou. Mas ele disse que associava sentimentos profundos de medo, sentimentos de escuridão, com a poça da lua. Ele disse que conseguia se lembrar do sonho em detalhes, Robert. O Eli já falou com você sobre os sonhos recorrentes?

O August tá com um galho na mão, que quebra em pedaços menores. Ele joga um pedaço de galho na minha cabeça.

— Não — o meu pai diz.

— Ele consegue se lembrar dos sonhos com uma clareza impressionante. Tem muita violência nesses sonhos, Robert. Quando ele me conta sobre eles, consegue descrever o som da voz da mãe, o jeito como as gotas de sangue caem no piso de madeira de uma casa... ele consegue descrever até o cheiro das coisas. Mas falei pra ele que sonhos não têm cheiros. Que sonhos não têm som. E pedi pro Eli pra começar a chamar esses sonhos do que são de verdade.

Uma pausa longa.

— E o que eles são de verdade? — o meu pai pergunta.

— Lembranças — a sra. Birkbeck responde.

August escreve no ar. *O Departamento de Segurança Infantil leva August Bell pro inferno.*

August escreve no ar. *O Departamento de Segurança Infantil ensina Eli Bell a ficar de boca calada.*

— O Eli falou que o carro entrou na poça da lua dois dias antes da Frances abandonar você — a sra. Birkbeck diz.

— Por que você quer ficar remexendo essa merda? Os garotos tão bem. Tão seguindo a vida. Não podem seguir a vida quando corações cheios de sangue que nem o seu ficam mexendo na merda e distorcendo as coisas na cabeça deles com coisas que aconteceram na cabeça deles.

— O Eli falou que você dirigiu com eles pra dentro da poça da lua, Robert.

E o sonho parece muito diferente quando ela fala daquele jeito. Você dirigiu com eles pra dentro da poça da lua. Ele dirigiu com a gente pra dentro da poça da lua. Não foi outra pessoa. Só pode ter sido ele. A gente tava no banco de trás, brincando de esmagar um ao outro, rolando um pra cima do outro no banco de trás, a tangente de uma curva espremendo um de nós contra a porta.

— Eu gosto dos seus filhos, Robert — a sra. Birkbeck diz. — Vim aqui hoje esperando, pelo bem deles, que você consiga me convencer de que não devo informar ao Departamento de Segurança Infantil que o August e o Eli Bell têm medo do seu único guardião.

Eu me lembro do sonho. Eu me lembro da lembrança. Era noite, e o carro saiu da estrada e o carro sacudiu pelo cascalho e pelos eucaliptos altos que passaram pela janela como se Deus estivesse embaralhando as imagens numa apresentação de slides sobre a vida.

— Foi um ataque de pânico — o meu pai diz. — Eu tenho ataques de pânico. O tempo todo. Tinha até quando era criança.

— Acho que o Eli acredita que você fez aquilo de propósito — a sra. Birkbeck diz. — Acho que ele acredita que você saiu da estrada de propósito naquela noite.

— A mãe dele também acha — o meu pai diz. — Por que você acha que ela foi embora?

Uma pausa longa.

— Foi um ataque de pânico. Pode perguntar à polícia de Samford se não acredita em mim.

Samford. Sim. Samford. Era rural. Só podia ser Samford. Todas aquelas árvores e colinas. As rodas bateram com força em buracos e valas no terreno abaixo. Tive tempo de olhar pro meu pai no banco da frente. "Fecha os olhos", ele disse.

— Eu tava levando os dois pra Cedar Creek Falls — o meu pai diz.

— Por que você iria pra Cedar Creek Falls à noite? — a sra. Birkbeck pergunta.

— Você é da polícia agora? — o meu pai pergunta. — Ah, você tá adorando isso, não é?

— O quê?

— Me segurar no alto do precipício.

— Como exatamente eu estou segurando você no alto do precipício?

— Porque você pode tirar esses garotos de mim num piscar de olhos.

— É o meu trabalho fazer perguntas difíceis se as perguntas difíceis garantirem a segurança dos meus alunos.

— Você acha que tá fazendo o seu trabalho de forma tão nobre, tão compassiva — o meu pai diz. — Você vai tirar esses garotos de mim e vai separar os dois e vai tirar deles a única coisa que faz com que sigam em frente, um ao outro, e vai dizer pros seus amigos enquanto toma uma garrafa de chardonnay de Margaret River que salvou dois meninos do pai monstruoso que quase matou eles uma vez, e eles vão pular de lar em lar até se encontrarem de novo no portão da sua casa com uma lata de gasolina e vão agradecer a você por ter enfiado o nariz na nossa vida enquanto botam fogo na sua casa.

Feche os olhos. Eu fecho os meus olhos. E vejo o sonho. Vejo a lembrança. O carro chega à beirada de uma barragem, a barragem de quintal da fazenda de alguém na Samford rural, as colinas férteis do limite oeste de Brisbane, e saímos voando.

— Os garotos ficaram inconscientes — a sra. Birkbeck diz.

Não consigo ouvir o meu pai responder.

— Foi um milagre vocês terem sobrevivido — ela diz. — Os garotos estavam inconscientes, mas você os tirou do carro?

O carro mágico. O Holden Kingswood azul-céu voador.

O meu pai suspira. Ouvimos o suspiro por entre os vãos.

— A gente ia acampar. — O meu pai faz pausas longas entre as frases. Pra pensar e tragar o cigarro. — O August adorava acampar debaixo das estrelas. Adorava olhar pra lua quando dormia. Eu e a mãe deles, a gente tava tendo alguns... problemas.

— Ela fugiu de você?

Silêncio.

— É, acho que podemos dizer que sim.

Silêncio.

— Acho que eu tava pensando demais no assunto — o meu pai diz. — Eu não devia estar dirigindo. Tive tremores antes de uma curva na estrada Cedar Creek, e essa curva virou uma curva fechada. Não dava pra ver a estrada direito. O meu cérebro virou mingau.

Um silêncio longo.

— Eu tive sorte — o meu pai diz. — Os garotos tavam com a janela aberta. O August sempre ficava com a janela aberta pra olhar pra lua.

O August tá imóvel.

E o luar bate na água preta da barragem na minha mente. A lua cheia refletida na água. A poça da barragem. A maldita poça da lua.

— O dono da casinha perto da barragem veio correndo — o meu pai diz acima de nós por entre os vãos do piso. — Ele me ajudou a tirar os garotos.

— Eles estavam inconscientes?

— Eu achei que tivesse perdido os dois. — A voz do meu pai vacila. — Eles se foram.

— Eles não estavam respirando?

— Bom, essa é a parte complicada, sra. Birkbeck.

O August abre um sorrisinho. Ele tá gostando daquela história. Tá assentindo com sabedoria, como se já tivesse ouvido tudo, mas sei que não ouviu. Sei que não tem como ele ter ouvido.

— Eu poderia jurar que eles não tavam respirando — o meu pai diz. — Tentei ressuscitar eles, sacudi os dois que nem um louco pra fazer eles acordarem. E não consegui. Aí comecei a gritar pro alto que nem um maluco, e olhei de novo pra cara deles, e eles tavam acordados.

O meu pai estala os dedos.

— Do nada, eles tinham voltado — ele declara.

Ele traga o cigarro. Expira.

— Perguntei pro pessoal da ambulância quando chegaram, e eles disseram que os garotos podiam estar em choque. Disseram que talvez tenha sido difícil encontrar a pulsação ou verificar a respiração, porque os corpos dos dois tavam frios e entorpecidos.

— O que você acha disso?

— Não acho nada, sra. Birkbeck — o meu pai responde com frustração. — Foi um ataque de pânico. Fiz merda. E não tem uma hora da minha vida depois daquela noite em que não desejei poder botar aquele carro de volta na estrada Cedar Creek.

Uma pausa longa.

— Acho que o August nunca parou de pensar naquela noite — a sra. Birkbeck observa.

— Como assim?

— Acho que aquela noite deixou uma cicatriz psicológica profunda no garoto.

— O August foi a todos os psicólogos do sudeste de Queensland, sra. Birkbeck — o meu pai afirma. — Ele foi analisado e examinado e cutucado e perfurado por pessoas como você durante anos, e nenhuma delas disse que ele era diferente de um garoto normal que não gosta de falar.

— Ele é inteligente, Robert. É inteligente a ponto de não contar pros psicólogos as coisas que conta para o irmão.

— Como o quê?

Eu olho pro August. Ele balança a cabeça. *Eli. Eli. Eli.* Eu olho pra cima, pra madeira que forma o piso da casa, coberta de mensagens e desenhos que o August e eu fizemos aqui embaixo com caneta permanente. O Pé Grande andando de skate. O Mr. T dirigindo o DeLorean DMC-12 do *De volta para o futuro.* Um desenho ruim da Jane Seymour nua com seios que mais parecem tampas de latas de lixo. Uma coleção rabiscada de frases idiotas: *Fiquei tentando entender por que a bola estava ficando cada vez maior até que ela me acertou. Dois homens foram jogar tênis e voltaram descalços. Eu não queria acreditar que o meu pai estava roubando do departamento de trânsito, mas os sinais estavam por toda parte.*

— Por que ele parou de falar? — a sra. Birkbeck pergunta.

— Não sei. Ele não me falou ainda.

— Ele falou pro Eli que não fala porque tem medo de revelar o segredo.

— Segredo? — o meu pai diz com desdém.

— Os garotos já falaram com você sobre um telefone vermelho?

O August chuta a minha canela direita. *Babaca.*

Uma pausa longa.

— Não — responde o meu pai.

— Robert, sinto muito por ser eu quem está te contando isso, mas o August contou várias coisas ao Eli. Coisas estranhas que são, na minha opinião, vindas do trauma. Pensamentos potencialmente danosos de um garoto inteligente com a imaginação fértil demais.

— Todos os irmãos mais velhos falam um monte de merda pros mais novos — o meu pai declara.

— Mas o Eli acredita em tudo, Robert. O Eli acredita porque o August acredita.

— Acredita no quê? — o meu pai pergunta, frustrado.

A voz dela vira um sussurro que a gente só escuta de leve pelos vãos entre as tábuas.

— Parece que o August está convencido de que ele... hum... não sei como dizer isso... ele acredita que morreu na noite na poça da lua. Ele acredita que morreu e voltou. E acho que acredita que já morreu antes e voltou antes. E talvez acredite que morreu assim e voltou assim várias vezes.

Uma pausa longa na cozinha. O som do meu pai acendendo um cigarro.

— E parece que disse pro Eli que... bom... ele acredita que existem outros Augusts em outros... *lugares*.

— Lugares? — o meu pai repete.

— É — a sra. Birkbeck diz.

— Que tipos de lugares?

— Bom, lugares além da nossa compreensão. Lugares que se encontram do outro lado do telefone vermelho sobre o qual os garotos falam.

— Que porra... desculpa... que telefone vermelho? — o meu pai fala, perdendo a paciência.

— Os garotos dizem que escutam vozes. Um homem do outro lado de um telefone vermelho.

— Não faço a merda da mínima ideia do que você tá falando.

A sra. Birkbeck fala agora como se estivesse repreendendo uma criança de seis anos.

— O telefone vermelho que fica no quarto secreto embaixo da casa onde a mãe deles morava com o companheiro, Lyle, que desapareceu de forma inexplicável.

O meu pai dá uma longa tragada. Um silêncio longo.

— O August não fala desde aquela noite na poça da lua porque não quer correr o risco de deixar escapar a verdade por trás desse grande segredo — a sra. Birkbeck explica. — E o Eli tem certeza absoluta de que a magia do telefone vermelho é de verdade porque ele falou com um homem do outro lado do telefone que sabe de coisas sobre ele que não teria como saber.

Outra pausa longa. E o meu pai ri. Chega a uivar, na verdade.

— Ah, isso é muito bom. Isso é espetacular pra caralho.

Eu o escuto batendo nos joelhos.

— Fico feliz que consiga ver um lado engraçado nisso.

— E você acha que os meus garotos acreditam mesmo nisso tudo? — o meu pai pergunta.

— Acho que a mente dos dois, talvez um tempo atrás, desenvolveu um sistema de crenças complexo e interligado de explicações reais e imaginárias pra compreender momentos de grande trauma. Acredito que eles estejam psicologicamente danificados de forma profunda ou... ou...

Ela hesita.

— Ou o quê?

— Ou... não faria mal considerar a outra explicação.

— Que é?

— Que eles são mais especiais do que você e eu conseguimos entender — a sra. Birkbeck sugere. — Talvez eles ouçam coisas que estão além da própria compreensão também, e esse telefone vermelho do qual eles falam é a única forma que conhecem de dar sentido ao impossível.

— Isso é ridículo.

— Pode ser. Seja qual for o caso, por mais fantásticas que essas teorias sejam, minha questão aqui é que tenho medo, um medo real, de que essas crenças, mesmo que tenham se formado na imaginação, possam um dia provocar um grande mal ao August e ao Eli. E se a crença do August no que ele chama de "voltar" se transformar numa sensação errada de... invencibilidade?

O meu pai ri.

— Eu tenho medo de que esses pensamentos tenham colocado os seus filhos num caminho insensato, Robert.

O meu pai pensa sobre isso por um momento. Ouvimos o isqueiro. A expiração de fumaça.

— Bom, não precisa se preocupar com os meus filhos, sra. Birkbeck.

— Não?

— Não — o meu pai diz. — Porque isso tudo é um monte de merda.

— Como assim? — a sra. Birkbeck pergunta.

— Tô falando que o August é normal — responde o meu pai.

— Como assim?

— Ele tem todos os parafusos no lugar. Parece que é o Eli que tá de sacanagem. Ele tá criando uma fantasia louca pra sair de uma merda em que se meteu. Ele não sai perdendo nessa. Você acredita e acha que ele é especial. Se não acredita e acha que ele é miolo mole, ainda acha que ele é especial. Olha, o moleque é um contador de histórias. E detesto dizer, sra. Birkbeck, mas o Eli nasceu com as duas qualidades de qualquer bom contador de histórias: a capacidade de montar uma frase e a capacidade de inventar.

Eu olho pro August. Ele faz que sim. As pernas de uma das cadeiras da cozinha deslizam pelo piso. A sra. Birkbeck suspira.

O August se senta e fica em posição pra engatinhar de volta de debaixo da casa. Nos fundos da parte embaixo da casa, onde tem espaço suficiente entre o chão de terra e o piso pro August ficar de pé, ele para do lado de uma das máquinas de lavar abandonadas do pai. É do tipo que tem uma tampa em cima. Ele abre a tampa e olha dentro e fecha a tampa de novo. Faz sinal pra mim. *Abre a tampa, Eli. Abre a tampa.*

Eu abro a tampa e dentro da máquina tem um saco de lixo preto. *Olha dentro do saco, de lixo Eli. Olha dentro do saco.*

Eu olho dentro do saco, e tem dez tijolos de heroína embrulhados em papel marrom encerado e enrolados de novo em plástico. Os blocos são do tamanho dos tijolos que fazem na fábrica de tijolos de Darra.

O August não diz nada. Fecha a tampa da máquina de lavar e anda até a lateral da casa, sobe a rampa e entra na cozinha. A sra. Birkbeck se vira na cadeira e percebe na mesma hora a intensidade no rosto do August.

— O que foi, August? — ela pergunta.

Ele lambe os lábios.

— Eu não vou me matar. — Ele aponta pro pai. — E a gente ama muito ele, e é só metade do quanto ele ama a gente.

Garoto domina tempo

Acabe com o seu tempo antes que ele acabe com você. Antes que ele acabe com as rosas no jardim premiado do Khanh Bui na rua Harrington. Antes que descasque a tinta da van Volkswagen amarela de Bi Van Tran, ainda estacionada, como sempre, na rua Stratheden.

O tempo é a resposta pra tudo, claro. A resposta pras nossas orações e pros nossos assassinatos e pra nossas perdas e pros nossos altos e pros nossos baixos e pros nossos amores e pra nossas mortes.

Tempo pros irmãos Bell crescerem e pro estoque de heroína do Lyle valorizar. O tempo coloca pelos no meu queixo e nos meus sovacos e leva mais um tempo pra colocar pelos nas minhas bolas. O tempo bota o August no último ano da escola, comigo não muito atrás.

O tempo transforma o meu pai num cozinheiro razoável. Ele cozinha na maior parte das noites em que não tá bebendo. Costeleta e legumes congelados. Linguiça e legumes congelados. Um bom espaguete à bolonhesa. Ele assa um cordeiro que a gente come por uma semana. Numas manhãs, enquanto todo mundo dorme, ele entra no mangue de Cabbage Tree Creek, no litoral de Shorncliffe, pra pegar caranguejos com garras enormes que nem os bíceps do Viv Richards. Numas tardes, ele sai pro mercado Foodstore pra comprar comida e volta sem nada, e a gente não pergunta porque a gente sabe que ele teve um ataque de pânico, porque a gente conhece os nervos dele agora, como eles fazem mal a ele, como consomem ele vivo por dentro, onde as artérias e as veias carregam toda a lembrança e a tensão e o pensamento e o drama e a morte.

Tem dias em que ando com ele no ônibus, porque ele me pede pra cuidar dele no caminho. Ele precisa que eu seja a sombra dele. Ele me pede pra conversar com ele. Ele me pede pra contar histórias, porque isso acalma os seus nervos. Então, eu conto todas as histórias que o Slim me contou. Sobre os criminosos da Boggo Road. Conto sobre o meu antigo correspondente, o Alex Bermudez, e que os homens lá dentro só desejam duas coisas na vida: a morte e a novela. Quando os nervos dele chegam ao limite, ele assente, e eu aperto o sinal pro ônibus parar, e o meu pai respira fundo junto ao ponto, e eu digo pra ele que vai ficar tudo bem e a gente espera o próximo ônibus pra voltar pra casa. Pequenos passos com os nossos Dunlops. Ele vai um pouco mais longe cada vez que a gente sai de casa. De Bracken Ridge até Chermside. De Chermside até Kedron. De Kedron até Bowen Hills.

O tempo faz o pai diminuir a bebida. As cervejas mais fracas chegam a Queensland, e ele para de inundar o banheiro de mijo. Nunca vão medir essas coisas, mas eu sei que mais caixas de cerveja fraca em Bracken Ridge significa menos mães de Bracken Ridge se consultando com o dr. Benson da clínica da rua Barrett por causa de um osso do globo ocular quebrado.

O tempo bota o meu pai num emprego. Ele toma Serepax suficiente pra sair de casa e pegar um ônibus que leva ele até uma entrevista de trabalho na fábrica de Vidro e Alumínio G. James, na via Kingsford Smith, Hamilton, não muito longe do centro empresarial de Brisbane. Por três semanas, ele trabalha numa linha de produção da fábrica, cortando pedaços de alumínio em vários formatos e tamanhos, ganhando o suficiente pra comprar um pequeno Toyota Corona bronze de 1979 por mil dólares australianos de um conhecido da Taverna Bracken Ridge, o Jim "Snapper" Norton, parcelando em cem dólares por dia de pagamento, durante dez semanas. Ele sorri quando abre a carteira na tarde de sexta-feita e me mostra três cédulas cinza-azuladas, as que a gente nunca vê, as que têm o Douglas Mawson usando gorro de neve, o frio antártico congelando os muitos pelos das suas bolas do tamanho de icebergs. Eu nunca vi o pai tão orgulhoso, e ele tá tão orgulhoso essa noite que até ri mais do que chora quando tá bêbado. Mas na quarta semana desse maravilhoso trabalho remunerado, o supervisor chama a atenção dele por uma coisa que não foi culpa dele (alguém colocou os números errados numa linha de produção de folhas de metal, e cinco mil dólares australianos de metal ficaram cinco centímetros mais curtos do que deveriam), e o meu pai não consegue aceitar a injustiça e chama o supervisor de "obtuso", e o jovem supervisor não sabe o que aquilo quer dizer, e o meu pai explica. "Quer dizer que você é um babaca", ele diz. No caminho pra casa, ele para no Hamilton Hotel, na rua Kingsford Smith, para comemorar pelo que poderia ter ganhado com aquele maravilhoso trabalho remunerado com oito canecas de cerveja forte. Ao sair do Hamilton Hotel, ele é parado pela polícia, que o manda prum juiz por dirigir embriagado, e o juiz tira a habilitação dele e sentencia o meu pai a mais seis semanas de serviço comunitário, e o August e eu não temos muito a dizer quando ele nos informa que o serviço comunitário designado pela justiça vai ser executado como ajuda ao zelador idoso e adoentado da nossa Nashville State High School, Bob Chandler. Tenho ainda menos a dizer quando olho pela janela da minha sala de aula de matemática e vejo o meu pai sorrindo pra mim com orgulho, parado ao lado do enorme *ELI!* que ele desenhou na grama na frente do prédio de matemática e ciências.

O tempo faz o telefone tocar.

— Sim — o meu pai diz. — Certo. Tá bom, entendi. Qual é o endereço? Tudo bem. Tá. Tá. Tchau.

Ele desliga o telefone. O August e eu vemos *Caras e caretas* e comemos sanduíches com salsichão fatiado e molho de tomate.

— A mãe de vocês vai sair um mês antes — ele diz. E abre a gaveta embaixo do telefone, pega dois Serepax e anda pelo corredor até o quarto, chupando aquelas balinhas calmantes como se fossem Tic Tacs.

⋆

O tempo faz as rosas vermelhas do jardim premiado do Khanh Bui ficarem murchas, faz com que voltem a ser como sempre, que nem o meu pai depois daquele breve e colorido momento de sol de primavera na linha de produção da fábrica de Vidro e Alumínio G. James.

Passo pela casa do Khanh Bui a caminho da rua Arcadia, em Darra. Lembro como o jardim do Khanh Bui era quando ele ganhou o primeiro prêmio numa competição de jardins do bairro, parte da celebração da escola estadual de Darra, cinco anos antes. Era que nem uma loja de doces de tão colorido, uma mistura de plantas ornamentais e nativas que Khanh

Bui molhava toda manhã quando a gente tava indo pra escola, ainda usando aquele pijama azul e branco dele. Em algumas manhãs, o pau velho e enrugado aparecia distraidamente pela abertura no pijama, mas o sr. Bui nunca reparava, porque o jardim era encantador demais. Só que tá tudo seco e morto agora, da cor de palha e espetado que nem o centro do parque da rua Ducie.

Quando viro na rua Arcadia, paro na mesma hora.

Tem dois homens vietnamitas sentados em cadeiras brancas de plástico na entrada da casa do Darren Dang. Eles usam óculos de sol e tão sentados no sol com casacos e calças Adidas e tênis brancos. As roupas são azul-marinho com três listras amarelas nas laterais das jaquetas e das calças. Eu me aproximo devagar. Um dos homens levanta as mãos para mim. Os dois se levantam da cadeira e esticam a mão pra pegar alguma coisa que não vejo, atrás da cerca grande e segura do Darren.

Os dois tão segurando agora dois facões grandes de aparência afiada quando se aproximam de mim.

— Quem é você? — um dos homens pergunta.

— Eli Bell. Sou um velho amigo do Darren, da escola.

— E o que tem na sua mochila? — o mesmo homem pergunta com um sotaque vietnamita pesado.

Olho prum lado e pro outro da rua, olho pras janelas das salas das casas de dois andares à nossa volta, torcendo pra não ter nenhum xereta espiando aquele assunto complicado.

— Bom, é um pouco delicado — eu sussurro.

— Que porra você quer fazer aqui? — o homem pergunta, impaciente, a expressão facial básica parecendo um rosnado.

— Eu tenho uma proposta de negócio pro Darren.

— Você quer dizer o sr. Dang? — o homem diz com rispidez.

— É, o sr. Dang — eu digo.

O meu coração tá disparado. Os meus dedos seguram as alças da mochila preta.

— Proposta de negócio? — o homem pergunta.

Eu olho ao redor, dou um passo mais pra perto.

— Eu tenho uma... hummm... mercadoria... que acho que pode ser do interesse dele.

— Mercadoria? Você é NPM?

— Quê?

— Se for NPM a gente corta a língua fora — o homem diz, os olhos arregalados indicando que ele até ia gostar de fazer isso.

— Não, eu não sou NPM — eu digo.

— É mórmon?

Dou uma gargalhada.

— Não.

— É testemunha de Jeová? — o homem diz com desprezo. — Tá tentando vender aquela porra de sistema de água quente de novo?

— Não — eu repito.

Pondero por um tempo pra que tipo de Darra de universo paralelo eu voltei. NPM? *Senhor* Darren Dang?

— Eu não tenho a menor ideia do que vocês tão falando. Olha, eu só vim aqui pra dar um oi pro Darren...

Os dois vietnamitas chegam mais perto, mexendo nos cabos dos facões.

— Passa a mochila — um deles diz.

Eu dou um passo pra trás. O homem levanta o facão.

— Mochila — ele diz.

Eu passo a mochila. Ele entrega pro colega, que olha dentro. Ele fala em vietnamita com o homem que parece ser o superior dele.

— Onde você conseguiu essa mercadoria? — o superior pergunta.

— A mãe do Darren vendeu pro namorado da minha mãe há muito tempo — eu digo. — Eu vim vender de volta.

O homem olha pra mim em silêncio. Não consigo ver os olhos dele pelos óculos escuros.

Ele puxa um rádio do bolso.

— Qual é mesmo o seu nome?

— Eli Bell.

Ele fala no rádio em vietnamita. As únicas palavras que eu entendo são "Eli Bell".

Ele guarda o rádio no bolso e faz sinal pra eu me aproximar.

— Vem — ele diz. — Braços pra cima.

Eu levanto as mãos, e os dois vietnamitas revistam as minhas pernas e os meus braços e os meus quadris.

— Cacete, a segurança melhorou muito por aqui — eu comento.

A mão do superior mexe em volta das minhas bolas.

— Calma aí — eu digo enquanto me contorço.

— Vem comigo.

A gente não entra na casa onde o Lyle fazia negócio com a exótica Bich "Sai Daqui" Dang. A gente passa pela casa grande de tijolos amarelos do Darren pelo lado esquerdo. Só agora percebo que a cerca alta de madeira tem arame farpado por cima. Isso é menos um quintal e mais uma fortaleza agora. Entramos numa casinha independente atrás da casa principal, que mais parece um banheiro público feito de blocos de concreto pintados de branco, o lugar perfeito pra traficantes de drogas ou pra Hitler criarem estratégias. O homem do portão bate uma vez na porta cor de pêssego do bunker e diz uma única palavra em vietnamita.

A porta se abre, e o homem do portão me leva até um corredor cheio de fotografias em preto e branco dos parentes do Darren Dang no país deles: fotografias de casamento, de eventos de família, uma de um homem cantando num microfone, outra de uma senhora idosa segurando um camarão gigante do lado de um rio marrom.

O corredor leva a uma sala, onde tem uns dez homens vietnamitas de roupa azul-marinho Adidas com listras amarelas nas laterais dos braços e das pernas. Todos usam óculos de sol que nem os homens no portão. Esses homens de roupa azul-marinho tão em volta de um homem com roupa vermelha Adidas com listras brancas nos braços e nas pernas. Ele tá sentado atrás de uma escrivaninha de madeira, passando os olhos por vários documentos na mesa. Ele não usa óculos de sol. Usa óculos espelhados de aviador com armação dourada.

— Darren? — eu digo.

O homem de roupa vermelha olha pra mim, e vejo uma cicatriz no canto esquerdo da boca. Ele tira os óculos, e os olhos avaliando o meu rosto. Os olhos se apertam.

— Quem é você?

— Darren, sou eu. O Eli.

Ele bota os óculos na mesa e enfia a mão numa gaveta embaixo da escrivaninha. Tira uma faca retrátil de lá, e a lâmina aparece quando ele contorna a escrivaninha e se aproxima de mim. Ele coça o nariz, funga duas vezes. Os globos oculares pulsam que nem lâmpadas prestes a queimar. Ele para na minha frente e passa a lâmina na minha bochecha direita.

— Que Eli? — ele sussurra.

— Eli Bell — eu digo. — Da escola. Porra, Darren. Sou eu, cara. Eu morava aqui na rua.

Ele aproxima a lâmina do meu olho.

— Darren? Darren? Sou eu.

Ele para. Um sorriso explode na cara dele.

— Aaahhhhhhh! Você tinha que ver a sua cara, seu filho da puta! — ele grita. Os amigos de roupa azul-marinho riem da minha cara. Ele adota um sotaque do interior da Austrália. — Vocês ouviram? — ele diz pra a plateia. — "Sou eu, caaaara. Sou eeeeuuuu, o Eliiiiiii."

Ele bate na coxa e depois passa o braço pelo meu ombro, a lâmina ainda na mão direita.

— Vem aqui, Bell End! — ele diz, rindo. — Que porra aconteceu com você? Não ligou, não escreveu. Eu tinha grandes planos pra gente, Tink!

— Deu uma puta merda — eu digo.

O Darren faz que sim, concordando.

— É, uma merda mole do Eli Bell.

Ele segura a minha mão direita bem alto e passo o dedo pelo cotoco pálido do meu dedo perdido.

— Você sente falta? — o Darren pergunta.

— Só quando tô escrevendo.

— Não, eu tô falando de Darra, imbecil. Você sente falta de Darra?

— Sinto.

O Darren volta até a escrivaninha.

— Quer beber alguma coisa? Tem um monte de refrigerante na geladeira daquela sala ali.

— Tem Pasito?

— Não — o Darren diz. — Tem Coca, Solo, Fanta e Creaming Soda.

— Então não, valeu.

Ele se encosta na cadeira e balança a cabeça.

— O Eli Bell voltou! É bom te ver, Tink.

O sorriso dele fica rígido.

— O que aconteceu com o Lyle foi foda — ele diz.

— Foi a Bich? — eu pergunto.

— Foi a Bich o quê? — ele diz em resposta.

— Foi a Bich que dedurou o Lyle?

— Você acha que foi a minha mãe que fez aquilo? — ele pergunta, perplexo.

— Não, não acho. Mas foi?

— Ela considerava o Lyle um cliente, que nem o Tytus Broz. Além do fato de que dedurar é ruim pros negócios, ela não tinha nenhum motivo pra dedurar nenhum negócio paralelo porque ela só tava negociando, Tink. Se o Lyle foi burro de começar a vender pelas costas do chefe era problema dele, não dela. O dinheiro dele tinha o mesmo valor do que o de qualquer um. Não, cara, você sabe muito bem quem dedurou ele.

Não. Não, eu não sei mesmo. Não muito bem. Não mesmo.

O Darren me olha, boquiaberto, atordoado.

— Você é um garoto tão inocente, Eli — o Darren diz. — Não sabe que os maiores ratos tão sempre perto do queijo?

— O Teddy?

— Eu contaria, Tink, mas não como queijo — ele diz. Os amigos do Darren fazem que sim.

O filho da puta cagão do Tadeusz "Teddy" Kallas. Comedor de queijo do caralho.

— Cadê a sua mãe? — eu pergunto.

— Tá em casa, descansando. Ela pegou Grande C tem um ano.

— Câncer?

— Não, catarata. A pobre Bich não enxerga mais nada.

O homem do portão coloca a minha mochila na escrivaninha. O Darren olha dentro.

— Você ainda importa pro Tytus Broz? — eu pergunto.

— Não, aquele babaca foi comprar do Dustin Vang e da NPM — ele diz. — O incidente com o seu precioso Lyle não ajudou em nada o relacionamento entre a minha mãe e o Tytus.

O Darren enfia a faca na mochila e puxa ELA de volta com grãos da heroína de alto nível do Lyle na ponta.

— O que é NPM? — eu pergunto.

O Darren inspeciona a droga na ponta da faca que nem um joalheiro examina a pureza dos diamantes.

— Nascidos Para Matar — responde Darren. — É um mundo novo, Tink. Todo mundo tem que ser filiado a uma gangue. A NPM. A 5T. A Caras do Canal. Os exportadores lá do meu país tão cheios das regras agora. Tudo passa por abracadabra Cabramatta no Sul, e todos os chefes foram obrigados a se dividir em lados quando os chefes lá de Saigon se dividiram em lados. O filho da puta do Dustin Vang foi pra NPM, e a minha mãe foi pra 5T.

— O que é 5T?

O Darren olha pros amigos. Eles sorriem. Todo mundo canta uma coisa em vietnamita. Ele fica de pé e abre a jaqueta vermelha Adidas, puxa uma camiseta branca e revela uma tatuagem no peito, um número "5" grande com um "T" no formato de uma faca perfurando um coração preto com cinco palavras em vietnamita: *Tình, Tiền, Tù, Tội* e *Thu*.

A gangue 5T canta junto:

— Amor, Dinheiro, Prisão, Pecado, Vingança.

O Darren faz que sim.

— É isso aí — ele diz com aprovação na voz.

Uma batida na porta do bunker. Um garoto vietnamita novo, de uns nove anos, usando uma roupa Adidas azul-marinho, entra no ambiente. Ele tá suando. Grita uma coisa pro Darren em vietnamita.

— A NPM? — o Darren responde.

O garoto faz que sim. O Darren faz que sim pro membro da gangue mais velho à direita dele, que, por sua vez, assente pra outros três, que saem correndo do bunker.

— O que foi? — eu pergunto.

— Tem uma galera da NPM andando na rua Grant — o Darren diz. — Eles não podem andar pelo caralho da rua Grant.

O Darren tá frustrado, sem paciência. Ele olha pra minha mochila de novo.

— Quanto? — ele pergunta.

— Hã?

— Quanto? — ele repete. — Quanto você quer?

— Pela droga? — Eu tento esclarecer.

— Não, Tink, por uma chupada no meu pau. Claro que é quanto você quer pela droga.

— É a heroína que a sua mãe vendeu pro Lyle quase quatro anos antes.

— Não diga — ele diz, seco e sarcástico. — Achei que você tinha começado um negócio próprio de importação na porra de Bracken Ridge.

Eu digo o meu valor. Ensaiei seis vezes no quarto ontem, mas não tinha catorze vietnamitas enormes de óculos escuros me olhando no meu quarto.

— Acredito que, com o foco que a polícia de Queensland botou no comércio de heroína nos últimos tempos, o preço da droga neste estado de integridade...

— Rá! — o Darren diz, rindo. — Integridade? Muito boa, Tink, parece que você tá me vendendo um mordomo inglês. *Integridade.* — Os membros da gangue riem.

Eu sigo em frente.

— ... droga neste estado de integridade, que eu acredito que seria difícil de encontrar hoje em dia, então estou pensando, pela quantidade que tem na mochila, que o preço justo seria...

Eu encaro o Darren. Ele já fez isso antes. Eu não. Cinco horas atrás, eu tava desenhando um boneco palito de um cavaleiro segurando a Excalibur no vapor na porta do boxe do banheiro do meu pai. Agora, tô negociando heroína com o líder de dezesseis anos da gangue 5T.

— Hummmm... — Droga, não diz "hummmm". Mostra confiança. — Hã... oitenta mil?

O Darren sorri.

— Gostei do seu estilo, Eli.

Ele se vira pra outro membro da gangue. Fala em vietnamita. O membro da gangue corre pra outra sala.

— O que ele foi fazer? — eu pergunto.

— Foi pegar os seus cinquenta mil — o Darren diz.

— Cinquenta? — eu digo. — Eu falei oitenta. E a inflação?

— Tink, a única inflação que vejo agora é a sua bunda branca suando. — O Darren sorri. — Sim, essa porra deve valer uns cem mil, mas por mais que eu te ame, Eli, você é você e eu sou eu, e o problema de ser você agora, fora o fato de que você não consegue jogar uma bola de críquete direito nem pra salvar a própria vida, é o fato de que você não teria a menor ideia de pra onde levar essa heroína além da porta atrás de você.

Eu me viro e olho pra porta atrás de mim. O que ele diz faz sentido.

O Darren ri.

— Aahhh, eu senti saudades, Eli Bell.

Três membros da gangue entram no escritório, gritando palavras desesperadas pro Darren.

— Mas que escrotinhos — o Darren dispara.

Ele grita com os membros da gangue em vietnamita. Os membros da gangue correm pra sala do lado e voltam com facões. Outro membro da gangue surge de outra sala, segurando os meus cinquenta mil dólares australianos em três blocos no formato de tijolos, com notas de cinquenta. Os homens com os facões saem pelo corredor com organização militar, batendo com os facões animadamente nas paredes enquanto deixam o bunker.

— O que tá acontecendo? — eu pergunto.

— Os escrotos da NPM violaram o trato de paz — o Darren responde, abrindo uma gaveta comprida da escrivaninha. — Eles estão a dois minutos daqui. Vou cortar a porra das cabeças deles como os filhos da puta que eles são.

Ele pega um facão dourado brilhante customizado com o logo do 5T.

— E eu? — eu pergunto.

— Ah, é.

Ele se inclina na direção da gaveta, pega outro facão e joga pra mim.

Tento agarrar pelo cabo, e a lâmina quase entra no meu pé quando o facão cai no chão. Pego a arma logo.

— Não — eu digo. — Quero dizer que a gente precisa terminar a venda.

— Tink, a porra da venda tá feita.

O ajudante dele me entrega a mochila. A droga sumiu de dentro dela e foi substituída pelo dinheiro.

— Vamos — o Darren chama.

O Darren corre pelo corredor com sede de sangue de guerreiro no rosto.

— Acho que vou ficar esperando aqui até vocês terminarem — eu digo.

— Não vai dar, Tink. Tem dinheiro suficiente nesse bunker pra pagar lanches no Big Rooster pra todo mundo no Vietnã por seis meses. A gente tem que trancar o local.

— Vou fugir pela cerca dos fundos — eu declaro.

— Tem arame farpado por todos os lados. Não tem outro jeito de sair sem ser pelo portão da frente. Qual é o seu problema? Os babacas da NPM querem dominar o nosso território. Querem Darra toda pra eles. Você vai deixar esses filhos da puta tomarem a nossa cidade? Isso aqui é o nosso quintal, Tink. A gente tem que defender ele.

★

A batalha começa como qualquer outra ao longo da história. Os chefes dos clãs inimigos trocam palavras.

— Vou cortar o seu nariz fora, Tran, e enfiar um aro de chaveiro pela sua narina — o Darren grita da frente da casa, na parte sem saída da rua Arcadia, parado no meio de um grupo de membros da 5T que agora aumentou pruns trinta.

Na entrada da rua tá o homem que acho que se chama Tran, na frente da gangue de bárbaros agitados da NPM, que realmente parecem terem sido colocados na face da terra com o único propósito de acabar com a vida dos outros. O Tran segura um facão na mão direita e um martelo na esquerda e lidera um grupo com pelo menos dez pessoas a mais do que o do Darren.

— Eu vou cortar as suas orelhas fora, Darren, e cantar a Marching Song pra elas toda noite antes de jantar — o Tran rebate.

Em seguida, o barulho começa. Membros das duas gangues batem a arma de metal na do homem do lado. Batidas rítmicas que vão aumentando em intensidade. Um grito de guerra. Uma música de morte.

E uma coisa dentro de mim, o meu amor pela vida ou talvez a minha busca pela paz ou talvez só o meu medo natural de enfiarem um facão na minha cabeça me faz abrir caminho no meio dos membros do 5T da minha posição na retaguarda.

— Com licença — eu digo. — Desculpe. — Eu vou pro centro da rua Arcadia, bem no meio do espaço que separa os dois grupos com sede de sangue. — Desculpe interromper — eu grito.

E a batida dos facões para. O silêncio ocupa a rua e a minha voz trêmula ecoa por Darra.

— Eu sei que não tem motivo nenhum pra vocês me escutarem — eu grito. — Eu sou só um idiota que deu uma passada aqui pra ver um amigo. Mas acho que o ponto de vista de alguém de fora pode ajudar a resolver as discordâncias que vocês possam ter uns com os outros.

Eu me viro pros dois lados. Dá pra ver uma expressão de surpresa profunda nos rostos do Darren e do Tran.

— Filhos de Darra — eu digo. — Filhos do Vietnã. Não foi a guerra que obrigou as famílias de vocês a deixar as suas casas? Não foi o ódio e a divisão e a falta de diálogo que trouxeram vocês pra este lindo subúrbio? Tem uma terra estranha além das fronteiras de Darra, e esse lugar se chama Austrália. E esse lugar nem sempre é gentil com os recém-chegados. Esse lugar nem sempre é gentil com os estrangeiros. Vocês vão ter que encarar muitas brigas lá fora, longe desse lar sagrado. Vocês precisam lutar juntos lá, não uns contra os outros aqui.

Eu aponto pra minha própria cabeça.

— Talvez seja hora de começar a usar mais isso — eu digo.

E levanto o facão.

— E menos isso.

De maneira lenta e simbólica, coloco o meu facão no asfalto de uma rua Arcadia imóvel e em silêncio. O Darren olha pros seus homens. O Tran abaixa os braços por um segundo e olha pros seus soldados. Em seguida, ele olha pra mim. E ergue as armas de novo.

— *Tan cooooooong!* — ele grita. E o exército NPM ataca, facões e martelos e barras de ferro erguidas pro céu de Brisbane.

— Matem esses filhos da puta! — o Darren grita enquanto o implacável batalhão da 5T dispara, os tênis emborrachados batendo no chão e o metal batendo um no outro em expectativa. Eu me viro e corro pro lado da rua na hora que os dois exércitos se encontram numa explosão de carne na carne e lâmina na lâmina. Pulo uma cerca da altura dos joelhos pro jardim de uma casa pequena a quatro portas da do Darren. Caio de bruços e rastejo pelo quintal da casinha, rezando pra nenhum membro da NPM ter visto a minha fuga. Vou até o lado da casa e encontro um abrigo atrás de uma roseira branca, de onde dou uma última olhada na Grande Batalha de Facões da rua Arcadia. As lâminas assoviam no ar, punhos e cotovelos encontram testas e narizes. Pernas chutam barrigas. Joelhos encontram olhos. O Darren Dang pula de forma breve e triunfante pra fora da confusão num voo na direção de um guerreiro rival distraído. A minha mão vai até o fundo da mochila para sentir os cinquenta mil ainda lá dentro. E agradeço aos deuses da guerra por se lembrarem do sexto "T". Tirar o corpo fora e se mandar.

Garoto tem visão

Mal posso esperar pra contar pra ela. Mal posso esperar pra ver ela. Na minha visão, ela usa vestido branco. O cabelo tá comprido, caído nos ombros. Ela se ajoelha e me envolve nos braços. Entrego o dinheiro que a gente ganhou pra ela e ela chora. Naquela noite, a gente vai até Gap e coloca o dinheiro na mesa de um banco no shopping center Gap Village, e ela diz pro belo bancário que o dinheiro é a entrada pruma casinha com roseira branca na frente.

O nosso ônibus para na rua Buckland, no subúrbio de Nundah, no norte de Brisbane. O sol grande de outono aquece a minha cabeça, queima as minhas orelhas e o meu pescoço. A gente passa pela igreja Corpus Christi, uma catedral enorme de tijolos marrons com domo verde que nem o topo de todos aqueles prédios importantes de Londres que vejo na *Enciclopédia Britânica* espalhada pelas montanhas de livros do quarto de biblioteca do pai.

Talvez eu sinta falta daquela caixa de merda que o pai chama de casa. Vou sentir falta dos buracos na parede. Vou sentir falta de todos aqueles livros. Vou sentir falta do meu pai nas noites sóbrias, quando ele joga *Sale of the Century* com a gente e ri das piadas do Tony Barber e fala mal de todas as pessoas que o programa chama de campeão acumulado. Vou sentir falta do Henry Bath. Vou sentir falta de andar até as lojas pra comprar os cigarros do meu pai sóbrio. Vou sentir falta do meu pai sóbrio.

A gente sai da rua Buckland e entra na Bage. Eu paro.

— É aqui — eu digo. — Sessenta e um.

O August e eu tamos na frente de uma casa grande de madeira de Queensland, sobre pilares altos e finos, uma casa com tanta personalidade, velha e frágil que parece apoiada numa bengala fazendo piada sobre a fome na Irlanda.

Uma escadaria alta coberta de tinta azul descascada leva a gente até as portas duplas de vidro, maltratadas e podres que soltam farpas. Bato duas vezes com a mão esquerda, a que tem cinco dedos.

— Já vai — uma mulher com a voz aguda fala.

A porta da frente da casa se abre e uma freira aparece na nossa frente. Ela é velha e usa um vestido branco com manga curta. Um hábito azul e branco cobre o cabelo e contorna um rosto gentil e sorridente. Uma grande cruz prateada balança num cordão.

— Vocês devem ser o August e o Eli — ela diz.

— Eu sou o Eli — eu digo. — Ele é o August.

O August sorri e faz que sim.

— Sou a irmã Patricia — ela diz. — Estou cuidando da sua mãe há alguns dias, tentando ajudar ela a se recuperar.

Ela olha no fundo dos nossos olhos.

— Ouvi muito sobre vocês dois. — Ela faz que sim para mim. — Eli, o falador e contador de histórias. — Ela indica o August. — E August, o querido rapaz sábio e calado. Ahhh, que rara combinação de fogo e gelo a gente tem aqui.

Fogo e gelo. Yin e Yang. Sonny e Cher. Tudo funciona.

— Entrem — ela convida.

A gente passa pela porta e fica parado com respeito na varanda fechada da casa. Tem uma imagem grande de Jesus pendurada em cima da entrada. Não é muito diferente do quadro no quarto da Lena. O triste e jovem Jesus. O belo e jovem Jesus. Guardião dos meus maiores pecados. Conhecedor. Misericordioso. O homem que me faz parar todos os meus pensamentos de ódio que tenho tido nos últimos tempos. Todas as esperanças sombrias. Que os homens que botaram a minha mãe lá dentro queimem. Que esses homens que um dia conhecemos sangrem pelas coisas que fizeram. Que se afoguem. Que sofram horrores, que tenham doenças e sejam vítimas da ira e da pestilência e da dor e do fogo e do gelo eternos. Amém.

— Eli — a irmã Patricia diz. — Você está aí, Eli?

— Tô. Desculpa.

— O que estão esperando? — ela pergunta. — Querem que eu segure a mão de vocês?

A gente anda pelo corredor.

— Segundo quarto à direita — a irmã Patricia avisa.

O August anda na minha frente. O corredor tem carpete. Um aparador tá ocupado por orações emolduradas e bandejas de terços de contas e um vaso de flores roxas. A casa toda cheira a alfazema. Vou sempre me lembrar da mãe pela alfazema. Vou me lembrar da mãe pelos terços e pelas paredes de madeira com placas pintadas de verde-água. Passamos pelo primeiro quarto à direita, e tem uma mulher sentada na escrivaninha no quarto, lendo. Ela sorri pra gente, e a gente sorri pra ela e seguimos pelo corredor.

O August para por um momento antes da porta do segundo quarto à direita. Olha pra trás, pra mim. Eu coloco a mão no ombro direito dele. A gente fala sem falar. *Eu sei, cara. Eu sei.* Ele entra no quarto e vou atrás do meu irmão mais velho e vejo ela tomar ele nos braços. Ela tava chorando antes da gente entrar. Ela não tá de branco, usa um vestido leve azul-claro, mas o cabelo tá comprido, como na visão, e o rosto dela tá caloroso e inteiro e presente.

— Abraço em grupo — ela sussurra.

A gente tá mais alto aqui do que na visão. Eu esqueci o tempo. A visão ficou atrasada, falou de coisas que não seriam e não de coisas como seriam. Ela tá sentada numa cama de solteiro, e lembro como ela tava sentada naquela cama da Boggo Road. E aquelas duas mulheres não podiam ser mais diferentes. O pior dela na minha cabeça e o melhor dela aqui.

E essa é a versão que vai ficar.

★

A minha mãe fecha a porta e a gente só sai depois de três horas. A gente preenche as lacunas de todo o tempo perdido. Falamos das garotas de quem gostamos na escola, dos esportes que praticamos, dos livros que lemos, das confusões em que nos metemos. Jogamos Banco Imobiliário e Uno e ouvimos música num rádio relógio perto da cama da minha mãe. Fleetwood Mac. Duran Duran. Cold Chisel, "When the War is Over".

Vamos pra sala comunitária pra jantar, e a minha mãe apresenta a gente pra duas mulheres que tavam com ela lá dentro e que também tão botando a vida nos eixos naquela casa velha da irmã Patricia. As mulheres se chamam Shan e Linda, e acho que o Slim teria gostado das duas. Elas usam camisas sem manga sem sutiã e têm risadas roucas por causa do cigarro e, quando elas riem, os peitos balançam. Elas contam histórias sobre as infelicidades da vida lá dentro, mas contam quase com um brilho leve de luz do sol pra nos fazer acreditar que não foi tão ruim assim pra mãe lá dentro. Tinha amizade e lealdade e carinho e amor. Elas brincam sobre a carne, que era tão dura que quebrou os dentes dela. Tinha pegadinhas e brincadeiras com os guardas. Tinha tentativas ambiciosas de fuga que nem a da antiga atleta infantil russa que construiu uma vara numa tentativa calamitosa de saltar por cima do muro. E claro que não houve dia mais incrível do que o dia em que um garoto maluco de Bracken Ridge invadiu a Boggo para visitar a mãe no Natal.

A mãe sorri quando ouve essa história, mas chora também.

*

A gente usa uma colcha grossa como cama no quarto da minha mãe. Pega almofadas do sofá da sala pra servir de travesseiro. Antes da gente dormir, a minha mãe diz que tem uma coisa pra nos contar. A gente senta na cama, cada um do lado da mãe. Eu pego a mochila. Tem cinquenta mil dólares australianos dentro.

— Eu também tenho uma coisa pra te contar, mãe — eu confesso. Não consigo segurar. Mal posso esperar. Mal posso esperar pra dizer que os nossos sonhos vão se transformar em realidade. Que estamos livres. Finalmente.

— O que é? — ela pergunta.

— Você primeiro.

Ela tira a minha franja do rosto e sorri.

Ela abaixa a cabeça. Pensa mais um pouco.

— Vai, mãe, pode falar — eu digo.

— Não sei como dizer.

Eu empurro o ombro dela de leve.

— Fala logo — eu insisto, rindo.

Ela inspira fundo. Sorri. Sorri tanto que faz a gente sorrir com ela.

— Eu vou morar com o Teddy.

E o tempo para. E o tempo tá se desfazendo. E o tempo se desfaz.

Garoto morde aranha

Tem uma infestação de aranhas vermelhas em Bracken Ridge. Uma mistura de calor e umidade faz as aranhas da rua Lancelot entrarem embaixo dos tampos de plástico das privadas. No meu último dia de escola, a nossa vizinha de porta, Pamela Waters, é picada na bunda quando tá fazendo um dos seus barulhentos número dois, que às vezes borbulham e chiam do outro lado da cerca da casinha dela. O August e eu não temos certeza de quem sentimos mais pena: da sra. Waters ou da aranha distraída que picou a bunda dela no jantar.

Encontrei um livro sobre aranhas no quarto de livros do pai e andei lendo sobre aranhas vermelhas. O livro diz que as fêmeas são canibais sexuais que comem o macho ao mesmo tempo em que acasalam com ele, o que é parecido com os rituais de acasalamento e alimentação de algumas garotas da minha escola. Os filhotinhos fofos de aranha dessas amantes assassinas são irmãos canibais que passam até uma semana na teia materna, antes de saírem flutuando no vento.

Uma semana. É o tempo que a minha mãe quer que eu e o August passemos na casa do Teddy nas férias de verão. Uma semana com o Teddy, o dedo-duro. Eu preferia ficar em Bracken Ridge com o meu pai e as aranhas canibais sexuais.

★

— Qual planeta tem mais luas? — o Tony Barber pergunta na nossa televisão de imagem embaçada, questionando os três competidores no cenário rosa e verde-água do programa *Sale of the Century*.

O meu pai tomou trinta e seis cervejas e três copos de vinho barato, e, mesmo assim, responde antes dos três competidores.

— Júpiter! — ele berra.

— Qual é a capitão da Romênia? — o Barber pergunta.

— Vara é o coletivo de qual mamífero? — o Barber pergunta.

— O que a Frankie Bell tinha na cabeça pra confiar naquele escroto do Teddy Kallas? — o Barber pergunta. Eu me sento de repente, finalmente interessado no programa favorito do meu pai.

— E, pra darmos uma espiada no painel da fama, quem sou eu? — o Barber pergunta. Ele faz a pergunta direto pra televisão. Direto pra mim. — Eu nasci de um casal que nunca existiu. O mais novo de dois garotos e o meu irmão mais velho parou de falar quando o pai jogou ele de carro numa represa aos seis anos. Quando eu tinha treze anos, o homem com quem eu achava que ia crescer foi arrastado pra longe e pra sempre pelo capanga de um traficante suburbano, disfarçado de fabricante e comerciante de membros artificiais. Quando achei que as coisas iam melhorar, a minha mãe foi morar com o cara que acho que levou à morte do homem que eu mais amava na vida. Uma avalanche de confusão e desespero. Sou Eli do quê?

*

O August tá no nosso quarto pintando. Óleo sobre tela. Ele diz que talvez vire pintor.

— Assim como o seu velho pai — o pai diz sempre que o assunto surge, fazendo a ligação entre as pinturas a óleo muitas vezes surpreendentes e muitas vezes perturbadoras do August e o primeiro emprego do meu pai como aprendiz da empresa Pinturas de Casas Fim do Arco-íris, de Woolloongabba.

Tem um monte de telas no quarto, nas paredes e embaixo da cama. Ele é prolífico. Tá trabalhando numa série em que pinta cenas suburbanas insignificantes das ruas de Bracken Ridge com fundos impossivelmente grandiosos de espaço sideral. Num dos quadros, ele colocou o restaurante Big Rooster do bairro, flutuando na frente da galáxia em espiral de Andrômeda, a 2,5 milhões de anos-luz da Terra. Noutro, colocou uma cena de duas crianças da rua McKeering, jogando críquete no quintal com a lixeira de rodinhas sobre o fundo de uma galáxia vermelha de explosão de estrelas que parecia sangue de uma barriga saindo depois de um tiro de escopeta. Outro mostra um carrinho de supermercado Foodstore, flutuando a cem mil anos-luz na extremidade da Via Láctea. Ele fez um quadro do pai de camiseta azul, deitado de lado no sofá, fumando um cigarro caseiro e preenchendo um cartão de aposta com um fundo de uma nuvem de gás celestial ampla e colorida na extremidade do universo conhecido, onde, segundo o Gus, toda a matéria universal tem o cheiro dos peidos do pai.

— Quem é esse? — eu pergunto da porta do quarto.

— É você.

O pincel do August mergulha na tampa de pote de sorvete Black & Gold com pedaços de chocolate que ele usa como paleta. Sou eu na tela. O eu da foto da Nashville High School. Preciso cortar o cabelo. Pareço que eu toco baixo na família Dó-Ré-Mi. Com espinhas de adolescente, orelhas de abano de adolescente, nariz oleoso de adolescente. Tô sentado numa carteira marrom de escola, olhando pela janela da sala, uma expressão de preocupação no rosto, e do lado de fora, o espaço sideral.

— O que é isso?

Algum fenômeno intergaláctico, uma bolha verde luminosa, tá se formando entre as estrelas.

— É você olhando pela janela na aula de matemática, e você viu uma luz que levou doze bilhões de anos pra chegar até você — o August explica.

— O que significa?

— Sei lá. Acho que é só você vendo a luz.

— Qual vai ser o nome do quadro?

— *Eli vê a luz na aula de matemática.*

Vejo o August acrescentar um tom mais escuro no meu pomo de adão na pintura.

— Eu não quero ir pra casa do Teddy — eu digo.

Pincelada e movimento. Pincelada e movimento.

— Nem eu — ele diz.

Pincelada e movimento. Pincelada e movimento.

— Mas a gente vai assim mesmo, né?

Pincelada e movimento. Pincelada e movimento.

O August faz que sim. *Sim, Eli, a gente tem que ir.*

*

Os olhos do Teddy afundaram na cara desde que vi ele pela última vez e a barriga se projetou pra fora. Ele tá parado na porta de uma casa de dois andares em Wacol, um subúrbio ao sudoeste de Darra, que ele herdou dos pais, que agora moram num asilo em Ipswich, a vinte minutos de carro pela estrada Brisbane.

O August e eu tamos no alto de uma escada bamba com corrimão de ferro tão velha e frágil que a escada parece uma ponte de cordas que o Indiana Jones e o seu fiel escudeiro Short Round poderiam usar pra atravessar um lago de crocodilos.

— Quanto tempo, garotos — o Teddy diz, o braço gordo em volta da mãe como se ela fosse um barril de cerveja.

Eu te vejo na minha cabeça quase todos os dias, Teddy.

— Quanto tempo — eu repito.

O August tá atrás de mim, esticando a mão por cima do corrimão pra pegar o que parece ser um abricó amarelo selvagem de uma árvore com galhos acima da escada da entrada da casa.

— É bom te ver, Gus — o Teddy diz.

O August olha pro Teddy, dá um sorrisinho, puxa uma fruta da árvore.

— É a nespereira da minha mãe — ele diz. — Está aí há mais de cinquenta anos, essa árvore.

O August cheira a fruta.

— Pode comer. Tem gosto de pera e de abacaxi ao mesmo tempo.

O August morde, mastiga um pouco de nêspera. E sorri.

— Quer uma, Eli? — o Teddy pergunta.

Não quero nada de você, Teddy Kallas, só a sua cabeça na ponta de um espeto.

— Não, obrigado, Teddy.

— Querem ver uma coisa legal?

A gente não diz nada.

A mãe olha pra mim de cara feia.

— Eli — a mãe diz sem precisar dizer mais nada.

— Claro, Teddy — eu digo com toda a personalidade de uma nêspera.

É um caminhão. Um Kenworth K100 Cabover de 1980, enorme e laranja, estacionado na lateral do pátio, embaixo de uma mangueira enorme que solta as frutas verdes mordidas por morcegos raposa-voadora no capô.

O Teddy diz que dirige o caminhão pra Woolworths, transportando frutas pela costa leste da Austrália. A gente sobe no caminhão com ele, e ele liga o motor. A besta que transporta alimentos ganha vida.

— Quer apertar a buzina, Eli?

Eu não tenho mais oito anos, Teddy.

— Não precisa, Teddy — eu digo.

Ele mesmo aperta e dá uma risadinha animada que nem um gigante de contos de fada com o cérebro do tamanho de uma ervilha poderia rir de um garoto fazendeiro ladrão pulando com um pula-pula.

Ele pega o rádio e mexe em alguns botões de frequência em busca dos amigos que ele diz que tão espalhados por essa terra de caminhões. Esses amigos caminhoneiros todos vão dando oi, caras que falam palavrão e se chamam Marlon e Fitz e uma lenda australiana dos caminhoneiros, um cara chamado de "Tronco" por causa do tamanho do seu pau.

Eu gostei do Teddy Kallas quando conheci ele. Gostei de como o Teddy Kallas e o Lyle se davam bem que nem melhores amigos. O Teddy parecia ver no Lyle o que eu via nele. Eu achava que o Teddy se parecia um pouco com o Elvis Presley da época do filme *Saudades de um pracinha*, pelo jeito que penteava o cabelo para trás com gel e também por algo na curvatura dos lábios inchados dele. Mas agora todas as partes dele estão inchadas e ele parece o Elvis da época de Las Vegas. O Elvis dos sanduíches de creme de amendoim fritos. Ele dedurou o Lyle. Contou pro Tytus Broz que ele tava traficando drogas no paralelo. Fez o Lyle ser arrastado e esquartejado e achou que isso ia fazer ele ficar com a garota e fazer com que ele ficasse com uma boa imagem pro Tytus Broz. Mas o Tytus jogou ele de lado, porque o Tytus sabia que os dedos-duros não são de confiança. Os dedos-duros têm que arrumar empregos de verdade, dirigindo caminhões de comida da Woolsworth, pela costa leste australiana. Ele começou a visitar a minha mãe na prisão, e acho que ela quis acreditar que ele não dedurou o Lyle porque acho que ela queria ser visitada. Eu não tava indo pra Boggo. O August não tava indo pra Boggo. Ninguém deixava a gente ir sem o pai. Mas a mãe tinha que conversar com alguém do lado de fora, pelo menos pra lembrar que o lado de fora ainda existia. Então, ela conversava com o dedo-duro. Ele visitava ela todas as quintas de manhã, a mãe diz. Ele era engraçado, a mãe diz. Era gentil, a mãe diz. Estava lá, a mãe diz.

— Eu gosto de dirigir caminhões — o Teddy declara. — Vou pra estrada e entro num tipo de transe. Não sei explicar.

Então não explica, Teddy.

— Sabem o que eu faço na estrada, às vezes?

Você, o Marlon, o Fitz e o Tronco se masturbam juntos pelo rádio?

— O quê? — eu pergunto.

— Eu falo com o Lyle.

Ele balança a cabeça. A gente não diz nada.

— Sabem o que eu digo pra ele?

Desculpa? Por favor, me perdoa? Me liberta do sofrimento diário da culpa e da traição e da ganância?

— Eu falo com ele sobre o caminhão de leite.

O Teddy e o Lyle roubaram um caminhão de leite quando eram moleques, ele conta. Foi em Darra. Eles entraram no caminhão de leite e foram embora, dirigindo enquanto o entregador conversava na porta da casa com a mãe do Lyle, a Lena. Fizeram um passeio louco no caminhão, talvez os seis minutos mais felizes das vidas deles. O Lyle deixou o Teddy descer numa loja de esquina antes de eles devolverem o caminhão, e sofreu todas as consequências sozinho. Porque o Lyle Orlik era um garoto bom e decente que por acaso virou um traficante de heroína de subúrbio.

— Eu sinto saudade dele — ele confessa.

E os seus pensamentos são interrompidos por dois pastores-alemães enormes latindo pra porta do motorista do caminhão.

— Ei, rapazes! — Ele sorri pela janela. — Venham conhecer os meus meninos — ele diz.

Ele sai do caminhão e brinca com os cachorros no quintal.

— Esse aqui é o Beau — ele diz enquanto faz um carinho forte na cabeça de um cachorro e estica a mão esquerda pra fazer carinho na barriga do outro. — E esse aqui é o Arrow.

Ele olha com amor pra eles.

— Esses garotos são a única família que eu tenho agora.

O August e eu dizemos uma coisa um pro outro que a gente não fala. *Que otário.*

— Venham ver a casa deles — ele chama, eufórico.

O canil do Beau e do Arrow fica embaixo da casa. É menos uma casa de cachorro e mais um recuo de dois andares numa placa de concreto. Tem placas de madeira com pedaços de compensado recortado imitando janelas e portas, parecendo as janelas e portas da casinha que o João e a Maria encontrariam se estivessem vagando pela floresta. A estrutura toda fica sobre hastes, e o Beau e o Arrow têm uma rampa com ripas de apoio pras patas alcançarem o seu lar dos sonhos com cobertores e almofadas.

— Eu mesmo que fiz — o Teddy diz.

O August e eu dizemos uma coisa um pro outro que a gente não fala. *Que otário do caralho.*

⋆

Tudo é perfeito na casa do Teddy nos primeiros três dias enquanto a gente tá lá. Perfeito que nem uma nêspera. O Teddy sorri pra mãe pra nos mostrar que se importa com ela e compra picolés Paddle Pop pra conquistar a gente e conta piadas de caminhoneiro, a maioria bem racista e que termina com um aborígene ou irlandês ou chinês ou mulher sendo encontrado no para-choque da frente de um caminhão. Depois, o Dustin Hoffman joga tudo por água abaixo na quarta noite.

A gente tá voltando pra casa do cinema Eldorado em Indooroopilly quando alguma coisa no desempenho do Dustin Hoffman no filme que a gente acabou de assistir, *Rain Man*, faz o Teddy pensar no August.

— Você consegue fazer aquelas coisas, Gus? — o Teddy pergunta, olhando pro August pelo retrovisor.

O August não diz nada.

— Você sabe — o Teddy insiste. — Você consegue contar quantos palitos tem numa pilha só de dar uma olhada? Tem algum poder especial que nem aquele?

O August revira os olhos.

— Ele não é autista, Teddy — eu digo. — Ele só é calado pra caralho.

— Eli! — a minha mãe diz.

O carro fica em silêncio por uns cinco minutos. Ninguém fala nada. Vejo o brilho amarelo das luzes da estrada. O brilho é o fogo dentro de mim, uma pergunta forjando no fogo. Eu pergunto na cara dura, sem nem um sinal de emoção.

— Teddy, por que você dedurou o seu melhor amigo?

E ele não responde. Só me olha pelo retrovisor, e não parece mais com o Elvis de nenhuma era e de nenhum tempo e de nenhum local, porque o Elvis nunca foi pro inferno. O Elvis nunca teve uma fase demoníaca.

★

Ele não fala nada por mais dois dias. Acorda tarde de manhã e passa pela mãe e pelo August e por mim na mesa do café da manhã, comendo Corn Flakes, e a minha mãe diz "Bom dia" e ele nem olha pra ela e sai em silêncio de casa.

O meu pai faz isso com o August e comigo às vezes, depois da gente ter uma briga grande na sala durante uma das suas bebedeiras. É ele que puxa briga com a gente, é ele que fica batendo na nossa cabeça enquanto tamos tentando ver *Anjos da lei*, é ele que sempre empurra o August com força demais e é nele que o August dá um soco no olho só pra ter um momento de paz. Mas é a gente que leva gelo. Na maior parte das vezes, o pai acorda na manhã seguinte, avalia o hematoma no rosto e pede desculpas. Mas, às vezes, ele não fala nada. Como se nós fôssemos os babacas da história. Como se nós fôssemos os escrotos da história. Adultos filhos da puta.

O Teddy tá agindo como se não estivéssemos na casa dele, como se fôssemos fantasmas, espectros na sala, jogando Imagem & Ação e Jogo da Vida, enquanto ele banca o mudo perseguido injustamente.

Mas então eu me sinto um merda por fazer a minha mãe se sentir uma merda, e quando ela pede pro August e pra mim pra gente ajudar a fazer pernil de cordeiro pro jantar, o August me olha daquele jeito que diz: *Você vai ajudar ela a preparar esses pernis porque é importante pra ela, e você vai gostar, e, se você não for, eu vou arrebentar a sua cara.*

A gente prepara os pernis, cozinhando devagar por um dia inteiro do jeito que o babaquinha do Teddy gosta.

O Teddy sai de casa ao meio-dia pela cozinha.

— Pra onde você vai? — a minha mãe pergunta.

Ele não diz nada.

— Você vai voltar pra jantar às seis?

Nada.

— A gente tá fazendo pernil de cordeiro pra você.

Fala alguma coisa, cuzão.

— Com molho de vinho tinto, do jeito que você gosta. — A minha mãe sorri. Olha só esse sorriso, Teddy. Olha o sol dentro dele. Teddy? Teddy?

Nada. Ele sai da cozinha e desce a escada dos fundos. Desce, desce, desce, lá vai o diabo descendo, e a garota cheia de sol do diabo tá se esforçando pra achar graça nisso.

A gente cozinha o pernil de cordeiro devagar numa panela de aço que já foi da avó do Teddy e que é grande o suficiente pra tomar banho de espuma dentro. A gente cozinha por metade de um dia e mais um pouco, e viramos ele de hora em hora num molho feito de vinho tinto, alho, tomilho, quatro folhas de louro, cebola picada, cenoura e aipo. Quando chega a hora de provar, tem pedaço de carne soltando do osso que nem chocolate nas mãos daquela moça etérea de branco do comercial do chocolate Flake por quem o August tinha uma queda.

★

O Teddy não volta às seis. Já estamos comendo quando ele entra, duas horas depois.

— O seu tá no forno — a minha mãe diz.

Ele encara a gente. Avalia a gente. O August e eu sentimos cheiro de cerveja na hora que ele se senta. E alguma outra coisa também. Rebite, talvez. O melhor amigo do caminhoneiro no longo trajeto até Cairns. Os olhos não tão fixados na gente, e ele tá respirando alto e fica abrindo e fechando a boca, como se estivesse com sede, e bolas brancas e densas de saliva se formam nos cantos dos lábios. A minha mãe vai até a cozinha para servir um prato pra ele, e ele olha pro August por cima da mesa.

— Como foi o seu dia, Teddy? — eu pergunto.

Mas ele não responde, só fica encarando o August, que tá com a cabeça abaixada pro prato, puxando pedaços de carne pelo molho de vinho tinto e pelo purê de batata.

— O que foi? — o Teddy diz, olhando pro August. — Desculpa, não ouvi.

— Ele não falou nada, Teddy — eu respondo.

Ele se inclina mais pra perto do August, empurrando tanto a barriga gorda por cima da mesa que o maço de cigarros Winfield Red cai do bolso da camisa azul de brim.

— Você pode repetir? Um pouco mais alto agora.

Ele vira a orelha esquerda de forma teatral na direção do August.

— Não, não. Eu entendo, cara. — O Teddy dá de ombros. — Eu também teria ficado sem palavras se o meu pai tivesse feito aquilo comigo.

O meu irmão olha pro traidor e sorri. O Teddy volta a se sentar na cadeira, e minha mãe coloca o prato na frente dele.

— Estamos felizes de você ter conseguido vir jantar — ela diz.

Ele espeta o purê no garfo que nem uma criança. Abocanha um pedação do pernil que nem um tubarão. Encara o August de novo.

— Você sabe qual é o problema dele, não sabe? — ele pergunta.

— Vamos só jantar, Teddy — a minha mãe responde.

— Você aceitou essa merda do voto de silêncio — o Teddy declara. — Você tornou esses garotos tão malucos quanto o pai de merda deles.

— Tá bom, Teddy, já chega — a minha mãe aconselha.

O August olha pro Teddy de novo. O August não tá sorrindo agora. Ele tá só olhando pro Teddy.

— Eu preciso admitir, garotos. É muita coragem da parte de vocês dormir embaixo do mesmo teto que o cara que tentou jogar vocês na porra de uma barragem.

— Já chega, Teddy! Que merda! — a minha mãe grita.

O Teddy gargalha.

— É isso mesmo. — Ele ri. — Que merda, né, garotos? Que merda de barragem.

De repente, ele grita. Mais alto do que a minha mãe.

— Não, não! — ele berra. — Essa era a mesa de jantar do meu pai. O meu pai construiu essa porra, e agora ela é minha, e o meu pai era um homem bom que me criou direito e eu falo o que quiser na porra da minha mesa.

Ele morde outro pedaço de pernil de cordeiro como se estivesse mordendo a carne do meu antebraço.

— Não, não! — berra ele. — Vocês todos podem ir se foder.

Ele se levanta.

— Vocês não merecem se sentar nessa mesa. Saiam daqui! Não são dignos desta mesa, seus malucos de merda.

A minha mãe se levanta.

— Garotos, vamos terminar de comer na cozinha — ela diz, levantando o prato. Mas a mão do Teddy derruba o prato com força na mesa, quebrando ele em três pedaços, no formato do sinal da paz.

— Deixem as porras dos pratos no lugar! — o Teddy rosna.

O August e eu já estamos de pé nos afastando da cadeira indo na direção da mãe.

— Não, não — o Teddy diz. — Só a família come nessa mesa.

Ele assobia alto, e os seus amados pastores-alemães sobem a escada correndo, entram pela cozinha e vão até a sala de jantar. O Teddy bate com a mão no meu lugar e no do August.

— Aqui, garotos.

O Beau sobe obediente na minha cadeira, e o Arrow sobe na do August. O Teddy faz que sim.

— Podem comer — ele diz. — Esses pernis de cordeiro estão uma maravilha.

Os cachorros enfiam o focinho nos nossos pratos, os rabos balançando de euforia.

Eu olho pra minha mãe.

— Vamos, mãe — eu peço.

Ela fica olhando pros cachorros comendo o que ela passou o dia inteiro cozinhando. Vira e sai andando em silêncio, que nem um robô, e vai até a cozinha. Tem um armário amarelo-canário velho na parede perto do forno onde tá a nossa panela de pernil de cordeiro, com quatro pedaços que a gente tava guardando pro almoço do dia seguinte.

A minha mãe fica parada em silêncio na cozinha e fica pensando, talvez por um minuto inteiro. Pensando.

— Mãe, vamos — eu digo. — Vamos embora.

Ela vira pro armário da cozinha e enfia a mão direita numa fileira de oito pratos de jantar de estilo antigo que já foram da vó do Teddy, em pé ao longo do armário, atrás de uma faixa branca flexível. Ela soca eles como se estivesse programada pra socá-los, como se algo mecânico dentro dela fizesse os braços dela se movimentarem. Ela nem percebe o quanto a cerâmica quebrada tá cortando os seus dedos, espalhando sangue vermelho nas peças ainda em pé atrás da faixa. E o August e eu ficamos tão perplexos que ficamos congelados. Não consigo fazer uma palavra sair da boca de tão paralisado e perplexo que estou pelo que ela fez. Sangue e punhos. Um soco atrás do outro. Os punhos quebram a porta de correr de vidro do armário que fica na frente da parte dos copos. Ela enfia a mão e pega uma caneca da estação de rádio FM140 e pega uma caneca da World Expo '88 e pega uma xícara rosa que diz Mr. Perfect e volta pra sala e joga todas as canecas com força na cabeça do Teddy, sendo que a terceira caneca, a do Mr. Perfect, acerta o lado direito da cara dele.

Ele parte pra cima dela com uma fúria cega de anfetamina. Instintivamente, o August e eu nos jogamos entre ele e a mãe, baixando a cabeça para nos proteger, mas ele dá joelhadas nas nossas cabeças de crânios finos com os joelhos gordos do tamanho de capacetes de críquete e abre caminho, fúria bruta e força, até a minha mãe, e agarra o cabelo dela por trás e arrasta ela pra fora da cozinha. Ele arrasta ela pelo piso de linóleo da cozinha com tanta força que pedaços do cabelo dela saem. Ele arrasta ela, o diabo arrasta ela pra baixo, pra baixo, pra baixo, pela escada de madeira dos fundos. Ele arrasta ela atrás de si, segurando a cabeça, como se estivesse arrastando um tapete pesado ou um galho de árvore, as costas e os calcanhares batendo com força nos degraus. E eu penso numa coisa nesse momento, um pensamento claro surge nesse momento apavorante, quando o monstro arrasta a minha mãe pro inferno. Por que a minha mãe não tá gritando? Por que a minha mãe não tá chorando? Ela tá em silêncio nesse momento, e percebo agora, conforme o tempo se prolonga e se estica até o infinito, que ela não tá gritando por causa dos filhos. Ela não quer que a gente saiba como ela tá com medo. Um psicopata enfurecido e cheio de anfetamina na cabeça tá arrastando ela pelo cabelo por uma escada de madeira, e ela só tá pensando na gente. Eu olho pro rosto dela, e o rosto dela olha pra mim. Os detalhes. O não dito. Não tenha medo, Eli, o rosto dela tenta dizer enquanto o monstro puxa a cabeça. Não tenha medo, Eli, porque eu estou com tudo sob controle. Já passei por coisa pior, filho, e vou resolver isso. Então não chora, Eli. Olha só pra mim, eu tô chorando?

No pé da escada, ele arrasta a minha mãe até a rampa de entrada do canil do Beau e do Arrow. Segura a nuca da minha mãe com força e empurra a cara dela no pote de comida do Beau e do Arrow. Ela sufoca quando o rosto afunda na gororoba gosmenta de pedaços de carne velha e geleia.

— Você é um animal! — eu grito e bato com o ombro direito com o máximo de força que consigo nas costelas do Teddy, mas não dá pra desequilibrar aquele corpo gordo e largo.

— Eu fiz o seu jantar, Frankie! — o Teddy grita, os olhos arregalados e elétricos. — Comida de cachorro. Comida pra uma cachorra. Comida pra uma cachorra. Comida pra uma cachorra.

Eu empurro e soco a cara dele por baixo, mas não adianta nada. Ele não tá sentindo nada nesse momento e nem se mexe. Mas um objeto grande e prateado voa na frente dos meus olhos, e vejo esse objeto prateado acertar a cabeça do Teddy. Uma coisa quente que parece sangue e carne jorra nas minhas costas. Mas não tem cheiro de sangue. Tem cheiro de cordeiro. É a panela onde a gente cozinhou os pernis. O Teddy cai de joelhos, atordoado, e o August bate de novo, bem na cara dele dessa vez, e o golpe apaga o Teddy, deixa ele caído naquele concreto infeliz embaixo daquela casa infeliz que ele recebeu de herança.

— Vão pra rua — a minha mãe diz com calma.

Ela limpa o rosto com a blusa e de repente parece uma guerreira, não uma vítima, uma sobrevivente limpando o sangue dos mortos das bochechas e do nariz e do queixo. Ela sobe a escada correndo e nos encontra na rua cinco minutos depois, com as nossas mochilas e uma pra ela.

★

Pegamos o trem de Wacol pra Nundah uma hora depois. São dez da noite quando batemos na porta da casa da irmã Patricia na rua Bage. Ela nos acolhe na mesma hora e não faz nenhuma pergunta sobre o porquê de estarmos lá.

A gente dorme em colchonetes na varanda fechada.

A gente acorda às seis da manhã e se junta à irmã Patricia e quatro ex-presidiárias em readaptação no café da manhã na sala de jantar. A gente come Vegemite na torrada e bebe suco de maçã Golden Circle. A gente fica sentado na cabeceira de uma mesa marrom comprida, grande o suficiente pra acomodar dezoito ou vinte pessoas. A minha mãe tá em silêncio. O August não diz nada.

— E aí? — eu sussurro.

A minha mãe bebe o café.

— E aí o quê, filho? — a minha mãe diz com gentileza.

— E agora? — eu pergunto. — Agora que você largou o Teddy, o que a gente vai fazer?

A minha mãe morde a torrada e limpa as migalhas do canto da boca com um guardanapo. A minha cabeça fervilha de planos. O futuro. O nosso futuro. A nossa família.

— Acho que hoje você pode passar a noite com a gente — eu digo. Eu falo tão rápido quanto penso. — Acho que você devia aparecer na porta do pai com a gente. O pai vai ter um choque quando te ver, mas sei que ele vai ser bom com você também. Ele tem bom coração, mãe, não vai conseguir te mandar embora. Não vai ter coragem.

— Eli, eu não... — a minha mãe diz.

— Pra onde você gostaria de se mudar? — eu pergunto.

— O quê?

— Se pudesse escolher qualquer lugar pra morar e dinheiro não fosse problema, pra onde você iria? — eu pergunto.

— Plutão — ela responde.

— Tá, qualquer lugar no sudeste de Queensland. Diz o lugar, mãe, e o Gus e eu vamos fazer acontecer pra você.

— E como vocês acham que vão fazer isso?

O August ergue o rosto do prato do café da manhã. *Não, Eli.*

Eu penso por um momento. Controlo os meus pensamentos.

— E se eu dissesse que posso conseguir uma casa pra gente em... sei lá... em Gap?

— Gap? — remete minha mãe, intrigada. — Por que lá?

— Lá é bonito. Tem muitos *culs-de-sac.* Lembra quando o Lyle levou a gente pra comprar o Atari?

— Eli... — diz a minha mãe.

— Você vai adorar Gap, mãe — eu digo, empolgado. — É lindo e verde e bem no fim do bairro tem uma reserva enorme cercada de verde, e a água é tão cristalina...

A minha mãe bate na mesa.

— Eli! — ela diz com rispidez.

Ela baixa a cabeça. Ela chora.

— Eli, eu nunca falei que ia largar o Teddy.

Garoto aperta forca

A capital da Romênia é Bucareste. Vara é o coletivo de porco. O coletivo de Eli Bells é prisma. Jaula. Poço. Prisão.

Noite de sábado, 19h15, e o meu pai tá dormindo do lado da privada. Ele desmaiou logo depois de vomitar na cuba de porcelana, e agora dorme tranquilo embaixo do papel higiênico, e, quando expira, o ar das narinas sopra três folhas de um pedaço pendurado que nem uma bandeira branca de rendição oscilando no vento.

Eu desisto. Quero ser que nem ele.

Mas sir August, o Impassível, não tem o mesmo entusiasmo que eu pra usar o dinheiro arduamente obtido das drogas do Lyle pra comer e beber até cair.

No início, o meu plano é gastar quinhentos dólares num frenesi culinário nos restaurantes e nas lanchonetes da rua Barrett. Podemos começar no Big Rooster (um frango inteiro, duas batatas grandes, duas Cocas, dois milhos cozidos) e seguir pro lugar de peixe empanado com fritas, pro restaurante chinês e pra delicatessen, pra pedir *dim sims* grandes e sorvete de chocolate. Depois disso, podemos passar na Bracken Ridge Tavern e ir até o bar e pedir pra um dos velhos conhecidos do meu pai, o Gunther, comprar uma garrafa de rum Bundaberg por cinquenta pratas pra gente.

Você tá sendo escroto, o August não diz. Então, bebo sozinho. Vou até o Shorncliffe Pier com uma garrafa de rum e os bolsos da calça jeans com quatrocentos dólares em dinheiro. As minhas pernas balançam na beirada do píer, debaixo de uma luz que fica piscando num poste. Do meu lado a cabeça cortada de uma tainha. Eu bebo o rum no gargalo e penso no Slim e percebo como o rum me deixa quente e como não vai ser tão ruim passar o próximo ano da minha vida gastando os 49.500 dólares restantes do dinheiro das drogas do Lyle em rum e salgadinho Twisties sabor frango. Bebo até desmaiar na beirada do píer.

⋆

O sol me acorda e a minha cabeça tá latejando e olho pros lábios da cabeça seca de tainha. Bebo água num bebedor público verde por dois minutos. Fico de cueca e nado nas águas infestadas de piolhos-do-mar perto do píer. Volto pra casa e encontro o August sentado no sofá da sala, exatamente no mesmo lugar em que eu deixei ele ontem à noite. Ele tá sorrindo.

— O que foi? — eu pergunto.

Nada.

A gente vê televisão. É hora do almoço e tá passando uma partida internacional entre a Austrália e o Paquistão.

— Como a Austrália tá indo?

O August escreve no ar. *Dean Jones em 82.*

Tô exausto. Os meus ossos doem. Inclino a cabeça pra trás e fecho os olhos no sofá.

Só que o August estala os dedos. Abro os olhos e vejo ele apontando pra TV. Ele aponta prum boletim de notícias do meio-dia no canal Nove.

— O Natal chegou mais cedo para uma família muito especial de Bracken Ridge, no subúrbio norte de Brisbane — a apresentadora diz, uma mulher com cabelo preto armado, cheio de laquê. Uma imagem de Shelly Huffman na cadeira de rodas do lado dos pais na frente da casa deles na rua Tor aparece.

— É a Shelly! — eu falo.

O August ri. Ele faz que sim e bate palmas.

A voz da apresentadora soa junto com uma série de imagens da Shelly e dos pais dela chorando e se abraçando.

— Nos últimos três anos, Tess e Craig Huffman, pais de quatro filhos, tentaram arrecadar os setenta mil dólares australianos necessários para transformar a casa deles em um espaço acessível para a deficiência da filha de dezessete anos, Shelly, que tem distrofia muscular. Até ontem, eles tinham arrecadado 34.540 dólares australianos por meio da escola e de passeatas de arrecadação no bairro. Mas, hoje de manhã, Tess Huffman abriu a porta da frente.

Na imagem, a mãe da Shelly, Tess, seca uma lágrima do olho e fala com um repórter no pátio da frente. Ela tá segurando uma caixa embrulhada em papel de presente de Natal.

— Eu estava indo na padaria pra comprar uns pães doces porque a avó da Shelly vem nos visitar — ela diz. — Abri a porta e encontrei uma caixa no capacho, embrulhada com esse papel bonito.

O papel de presente é decorado com bengalas e árvores de Natal entrelaçadas.

— Abri a caixa e olhei dentro e achei todo esse dinheiro — a Tess diz, chorando. — É um milagre.

A imagem corta prum policial no quintal da casa da Shelly.

— Estamos falando de um total de 49.500 dólares australianos em dinheiro — o policial diz, sério. — Ainda estamos fazendo algumas investigações sobre a origem do dinheiro, mas parece mesmo que a doação foi feita por um bom samaritano de enorme coração.

Eu me viro pro August. Ele tá com um sorriso enorme, dando tapinhas nos joelhos.

O repórter pode ser ouvido fazendo uma pergunta pra Shelly.

— O que você quer dizer para a boa pessoa que deixou esse dinheiro na sua porta, Shelly?

A Shelly tá apertando os olhos contra o sol.

— Eu só quero dizer... só quero dizer... seja lá quem você for... que eu te amo.

O August fica em pé comemorando, balançando a cabeça em triunfo.

Eu me levanto e dou dois passos grandes antes de correr na direção da pélvis dele e empurrar o imbecil pra janela de correr na varanda da frente. A janela quase quebra com o impacto da cabeça do August. Dou uma série de socos na barriga e no queixo dele.

— Seu idiota! — eu grito.

Ele me levanta pela cintura e me joga pra cima da televisão com um movimento longo. A apresentadora se inclina na mesa marrom do pai. O abajur cor de pêssego de cerâmica em cima do aparelho se quebra em oito pedaços irregulares no chão de madeira. O pai vem andando do quarto.

— Mas que porra tá acontecendo aqui? — ele grita.

Eu vou pra cima do August de novo, e ele enfia o punho esquerdo e depois o direito na minha cara, e eu dou uma série de socos desajeitados nele enquanto o pai se coloca entre a gente.

— Eli! — ele grita. — Para com isso agora!

O pai me empurra pra trás, e eu respiro fundo.

— O que foi que você fez? — eu grito. — Perdeu a cabeça, Gus? Ficou maluco?

Ele escreve no ar. *Me desculpa, Eli. Eu tinha que fazer isso.*

— Você não é especial, Gus. Você é maluco. Você não foi trazido de volta. Não existem outros universos além desse aqui, que é a porra de um buraco fodido. Não existem outros Augusts por aí. Só tem um e ele é completamente maluco.

O August sorri. Escreve no ar.

Você ia ser pego com o dinheiro, Eli.

— Fala, filho da puta! — eu berro. — Tô cansado dessa merda de rabiscos.

A gente prende o ar. A apresentadora ainda tá falando na televisão caída atrás da mesa do pai:

— Bom, se essa história não aquecer o seu coração, não sei o que fará.

O August e eu olhamos um pro outro. Em silêncio, o August fala mais do que eu. *Eu tinha que fazer isso, Eli.*

O telefone toca.

Não era bom ter tanto dinheiro com a gente, Eli. Não era bom. A Shelly precisa mais do que a gente.

— A sra. Birkbeck tava certa sobre você, Gus — eu digo. — Você teve que inventar todas aquelas mentiras sobre as pessoas no telefone porque é ruim da cabeça. Tava sofrendo tanto com a realidade que fugiu pra fantasia.

Mas você ouviu, Eli. Você ouviu eles no telefone também.

— Eu só tava brincando, Gus — eu digo. — Eu caí na sua mentira porque senti pena de você ser tão doido.

Me desculpa, Gus. Me desculpa.

— Bom, essa é a realidade, Gus. — Eu aponto pro pai. — Ele é tão maluco que tentou jogar a gente de carro numa barragem. E você é tão maluco quanto ele, e talvez eu seja tão maluco quanto você!

Eu me viro pro pai. Não sei por que pergunto, mas pergunto. É só o que eu quero dizer. É só o que eu quero saber.

— Foi de propósito?

— O quê? — ele diz, baixinho.

Ele tá sem palavras. Mudo.

— Tá todo mundo mudo! — eu grito. — O mundo inteiro ficou mudo! Vou falar de outro jeito, porque talvez seja difícil demais pra entender, e eu entendo isso porque com certeza não consigo entender por que você faria aquilo de propósito, mas você jogou a gente na barragem de propósito?

O telefone toca. Por um momento, o meu pai fica chocado com a pergunta.

— O Teddy disse que você tentou matar a gente! — eu grito. — O Teddy disse que não foi ataque de pânico porra nenhuma. O Teddy disse que você é maluco.

O telefone toca. O meu pai balança a cabeça, puto.

— Puta que pariu, Eli, pode atender o telefone? — o meu pai pergunta.

— Por que você não atende?

— É a sua mãe.

— A mãe?

— Ela ligou hoje de manhã — o meu pai diz.

— Você falou com ela? — eu pergunto.

Ele falou com ela. O meu pai falou com a minha mãe. Esse é um fenômeno com o qual eu não tô acostumado.

— É, eu falei com ela. Algumas pessoas nesta casa sabem se comunicar quando querem.

O telefone toca.

— O que ela queria?

— Ela não disse.

O telefone toca. Eu atendo.

— Mãe?

— Oi, querido.

— Oi.

Um silêncio longo.

— Como você tá? — ela pergunta.

Péssimo. Nunca estive pior. O meu coração parece um tijolo. A cabeça parece um furacão. Acordei de ressaca do rum de ontem à noite e agora tô de ressaca e sem 49.500 dólares australianos.

— Bem — eu minto, inspirando fundo.

— Você não parece bem.

— Mas eu tô. E você, como tá?

— Bem. Ia ficar melhor se você e o August voltassem logo pra cá.

Um silêncio longo.

— O que você acha?

— O que eu acho sobre o quê?

— Você acha que vai querer vir me visitar de novo?

— Não com ele aí, mãe.

— Ele quer ver vocês, Eli. Quer pedir desculpas pessoalmente pelo que fez.

Isso de novo. A minha mãe achando que outro macho suburbano de Queensland vai mudar.

— Mãe, agressores loucos e covardes não deixam de ser agressores loucos e covardes.

Um silêncio longo.

— Ele lamenta mesmo tudo aquilo — ela diz.

— Ele pediu desculpas pra você?

— Ahã.

— O que ele falou?

— Não quero entrar em detalhes, mas...

— Será que dá... por favor?

— O quê?

— Dá pra entrar em detalhes? Já tô cansado dos fragmentos. Vocês só falam em fragmentos e eu nunca recebo as informações específicas. Você sempre diz que vai me contar tudo quando eu for mais velho, mas eu fico mais velho e as histórias só ficam mais vagas. Nada se encaixa. É tudo merda em pedaços. Você não conta histórias. Conta começos e meios e fins, mas não conta histórias. Você e o pai nunca me contaram uma história inteira.

Um silêncio longo. Um silêncio longo e lágrimas.

— Desculpa — ela diz.

— O que o Iwan Krol fez com o Lyle?

Mais lágrimas.

— Não faz isso, Eli.

— Cortou ele em pedacinhos, não foi? O Darren me contou o que ele faz. Se for legal, ele corta a cabeça primeiro…

— Para, Eli.

— Mas se estiver se sentindo bem sádico naquele dia ou se ainda não tiver almoçado ou talvez se apenas acordou com o pé esquerdo pra fora do caixão, ele corta os tornozelos primeiro e deixa eles com mordaça, mas mantém os caras vivos. Depois corta os pulsos e uma perna e um braço, talvez. Ele fica indo e vindo…

— Eli, eu tô preocupada com você.

— Não tanto quanto eu.

Um silêncio longo.

— Eu liguei pra contar uma coisa — a minha mãe diz.

— Você cortou a garganta do Teddy?

Um silêncio longo. Para com isso, Eli. Você tá perdendo a cabeça. Encontra, Eli. Encontra a sua cabeça perdida.

— Você já acabou? — a minha mãe pergunta.

— Já — eu digo.

— Eu andei estudando.

Que ótimo.

— Que ótimo.

— Obrigada. Você tá sendo sarcástico?

— Não. Isso é ótimo mesmo, mãe. O que você tá estudando?

— Serviço social. Comecei a ler os livros lá dentro. O governo ajuda um pouco a pagar, e eu só preciso ler um monte de coisas. Acho que li mais livros sobre o assunto do que alguns dos meus professores.

— Isso é muito bom, mãe.

— Você sente orgulho de mim?

— Sempre senti orgulho de você.

— Por quê?

— Por estar aqui.

— Estar onde?

— Só… existir.

— É. Olha, eu tô ligando porque uma mulher da minha aula de comunicação diz que o sobrinho é um jovem jornalista no *The Courier-Mail*. Eu falei que é lá que o meu filho Eli sonha em trabalhar. Eu falei que ele vai ser um ótimo reportador policial…

— Repórter.

— É, um ótimo repórter policial, e ela disse que eu devia dizer pro meu filho que o jornal sempre contrata estagiários. É só você bater na porta deles e pedir pra ser estagiário.

— Acho que não é tão simples assim, mãe.

— Claro que é. Eu pesquisei o nome do editor-chefe do jornal. O nome dele é Brian Robertson. Vai lá e pede pra ele sair da sala e te ver por dois minutos, só dois minutos, porque isso já vai ser suficiente pra ele perceber.

— Perceber o quê?

— O brilho — ela diz. — Ele vai ver. Vai ver como você é especial.

— Eu não sou especial, mãe.

— É sim — ela diz. — Você só não acredita nisso ainda.

— Desculpa, mãe, mas eu tenho que ir. Não tô me sentindo muito bem.

— Você tá doente? O que aconteceu?

— Eu tô bem. Só não tô muito a fim de conversar. Quer falar com o August?

— Quero. Você tem que ir pedir um estágio pra aquele editor, Eli. Você tem que ir. Dois minutos. Você só precisa de dois minutos.

— Eu te amo, mãe.

— Eu te amo, Eli.

Eu passo o telefone pro August.

— Você pode me deixar ficar um pouco sozinho no quarto? — eu peço.

Ele faz que sim. O August nunca fala no telefone com a minha mãe. Ele só escuta. Eu nunca sei o que ela diz para ele. Acho que ela só fala.

★

Fecho a porta do quarto e boto uma folha fina de papel A4 na cama. Papel. Pra botar fogo nessa casa ou no mundo. Com o meu brilho. Tem uma caneta Kilométrica com a ponta mastigada na minha cabeceira. Eu escrevo no papel, mas a tinta não sai. Rolo a caneta entre as palmas das mãos, e a tinta escorre o suficiente pra eu escrever e sublinhar o título da minha história.

Uma forca pra Eli Bells

Pro caso de eu morrer no inferno suburbano de Bracken Ridge ou pro caso de ser esmagado na plataforma 1 da linha de ferro da estação Sandgate pelo trem das 4h30 da manhã pra Central depois de passar vaselina nos trilhos, como o Ben Yates fez anos atrás quando a Shannon Dennis disse pra ele que, em nenhuma circunstância — nem mesmo se ele completasse o seu aprendizado como açougueiro *—, ela teria um filho dele, sinto que é importante deixar claros alguns dos detalhes relacionados ao desparecimento do Lyle Orlik. Os fatos são que, primeiro de tudo, o Teddy Kallas fez o Lyle Orlik ser morto porque tava apaixonado pela minha mãe. A minha mãe não ama o Teddy Kallas, mas amava o Lyle Orlik, um homem bom e decente que por acaso acabou se tornando traficante de heroína. Demorei um tempo pra aceitar a realidade do destino do Lyle, mas agora aceito que ele provavelmente foi cortado membro a membro por um homem chamado Iwan Krol, o psicopata brutamontes do Tytus Broz, cuja fábrica de membros artificiais em Moorooka, no sul de Brisbane, é a fachada de um império amplo de tráfico de heroína que se espalha por todo o sudeste de Queensland.*

Pro caso de eu ser encontrado esmagado na linha de trem da estação Sandgate, enviem todas as perguntas que tiverem, junto com as contas dos custos de limpeza, pro Teddy Kallas de Wacol, no sudoeste de Brisbane.

Apenas pra deixar registrado, não sou nem nunca fui especial. Pensei por um tempo que o August e eu éramos mesmo especiais. Pensei por um tempo que eu ouvi mesmo aquelas vozes no telefone vermelho misterioso do Lyle. Mas percebo agora que a gente não é especial. Percebo que a sra. Birkbeck tá certa. A mente humana pode nos convencer de qualquer coisa pra sobreviver. O trauma usa muitas máscaras. Eu usei a minha. Mas não mais. O Teddy Kallas tá certo. O meu irmão e eu nunca fomos especiais. A gente só é louco.

Uma batida na porta do quarto.

— Vai embora, August — eu digo. — Tô escrevendo.

Eu torço pra porta se abrir apesar do meu pedido. Não é o que acontece. Mas um exemplar do *Courier-Mail* é enfiado por baixo da porta.

O jornal tá aberto numa "Investigação especial" nas páginas centrais: "COMBATE NO SUBÚRBIO — GUERRA ENTRE GANGUES ASIÁTICAS DE HEROÍNA EXPLODE NAS RUAS DE BRISBANE."

É uma investigação detalhada sobre a violência entre as gangues 5T e NPM, de Darra, e o amplo tráfico de heroína do Triângulo Dourado por todo o sudeste de Queensland. É um artigo com uma boa pesquisa e escrito de forma elegante que fala sobre os suspeitos reis anônimos das drogas de Brisbane e as famílias vietnamitas que se passam por humildes e esforçados donos de restaurantes enquanto expandem redes de tráfico de milhões de dólares australianos do norte, de Melbourne e Sydney. A reportagem cita um antigo policial da divisão de combate às drogas que reclamou de políticos corruptos e de chefes da polícia que "fazem vista grossa" pra venda de heroína nos subúrbios da cidade. O informante da polícia fala da crença generalizada entre policiais de que vários empresários proeminentes de Brisbane fizeram as suas fortunas "montando secretamente no dragão de ouro da cena ilícita das drogas asiáticas".

"Eles estão por aí, entre nós", o informante diz. "Os chamados membros de destaque da sociedade de Brisbane matam e não acontece nada com eles."

Procuro a assinatura na matéria. Deito na cama e escrevo o nome no ar com o dedo do meio, o que fica do lado do dedo da sorte com a pinta da sorte que perdi prum membro de destaque da sociedade de Brisbane que mata e não acontece nada com ele. O nome dela fica lindo no ar invisível.

Caitlyn Spies.

Garoto vai fundo

Vejo o homem no Ford Mustang amarelo de duas portas pela primeira vez quando tô sentado no banco do lado de fora da estação de trem de Sandgate, comendo um enroladinho de salsicha com molho de almoço. Ele para na vaga do estacionamento reservado pros ônibus e olha pela janela, pra mim. Tem quarenta e poucos anos, talvez. Parece grande daqui, alto e musculoso no banco pequeno do carro. Tem cabelo preto e bigode preto. Olhos pretos me observam. A gente faz contato visual, mas eu me viro, com vergonha, quando acho que ele talvez tenha me cumprimentado. Ele sai da vaga do ônibus e para o carro no estacionamento da estação. Sai do carro. O meu trem pra Central chega e eu jogo o último pedaço de enroladinho de salsicha no lixo e ando rápido pro começo da plataforma.

Desembarco na estação Bowen Hills, desço por uma rua lateral até o prédio grande de tijolos vermelhos com as letras elegantes que escrevem *The Courier-Mail* numa placa presa no muro. Demorei três meses pra juntar coragem pra vir aqui. É aqui que o jornal é feito. É aqui que a Caitlyn Spies trabalha. Ela conseguiu. Veio do *South-West Star* até onde é o lugar dela. Faz parte da equipe que escreve sobre crimes no jornal, provavelmente a estrela mais brilhante do time.

— Vim ver o editor-chefe, Brian Robertson — eu digo com ar de confiança pra mulher na recepção. Ela é baixa, tem cabelo preto curto e usa argolas laranja nas orelhas.

— Ele tá esperando você? — a mulher pergunta.

Eu ajeito a gravata. Ela tá me estrangulando. O pai amarrou com força demais. A gravata é do pai. Ele comprou em St. Vinnies por cinquenta centavos. A gravata é coberta com as letras do alfabeto, as letras *P*, *A*, *L*, *V*, *R* e *S* em amarelo. O pai disse que aquilo transmitiria o meu amor pelas palavras pro editor-chefe, o Brian Robertson.

— Tá — eu respondo, fazendo que sim. — Mas só no sentindo de que ele deveria esperar que os mais promissores jornalistas de Brisbane entrassem pela porta deste prédio querendo vê-lo.

— Então ele não tá esperando você? — ela diz.

— Não.

— Por que você quer falar com ele? — a mulher pergunta.

— Eu queria de me candidatar pra um estágio nesse excelente e influente jornal.

— Desculpe — a mulher de argolas laranjas nas orelhas diz, voltando o olhar prum caderno cheio de nomes e datas e assinaturas. — As inscrições pra estágio terminaram dois meses atrás. A gente só vai aceitar membros novos em novembro do ano que vem.

— Mas, mas... — Mas o quê, Eli?

— Mas o quê? — a mulher pergunta.

— Mas eu sou especial.

— Hein? — A mulher ri. — Como é?

Como você é idiota, Eli Bell. Respira. Reformula.

— Bom, eu acho que posso fazer coisas ótimas pra esse jornal.

— Porque você é especial?

Não, eu não sou especial. Só maluco mesmo.

— Bom, eu não sou especial de verdade. Só empolgado. E diferente. Eu sou diferente.

— Ah, que fofinho — a mulher diz com sarcasmo.

Ela olha pruma porta de vidro entre o saguão do prédio e as entranhas maiores do editorial, onde quase sinto o cheiro da tinta nos polegares dos editores e os cigarros nos cinzeiros dos jornalistas de esportes e o uísque nos copos dos repórteres de política e consigo ouvir o som da história sendo digitada por homens e mulheres que não sabem como conseguem digitar sem olhar pras teclas, já que perderam todo o tato, e só têm agora o olfato, o olfato pra identificar uma boa história.

— Mas ser diferente não vai fazer você passar por aquela porta, infelizmente.

— O que vai me fazer passar por aquela porta?

— Paciência e tempo — a mulher diz.

— Mas eu já acabei com o meu tempo.

— Acabou? — A mulher ri. — Quantos anos você tem, dezesseis? Dezessete?

— Tenho quase dezessete.

— É velho, então. Ainda tá na escola?

— Tô, mas a minha alma se formou faz tempo.

Eu me apoio na bancada comprida atrás da qual a mulher tá.

— Olha, a verdade é que eu tenho uma história pra ele. E quando ouvir essa história, ele vai saber que eu sou diferente de todos os outros candidatos e vai querer me dar uma chance.

A mulher com as argolas laranja revira os olhos e sorri, bota a caneta em cima do caderno de registros.

— Qual é o seu nome, garoto? — ela pergunta.

— Eli Bell.

— Olha, Eli Bell, você não vai passar por aquela porta hoje — ela diz. Ela olha pra porta de vidro do saguão, se apoia no balcão e sussurra pra mim. — Mas não posso impedir você de sentar perto daquela cerca viva ali por volta das oito da noite de hoje.

— O que acontece às oito?

— Meu Deus, cara, você é especial mesmo — ela diz, balançando a cabeça. — É quando o chefe vai pra casa, seu bobinho.

— Ceeeeerto — eu sussurro. — Obrigado. Só mais uma coisa, como que o chefe é?

Ela não tira os olhos de mim.

— Tá vendo aquelas três fotos ali dos três homens de aparência séria e azeda na parede atrás do meu ombro esquerdo?

— Tô.

— Ele é o cara do meio.

⋆

O Brian Robertson sai do prédio às 21h16. Ele parece mais jovem na foto. O cabelo tá grisalho nas laterais da cabeça, e esse grisalho se transforma em cachos finos da cor das cinzas de cigarro no alto da cabeça. Os óculos de leitura estão pendurados por um cordão no pescoço. Usa um colete de lã azul-marinho em cima da camisa branca. Carrega uma pasta de couro marrom na mão direita, três jornais dobrados embaixo do braço esquerdo. Tem um rigor no rosto dele, uma dureza. Ele parece um dos jogadores da antiga liga de rúgbi do começo dos anos 1900 que vi nuns livros velhos da liga australiana de rúgbi do meu pai, um rosto dos dias em que os homens dividiam o seu tempo entre jogar futebol e travar batalhas no fronte ocidental. Ele desce os três pequenos degraus da entrada do prédio, e eu saio da cerca viva escura, onde fiquei sentado, esperando que nem um ladrão, nas últimas seis horas.

— Sr. Robertson?

Ele para.

— Pois não?

— Desculpe incomodar, mas queria me apresentar.

Ele me olha de cima a baixo.

— Há quanto tempo você tá sentado aqui fora? — ele resmunga.

— Seis horas, senhor.

— Foi bobagem da sua parte fazer isso.

Ele se vira e sai andando na direção do estacionamento do prédio.

Dou dois passos para alcançá-lo.

— Eu leio o seu jornal desde que tinha oito anos — eu digo.

— Desde o ano passado, então? — ele responde, olhando pra frente.

— Rá! — Eu dou uma risada e ando de lado pra capturar o olhar dele. — Essa foi boa. Hum, eu queria saber se você...

— Onde é que você arrumou essa gravata? — ele pergunta, ainda olhando pra frente.

Ele olhou pra mim por meio segundo e percebeu a minha gravata. Esse cara percebe os detalhes. Jornalistas veem detalhes.

— O meu pai comprou pra mim em St. Vinnies.

Ele faz que sim.

— Você já ouviu falar do Massacre da rua Narela?

Eu faço que não. Ele anda rápido e conta a história.

— Cannon Hill, leste de Brisbane, 1957, um cara chamado Marian Majka, um imigrante polonês, trinta e poucos anos, mata a esposa e a filha de cinco anos com uma faca e um martelo. Ele bota fogo na casa e anda até a vizinha da frente. Mata a mãe naquela casa também, junto com as duas filhas. Em seguida, começa a empilhar os corpos, porque vai botar fogo em todo mundo, e uma garotinha do bairro, uma garotinha chamada Lynette Karger, bate na porta. Ela foi chamar as amigas pra ir pra escola, como faz a cada dois dias. E Majka mata ela e junta o corpo dela à pilha e bota fogo. Em seguida, o homem se mata com um tiro, e a polícia chega e encontra esse show de horrores. A pequena Lynette ainda tava com o dinheiro do almoço na mão.

— Meu Deus — eu digo, ofegante.

— Eu apareci na casa naquela manhã pra fazer o registro — ele diz. — Vi toda a confusão de perto.

— Viu?

— Vi — ele diz, andando rápido. — E mesmo assim nunca vi nada mais feio do que essa gravata que você tá usando.

Ele continua andando.

— São as letras do alfabeto. Eu tinha esperança de que fosse despertar em você o seu amor pelas palavras.

— Amor pelas palavras? — ele repete. E para de repente. — O que faz você pensar que eu amo as palavras? Eu odeio elas. Desprezo. Eu só vejo palavras. As palavras me assombram enquanto eu durmo. As palavras me irritam e penetram na minha mente quando tô tomando um banho quente de banheira e infestam o meu sistema nervoso quando tô no batizado da minha neta, quando deveria pensar no rostinho maravilhoso dela, mas tô pensando nas porras das palavras da manchete da primeira página de amanhã.

Ele aperta as mãos e só percebe que fez isso quando continua andando até o estacionamento. Eu boto as minhas cartas na mesa.

— Eu queria que você me considerasse pra um dos seus estágios.

— Não vai dar — ele grita, me interrompendo. — Já escolhemos os estagiários pros próximos meses.

— Eu sei, mas acho que tenho uma coisa que os outros não têm.

— Ah, é? Tipo o quê?

— Uma história de primeira página — eu digo.

Ele para.

— Uma história de primeira página? — Ele sorri. — Tá bom, vamos ouvir.

— Bom, é complicado.

Ele volta a andar na mesma hora.

— Que pena.

Eu alcanço ele de novo.

— Bom, é meio difícil de explicar pra você aqui, com você andando pro carro.

— Que mentira — ele diz. — Cook descobre a Austrália. Hitler invade a Polônia. Oswald mata Kennedy. Homem pisa na lua. Essas histórias também eram complicadas. Você já gastou muitas das suas amadas palavras puxando o meu saco, então deixo você usar mais três ou quatro. Me conta a sua história em três ou quatro palavras.

Pensa, Eli. Três ou quatro palavras. Pensa. Mas a minha mente tá vazia. Só vejo a cara azeda dele e nada mais. Minha história em três ou quatro palavras. Só três ou quatro palavras.

Nada. Nada. Nada.

— Não dá — eu digo.

— Já foram duas — ele diz.

— Mas...

— Agora foram três. Desculpa, garoto. Você pode se candidatar no ano que vem.

E ele sai andando prum estacionamento coberto, cheio de automóveis caros.

★

Vou me lembrar da sensação de desânimo pela cor da lua de hoje. Tá laranja, uma fatia crescente lá em cima que nem uma fatia de melão. Vou me lembrar desses fracassos e dessas decepções e desses casos desesperados pela pichação na parede de concreto em frente à plataforma 4 na estação de trem Bowen Hills. Alguém pichou uma imagem de um pênis grande e latejante, mas a cabeça do pênis é uma imagem impressionante da terra girando embaixo das palavras: *Não fode o mundo!* Num banco marrom comprido de plataforma, eu afrouxo a gravata e observo as letras do alfabeto, tentando encontrar três palavras que contem a minha história. Eli perde oportunidade. Eli faz merda. Eli fode mundo. Fico perdido nas letras dessa gravata horrível.

Ouço uma voz na outra ponta do banco na plataforma.

— Eli Bell.

Sigo a voz e encontro ela. Somos as únicas duas pessoas na plataforma. Somos as duas únicas pessoas na terra.

— Caitlyn Spies — eu digo.

Ela ri.

— É você — eu digo.

Tem algo forte demais e impressionante demais no meu murmúrio idiota, boquiaberto, de queixo caído.

— É — ela diz. — Sou eu.

Ela tá usando um casaco preto longo, e o cabelo castanho comprido cai nos ombros. Botas Dr. Martens. O ar frio parece fazer o rosto pálido dela brilhar. A Caitlyn Spies brilha. Talvez seja assim que ela atraia todas aquelas fontes de histórias premiadas. Talvez seja assim que ela faz elas se abrirem e contarem tudo que passa pela cabeça delas. Ela hipnotiza as pessoas com o seu brilho. Com o seu fogo.

— Você se lembra de mim? — eu pergunto.

Ela faz que sim.

— Lembro. — Ela sorri. — Não sei por quê. Eu sempre esqueço rostos.

Um trem chega na plataforma 4 na nossa frente.

— Eu vejo o seu rosto todos os dias — eu declaro.

Ela não consegue me ouvir por causa do trem.

— Desculpa. O que foi?

— Deixa pra lá.

A Caitlyn se levanta, segurando a alça de uma bolsa marrom no ombro direito.

— Você vai pegar esse? — ela pergunta.

— Pra onde que ele vai?

— Caboolture.

— Eu… hummm… é. Esse é o meu trem.

A Caitlyn sorri e observa o meu rosto. Puxa a alça prateada de uma porta no meio do vagão e entra no trem. Tá vazio. Só nós dois no trem. Só nós dois no universo.

Ela se senta numa baia de quatro assentos, dois vazios virados para outros dois vazios.

— Posso me sentar aqui com você?

— Claro — ela responde, adotando uma voz majestosa e rindo.

O trem sai da estação Bowen Hills.

— O que você tá fazendo aqui em Bowen Hills? — ela pergunta.

— Eu vim encontrar o seu chefe, Brian Robertson, pra falar de um estágio — eu respondo.

— Sério?

— Sério.

— Você teve uma reunião com o Brian?

— Bom, não foi exatamente uma reunião — eu digo. — Fiquei escondido atrás de uma cerca viva por seis horas e falei com ele saindo do prédio às 21h16.

Ela inclina a cabeça para trás e ri.

— E como foi isso? — ela pergunta.

— Não muito bem.

Ela faz que sim com solidariedade.

— Eu me lembro de achar que talvez tivesse um coração de ursinho de pelúcia por baixo daquele exterior de monstro quando conheci o Brian — a Caitlyn diz. — Não tem. Só tem outro monstro lá dentro mesmo, arrancando a cabeça do ursinho de pelúcia. Mas ele é mesmo o melhor editor de jornal do país.

Eu faço que sim e olho pela janela enquanto o trem passa pelo velho moinho de trigo de Albion.

— Você quer ser jornalista? — ela pergunta.

— Eu quero fazer o que você faz, escrever sobre crime e o que move os criminosos.

— Ah, é — ela comenta. — Você conhecia o Slim Halliday.

Eu faço que sim.

— Você me deu um nome. Eu dei uma olhada. O cara dos membros.

— Tytus Broz.

— Tytus Broz, é. Eu lembro que você tava me contando uma história sobre ele, mas aí saiu correndo. Por que você teve que ir embora tão rápido naquele dia?

— Eu tinha que ir ver a minha mãe.

— Ela tava bem?

— Não — eu digo. — Mas melhorou depois que eu fui lá. É gentileza da sua parte.

— O quê?

— Fazer essa pergunta sobre a minha mãe assim, isso é gentileza. Acho que se aprende isso como jornalista depois de um tempo.

— Aprende o quê?

— A fazer perguntas gentis entre as perguntas grandes e importantes. Acho que isso deve fazer as pessoas se sentirem melhores quando estão falando com você.

— É, acho que sim — ela diz. — Sabe, eu acabei pesquisando um pouco sobre o seu cara dos membros, o Tytus Broz.

— E descobriu alguma coisa?

— Eu liguei prumas pessoas. Todo mundo disse que ele era o sujeito mais gentil dos subúrbios do sudoeste. De uma honestidade ímpar, todo mundo falou. Generoso. Doava pra causas beneficentes. Defensor dos deficientes. Eu liguei pruns policiais que conhecia de Moorooka. Eles disseram que o homem era um pilar da comunidade.

— Claro que disseram — eu digo. — Os policiais são os que mais ganham com a alma caridosa dele.

Eu olho pra lua crescente laranja.

— O Tytus Broz é um homem mau que faz coisas horríveis — eu declaro. — Aquele negócio das próteses é uma fachada pra uma das maiores e mais importantes organizações de tráfico de heroína no sudeste de Queensland.

— Você tem alguma prova disso, Eli Bell?

— A minha história é a minha prova.

E uma porra de um dedo da sorte cortado, se eu um dia conseguir encontrar.

— Você já contou a sua história pra alguém?

— Não, eu ia contar pro seu chefe, mas ele insistiu pra que eu resumisse a história toda em três palavras.

Ela ri.

— É, ele faz isso. Ele fez a mesma coisa comigo na minha entrevista de emprego. Me pediu pra resumir a minha vida toda até aquele momento e tudo em que eu acreditava numa manchete de três palavras.

Caitlyn é beleza. Caitlyn é verdade. Caitlyn tá aqui.

— O que você falou? — eu pergunto.

— Ah, uma idiotice, só a primeira coisa que surgiu na minha cabeça.

— O que foi?

Ela faz uma careta.

— Spies vai fundo.

Nas oito paradas seguintes pela linha Caboolture, ela me conta por que aquela manchete funciona pra história de vida dela. Ela me conta que não devia ter sobrevivido ao nascimento porque nasceu um pouquinho maior do que uma lata de refrigerante Pasito. Mas foi a mãe dela que morreu no parto, e ela sempre sentiu que foi um acordo divino que a mãe dela fez, uma vida pela outra, e saber sobre essa troca a incomodou desde o início. Ela não podia ser preguiçosa. Não podia desligar. Não podia desistir, nem na adolescência, quando teve uma fase gótica e odiava a vida e queria foder o mundo que nem aquela pichação hilária da terra que ela vê toda noite quando pega o trem pra casa na estação Bowen Hills. Porque a mãe dela não morreu pra que a filha vivesse se esforçando de qualquer maneira. Então, Spies foi fundo. Sempre. Nos eventos esportivos da escola. Nos jogos de netball, quando é competitiva demais e o juiz sempre grita "CONTATO!" quando ela dá uma cotovelada numa atacante rival. Spies vai fundo. E ela diz isso pra si mesma quando tá fazendo as muitas ligações pras matérias. Ela diz essas três palavras agora que nem um mantra idiota de um livro de autoajuda. Spies vai fundo. Spies vai fundo. E ela disse tantas vezes agora que se tornou a sua bênção e a sua maldição. Ela vai fundo demais com as pessoas. Procura os defeitos em vez das verdades. Ela nunca teve o namorado certo na faculdade e nem em nenhuma outra hora, e não se vê encontrando alguém certo pra ela no futuro porque Spies vai fundo.

— Ah, porra, tá vendo — ela diz. — Eu tô indo fundo demais agora.

— Tudo bem. Do que você acha que tá indo atrás?

Ela pensa por um momento enquanto brinca com o punho do casaco.

— Essa é uma boa pergunta intermediária, Eli. — Ela sorri. — Não sei. Provavelmente é só "Por quê?". Por que eu tô aqui e ela não? Por que ela não tá aqui se todos aqueles estupradores e assassinos e ladrões e fraudadores sobre quem eu escrevo todo dia podem viver e respirar com a saúde perfeita?

Ela balança a cabeça e sai dessa linha de pensamento.

— Vamos lá, me dá três palavras pra história de vida do Eli Bell.

Garoto vê futuro. Garoto vê ela. Garoto vai fundo.

— Não consigo pensar em nada.

As pálpebras dela fecham um pouco, inspecionando.

— Por que eu não acredito em você, Eli Bell? Eu não ficaria nada surpresa se o seu maior problema fosse pensar em coisas demais.

O trem vai mais devagar. Ela olha pela janela. Não tem ninguém lá fora. Nenhuma alma na terra. Só a noite.

— A próxima parada é a minha — ela diz.

Eu faço que sim. Ela observa o meu rosto.

— Esse não era o seu trem, era?

Eu balanço a cabeça.

— Não, esse não era o meu trem.

— Então por que você entrou nesse trem?

— Eu queria continuar conversando com você.

— Bom, espero que a conversa tenha valido a longa viagem que você vai fazer pra casa.

— Valeu — eu digo. — Quer saber a verdade?

— Sempre.

— Eu teria entrado num trem pra Perth só pra ouvir você falar por meia hora.

Ela sorri. Baixa a cabeça e a balança.

— Você é massa, Eli Bell — ela diz.

— Hã? Massa? O que isso quer dizer?

— Que você é o máximo.

— O que isso tem a ver com macarrão?

— Não sei muito bem — ela diz. — Mas não se preocupe, é um macarrão muito bom.

— Com molho bolonhesa?

— É — ela diz. — Alguma coisa assim.

Ela me encara. Eu fico perdido no fogo dela.

— De onde você veio, Eli Bell? — ela pergunta misticamente.

— Bracken Ridge.

— Hummmm. — Ela continua pensando.

O trem vai mais devagar.

— Quer descer aqui comigo?

Eu faço que não. O banco tá bem gostoso agora. O mundo tá bem gostoso agora.

— Não, vou ficar sentado aqui mais um pouco.

Ela faz que sim e sorri.

— Escuta — ela diz. — Vou pesquisar sobre o Tytus Broz de novo.

— Spies vai fundo — eu digo.

Ela levanta as sobrancelhas e suspira.

— É, Spies vai fundo.

Ela vai até a porta do vagão quando o trem para.

— Aliás, Eli, se você quiser escrever pro jornal, é só começar escrevendo pro jornal — ela diz. — Escreve uma matéria tão boa pro Brian que ele teria que ser maluco de não publicar.

Eu faço que sim.

— Obrigado.

Vou me lembrar da devoção por esse caroço no meu peito. Vou me lembrar do amor por uma fatia de melão. O caroço é um motor dentro de mim que faz eu me mover. Ela sai do trem, e o meu coração entra em primeira, segunda, terceira, quarta marcha. Anda. Eu corro até a porta do vagão e chamo ela.

— Já sei as minhas três palavras.

Ela para e se vira.

— Ah, é?

Eu faço que sim. E digo as três palavras em voz alta.

— Caitlyn e Eli.

A porta do vagão fecha, e o trem sai da estação, mas ainda consigo ver o rosto dela pelas janelas na porta. Ela tá balançando a cabeça. Tá sorrindo. Em seguida, não tá mais sorrindo. Só me olhando. Mergulhando o olhar em mim.

Spies vai fundo.

Garoto levanta voo

O íbis perdeu a perna esquerda. Tá parado em cima do pé direito, a perna esquerda preta, um cotoco cortado na junta onde o pé que falta poderia ter se dobrado pra levantar voo. A linha de pesca cortou a perna. O pássaro deve ter sofrido durante meses enquanto a linha de pesca ia cortando a circulação do seu pé. Mas agora ele tá livre. Manco, mas livre. Deixou o pé pra trás. Sentiu a dor e deixou ela pra trás. Vejo ele pular agora no meu jardim pela janela da sala. Pula no ar e bate as asas para alçar um voo curto de quatro metros até um saco de batata frita vazio que o vento carregou até a caixa de correio. O pássaro enfia o bico comprido no saco de batata frita e não encontra nada, e sinto pena e jogo um pedaço do meu sanduíche de carne com picles.

— Não alimenta os pássaros, Eli — o meu pai diz, fumando um cigarro com os pés apoiados na mesa de centro, vendo a nova e promissora equipe da liga de rúgbi, os Brisbane Broncos, jogarem com os quase invencíveis Canberra Raiders do Mal Meninga. O meu pai tem passado mais tempo na sala, vendo televisão com o August e eu. Tá bebendo menos, não sei por quê. Cansou dos olhos roxos, talvez. Cansou de limpar poças de vômito e mijo, talvez. Acho que o fato de eu e o August estarmos aqui tá sendo bom pra ele e às vezes fico pensando se a gente não estar aqui foi a colina da qual o carro da vida dele desgovernou. Às vezes, ele faz piadas e a gente ri e eu sinto um calor que achava que só as famílias das séries de TV americana sentiam: os meus amados Keatons de *Caras e caretas* e os Cosbys e os esquisitos e dedicados Seavers de *Tudo em família*. Os pais desses programas passam muito tempo conversando com os filhos. O Steven Keaton, o pai dos meus sonhos, parece não fazer nada além de ficar sentado no sofá ou na mesa da cozinha conversando com os filhos sobre a miríade de calamidades adolescentes pelas quais os filhos passam. Ele escuta e escuta e escuta os filhos e serve copos de suco de laranja e entrega pros filhos enquanto ainda escuta mais. Ele diz pros filhos que ama eles dizendo pros filhos que ama eles.

O meu pai diz que me ama quando faz um revólver com o indicador e o polegar e aponta pra mim na hora que peida. Eu quase chorei na primeira vez que ele fez isso. Ele diz que ama a gente mostrando a tatuagem que a gente não sabia que ele tinha na parte interna do lábio inferior: *Foda-se.* Às vezes, quando tá bebendo, ele fica choroso e me pede pra chegar perto e me pede pra dar um abraço nele e é estranho ficar com ele tão pertinho de mim, mas também é bom, com os pelos da barba arranhando como lixa as minhas bochechas macias, e é estranho e triste o sentimento de dor que eu sinto, porque sei que ele pode não ter tido o toque físico de um ser humano, exceto por acidente, em quinze anos.

— Desculpa — ele diz, babando, nesses abraços. — Desculpa.

E eu só posso pensar que ele quer dizer *Desculpa por ter jogado vocês de carro naquela barragem naquela noite maluca tantos anos atrás porque eu sou um doido do caralho, mas eu tô tentando, Eli, tô tentando muito, muito mesmo*, e eu abraço ele com mais força porque tenho uma fraqueza de perdoar em mim que eu odeio porque significa que eu provavelmente ia perdoar o homem que arrancasse o meu coração com uma faca cega se ele dissesse que precisava mais do que eu ou se dissesse que essa época em que ele arrancava corações foi uma época complicada na vida dele. O mais importante é que, nesses abraços, pra minha surpresa, abraçar o meu pai parece a coisa boa a fazer, e a minha esperança é de me tornar um homem bom, então eu abraço ele.

Um homem bom que nem o August.

O August tá em frente à mesa de centro da sala contando dinheiro. Aquele sorriso agradecido e de olhos arregalados da Shelly Huffman do noticiário de meio-dia ficou com o meu irmão, o August, esse mudo sentimental que ele é. Acendeu alguma coisa dentro dele. Ele acabou percebendo que dar talvez seja a coisa que falta na vida dos irmãos Bell, o August e o Eli. *Talvez seja por isso que fui trazido de volta*, ele não disse não muito tempo atrás.

— Você não foi trazido de volta, August — eu disse. — Porque você não foi pra lugar nenhum, porra.

Ele não ouviu. Tava inspirado demais. Dar, ele percebeu, era o que faltava na vida da maioria das famílias suburbanas australianas que, de uma forma ou de outra, acabava se envolvendo com pequenos crimes. O crime, argumentou ele, é por natureza uma coisa egoísta; tantos roubos e trambiques e golpes e furtos e tráfico e pegar e não dar nada. Então, nas últimas três semanas, o August tem ido de porta em porta nas ruas com um pote de donativos e a intenção de arrecadar fundos pra Associação de Distrofia Muscular do Sudeste de Queensland por toda Bracken Ridge e os subúrbios vizinhos de Brighton, Sandgate e Boondall. Ele se organizou e tá obcecado com isso. Desenha mapas e horários das rotas e planeja. Ele fez pesquisas na biblioteca de Bracken Ridge, usando estatísticas demográficas pra encontrar os bolsos mais ricos de Brisbane e pegou o trem pra essas áreas essa semana: Ascot, Clayfield, o dinheiro antigo de New Farm e, do outro lado do rio, a sonolenta Bulimba, onde o Slim nos contou uma vez que as velhas avós viúvas guardavam rolos grossos de dinheiro nos penicos porque sabem que nenhum ladrão de respeito ou, pior ainda, nenhum familiar de mãos leves ia verificar o penico de uma velha senhora. Eu achava que essa história do August não falar ia acabar atrapalhando a capacidade dele de arrecadar dinheiro, mas acabou sendo uma arma secreta, de certa forma. Ele ergue o pote de donativos com o adesivo do símbolo da Associação de Distrofia Muscular do Sudeste de Queensland e faz um gesto com as mãos que sugere que ele não fala, e a maioria das pessoas de coração gentil (e quando você bate na porta de muita gente, você começa a perceber que o estado natural do coração humano é a gentileza) encara esse gesto como significando que ele é surdo-mudo porque ele mesmo, o jovem de rosto gentil com o pote, tá vivendo com distrofia muscular. Talvez todo mundo fosse melhor em se comunicar se a gente calasse um pouco mais a boca.

*

— Por que não posso alimentar os pássaros?

— É egoísmo — o meu pai responde.

— Como pode ser egoísmo se eu tô dando o meu sanduíche pro pássaro?

O meu pai se junta a mim na janela da frente e olha pro íbis perneta no nosso jardim.

— Porque os íbis não comem sanduíche de carne com picles — o meu pai diz. — Você só tá dando pedaços de sanduíche pra ele pra poder se sentir bem consigo mesmo. É uma mentalidade egoísta. Você começa a alimentar aquele pássaro dessa janela todo dia, aí ele vai começar a trazer amigos, e assim nenhum dos pássaros vai desenvolver a força e fazer os exercícios que precisa pra encontrar comida do jeito mais difícil, e você acaba alterando o metabolismo deles, isso sem falar que causa uma guerra civil na comunidade de íbis de Bracken Ridge quando eles batalham pra ser os primeiros a comer a sua guloseima de carne com picles. Além do mais, você traz um nível alto e incomum de pássaros prum lugar só, o que afeta o equilíbrio ecológico de toda a área da cidade. Sei que eu nem sempre faço isso, mas, basicamente, sabe, o objetivo da vida é fazer as coisas que são certas e não as coisas que são fáceis. Só porque você quer se sentir bem consigo mesmo, de repente os íbis tão passando menos tempo nos pântanos ou numa árvore e mais tempo no chão de uma porra de estacionamento esbarrando nos pombos, e aí começamos a ter contato entre espécies e sistemas imunológicos mais fracos nos pássaros e hormônios de estresse mais altos, e daquela pequena placa de petri de dinamite surge a salmonela.

O meu pai indica com a cabeça a vizinha Pamela Waters, com trajes de jardinagem e de quatro, arrancando ervas daninhas de um canteiro de gérberas laranja.

— Aí a Pamela vai até a lanchonete da rua Barrett e compra três fatias de presunto, mas o Max deixou a porta da geladeira aberta por duas horas, e todas as fatias do delicioso presunto foram contaminadas com salmonela, e aí a Pam bate as botas duas semanas depois, e os médicos não sabem por quê, mas foi o sanduíche de presunto com salada que ela comeu na varanda.

— Então os meus pedaços de sanduíche de carne com picles podem matar a sra. Waters um dia?

— É. Pensando bem, dá logo a comida pras porras dos pássaros.

A gente cai na gargalhada. E olha pro íbis por um momento.

— Pai.

— Quê?

— Posso perguntar uma coisa?

— Pode.

— Você é um homem bom?

Ele olha pro íbis perneta, tentando mastigar e engolir um pedaço de pão branco Tip Top.

— Não, acho que não — ele responde.

A gente olha pela janela em silêncio.

— Foi por isso que a mãe fugiu de você?

Ele dá de ombros. Faz que sim. Talvez não. Provavelmente sim.

— Eu dei a ela uma porrada de motivos pra fugir.

A gente observa o íbis mais um pouco, pulando e estudando o jardim.

— Eu não acho que você seja um homem ruim — eu declaro.

— Ah, obrigado, Eli. Vou me lembrar de botar isso no meu currículo.

— O Slim foi um homem ruim numa época. Mas depois ficou bom.

O meu pai ri.

— Eu gosto quando você me compara aos seus amigos assassinos.

O Ford Mustang amarelo passa pela nossa casa. Com o mesmo homem dirigindo. Um sujeito grande. Cabelo preto, bigode preto, olhos pretos, olhando pra gente ao passar pela casa. O meu pai olha pra ele. Ele dirige pela rua.

— Qual é o problema desse filho da puta? — o meu pai pergunta.

— Eu vi esse cara na semana passada. Eu tava nos bancos na frente da estação de trem de Sandgate, e ele ficou me olhando do carro.

— Quem você acha que ele é?

— Não faço a porra da mínima ideia.

— Tenta não falar palavrão pra caralho assim, tá?

*

O telefone toca à tarde. É a mãe. Ela tá ligando do telefone público da estação de trem de Sandgate. Ela tá com medo. Tá chorando. Ela não pode ir pra a casa da irmã Patricia porque ele vai encontrar ela lá. O Teddy conhece a casa da irmã Patricia.

Eu vou matar ele. Vou enfiar uma faca no rim dele.

Eu coloco o telefone na mesa.

O meu pai tá na sala, vendo um documentário de uma aventura de Malcolm Douglas. Eu me sento do lado dele.

— Ela precisa da gente, pai — eu digo.

— O quê?

— Ela precisa de você.

Ele sabe o que eu tô pensando.

— Ela não tem pra onde ir.

— Não, Eli.

Na televisão, o nosso grande aventureiro do deserto Malcolm Douglas tá com a mão dentro de um buraco de lama no mangue.

— Eu esvazio o quarto dos livros. Ela pode ajudar aqui. É só por uns meses.

— Não, Eli.

— Eu já pedi alguma coisa pra você?

— Não faz isso — ele diz. — Eu não posso.

— Eu já pedi uma única coisa pra você?

O Malcolm Douglas tira um caranguejo de manguezal do norte de Queensland do buraco que se debate todo.

Eu me levanto e vou pra janela. Ele sabe que é a coisa certa a fazer. O íbis perneta pula e pula e voa por cima das casas da rua Lancelot. O íbis sabe que é a coisa certa a fazer.

— Sabe o que um homem bom me disse uma vez, pai? — eu digo.

— O quê?

— Que o sentido da vida é fazer o que é certo, não o que é fácil.

★

O vestido dela tá puído e rasgado. Ela tá descalça do lado do telefone público da estação. O August e eu esperamos que ela dê um sorriso, porque o sorriso dela é que nem o sol e o céu que nos aquece. A gente sorri pra ela quando corre pra perto da cabine telefônica. Ela não tem nada. Nem mochila. Nem sapato. Nem bolsa. Mas ainda vai ter o sorriso, aquele breve evento celestial, quando os lábios se abrem da esquerda pra direita e ela curva o lábio superior e nos diz com aquele sorriso que a gente não é maluco, que a gente tá certo sobre tudo e universo é que tá errado. E ela nos vê e abre aquele sorriso e deixa o universo certo e é o sorriso que tá errado porque a minha mãe tá sem dois dos dentes da frente.

Ninguém fala no caminho da estação pra casa. O meu pai tá dirigindo, e a minha mãe tá sentada no banco do carona. Eu tô atrás dela, e o August tá do meu lado, esticando a mão esquerda pra massagear o ombro direito da minha mãe pra acalmar ela. Vejo o rosto da minha mãe no reflexo do retrovisor do carro. O lábio superior não se curva direito porque tá inchado. O olho esquerdo tá roxo, e tem sangue acumulado no branco do olho. Eu vou arrancar os olhos dele. *Eu vou arrancar os olhos dele.*

Só quando o meu pai para na porta de casa é que palavras são ditas. São as primeiras palavras que vejo a minha mãe dizer pro meu pai na vida.

— Obrigada, Robert.

★

O August e eu começamos a tirar a montanha de livros do depósito do meu pai. A gente não tem caixa suficiente. Deve ter uns dez mil livros e umas cinquenta mil traças percorrendo as páginas.

O August escreve no ar. *Venda de livros.*

— Você é um gênio, August.

A gente pega uma mesa velha que o pai tem embaixo da casa. A barraca de livros é montada na calçada, perto da nossa caixa de correio. A gente faz um cartaz com uma das caixas de cerveja XXXX do pai, escrevemos no interior marrom: *FESTIVAL DE LIVROS DE BRACKEN RIDGE — TODOS OS LIVROS POR CINQUENTA CENTAVOS.*

Se vendermos dez mil livros, a gente ganha cinco mil dólares australianos. É o suficiente pra mãe conseguir dar entrada num aluguel. É o suficiente pra minha mãe conseguir comprar sapatos.

O August e eu tamos levando pilhas de livros do quarto dos livros pra barraca lá fora enquanto a minha mãe e o meu pai tomam chá preto e conversam sobre o que eu acho que sejam os velhos tempos. Eles têm algum tipo de compreensão um do outro. E aí me dou conta de que já foram apaixonados.

— Mas você nem gosta de bife — o meu pai diz.

— Eu sei — a minha mãe responde. — E o que eles serviam lá era tão duro que dava pra usar embaixo do pé de uma mesa bamba. Mas duas garotas me ensinaram a cortar um círculo de carne perto do osso em qualquer animal atropelado e fazer parecer que é filé.

Eles se gostavam numa época antes de se odiarem. Tem algo vivo nos olhos do pai que eu nunca vi. Ele presta tanta atenção nela. Não do jeito falso de quando ele precisa encantar alguém. Ele ri das coisas que ela diz, e o que ela diz é engraçado. Piadas de humor negro que a minha mãe conta sobre a comida da prisão e a aventura louca que foi os últimos quinze anos da vida dela.

Eu vejo uma coisa. Eu vejo o passado. Eu vejo o futuro. Vejo a minha mãe e o meu pai trepando até eu existir, e tenho vontade de vomitar, mas também tenho vontade de sorrir, porque é legal pensar que eles podem ter começado cheios de esperança pra nossa família. Antes dos dias ruins. Antes de eles serem engolidos pelo universo.

O telefone toca.

Eu corro até lá.

— Eli, espera — a minha mãe diz. Eu paro. — Pode ser ele.

— Tomara que seja.

Eu levo o telefone até o ouvido.

— Alô?

Silêncio.

— Alô?

Uma voz. A voz dele.

— Bota a sua mãe no telefone.

— Seu filho da puta covarde — eu digo pro telefone.

O meu pai balança a cabeça.

— Diz pra ele que a gente chamou a polícia — o meu pai sussurra.

— A minha mãe chamou a polícia, Teddy — eu aviso. — Os rapazes de azul tão indo te pegar, Teddy.

— Ela não chamou a polícia — o Teddy diz. — Eu conheço a Frankie. Ela não chamou a polícia. Diz pra sua mãe que eu tô indo aí buscar ela.

— É melhor você ficar longe dela, senão...

— Senão o quê, Elizinho? — ele berra no telefone.

— Eu vou arrancar as porras dos seus olhos, Teddy.

— Ah, vai?

Eu olho pro meu pai. Vou precisar de ajuda nisso.

— Vou, Teddy. E o meu pai vai quebrar a sua cara de covarde no meio, do mesmo jeito que ele quebra cocos com as mãos.

O rosto do meu pai fica surpreso.

— Desliga a porra do telefone, Eli — o meu pai diz.

— Diz pra sua mãe que eu tô indo aí buscar ela — o Teddy berra.

— A gente vai tá aqui te esperando, seu babaca — eu digo. A fúria faz isso comigo. Me deixa diferente. Sinto uma coisa crescendo dentro de mim. Toda a minha fúria acumulada espremida nas minhas jovens costelas. Eu grito: — *A gente vai estar aqui te esperando, Teddy.*

O telefone fica mudo. Eu boto o fone no lugar. Olho pro meu pai e pra minha mãe. O August tá no sofá, balançando a cabeça. Todo mundo me olha como se eu fosse maluco, e pode ser que eu seja mesmo.

— O quê? — eu pergunto.

O meu pai balança a cabeça. Ele se levanta e abre a porta da despensa. Abre uma garrafa de Captain Morgan. Toma meio gole de rum barato.

— August, vai buscar o cabo do machado, por favor?

★

O Slim me disse uma vez que a maior falha do tempo é que ele não existe de verdade.

Não é uma coisa física que nem o pescoço do Teddy, por exemplo, que eu posso pegar e estrangular. Não pode ser controlado nem planejado e nem manipulado porque não tá presente de verdade. O universo não botou os números no nosso calendário e nos nossos relógios, foi a gente que colocou. Se existisse e eu pudesse esticar as mãos e estrangular o tempo, eu faria isso. Eu seguraria o tempo nas mãos e o prenderia debaixo do braço num mata-leão onde ele não pudesse nem se mexer e o tempo ficaria congelado no meu sovaco por oito anos e eu ia poder alcançar a idade da Caitlyn Spies e ela ia poder considerar beijar os lábios de um homem da idade dela. Eu teria uma barba porque os pelos já teriam começado a crescer na minha cara. Eu teria uma voz grossa que falaria com ela sobre política e coisas de casa e que tipo de cachorro seria adequado pro nosso pequeno quintal em Gap. Se a gente não tivesse colocado aqueles números no relógio, a Caitlyn Spies não ia envelhecer, a Caitlyn Spies só ia existir, e eu ia poder ficar com ela. Eu só vivenciei uma sincronia ruim de tempo. Só me senti fora do compasso do tempo. Mas não hoje. Não agora, junto da janela da frente da casa número 5 da rua Lancelot, Bracken Ridge. Começo da tarde. Cadê a palha seca rolando e a velhinha fechando as janelas do saloon da cidade?

O meu pai tá nervoso com o cabo do machado na mão direita. O August tá com uma barra fina de metal que a gente usa como tranca na janela da cozinha. Eu tô com um taco de críquete Gray-Nicolls, a Excalibur de todos os tacos de críquete, que comprei de penhoristas de Sandgate por quinze dólares. Guerreiros frágeis e barrigudos de regata, cueca e short antes da batalha. A gente morreria pela nossa rainha, trancada em segurança no quarto dos livros no final do corredor, do qual tiramos todos os livros aos poucos. Até o meu pai morreria por ela, eu acho. Talvez ele possa provar o seu amor. Talvez esse seja o caminho dele pra redenção, alguns passos no jardim e um cabo de machado na cabeça do Teddy, e a minha mãe caída agradecida nos braços finos dele, e o Ned Kelly tatuado no ombro direito fazendo um sinal de positivo pro verdadeiro amor.

— Por que você disse que eu ia quebrar a cara dele? — o meu pai pergunta.

— Achei que ele ia ficar com medo.

— Você sabe que eu sou o maior molenga, né?

— Achei que era só quando você enchia a cara.

— Porra, eu brigo melhor quando encho a cara.

Fodidos. A vida é assim mesmo.

★

Nessa hora, o Ford Mustang amarelo entra na rua e — um caroço na minha garganta e os joelhos bambos — para na nossa porta.

— É ele — eu declaro, sem ar.

Cabelo preto, olhos pretos.

— Aquele é o Teddy? — o meu pai pergunta.

— Não, é o cara que vi na estação de trem.

Ele desliga o motor e sai do carro. Usa um casaco e uma calça cinza, uma camisa preta por baixo do casaco. Parece estar vestido de um jeito formal demais pra alguém que visita Bracken Ridge. Na mão esquerda, ele carrega uma caixa de presente embrulhada com celofane vermelho.

Ele atravessa o pátio da frente na direção da janela da sala onde nós três, os garotos Bell, estamos parados com as nossas armas idiotas de ogro nas palmas das mãos suadas.

— Se você é amigo do Teddy, é melhor parar por aí, cara — o meu pai diz.

O homem para.

— De quem? — o homem responde.

Um segundo carro para no meio-fio, perto da caixa de correio. Uma van Nissan azul. O Teddy sai do banco do carona. O motorista da van também sai, e um terceiro homem abre a porta de trás e fecha ela em seguida. Os três são enormes, gigantes. Parecem os lenhadores da Tasmânia que sempre ficam com o primeiro lugar no Ekka. Eles têm o gingado inconfundível meio primitivo e a bunda enorme de motorista de caminhão de Queensland. O Teddy deve ter chamado os outros dois pelo rádio, deve ter pedido ajuda que nem um garoto de sete anos brincando de polícia e ladrão. Que furúnculo do caralho. Talvez um dele seja o Tronco, o babaca grandalhão com o pau enorme. Vou me lembrar de chutar as bolas dele. Eu ia rir alto desses palhaços se eles não estivessem carregando tacos de beisebol de alumínio.

O Teddy chega no meio do nosso pátio e grita pela janela, sem nem olhar pro homem de casaco cinza parado na nossa frente com um presente embrulhado na mão.

— Vem aqui pra fora agora, Frankie! — o Teddy berra.

Ele tá com cara de quem usou drogas. A intensidade do rebite.

O homem de casaco cinza chega calma e casualmente pro lado e observa o Teddy com uma expressão intrigada no rosto, meio que nem uma pantera, eu percebo, abrindo caminho prum burro.

A minha mãe aparece atrás de mim na janela.

— Volta pro quarto, Fran — o meu pai diz baixinho.

— Fran? — o Teddy grita. — Fran? Era assim que ele te chamava, Frankie? Você acha que pode voltar a se dar com esse maluco?

O homem de casaco cinza foi pros degraus que levam até a nossa pequena varanda da frente. Ele se senta e observa a cena, um indicador pensativo nos lábios.

A minha mãe fica entre eu e o August e se inclina pela janela.

— Acabou tudo entre nós, Teddy — a minha mãe diz. — Chega. Não vou voltar. Nunca mais, Teddy. Acabou.

— Não, não, não — o Teddy diz. — Só acabou quando eu disser que acabou.

Eu seguro o meu Gray-Nicolls com mais força.

— Ela te mandou cair fora, Teddy, você é surdo? — eu digo.

O Teddy sorri.

— Eli Bell, sendo o homenzinho da mamãe — ele diz. — Mas sei que os seus joelhos tão tremendo, babaquinha. Sei que você vai mijar na calça se tiver que ficar muito tempo nessa janela.

Tenho que admitir que os comentários dele tão certos. Eu nunca quis tanto mijar e nunca quis tanto estar enrolado num cobertor tomando canja e vendo *Caras e caretas*.

— Se você chegar perto dela, eu arranco os seus olhos — eu digo por entre dentes.

O Teddy olha pros capangas. Eles fazem que sim.

— Tudo bem, Frankie. Se você não quer sair, acho que a gente vai ter que ir aí te buscar. — O Teddy e os amigos brutamontes vão na direção dos degraus da varanda.

É nessa hora que o homem de casaco cinza fica de pé. É nessa hora que eu percebo como os ombros do homem de casaco cinza são largos, como o casaco cinza aperta os braços musculosos do homem de casaco cinza. Ele fica no primeiro degrau da varanda.

— A moça disse que acabou — o homem de casaco cinza diz. — E o garoto mandou você cair fora.

— E quem é você? — o Teddy pergunta com desprezo.

O homem de casaco cinza dá de ombros.

— Se você não me conhece, não vai querer conhecer — o homem declara.

Estou começando a amar esse homem que nem amo o Clint Eastwood em *O cavaleiro solitário*.

Os dois homens se encaram.

— Vai pra casa, cara — o homem de casaco cinza argumenta. — A moça disse que acabou.

O Teddy balança a cabeça, rindo, e se vira pros capangas, que tão segurando os tacos de beisebol, doidos por uma briga, com sede de água e de sangue gerada pelo rebite. Quando o Teddy se vira de volta, ele dá um golpe traiçoeiro e veloz com o bastão de alumínio na direção da cabeça do estranho nos degraus da nossa varanda, e o estranho se abaixa que nem um boxeador, sem tirar os olhos da ameaça, e enfia o punho esquerdo no tronco gordo do Teddy enquanto dá impulso, transferindo a força das panturrilhas e das coxas e do tronco na fúria do punho direito que acerta o queixo do Teddy por baixo. O Teddy balança, atordoado, e encontra o foco a tempo de ver a testa do estranho acertando a ponta do nariz dele, fazendo os ossos do nariz estalarem e estourarem num jorro abstrato de tinta feita de sangue humano. Agora eu conheço esse homem pelo que ele é. Um animal da prisão. Um animal da prisão libertado. A pantera. O leão. Choro lágrimas de felicidade de um louco quando vejo o rosto destruído do Teddy caído inconsciente no chão, e um nome chega aos meus lábios secos.

— Alex — eu sussurro.

Os capangas do Teddy se aproximam com relutância, mas param na mesma hora quando veem a arma preta que o estranho tira das costas, presa pelo cinto,

— Pra trás — o estranho diz.

Ele aponta a arma pra cabeça do capanga mais próximo.

— Você — ele diz. — Motorista. Peguei a placa do seu carro e agora tô de olho em você, entendeu?

O motorista da van assente, pasmo e assustado.

— Leva esse merda gordo de volta pro buraco de onde ele saiu — o estranho diz. — Quando ele acordar, diz pra ele que o Alexander Bermudez e duzentos e trinta e cinco membros dos Rebels de Queensland disseram que acabou entre ele e Frankie Bell. Entendeu?

O motorista da van assente.

— Desculpa, sr. Bermudez — ele balbucia. — Desculpa.

O Alex olha pra minha mãe, que vê a cena surreal da janela.

— Ainda tem coisas suas na casa dele? — ele pergunta pra minha mãe.

A minha mãe faz que sim. O Alex assente com compreensão, olha pro motorista enquanto guarda a arma na cintura.

— Motorista, antes do pôr do sol de amanhã, você vai botar tudo que é da moça nessa varanda, perto da porta, entendeu?

— Sim, sim, claro — o motorista da van diz, já arrastando o Teddy pela grama do pátio. Os dois brutamontes colocam o Teddy dentro da van azul e saem da rua Lancelot. O motorista faz que sim com respeito pro Alex uma última vez, e o Alex faz que sim também. Ele se vira pra gente na janela.

— Eu sempre falei pra minha mãe que essa é a pior parte deste país — ele diz, balançando a cabeça. — Todos esses brutamontes do caralho.

⋆

O Alex toma chá na mesa da cozinha.

— O chá tá ótimo, sr. Bell — ele diz.

— Pode me chamar de Rob — o meu pai diz.

O Alex sorri pra minha mãe.

— Você criou dois garotos ótimos, sra. Bell — ele comenta.

— Pode me chamar de Frankie. E é verdade, humm, eles são bons, Alex.

O Alex vira pra mim.

— Tive momentos bem ruins lá dentro. Todo mundo acha que o chefe de uma organização que nem a minha receberia uma tonelada de cartas dos amigos do lado de fora. Mas é o contrário, na verdade. Nenhum filho da mãe escreve porque acha que os todos os outros filhos da mãe tão escrevendo. Mas nenhum homem é uma ilha, sabe, nem o Primeiro Ministro da Austrália, nem a porra do Michael Jackson e nem o sargento de armas da gangue de motoqueiros Rebels de Queensland.

Ele olha pra minha mãe.

— As cartas do jovem Eli provavelmente foram a melhor coisa da minha pena — ele declara. — Esse carinha me fez feliz. Me ensinou um pouco sobre o que é importante no ser humano, sabe? Ele não me julgou. Não me conhecia, mas se importou comigo.

Ele olha pra minha mãe e pro meu pai.

— Vocês ensinaram isso pra ele? — ele pergunta.

A minha mãe e o meu pai mexem os ombros com constrangimento. Eu preencho o silêncio.

— Desculpa por ter parado de escrever de repente — eu digo. — Eu tô passando por um momento ruim.

— Eu sei — ele diz. — Eu lamento pelo Slim. Você conseguiu se despedir?

— Mais ou menos.

Ele empurra o presente que tava carregando por cima da mesa.

— É pra você. Desculpa pelo embrulho. Nós, motoqueiros, não somos famosos pelo talento de embrulhar presentes.

Puxo o celofane vermelho mal dobrado e mal colado nas duas pontas e puxo a caixa. É um gravador ExecTalk Dictaphone preto.

— É pra você fazer o seu jornalismo — ele diz.

E eu choro. Choro que nem um bebê de dezessete meses na frente do ex-prisioneiro e altamente influente membro da gangue de motoqueiros foras-da-lei Rebels.

— O que foi, cara? — ele pergunta.

Eu não sei. São os meus canais lacrimais frouxos. Não tenho controle sobre eles.

— Nada — eu respondo. — É perfeito, Alex. Obrigado.

Eu tiro o gravador da caixa.

— Você ainda quer ser jornalista, não quer? — ele pergunta.

Eu dou de ombros.

— Talvez.

— Ué, mas é o seu sonho, não é? — ele pergunta.

— É — eu digo, triste de repente. É a fé que ele tem em mim. Eu gostava mais quando ninguém acreditava em mim. Era mais fácil. É melhor quando ninguém espera nada de você. Quando não há um padrão de sucesso ou de fracasso.

— Então qual é o problema, jornalista? — ele pergunta, mais animado.

Tem pilhas na caixa. Eu coloco as pilhas no gravador. Testo os botões.

— Entrar no jornalismo não é tão fácil quanto achei que seria.

O Alex assente.

— Eu posso ajudar? — ele pergunta. — Sei uma ou duas coisas sobre entrar em lugares.

O meu pai ri de nervoso.

— O que tem de tão difícil? — o Alex pergunta.

— Não sei. A gente tem que encontrar um jeito de se destacar de todo mundo.

— Bom, do que você precisa pra se destacar de todo mundo?

Eu penso por um momento.

— Uma história de primeira página.

O Alex ri. Ele se inclina por cima da mesa da cozinha e aperta o botão vermelho de gravar no meu novo ExecTalk Dictaphone.

— Bom — ele diz —, que tal uma entrevista exclusiva com o sargento de armas da gangue de motoqueiros foras-da-lei Rebels de Queensland? Deve ter alguma coisa boa nisso.

A vida é assim mesmo.

Garoto afoga mar

Você consegue ver a gente, Slim? O August sorrindo. A minha mãe sorrindo. Eu fazendo o tempo ir mais devagar no meu décimo nono ano na terra. Faz ele parar, Slim. Deixa que eu fique aqui neste ano. Deixa que eu fique neste momento no sofá do meu pai, com os olhos do August iluminados e maravilhados enquanto tamos todos em volta dele, lendo uma carta datilografada do Gabinete do Governador de Queensland.

Eu sei, Slim. Sei que não perguntei pro meu pai sobre a poça da lua. Sei que a felicidade depende de mim e do August e da minha mãe esquecermos os dias ruins que a gente passou. A gente mente pra si mesmo, eu sei, mas não existe uma pequena mentira inocente em todos os atos de perdão?

Talvez ele não tivesse a intenção de jogar a gente de carro naquela barragem naquela noite. Mas talvez tivesse. Talvez você não tenha matado o taxista. Mas talvez tenha.

Você cumpriu a sua sentença por isso. Cumpriu a sua sentença e mais um pouco. Talvez o meu pai tenha cumprido a dele também.

Talvez a minha mãe precisasse que ele cumprisse a sentença dele pra poder voltar pra ele. Talvez ela dê uma segunda chance a ele. Ela é boa pra ele, Slim. Ela fez dele humano. Eles não são amantes nem nada, são só amigos, e isso é bom porque ele afastou todos os amigos com toda a bebedeira e tanta coisa ruim.

Talvez todos os homens sejam ruins às vezes e todos os homens sejam bons às vezes. É só uma questão de momento. Você tava certo sobre o August. Ele tinha todas as respostas mesmo. Ele sempre me diz que tinha me falado. Sempre me diz que sabia que isso ia acontecer porque já esteve aqui. Sempre me diz que veio de outro lugar. Que nós dois viemos. E ele tá falando da poça da lua. A gente voltou da poça da lua.

Ele fica escrevendo com o dedo no ar. *Eu te disse, Eli. Eu te disse.*

Vai melhorar, ele disse. *Vai ficar tudo bem.*

Prezado sr. August Bell,

No dia 6 de junho, o povo de Queensland vai se unir para celebrar o "Dia de Queensland", uma comemoração sem precedentes da separação oficinal do nosso grande estado de New South Wales no dia 6 de junho de 1859. Como parte da nossa comemoração, estamos reconhecendo quinhentos "Campeões de Queensland", que contribuíram com o estado através de seus esforços extraordinários. Temos a satisfação de convidá-lo para a cerimônia inaugural dos Campeões de Queensland no dia 7 de junho de 1991, na prefeitura de Brisbane, onde você será reconhecido na seção de CAMPEÕES DA COMUNIDADE por seus esforços incansáveis para arrecadar fundos para a ASSOCIAÇÃO DE DISTROFIA MUSCULAR DO SUDESTE DE QUEENSLAND.

★

O Alex Bermudez passou quatro horas na nossa cozinha me contando a história da vida dele. Quando a gente terminou, ele se virou pro August.

— E você, Gus? — ele perguntou.

O quê?, o August rabiscou no ar.

— Ele disse: "O quê?" — eu traduzi.

— Posso te ajudar com alguma coisa?

Foi aí, enquanto o August coçava o queixo no sofá com *Neighbours* passando na TV, que ele teve a ideia da Empreendimentos Criminosos, a primeira organização de caridade secreta da Austrália custeada por uma rede de figuras criminosas do sudeste de Queensland. Ele pediu pro Alex uma doação pro pote de distrofia muscular. O Alex colocou duzentos dólares australianos no pote, e o August foi em frente. Enquanto eu traduzia os rabiscos dele no ar, o August expôs pro Alex a ideia que tinha prum comprometimento contínuo de caridade da gangue de motoqueiros foras-da-lei Rebels e, mais do que isso, de qualquer outro criminoso abastado que fosse amigo do Alex e que talvez sempre tivesse tido vontade de ajudar as comunidades que eles exploravam e destruíam tão avidamente. O amplo mundo secreto do crime do estado de Queensland, o August disse, representava um recurso beneficente não aproveitado que tava começando a ser explorado. Mesmo num submundo sombrio e podre habitado por brutamontes assassinos e sujeitos que esfaqueariam as próprias vós pra terem uma piscina no verão, dá pra encontrar homens de coração grande que querem doar pra aqueles não tão sortudos quanto eles. O August via uma série de serviços de educação e de necessidades especiais que poderiam melhorar com a boa vontade dos trapaceiros da região. Eles poderiam, por exemplo, ajudar jovens da parte mais pobre da cidade a fazer cursos de medicina na universidade. Poderiam, por exemplo, custear um programa de bolsas de estudo pros filhos com necessidades especiais de criminosos aposentados ou passando por maus momentos na vida. Havia algo de Robin Hood na ideia, o August disse. O que os criminosos perdiam em dinheiro, eles ganhariam em alma; daria a eles um pequeno propósito pra exibir ao grande juiz no céu quando eles tocassem a campainha dos portões dourados.

Vi onde o August queria chegar e incluí o meu toque existencial na ideia dele.

— Acho que o Gus tá tentando dizer o seguinte: você nunca se perguntou pra que tudo isso, Alex? — eu disse. — Imagina quando chegar a hora de pendurar a pistola e o soco inglês e, no seu último dia de trabalho, você olhar pra trás, pra tantas coisas erradas, e tudo que ver é uma montanha de dinheiro e um monte de lápides.

O Alex sorriu.

— Me dá um tempo pra pensar nisso.

Uma semana depois, a van dos correios australianos entregou um pacote na nossa casa, endereçado pro August. A caixa tinha dez mil dólares australianos em notas de vinte, dez, cinco, dois e um. Os dados do remetente eram: *R. Hood, rua Montague, 24, West End.*

★

Você consegue ver a gente, Slim? A minha mãe tá bagunçando o cabelo do August.

— Tô tão orgulhosa de você, August — a minha mãe diz.

O August sorrindo. A minha mãe chorando.

— O que foi, mãe? — eu pergunto.

Ela seca os olhos.

— O meu filho é um Campeão de Queensland — ela responde, chorando. — Vão pedir pro meu filho subir num palco na prefeitura e vão agradecer a ele por ser… por ser… por ser ele.

A minha mãe respira fundo. E dá ordens sérias.

— Todo mundo vai, tá bom? — ela diz.

Eu faço que sim. O meu pai se remexe de nervoso.

— A gente tem que se arrumar. Vou comprar um vestido bonito. Vou arrumar o cabelo. — Ela faz que sim. — Vamos todos ficar lindos pra você, Gus.

O August faz que sim e sorri. Meu pai se remexe de nervoso.

— Fran, eu… hã… eu acho que não preciso ir — ele murmura.

— Besteira, Robert, você vai sim.

⋆

Você consegue ver a minha mesa, Slim? Vê os meus dedos digitando palavras na máquina de escrever na minha mesa, Slim? Tô escrevendo um artigo sobre a corrida 8 em Doomben. Você tá olhando pro suplente do suplente do suplente do repórter de turfe do *The Courier-Mail.* O repórter principal de turfe, o Jim Cheswick, me elogiou por um artigo que eu escrevi semana passada sobre os McCarthys, as três gerações (avô, pai, filho) de pilotos de trote (nas corridas de bigas, eles são chamados de pilotos, não de jóqueis, o Jim me contou) competindo no mesmo evento nas corridas de Albion. O avô venceu por dois corpos de vantagem.

O Brian Robertson é mais gentil do que as pessoas acham. Ele me deu um emprego e até me deixou terminar a escola antes de começar. O meu trabalho no jornal é praticamente uma função indefinida pra fazer coisas menores, à qual me agarrei com as duas mãos e os nove dedos. Se alguma coisa grande acontece no estado ou no parlamento federal, sou enviado a shopping centers pra fazer uma série de perguntas fornecida pelo nosso chefe grisalho, o Lloyd Stokes, pra pessoas aleatórias.

"O estado de Queensland está indo pelo ralo?"

"O Bob Hawke se importa de Queensland estar indo pelo ralo?"

"Como Queensland pode sair do ralo?"

Escrevo sobre resultados esportivos do fim de semana em competições de comunidades locais. Escrevo sobre os horários das marés e todas as manhãs de sexta ligo prum velho pescador chamado Simon King pruma coluna semanal chamada "Palavra de Simon" em que revelamos pros leitores as previsões do Simon sobre os melhores pontos de pesca ao longo do litoral de Queensland. Você ia gostar do Simon, Slim, ele sabe que pescar não se resume ao que se pega, mas ao tempo que se passa sentado. A todos os sonhos.

Escrevo sobre casas nas páginas de propriedades. Escrevo artigos de trezentas palavras (a editora de propriedades, a Regan Stark, chama de "publieditoriais") sobre casas caras que são vendidas pelas imobiliárias que pagam mais grana por propagandas que preenchem as nossas páginas. A Regan diz que o meu texto é entusiasmado demais. Ela diz que não tem espaço pra símile nos publieditoriais de trezentas palavras e tá sempre me mostrando como cortar as minhas frases de uma coisa do tipo "O estonteante deque externo de entretenimento envolve os lados norte e leste da casa como uma mãe canguru abraçando um filhote recém-nascido" pra algo mais "A casa tem uma varanda em forma de L". Só que a Regan diz que eu não devia parar de ser entusiasmado, porque, mais do que a caneta e o papel, o entusiasmo é a melhor ferramenta do jornalista, além do gim Gilbey's. Mas tô fazendo que nem você, Slim. Tô me mantendo ocupado. Tô acabando com o meu tempo. Cada dia é um dia mais próximo da Caitlyn Spies. A gente divide a mesma sala no trabalho, Slim. Só que a sala, o salão principal do prédio, tem uns cento e cinquenta metros de comprimento, e ela se senta na parte da frente, na seção policial, perto do escritório do editor-chefe, o Brian Robertson, e eu me sento nos fundos, perto de uma xérox barulhenta e do Amos Webster, o homem de setenta e oito anos que edita as palavras cruzadas, que eu cutuco no ombro algumas vezes por dia pra ter certeza de que ele não tá morto. Eu adoro esse lugar, Slim. O cheiro do ambiente. O som das prensas nos prédios de tijolos abaixo da gente enquanto a gente escreve. O cheiro de fumaça de cigarro e o jeito como os velhos falam dos políticos mais velhos que eles conheceram nos anos 1960 e das mulheres mais jovens com quem transaram nos anos 1970.

Foi você que conseguiu esse emprego pra mim, Slim. Foi você que mudou a minha vida. Eu quero agradecer, Slim. Ah, se você puder me ver. Obrigado. Foi você que me disse pra eu escrever pro Alex. Foi o Alex que me deu a história dele. Foi essa história que chegou à primeira página do *The Courier-Mail*. "REBELDE SEM PAUSA", dizia a manchete da minha entrevista exclusiva de duas mil e quinhentas palavras sobre a vida e as sentenças do recém-libertado líder dos Rebels, o Alex Bermudez. A minha assinatura não saiu no artigo, mas tudo bem. O texto foi bastante modificado pelo editor, o Brian Robertson, com a justificativa de que eu enchi ele do que o Brian chamou de "baboseira floreada".

— Como você arranjou uma entrevista com o Alex Bermudez? — o Brian perguntou na mesa dele, lendo o meu rascunho impresso, que enviei pra ele com uma carta escrevendo sobre o meu desejo de participar da estimada equipe policial do *The Courier-Mail*.

— Eu escrevi cartas pra ele na prisão, que deixavam ele feliz nos dias em que ele tava mal — eu respondi.

— Por quanto tempo você escreveu cartas pra ele?

— Dos meus dez até os treze anos, mais ou menos.

— Por que você começou a escrever cartas pro Alex Bermudez?

— A minha babá me disse que poderia ser importante pra alguém como ele porque ele não tinha parentes ou amigos que escrevessem pra ele.

— Ele não tinha parentes ou amigos que escrevessem pra ele porque é um criminoso condenado, muito perigoso e possivelmente sociopata — o Brian disse. — Imagino que a sua babá não era do tipo Mary Poppins.

— Ah, não. Não era.

— Como é que eu vou saber se isso não é um monte de mentira de um garoto sonhador que quer trabalhar pra mim?

O Alex sabia que ele ia dizer isso. Passei pro Brian o número de telefone do Alex.

Fiquei observando do outro lado da mesa enquanto ele falava com o Alex Bermudez no telefone e confirmava os detalhes e as citações da história.

— Entendo... — ele disse. — Entendo... É, acho que podemos publicar sim.

Ele fez que sim e me olhou sem me ver.

— Não, sr. Bermudez, infelizmente não vai ser "palavra por palavra" porque o garoto escreve como se quisesse ser a porra do Tolstói e deixou a parte mais importante no décimo nono parágrafo. Além disso, nenhum jornal meu vai abrir uma história de primeira página com uma citação a um poema!

O Alex tinha sugerido abrir a matéria com uma citação ao *Rubaiyat*, de Omar Caiam, o poema que mandei pra ele por carta na prisão:

Ah, acompanhe o velho Caiam e deixe conversar
Os Sábios; a única coisa certa é a Vida voar;
A única coisa certa, o Resto é Mentira;
A Flor que floresceu acaba murcha e partida.

Ele disse que decorou o poema. Disse que o poema ajudou ele durante o tempo na cadeia. Disse que deu sabedoria e consolo a ele. Disse que tirou ele do buraco, da mesma forma que tirou o Slim do buraco quatro décadas antes. A citação era uma sequência emocional temática do meu artigo porque falava do arrependimento do Alex pelas coisas que ele fez com as outras pessoas, que estavam ligadas às coisas que fizeram com ele quando menino.

— Gostou? — eu perguntei ao Brian.

— Não — o Brian disse secamente. — É um artigo meloso sobre um criminoso que fica choramingando por causa da vida de crime da mais alta categoria.

Ele voltou o olhar pro meu rascunho.

— Mas tem os seus momentos — ele disse. — Quanto você quer?

— Como assim?

— Dinheiro. Quanto por palavra?

— Eu não quero dinheiro — eu disse.

Ele colocou o rascunho na mesa e suspirou.

— Eu quero escrever na sua equipe policial — eu disse.

Ele baixou a cabeça e esfregou os olhos.

— Você não é jornalista policial, garoto — o Brian disse.

— Mas eu acabei de escrever duas mil e quinhentas palavras exclusivas sobre um dos criminosos mais notórios de Queensland.

— É, e quinhentas dessas palavras são sobre a cor dos olhos do Alex e a intensidade do olhar dele e como ele se vestia e o barco que ele queria ter na prisão.

— Isso foi uma metáfora porque ele tava se afogando lá dentro e queria a liberdade.

— Bom, me fez querer ter um balde pra vomitar, garoto. Vou ser direto pra você não perder mais tempo: a verdade, garoto, é que o talento pra ser jornalista policial é algo que vem do berço, não é algo que alguém pode se transformar, e você não nasceu para ser um jornalista policial. Você nunca vai ser jornalista policial e provavelmente nunca vai ser jornalista, porque tem pensamentos demais rodopiando nessa cabecinha pequena demais. Um bom jornalista só tem uma coisa na cabeça.

— A pura verdade? — eu questionei.

— Bom, é... mas ele tá pensando em outra coisa antes disso.

— Justiça e responsabilidade?

— É... mas...

— Ser um servidor objetivo do povo na indústria da informação?

— Não, garoto, ele só tem na mente a porra do furo.

Claro, eu pensei. O furo. O todo poderoso furo. O Brian Robertson balançou a cabeça e afrouxou a gravata no pescoço.

— Infelizmente, filho, você não nasceu pra ser jornalista policial. Mas nasceu pra ser um escritor de artigos descritivos.

— Artigos descritivos?

— É, artigos descritivos. O céu tava azul. O sangue era vermelho. A moto que o Alex Bermudez usou pra fugir de casa era amarela pra caralho. Você gosta dos detalhes. Não escreve notícias. Você pinta quadros.

Eu baixei a cabeça. Talvez ele estivesse razão. Eu sempre escrevi assim. Lembra, Slim? Pontos de vista. Prolongar um momento no tempo até o infinito. Detalhes, Slim.

Eu me levantei da cadeira em frente à mesa do Brian. Sabia que nunca seria jornalista policial.

— Obrigado pelo seu tempo — eu disse, aborrecido e derrotado.

Saí me sentindo desprezado do escritório dele. Mas a voz do editor me fez parar na mesma hora.

— Quando você pode começar? — ele perguntou.

— Hã? — eu disse, intrigado pela pergunta.

— Eu preciso de um suplente do suplente do suplente do repórter de turfe — o Brian disse. Ele quase sorriu. — Tem muitas imagens bonitas pra serem pintadas nas pistas de corrida.

★

Detalhes, Slim. Quando sorri, duas rugas aparecem no canto direito da sua boca. Come cenouras picadas de almoço às segundas, quartas e sextas. Às terças e quintas, ela come palitos de aipo.

Ela usou uma camiseta dos Replacements pra trabalhar dois dias atrás, e, na hora do almoço, peguei o trem até a cidade e comprei uma fita cassete dos Replacements. Chamava-se *Pleased To Meet Me.* Ouvi aquela fita dezesseis vezes numa noite e fui até a mesa dela na manhã seguinte pra dizer que a última música do lado B da fita, "Can't Hardly Wait", era o casamento perfeito entre o punk rock de garagem do início da carreira do vocalista Paul Westerberg e o seu amor crescente pelo pop romântico comemorativo reminiscente de "Hooked on a Feeling", do B.J. Thomas. Não contei pra ela que, na verdade, a música é o perfeito casamento do meu coração e a minha mente, que não conseguem parar de bater por ela e pensar nela; que é a personificação musical da urgência da minha adoração por ela, a personificação da impaciência que ela botou em mim, de como ela me faz querer que o tempo corra, corra muito, pra que ela possa entrar pela porta, pra que ela possa piscar como pisca, pra que ela possa rir com os outros repórteres policiais da seção dela, pra que ela possa olhar pra cá (pra cá, Caitlyn Spies), a uns cento e cinquenta metros, pro ninguém que eu sou e o cara morto das palavras cruzadas.

— É mesmo? — ela disse. — Eu odeio essa música.

Ela abriu uma gaveta da mesa e me deu uma fita cassete.

Era *Let it Be*, dos Replacements. O terceiro álbum da banda.

— Nona música — ela disse. — "Gary's Got a Boner." — Ela disse a palavra "boner", que significa ereção, como se tivesse dito a palavra "lavanda". Ela faz isso, Slim. Ela é mágica, Slim. Todas as palavras que ela diz saem como as palavras "lavanda" e "luminescência" e "luxo" e... e... qual é aquela outra palavra com L, Slim? Você sabe, a que estão sempre mencionando. Sabe aquela palavra, Slim?

⋆

A gritaria explosiva do Brian Robertson ecoa pela redação.

— Onde foram parar a porra dos pênis? — ele berra.

Eu me levanto da cadeira pra avaliar o ciclone acontecendo bem longe, na parte séria da redação, com estilhaços e detritos humanos voando da bomba nuclear que é o meu editor parado com os punhos segurando, puto, um exemplar do nosso jornal irmão de domingo, o *Sunday Mail.*

O meu velho amigo e rei das palavras cruzadas Amos Webster corre até a mesa e se senta atrás dela, praticamente se escondendo atrás de uma torre de dicionários.

— Se eu fosse você, ficaria sentado — ele diz. — O chefe tá numa cruzada de guerra.

— O que aconteceu? — eu pergunto, ainda de pé, vendo a Caitlyn Spies fazer que sim pro processador de palavras, absorvendo a explosão de instruções e verdades jornalísticas vindas diretas do Brian Robertson sobre como os jornais vivem e morrem pra serem os primeiros a dar as notícias.

O Brian Robertson explode de novo, com chamas e estilhaços voando dos lábios. Jornalistas experientes correm pra salvar suas vidas.

— Quem quer me dizer onde a porra dos pênis foram parar? — ele grita.

Eu sussurro pro Amos:

— Que porra é essa dos pênis?

— Não é pênis, seu primata — o Amos diz. — É Penns. A família Penn. Ele quer saber o que aconteceu com os Penn, a família que desapareceu em Oxley.

— Oxley?

Um subúrbio vizinho de Darra. Onde fica o pub Oxley. Onde fica a lavanderia Oxley. Onde fica o viaduto Oxley.

— Não tem porra de prêmio nenhum pra porra do meu jornal ser o segundo! — o Brian grita pela redação antes de entrar na sala dele e bater a porta com tanta força que treme como as tábuas que o Rolf Harris curva na televisão no "Tie Me Kangaroo Down Sport".

— A Veronica Holt deu o furo antes da gente de novo — o Amos sussurra.

A Veronica Holt. A principal repórter policial do *Sunday Mail.* Ela tem trinta anos e só toma uísque com gelo e congela os cubos de gelo pras bebidas só de olhar pra eles. Ela usa terninhos cinza-carvão e preto-ônix e preto-azeviche e preto-fuligem. Seus instintos pras notícias são tão afiados quanto os saltos dos scarpins preto-tinta. Uma vez, o comissário de polícia exigiu que a Veronica Holt publicasse uma "retratação pública" por um artigo que ela escreveu sobre a polícia de Brisbane frequentar bordéis nos subúrbios da cidade. Num programa de rádio na manhã seguinte, a Veronica Holt respondeu ao comissário: "Faço uma retratação do meu artigo, senhor comissário, quando os seus homens retirarem as armas dos bordéis ilegais de Brisbane."

Corro até uma prateleira de jornais de toda a Austrália, fontes de referência pra equipe, que fica perto do bebedor e do armário de papéis. Tem uma pilha dos *Sunday Mail* do dia anterior na prateleira, amarrada com um barbante. Corto o barbante com uma tesoura do armário de papéis e leio a primeira página do *Sunday Mail* do dia anterior.

"Família de Brisbane some quando..." Essas palavras na primeira página do *Sunday Mail* são o que leva à manchete de capa: "GUERRA DAS DROGAS EXPLODE".

Um golpe certeiro da Veronica Holt na primeira página sobre o misterioso e inexplicável desaparecimento de três integrantes de uma família de Oxley, os Penn, com o pano de fundo do que a polícia de Queensland tá chamando de "conflitos crescentes entre facções rivais de redes clandestinas e ilegais de narcóticos que se espalham por Queensland e toda costa leste australiana".

Através de fontes anônimas (basicamente o tio dela, o Dave Holt, um velho sargento aposentado da polícia de Queensland), a Veronica Holt montou uma história policial emocionante que não diz explicitamente que a família Penn, antes do seu desaparecimento intrigante, tava havia muito tempo metida no submundo criminoso de Brisbane, mas dá um panorama sugestivo que mostra aos leais e ansiosos leitores da Veronica como os Penn eram tão ruins quanto a mira do meu pai na hora de mijar na noite em que o dinheiro do seguro-desemprego entrava.

O pai, Glenn Penn, tinha sido libertado há pouco tempo da prisão Woodford, no norte de Brisbane, depois de cumprir pena por dois anos por tráfico de heroína. A mãe, Regina Penn, era uma surfista da Sunshine Coast que trabalhou como garçonete por um tempo num hotel notório pelos clientes duvidosos, o Smokin' Joe's, conhecido por ser frequentado por grandes criminosos como o Alex Bermudez (ele é até citado no artigo) e bandidos menores como o Glenn Penn, que quer ser como o Alex Bermudez. O filho de oito anos de Glenn e Regina, Bevan Penn, é o garoto na foto na primeira página com o rosto borrado. Ele tá usando uma camiseta preta das Tartarugas Ninja. O inocente da família. O pobre e ingênuo garoto de oito anos levado pela correnteza do péssimo julgamento da mãe e do pai. A vizinha da família Penn em Oxley, uma avó viúva chamada Gladys Riordan, é citada no artigo da Veronica: "Ouvi gritos vindos da casa por volta da meia-noite uns quinze dias atrás. Mas aquela gente estava sempre gritando de madrugada. Depois, nem um pio. Nada por duas semanas. Achei que eles deviam ter viajado. Mas aí a polícia apareceu e me disse que eles foram registrados como pessoas desaparecidas."

Puf. Sumiram. Desapareceram da face da terra.

Por um momento, fico pensando se o Bevan Penn não tem um irmão mudo que não tá na foto. Talvez os Penn tenham um jardineiro que é conhecido como um dos maiores escapistas de prisão de Queensland. Talvez os Penn não tenham desaparecido, só estejam enfiados na sala secreta que o Glenn Penn construiu embaixo da casa da família no subúrbio de Oxley, onde o garoto tá ouvindo dicas de adultos anônimos do outro lado de um telefone vermelho.

Ciclos, Slim. As coisas que vão e voltam. Quanto mais as coisas mudam, mais permanecem fodidas.

Sei que o Brian Robertson me mandou não xeretar a parte policial, mas não dá pra evitar. Ela me chama. Me atrai. Sempre que ando até Caitlyn Spies, perco a noção do tempo. Assim, eu chego na mesa dela e nunca sei exatamente como fui parar lá. Assim, eu sei instintivamente que passei pela seção esportiva e pela sala dos classificados à minha esquerda e pela geladeira de cervejas do lado do repórter que escreve sobre automobilismo, o Carl Corby, e pela camisa emoldurada da liga de rúgbi do Queensland State of Origin autografada pelo corajoso Wally Lewis, mas não me lembro de passar por essas coisas porque tô sempre preso no túnel de visão da Caitlyn Spies. Eu sempre morro no caminho quando passo por esse túnel, e ela é a luz que preserva a vida no final dele.

Ela tá falando no velho telefone preto na mesa.

— Cai fora, Bell.

É o Dave Cullen, o principal repórter policial. Um jornalista de peso. Um ego de peso. Ele é uma década mais velho do que eu e tem os pelos faciais pra provar isso. O Dave Cullen corre em triatlos no seu tempo livre. Levanta peso. Salva crianças de prédios em chamas. Brilha.

— Ela precisa se concentrar — o Dave diz, a cabeça abaixada na direção do processador de texto, os dedos digitando em fúria.

— O que a polícia falou sobre a família Penn? — eu pergunto.

— Que diferença faz pra você, Boca de Sino?

O Dave Cullen me chama de Boca de Sino. O Boca de Sino não é um repórter policial. O Boca de Sino é uma fada que escreve em nuances coloridas.

— Encontraram alguma pista na casa?

— Pista? — O Dave ri. — Claro, Boca de Sino, encontraram um candelabro na biblioteca.

— Eu cresci praqueles lados — eu declaro. — Conheço aquela rua. A avenida Logan. Vai até Oxley Creek. Tem enchente toda hora.

— Aaahhh, porra, valeu, Eli. Vou citar isso na introdução.

Ele não para de digitar no processador de texto enquanto fala.

— Revelações chocantes surgiram no caso da família Penn, desaparecida em Oxley, quando fontes nem um pouco próximas da família disseram que eles moravam numa rua que sofria de enchentes em casos de chuva forte.

O Dave Cullen se encosta na cadeira com orgulho.

— Caralho, cara, isso vai fazer toda a diferença. Obrigado pela dica.

Mas a piada acaba sendo o grande babaca triatleta levantador de peso Dave Cullen, porque enquanto ele dá esse show de sarcasmo malicioso, os meus olhos procuram os detalhes na mesa de trabalho dele. Uma caneca do Batman com o punho do Cavaleiro das Trevas fazendo a palavra "Kapow" explodir na bochecha do Coringa. Uma laranja grande em estado de decomposição. Uma pequena fotografia da campeã de natação de Queensland, a Lisa Curry, presa na divisória. Um porta-lata de cerveja térmico do Birdsville Hotel com seis esferográficas azuis. E um caderno pautado Spirax aberto do lado do telefone. Nesse caderno tem várias linhas manuscritas, nas quais consigo identificar diversas palavras-chave. Essas palavras são *Glenn Penn, Regina, Bevan, heroína, Triângulo Dourado, Cabramatta, rei, represália.*

Só que tem três palavras que acho mais atraentes do que qualquer outra ali. O Dave Cullen colocou um ponto de interrogação do lado dessas três palavras e sublinhou elas. Essas três palavras me fazem tremer. Palavras absurdas que não fazem sentido nenhum sozinhas, mas que fazem algum sentido se você teve uma infância bizarra, sendo criado por traficantes de drogas no subúrbio ocidental de Darra.

Pelo de lhama?

O nome despenca de mim. Jorra. A lava quente e derretida do nome dele.

— Iwan Krol.

Eu falo alto demais, e a Caitlyn Spies vira na mesma hora. Ela reconhece o nome. Ela me encara. Spies vai fundo. Spies tá certa.

O Dave Cullen tá intrigado.

— Quê? — ele diz.

O Brian Robertson abre a porta, e o Dave Cullen se senta direito na cadeira.

— Bell! — o editor grita.

É um berro trovejante que me faz pular quando me viro na direção do monstro parado na porta do escritório.

— O que eu falei sobre ficar xeretando na porra da seção policial?

— Você disse: "Para de ficar xeretando na porra da seção policial" — eu digo, exibindo a minha lembrança jornalística perfeita dos fatos.

— Vem cá agora! — o Brian grita, voltando pra dentro da sala.

Dou uma última olhada na Caitlyn Spies. Ela ainda tá no telefone, mas olha pra mim, abrindo um sorriso encorajador, fazendo que sim com razão, dando o tipo de sorriso que as belas donzelas dão pros cavaleiros que tão prestes a serem comidos vivos por dragões mitológicos.

Eu entro na sala do Brian.

— Desculpa, Brian, eu só tava tentando dar ao Dave...

Ele me interrompe.

— Senta aí, Bell. Tenho um projeto pra você e preciso que seja rápido.

Eu me sento numa das duas cadeiras de rodinhas vazias na frente da cadeira de couro marrom que não roda para ninguém.

— Já ouviu falar do prêmio Campeões de Queensland? — ele pergunta.

— Campeões de Queensland? — Eu fico sem ar.

— É um monte de baboseira de puxa-saco que o governo organizou pro Dia de Queensland.

— Eu sei. O meu irmão, o Gus, foi indicado prum prêmio na categoria Campeões da Comunidade. Na noite de sexta, a minha mãe e o meu pai e eu vamos à prefeitura ver o Gus receber o prêmio.

— Por que ele vai receber um prêmio?

— Ela anda pelas ruas de Brisbane com um pote pedindo às pessoas pra doar dinheiro pra ajudar pessoas com distrofia muscular.

— Um trabalho necessário — o Brian diz. Ele levanta uma pilha de papéis e joga ela do meu lado na mesa. Uma lista de nomes e telefones. — A gente entrou como patrocinador e vai dar um pouco de cobertura a dez cidadãos de Queensland que vão receber prêmios.

Ele indica as folhas de papel na minha frente.

— Tem vários nomes e números de contato que o governo deu pra gente. Quero que vá entrevistar cada um. Quero vinte centímetros sobre cada pessoa, e preciso disso entregue ao subeditor às quatro horas da sexta. Vai ser publicado no sábado, depois da noite dos prêmios. Pode fazer isso?

Um projeto meu. O meu primeiro grande projeto pro grande Brian Robertson.

— Posso — eu respondo.

— Quero que capriche no floreio. Você tem a minha bênção pra fazer o maior floreio do mundo aqui.

— Floreio caprichado, entendi.

Garoto escreve floreios. Garoto escreve violetas. Garoto escreve rosas.

Passo os olhos pela lista de nomes no papel. É uma mistura previsível de Campeões populares de Queensland dos mundos dos esportes e das artes e da política.

Um ciclista que ganhou a medalha de ouro nos Jogos Olímpicos. Um golfista famoso. Uma voz poderosa que fala pelos direitos dos aborígenes. Um nadador que também ganhou a medalha de ouro nos Jogos Olímpicos. Tem um chef de televisão adorável e ao mesmo tempo mal-humorado cujo programa de televisão, *A barriga ronca*, faz parte da grade de programação da tarde em Queensland. Uma voz poderosa que fala pelo direito das mulheres. Um remador que ganhou a medalha de bronze nos Jogos Olímpicos e que também é muito encantador. Tem um homem cego de um olho chamado Johannes Wolf, que subiu o Everest e enterrou o olho de vidro na neve do cume. Tem uma mãe de seis filhos que correu em volta da Ayers Rock 1.788 vezes em 1988 pra comemorar o bicentenário da Austrália e arrecadar dinheiro pra organização Girl Guides de Queensland.

Levo um momento pra assimilar o último nome na lista dos Campeões de Queensland. O vencedor do maior prêmio. Abaixo do nome dele tem uma declaração que ocupa uns nove centímetros na medida jornalística, o mesmo tamanho que o meu indicador direito teria agora se ainda estivesse preso à minha mão direita.

"Um herói não aclamado da filantropia de Queensland", a declaração do prêmio diz. "Um homem que começou a vida em Queensland como um refugiado polonês, que morou com a família de oito pessoas no Campo para Refugiados e Dependentes de Wacol East. Um homem que transformou as vidas dos cidadãos de Queensland com deficiências físicas. Um verdadeiro campeão."

O Mestre dos Membros. O homem que fez o Lyle desaparecer. O homem que faz todo mundo desaparecer. Leio o nome três vezes pra ter certeza de que é real.

Tytus Broz. Tytus Broz. Tytus Broz.

— Bell? — o Brian diz.

Eu não respondo.

— Bell? — o Brian repete.

Eu não respondo.

— Eli! — ele berra. — Tá aí, garoto?

Só então eu percebo que a minha mão direita tá amassando os papéis com os nomes que o meu editor acabou de me entregar.

— Você tá bem? — ele pergunta.

— Tô — eu digo, esticando os papéis entre as mãos.

— Você tava completamente pálido agora mesmo.

— É?

— É, a sua cara ficou toda branca, como se você tivesse visto um fantasma.

Um fantasma. O fantasma. O homem de branco. Cabelo branco. Terno branco. Brancos nos olhos. Brancos nos ossos.

— Caramba — o Brian diz.

Ele tá inclinado por cima da mesa. Tá olhando pras minhas mãos. Coloco a direita no bolso.

— Você não tem um dedo? — ele pergunta.

Eu faço que sim.

— Há quanto tempo você trabalha aqui?

— Quatro meses.

— E eu nunca reparei que você não tem o indicador direito.

Dou de ombros.

— Você deve ser bom em esconder isso.

Eu escondo isso de mim mesmo.

— Acho que sim.

— Como você perdeu esse dedo?

Um fantasma entrou na minha casa e levou ele embora quando eu era criança.

Garoto conquista lua

Acorda. As molas na minha cama quebraram, e o colchão é tão fino que uma mola fura o colchão e machuca o meu cóccix. Vou embora daqui. Tenho que ir. A cama é pequena demais. A casa é pequena demais. O mundo é grande demais.

Não posso continuar dividindo o quarto com o meu irmão, por pior que seja o salário de estagiário no jornal.

Já passa da meia-noite. A lua pela janela aberta. O August dormindo na cama dele. O resto da casa no escuro. A porta do quarto da minha mãe tá aberta. Ela dorme na biblioteca, não tem mais livros lá agora. O August se livrou de todos no Festival de Livros de Bracken Ridge, que acabou acontecendo por seis sábados consecutivos, com o August conseguindo decepcionantes quinhentos e cinquenta dólares australianos na empreitada. Ele espalhou quase dez mil livros pelo conjunto habitacional de Bracken Ridge, mas, em meio às vendas decepcionantes, acabou chegando à conclusão filosófica de que seria melhor dar a maior parte dos livros de graça. Não ajudaria a nossa mãe a se restabelecer, mas aumentaria as chances dos jovens de Bracken Ridge estarem expostos a Hermann Hesse, John le Carré e *As três fases da reprodução das traças*. Por causa do meu irmão, tem homens na Taverna de Bracken Ridge nas tardes de sábado agora tomando cerveja enquanto preenchem formulários de emprego e cartões de apostas e discutem a ressonância psicológica de *O coração das trevas*, de Joseph Conrad.

Ando pelo corredor, ainda de cueca e uma camiseta Adidas velha que tenho usado pra dormir, fina, confortável e cheia de buracos feitos pelo que acho que podem ser traças, que se sustentam de uma dieta de camisetas Adidas e livros do Joseph Conrad.

Puxo a cortina cor de creme da janela da sala. Abro a janela e olho pra cima. Projeto o corpo pra fora pra inspirar o ar da noite. Olho pra lua cheia. Olho pra rua vazia. Vejo o Lyle em Darra. Ele tá parado naquela noite suburbana, com o casaco de caça e fumando um Winfield Red. Sinto falta dele. Desisti dele porque tava com medo. Porque não tive coragem. Porque tava com raiva dele. Que se foda. Era culpa dele por pular na cama com o Tytus Broz, não era culpa minha. Cortei ele da minha mente junto com o Mestre dos Membros. Cortei ele que nem o íbis cortou a própria perna porque a linha de pesca tava matando ele.

É a lua que leva as minhas pernas pra fora. As minhas pernas tão se movendo, e a minha mente vai atrás. A minha mente segue as minhas mãos até a mangueira verde em volta da torneira na parede da frente da casa. Abro a torneira e fecho a mangueira com a mão direita para que a água não jorre pela ponta laranja. Arrasto a mangueira até a vala perto da caixa de correio. Eu me sento e olho pra lua. A lua cheia e eu e a geometria entre nós. Solto a abertura, e a água corre pelo asfalto, se acumulando numa área plana. A água corre, e a lua prateada treme na poça que se forma.

— Não tá conseguindo dormir?

Eu tinha esquecido como a voz dele é parecida com a minha. É como se ele fosse eu e eu estivesse atrás de mim mesmo. Olho pra trás e vejo o August. O rosto dele tá iluminado pela lua, ele tá esfregando os olhos.

— É — eu respondo.

A gente olha pra poça da lua.

— Acho que herdei o gene da preocupação do pai — eu digo.

— Você não tem o gene da preocupação do pai.

— Vou ter que viver a vida que nem um recluso. Nunca vou sair. Vou alugar uma casa do conjunto habitacional como essa e encher dois quartos com espaguete enlatado Black and Gold e comer espaguete e ler livros até morrer sufocado com uma bola de sujeira do meu umbigo enquanto durmo.

— O que é destinado a você não será de mais ninguém — o August diz.

Eu sorrio pra ele.

— Sabe, acho que talvez você tenha um barítono nessa voz que nunca usa — eu digo.

Ele ri.

— Você devia experimentar cantar qualquer hora dessas.

— Acho que falar é suficiente por enquanto — ele diz.

— Eu gosto de falar com você, Gus.

— Eu gosto de falar com você, Eli.

Ele se senta na sarjeta do meu lado, observa a água da mangueira se acumulando na poça da lua.

— O que tá preocupando você? — ele pergunta.

— Tudo. Tudo que já foi e tudo que vai ser.

— Não fica preocupado. Vai ficar...

Eu o interrompo.

— É, vai ficar tudo bem, Gus, eu sei. Obrigado por lembrar.

Os nossos reflexos se juntam e ficam desfigurados que nem monstros na poça da lua.

— Por que eu tenho a sensação de que amanhã vai ser o dia mais importante da minha vida? — eu digo.

— Os seus sentimentos são embasados. Amanhã vai ser o dia mais importante da sua vida. Todos os dias da sua vida prepararam você pra amanhã. Mas é claro que todos os dias da sua vida prepararam você pra hoje também.

Eu olho mais fundo na poça da lua, inclinado por cima das minhas pernas peludas e finas.

— Eu sinto que não tenho mais participação nas coisas. Como se nada do que eu faça pudesse mudar o que é e o que vai ser. Eu tô naquele carro no sonho e tamos saindo no meio das árvores na direção da barragem e não tem nada que eu possa fazer pra mudar o nosso destino. Não consigo sair do carro, não consigo parar o carro, só subo e depois desço na poça. E aí, entra toda aquela água.

O August faz que sim pra poça da lua.

— É isso que você vê aí dentro? — o August pergunta.

Eu balanço a cabeça.

— Eu não vejo nada.

O August olha mais fundo na poça da lua que não para de crescer.

— O que você vê? — eu pergunto.

Ele tá parado de pijama. É um pijama de algodão do Woolworths, de verão. Branco com listras vermelhas, o traje de dormir de um membro de um quarteto da barbearia.

— Eu vejo o amanhã — ele diz.

— O que você vê nisso?

— Tudo.

— Dá pra ser mais específico?

Ele me olha intrigado.

— O que estou querendo dizer é que é muito conveniente pra você manter esse ar misterioso idiota com todos esses comentários superficiais relacionados às suas conversas mentirosas com os seus outros múltiplos eus de outras múltiplas dimensões — eu digo. — Como é que nunca contaram nada de útil, esses seus eus do telefone vermelho? Tipo, quem vai ganhar a Copa de Melbourne no ano que vem? Os números da loteria da próxima semana, talvez? Ou, sei lá, se o Tytus Broz vai me reconhecer amanhã.

— Você ligou pra polícia?

— Liguei. Pedi prum policial pra chamar o investigador do caso. Ele não quis fazer isso se eu não desse o meu nome primeiro.

— Você não deu o seu nome, deu?

— Não — eu digo. — Falei pro policial que eles tinham que investigar um homem chamado Iwan Krol em relação à família Penn. Pedi pra ele anotar o nome. Eu disse: "Tá anotando?", e ele disse que não porque primeiro queria saber quem eu era e por que eu não queria revelar o meu nome e eu disse que não queria revelar o meu nome porque o Iwan Krol é perigoso e o chefe dele também é. E o policial perguntou quem é o chefe dele, e eu disse que o chefe dele é o Tytus Broz, e o policial disse "O cara que faz caridade?", e eu disse "É, o cara que faz caridade, caralho". E ele disse que eu era louco e eu disse que não era, que é essa porra de estado de Queensland que é louco se você não me escuta quando eu digo que os pelos de lhama que a perícia encontrou na casa dos Penn são do Iwan Krol, que tem uma fazenda em que cria lhamas nos arredores de Dayboro há duas décadas.

— Aí o policial quis saber como você soube dos pelos de lhama?

Eu faço que sim.

— Aí eu desliguei.

— Eles não querem nem saber — o August diz.

— Hã?

— Eles não tão nem aí se os criminosos de Queensland tão matando uns aos outros aos poucos.

— Acho que eles têm que se importar quando uma das pessoas desaparecidas é um garoto de oito anos.

O August dá de ombros e olha pra poça da lua.

— Bevan Penn — eu digo. — Pixelaram o rosto dele em todas as fotos, mas, juro, Gus, ele é que nem a gente. Ele é você e eu.

— Como assim?

— Podia ter sido a gente. A mãe e o pai dele parecem a mãe e o Lyle quando eu tinha oito anos, entende? E fiquei pensando que o Slim ficava falando sobre ciclos e o tempo e que as coisas sempre voltam.

— Voltam mesmo — o August diz.

— É, talvez voltem.

— Que nem a gente.

— Não foi isso que eu quis dizer.

Eu me levanto.

— Para com isso, Gus — eu digo.

— O quê?

— Para com essa besteira sobre voltar. Já tô de saco cheio de ouvir isso.

— Mas você voltou, Eli — ele diz. — Você sempre volta.

— Eu não voltei, Gus. Eu não volto. Só tô aqui nessa única dimensão. E as vozes que você ouviu do outro lado do telefone eram as vozes na sua cabeça.

Ele balança a cabeça.

— Você ouviu também — ele diz. — Você ouviu também.

— É, eu ouvi as vozes na minha cabeça também. As vozes doidas nas cabeças dos irmãos Bell. É, Gus, eu ouvi.

Ele olha pra poça da lua.

— Você vê ela? — ele pergunta.

— Quem?

Ele indica a água.

— A Caitlyn Spies.

— O que tem a Caitlyn? — eu pergunto, e olho pra poça da lua, seguindo o olhar dele, e não vejo nada.

— Você devia contar pra Caitlyn Spies.

— Contar o quê?

Ele olha pra poça. Bate na poça d'água com o pé direito descalço, e a poça da lua ondula em dez histórias separadas.

— Tudo.

A voz da mãe da janela da frente da casa. Ela tá tentando gritar e sussurrar ao mesmo tempo.

— O que vocês dois tão fazendo aí fora com essa mangueira? Voltem pra cama. — A voz fica severa, em tom de aviso. — Se vocês estiverem cansados amanhã...

Os avisos severos da mãe sempre têm um fim aberto, sempre deixam as possíveis consequências de acordar cansado amanhã num intimidador infinito.

Se vocês estiverem cansados amanhã... vou bater tanto nas suas bundas que elas vão ficar vermelhas. Se vocês estiverem cansados amanhã... as estrelas vão desaparecer do céu de Bracken Ridge. Se vocês estiverem cansados amanhã... a lua vai se abrir que nem uma bala dura entre os seus dentes e as cores dentro dela vão cegar a humanidade. Dorme, Eli. O amanhã tá chegando. Tudo tá chegando. Toda a sua vida tá te levando até o amanhã.

★

O meu pai lê o *The Courier-Mail* na mesa da cozinha no café da manhã. Ele tá fumando um cigarro caseiro e lendo as páginas do editorial que cuida das notícias mundiais. Consigo ler a primeira página do jornal por cima do meu prato de cereal Weet-Bix. Tem uma foto ampliada de prisão do Glenn Penn. Ele tá com uma cara ameaçadora e séria. O cabelo louro tá cortado curto, os dentes são tortos e deformados que nem uma fileira de portas de garagem velhas abertas pela metade. Cicatrizes de acne. Olhos azuis bem claros. Ele exibe um sorrisinho meio idiota na fotografia, como se aquela foto de prisão fosse algo a ser cortado da lista de sonhos dele, que nem ir até o fim com uma garota bonita ou ir até a Turquia com dez camisinhas cheias de heroína enfiadas no cu.

O artigo que acompanha a foto é uma colaboração entre o Dave Cullen e a Caitlyn Spies sobre a juventude negligenciada de Glenn Penn. A mesma história de sempre: o pai bate na mãe com o fio de uma frigideira elétrica; a mãe bota veneno de rato no misto quente do pai; o Glenn Penn bota foto na agência dos correios do bairro aos oito anos. O nome do Dave Cullen entra no artigo primeiro, mas sei que foi a Caitlyn que escreveu. Sei disso porque tem uma compaixão no texto, e não tem as expressões impactantes de sempre do Dave Cullen como "revelação chocante", "intenção assassina" e "digitalmente penetrado". A Caitlyn entrevistou vários professores e pais da escola primária de Bevan Penn. Todos dizem que ele era um bom garoto. Um bom menino. Quieto. Que nunca fez mal a uma mosca. Lê muito. Vorazmente. Ela conta a história toda do garoto de camiseta das Tartarugas Ninja e o rosto de pixels.

— O que você vai vestir hoje, Eli? — a minha mãe pergunta da sala.

A minha mãe tá passando roupa com o ferro Sunbeam velho e com defeito do meu pai, que dá choque se for colocado na configuração "linho" e que deixa marcas pretas nas camisas se colocarem a temperatura mais alta do que a configuração "sintéticos".

São oito da manhã, quase dez horas antes do August receber o prêmio na cerimônia dos Campeões de Queensland na prefeitura de Brisbane, e a minha mãe já tá agitada na sala do mesmo jeito que o Mr. Bojangles na cela dos bêbados.

— Eu vou assim mesmo — eu respondo, indicando a minha camisa xadrez roxa e branca pra fora da calça e o jeans.

Ela fica horrorizada.

— O seu irmão mais velho vai ser nomeado Campeão de Queensland e você vai aparecer na prefeitura parecendo um molestiador de crianças?

— Molestador, mãe.

— Hã?

— Molestador de crianças. Não *molestiador.* E como essa roupa me faz parecer um molestador de crianças?

Ela me observa por um momento.

— É a camisa — ela declara. — A calça jeans, os sapatos. O conjunto todo parece gritar: "Foge, pequeno Joey."

Eu balanço a cabeça, surpreso, e engulo a última colherada de Weet-Bix.

— Você tem tempo de vir aqui pra casa trocar de roupa antes da gente ir? — ela pergunta.

— Mãe, eu tenho uma entrevista importante às três da tarde em Bellbowrie e um artigo pra entregar às seis em Bowen Hills. Não dá tempo de vir pra casa vestir um smoking pra gloriosa noite do August.

— Não se atreva a ser cínico com relação a esse momento — a minha mãe diz. — Não se atreva, Eli.

A minha mãe tá apontando para mim com uma calça embaixo dos braços, pronta pra ser passada.

— Este é o melhor dia... da... — Os olhos dela se enchem de lágrimas. Ela baixa a cabeça. — É um... dia... incrível... porra — ela diz, chorando.

Tem uma coisa profunda no rosto dela. Uma coisa primitiva. O meu pai coloca o jornal na mesa. Parece confuso, sem encontrar soluções de consolo pra exibição inesperada daquela constrangedora umidade de olhos feminina conhecida em círculos mais humanos como lágrimas. Eu me aproximo dela. Dou um abraço nela.

— Vou botar um paletó bonito, mãe, tudo bem? — eu pergunto.

— Você não tem um paletó bonito — ela diz.

— Vou pegar um dos que tem no trabalho pra emergências.

A arara compartilhada de casacos pretos pra ir ao parlamento e ao tribunal de magistrados, todos com cheiro de uísque e cigarros.

— Você vai estar lá, não vai, Eli? — a minha mãe pergunta. — Você vai estar lá hoje à noite?

— Vou, mãe. E não vou ser cínico.

— Promete?

— Prometo.

Eu abraço ela com força.

— Hoje é um grande dia, mãe. Eu sei que é.

É um dia grande pra cacete.

★

A Judith Campese é a relações-públicas dos Campeões de Queensland. Ela me ajudou a semana toda com o artigo que eu tô escrevendo pro jornal de amanhã com os dez vencedores da reunião estrelada desta noite na prefeitura de Brisbane.

Ela liga pro meu trabalho às 14h15.

— Por que você ainda tá aí? — ela pergunta.

— Tô arquivando a Bree Dower — eu digo.

A Bree Dower é a mãe de seis filhos que correu em volta da Ayers Rock 1.788 vezes em 1988 para comemorar o bicentenário da Austrália e arrecadar dinheiro pro Girl Guides de Queensland. Não são os vinte centímetros mais incríveis que vou escrever na vida. A minha história começa com a impactante frase "A vida de Bree Dower estava girando em círculos", e prolongo o impacto desse golpe contando que ela largou o emprego de secretária de uma imobiliária e encontrou o seu propósito na vida, correndo em círculos no Uluru.

— É melhor correr — a Judith Campese diz. Ela tem um toque de realeza britânica na voz, meio princesa Diana, se a princesa Diana fosse gerente de uma loja de roupas Fosseys.

— Obrigado pelo conselho — eu digo.

— Só mais uma coisa — acrescenta ela. — Você pode me dar uma ideia das perguntas que planeja fazer ao sr. Broz?

— Não é política nossa revelar as perguntas antes da entrevista.

— Só uma noção? — ela pede, suspirando.

Bom, acho que vou começar quebrando o gelo com delicadeza: "O que você fez com o Lyle, seu velho filho da puta?" Depois vou direto pra: "Cadê a porra do meu dedo, seu animal?"

— Noção? Quem é você? O que faz? Onde? Quando?

— Por quê? — ela diz.

— Isso mesmo, como adivinhou?

— Ah, que ótimo. Ele tem muito a dizer sobre o porquê de fazer as coisas que faz. É inspirador.

— Ah, Judith, eu tô ansioso pra ouvir por que ele faz as coisas que faz.

Do outro lado da redação, vejo o Brian Robertson andando na minha direção, me encarando no caminho, tão cheio de vapor que a cabeça parece que precisa de uma válvula de escape.

— Tenho que ir, Judith — eu digo, desligo o telefone e volto pro artigo sobre Bree Dower.

— Bell! — o Brian grita, ainda a trinta metros de distância. — Cadê o artigo do Tytus Broz?

— Tô indo pra lá agora.

— Não faça merda — ele diz. — O representante de vendas diz que ele pode investir dinheiro alto em propaganda. Por que ainda tá aí na sua mesa?

— Estou terminando a história de Bree Dower.

— A maluca do Uluru?

Eu faço que sim. Ele lê o artigo por cima do meu ombro, e o meu coração para por um momento.

— Rá! — Ele sorri. Percebo que nunca tinha visto os dentes dele antes. — "A vida de Bree Dower estava girando em círculos." — Ele dá um tapinha nas minhas costas com a mão esquerda. — Muito bom, Bell. Muito bom.

— Brian? — eu digo.

— Quê? — ele responde.

— Tem uma história e tanto sobre o Tytus Broz que acho que posso escrever pra você.

— Que ótimo, garoto! — ele diz, entusiasmado.

— Mas não é uma história fácil de...

Sou interrompido pelo Dave Cullen gritando do outro lado da redação, da seção policial.

— Chefe, recebi um recado do comissário... — o Cullen berra.

O Brian sai correndo.

— A gente conversa quando você voltar, Bell — ele diz, distraído. — Escreve logo sobre o Broz.

★

Tô esperando um táxi pra ir pra Bellbowrie. Fica a quarenta minutos, nos subúrbios do oeste. Tenho que estar lá em trinta minutos. Olho pro meu reflexo na entrada de vidro do nosso prédio. Eu, parado ali com o paletó preto enorme que peguei na arara de paletós da redação. Tô com as mãos nos bolsos. Estou diferente agora de como era aos treze anos? O meu cabelo tá mais comprido. Praticamente só isso. Os braços e as pernas continuam magricelos. O sorriso nervoso continua o mesmo. Ele vai me reconhecer na hora. Vai perceber o dedo que eu não tenho e vai dar um assobio secreto que só cachorros e o Iwan Krol conseguem ouvir e o Iwan Krol vai me arrastar até um barracão nos fundos da mansão do Tytus Broz em Bellbowrie e ele vai cortar a minha cabeça fora com a faca e a minha cabeça ainda vai funcionar quando estiver separada do meu corpo e eu vou poder responder quando ele coçar o queixo e perguntar "Por quê, Eli Bell, por quê?" E vou responder que nem o Kurt Vonnegut. "Um tigre tem que caçar, Iwan Krol. Um pássaro tem que voar. Um Eli Bell tem que questionar por quê, por quê, por quê?"

Um Ford Meteor vermelho pequeno para de repente na minha frente.

A Caitlyn Spies abre a porta do passageiro.

— Entra! — ela grita.

— Por quê? — eu pergunto.

— Só entra no carro, Eli Bell!

Eu entro. Fecho a porta. Ela enfia o pé no acelerador, e sou jogado contra o encosto quando disparamos pra rua.

— Iwan Krol — ela diz, a mão direita no volante, a esquerda me entregando um envelope pardo com uma pilha de fotocópias embaixo de uma foto policial do Iwan Krol.

Ela se vira pra mim, e o sol ilumina o cabelo e o rosto dela pela janela do motorista e os olhos verdes perfeitos examinam os meus.

— Me conta tudo.

★

O Ford Meteor dispara por uma estradinha de Bellbowrie que serpenteia por uma vegetação densa de eucaliptos velhos e com galhos quebrados e arbustos sufocantes de lantana que se estendem por quilômetros.

Tem uma placa de rua à frente.

— Via Cork — eu digo. — É aqui.

A via Cork é uma estrada de terra irregular com pedras do tamanho de bolas de tênis, que faz o carro da Caitlyn sacudir e nos joga pra cima e pra baixo nos assentos.

Eu tive vinte e sete minutos pra contar tudo pra Caitlyn. Ela guardou as perguntas pro final.

— Então o Lyle foi arrastado e sumiu da face da terra? — ela pergunta, as mãos firmes no volante, lutando pra manter o carro em frente.

Eu faço que sim.

— Isso faz sentido com o que eu tenho — a Caitlyn diz, indicando a pasta nas minhas mãos. — Eu ouvi você falando com o Dave. Anotei o nome que você falou. Iwan Krol. Só tem quatro criadores de lhama ou donos de lhamas como animais de estimação registrados na região sudeste de Queensland, e esse cara, Iwan Krol, é um deles. Liguei pros outros três e pedi que me dissessem onde eles estavam no dia 16 de maio, o dia em que a polícia desconfia que a família Penn desapareceu. Todos tinham relatos perfeitamente críveis e tediosos. Fui pra delegacia de polícia de Fortitude

Valley logo depois e pedi pra um antigo colega de escola, o Tim Cotton, que agora é policial no Valley, pra conseguir pra mim qualquer coisa que eles tivessem no arquivo sobre o Iwan Krol. Ele me deu uma pilha de papéis, e fui tirar cópias e, quando estava tirando cópias, fui lendo as declarações da polícia de quando foram à propriedade do Iwan Krol em Dayboro em cinco ocasiões diferentes, cinco, ao longo dos últimos vinte anos, por causa de pessoas desaparecidas conhecidas ou ligadas a Iwan Krol. E, nas cinco vezes, nada foi resolvido. Aí, ontem de noite, fui levar o arquivo de volta pro Tim Cotton e fui pagar uma pizza no Lucky's no Valley pra agradecer pela ajuda dele e ele fez uma pausa pra tentar me levar pra cama e sabe o que ele disse?

— O quê?

Ela balança a cabeça.

— Ele disse: "Talvez seja melhor você deixar esse aí pra lá, Caitlyn."

Ela bate com força no volante.

— Ele disse mesmo essa merda, a porra de um policial, Eli. Um garoto de oito anos sumiu, e ele disse: "Deixa pra lá."

O carro para na frente de um portão imponente de ferro branco num muro alto de concreto da cor da argila. A Caitlyn abre a janela e estica a mão pra apertar o botão de um interfone vermelho.

— Olá — uma voz gentil diz.

— Oi, aqui é do *Courier-Mail* pra entrevista com o sr. Broz — a Caitlyn diz.

— Pode entrar — a voz gentil diz.

O portão se abre com um estalo.

A casa do Tytus Broz é branca que nem os seus ternos e o seu cabelo e as suas mãos. É uma mansão de concreto branco com colunas altas e sacadas e uma porta dupla de entrada de madeira branca pela qual um iate de velas içadas podia passar. É mais uma mansão de fazenda de Nova Orleans do que o esconderijo de um milionário em Bellbowrie.

Pontinhos de luz do sol brilham entre as folhas de oito olmos floridos que ficam do lado da longa e sinuosa entrada, que divide um gramado amplo e bem-cuidado e acaba em frente a uma escada de mármore branco reluzente.

A Caitlyn estaciona numa vaga de cascalho amarelo pra visitantes à esquerda dos degraus de mármore, sai do carro e abre o porta-malas.

O som dos pássaros nos olmos, um vento leve. Mais nada.

— Como eu vou explicar quem você é? — eu sussurro.

A Caitlyn enfia a mão no porta-malas e pega uma câmera Canon preta velha com uma lente cinza comprida que nem as câmeras que os nossos fotógrafos esportivos usam em Lang Park nos dias de jogo.

— Eu sou a fotógrafa — ela declara, sorrindo e fechando um olho para espiar pela câmera.

— Você não é fotógrafa.

— Ah, por favor! — Ela ri. — É só apontar e clicar.

— Onde você conseguiu essa câmera?

— Peguei escondido do armário de consertos.

Ela anda na direção da porta enorme.

— Vem — ela diz. — Você tá atrasado pra sua entrevista.

★

Toca a campainha. A campainha toca em três lugares dentro da casa enorme, um toque ecoando em outro que nem uma pequena peça musical. Coração cheio de esperança. Coração na garganta. A Caitlyn segura a câmera como se fosse um martelo de guerra e ela estivesse liderando um grupo de escoceses bêbados em batalha. Não há sons além dos pássaros nos olmos.

Tão longe de tudo. Tão longe da vida e do mundo. Percebo agora o quanto da casa não combina com o ambiente. As torres brancas gigantes não combinam com a paisagem natural ao redor. Tem alguma coisa errada, alguma coisa estranha no local.

Metade da porta dupla enorme se abre. Quando isso acontece, me lembro de enfiar ao mão direita com o indicador faltando no bolso do paletó, para tirar ele de vista.

Uma mulher baixa de vestido cinza, um uniforme de empregada, acho. Filipina, talvez. Grande sorriso. Ela abre a porta um pouco mais e revela uma mulher frágil e magra de vestido branco. Pele tão fina no rosto que parece que as bochechas foram pintadas com tinta a óleo nas maçãs pronunciadas. Um sorriso caloroso. Um rosto que reconheço.

— Boa tarde — ela diz, curvando a cabeça de forma elegante. — Vocês são do jornal?

O cabelo dela tá grisalho agora. Era louro platinado. Ainda cai liso e comprido pelos ombros.

— Sou Hanna Broz — ela diz, colocando a mão direita no peito.

Mas a mão não é mão. É uma imitação de plástico, diferente de qualquer coisa que eu tenha visto. Parece uma das mãos da minha mãe, como se tivesse sido bronzeada e envelhecida pelo sol. Sai da manga branca de um cardigã que ela usa por cima do vestido. Olho pra mão esquerda ao lado do corpo e é igual. Tem sardas nessa outra. É rígida, mas parece real, feita de algum tipo de silicone moldado. Pura exibição, sem função nenhuma.

— Meu nome é Eli — eu digo. Não diga o sobrenome. — Essa é a minha fotógrafa, Caitlyn.

— Posso tirar uma foto do seu rosto? — a Caitlyn pergunta.

A Hanna faz que sim.

— Acho que não tem problema — ela diz, se virando de costas pra porta. — Venham. O meu pai está na sala de leitura lá atrás.

Talvez a Hanna Broz tenha cinquenta anos agora. Ou quarenta e tá cansada. Ou sessenta e tá agradecida. O que ela fez com os últimos seis anos desde que eu vi ela pela última vez? Ela não me reconhece, mas eu reconheço ela. Foi na festa de oitenta anos do pai dela. No restaurante Mama Pham's, em Darra. Uma outra época. Um outro Eli Bell.

★

A casa é um museu de antiguidades e pinturas a óleo chamativas do tamanho do chão do meu quarto. Tem uma armadura medieval segurando uma lança de justa. Uma máscara tribal africana pendurada numa parede. Piso de madeira polido. Uma coleção de lanças de guerreiros de uma tribo da Papua-Nova Guiné num canto. A pintura de um leão comendo uma gazela. Uma sala de estar comprida com lareira e uma televisão maior que a minha cama.

A Caitlyn inclina o pescoço pra olhar prum lustre de bronze que parece uma aranha de aço tecendo uma teia de lâmpadas.

— Casa bonita — ela diz.

— Obrigada — a Hanna responde. — A gente nem sempre viveu assim. O meu pai veio pra Austrália sem nada. A primeira casa dele em

Queensland foi um quarto dividido com seis homens no campo de imigrantes de Wacol.

A Hanna para de repente. Olha para mim.

— Você conhece? — ela pergunta.

— O quê?

— O Campo para Refugiados e Dependentes de Wacol East?

Faço que não com a cabeça.

— Você cresceu por aqui? — ela pergunta. — Tenho a sensação de que conheço você.

Eu sorrio. Balanço a cabeça.

— Não, eu sou do norte. Cresci em Bracken Ridge.

Ela faz que sim. Olha nos meus olhos. A Hanna Broz vai fundo. Ela se vira e segue pelo corredor.

Um busto de Napoleão. Um busto do capitão Cook perto de uma réplica do *Endeavour*. O quadro de um leão comendo um homem adulto dessa vez. O leão tá arrancando os membros do homem, tá com duas pernas e um braço debaixo dos pés e tá enfiando os dentes no braço que restou do homem.

— Talvez vocês tenham que ser pacientes com o meu pai — a Hanna diz, andando por uma sala de jantar comprida a caminho dos fundos da mansão. — Ele não está... como posso dizer... tão forte... quanto já foi. Talvez tenham que repetir as perguntas e lembrar de falarem alto e de forma concisa. Ele pode se desligar às vezes, como se estivesse em outro planeta. Não esteve bem de saúde recentemente, mas está animado pra premiação de hoje. Na verdade, planejou uma surpresa pra todos os convidados e quer oferecer uma amostra a vocês.

Ela abre duas portas de madeira vermelha que levam pruma sala de leitura grande. Parece a sala de leitura da família real. Tem duas estantes de parede inteira, do chão ao teto, cheias de livros, do lado esquerdo e do lado direito. Centenas de livros de capa dura com encadernação antiga e letras douradas. O tapete é da cor do vinho. O tapete é da cor do sangue. A sala tem cheiro de livros e de fumaça velha de charuto. Um divã de veludo verde-escuro e duas poltronas de veludo verde-escuro. Tem uma escrivaninha grande de mogno no fim da sala, e é lá que o Tytus Broz tá, o olhar baixo, lendo um livro grosso. Atrás dele tem uma parede de vidro tão limpo e puro que dá pra apertar os olhos e ter certeza de que não tem parede de vidro nenhuma. A única pista da porta inserida no meio da parede de vidro são as duas dobradiças prateadas que permitem que a porta se abra prum gramado mágico e enorme que segue pelo que parece ser um quilômetro, passando por chafarizes de concreto e cercas vivas com ângulos perfeitos e canteiros de flores visitados por abelhas e pela luz perfeita do sol, até o que parece um pequeno vinhedo, mas essa vista deve ser um truque da luz, porque essas coisas não existem nos arredores cheios de lantanas de Bellbowrie, Brisbane. Em cima da mesa dele tem uma caixa retangular com uns vinte e cinco centímetros de altura e vinte centímetros de largura, coberta com um pedaço de seda vermelha.

— Pai — a Hanna diz.

Ele não tira os olhos do livro. Terno branco. Cabelo branco. A espinha branca nas minhas costas formigando e me mandando fugir. Foge agora, Eli. Foge. É uma armadilha.

— Com licença, pai — a Hanna diz com a voz mais alta.

Ele levanta a cabeça do livro.

— O pessoal do jornal veio falar com você — a Hanna diz.

— Quem? — ele responde, cuspindo.

— Estes são Eli e a fotógrafa, Caitlyn. Eles vieram pra conversar sobre o prêmio que você vai receber hoje.

Um brilho de lembrança surge na mente dele.

— Ah, sim! — ele declara, tirando os óculos de leitura. Ele bate com empolgação na caixa coberta de seda vermelha. — Venham. Podem sentar.

A gente se aproxima devagar e senta nas duas cadeiras pretas e elegantes pra visitantes em frente à escrivaninha. Ele tá bem mais velho. O Mestre dos Membros não parece mais tão assustador quanto pareceu prum garoto de treze anos. O tempo, Slim. Ele muda rostos. Muda histórias. Muda pontos de vista.

Eu poderia pular por cima da mesa e estrangular o pescoço quase morto, enfiar os polegares nos olhos de zumbi dele. A caneta tinteiro. A caneta tinteiro de pé no suporte do lado do telefone. Eu poderia enfiar aquela caneta tinteiro no peito dele. O peito branco e frio. Entalhar o meu nome no coração dele. No coração branco e frio.

— Obrigado por receber a gente, sr. Broz — eu digo.

Ele sorri, os lábios tremem. Lábios úmidos de saliva.

— Sim, sim — ele diz com impaciência. — O que vocês querem saber?

Coloco o meu gravador ExecTalk Dictaphone na mesa com a mão esquerda, a mão direita escondida segurando uma caneta pra tomar nota no meu colo, embaixo do tampo da mesa.

— O senhor se importa se eu gravar? — eu pergunto.

Ele balança a cabeça.

A Hanna se afasta da gente e assume uma posição de coruja vigilante no divã verde-escuro atrás.

— O senhor será homenageado hoje à noite na cerimônia dos Campeões de Queensland por causa do seu empenho pra melhorar a vida dos cidadãos de Queensland que têm deficiências físicas — eu digo. Ele assente enquanto acompanha com atenção a minha abertura massageadora de ego. — O que fez você se aventurar por essa jornada extraordinária?

Ele sorri, aponta pra Hanna por cima do meu ombro, que tá sentada ereta e prestando atenção no divã. Ela sorri e ajeita o cabelo com timidez atrás da orelha.

— Mais de meio século atrás, aquela linda mulher ali nasceu com uma deformidade congênita, também conhecida como "amelia" — ele diz. — Ela nasceu com amputação congênita nos braços. Um tecido fibroso dentro da membrana do feto em desenvolvimento que era a nossa Hanna cresceu comprimido.

Ele fala com firmeza, como se estivesse lendo uma receita de panqueca. Coágulos formados no feto. Misture quatro ovos. Deixe na geladeira por trinta minutos.

— Um parto tragicamente complicado aconteceu logo depois, e perdemos a amada mãe da Hanna... — Ele faz uma pausa. — Mas...

— Qual era o nome dela? — eu pergunto.

— Como? — o Tytus diz, se irritando com a interrupção.

— Desculpe. O senhor se importa de dizer o nome da sua falecida esposa?

— O nome dela era Hanna Broz, como a filha.

— Desculpe. Pode continuar, por favor.

— Bem... onde eu estava? — o Tytus pergunta.

Eu olho pro meu bloco.

— O senhor disse "Um parto tragicamente complicado aconteceu logo depois, e perdemos a amada mãe da Hanna", depois fez uma pausa e disse "Mas".

— Sim... mas... — ele diz. — Mas o mundo e eu ganhamos um anjo, e eu prometi naquele momento que ela teria uma vida com todas as riquezas e maravilhas disponíveis pra qualquer outro bebê australiano nascido naquele dia.

Ele assente pra Hanna.

— E cumpri a minha promessa — ele declara.

Vou vomitar. A pergunta surge na minha boca, mas não sou eu que faço ela. Outra pessoa dentro de mim é quem pergunta. Outro ser. Alguém mais corajoso. Alguém que não chora com tanta facilidade.

— O senhor é bom, Tytus Broz?

A Caitlyn vira a cabeça na minha direção.

— Como? — o Tytus pergunta, chocado. Confuso.

Eu encaro ele por um longo momento. Volto a ser o meu eu cagão de sempre.

— Quer dizer, qual é o seu conselho pra outros cidadãos de Queensland que também queiram fazer tanto bem pra este grande estado?

Ele se encosta na cadeira e observa o meu rosto. A cadeira gira, e ele se vira de lado e olha pela parede toda de vidro, grandiosa, pura e limpa, e pensa na resposta enquanto as abelhas cuidam das flores rosadas e roxas e vermelhas e amarelas.

— Não peçam permissão pra mudar o mundo — ele diz. — Vão lá e mudem.

Ele junta as mãos e apoia o queixo nos dedos, contemplativo.

— Acho que, com toda sinceridade, foi a percepção de que ninguém mudaria o mundo por mim — ele diz, olhando prum céu azul sem nuvens. — Ninguém ia fazer esse trabalho por mim. Tive que cuidar de todas as outras crianças por aí que eram que nem a minha Hanna.

Ele se vira pra mesa.

— O que me leva à minha surpresa. Preparei um presentinho pros convidados desta noite.

Os lábios dele tão úmidos. A voz tá rouca e fraca. Ele abre um sorriso de serpente pra Caitlyn.

— Quer ver?

A Caitlyn faz que sim.

— Pode olhar — o Tytus diz, sem se mover da cadeira.

A Caitlyn se inclina pra frente e puxa o pano de seda vermelha.

É uma caixa de vidro retangular. Vidro puro e limpo como o da parede de vidro na nossa frente. Beiradas perfeitas, como se a caixa toda tivesse sido feita de uma única folha de vidro. Dentro da caixa, preso a um pequeno suporte de metal escondido, há um membro artificial. Um antebraço humano direito com a mão, apoiado num suporte como se estivesse flutuando.

— Este é o meu presente pra Queensland — o Tytus diz.

Podia muito bem ser a minha mão lá dentro. Ou a mão da Caitlyn. De tão real que parece. Da cor e da textura da pele às manchas naturais de sol e as descolorações no antebraço às luas leitosas nascendo nas unhas. As luas leitosas que me fazem lembrar o dia em que aprendi a dirigir com o Slim. As sardas naquele membro artificial que me fazem lembrar a minha pinta da sorte no meu dedo da sorte. Tem algo de sombrio na formação daquele membro perfeito. Sei disso na alma e no cotoco de osso do meu dedo cortado.

— Humano ao toque, humano no movimento — o Tytus diz. — Nos últimos vinte e cinco anos empreguei os melhores engenheiros e cientistas de movimento humano do mundo com uma visão única, de transformar as vidas de crianças com membros deficientes que nem a minha Hanna.

Ele baba pela caixa como se fosse um bebê recém-nascido.

— Sublinhe esta palavra no seu bloco — ele diz. — Eletromiografia.

Eu escrevo a palavra no bloco. Não a sublinho porque tô ocupado demais sublinhando as palavras "Império das drogas financia a ciência?" Seis palavras. Dá pra contar em três. Drogas financiam pesquisa. Drogas compram...

— Inovação! — o Tytus diz. — Esse é apenas um protótipo. Uma parte externa anatomicamente modelada com base de silicone de alta definição. Revolucionária. Transformadora. Visivelmente discreta. Uma superfície discreta integrada de forma harmoniosa a uma parte interna mecânica que usa a eletromiografia, EMG, sinais dos músculos contraídos existentes dentro dos membros residuais do amputado que controlam o movimento do membro artificial. Eletrodos presos à superfície da pele registram os sinais EMG, e esses lindos e informativos sinais humanos são amplificados e processados por motores que inserimos em vários pontos do membro. Movimento real. Vida real. É assim que a gente muda o mundo.

A sala fica em silêncio por um momento.

— Impressionante — eu digo. — Imagino que não haja limites pra onde você poderia levar isso.

Ele sorri e gargalha, e olha pra Hanna atrás da gente.

— Vida sem membros, Hanna? — ele diz.

— Vida sem limites — ela responde.

Triunfante, ele bate com os punhos na mesa.

— Vida sem limites! — ele declara.

Ele se vira de novo pro céu azul sem nuvens sobre o gramado verde infinito.

— Eu vi o futuro — ele diz.

— Viu? — eu digo.

— Vi.

Atrás da parede de vidro da sala de leitura tem uma ave solitária no céu, acima dos jardins bem-cuidados do Tytus Broz. Com o céu azul eterno como pano de fundo, esse passarinho voa e gira e dispara pelo ar, e o voo frenético e elétrico da ave captura o olhar do Tytus.

— É um mundo sem limites — ele diz. — É um mundo onde crianças que nasceram que nem a Hanna nasceu podem controlar as próteses direto do cérebro. Membros reais controlados por respostas neurais que podem esticar a mão para apertar a sua ou fazer carinho num cachorro no parque ou jogar um frisbee ou girar um bastão de críquete ou passar os braços num abraço na mãe e no pai. — Ele inspira fundo. — Um mundo lindo.

O passarinho do lado de fora da parede de vidro mergulha que nem um avião Spitfire e sobe inesperadamente que nem uma montanha-russa e dá uma volta completa antes de mudar o caminho de voo e disparar na nossa direção. O passarinho tá vindo direto pra gente, pros três aqui, em volta dessa escrivaninha, para mim e pra garota dos meus sonhos e pro homem dos meus pesadelos. Sei que ele não consegue ver a parede de vidro. Sei que só vê a si mesmo. Sei que vê um amigo. Vejo a cor do passarinho quando ele se aproxima do vidro. Lampejos de azul vívido e eletrizante na testa e no rabo. Que nem o azul da tempestade de raios que vejo da janela da frente na rua Lancelot. Que nem o azul dos meus olhos. Esse tipo de azul. Azul mágico. Azul alquimia.

E o passarinho azul se choca de cabeça na parede de vidro.

— Minha nossa! — o Tytus diz, se virando na cadeira.

O passarinho paira, atordoado pelo impacto, bate as asas e sacode a cauda furiosamente, depois volta voando pro lugar de onde veio numa virada pra esquerda que zigue numa virada pra direita que zague numa virada pra esquerda e volta pra direita, e o passarinho tá sacudindo no ar que nem um átomo partido, e não sabe pra onde tá indo até encontrar o seu propósito, e esse propósito é ele mesmo, o outro passarinho que ele vê na parede de vidro, e ele voa com intensidade e rapidez pra se encontrar consigo mesmo de novo, direto pra cima dele mesmo, o avião Spitfire, o bombardeiro camicase que desce do céu azul. Os lampejos de um azul sem precedentes novamente na testa e na cauda. E se choca mais uma vez consigo mesmo. Na parede impenetrável de vidro. Paira, atordoado, e sai voando de novo, determinado a se encontrar de novo, e ele se encontra. Faz uma virada em arco pra esquerda que parece não terminar, mas termina, e o passarinho se endireita e dispara num fluxo de ar que aumenta a sua velocidade ofuscante.

A Caitlyn Spies se importa com ele, claro, porque no coração dela cabem o céu e tudo que voa nele.

— Para, passarinho — ela sussurra. — Para.

Mas o passarinho não consegue parar. Mais rápido do que nunca agora. *Bam.* E, depois desse impacto horrível, desta vez ele não fica pairando atordoado. Só cai no chão. Cai com um baque leve no cascalho do lado de fora da porta de vidro da sala de leitura do Tytus Broz.

Eu me levanto da cadeira, e o Tytus Broz fica surpreso quando me vê passando pela mesa e abrindo a porta de vidro que dá no gramado. O cheiro da grama. O cheiro das flores. Cascalho amarelo em pó e em pedrinhas estalando embaixo das solas dos meus Dunlops quando me ajoelho do lado do passarinho caído.

Pego ele com cuidado com os quatro dedos da mão direita, e sinto os ossinhos frágeis por baixo do azul perfeito quando aninho ele nas palmas das duas mãos. É quente e macio e do tamanho de um rato quando as asas tão fechadas assim. A Caitlyn me seguiu até lá fora.

— Morreu? — ela pergunta, parada do meu lado.

— Acho que sim.

O azul na testa. Mais lampejos de azul acima das orelhinhas e nas asas, como se tivesse passado voando por uma nuvem mágica de pó azul. Eu vejo o passarinho que tenho nas mãos. O voador sem vida. Ele me enfeitiçou por um momento com a sua beleza.

— Que pássaro é? — a Caitlyn pergunta.

Um passarinho azul. Tá ouvindo, Eli?

— Ah, como é que se chama mesmo? — a Caitlyn reflete. — Tem no quintal da minha avó... É o pássaro favorito dela. É tão lindo.

A Caitlyn se ajoelha, se inclina por cima do passarinho morto, passa o indicador pela barriga exposta.

— O que você vai fazer com ele? — pergunta ela baixinho.

— Não sei.

Agora, o Tytus Broz tá parado na porta de vidro.

— Tá morto? — ele pergunta.

— Sim — eu respondo.

— Esse passarinho idiota parecia determinado a se matar — ele diz.

A Caitlyn bate as mãos.

— Corruíra! — ela diz. — Lembrei agora. É uma corruíra.

E, com isso, o passarinho azul morto volta. Como se estivesse apenas esperando a Caitlyn Spies reconhecer ele, porque, como todas as coisas vivas (como eu, eu, eu), o passarinho vive e morre em função da respiração e da atenção dela. De volta. Os olhos de grãos de pimenta se abrem primeiro, e sinto as suas patas arranharem delicadamente a pele da palma das minhas mãos. A cabeça se mexe, um movimento breve. Grogue e atordoado. Os olhos do pássaro se viram pra mim, e, em um momento, alguma coisa além da minha compreensão é transferida, alguma coisa além do universo daqui, alguma coisa doce, mas que passa e é substituída pela percepção do passarinho de que ele tá numa mão humana, e algum sinal eletromiográfico dentro da constituição perfeita dele manda as asas fracas baterem. Baterem. Baterem. E sair voando. E nós três, Eli Bell e a garota dos meus sonhos e o homem dos meus pesadelos, vemos o passarinho azul desviar pra esquerda e pra direita enquanto encontra forças e dá outra volta, porque ele gosta de estar vivo. Mas ele não voa pra longe. Voa apenas pro lado direito do grande gramado bem-cuidado por um jardineiro pago com dinheiro de drogas. Voa por cima de um barracão de madeira verde, uma espécie de depósito de ferramentas, talvez. O barracão tá aberto, com um trator John Deere verde estacionado dentro. O pássaro voa além, pruma estrutura de concreto na qual eu não tinha reparado antes. Eu tinha deixado passar. É uma espécie de bunker quadrado de concreto escondido no meio dos olmos e coberto de trepadeiras de jasmim e outras plantas selvagens perto da cerca direita do gramado. Uma caixa de concreto com uma única porta branca na frente, e as trepadeiras de jasmim se espalham sobre o telhado e se conectam com o gramado, de forma que parece que a estrutura cresceu da terra. O passarinho azul pousa num galho de trepadeira acima da porta. E fica lá, virando a cabecinha azulada pra esquerda e pra direita, como se estivesse tão intrigado quanto todo mundo pelos últimos cinco minutos da sua curiosa existência.

Cada vez mais curiosa. Uma estrutura curiosa de concreto. Olho pra lá com estranheza, e o Tytus tá olhando pra lá com estranheza, e aí ele sabe que tô olhando pra lá com estranheza.

Esqueço que a minha mão direita tá do lado do corpo com os seus quatro dedos. Evidentemente evidente. Os olhos velhos e traiçoeiros do Tytus miram nessa mão.

Eu me levanto e enfio as mãos nos bolsos.

— Bom, acho que já temos o suficiente, sr. Broz — eu digo. — É melhor eu voltar e preparar o artigo pro jornal de amanhã.

Ele tem uma expressão intrigada no rosto. Em outro planeta. Ou talvez só cinco anos atrás neste mesmo planeta, quando ele instruiu o seu psicopata amigo polonês, Iwan, a cortar o meu indicador real da minha mão real.

Ele me olha com desconfiança.

— Sim — ele diz ponderadamente. — Sim. Muito bem.

A Caitlyn ergue a câmera.

— Posso tirar uma foto rápida, sr. Broz? — a Caitlyn pergunta.

— Onde você quer que eu fique?

— Atrás da escrivaninha tá ótimo.

Ele se senta no mesmo lugar de antes.

— Sorria — a Caitlyn diz atrás da lente.

A Caitlyn clica pra tirar uma foto, e a câmera estala com uma luz ofuscante que fere os nossos olhos. Forte demais. Deixa todo mundo na sala atordoado.

— Meu Deus! — o Tytus grita, esfregando os olhos. — Desliga esse flash!

— Desculpe, sr. Broz — a Caitlyn diz. — Essa câmera deve estar com algum problema. Acho que vai ter que ir pro armário de conserto.

Ela mira a lente mais uma vez.

— Só mais uma — a Caitlyn diz, como se estivesse falando com uma criança de três anos.

O Tytus força um sorriso. Um sorriso falso. Um sorriso artificial. Feito de silicone.

★

No Ford Meteor, a Caitlyn joga a câmera aos meus pés no banco da frente do passageiro.

— Bom, isso foi estranho.

Ela liga o carro. Sai dirigindo rápido demais pelo caminho da casa do Tytus.

Eu fico em silêncio. Ela fala.

— Tudo bem, primeiro as minhas impressões — ela diz, falando tanto consigo mesma quanto com o estagiário de jornal. — Me corrija se eu estiver errada, mas há algo de podre no estado de Queensland. — Ela pisa no acelerador e o carro percorre a vegetação dos dois lados da estrada de asfalto até Bowen Hills. — Ter ou não ter, eis a questão. Você já viu alguém tão sinistro? Viu o velho saco de ossos tremendo naquele terno? Ele ficava lambendo os lábios como se estivesse lambendo a parte grudenta da aba de um envelope.

Ela continua tagarelando alto e rápido. Às vezes, tira os olhos da estrada pra olhar pro meu rosto.

— Qual é a da filha e dele? E aquelas coisas malucas na casa? Tudo bem, por onde você quer começar?

Tô olhando pela janela. Tô pensando no Lyle na frente da casa de Darra. Tô vendo ele parado lá com as roupas de trabalho, molhado com um spray de arco-íris da minha mangueira.

— Vamos começar do final e, hã, seguir até o começo — ela diz.

Em frente até o começo. Gostei. É o que tenho feito sempre. Ido em frente até o começo.

— Não sei você, mas o meu malucômetro estava apitando sem parar. Tem alguma coisa errada naquilo tudo, Eli. Alguma coisa muito, muito errada.

Ela fala sem parar, com nervosismo. Tá preenchendo o silêncio. Ela olha pra mim. Eu viro a cabeça pra estrada à frente, linhas brancas intervaladas no asfalto perdidas debaixo do carro.

Eu sei o que tenho que fazer.

— Tenho que voltar — eu digo. Falo mais alto do que pretendia. Falo com sentimento.

— Voltar? — a Caitlyn pergunta. — Por que você quer voltar?

— Não posso dizer. Tenho que ficar mudo com tudo isso. Tem coisas que as pessoas não podem dizer. Agora eu sei disso. Tem coisas impossíveis demais pra serem ditas em voz alta, então é melhor que fiquem sem serem ditas.

A Caitlyn pisa no freio com força e vira o carro pro acostamento de terra. As rodas da frente perdem tração por um momento, e ela se agarra ao volante pra impedir que o veículo bata numa formação rochosa no meu lado. Ela para. Desliga o carro.

— Me conta por que a gente tem que voltar, Eli.

— Não posso, você vai achar que eu sou maluco.

— Não se preocupe com isso, porque acho isso desde o momento em que te conheci — ela declara.

— É mesmo? — eu pergunto.

— Claro. Você é maluco, mas falo isso da melhor forma possível. Um maluco tipo o Bowie, um maluco tipo o Iggy Pop, um maluco tipo o Van Gogh.

— Um maluco tipo a Astrid — eu digo.

— Quem?

— Ela era amiga da minha mãe quando eu era criança. Eu achava que ela era maluca. Mas uma maluca do bem. Uma maluca adorável. Ela dizia pra gente que ouvia vozes, e a gente achava que ela era maluca. Ela dizia que ouvia uma voz que dizia que o meu irmão, o August, era especial.

— Ele parece especial pelo que você já me falou sobre ele — a Caitlyn diz.

Eu respiro fundo.

— Eu tenho que voltar — eu digo.

— Por quê?

Eu respiro fundo. Em frente até o começo. Pra trás até o fim.

— O passarinho.

— O que tem ele?

— Um passarinho azul morto.

— O que tem o passarinho?

— Um dia, quando eu era criança... — E é assim que termina o meu voto de silêncio. Durou impressionantes quarenta e três segundos. — ... eu tava sentado no carro do Slim, e ele tava me ensinando a dirigir um carro manual, e eu tava distraído como sempre fico e tava olhando pela janela e tava vendo o Gus, que tava sentado no muro da frente escrevendo a mesma frase no ar com o dedo, porque esse era o jeito que ele falava. E entendi o que ele tava escrevendo porque eu sabia ler as palavras invisíveis dele no ar.

Faço uma pausa longa. Tem um semicírculo de poeira no para-brisa da Caitlyn.

Os limpadores de para-brisa dela formam um arco-íris de poeira no lado do passageiro. Esse arco-íris de terra me lembra das luas leitosas nas unhas dos meus polegares. Essas luas leitosas me lembram daquele dia no carro com o Slim. Os pequenos detalhes me lembram dele.

— O que ele estava escrevendo? — ela pergunta.

O sol tá se pondo. Tenho que terminar a história pra amanhã. O Brian Robertson já deve estar puto. A minha mãe e o meu pai e o Gus devem estar indo pra prefeitura de Brisbane agora. A grande noite do Gus. Uma confluência de eventos. Uma convergência. Detalhe em cima de detalhe.

— Ele escreveu: "Seu fim é um passarinho azul morto."

— O que isso significa?

— Não sei. Acho que nem o Gus sabia o que queria dizer e nem por que ele tava dizendo aquilo, mas ele disse. E, um ano depois, foram as primeiras palavras que ouvi saírem da boca dele. Na noite em que o Lyle foi levado. Ele olhou nos olhos do Tytus Broz e disse: "Seu fim é um passarinho morto." Quer dizer que um passarinho azul morto significa uma espécie de fim pro Tytus Broz.

— Mas aquele passarinho na sua mão não estava morto, ele saiu voando — diz ela.

— Me pareceu bem morto — eu digo. — Mas ele voltou. E é isso que o Gus sempre diz. A gente volta. Sei lá. Almas velhas, que nem a Astrid dizia. Todo mundo tem uma alma velha, mas só as especiais que nem o Gus ficam sabendo disso. Tudo que acontece já aconteceu. Tudo que vai acontecer já aconteceu. Ou alguma coisa assim. Eu me levantei e saí pra ver o passarinho e peguei ele porque pareceu pra mim que eu tinha que fazer aquilo. Aí ele voou e pousou naquele bunker de concreto na lateral do gramado.

— Aquele bunker me deu arrepios — a Caitlyn comenta.

Ela olha pra frente, pela estrada sinuosa que leva pra casa. O sol poente laranja ilumina o cabelo castanho dela. Os dedos se mexem no volante.

— Eu nunca acreditei que o Gus fosse especial — eu digo. — Eu nunca acreditei que a Astrid ouvia vozes. Eu nunca acreditei em nada. Mas...

Eu paro. Ela me olha.

— Mas o quê?

— Mas aí eu conheci você e passei a acreditar em todo tipo de coisa.

Ela abre um sorrisinho.

— Eli — ela diz, baixando a cabeça —, eu acho muito fofo o que você sente por mim.

Eu balanço a cabeça e me mexo no banco.

— Dá pra ver quando você me olha.

— Desculpa.

— Não peça desculpas. Acho lindo. Acho que ninguém nunca me olhou do mesmo jeito.

— Não precisa falar — eu digo.

— Falar o quê?

— O que você vai falar agora. Que eu ainda sou um garoto. Ou talvez só um homem. Vai dizer que o universo fez merda. Que me botou perto de você, mas que o momento era errado. A tentativa foi boa, mas com uma década de erro. Não precisa dizer.

Ela faz que sim. Repuxa os lábios.

— Uau — ela diz, surpresa. — É isso que eu ia dizer? Caramba! Aqui estava eu, pensando em contar sobre um sentimento estranho que tive quando te conheci.

A Caitlyn liga o carro, enfia o pé no acelerado e gira os pneus para dar meia-volta na direção da mansão do Tytus Broz.

— O que você sentiu? — eu pergunto.

— Desculpa, Eli Bell. Não dá tempo. Acho que descobri o que tem naquele bunker.

— O quê?

— Bom, é meio óbvio, não é?

— O quê?

— O fim, Eli — ela diz, se inclinando na direção do volante com os pneus cantando no asfalto da estrada. — O fim.

*

Num crepúsculo suave, estacionamos na sombra escura de um jacarandá roxo que vai até o topo da cerca do Tytus Broz, a uns cinquenta metros do portão. Um pequeno Daihatsu Charade branco sai pelo portão e vira à esquerda na direção da cidade.

— São eles? — eu pergunto.

— Não. O carro é pequeno e barato. São os ajudantes.

Ela indica o porta-luvas.

— Dá uma olhada no porta-luvas, por favor. Deve ter uma lanterninha aí — ela diz.

Abro o porta-luvas, remexo em seis ou sete lenços de papel amassados, dois bloquinhos, umas oito canetas mastigadas, um par de óculos de sol de moldura amarela, uma fita cassete do álbum *Disintegration*, do The Cure, e, mais ou menos do tamanho de um batom, uma pequena lanterna verde com um botão preto numa ponta e uma pequena lâmpada do tamanho de uma íris humana.

Eu acendo ela, e a lanterna gera um facho triste de luz artificial grande o suficiente pra iluminar um churrasco noturno feito por uma família de formigas.

— Que tipo de lanterna é essa? — eu pergunto.

— Eu uso quando não consigo enfiar a chave na porta de casa tarde da noite.

A Caitlyn tira a lanterna da minha mão e observa a paisagem à frente.

— Lá vem eles — ela diz.

Um Mercedes Benz prateado sai pelo portão. Dirigido por um chofer. O Tytus e a filha Hanna Broz no banco de trás. O Mercedes vira à esquerda quando sai da casa e vai na direção da cidade. A Caitlyn estica a mão pro chão do meu lado, pega a câmera do armário de câmeras quebradas e pendura a alça no ombro esquerdo.

— Vamos — a Caitlyn diz.

Ela sai do carro e levanta a bota Dr. Martens esquerda até uma junta no jacarandá em que os três galhos principais do tronco se abrem em direções diferentes. Um rasgo no joelho esquerdo da calça jeans preta se abre mais quando ela sobe. Ela vai escalando por um galho grosso que segue até a cerca da cor da argila. Ela nem pensa. Só age. Caitlyn Spies. Uma mulher de ação. Eu me perco por um momento vendo ela se mexer. A coragem natural dela. Ela nem pisca quando sobe num galho alto o suficiente pra quebrar o pescoço se aquelas confiáveis botas britânicas escorregassem.

— O que você tá esperando? — ela pergunta.

Levanto a perna esquerda até a junta central do tronco da árvore, o músculo traseiro da minha coxa ameaçando se rasgar. Ela fica de pé no galho e anda nele, como uma ginasta na trave de equilíbrio antes de se deitar, abraçar o galho por um momento e esticar as pernas na direção do muro da cor da argila acima do qual o galho cresceu. Em seguida, fica de pé no muro, se agacha e joga as pernas pro outro lado com a barriga pressionada em cima. Ela só dá meio segundo de atenção à potencial queda, solta o muro e some.

Eu subo pelo galho com menos graça. Tá escuro agora. Eu pulo no muro, deixo as pernas penduradas do outro lado. Rezo para cair suavemente. Solto as mãos. Os meus pés encontram a terra, e o impacto me derruba. Eu cambaleio pra trás e caio com força nos ossos da bunda.

Um pátio escuro. Vejo as luzes acesas na mansão do Tytus, mas não vejo a Caitlyn na escuridão do gramado.

— Caitlyn? — eu sussurro. — *Caitlyn?*

A mão dela no meu ombro.

— Menos dez pontos pela queda. Vamos.

Ela corre abaixada pelo gramado, contornando o lado esquerdo da casa pela qual andamos com a Hanna poucas horas atrás. Somos como soldados de uma operação especial. O Chuck Norris em *Octagon, escola de assassinos.* Abaixados, determinados. Contornamos o canto da casa e vamos pro gramado dos fundos. Chafarizes de pedra. Labirintos de cercas vivas. Canteiros de flores. Seguimos por eles e corremos na direção da porta branca do bunker, engolido pelas trepadeiras e arbustos e ervas-daninhas. A Caitlyn para na porta. Nós dois nos inclinamos pra frente, inspirando fundo, as mãos nos joelhos. Jornalismo e correr são como óleo e água, como Hawke e Keating.

A Caitlyn gira a maçaneta prateada.

— Trancada — ela diz.

Eu inspiro mais fundo.

— Talvez a gente devesse voltar pro carro — eu sugiro.

— Por quê?

— Profundeza da sentença — eu declaro.

— Quê?

— A profundeza da sentença — eu digo. — No momento, acho que estamos no nível mais alto da profundeza da sentença. Invasão de propriedade. Eu tô prestes a descer um nível.

— Pra qual?

Vou pro pequeno barracão de ferramentas vizinho ao bunker.

— Arrombamento — eu digo.

O cheiro de óleo e gasolina. Vou até a lateral do trator John Deere estacionado. Tem uma fileira de ferramentas de jardinagem encostada nos fundos do barracão. Uma enxada. Uma picareta. Uma pá. Um machado de lâmina enferrujada. Um machado grande o bastante pra cortar fora a cabeça do Darth Vader.

Vou até a porta do bunker segurando o machado com as duas mãos.

A resposta, Slim. Garoto encontra perguntas. Garoto encontra respostas.

Levanto o machado bem alto, a lâmina enferrujada pesada alinhada numa trajetória aproximada pros cinco centímetros de espaço de porta entre a maçaneta e a beirada da porta.

— Tenho a sensação de que preciso fazer isso — eu digo. — Mas você não, Caitlyn. Você devia voltar pro carro.

Ela me encara. A lua acima. Ela faz que não.

Afrouxo o ombro pra dar o golpe. Eu me preparo.

— Eli, espera — a Caitlyn diz.

Eu paro.

— O que foi?

— Acabei de pensar numa coisa.

— O quê?

— Seu fim é um passarinho azul morto? — ela pergunta.

— É.

— E se isso não for sobre o Tytus Broz? E se o "seu fim" for o *seu* fim? O fim pra você, não pra ele.

Essa ideia me faz tremer. De repente, sinto frio junto a esse bunker morto. A gente se olha por um tempo, e fico agradecido por esse momento com ela, mesmo tando apavorado e mesmo sabendo, lá no fundo, que ela tá certa sobre a possibilidade do "seu fim" significar o meu fim e o meu fim significar o nosso fim. O fim de Caitlyn e Eli.

E levo a lâmina à porta, e o machado bate com força numa porta já maltratada pelo tempo. Fragmentos de madeira voam, e levanto a lâmina de novo e golpeio a porta de novo, de um jeito bem parecido, se quero ser honesto comigo mesmo, com a lâmina que vejo na mente afundando no crânio geriátrico do Tytus Broz. A porta do bunker se abre e revela uma escadaria de concreto que desce, íngreme, pras entranhas da terra. Só o luar ilumina a escadaria até o sexto degrau, o resto é escuridão.

A Caitlyn para atrás de mim e olha pra escada.

— Que diabos é isso, Eli? — ela pergunta, séria.

Eu balanço a cabeça e desço a escada.

— Não sei.

Conto os degraus enquanto tô descendo. Seis, sete, oito... doze, treze, catorze. E então, chão. Piso de concreto embaixo dos meus pés.

— Tá sentindo o cheiro? — a Caitlyn pergunta.

Desinfetante. Água sanitária. Produtos de limpeza.

— Tem cheiro de hospital — ela comenta.

Passo as mãos nas paredes na escuridão. Paredes de blocos de concreto dos dois lados de um corredor, uma passagem, um túnel, com talvez dois metros de largura.

— A lanterna — eu peço.

— Certo.

Ela enfia a mão no bolso. O polegar acende a lanterna, e a pequena bolinha de luz branca ilumina uns trinta centímetros de espaço à frente. O suficiente pra vermos a porta branca no lado esquerdo do corredor de concreto. O suficiente pra vermos a porta branca no lado direito, em frente à porta da esquerda.

— Aahhhhhh, merda — a Caitlyn murmura. — Merda, merda, merda, merda, merda, merda.

— Quer sair daqui? — eu pergunto.

— Ainda não — ela responde.

Ando mais um pouco. A Caitlyn gira a maçaneta das duas portas.

— Trancadas — ela diz.

O piso polido de concreto. O corredor claustrofóbico. Paredes ásperas de concreto. Ar morto e desinfetante. A luz trêmula da Caitlyn se move pelas paredes. Cinco metros escuridão adentro. Dez metros escuridão adentro.

A pobre lanterninha encontra mais duas portas brancas. A Caitlyn gira as maçanetas.

— Trancadas — ela diz.

A gente segue em frente. Mais seis metros, sete metros no escuro. E o corredor termina. O túnel subterrâneo termina em mais uma porta branca.

A Caitlyn estica a mão pra maçaneta.

— Trancada — ela diz. — E agora?

Em frente até o começo. Para trás até o fim.

Volto correndo pelo corredor até a primeira porta que encontramos.

Golpeio com o machado. Uma, duas, três vezes. A porta se abre numa confusão de lascas e farpas.

A Caitlyn aponta a lanterna pra sala. A sala é do tamanho de uma garagem. Ela entra, vira a lanterna de um lado pro outro furiosamente, sem firmeza nos movimentos, e tudo que vemos aparece em flashes breves. Bancadas de trabalho ocupam as paredes, e, nessas bancadas, há ferramentas de corte e serras e instrumentos de modelagem intercalados com membros artificiais em vários estágios de criação. Um braço de plástico até o cotovelo, inacabado. Um tornozelo e um pé de metal, como algo saído de ficção científica. Um pé feito de carbono. Mãos feitas de silicone e metal. É um minilaboratório de membros artificiais. Mas não tem nada de profissional ali. É o laboratório de um louco. Entulhado demais pra ser o trabalho de alguém qualificado. Raivoso demais.

Atravesso o corredor até a segunda sala. Bato com o machado cinco vezes no espaço entre a maçaneta e a beirada da porta. Tem algo primitivo que me motiva, algo cruel e animal. Medo. Respostas, talvez. O fim. Seu fim é um passarinho azul morto. A porta se abre um pouco, e chuto ela com o tênis, pisando e pisando e pisando. A porta se abre, e a luz de Caitlyn pousa em outra sala de trabalho, com bancos em volta de uma mesa de cirurgias e o que tá em cima da mesa de cirurgia faz a gente recuar com horror, porque parece um corpo humano sem cabeça, mas não é. É um corpo artificial, um corpo falso de plástico com membros artificiais; um tronco de silicone conectado a uma mistura monstruosa de membros com tons de pele variados. Um horror híbrido mórbido de manequim e experimento de membros artificiais.

Corro até a próxima porta à esquerda, indo em frente nesse corredor de filme de terror, nesse corredor do pavor como se saído de um canto sombrio do parque de diversões; um homem sem os dois dentes da frente vai aparecer daqui a pouco numa cabine de venda de ingressos, vendendo pipoca e outra entrada pro Bunker da Desgraça do Tytus Broz. Enfio o machado na porta, desta vez com mais força porque tô com os músculos aquecidos. Tum. Tum. *Crack*. Gritos de madeira se partindo quando a porta se abre. Eu chuto ela e entro sem fôlego nessa sala, o meu coração se preparando pro impacto do que vamos encontrar. A luz da Caitlyn percorre o aposento. Paredes de concreto. Luz. Prateleiras. Luz. Potes de vidro com amostras. Caixas retangulares de vidro, criadas com perfeição a partir de uma peça de vidro perfeito. Alguma coisa dentro das caixas de vidro. Uma coisa difícil de enxergar na escuridão, na luz fraca da lanterna da Caitlyn. Amostras científicas, o meu cérebro diz, substituindo os fatos horríveis por uma coisa que consigo entender. O peixe-pedra que o meu antigo professor do ensino médio, o Bill Cadbury, tinha em cima da mesa num pote de vidro com líquido conservante. Os potes de amostra que vi no antigo Museu de Queensland em excursões da escola, potes guardando matéria orgânica. Estrelas do mar. Enguias. Ornitorrincos. Faz sentido. É uma coisa que eu entendo. O círculo de luz da Caitlyn encontra outra mesa médica no centro da sala, e nessa mesa há outro corpo artificial com membros conectados. Outro corpo feito de pés, pernas e braços artificiais; quatro membros e um tronco de mulher coberto de silicone. Eu entendo isso. Tá dentro do meu conhecimento. Ciência. Experimentos. Engenharia. Pesquisa.

Mas, espera. Espera, Slim. Os seios nesse corpo artificial feminino adulto são pálidos e caídos e… e… e…

— Meu Deus — a Caitlyn balbucia.

Ela tira a câmera do ombro esquerdo e, meio que em transe, tira várias fotos da sala.

— É de verdade. Essas coisas são de verdade, Eli.

Clique. O flash da câmera pisca, forte demais pruma sala tão escura. Machuca os meus olhos, mas também ilumina a sala. *Clique*, ela faz de novo. E dessa vez os meus olhos se ajustam o suficiente pra observar a sala toda. Não são ornitorrincos. Não são enguias. As caixas de vidro tão ocupadas por membros humanos. Dez, quinze caixas de vidro nas prateleiras ocupando as paredes. Uma mão humana flutuando numa solução de cor dourada-acobreada de formaldeído. Um pé humano flutuando no vidro. Um antebraço sem mão. Uma panturrilha cortada no tornozelo, que parece um pedaço de presunto do açougue. *Clique.* O flash defeituoso e forte demais da câmera ilumina a mesa médica, e a Caitlyn vomita, porque o corpo na mesa é uma composição de membros irregulares, todos congelados no tempo. Plastinados. Impregnados com um solvente. Banhados em polímero líquido. Curados e endurecidos naquela sala com cheiro de hospital.

— Que porra tá acontecendo aqui, Eli? — A Caitlyn treme.

Pego a lanterna da mão dela e passo pelo corpo na mesa médica. Resina epóxi cobre os membros, e eles brilham na luz, parecem as partes do corpo de uma peça de cera. Cada membro tá desconectado dos outros. Pés colocados junto a tornozelos e coxas, mas não conectados. É como se tivéssemos entrado num jogo macabro de solução de problemas que manda as crianças montarem um corpo humano inteiro a partir de uma caixa de brinquedos. A lanterna percorre o corpo. Pernas. Barriga. Seios. E a cabeça de uma mulher que tava sorrindo ao lado de flores falsas num retrato de família no shopping center na página 3 do *Courier-Mail* de hoje. É a cabeça plastinada da Regina Penn.

Do lado da mesa de operação tem uma bandeja de metal num carrinho com uma bacia branca grande cheia de um líquido de cheiro tóxico, outro tipo de fluido transparente de conservação. Dou dois passos cautelosos na direção da bacia e espio dentro. Encontro a cabeça do marido de Regina, Glenn, me olhando.

Entrego a lanterna pra Caitlyn e saio correndo pela porta daquela sala, levanto o machado e bato com força na porta branca trancada do outro lado do corredor.

— Eli, devagar! — a Caitlyn grita.

Mas não consigo ir devagar. Não consigo, Slim. Os meus braços tão pesados e cansados e eu tô exausto, lento pela fadiga, mas energizado ao mesmo tempo pelo choque e pelo medo e pela curiosidade.

Bato com o machado de novo, e a porta é estilhaçada no trinco. Chuto, bato, empurro, bato. Abro.

Paro sem ar na entrada da sala. A Caitlyn roça no meu ombro direito quando entra na sala e passa a pequena lanterna pelo espaço num arco de cento e oitenta graus. A sala tem um cheiro forte de plástico quente. A sala tem cheiro de trabalho e desinfetante e formaldeído. Não tem mesa de operações no centro dela. Só mais bancadas de trabalho e mais prateleiras que ocupam as paredes. A luz da Caitlyn pousa nas bancadas, e tem uma coleção de ferramentas espalhadas ali: ferramentas de corte, ferramentas de raspagem, ferramentas de modelagem, machados e serras, material sombrio prum trabalho sombrio. Mais ferramentas caídas junto a uma bolsa velha de couro preto, caída de lado, como a bolsa de um leitor ferrenho. Ao lado da bolsa preta tem uma coleção de pequenos potes de amostras. Esses potes são do tamanho de potes de Vegemite ou de creme de amendoim. Eu me aproximo desses pequenos potes.

— Posso usar a lanterna? — eu peço.

Levo a luz pra perto e levanto um pote qualquer no grupo de dez ou mais cheios de líquido. Tem um rótulo feito com um pedaço de fita crepe, grudado na tampa amarela. Passo a luz pelo rótulo, escrito em caligrafia irregular: *Masculino, 24, orelha E.* Levanto o pote e inspeciono com a luz a orelha esquerda de um homem de vinte e quatro anos flutuando em fluido.

Pego um segundo pote.

Masculino, 41, polegar D.

Passo a lanterna pelos rótulos de fita crepe nos potes.

Masculino, 37, hálux D.

Levanto o pote até os olhos e vejo um dedão do pé flutuando.

Masculino, 34, anelar D.

Olho pra mais seis potes e aponto a lanterna prum último.

Masculino, 13, indicador D.

Levanto esse pote. A luz da lanterna da Caitlyn faz o fluido conservante brilhar que nem um mar dourado. E dentro desse mar dourado tá um indicador direito pálido que me faz lembrar de casa porque tem uma pinta no segmento do meio que me faz lembrar da pinta que a garota do Slim, Irene, tinha no alto da coxa esquerda, a pinta que se tornou uma coisa sagrada na mente do Slim lá no poço. Pode parecer bobeira, Slim, falei, mas tenho uma pinta aqui no meio do meu indicador direito, e tenho essa sensação de que essa pinta me dá sorte. A minha pinta da sorte, Slim. A minha pinta sagrada e boba.

— O que é isso? — a Caitlyn pergunta.

— É o meu... — Não consigo terminar a frase. Não consigo dizer em voz alta porque não tenho certeza se é real. — É... meu.

— Isso é maluquice, Eli — a Caitlyn diz. — A gente tem que sair daqui.

Aponto a lanterna pras prateleiras acima. Me sinto mais forte agora porque tô inteiro e isso é um sonho. Tô sonhando com isso. Esse pesadelo é uma fantasia.

Então, é claro que tem cabeças humanas nas prateleiras. Rostos de criminosos menores. Plastinados. As cabeças plastinadas grotescas de criminosos menores e maiores. Troféus, talvez. Mais provavelmente, ferramentas de pesquisa. Cabelo preto e cabelo castanho e cabelo louro. Um homem de bigode. Um homem de alguma ilha do Pacífico. Homens de lábios inchados e rostos maltratados onde apanharam, onde foram torturados. Fico tonto com os rostos. Enjoado e frenético.

— Eli, vamos embora — a Caitlyn diz.

Só que uma cabeça me faz parar. Um rosto me paralisa. A lanterna encontra ele no final da prateleira acima de mim. E sei na hora que tô no meio de um momento de trauma. O trauma tá em mim e o trauma do que vai acontecer já aconteceu. Mas o rosto faz eu me mover. Esse rosto que eu amo.

Pego a bolsa preta na bancada, viro ela, e todas as ferramentas dentro caem no piso de concreto.

— O que você tá fazendo? — a Caitlyn pergunta.

Estico bem o braço pra prateleira.

— A gente vai precisar dessa aqui — eu digo.

— Pra quê? — ela pergunta, afastando o olhar de mim, obviamente repugnada.

— Pra acabar com o Tytus Broz.

*

Machado na mão. Bolsa preta no ombro. Tô andando rápido atrás da Caitlyn pelo corredor. Coração cheio de esperança. Coração na garganta.

— Espera — eu falo. E paro na mesma hora. — E a porta no final?

— Deixa a polícia abrir aquela — a Caitlyn diz. — A gente já viu o suficiente.

Eu balanço a cabeça.

— Bevan — eu digo.

Eu me viro e volto correndo pra última porta trancada no final do corredor, carregando o machado em cima do ombro. É isso que um homem bom faz, Slim. Homens bons são audaciosos e corajosos e agem na cara e na coragem a partir das suas escolhas. Essa é a minha escolha, Slim. Fazer o que é certo, não o que é fácil. *Crack*. O machado afunda na última porta. Fazer o que é humano. É o que o August faria. *Crack*. É o que o Lyle teria feito. *Crack*. É o que o meu pai faria. *Crack*.

Os homens bons-maus da minha vida me ajudam a mover esse machado enferrujado. A maçaneta cai e a porta quebrada abre. Eu empurro e paro na entrada quando a porta se move num ângulo reto. A luz fraca da Caitlyn se mexe atrás de mim, brilhando por cima do meu ombro direito até encontrar um par de olhos azuis. Um garoto de oito anos chamado Bevan Penn. Tem cabelo castanho curto. Sujeira no rosto. A Caitlyn aponta a luz pro garoto, e a cena fica mais clara. O garoto tá parado numa sala vazia com piso de concreto e parede de concreto que nem as outras salas. Só que aqui não tem bancadas de trabalho nem prateleiras. Só tem um banco acolchoado. Em cima desse banco tem um telefone vermelho, e o garoto segura o fone vermelho no ouvido. Tem confusão no rosto dele. E medo. Mas tem outra coisa também. Informação.

Ele estica o fone pra mim. Quer que eu fale. Eu balanço a cabeça.

— Bevan, a gente vai tirar você daqui — eu digo.

O garoto faz que sim. Baixa a cabeça e chora. Ele enlouqueceu aqui dentro. Ele estica o fone pra mim de novo. Eu chego mais perto e pego o fone com nervosismo. Levo o fone ao ouvido direito.

— Alô?

— Oi, Eli — a voz na linha telefônica diz.

A mesma voz da última vez. A voz de um homem. Um tipo verdadeiro de homem. A voz grave e rouca, talvez cansada.

— Oi.

A Caitlyn me observa, perplexa. Eu me viro de costas pra ela. Volto o olhar pro garoto, Bevan Penn, que me olha sem expressão.

— Sou eu, Eli — o homem diz. — O Gus.

— Como você sabia que ia me encontrar aqui?

— Eu liguei pro número do Eli Bell — ele diz. — Liguei pra 77...

— Eu sei o número — eu digo, interrompendo ele. — 773-8173.

— Isso aí, Eli.

— Eu sei que isso não é real — eu digo.

— Sshhhhhh — o homem diz. — Ela já te acha bem piradinho.

— Eu sei que você é só uma voz na minha cabeça. Você é um fragmento da minha imaginação. Eu uso você pra fugir de momentos de grande trauma.

— Fugir? — o homem repete. — Que nem o Slim pelos muros da Boggo Road? Fugir de si mesmo, Eli, é isso, tipo o Houdini da própria mente?

— 773-8173 — eu digo. — Esse é o número que a gente botava na calculadora quando era criança. É "Eli Bell" de cabeça pra baixo e de trás pra frente.

— Incrível! — o homem declara. — De cabeça pra baixo e de trás pra frente. Que nem o universo, hein, Eli? Ainda tá com o machado aí?

— Sim.

— Que bom. Ele tá vindo, Eli.

— Quem?

— Ele já tá aí, Eli.

Uma lâmpada fluorescente comprida no teto pisca duas vezes e se acende. Eu largo o fone, deixo pendurado pelo fio. O corredor subterrâneo tá todo aceso agora, as luzes ganhando vida a partir de uma única fonte de energia.

— Ah, merda — a Caitlyn sussurra. — Quem pode ser?

— O Iwan Krol — eu sussurro.

★

São os chinelos que a gente ouve primeiro, as solas de borracha de um sujeito ameaçador descendo os degraus de concreto até esse bunker do inferno feito pelo homem. *Flip. Flop. Flip. Flop.* Borracha no concreto. Andando pelo corredor. O som das portas quebradas se abrindo. A primeira porta da esquerda. A primeira porta da direita. *Flip. Flop. Flip. Flop.* A segunda porta da esquerda sendo aberta, chutada duas vezes. Um silêncio longo. O som da segunda porta da direita sendo aberta. Um movimento longo e gemido, as dobradiças quebradas. Outro silêncio longo. *Flip. Flop. Flip. Flop.* Borracha no concreto. Perto agora. Perto demais. Os meus ossos fracos se enrijecem. O meu coração amador se congela. O meu canalha amador se perde agora.

O Iwan Krol chega à porta da sala onde estamos. A sala do telefone vermelho. Ele para na porta. Chinelos azuis. Camisa azul-clara de manga curta pra dentro de um short azul-marinho. Ele é um homem velho agora. Mas ainda é alto e musculoso e queimado de sol. Tem força naqueles braços. Um homem que trabalha numa fazenda quando não tá serrando membros dos criminosos menores de Queensland que cometeram o erro fatal de conhecer o Tytus Broz. O cabelo branco que antes tava começando a surgir na cabeça e ficava preso num rabo de cavalo sumiu completamente, assim como o rabo de cavalo. Os olhos escuros. O sorriso retorcido e maluco que mostra que ele gosta de estar com três inocentes encurralados num aposento subterrâneo.

— Só tem uma saída — ele diz, sorrindo.

Estamos no canto mais afastado da sala de concreto, a Caitlyn e eu formando uma barreira protetora em volta de Bevan Penn, que se encolhe atrás da gente. Não tô segurando mais o machado porque o Bevan tá segurando ele, escondendo ele atrás de mim, seguindo o meu plano duvidoso de tirar a gente dessa porra de pesadelo.

— A gente é jornalista do *The Courier-Mail* — a Caitlyn diz.

A gente chega mais pra trás, pra trás, mais fundo pro canto, até que não sobra mais canto pra onde recuar.

— O nosso editor sabe onde a gente tá.

O Iwan Krol faz que sim. Pesa essa possibilidade. Encara a Caitlyn nos olhos.

— O que você quis dizer era que vocês *eram* jornalistas do *The Courier-Mail* — ele diz. — E se por acaso o seu editor estiver mesmo naquele evento pretensioso na cidade com o meu chefe e se estiver mesmo pensando em você aqui, embaixo do gramado do meu chefe, então... — Ele dá de ombros e puxa uma faca Bowie brilhante e comprida da parte de trás do short. — Acho que é melhor eu fazer o trabalho rápido.

Ele anda pra frente que nem um boxeador peso-pesado saindo do canto azul do ringue ao toque do gongo. Predador.

Eu deixo ele chegar mais perto. Mais perto. Mais perto. Três metros. Dois.

Meio metro.

— Agora — eu digo.

E a Caitlyn aponta a câmera defeituosa pra cara do Iwan Krol e clica com um flash ofuscante. O predador vira a cabeça, atordoado por um momento, ainda ajustando a visão, quando o machado que agora tá nas minhas mãos faz um trajeto dolorosamente longo na direção do corpo dele.

Eu miro no tronco, mas o brilho da câmera foi tão forte que também me deixou atordoado, e a minha mira ficou torta. A lâmina enferrujada erra o peito e a barriga e a cintura, mas encontra pele no final do trajeto, e se aloja no meio da área dorsal do pé esquerdo. A lâmina do machado corta o pé e o chinelo azul idiota e afunda no concreto. Ele olha pro pé, hipnotizado pela cena. A gente também fica hipnotizado. Curiosamente, ele não berra. Só vê o pé que nem um brontossauro poderia ver um incêndio. Levanta a perna esquerda, e o tornozelo sobe no ar, mas os cinco dedos ficam no chão. Cinco dedos nojentos em cima de um pedaço cortado de chinelo.

Os olhos dele e os meus se afastam na mesma hora do pé dele e se encontram. O rosto tá tomado de fúria. Morte vermelha. O predador. O ceifador.

— Corram! — eu grito.

O Iwan Krol dá um golpe rápido com a faca na direção do meu pescoço, mas eu também sou rápido. Sou o *halfback* do Parramatta Eels, o Peter Sterling, se abaixando e desviando por baixo de um braço em movimento de um atacante do Canterbury Bulldogs. A bolsa pesada presa debaixo do meu ombro esquerdo é agora a minha bola velha. Eu me abaixo e chego pra esquerda enquanto a Caitlyn e o Bevan correm pra direita, e a gente se encontra na porta deste lugar escuro e cruel.

— Rápido! — eu grito.

O Bevan corre na frente, depois a Caitlyn e depois eu.

— Não parem! — eu grito.

Correndo. Correndo. Passamos pelas portas abertas das salas horríveis, as salas do dr. Frankenstein com partes reais e falsas de corpos, esses buracos subterrâneos de design, onde a loucura e a agressão dominam, porque, debaixo da terra, ficamos bem mais perto do inferno. Correndo. Correndo. Pra escada que leva à vida. Pra escada que leva a um futuro comigo nele. Primeiro degrau, segundo, terceiro. Eu me viro quando tô subindo a escada, e a última coisa que vejo do espaço subterrâneo secreto de brincadeiras do Tytus Broz é um psicopata polonês de Queensland chamado Iwan Krol mancando pelo corredor de concreto deixando um rastro de sangue com o pé esquerdo cortado pelo machado. O sangue é da cor do vinho.

⋆

O Ford Meteor canta pneu na esquina da rua Countess com a rua Roma. A Caitlyn muda de marcha com a mão esquerda e gira o volante com movimentos intensos e deliberados, enfia o pé no acelerador pra entrar e sair das curvas. Tem algo profundo nos olhos dela. Trauma, talvez. A magnitude do furo, talvez. O que me lembra o trabalho. O que me lembra o Brian Robertson.

A face do relógio da torre da prefeitura de Brisbane é da mesma cor prateada que a lua cheia. A face do relógio diz que são 7h35 da noite e já perdi o meu prazo pro jornal de amanhã. Tenho visões do Brian Robertson na sala dele dobrando barras de aço puto da vida enquanto xinga o meu nome por não entregar vinte míseros centímetros de cor sobre as glórias de um Campeão de Queensland chamado Tytus Broz.

Vejo o Bevan no reflexo do retrovisor. Ele tá no banco de trás. Tá olhando pela janela, olhando pra lua cheia. Ele não disse nada desde que os pneus do nosso carro deixaram uma nuvem de poeira de cascalho no jacarandá de Bellbowrie. Talvez ele nunca mais diga nada. Algumas coisas não podem ser ditas.

— Não tem vaga — a Caitlyn diz. — Não tem uma porra de uma vaga.

Os meios-fios da rua Adelaide, no centro da cidade, tão lotados de carros.

— Merda! — a Caitlyn exclama.

Ela vira o volante com força. O Ford atravessa a rua Adelaide e sobe no meio-fio na praça King George, o ponto de encontro central da cidade de Brisbane, uma praça pavimentada com gramados impecáveis e estátuas militares e um chafariz retangular onde as crianças mijam quando tomam limonada demais na cerimônia anual de iluminação da árvore de Natal.

A Caitlyn pisa no freio bem em frente à porta de entrada da prefeitura de Brisbane.

Um jovem segurança da prefeitura corre até o carro. A Caitlyn abre a janela com expectativa.

— Você não pode parar aqui — o segurança diz, perplexo e perturbado por essa ameaça inesperada à segurança da prefeitura.

— Eu sei — ela responde. — Liga pra polícia! Diz que o Bevan Penn tá no meu carro. Não vou sair daqui até eles chegarem.

A Caitlyn fecha a janela, e o segurança procura o rádio no cinto.

Eu faço que sim pra Caitlyn.

— Já volto — eu digo.

Ela abre um sorrisinho.

— Vou manter esse carinha distraído. Boa sorte, Eli Bell.

O segurança grita no aparelho. Saio do carro e corro na direção oposta da prefeitura, passo pelo chafariz e atravesso a praça King George, depois dou meia-volta e faço um ângulo amplo pra grande porta de entrada da prefeitura. Por trás do segurança que tá ocupado agora, gritando com a Caitlyn pela janela fechada do carro. Tem uma recepção no saguão. Uma indiana alegre e sorridente atende na recepção.

— Eu vim pra premiação — eu digo.

— Seu nome, senhor?

— Eli Bell.

Ela mexe numa pilha de papéis com nomes impressos. Estou com a bolsa preta no ombro esquerdo. Tiro ela do ombro e deixo no chão, fora do campo de visão dela.

— Já anunciaram os prêmios da comunidade?

— Acho que vão anunciar agora — ela diz.

Ela encontra o meu nome, marca com uma caneta. Rasga um bilhete de um bloco e me entrega.

— Sua fileira é a M, senhor — ela diz. — Cadeira sete.

Corro até a porta do auditório. É um aposento amplo e arredondado feito pra ecoar uma boa música. Deve ter umas quinhentas cadeiras vermelhas e pessoas importantes de ternos pretos e vestidos bonitos, divididas em dois grupos principais separados por um corredor central. Tem um piso de madeira polida que vai até um palco também de madeira polida, com cinco níveis prum coral na frente de um pano de fundo de metais acústicos imponentes de bronze e prata.

A mestre de cerimônias é a mulher que apresenta o noticiário no canal sete, a Samantha Bruce. O jornal dela passa toda tarde, logo depois do *Roda da fortuna*. O pai chama a Samantha Bruce de "quinella". Uma vitória dupla numa aposta. Colírio pros olhos e também inteligente. Recentemente, ele confessou a adoração pela jornalista quando perguntei se ele pensaria em se casar de novo, e ele respondeu com essa coisa da vitória dupla e que o seu encontro dos sonhos seria uma noite com a Samantha Bruce no restaurante Kookas, na Taverna Bracken Ridge, durante o qual a Samantha olharia com amor por cima da mesa pra ele, sussurrando a mesma palavra sem parar: "Perestroika." Então, eu perguntei pro pai qual seria o equivalente feminino a uma trifecta.

— A Shuang Chen — ele disse.

— Quem é essa? — eu perguntei.

— É uma enfermeira de dentista de Xangai sobre quem eu li uma vez.

— O que torna ela uma trifecta?

— Ela tem três peitos.

A Samantha Bruce se inclina na direção de um microfone.

— Agora vamos homenagear os nossos Campeões da Comunidade — a mestre de cerimônias diz. — Estes são os heróis anônimos de Queensland que sempre colocaram os outros na frente. Bem, senhoras e senhores, esta noite vamos colocá-los em primeiro lugar nos nossos corações.

O auditório lotado aplaude. Eu ando pelo corredor central, olhando pras fileiras. A fila V de "verdade". A fila T de "tua hora chegou, Tytus Broz". A fila M de "mãe e pai". Sentados juntos sete cadeiras depois, na fila M. Os meus pais. Duas cadeiras vazias ao lado. A mãe brilha num vestido preto que cintila com a ajuda da luz que brilha acima da cabeça dela, e olho pra cima pra ver de onde vem, e é do teto do auditório. O teto todo é uma lua branca-prateada abobadada que assume os tons de verde e vermelho e roxo que brilham no palco. Uma lua cheia dentro desse teatro.

O pai tá usando um paletó cinza de vinil que ele obviamente comprou por 1,50 dólar australiano em Sandgate St. Vinnies. Calça verde-água. A noção de moda de um homem que sofre de agorafobia há vinte anos e nunca vê seres humanos suficientes pra acompanhar a moda. Mas ele veio, e o fato de ter vindo e ainda estar sentado aqui me deixa com os olhos marejados. Manteiga derretida, eu. Mesmo depois de tudo. Toda aquela loucura absurda debaixo da terra. As lágrimas de novo.

Um recepcionista cutuca o meu ombro.

— O senhor está perdido? — o recepcionista pergunta.

— Não, não — eu digo.

A minha mãe me vê com o rabo do olho. Ela sorri e me chama com um movimento de mão.

A jornalista começa a ler os nomes no microfone.

— Magdalena Godfrey, Coopers Plains.

A Magdalena Godfrey entra no palco pelo lado esquerdo. Sorri quando recebe uma medalha de ouro numa fita marrom de Queensland e um certificado de um homem usando terno no palco. O homem usando terno passa o braço em volta da Magdalena e leva ela até um fotógrafo na frente do palco, que tira três fotos em sequência da garota com um sorriso bobo por cima do certificado. Na terceira foto, a Magdalena morde sua medalha dourada, e todos riem.

— Sourav Goldy, Stretton — a Samantha Bruce diz.

A Sourav Goldy entra no palco e se curva, pega o certificado e a sua medalha de ouro.

Eu passo por seis pessoas que encolhem os joelhos educadamente nas suas cadeiras. A minha bolsa preta bate nas cabeças e nos ombros delas quando eu passo.

— Onde você tava? — a minha mãe sussurra.

— Trabalhando numa história.

— E o que tem aí nessa bolsa?

O meu pai se inclina.

— Shhhh. É o Gus.

— August Bell, Bracken Ridge.

O August entra no palco. O paletó preto não cabe bem nele, a gravata tá frouxa demais, a calça creme tá dez centímetros longa demais e o cabelo tá desgrenhado, mas ele tá feliz e a minha mãe também. Ela larga o livreto do programa no chão com a pressa de ficar com as duas mãos livres pra aplaudir o filho brilhante, altruísta, esquisito e mudo.

O pai coloca o indicador e o polegar na boca e dá um assobio agudo e impróprio, como se estivesse chamando o gado do outback de volta pra casa ao pôr do sol.

Com o incentivo do aplauso da minha mãe, palmas vigorosas se espalham pelo auditório, e isso deixa a minha mãe tão orgulhosa que ela precisa se levantar pra não explodir.

O August aperta a mão do homem de terno e aceita com gratidão a medalha e o certificado. Sorri com orgulho pra foto; ele acena pra multidão, e a minha mãe acena pra ele desesperadamente, apesar do fato de o aceno do August ter sido mais genérico, tipo a rainha desfilando de carro e acenando pra multidão. A minha mãe tá passando pelos seis estágios do amor maternal: orgulho, exaltação, arrependimento, gratidão, esperança e orgulho de novo. Cada um desses estágios é cheio de lágrimas. O August sai pelo lado direito do palco.

Eu me levanto e começo a me espremer na frente dos joelhos das pessoas sentadas à minha direita.

— Desculpem — eu digo. — Com licença. Peço desculpas. Perdão.

— Eli — a minha mãe sussurra gritando. — Pra onde você vai?

Eu me viro e dou um aceno que espero que transmita a minha esperança de estar de volta ao meu lugar em breve. Corro pelo corredor central até os fundos do auditório e vou até uma porta lateral que dá pruma passagem onde os funcionários de bastidores com camisetas pretas e calças pretas correm de um lado pro outro com bules de café e xícaras de chá e pratos de pãezinhos e biscoitos. Dou alguns passos mais rápidos e volto a andar quando uma mulher com aparência importante me olha de um jeito estranho. Sorrio casualmente, como se ali fosse o meu lugar. Confiança, Slim. Movimento em magia. Ela não sabe nada porque eu me movimento em magia. Entro por uma porta que parece dar no banheiro, e a mulher de aparência importante de cara feia continua pelo caminho lateral. Saio pela porta por onde entrei e vou pra trás de uma cortina preta na lateral do palco.

O August. Ele anda na minha direção. Um sorriso grande no rosto, a medalha de ouro balançando no peito, quando ele corre pelo piso de madeira da coxia. Mas o sorriso dele desaparece quando ele vê o meu sorriso desaparecer.

— O que foi, Eli?

— Eu encontrei ele, Gus.

— Quem?

Abro a bolsa e o August olha. Ele espia dentro da bolsa. O August não diz nada.

Ele move a cabeça pro lado. *Vem comigo.*

Ele corre até a porta de uma sala verde na área lateral do palco e abre. Uma sala toda acarpetada. Mesas e cadeiras. Estojos rígidos e pretos de instrumentos. Equipamento de microfone. Um prato de frutas com cascas de laranja e melão, pedaços de melancia meio comidos. O August vai até uma bandeja de ferramentas de metal sobre rodinhas. Na bandeja tem uma caixa coberta por um pano de seda vermelho. Tem um cartão com um nome ao lado. *Tytus Broz.* O August levanta uma ponta do pano e mostra a caixa de vidro do Tytus Broz, com o trabalho da vida dele da prótese de braço de silicone. A sua grande revelação. O seu grande presente ao estado de Queensland.

O August não diz nada. E o que ele não diz é: *Me passa a bolsa, Eli.*

★

A gente sai pela lateral da cortina preta pro corredor. Vamos rápido agora. Os irmãos Bell. Os sobreviventes. Eli e August, o Campeão de Queensland. O medalhista de ouro e o seu irmão mais novo, que o venera. Andando rápido. A mulher que me olhou de cara feia antes me olha de cara feia de novo quando passa pelo corredor, e o tempo fica mais devagar porque a mulher tá levando um homem pros bastidores. Um homem velho vestido de branco. Terno branco. Cabelo branco. Sapatos brancos. Ossos brancos. O homem velho vê o meu rosto, mas o meu rosto só é registrado pela mente dele depois que passei do seu lado. Tempo e perspectiva. O tempo não existe e de qualquer perspectiva nessa cena sempre veríamos o Tytus Broz parar e coçar a cabeça enquanto pergunta a si mesmo sobre o jovem por quem acabou de passar, carregando a bolsa preta igual à que ele tem no bunker de coisas más. Por outro lado, ele ficaria intrigado porque, quando o tempo voltasse à velocidade normal, ele sempre teria sumido. Fugido. Teria ido ver a nossa mãe e o nosso pai.

★

— Finalmente chegamos ao último prêmio da noite, senhoras e senhores — a mestre de cerimônias diz. — Um vencedor que de fato merece o nosso primeiro prêmio de Campeão de Queensland.

Eu me espremo pelos joelhos das sofridas seis pessoas sentadas ao nosso lado na fila M. O August espera no corredor central.

Faço sinal pra minha mãe, dizendo que temos que ir. Indicando com o polegar por cima do ombro, apontando pro August. Eu chego ao meu lugar.

— A gente tem que ir embora, pessoal — eu aviso.

— Não seja grosseiro, Eli — a minha mãe diz. — A gente vai ficar pro último prêmio.

Eu coloco a mão no ombro da minha mãe. O meu rosto tá sério. Nunca tive um rosto tão sério.

— Por favor, mãe. Você não vai querer ver esse.

E a jornalista do canal sete chama com alegria o primeiro Campeão de Queensland pro palco.

— Tytus Broz — ela cantarola.

O olhar da minha mãe vai de mim pro palco, e ela leva um segundo pra conectar o nome à figura de terno branco entrando devagar no palco pra aceitar o prêmio.

Ela se levanta. Ela não diz nada. Ela anda.

★

— Pra que a pressa? — o meu pai pergunta quando chegamos às portas de entrada da prefeitura.

Mas a sequência de pensamentos dele é interrompida pelas luzes de dois carros da polícia piscando na praça King George, as viaturas paradas em V bloqueando o Ford Meteor da Caitlyn.

Tem uns dez policiais uniformizados vindo na nossa direção. Dois outros policiais ajudam o Bevan Penn a entrar numa viatura. O olhar do Bevan encontra o meu no caos. Ele faz que sim. Tem agradecimento naquele movimento. Confusão. Sobrevivência. Silêncio.

— Que porra tá acontecendo? — o meu pai pergunta em voz alta.

A Caitlyn Spies anda em meio aos policiais. Ela tá liderando eles, na verdade. Spies vai fundo. Ela entra no saguão e aponta pras portas do auditório.

— Ele já tá lá em cima — ela diz. — É o cara de branco.

Os policiais entram no auditório.

— O que tá acontecendo, Eli? — a minha mãe pergunta.

Os nossos olhos acompanham os policiais, que assumem suas posições no auditório, esperando que o Tytus Broz termine um longo e autoelogioso discurso sobre as quatro últimas décadas que ele dedicou à comunidade de deficientes físicos de Queensland.

— É o fim do Tytus Broz, mãe — eu digo.

A Caitlyn anda até mim.

— Você tá bem? — ela pergunta.

— Tô. E você?

— Ahã. Mandaram três carros de polícia pra casa de Bellbowrie.

A Caitlyn volta o olhar pra minha mãe e pro meu pai; eles tão vendo a cena como se fosse o pouso da lua.

— Oi — a Caitlyn cumprimenta.

— Essa é a minha mãe, Frances — eu digo. — O meu pai, Robert. E o meu irmão, Gus.

— Eu sou a Caitlyn — ela diz.

A minha mãe aperta a mão da Caitlyn. O meu pai e Gus sorriem.

— Então é de você que ele vive falando? — a minha mãe pergunta.

— Mãe — eu digo, breve e ríspido.

A minha mãe tá olhando pra Caitlyn, sorrindo.

— Eli diz que você é uma mulher muito especial — ela diz.

Eu reviro os olhos.

— Bom — a Caitlyn responde —, acho que só agora estou começando a me dar conta do quanto os seus filhos são especiais, sra. Bell.

Sra. Bell. Não escuto muito isso. A mãe gosta tanto quanto eu.

A Caitlyn olha pro auditório. O Tytus Broz ainda tá falando no palco. Ele tá falando sobre altruísmo e aproveitar ao máximo o tempo que temos na terra. Não dá pra ver o rosto dele de onde a gente tá porque tem muita gente reunida no saguão na frente das portas do auditório.

— Sigam em frente — o Tytus diz. — Não desistam nunca. Corram atrás do que quiserem conquistar. Continuem. Nunca percam uma única oportunidade de transformar os seus sonhos mais loucos nas suas lembranças favoritas.

Ele tosse. Limpa a garganta.

— Tenho uma surpresa pra todos vocês hoje — o Tytus anuncia grandiosamente. — O resumo do trabalho da minha vida. Uma visão do futuro. Um futuro em que os jovens australianos que não forem abençoados com todos os dons do nosso glorioso Deus vão ser abençoados pelo dom da engenhosidade humana.

Ele faz uma pausa.

— Samantha, se puder fazer a gentileza…

Pontos de vista, Slim. Ângulos infinitos num único momento. Talvez haja quinhentas pessoas no auditório, e cada uma vê esse momento do seu ponto de vista individual. Eu vejo aquela cena na minha mente porque os meus olhos só conseguem ver a Caitlyn. A gente não consegue ver o palco de onde está, mas dá pra ouvir o som da plateia quando as pessoas reagem ao momento em que a Samantha Bruce remove o pano vermelho de seda sobre a caixa de vidro do Tytus com o trabalho da vida dele. Dá pra ouvir os berros da plateia horrorizada da fila A até a fila Z. Pessoas gritando. Uma mulher chorando. Homens berrando de choque e raiva.

— O que tá acontecendo, Eli? — pergunta a minha mãe.

Eu me viro pra ela.

— Eu encontrei ele, mãe.

— Quem?

Vejo os policiais andando pelo corredor central agora. Outros policiais se aproximam do Tytus Broz pelos lados leste e oeste do auditório. O August e eu trocamos um olhar. *Seu fim é um passarinho azul morto. Seu fim é um passarinho azul morto.*

Vejo tudo se desenrolando pela minha mente, do ponto de vista das pessoas ainda sentadas na fileira M.

O capitão Ahab tá se afogando num mar de policiais de Queensland. Os policiais azul-céu arrastam o Tytus Broz, segurando os braços velhos e frágeis pelas mangas do terno branco. Puxando esses braços pras costas deles. Membros da plateia escondendo os olhos com as mãos; mulheres de vestido de gala com ânsia de vômito e gritando. O Tytus Broz sendo arrastado do palco enquanto olha, olha, olha com perplexidade pra caixa de vidro no palco, se perguntando como foi que nesse mundo e nesse universo intrigante o seu trabalho de vida, o membro perfeito de silicone, foi substituído pela cabeça cortada torta e macabra e plastinada do primeiro homem que eu amei.

★

O tempo, Slim. Acabe com o seu tempo antes que ele acabe com você. Ele anda devagar agora. Todo mundo se mexe em câmera lenta, e não sei bem se sou o responsável pelas pessoas fazerem isso. As luzes da polícia, piscando em vermelho e azul em silêncio. O movimento de cabeça lento e deliberado do August que diz que ele tem orgulho de mim. Que diz que ele sabia que aconteceria exatamente daquela maneira. Que tudo se desdobraria nesse saguão movimentado da prefeitura, com gente correndo pra sair do prédio, pegando as bolsas e os guarda-chuvas e tropeçando nos vestidos compridos. Homens importantes, gritando a sua consternação e o seu trauma pros organizadores do evento. A mulher de cara feia chorando, arrasada pelo pandemônio causado por aquela cabeça degolada no palco.

O sorriso de conhecimento do August e o dedo indicador escrevendo uma mensagem no ar.

O August sai andando, segue com calma e elegância na direção da mãe e do pai, parados nas laterais das portas de entrada do salão. Eles tão me dando espaço. Tão me dando um pouco de tempo. Tempo com a garota dos meus sonhos. Ela tá parada na minha frente, a um metro de mim, com a polícia e as pessoas da plateia e os oficiais indo de um lado pro outro em volta da nossa bolha.

— O que acabou de acontecer? — a Caitlyn pergunta.

— Não sei. — Eu dou de ombros. — Foi tudo tão rápido.

A Caitlyn balança a cabeça.

— Você estava mesmo falando com alguém naquele telefone? — ela pergunta.

Eu penso nisso por um tempo.

— Não sei. Você acha que eu tava?

Ela me encara.

— Preciso pensar mais um pouco sobre isso — ela diz. Ela faz que sim prum grupo de policiais. — A polícia quer que a gente vá pra delegacia da rua Roma — ela diz. — Vem comigo?

— A minha mãe e o meu pai vão me levar — eu digo.

Ela olha do saguão pra minha mãe, pro meu pai e pro August, esperando agora na beira da praça King George.

— Achei que eles seriam diferentes, a sua mãe e o seu pai — ela diz.

Eu dou uma gargalhada.

— Ah, é?

— Eles são tão simpáticos — ela diz. — Parecem qualquer mãe e pai normais.

— Eles tão se esforçando pra serem normais já faz um tempo.

A Caitlyn faz que sim. As mãos nos bolsos. Ela se balança nos calcanhares. Quero dizer alguma coisa pra permanecer no momento, paralisar ele, mas só posso fazer o tempo ir mais devagar. Ainda não sei como fazer ele parar.

— O Brian vai querer que eu escreva sobre isso tudo amanhã — a Caitlyn diz. — O que você acha que eu devo dizer pra ele?

— Você deve dizer que vai escrever a história toda — eu digo. — A verdade. Toda.

— Sem medo — ela diz.

— Sem favores.

— Quer escrever comigo?

— Mas eu não sou repórter policial.

— Ainda não — ela diz. — Assinamos o artigo juntos?

Assinar um artigo junto com Caitlyn Spies. Coisa de sonho. Uma história em três palavras.

— Caitlyn e Eli — eu digo.

Ela sorri.

— É. Caitlyn e Eli.

A Caitlyn vai até os policiais reunidos. Vou até a porta de entrada do auditório. O local tá quase vazio. Um policial da perícia tá no palco examinando com atenção a caixa de vidro do Tytus Broz, agora com a seda vermelha cobrindo ela de novo. Olho pro teto branco em forma de lua, como quatro conchas brancas de praia, quatro quartos de um círculo se juntando e formando uma lua. Vejo o começo daquele teto e vejo o fim. Vejo o meu irmão, August, sentado no muro na frente da casa de Darra, o sol atrás dele, escrevendo aquelas palavras no ar que me seguiram por toda a minha curta vida: *Seu fim é um passarinho azul morto.*

*

Dou as costas pro auditório e vou na direção da saída, mas uma figura para na minha frente. Alto e magro e velho e forte. Vejo os sapatos da figura primeiro, sapatos sociais de couro preto, não engraxados e gastos. Calça social preta. Uma camisa azul sem gravata e um paletó preto velho e amassado. Vejo o rosto de Iwan Krol, e é o rosto da morte. Mas a minha espinha reconhece ele primeiro, assim como os ossos adolescentes nas minhas panturrilhas, e eles me ajudam a me mexer. Eu desvio rápido, mas não o suficiente para escapar da lâmina escondida na mão direita que ataca o lado direito da minha barriga. Parece um corte. Como se alguém tivesse cortado a minha barriga e enfiado o dedo dentro, balançado como se estivesse procurando alguma coisa que eu não devia ter engolido. Alguma coisa que engoli muito tempo atrás, como o universo. Eu cambaleio, grogue, olhando pro Iwan Krol como se ainda não conseguisse acreditar que ele pudesse fazer uma coisa dessas. Que ele pode ser tão frio apesar de tudo que eu sei sobre ele, apesar de tudo que eu vi. Que ele poderia esfaquear um jovem numa noite dessas, a noite elétrica em que a Caitlyn e o Eli viram o futuro e viram o passado e sorriram pra ambos. Estou tonto e a minha boca fica seca de repente e levo um segundo pra perceber que o Iwan Krol tá vindo na minha direção prum segundo golpe, um golpe final. Eu nem consigo ver a lâmina com a qual ele me perfurou. Ele tá escondendo ela em algum lugar. Na manga, talvez. Nos bolsos. Corre, Eli. Corre. Mas não dá pra correr. O ferimento na minha barriga faz eu me curvar de dor. Tento gritar, mas não consigo porque gritar usa músculos da barriga, e os músculos da minha barriga foram perfurados. Eu só cambaleio. Cambaleio pra esquerda. Cambaleio pra longe do Iwan Krol. E rezo pra ser visto pelos policiais reunidos depois das portas do salão, mas eles não me viram no meio do movimento dos membros da plateia reunidos no saguão, discutindo o horror da cabeça cortada enquanto perdiam o horror do garoto e do animal com a lâmina se desenrolando no meio deles. O Iwan Krol me acertou com a faca ideal do pátio de prisão, um golpe perfeito. Rápido e silencioso. Sem fazer uma grande cena.

A minha mão direita segura a barriga, e vejo ela suja de sangue. Cambaleio pra escadaria à esquerda. Uma escadaria grandiosa de mármore e madeira, seguindo em arco até o corredor do segundo andar. Subo cada degrau, e o Iwan Krol cambaleia atrás de mim, arrastando o pé esquerdo cortado, com um curativo agora e enfiado dolorosamente num sapato preto de couro. Dois aleijados brincando de gato e rato, um mais acostumado a dores físicas do que o outro. A palavra é "socorro", Eli. Diga em voz alta. Apenas diga. "S..." Mas não consigo. "Soc..." O ferimento não me deixa gritar. Três pessoas da plateia descem a escada do segundo andar, um homem de terno com duas mulheres de vestidos de noite, uma usando uma estola branca e peluda como se estivesse com um lobo branco nos ombros. Passo por eles com a mão na barriga. Eles veem o sangue nas minhas mãos e na camisa, embaixo do paletó preto velho que peguei da arara de emergência da redação.

— Socorro — eu digo, alto o suficiente pra eles ouvirem.

A mulher com a estola branca grita de medo e se afasta de mim como se eu estivesse pegando fogo ou fosse um doente.

— Ele... *faca* — eu digo pro homem que tá descendo, e esse homem faz uma ligação entre a minha barriga manchada de sangue e o homem se arrastando atrás de mim com a expressão de mil fogos de mil infernos na cara.

— Para — o homem de terno diz e se coloca na frente do Iwan Krol, que, na mesma hora, esfaqueia o corajoso homem de terno no ombro direito com um movimento veloz que faz o homem cair de imediato na escadaria de mármore.

— Harold! — grita a mulher de estola branca.

A outra mulher do trio solta um berro de *banshee* e desce correndo a escada e percorre o saguão na direção dos policiais. Eu sigo cambaleando, chego ao alto da escada e viro pra direita num corredor e passo por uma porta marrom de madeira maciça e por outro corredor que faz uma curva por paredes azul-céu por vinte metros e olho pra trás e vejo as gotas de sangue que tô deixando pelo caminho, migalhas de pão pro animal de chiado de velho raivoso que me diz que ele é mais lento do que eu, mas tá com muita fome. Passo por outra porta (sem pessoas, ninguém por perto pra salvar o garoto), e essa porta leva a uma escadaria que segue em zigue-zague pra outro andar, e eu conheço esse andar. Conheço esse espaço de paredes brancas e conheço esse elevador. Eu conheço, Slim. É o aposento da minha infância. É a sala onde a gente se encontrou com o homem da manutenção que mostrou como os relógios da cidade funcionam e como são as faces do relógio vistas de dentro.

Cambaleio até o velho elevador amarelo de aço da torre do relógio e tento abrir a grade, mas ela tá trancada, e ouço o Iwan Krol passando pela porta atrás de mim, então cambaleio até a porta da escada de manutenção. A escada secreta do seu amigo Clancy Mallet, Slim, a que você mostrou pra gente anos atrás, no canto e pela porta que leva até a sala do elevador.

Escuridão total na escada secreta. Tô apagando agora. Não consigo respirar direito. A minha barriga quase não dói mais porque o meu corpo inteiro dói. Tô dormente agora. Mas ainda em frente. Subindo e subindo a escada secreta. A escada de concreto que ziguezagueia pra cima, oito ou nove degraus íngremes, e bato numa parede que não consigo ver, me viro e subo oito ou nove degraus, bato em outra parede com força e subo mais oito ou nove degraus. Faço isso até cair, Slim. Sigo em frente. Mas então paro porque quero me deitar nesses degraus e fechar os olhos, mas talvez isso se chame morrer e não quero fazer isso, Slim, não com tantas perguntas pra fazer pra Caitlyn Spies, tantas perguntas pra fazer pra minha mãe e pro meu pai sobre como eles se apaixonaram, como eu cheguei ao mundo; sobre o August e a poça da lua e todas aquelas coisas que eles iam me contar quando eu fosse mais velho. Eu tenho que ficar mais velho. Os meus olhos se fecham por um segundo. Preto. Preto. O grande preto. Mas os meus olhos se abrem porque escuto a porta da escada secreta se abrir embaixo de mim, um raio de luz amarela entrando e sumindo quando a porta se fecha. Vai, Eli Bell. Vai. Levanta. Escuto o Iwan Krol embaixo de mim, chiando e sugando o ar úmido da escadaria. As pernas aleijadas de psicopata e o coração patife levando ele a subir a escada atrás do meu pescoço e dos meus olhos e do meu coração, que ele quer esfaquear. O monstro de Frankenstein. O monstro do Tytus. Eu me arrasto por mais um lance de escada e outro e outro. A mulher com o lobo branco no pescoço. Ela gritou na escadaria curva. Gritou tão alto que a polícia deve ter ouvido. Continua andando, Eli. Continua. Dez lances de escada. Tô pronto pra dormir agora, Slim. Onze lances de escada. Doze. Tô pronto pra morrer agora, Slim. Treze.

De repente, uma parede, sem mais escada nenhuma em zigue-zague. Só uma porta estreita com uma maçaneta. A luz. A sala com as luzes que brilham à noite pelas quatro faces do relógio da torre da prefeitura de Brisbane. O relógio do norte. O relógio do sul. Leste e oeste. Iluminados daqui pra cidade de Brisbane. O som do relógio. O maquinário. Rodas e polias girando, sem começar em nenhum ponto e sem terminar em nenhum ponto também. Perpétuas. Um piso de concreto polido e um vão de elevador fechado por grades no meio da sala de máquinas. Quatro faces enormes de relógio, uma de cada lado da torre, motores na base de cada relógio envoltos em metal protetor.

As duas mãos na barriga agora. Eu cambaleio pelo caminho quadrado de concreto, sangue pingando nos meus sapatos e no chão, pela face sul do relógio e pela face oeste do relógio. Os olhos se fechando. Tanta sede. Tanto cansaço. Os olhos se fechando. Chego à face norte do relógio e não tenho mais pra onde ir, o caminho de concreto acaba aqui, bloqueado por um portão alto de arame que dá acesso ao elevador. Caio no chão e me levanto pra ficar encostado na proteção de metal do motor que empurra os ponteiros longos e pretos de aço dos minutos e das horas da face norte do relógio. O ponteiro dos minutos sobe um pouco, e, protegendo a barriga, com as mãos sobre o buraco de faca pra estancar o sangramento, eu vejo a hora no relógio por dentro. Hora da morte. Dois minutos pras nove.

Escuto a porta da sala de máquinas se abrindo e se fechando. Escuto os passos do Iwan Krol. Um pé pisa e o outro pé se arrasta. E vejo ele agora pelos fios e pelas vigas de aço do poço do elevador. Ele tá de um lado da sala de máquinas, e eu do outro. O vão do elevador entre nós. Eu só quero dormir. Tô tão sem vida agora que ele nem me assusta mais. Não tenho mais medo dele. Tô com raiva. Puto. Quero vingança. Mas só consigo canalizar essa raiva pro meu coração e mais nada. Não pras mãos pra que eu possa me levantar nem pras pernas pra que eu possa ficar em pé.

Ele manca pela face leste do relógio e pela face sul e pela face oeste e faz a dobra no meu caminho, o meu corpo caído na frente da face norte do relógio, a minha carne inútil perfurada e os meus ossos fracos sem tutano.

Ele manca mais pra perto agora. Só escuto o chiado e o sapato esquerdo se arrastando no concreto. De perto ele parece tão velho. Vejo as rugas, as linhas na testa que nem valas secas no deserto. O rosto tá coberto de manchas senis. Metade do nariz foi cortado cirurgicamente. Como ele pode ficar tão cheio de ódio numa idade tão avançada?

Ele chega mais perto. Um passo, arrasta. Dois passos, arrasta. Três passos, arrasta. E para.

Ele fica na minha frente e olha pra mim como se eu fosse um cachorro morto. Um passarinho morto. Um passarinho azul morto. Ele se ajoelha, apoiando o peso no pé direito, aliviando a pressão no pé esquerdo cortado. E me cutuca. Procura a pulsação no meu pescoço. Abre o meu paletó preto pra dar uma olhada no ferimento na minha barriga. Levanta a minha camisa para ver bem o ferimento. Empurra o meu ombro. Aperta o meu braço esquerdo com as mãos. Ele tá apertando o meu bíceps esquerdo. Tá sentindo os meus ossos.

Quero perguntar o que ele tá fazendo, mas tô exausto demais pra falar. Quero perguntar se ele acha que é um homem bom, mas os meus lábios não se mexem. Quero perguntar que momento na vida dele levou ele a ter um coração tão frio e mecanizado e uma mente tão louca. As mãos dele voltam pro meu pescoço, e ele tá sentindo os ossos do meu pescoço e o indicador e o polegar apertam o meu pomo de adão. Ele limpa a faca na minha calça, limpa os dois lados. E respira fundo, e sinto o hálito na minha cara. E ele leva a lâmina limpa até o meu pescoço.

A porta da sala de máquinas abre. Três policiais de uniforme azul-céu. Eles gritam.

Os meus olhos se fechando. A polícia gritando.

— Parado.

— Parado.

— Larga a faca.

A lâmina fria no meu pescoço.

Uma explosão. Um tiro. Dois. Balas batendo em metal e concreto.

A faca se afasta do meu pescoço por um momento, e estou de pé agora, erguido por Iwan Krol. A minha visão fica borrada. Sei que ele tá atrás de mim e que a faca tá encostada no meu pomo de adão agora e sei que as camisas na minha frente são azuis. Homens de azul com armas nas mãos.

— Vocês sabem que eu vou fazer — ele diz.

Então faz logo, eu não consigo dizer. Já tô morto mesmo. Meu fim foi um passarinho azul morto.

Ele me empurra pra frente, e as minhas pernas se mexem com ele. E o movimento dos meus pés mexe o meu paletó, e alguma coisa dentro do meu paletó se mexe. Enfio a mão direita com quatro dedos no bolso do paletó e pego uma coisa feita de vidro. Uma coisa cilíndrica. Um pote.

— Pra trás! — o Iwan Krol grita. — Vão pra trás!

A lâmina aperta o meu pescoço com força. Estamos tão próximos que sinto o hálito e o cuspe dele no meu ouvido. E paramos porque a polícia não tem mais como recuar.

— Abaixa a faca — um policial diz, tentando acalmar a situação. — Não faz isso.

O tempo para, Slim. O tempo não existe. Tá parado agora mesmo.

E começa a se mexer de novo, porque ganha algo humano pra entender ele, algo que construímos pra nos lembrar do envelhecimento, um sino ensurdecedor que toca em cima da gente. Um sino que não vi em cima de mim quando entrei nessa sala de máquinas. Um sino tocando nove vezes. *Clang. Clang. Clang.* O som perfura os nossos tímpanos. Sufoca as nossas mentes. E atrapalha por um tempo a percepção do Iwan Krol porque ele não se defende do pote de vidro com o meu dedo cortado, que uso para bater na cara dele. Ele cambaleia pra trás e a faca sai de perto do meu pescoço, o suficiente pra eu cair no chão com força, uma queda de peso morto, caindo de bunda e rolando que nem um cachorro treinado fingindo de morto.

Não vejo onde as balas das armas dos policiais vão parar. Só tenho o meu ponto de vista pelos olhos de um morto. Esse é o meu ponto de vista do momento, Slim. De cara no concreto. O mundo virado de lado. Os sapatos pretos engraxados dos policiais indo até alguma coisa atrás de mim. Uma figura correndo pela porta pra sala de máquinas. Um rosto aparecendo na minha frente.

O meu irmão, August. Os meus olhos tão se fechando. Pisca. O meu irmão, August. Pisca.

Ele sussurra no meu ouvido direito.

— Vai ficar tudo bem, Eli — ele diz. — Você vai ficar bem. Você vai voltar. Você sempre volta.

Não consigo falar. A minha boca não me deixa falar. Tô mudo. O meu indicador esquerdo rabisca uma linha no ar que só o meu irmão mais velho vai ler antes da linha desaparecer.

Garoto devora universo.

Garoto devora universo

Isso não é o céu. Nem o inferno. É o pátio da divisão número 2 da Boggo Road.

Tá vazio. Não tem uma vivalma aqui, tirando... tirando o homem ajoelhado, cuidando do jardim da prisão com o uniforme da prisão e a pá da prisão. Um jardim de rosas vermelhas e amarelas, arbustos de alfazema e íris roxas debaixo do sol forte e do céu azul sem nuvens.

— Oi, garoto — o homem diz sem me ver.

— Oi, Slim — eu respondo.

Ele fica de pé, tira a terra dos joelhos e das palmas das mãos.

— O jardim tá lindo, Slim.

— Obrigado — ele diz. — Se eu conseguir deixar essas malditas lagartas longe, vai ficar bom.

Ele solta a pá e inclina a cabeça pro lado.

— Vem — ele diz —, a gente tem que sair daqui.

Ele atravessa o pátio. A grama tá densa e verde e engole os meus pés. Ele me leva até um muro grosso de tijolos marrons que contorna o bloco de celas da divisão número 2. Tem uma corda com nós pendurada num gancho acima da gente.

O Slim faz que sim. Puxa a corda com força duas vezes pra conferir se tá firme.

— Pode subir, garoto — ele diz, me entregando a corda.

— O que é isso, Slim?

— É a sua grande fuga, Eli.

Eu olho pro muro alto. Eu conheço esse muro.

— É o Salto de Halliday! — eu digo.

O Slim faz que sim.

— Vai logo — ele diz. — Você tá perdendo tempo.

— Acabe com o seu tempo, né, Slim?

Ele faz que sim.

— Antes que ele acabe com você.

Eu escalo o muro, os pés empurrando os nós grossos na corda.

A corda parece real e queima as minhas mãos enquanto subo. Chego no alto do muro, inclino a cabeça pro Slim parado lá embaixo na grama densa e verde.

— O que tem do outro lado do muro, Slim?

— As respostas.

— Do quê, Slim?

— Das perguntas.

Paro no topo grosso do muro de tijolos marrons da prisão e vejo uma praia de areia branca abaixo, mas essa praia não vai até a água do mar, vai até o universo, um vazio preto enorme cheio de galáxias e planetas e supernovas e mil eventos astronômicos acontecendo ao mesmo tempo. Explosões em rosa e roxo. Momentos combustivos em laranja e verde e amarelo e todas aquelas estrelas cintilantes na eterna tela preta do espaço.

Tem uma garota na praia, molhando os dedos dos pés no mar do universo. Ela vira a cabeça e me vê no alto do muro. Ela sorri.

— Vem — ela diz. — Pula. — Ela acena. — Vem, Eli.

E eu pulo.

Garota salva garoto

O Ford Meteor dispara pela rua Ipswich. A mão esquerda da Caitlyn Spies larga a marcha e ela vira o volante com força e rápido demais na saída de Darra.

— E você acha que era eu na praia? — ela pergunta.

— Bom... acho — eu digo. — Aí abri os olhos e a minha família tava lá.

Eu vi o August primeiro. Ele tava me olhando como me olhou na sala de máquinas da torre do relógio. Achei que ainda estivesse lá, até ver o soro na minha mão. Senti a cama de hospital. A minha mãe correu pro meu lado quando me viu acordado. Ela me disse para falar alguma coisa pra ter certeza se eu tava mesmo vivo.

— Ab... — eu disse, molhando os lábios secos pra falar. — Ab... — eu disse.

— O que é, Eli? — a minha mãe perguntou, angustiada.

— Abraço em grupo — eu disse.

A minha mãe me sufocou num abraço, e o August passou os braços em volta da gente. A minha mãe derramou lágrimas e cuspe em mim e se virou pro meu pai, que tava sentado numa poltrona no canto do quarto.

— Você também, Robert — ela disse. E aquilo foi um convite gentil pro meu pai fazer muitas coisas, começando com um abraço que ele tentou fingir que não queria.

— E foi nessa hora que você entrou no quarto de hospital — eu digo pra Caitlyn.

— E é por isso que você acha que eu te trouxe de volta? — ela pergunta.

— Bom, é meio óbvio, né?

— Desculpa estragar a magia, cara, mas foram os enfermeiros do RBH que trouxeram você de volta.

O carro passa por um quebra-molas na rua Darra Station. O ferimento de faca na minha barriga grita. Só um mês se passou desde a prefeitura. Eu devia estar na cama vendo *Days of Our Lives*. Não devia estar nesse carro velho. Não devia estar trabalhando.

— Desculpa — a Caitlyn diz.

Os médicos do RBH dizem que eu sou um milagre ambulante. Uma aberração da medicina. A lâmina acertou o alto do meu osso pélvico. E esse osso impediu que a faca fosse mais fundo.

— Você deve ter ossos fortes! — o médico disse.

O August sorriu ao ouvir isso. O August disse que tinha me dito que eu voltaria. O August sabe das coisas porque o August é um ano mais velho que eu e o universo.

A Caitlyn entra na rua Ebrington e passamos pelo parque da rua Ducie, com a quadra de críquete e o parquinho pelo qual segui o Lyle uma vez, na escapada noturna pra buscar drogas com a Bich "Sai Daqui" Dang. Outra vida. Outra dimensão. Outro eu.

O carro para na frente da minha antiga casa na rua Sandakan. A casa do Lyle. A casa da mãe e do pai do Lyle.

Tamos refazendo a história. O Brian Robertson quer tudo. A ascensão e queda de Tytus Broz, o homem que todos os jornais da Austrália exibiram nas suas primeiras páginas nesse último mês. O Brian vai transformar a nossa história numa série policial de cinco partes, com relatos especiais em primeira pessoa do garoto que viu uma parte dessa história de perto, com os próprios olhos, do seu próprio ponto de vista. Vamos assinar o artigo juntos. Caitlyn Spies e Eli Bell. A Caitlyn vai cuidar dos pregos e dos parafusos. Eu vou cuidar das cores e dos detalhes.

— Detalhes, Eli — o Brian Robertson disse. — Eu quero todos os detalhes. Tudo que você conseguir lembrar.

Não digo nada.

— Como vamos chamar? — o Brian perguntou na reunião editorial. — Qual é a nossa manchete pra essa saga louca? Me diga em três palavras.

Não digo nada.

★

Bato na porta da casa. Minha velha casa. Um homem aparece na porta. Quarenta e poucos anos. A pele negra bem escura de um africano. Duas garotas sorridentes atrás das pernas.

Explico por que estamos lá. Sou o garoto que foi esfaqueado por Iwan Krol. Já morei aqui. Foi daqui que o Lyle Orlik foi levado. Foi onde a história começou. Preciso mostrar pra minha colega uma coisa dentro da minha antiga casa.

Seguimos o corredor até o quarto da Lena. O quarto do amor verdadeiro. O quarto do sangue. As paredes azul-céu de placas de gesso. Marcas sem tinta onde o Lyle tapou os buracos. É um quarto de menina agora. Tem bonecas Repolhinho numa cama de solteiro com colcha rosa. Pôsteres do *Meu Pequeno Pônei* nas paredes.

O nome do homem é Rana. Ele fica parado na porta do antigo quarto da Lena. Pergunto se posso olhar dentro do armário embutido do quarto. Rana faz que sim. Abro a porta de correr do armário. Empurro a parede dos fundos, e a parede se move. O Rana fica intrigado com a porta secreta. Pergunto se eu e a Caitlyn podemos entrar no vão secreto da casa. Ele faz que sim.

Os nossos pés tocam a terra úmida e fria. A Caitlyn acende a lanterninha verde. O pequeno círculo da lanterna alcança as paredes subterrâneas de tijolos do quarto secreto do Lyle. O círculo para num telefone vermelho em cima de um banco acolchoado.

Eu olho pra Caitlyn. Ela respira fundo, se afasta do telefone como se pudesse ser uma coisa de bruxaria, uma coisa amaldiçoada por magia. Eu chego mais perto porque me sinto atraído. Paro bem ali. Fico parado em silêncio por um longo momento. E, então, o telefone toca. Eu me viro pra Caitlyn, confuso. Ela não reage.

Trim, trim.

Eu chego mais perto do telefone.

Trim, trim.

Eu me viro pra Caitlyn.

— Tá ouvindo? — eu pergunto.

Eu chego mais perto.

— Deixa pra lá, Eli — a Caitlyn diz.

Mais perto.

— Mas você tá ouvindo?

Trim, trim.

Estico a mão pro telefone e pego o fone e estou prestes a levar o fone ao ouvido quando a mão da Caitlyn pousa delicadamente sobre a minha.

— Deixa tocar, Eli — ela diz baixinho. — O que ele pode dizer pra você — ela coloca a outra mão atrás da minha cabeça, a mão perfeita e delicada descendo pra minha nunca — que você já não sabe?

E o telefone toca de novo quando ela vai chegando perto de mim e o telefone toca de novo quando ela fecha os olhos e encosta os lábios nos meus e vou me lembrar desse momento pelas estrelas que vejo no teto desse quarto secreto e pelos planetas que giram em volta dessas estrelas e na poeira de um milhão de galáxias espalhadas pelo lábio inferior dela. Vou me lembrar desse beijo durante o Big Bang. Vou me lembrar do fim pelo começo.

E o telefone para de tocar.

Agradecimentos

Com eles a semente da sabedoria eu plantei,
E para que crescesse, com a minha mão trabalhei:
E essa foi toda a colheita que colhi —
"Vim como água, e como vento vou partir"

Para este universo...

O *Rubaiyat*, de Omar Caiam

Arthur "Slim" Halliday foi um amigo breve e único de um capítulo breve e único da minha infância. Dois livros maravilhosos da vida extraordinária do Slim me ajudaram a preencher vazios factuais para este livro: *Slim Halliday: The Taxi Driver Killer*, de Ken Blanch, e *Houdini of Boggo Road: The Life and Escapades of Slim Halliday*, de Christopher Dawson. Obrigado, como sempre, a Rachel Clarke e à equipe de bibliotecários dos arquivos do *The Courier-Mail*.

Catherine Milne construiu este universo com o aceno de cabeça mais seguro e encorajador do mundo. Ela acreditou desde o começo, assim como todas as pessoas extraordinárias da HarperCollins Australia, de James Kellow a Alice Wood e o gênio com olhos de falcão Scott Forbes. Agradeço também à editora Julia Stiles e às revisoras Pam Dunne e Lu Sierra pelo seu trabalho arguto, carinhoso e valiosíssimo.

A editora da *The Weekend Australian Magazine*, Christine Middap, é a melhor editora de revista do mundo e não teve motivo claro nenhum para acreditar em mim tanto tempo atrás, mas ela acreditou, e este livro existe por causa dela. Um agradecimento profundo e eterno também a Paul Whittaker, Michelle Gunn, John Lehmann, Helen Trinca, Hedley Thomas, Michael McKenna, Michael Miller, Chris Mitchell, Campbell Reid, David Fagan e todos os gloriosos e obstinados e inspiradores colegas de revista, companheiros de rua, subeditores incríveis, irmãos fotógrafos, irmãs de editorial e colegas brilhantes de um modo geral do *The Australian*, *The Courier-Mail* e *Brisbane News*, do passado e do presente.

Tive vários anjos criativos no meu ombro durante essa empreitada e tenho uma dívida eterna com Nikki Gemmell, Caroline Overington, Matthew Condon, Susan Johnson, Frances Whiting, Sean Sennett, Mark Schliebs, Sean Parnell, Sarah Elks, Christine Westwood, Tania Stibbe, Mary Garden, Greg e Caroline Kelly, e Slade e Felicia Gibson por todas as palavras certas nas horas certas. Meus três heróis culturais genuínos de toda vida — Tim Rogers, David Wenham e Geoffrey Robertson — tornaram o livro digno só pelo fato de o terem lido.

Eli Bell e o seu coração em pleno funcionamento gostariam de agradecer a Emillie Dalton, Fiona Brandis-Dalton e todos os queridos Dalton, Farmer, Franzmann e O'Connor.

Um agradecimento especial para Ben Hart, Kathy Young, Jason Freier e a família Freier, Alara Cameron, Brian Robertson, Tim Broadfoot, Chris Stoikov, Travis Kenning, Rob Henry, Adam Hansen, Billy Dale, Trevor Hollywood e Edward Louis Severson III por estarem presentes.

E, por fim, agradeço às três moças bonitas que sempre salvam o garoto. Entenderam tudo errado: o universo começa e termina em vocês. Meu sapato esquerdo.

Este livro foi composto com Bembo Std, e
Chronicle Display, e impresso na gráfica Santa
Marta sobre papel de miolo pólen soft 70g/m².